그레이트 서클
1

매기 십스테드
장편소설
MAGGIE SHIPSTEAD

민승남 옮김

그레이트 서클
1

GREAT CIRCLE

문학동네

나의 형제에게

나는 점점 더 넓은 원을 그리며 살고
그 원은 온 세상으로 퍼져가네.
이 마지막 원은 완성하지 못할 수도 있지만
그래도 몸 바쳐 그리리라.

나는 신의 주위를, 태고의 탑 둘레를 도네.
수천 년 세월을 돌았지만
여전히 모르겠으니: 나는 매일까,
폭풍일까, 위대한 노래일까?

라이너 마리아 릴케, 「시간의 책」

차례

메리언의 비행 지도, 1950 _ 12

그레이트 서클 _ 15

어떤 구든 정확히 반으로 갈랐을 때 나오는 두 반구의 절단면을 대원great circle이라고 한다. 즉 대원은 구 위에서 그을 수 있는 가장 넓은 원이다.

적도는 대원이다. 경선들도 모두 대원이다. 지구 같은 구의 표면에서 두 점 사이의 최단거리는 대원의 일부인 호다.

북극과 남극처럼 서로 정반대에 위치한 지점에서는 무수한 대원들이 교차한다.

메리언의
비행 지도
1950

스발바르,
롱위에아르뷔엔

북

스웨덴, 말뫼

유럽

아시아

이탈리아, 로마

리비아, 트리폴리

가봉, 리브르빌

인 도 양

서남아프리카, 빈트후크

남아프리카, 케이프타운

남 극

N

남극, 모드하임

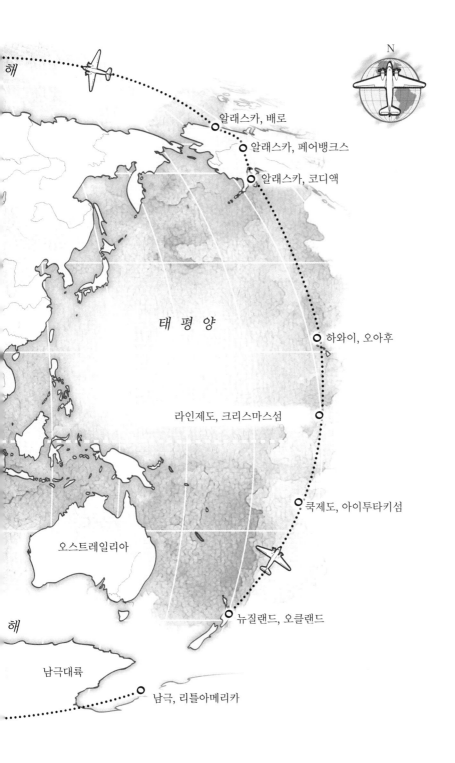

남극대륙, 로스빙붕, 리틀아메리카 III 기지
1950년 3월 4일

나는 떠돌이가 될 운명을 타고났다. 바닷새가 파도에 맞게 만들어졌듯 나는 땅에 맞게 만들어졌다. 어떤 새들은 죽을 때까지 난다. 나는 스스로에게 약속했다. 나의 마지막 하강은 무력한 추락이 아닌 가넷새의 날카로운 돌진이 될 것이다—바닷속 깊은 곳에 있는 무언가를 겨냥한 의도적인 다이빙.

나는 출발하려 한다. 위로 원을 그어 끝이 시작과 만나게 할 것이다. 그 원이 매끈한 자오선, 완벽하게 둥근 고리를 이룬다면 좋겠지만, 우리의 경로는 부득이, 무심하게 분포된 섬들과 비행장들과 연료가 필요한 비행기 탓에 일그러진다.

나는 아무런 후회도 없지만 후회라는 감정을 허용한다면 후회

『바다, 하늘, 그 사이의 새들: 메리언 그레이브스의 잃어버린 비행일지』에 실린 마지막 글. 1959년 뉴욕 D. 웬체슬라스&선스 출판사 펴냄. (원주)

하게 될 것이다. 내게는 오직 비행기, 바람, 그리고 너무도 멀리 있는 해안, 땅이 다시 시작되는 그곳에 대한 생각뿐이다. 날씨가 좋아지고 있다. 우리는 새는 곳을 최선을 다해 고쳤다. 나는 곧 갈 것이다. 끝없이 이어지는 낮이 싫다. 태양이 독수리처럼 내 주위를 빙글빙글 돈다. 나는 별들과 함께 쉬고 싶다.

원들은 끝이 없기에 경이롭다. 끝이 없는 건 모두 경이롭다. 하지만 끝없음은 고통이기도 하다. 나는 수평선이 영원히 잡히지 않으리라는 걸 알면서도 수평선을 쫓아갔다. 어리석은 일이지만, 그렇게 할 수밖에 없었다.

내가 생각했던 대로 되지는 않았다. 이제 원은 거의 완성되고, 시작과 끝 사이엔 마지막으로 무시무시한 물 하나만이 남아 있다. 나는 세상을 보았노라고 믿게 되리라 생각했지만, 세상은 너무 넓고 삶은 너무 짧다. 무언가를 완성했노라고 믿게 되리라 생각했지만, 무엇 하나 완성될 수 있을지 의심스럽다. 나는 두려워하지 않으리라 생각했다. 더 나은 존재가 되리라 여겼지만, 지금 나는 내가 생각했던 것보다 못한 존재임을 안다.

아무도 이걸 읽어선 안 된다. 내 삶은 내 유일한 소유물이다.

그렇지만, 그렇지만, 그렇지만.

로스앤젤레스

2014년 12월

내가 메리언 그레이브스에 대해 알게 된 건 어렸을 때 삼촌의 여자친구가 나를 도서관에 내팽개쳐두곤 했고, 거기서 우연히 '하늘의 용감한 여성들'이라는 제목이 붙은 책을 집어들었기 때문이다. 나의 부모님도 비행기를 타고 하늘로 올라갔다가 영영 돌아오지 못했는데, 알고 보니 그 용감한 여성들 가운데 상당수가 그런 운명을 맞이했다. 그게 내 관심을 끌었다. 어쩌면 나는 비행기 사고가 죽음의 방식으로 그리 나쁘진 않다고 말해줄 사람을 찾고 있었는지도 모른다. 실제로 누가 내게 그런 말을 했다면 순 거짓말이라고 생각했겠지만. 메리언 편에 그녀가 삼촌 손에 자랐다고 나와 있었고, 그걸 읽는 순간 나는 소름이 돋았다. 나 역시 삼촌 손에 자라고 있(다고 할 수 있)었으니까.

친절한 사서가 나를 위해 메리언의 책—제목이 바다, 하늘, 어쩌고 하는—을 찾아주었고, 나는 메리언의 삶이 나 자신의 삶을 설명해주기를, 무엇을 하고 어떻게 살아야 할지 알려주기를 기대하며 점성술사가 별자리표 들여다보듯 열심히 그 책을 읽었다. 그녀의 글 대부분이 내 머리로 이해하기엔 벅찼지만, 그래도 나의 외로움을 모험으로 바꾸고 싶다는 모호한 갈망은 얻을 수 있었다. 나는 일기장 첫 페이지에 굵은 글씨로 크게 썼다. **"나는 떠돌이가 될 운명을 타고났다."** 그다음엔 아무것도 쓰지 않았는데, 밴나이즈에 있는 삼촌 집에 처박혀 있거나 아니면 노상 TV 광고 오디션을 보러 다니는 열 살짜리 아이가 어떻게 계속 그런 결심을 간직할 수 있겠는가? 나는 책을 반납한 후 메리언을 거의 잊었다. 사실 하늘의 용감한 여성들 거의 모두가 잊혔다. 1980년대에는 메리언에 대한 으스스한 느낌의 TV 스페셜이 간간이 나왔고 메리언에게 열광하는 소수의 골수팬들이 여전히 인터넷에서 이런저런 설을 풀고 있었지만, 그녀는 어밀리아 에어하트*처럼 사람들의 기억에 남진 못했다. 어쨌든 사람들은 자기들이 어밀리아 에어하트에 대해 안다고 생각한다. 실은 잘 알지도 못하고, 실제로 가능한 일이 아닌데도.

내가 도서관에 자주 버려진 건 결국 좋은 일이었던 게, 다른 아이들이 학교에 다니는 동안 나는 로스앤젤레스 대도시권에서 백인 여자 아역(혹은 인종이 명시되지 않은 여자 아역, 이 역시 백인을 의미한다)을 뽑는 오디션 공고가 나올 때마다 보모나 미치삼촌이 사귀던 여자친구—이 두 범주는 가끔 겹치기도 했다—

---

* 1928년 여성 최초로 대서양 횡단에 성공한 미국 비행사로, 세계일주 비행중 남태평양에서 실종되었다.

의 보호하에 복도에서 접이식 의자에 앉아 기다리는 삶을 이어갔던 것이다. 내 생각에 가끔 미치 삼촌의 여자친구들은 그에게 좋은 아냇감이라는 인상을 줄 수 있으리라는 심산으로 모성애를 보여주기 위해 자진해서 나를 돌보겠다고 나선 것 같지만, 사실 그건 미치와 계속해서 사랑을 불태우기에 좋은 전략이 아니었다.

내가 두 살이었을 때, 부모님의 세스나 경비행기가 슈피리어호에 추락했다. 아니, 그랬을 것으로 추정된다. 아무런 흔적도 발견되지 않았으니까. 미치의 형인 우리 아빠가 비행기를 몰았는데, 미치의 말에 따르면 그들은 친구의 외딴 산속 통나무집으로 낭만적인 화해 여행을 가던 중이었다. 삼촌은 심지어 내가 어렸을 때도, 우리 엄마가 화냥질을 못 끊었다고 말했다. 그런 표현을 썼다. 미치는 어린 시절의 중요성 따위는 믿지 않았던 것 같다. "그래도 둘이 서로를 못 끊었지." 미치는 말장난의 중요성은 확실히 믿었다. 그는 '사랑은 통행료를 받는다'(통행료 징수원에 대한 이야기), '밸런타인데이를 위한 살인'(무슨 이야기일지 짐작해보라) 따위의 제목이 붙은 싸구려 TV 영화들의 감독을 맡으면서 이쪽 일을 시작했다.

부모님은 나를 시카고에 있는 이웃에게 맡기고 갔지만, 유언장에 따라 결국 나는 미치에게 맡겨졌다. 달리 아무도 없었다. 미치 외엔 이모나 고모, 삼촌이 없었고, 나의 조부모님들은 죽었거나 절연했거나 존재하지 않거나 신뢰할 수 없었다. 미치는 나쁜 사람은 아니었지만 본성이 기회주의자여서(할리우드식의), 나를 맡은 지 몇 개월도 안 되어 사과소스 광고에 출연시키기 위해 청탁 전화를 넣었다. 그다음엔 아예 내게 쇼반이라는 매니저를 붙여 꾸준히 광고, 특별출연, TV 영화(나는 〈밸런타인데이를 위한 살인〉에서 딸 역할을 맡았다)에 내보냈다. 그래서 나는 연기를 하거나 배역을 따려고 애쓰지 않았던 시간이 기억에 없다. 카메라가 돌고 낯선 어른이 내게 미소 짓는 법을 가르쳐주는 동안 나는 반복해서 플라스틱 조랑말을 플라스틱 마구간에 넣는다. 그게 정상적인 삶 같았다.

나는 열한 살에, 미치가 TV 영화에서 뮤직비디오로 넘어가고 그다음 독립영화의 세계로 기어오르기 위해 안간힘을 쓰고 있을 때, 이른바 대박의 기회를 잡았다. '케이티 맥기의 전성기'라는 제목의 아동용 시간여행 케이블 시트콤에서 케이티 맥기 역할을 맡게 된 것이다.

촬영장에서의 내 삶은 티끌 하나 없는 캔디 빛깔이었으며, 온통 언어유희와 깔끔한 줄거리, 촬영용 아크등이 비치는 뜨거운 하늘 아래 삼면이 벽으로 둘러싸인 방으로 이루어져 있었다. 나는 유행의 최첨단을 달리며 트윈세대*의 시대정신을 나타내는 의상을 입고 미리 녹음된 관객의 요란한 웃음소리에 맞춰 과장된 연기를 했다. 일을 안 할 때는 미치의 무관심 덕에 하고 싶은 걸 실컷 할 수 있었다. 메리언 그레이브스는 책에 이렇게 썼다. 어렸을 때 우리 남매는 대체로 방목되었다. 나는 내가 하고 싶은 대로 뭐든 자유롭게 할 수 있고 어디든 그곳으로 가는 길만 찾으면 갈 권리가 있다고 믿었다―내게 그렇지 않다고 말한 사람이 아무도 없었다. 나는 아마 메리언보다 더 충동적인 꼬마였겠지만 그녀와 마음은

---

* 열 살에서 열두 살 사이의 아동기.

같았다. 나에게 세상은 굴이고, 자유는 미뇨네트**였다. 삶은 우리에게 레몬을 주고, 우리는 레몬 껍질을 잘라 마티니 장식으로 쓴다.

내가 열세 살 때, 〈케이티 맥기의 전성기〉가 미친듯이 팔리기 시작하고 미치도 〈지혈대〉라는 작품의 감독을 맡아 뽕 맞은 똥통 속 돼지처럼 성공에 취해 뒹굴게 되자, 그는 우리의 공동 재산으로 베벌리힐스로 이사했다. 내가 밸리 지역에서 벗어나자 케이티 맥기의 오빠 역을 맡았던 애가 자기 친구들(돈 많은 쓰레기 고등학생들)을 소개해주었고, 그들은 나를 차에 태워 데리고 다니며 파티에도 가고 섹스도 했다. 미치는 내가 얼마나 나돌아다니는지 아마 몰랐을 것이다. 그도 늘 집을 비웠으니까. 가끔 우리는 새벽 두세시에 집에 들어오다 마주쳤는데, 둘 다 엉망으로 취한 채 마치 어느 떠들썩한 행사의 참석자로 호텔 복도에서 만난 사이처럼 서로 고개만 까딱하고 지나갔다.

하지만 좋은 일도 있었다. 〈케이티 맥기의 전성기〉에 출연한 아역배우들에게 공부를 가르친 개인교사들이 다 좋은 사람이었고, 그들이 내게 대학 진학을 권유했으며, 나도 솔깃해서 그 작품이 끝난 후 B급 TV 스타로서 상당한 가산점을 받고 뉴욕대학교에 용케 들어간 것이다. 나는 미치가 마약에 취했을 때 집을 떠날 수 있도록 미리 짐을 싸놓았는데, 그러지 않았더라면 그냥 L.A.에 남아 죽도록 파티나 즐겼을 것이다.

좋은 것일 수도, 나쁜 것일 수도 있는 일이 일어났다. 한 학기

** 굴에 곁들여 먹는 소스.

가 끝난 후 〈대천사〉라는 영화에 캐스팅된 것이다. 가끔 나는 연기를 그만두고 대학을 마쳤더라면, 그래서 대중에게 잊혔다면 어떻게 되었을지 궁금해진다. 하지만 카테리나를 연기할 기회와 함께 찾아온 그 막대한 금액의 돈을 거절할 수 있었을 것 같진 않다. 그러니 다른 건 다 상관없다.

잠깐 고등교육이란 걸 받았을 때, 나는 철학 입문 수업에서 제러미 벤담이 구상한 가상의 교도소인 판옵티콘에 대해 배웠다. 판옵티콘, 즉 원형교도소란 감방들을 거대한 원의 형태로 배치한 다음 중심에 아주 작은 감시탑 하나를 세우는 것이다. 감시탑에서는 언제라도 감방들을 감시할 수 있기에 간수도 한 명이면 충분한데, 감시당하고 있다는 생각이 실제로 감시당하는 것보다 훨씬 중요한 영향을 미친다. 그다음엔 푸코가 그 모든 걸 하나의 은유로 바꾸었으니, 개인이나 집단을 징계하고 지배하기 위해선 그들이 감시당하고 있을 수도 있다고 생각하게 만들기만 하면 된다는 것이다. 그 교수는 우리가 원형교도소를 두렵고 끔찍하게 생각하기를 원하는 듯했지만, 나는 나중에 〈대천사〉로 지나치게 유명해진 후, 케이티 맥기의 황당한 타임머신을 타고 그 강의실로 돌아가 교수에게 반대의 상황에 대해서도 고려해보라고 말하고 싶어졌다. 중심에 간수가 아니라 내가 있고 수천, 어쩌면 수백만에 이르는 간수들이 늘, 내가 어디를 가든 지켜보는 상황.

내가 교수에게 뭐라도 질문할 용기를 낼 수 있었으리란 말은 아니다. 나는 케이티 맥기였다는 이유로 뉴욕대에서 늘 사람들의 시선을 받았는데, 내가 거기 들어갈 자격이 없다는 걸 그들이 알고 있어서 쳐다보는 것 같은 기분이 들었다. 어쩌면 정말 그럴지도 모르지만, 공정성이라는 게 실험실에서 측정할 수 있는 건 아니다. 자신이 어떤 것에 대한 자격이 있는지는 알 수 없다. 아마 다들 모를 것이다. 〈대천사〉에 출연하기 위해 학교를 그만뒀을 때, 내게 선택권이 없는 백만 가지 의무를 지고 나 스스로 결정하지 않은 일정에 따라야 하는 세계로 돌아가는 것이 다행스럽기도 했다. 대학에서는 사전만큼 두꺼운 수강편람을 훑어보며 당혹감을 주체할 수 없었다. 구내식당에 들어가서도 온갖 종류의 음식과 샐러드바, 산처럼 쌓인 베이글, 시리얼, 소프트아이스크림 머신을 보며 생사가 걸린 엄청난 수수께끼를 푸는 기분을 느꼈다.

내가 모든 걸 망친 후 휴고 울지 경(마침 나의 이웃이었던 그 휴고 경)이 자신이 제작중인 전기영화 이야기를 꺼내며 토트백에서 메리언의 책—내가 십오 년 동안 잊고 지냈던—을 내놓았을 때, 나는 다시 도서관으로 돌아가 어쩌면 모든 답이 담겨 있을지도 모르는 얇은 양장본 책을 바라보는 기분이었다. 답이라는 말이 근사하게 다가왔다. 내가 원하는 것을 의미하는 듯했다. 사실난 내가 원하는 게 뭔지 잘 몰랐고 심지어 원한다는 게 어떤 의미인지조차 몰랐지만 말이다. 나는 대개 갈망이란 걸 불가능하고 모순된 충동들이 뒤엉킨 형태로 체험했다. 나는 메리언처럼 사라지고 싶었고, 그 어느 때보다 더 유명해지고 싶었으며, 용기와 자유에 대해 뭔가 중요한 말을 하고 싶었고, 용감하면서 자유로워지고 싶었지만 그게 어떤 의미인지는 몰랐다—그저 아는 척하는 법을 알았을 뿐인데, 그게 연기가 아닐까 한다.

오늘은 〈페리그린〉* 영화 촬영 마지막날이다. 나는 도르래에 매달린 실물 크기의 모형 비행기에 앉아 있고, 이 비행기는 곧 거대한 물탱크 위로 날아가 추락할 것이다. 나는 무게가 1천 파운드쯤 나가는 순록가죽 파카를 입었고 이 파카는 물에 젖으면 무게가 1백만 파운드쯤 되겠지만, 두려움을 드러내지 않으려 애쓰고 있다. 이 영화의 감독인 바르트 올로프손이 아까 나를 한옆으로 데려가서, 부모님이 그런 사고를 당했는데 정말로 이 스턴트 연기를 직접 하고 싶은지 물었다. 정면으로 맞서고 싶은 마음인 것 같아요. 내가 대답했다. 종결을 이용할 수 있지 않을까요. 그는 사뭇 지도자다운 얼굴로 내 어깨에 손을 올렸다. 당신은 강한 여성이에요. 그가 말했다.

하지만 종결은 실제로 존재하지 않는다. 그래서 우리는 늘 그걸 찾아다니는 것이다.

나의 항법사 에디 블룸 역을 맡은 배우 역시 순록가죽 파카를 입었고, 사고 후 기절할 예정이라 이마에 방수가 되는 피 분장을 하고 있다. 현실에서 에디는 늘 메리언의 좌석 뒤 데스크에 앉아 있었지만, 히틀러 청년단 헤어스타일에 히틀러 청년단 얼굴을 하고 극성스러울 정도로 쾌활한 두 형제 시나리오 작가들이 죽음의 다이빙을 위해 에디가 앞좌석으로 나오는 것이 낫다고 생각한 것이다. 뭐, 그런 건 아무래도 좋다.

우리가 만들고 있는 이야기는 실제로 일어난 일도 아니니까.

---

* peregrine. 명사로는 '송골매', 형용사로는 '방랑하는' '이주하는'이라는 의미를 지닌다.

나도 그 정도는 안다. 하지만 메리언 그레이브스에 관한 진실을 안다는 말은 못하겠다. 그건 그녀만이 안다.

여덟 대의 카메라가 나의 추락을 담을 것이다. 여섯 대는 고정되어 있고, 두 대는 다이버들이 들고 찍는다. 우리의 계획은 한 번에 끝내는 것이다. 최대로 두 번. 돈이 많이 드는 촬영이고, 애초에 거금도 아니었던 예산은 이제 고갈 단계를 넘어섰으며, 여기까지 온 이상 출구는 빨리 끝내는 것뿐이다. 최상의 시나리오는, 종일 촬영한다. 최악의 시나리오는, 내가 익사하여 결국 영화는 추모작이 되고, 결국 나는 부모님과 같은 신세가 되고 만다. 부모님과 다른 점이 있다면 목적지도 없이 가짜 비행기를 타고 가짜 바다에서 죽는다는 것뿐이다.

"정말로 이걸 하고 싶어요?"

스턴트 코디네이터가 내 안전장비를 점검하며 묻는다. 그는 진지하게 내 가랑이 주위에 손을 넣어 뻣뻣한 순록털에 파묻힌 띠와 클립들을 만져본다. 그 분야에서 일하는 사람들의 전형적인 모습을 하고 있다―가죽 느낌의 거친 얼굴에 가죽옷을 입고 있으며, 몇 차례 불완전한 복원 수술을 받은 결과 스톱모션 같은 걸음걸이로 걷는다.

"완전 하고 싶어요." 내가 대답한다.

그가 점검을 마치자 크레인이 우리를 들어올려 빙그르 돌린다. 물탱크 끝에 달린 커튼이 일종의 수평선 역할을 하고, 나는 연료가 동난 상태로 남극해 위를 비행하는 메리언 그레이브스가 되지만, 지금 있는 곳, 아무데도 아닌 곳에서 어디로도 가지 못할 것임을 안다. 물이 얼마나 차가울지, 죽는 데 얼마나 오래 걸릴지 궁금하다. 내가 가진 선택지들을 생각해본다. 나 스스로에게 한 약속을 떠올린다. 가넷새의 돌진.

"액션." 이어폰으로 감독의 목소리가 들려오고, 나는 지구의 중심으로 날아 내려가기라도 할 것처럼 가짜 비행기의 조종간을 민다. 도르래 갈고리가 풀리면서 우리는 다이빙한다.

조세피나이터나호

~

스코틀랜드, 글래스고

1909년 4월

미완성인 배. 굴뚝 없는 선체가 조선대에서 위로는 갠트리크 레인에, 아래로는 목재로 된 요람 모양 가대에 갇혀 있었다. 선미 너머로, 네 송이의 무력한 꽃 같은 노출된 프로펠러들 아래 클라이드강이 예상치 못한 햇살 속에서 초록빛으로 흐르고 있었다.

그 배는 용골부터 흘수선까지 적갈색이었고, 그 위로는 진수식을 위해 특별히 칠을 해서 신부처럼 새하얬다. (흰색이 신문 사진에 더 멋지게 나왔다.) 카메라 플래시들이 터진 후, 배가 의장을 위해 강에 홀로 계류되면 사람들이 배 옆구리에 굵은 밧줄로 매달아놓은 널빤지 위에 서서 선체의 금속판과 리벳을 광택나는 검은색으로 칠할 것이다.

두 개의 굴뚝을 선체 위로 들어올려 볼트를 박아 제자리에 고정시킬 것이다. 갑판에는 티크목을 깔고, 복도와 객실에는 마호가니와 호두나무와 오크목 장식판자를 댈 것이다. 소파와 안락의자와 다리를 뻗을 수 있는 긴 의자, 침대와 욕조, 도금된 액자에 든 바다 그림, 청동과 설화석고로 만든 신들도 들어올 것이다. 일등석 자기그릇에는 금테를 두르고 황금 닻(L&O 해운의 로고) 문양을 넣을 것이다. 이등석에는 푸른 닻과 푸른 테두리(이 해운사 상징색)가 들어갈 것이다. 삼등석은 소박한 흰 그릇으로 때우고, 승무원들은 주석 그릇을 쓸 것이다. 크리스털, 은, 도자기, 다마스크, 벨벳을 잔뜩 실은 유개화차들이 도착할 것이다. 다리가 뻣뻣한 짐승처럼 그물에 매달린 피아노 석 대를 크레인으로 들어 올려 배에 실을 것이다. 야자수 화분이 숲을 이루어 트랩을 오를 것이다. 샹들리에들이 걸릴 것이다. 악어 입처럼 접히는 갑판의 자들이 쌓일 것이다. 마침내 선체 하부의 구멍으로 쏟아부은 첫 석탄이 화려함과는 거리가 먼 홀수선 아래 석탄저장고로 들어갈 것이다. 배 안 깊은 곳의 보일러에서 첫 불이 피워질 것이다.

하지만 진수식 당일에도 그 배는 편의시설이라곤 없이 껍데기뿐인 쐐기 모양 강철로 남아 있었다. 배가 드리운 그림자 속에서 사람들이 복닥거렸다. 시끌벅적한 선박 노동자 무리, 구경 나온 글래스고 주민들, 신문과 샌드위치를 파는 부랑아들. 눈부시게 파란 하늘이 머리 위에 깃발처럼 걸려 있었다. 이 안개와 매연의 도시에서 그런 하늘은 길조로 받아들여질 수밖에 없었다. 브라스 밴드가 음악을 연주했다.

그 배의 새 주인이 된 미국인 로이드 파이퍼의 아내 마틸다는 스카치병을 겨드랑이 아래 끼고 수많은 푸른색과 흰색 깃발로 테를 두른 연단에 서 있었다. "샴페인이어야 하지 않을까?" 그녀는 사전에 남편에게 그렇게 물었다.

"글래스고에서는 그렇지 않아." 남편의 대답이었다.

마틸다는 배에 술병을 던져서 깨고 생각하기조차 싫은 이름을 붙여줄 예정이었다. 그녀는 자신에게 맡겨진 임무이자 카타르시스를 주는 유리병 깨기가 어서 시작되길 바라며 조바심치고 있었지만, 지금은 그저 기다릴 수밖에 없었다. 식이 지연되고 있었다. 로이드는 안절부절못하며 간간이 조선기사에게 말을 걸었고, 조선기사는 불안감으로 경직된 것처럼 보였다. 중절모를 쓴 불만스러운 얼굴의 영국인 몇 명이 연단 위에서 돌아다녔고, 조선회사에서 나온 스코틀랜드인 두 명과 마틸다가 알지 못하는 다른 몇 사람이 보였다.

1857년 로이드의 부친 언스트가 뉴욕에서 설립하고 1906년 로이드가 물려받은 L&O 해운이 이 배의 건조를 의뢰한 망해가는 영국 해운사를 사들였을 때, 그것은 이미 반쯤 만들어진 상태였다. (배는 '그녀'라고 부르는 거야, 하고 로이드가 누누이 이야기해줘도 마틸다에게 배는 영원히 '그것'일 뿐이었다.) 배 밑바닥에 철판을 까는 작업이 이루어지던 중에 돈줄이 말랐고, 로이드의 달러가 파운드로, 그다음엔 강철로 바뀌면서 작업이 재개되었다. 런던에서 온 중절모 사내들은 눈부시게 아름다운 날씨, 그 배를 처음 구상했던 때, 청사진을 놓고 벌인 논쟁, 현명한 작명 (나중에 로이드가 다른 이름으로 바꾸긴 했지만)에 대해 자기들끼리 침울하게 이야기했다. 그 모든 게 결국 헛수고가 되어버렸다. 바람난 아내를 둔 남편 같은 신세가 되어버린 그들은 정성들여 솔질한 모자를 쓰고서 깃발로 장식된 연단에 서 있었고, 브라스밴드의 신명나는 행진곡이 그들의 발치에서 힘차게 흘렀다. 배가 움직일 때 윤활유 역할을 하도록 조선대에 수지를 발라놓아서, 마틸다는 그 진한 동물성 냄새가 자신의 옷에 배어들고 피부를 뒤덮는 걸 느낄 수 있었다.

로이드는 L&O 해운에 활기를 불어넣을 새 여객선을 원했다. 언스트가 세상을 떠났을 때 L&O는 낡은 구닥다리 선단을 거느리고 있었는데, 대부분이 연안무역에 종사하는 비정기 화물선이고 그 외에는 대서양을 통통거리며 건너는 화객선과 아직도 태평양의 곡물과 구아노* 운송 항로를 운항하는 낡아빠진 범선 몇 척 정도였다. 이 배는 유럽에서 건너오는 가장 크거나 가장 빠르거나 가장 호화로운 여객선은 아니었지만—벨파스트에서 건조 중인 화이트스타 해운사의 괴물들에게는 전혀 위협이 되지 않았다—로이드는 아내 마틸다에게 배부른 거물 자본가들의 포커판에서 꿀리지 않는 앤티**가 될 거라고 말했다.

"무슨 일인가?" 로이드가 큰 소리를 내는 바람에 마틸다는 흠칫 놀랐다. 그 질문은 그들 가까이에 서 있는 그레이브스 선장, 애디슨 그레이브스에게 던진 것이었다. 몸에 밴 구부정한 자세가 큰 키에 대해 미리 사과하는 것처럼 보이긴 했지만, 그는 정말이지 거대했다. 몸은 거의 수척해 보일 정도로 말랐지만 뼈대가 곤봉처럼 굵고 육중했다.

"제동장치에 문제가 생겼네." 그가 로이드에게 말했다. "오래 걸리진 않을 걸세."

---

* 바닷새의 배설물이 쌓여 굳어진 덩어리로, 주로 비료로 사용된다.

** 포커게임을 시작할 때 의무적으로 베팅하는 기본금.

로이드는 배를 향해 얼굴을 찌푸렸다. "배가 족쇄를 차고 있는 꼴이야. 바다로 나가기 위해 만들어진 건데. 안 그런가, 그레이브스?" 그러더니 열정적인 태도로 돌변했다. "정말 굉장한 배 아닌가?"

그의 머리 위로 높이 솟은 뱃머리가 칼날처럼 예리했다. "훌륭한 배가 될 걸세." 그레이브스가 부드럽게 말했다.

그는 이 배의 수석선장이 될 사람으로, 진수식 참석차 로이드와 마틸다, 그들의 어린 네 아들―맏이 헨리는 일곱 살, 막내 리앤더는 돌도 안 된 아기였고 그 사이에 클리퍼드와 로버트가 있는데 그들은 방해가 되지 않도록 어딘가에서 두 유모의 보살핌을 받고 있었다―과 함께 이곳에 왔다. 마틸다는 항해중에 그레이브스에게 호감을 갖게 되기를 바랐다. 그는 불친절한 것도 아니고 절대로 무례하지도 않았지만, 그 과묵함만은 도저히 깰 수가 없었다. 그의 마음속을 캐보려는 그녀의 대담한 시도는 번번이 무위로 돌아갔다. 그레이브스 선장님, 무엇이 당신을 바다로 이끌었나요? 그녀가 어느 날 저녁식사 자리에서 물었다. 그러자 그가, 어느 방향으로든 충분히 멀리 가면 바다를 발견하게 됩니다, 파이퍼 부인, 이라고 대답했고, 그녀는 질책당한 기분이 들었다. 그녀에게 그는 남성적 삶의 근본적 불가해성을 상징하는 사람이 되었다. 로이드는 다른 사람에게는―확실히 마틸다에게는―인색한 일편단심으로 그레이브스를 사랑했다. 난 그에게 목숨을 빚졌어. 로이드가 숱하게 한 말이었다. 당신 목숨은 빚이 될 수 없어. 한번은 그녀가 남편 말에 반박했다. 만일 빚이 될 수 있다면 진짜 당신 게 아닌 거고, 목숨을 구했다고 할 수도 없지. 하지만 로이드는 그저 웃어넘기며 그녀에게 철학자가 될 생각을 해본 적이 있는지 물었다.

　그레이브스와 로이드는 젊었을 때 바크형 범선에서 선원으로 함께 일한 적이 있었다. 그레이브스는 직업 선원이었고, 예일을 막 졸업하고 온 로이드는 반쯤 시늉만 하고 있었다. 로이드의 부친 언스트가 아들에게 L&O를 물려받으려면 밧줄(글자 그대로)에 대해 배워야 한다고 말했던 것이다. 로이드가 칠레 앞바다에서 운나쁘게 뱃전 너머로 떨어졌을 때, 그레이브스가 신속하고 정확하게 그에게 밧줄을 던져준 다음 배 위로 끌어올렸다. 그후로 로이드는 늘 그레이브스를 생명의 은인으로 모셨다. (그렇지만 그 밧줄을 잡은 건 당신이잖아. 마틸다가 말했다. 거기 매달려 버틴 것도 당신이고.) 칠레 사건 후, 로이드가 회사에서 승진을 거듭하면서 그레이브스도 함께 올라갔다.

　연단에 더이상 그늘이 지지 않았다. 땀이 나서 마틸다의 코르셋이 몸에 달라붙고 살이 쓸렸다. 로이드는 그녀가 태어날 때부터 배 명명식을 거행할 줄 안다고 생각하는 모양이었다. "그냥 뱃머리에 병을 던지면 돼, 틸디." 그가 말했다. "아주 간단해."

　때가 되면 그녀 스스로 바로 지금이라는 걸 알게 될까? 누가 그녀에게 말해줄까? 그녀가 아는 건 배가 미끄러지기 시작하는 순간 누군가(그게 누군지는 그녀도 몰랐다) 분명 신호를 보낼 거고, 자신은 뱃머리에 위스키병을 던져 깨뜨리면서 배에 남편의 내연녀 조세피나 이타나의 이름을 붙일 거라는 사실뿐이었다.

　몇 개월 전 아침식사중에 그녀는 로이드에게 배 이름을 뭐라고 지을지 물었고, 그는 읽고 있던 신문을 내리지도 않고 대답했다.

　마틸다는 찻잔을 받침접시에 내려놓으며 달그락거리는 소리를 내지 않았다. 최소한 그 점은 자랑스러워할 수 있었다.

그녀는 로이드와 결혼할 때 어린 나이였지만 너무 어리진 않았다. 마틸다는 스물한 살, 로이드는 서른여섯 살, 로이드가 자신을 사랑해서가 아니라 재산과 출산 능력을 보고 선택했다는 걸 알 정도는 되는 나이였다. 그녀가 로이드에게 요구한 건 점잖고 신중하게 행동해달라는 것뿐이었다. 약혼 전에 그에게 그런 뜻을 전했고, 그는 친절하게 경청하고는 부부 간에 개인적인 사생활이 지켜져야 한다는 건 매우 타당한 일이라고, 자신은 너무 오래 독신생활을 즐겨왔기에 특히 더 그렇다고 말했다. "그럼 서로 이해가 된 거네요." 마틸다는 그렇게 말하고 손을 내밀었다. 그는 엄숙하게 그녀의 손을 잡고 악수한 다음 입을 맞추고서 한참 키스했고, 그녀는 자신도 모르게 사랑에 빠지고 말았다. 불행이었다.

하지만 약속을 어길 생각은 없었다. 그녀는 안간힘을 다해 로이드의 외도를 눈감아주며 아이들과 몸 가꾸는 일과 옷차림에 열정을 쏟았다. 그녀는 로이드가 자신에게 애정을 갖고 있고, 침대에서도 그녀가 짐작하는 일부 남편들의 경우보다 다정하다는 걸 알았다. 하지만 근본적으로 자신이 그의 취향이 아니라는 것도 알았다. 그는 까다롭고 만족시키기 어려운 여자들을 선호했는데, 그 여자들은 대개 마틸다보다 나이가 많고 심지어 로이드보다 연상인 경우도 많았으며, 배와 이름이 같은 여자보다는 확실히 나이가 많았다. 이 여자 조*는 이제 겨우 열아홉 살이었고, 피부와 머리색이 어둡고 변덕이 심했다. 하지만 마틸다는 사람들이 자신

---

* 조세피나의 애칭.

의 취향이 아닌 상대에게 정신없이 빠져드는 경우가 많다는 걸 알 정도의 식견은 있었다.

배 이름은 그녀의 인내와 관용에 대한 비참한 보상으로 여겨졌고, 그녀는 도자기그릇 달그락거리는 소리와 하인들의 시선에서 벗어나 혼자 있게 되자 눈물을 몇 방울 흘렸다. 그다음엔 늘 그렇듯 마음을 가다듬고 굳게 버텼다.

연단에서 로이드가 흥분 상태로 마틸다를 돌아보며 말했다. "거의 시간이 됐어."

그녀는 준비를 하려고 애썼다. 병의 목 부분이 너무 짧아서 잘 잡기가 힘든데다 실크 장갑까지 끼고 있어서, 그만 병이 손에서 미끄러져 쿵 소리와 함께 하마터면 위험했을 만큼 연단 가장자리에서 가까운 지점에 떨어지고 말았다. 그녀가 병을 집어드는데 누군가의 손길이 어깨에 느껴졌다. 애디슨 그레이브스였다. 그는 살며시 병을 빼앗았다. "장갑을 벗는 게 좋겠습니다." 그가 말했다. 마틸다가 장갑을 벗자 그는 그녀의 한 손을 잡아 병의 목을 감싸 쥐게 하고 남은 손은 손바닥을 펼쳐 코르크마개에 대게 했다. "이렇게요." 그가 옆으로 호를 그리며 던지는 시늉을 해 보였다. "겁내지 말고 힘껏 던져요. 병이 깨지지 않으면 액운이 오니까."

"고마워요." 그녀가 웅얼거렸다.

마틸다는 연단 가장자리에서 신호를 기다렸지만 감감무소식이었다. 뱃머리는 거대한 코를 당당하고 오만하게 치켜든 채 그 자리에 그대로 있었다. 남자들이 자기들끼리 다급하게 이야기를 나눴다. 조선기사가 급히 사라졌다. 그녀는 기다렸다. 술병이 점점 더 무거워졌다. 손가락이 아팠다. 아래쪽 군중 사이에서 남자 둘이 서로 밀쳐대며 소동을 일으켰다. 그녀가 지켜보는 가운데 한 남자가 상대방 얼굴을 때렸다.

"틸디, 얼른!" 로이드가 그녀의 팔을 잡아당겼다. 뱃머리가 미끄러지듯 움직이고 있었다. 너무 빨랐다. 그녀는 그렇게 큰 것이 그렇게 빨리 움직이리라곤 예상하지 못했다.

마틸다는 몸을 내밀고 멀어져가는 강철 벽을 향해 병을 던졌다. 어설프게, 팔을 머리 위로 들어서. 술병은 선체에 맞긴 했지만 깨지지 않고 그냥 퉁겨서 조선대에 떨어져 콘크리트 위에서 박살이 났고, 철퍼덕 소리와 함께 유리와 호박색 액체가 튀었다. 조세피나호는 뒤로 물러났다. 초록빛 강물이 선미 뒤에서 불룩하게 솟았다가 물거품이 되어 부서졌다.

북대서양

1914년 1월

4년 9개월 후

조세피나이터나호, 밤에 동쪽으로 가는 배. 검은 새틴 위의 보석 브로치. 어두운 동굴 벽에 홀로 박힌 크리스털. 빈 하늘의 위풍당당한 혜성.

배의 불빛과 벌집 같은 선실들 아래, 붉은 열기와 검은 먼지 속에서 힘들게 일하는 사람들 아래, 따개비 붙은 용골 아래, 대구떼가 지나갔다. 어둠 속에서 빽빽한 무리를 지은 유연한 몸, 볼 게 아무것도 없는데도 툭 불거진 눈. 물고기 아래로는 추위와 수압, 끝없이 펼쳐진 비어 있는 검은 공간, 먹이 부스러기를 쫓아 떠다니는 소수의 기이한 발광생물들. 그다음엔 빛이란 것이 존재한다는 사실조차 모를 눈먼 벌레들, 단단한 새우가 남긴 희미한 자취 말고는 아무것도 없는 모래바다.

애디슨 그레이브스가 저녁식사를 하러 가서 옆자리에 앉은 애너벨을 발견한 건 뉴욕을 떠나 두번째 맞이한 밤의 일이었다. 그는 선교의 남성적인 고요함에서 벗어나 식당의 떨림음과 활기 넘치는 불협화음 속으로 열의 없이 내려갔다. 그곳의 공기는 뜨겁고 습했으며, 음식과 향수 냄새가 진동했다. 그의 모직 제복에 달라붙어 있던 바다의 한기가 증발해버리고, 금세 땀이 나서 몸이 따끔거렸다. 그는 자신의 테이블로 가서 모자를 겨드랑이에 끼고 허리를 굽혀 인사했다. 승객들의 얼굴이 그의 관심을 끌고 싶은 탐욕스러운 열의로 빛났다. "안녕하십니까." 그가 자리에 앉아 냅킨을 흔들어 펼치며 말했다. 그는 대화에서 즐거움을 얻는 경우가 드물었고, 선장 테이블에 앉을 정도의 부나 명예를 갖춘 승객들의 자기만족에 찬 잡담에서는 확실히 더 그랬다. 처음에 그는 애너벨의 드레스가 연초록색이라는 것밖에 인지하지 못했다. 그의 다른 쪽 옆자리에는 갈색 옷을 입은 나이든 여자가 앉아 있었다. 긴 코스를 구성하는 유난스러운 요리들 가운데 첫번째 음식이 주방에서 연미복 입은 웨이터들 손에 들려 나왔다.

로이드 파이퍼는 L&O를 물려받자마자, 부친의 무덤 흙이 마르기도 전에 애디슨을 선장으로 승진시켰다. 델모니코 스테이크 하우스에서 저녁을 먹으며 로이드가 배의 책임자 자리를 맡기자, 애디슨은 환희를 드러내지 않으려 그저 고개만 끄덕였다. 그레이브스 선장이라니! 오래전 일리노이 농장에서 지내던 불쌍한 소년은 마침내 영원히 사라지게 될 터였다. 그의 반짝거리는 장화 뒤축에 가루가 되도록 짓이겨져 뱃전 너머로 내던져질 터였다.

하지만 로이드는 한 가지 작은 우려를 나타냈다. "그레이브스, 자넨 친절해야 하네. 대화를 나눠야만 해. 사람들이 돈을 지불하고 받는 대가에 그것도 포함되니까. 그런 눈으로 보지 말게. 그렇게까지 나쁘진 않을 테니까." 그는 불안한 기색으로 말을 끊었다가 물었다. "자네, 해낼 수 있겠나?"

"그럼." 애디슨이 대답했다. 그의 야망이 마음속 두려움을 이겼다. "당연하지."

웨이터들이 바삐 돌아다니며 콩소메 그릇을 날랐다. 애디슨의 오른쪽에서 갈색 드레스를 입은 이름 모를 부인이 자기 아들들의 상세한 경력을 마치 조약 조건을 낭독하듯 천천히 또박또박 이야기하고 있었다. 민트 젤리를 곁들인 양고기가 나와서 먹었다. 그 다음엔 로스트치킨. 샐러드를 앞에 두고 이웃의 낭독이 잠시 멈춘 사이 마침내 애디슨은 연초록색 드레스를 입은 여자에게 고개를 돌렸다. 애너벨, 그녀가 자신의 이름을 말했다. 그녀는 무척 어려 보였다. 그는 그녀에게 처음 영국에 가는 거냐고 물었다.

"아뇨." 그녀가 대답했다. "몇 번 다녀왔어요."

"그럼 여행이 즐거우십니까?"

처음엔 대답이 없었다. 그러다 그녀는 사무적인 어조로 말했다. "별로요. 하지만 아버지와 전 당분간 제가 뉴욕을 떠나 있는 게 최선이라는 결론을 내렸어요."

묘한 고백이었다. 애디슨은 애너벨을 더 자세히 살펴보았다. 그녀는 고개를 숙인 채였고, 식사에 열중한 듯했다. 그가 처음 생각했던 것보다 나이가 많은 이십대 후반이었고, 아무렇게나 찍어 바른 볼연지와 립스틱 때문에 흐릿하고 열에 들뜬 인상을 주었지만 대단한 미인이었다. 그녀의 머리칼은 팔로미노 말의 갈기처럼 크림색이었고, 눈썹과 속눈썹은 거의 보이지 않을 정도로 색이 옅었다. 그녀가 고개를 홱 들더니 그와 시선을 마주했다.

그녀의 홍채는 연푸른색이었고, 얼룩무늬 햇살 같은 밝고 옅은 고리들이 맞물려 있는 모습이 마치 선線세공을 해놓은 듯했다. 그는 그 눈동자에서 뻔뻔하고 노골적인 유혹을 발견했다. 가슴을 드러낸 채 그늘에 한가로이 누워 있는 남태평양의 여자들에게서, 항구 도시 뒷골목 어둠 속에 반쯤 숨은 매춘부들에게서, 등불 밝혀진 방으로 안내하는 가라유키상*에게서 익히 보았던 눈빛이었다. 그는 건너편에 앉은 그녀 아버지를 흘끗 보았다. 마르고 강단 있는 몸에 혈색이 좋은 그는 딸은 안중에 없는 듯 시끄럽게 떠들고 있었다.

"이런 거 경멸하시죠." 애너벨이 낮은 목소리로 말했다. "이 사람들과 이야기하는 거. 전 알 수 있어요. 저도 그렇거든요."

애디슨은 디저트를 사양했다. 볼일이 있다고 양해를 구했다. 그는 식당을 나와 계단으로 두 층을 올라가서 철커덩 소리와 함께 문─승무원 전용─을 통과해 선교 뒤의 개방된 갑판으로 향했다.

그는 난간 위에 팔꿈치를 올렸다. 주위엔 아무도 없었다. 바다가 가볍게 출렁거렸다. 달이 없는 맑은 하늘에 대리석무늬 솔기 같은 은하수가 활모양으로 펼쳐져 있었다.

아까 그는 무엇이든 경멸하기를 정중히 거부하고 그 젊은 여자에게서 고개를 돌린 다음 반대편 이웃에게 자제분들에 대한 흥미

---

* 19세기 후반에 해외 원정 성매매를 하던 일본 여성들.

로운 이야기가 더 있는지 물었다. 하지만 애너벨은 그의 주변에서 계속해서 불타올랐다. 초록 드레스, 옅은 속눈썹. 그 눈빛. 너무도 뜻밖의. 흔들림 없는, 그리고 생경한 푸른 불꽃.

그는 선교의 사무적인 분위기에서, 그리고 나중에 그의 선실로 주전자째 들여온 심야 커피에서 얼마간 위안을 느끼긴 했지만, 그녀가 여전히 불타올랐다. 뼈가 앙상한 무릎이 욕조 물 위로 튀어나온 상태로 앉아 그녀의 붉어진 뺨과 목덜미로 흘러내린 옅은색 머리칼을 생각하자, 손이 자연스럽게 사타구니로 갔다.

애너벨이 그의 선실 문을 두드린 건 자정이 훨씬 지나서였다. 여전히 초록 드레스 차림인 그녀는 유령 같았다. 애디슨은 그녀가 어떻게 자신의 선실을 찾아냈는지 알 수 없었으나, 그녀는 이미 여러 번 와본 것처럼 씩씩하게 안으로 들어섰다. 그녀는 그가 생각했던 것보다 키가 작아서 머리가 그의 가슴 높이밖에 오지 않았고, 심하게 떨고 있었다. 시퍼렇게 언 그녀의 몸은 몹시 차가워서 처음 몇 분간은 냉기 때문에 손을 대기가 힘들 정도였다.

뉴욕

1914년 9월

9개월 후

아기들이 울어댔다.

애너벨은 움직이지 않았다. 그녀는 애디슨의 붉은 벽돌 타운하우스(테두리 장식은 검은색이고, 검은 문에 놋쇠 노커가 달렸으며, 강 가까이에 있는) 침실 창가에 서서 길 건너 3층 창문 안에서 자고 있는 검은 고양이를 바라보고 있었다. 그 고양이는 종종 거기 있었다. 가끔 거기서 꼬리를 휙휙 흔들며 아래쪽 홈통을 쪼아대는 비둘기들을 지켜보았다. 그 고양이가 꼬리를 흔들면 애너벨도 손가락 하나를 흔들지 않을 수 없었다. 고양이가 멈추면 그녀도 멈췄다. 밤에 침대에 누워 잠을 이루지 못할 때도 손가락이 뻣뻣하고 아플 때까지 흔들곤 했다. 질책의 몸짓이었다. 똑딱똑딱.

겹쳐진 울음소리가 격렬한 절정에 도달했다.

쌍둥이에게로 가서 유황냄새를 풍기며 부글부글 끓는 지옥 풍경을 보느니 창가에서 움직이지 않는 편이 나았다. 칼이 있는 주방에도 가면 안 된다. 솜털 베개나 물이 든 대야도 피해야 했다. 아기들을 안아도 안 되는 것이, 창가로 걸어가 창밖으로 던져버릴 수도 있었다. 사악한 것, 어머니 목소리가 들려왔다. 사악한 것, 사악한 것, 사악한 것.

기숙학교에 다닐 때, 얼음폭풍이 지나간 아침이면 기숙사 현관에서 미끄러지는 걸음을 조심조심 옮겨 눈부시게 흰, 부서지기 쉽고 깨지기 쉬운 세계로 들어서곤 했다. 학교 중앙 잔디밭의 단풍나무들이 저마다 몸에 꼭 맞는 유리 케이스에 갇힌 채 고드름을 이빨처럼 달고 있었다. 아기들이 울면 그녀는 그 나무처럼 되었다. 먼저 뿌리를 내리고 그다음엔 얼어붙었다. 아기들 울음소리가 꽁꽁 얼어붙은 둥지를 맴도는 새들의 울부짖음처럼 멀게만 들려서 도무지 답할 수가 없었다.

아기들이 태어났을 때 애디슨은 조세피나호에 있었다. 애너벨은 예정일을 삼 주 앞둔 9월 4일에 진통을 시작했고, 쌍둥이들이 세상에 나온 건 꼬박 하루가 넘는, 영원처럼 길게 느껴지는 시간이 지난 6일―마른강 전투가 시작된 날―동트기 전이었다. 애너벨은 아기들에게 지어줄 이름이 떠오르지 않았고, 산파가 메리언을, 의사가 제임스(제이미라는 애칭으로 불릴)를 제안하자 그대로 받아들이겠다는 손짓을 했다.

애너벨에게 출산의 공포는 전쟁의 공포와 합쳐졌다. 이제 그녀는 비명을 지르고 피를 흘리는 게 어떤 건지 알게 되었다. 출산은 그녀가 방심할 때마다 찾아오는 고통의 목록에 새로 추가되었다. 시뻘건 물이 든 대야, 의사의 칼과 겸자, 봉합용 바늘. 그리고 피와 커스터드 같은 물질로 뒤덮인 새끼강아지처럼 작은 보랏빛 갓난아기들이 떠올랐고, 그들을 처음 보았을 때 느꼈던 공포, 의사가 그녀의 몸에서 내장을 떼어내 그걸 손에 쥐고 있는 것 같던 순간적인 착각이 되살아났다. 산파가 사전에 그녀에게 출산은 시련이지만 아기가 나오면 기쁨에 휩싸일 거라고 말해주었다. 그 여자가 거짓말을 했거나 아니면 애너벨이 비정상적인 엄마임이 분명했고, 후자일 가능성이 컸다.

출산 오 일째 되는 날 애디슨이 돌아왔다. 그는 얼떨떨한 표정으로 서서 아기침대를 들여다보더니, 고약한 땀냄새를 풍기며 헝클어진 머리를 하고 누워 있는 애너벨에게 시선을 돌렸다. 그녀는 따뜻한 물로 씻으면 젖이 잘 돌 거라는 의사의 말을 듣고서 목욕을 거부하고 있었다. 젖을 말릴 작정이었던 것이다.

"그럼 시원한 물로 씻어요." 주간 유모가 말했다. "국부가 가라앉게."

애너벨은 찬물로 목욕을 하느니 차라리 죽는 편이 낫다고 말했다. "유모의 일은 아기들을 돌보는 거예요, 내가 아니라. 난 그냥 내버려둬요."

그녀는 애디슨의 침묵에 침묵으로 응수했고, 그는 다음날 다시 떠났다.

"우울기가 좀 있는 거예요." 주간 유모가 말했다. "전에 이런 경우를 본 적이 있어요. 곧 원래 모습으로 돌아올 거예요."

원래 모습.

어둠에 싸인 유아기의 기억이 하나 남아 있었다. 달빛이 아기 방 커튼을 푸르스름하게 물들였고, 아버지가 곁에서 그녀를 안고 있었다. 아무도 그녀를 안아준 적이 없었다. 다른 몸의 온기가 그녀를 취하게 했다. 그녀는 본능적으로 아버지의 실크 가운 앞자락을 움켜잡았고 그가 떠는 걸 느꼈다. 그 기억은 거기서 끝났다.

일곱 살. 그녀는 머리힐에 있는 집 식기실에서 원피스를 들어올린 채 서 있었고, 열한 살쯤 된 요리사 아들이 그녀 앞에 쭈그리고 앉아 있었다. 문간에서 째지는 비명이 들리더니 거대한 몸이 퍼덕거리며 급히 달려들어왔다. 버슬을 넣어 부풀린 검은 치마를 입은 가슴 큰 유모가 마치 참새 둥지에 낀 까마귀처럼 작은 공간을 꽉 채웠다. 요리사 아들은 유모에게 짓밟혀 괴성을 냈다. 유모는 들어올 때 딱 한 번 비명을 질렀을 뿐, 그후로는 말없이 거친 콧김만 내뿜으며 애너벨을 위층으로 끌고 가서 벽장에 가뒀다.

벽장 안은 캄캄했지만, 열쇠구멍으로 복도 건너편 아기방의 침대 위에 있는 자신의 노란 퀼트이불과 방바닥에 얼굴을 박은 채 내팽개쳐져 있는 인형이 보였다. "내가 잘못했어요?" 애너벨이 벽장 밖의 유모에게 물었다.

"그건 너도 알 텐데." 유모가 말했다. "넌 아주 질이 나쁜 여자애야. 수치심보다 더한 걸 느껴야 해."

수치심보다 더한 게 뭘까? 애너벨은 쓰레받기와 가구광택제통들 틈에 쪼그리고 앉아서 궁금증에 젖었다. 그녀의 행동이 그토록 끔찍한 짓이라면, 이 집의 신이며 어머니나 유모보다 훨씬 권력이 센 아버지는 어째서 그녀의 그 부분, 요리사 아들은 그냥 보여주기만 해도 그녀에게 레몬캔디를 주고 유모는 양배추*라고 부르는 그곳을 만질 수 있도록 허용된 걸까? 이건 우리만의 비밀이

---

* 여성의 성기를 나타내는 속어로도 쓰인다.

야, 아버지는 자신의 방문에 대해 그렇게 말했다. 엄마는 알면 안 돼. 내가 너를 얼마나 사랑하고 네가 나를 얼마나 사랑하는지, 우리 둘이 얼마나 따뜻한지 알면 질투할 테니까.

애너벨이 요리사 아들에게 자신의 양배추를 보여준 날 어머니는 그녀의 맨다리와 엉덩이를 때리며 사악한 것, 사악한 것, 사악한 것이라고 했다.

첫번째 의사가 찬물에 매일 목욕을 시키고 채식을 시키라는 처방을 내렸다.

유모는 사악함이 무엇인지 묻는 애너벨의 질문들에 대답해주지 않았다. "그런 이야기는 너를 부추기기만 할 거야."

하지만 애너벨이 남자애들 양배추도 나쁜 건지 묻자, 유모는 웃음을 터뜨리며 이렇게 대답했다. "이 바보야, 남자애들은 양배추가 없어. 당근이 있지."

사악함은 채소와 관련이 있는 것 같았다.

애너벨은 스스로도 설명할 수 없는 이유로, 아기방이나 욕조에서 감시의 눈길로부터 벗어난 때를 노려 불안감과 죄책감을 느끼며 자신의 양배추를 만지기 시작했다. 그 감각은 정신이 기분좋게 몽롱해지도록 만들고, 몰입의 해방감을 주었으며, 달갑지 않은 생각―이를테면 언젠가 부엌에서 본 가죽이 벗겨진 채 혀를 빼물고 있던 양의 모습이나 어머니가 자신을 사악한 것이라고 부른 일―을 몰아내는 힘이 있었다. 심지어 아버지에 대한 생각도 무뎌지게 했다. 아버지는 좋은 걸 해주는 거라고 말했다. 그녀가 아버지의 방문을 두려워하는 건 그녀에게 뭔가 문제가 있기 때문이라는 것이었다. 그녀는 더 나은 사람이 되기 위해 노력하기로 했다.

아홉 살. 애너벨은 갑작스럽게 밀려든 차가운 공기와 아침햇살, 노란 퀼트이불이 홱 젖혀지는 느낌에 잠에서 깼다. 어머니가 퀼트이불을 투우사의 망토처럼 움켜쥐고 우뚝 서 있었다. 애너벨은 두 손이 잠결에 잠옷 속으로 들어간 걸 너무 늦게 깨달았다. 사악한 것, 어머니가 그녀를 도끼로 찍을 기세로 서서 말했다. 다음날 저녁 유모가 애너벨의 손목을 묶었고, 애너벨은 기도하듯 손깍지를 끼고 자야 했다.

"네 엄마는 좋은 여자야." 아버지가 그녀의 손목에 묶인 끈을 어루만지면서, 하지만 풀어주지는 않고 그렇게 말했다. "하지만 우리 둘이 따뜻해지고 싶어하는 걸 이해 못하지."

"내가 사악해요?" 애너벨이 물었다.

"우리 모두 조금은 사악하단다." 아버지가 대답했다.

두번째 의사는 늙은 사냥개처럼 눈 밑이 늘어지고 피부는 반점투성이에 귓불이 길었다. 그는 유리병에서 족집게로 거머리 한 마리를 꺼냈다. 그리고 그녀의 가랑이를 살며시 벌렸다.

귀가 웅웅 울렸다. 시야를 가리는 흰빛이 눈보라처럼 휘날리다가 후자극제*의 눈부신 충격에 갈가리 찢겼다. 의사가 문을 열어둔 채 그녀의 어머니와 이야기하러 나갔다.

과흥분이에요. 의사가 말했다. 매우 심각한…… 아직 절망스러운 단계는 아닙니다.

찬물 목욕을 더 많이 하고 매주 붕사용액을 발랐다. 그리고 향신료, 밝은 색깔, 빠른 템포의 음악, 활기 넘치고 자극적인 모든

---

* 의식을 잃은 사람 코밑에 대어 정신이 들게 하는 화학물질.

것을 멀리했다. 잠자리에 들기 전 호박색 병에 든 시럽을 한 스푼 먹었고, 그걸 먹으면 한없이 깊이 잠들었다. 아침에 베개에서 담배 냄새가 희미하게 풍길 때도 있었지만 간밤에 무슨 일이 있었는지 아무 기억도 나지 않았다.

열두 살 때, 잠에서 깨어 피투성이가 된 침대 시트를 본 애너벨은 겁에 질렸고, 어머니는 그녀에게 죽지 않을 거라고, 하지만 늘 사악함(그래, 또 그 소리)을 경계해야 한다는 걸 상기시키기 위해 매달 피가 나올 거라고 말했다.

그즈음 두 가지 사건이 더 일어났다. 첫째로 애너벨은 한동안 자신의 베개에서 담배 냄새를 맡지 못했음을 깨달았고, 둘째로는 기숙학교로 보내졌다. 다른 여학생들의 명랑한 수다, 그들이 읽는 책들과 취침 전 기도와 향수병과 어머니에게 보내는 편지, 서로를 파트너 삼아 연습하는 유쾌한 춤, 머리 모양을 가지고 야단법석을 떨고 볼을 꼬집어 발그레한 혈색이 돌게 하는 짓거리— 그 모든 것을 지켜보며 애너벨은 그들의 즐거운 발밑에서 황급히 도망치는 작고 검은 거미가 된 기분이었다. 자신이 세상에 대해 아무것도 모른다는 걸 깨달으며 맹렬한 분노에 휩싸였다. 그동안 세상으로부터 단절되어 살았던 것이다.

그 끔찍한 무지에서 어떻게 벗어난단 말인가?

주의를 기울인다. 엿듣는다. 면밀히 분석하면서 실마리를 찾아낸다. 도서관에서 마구잡이로 책을 고르고, 다른 학생들의 책을 더 많이 훔치고, 특히 그들이 숨겨둔 금지된 책들을 손에 넣는다. 『폭풍의 언덕』『보물섬』『해저 2만리』『문스톤』을 읽는다. 『드라큘라』를 읽고, 되도록 많은 짐승의 피를 마시기 위해 파리를 길러 거미에게 먹이고 거미를 길러 새에게 먹인 정신병원의 미치광이 렌필드에 대한 악몽을 꾼다. 『각성』을 훔쳐 읽고 바다로 걸어들어가는 꿈을 꾼다. 현실에서는 욕조의 물밖에 들어가보지 못했지만 말이다. (그녀는 학교에서도 찬물로 목욕을 해야 했다.) 이 책들을 통해, 어머니가 생각하는 것 외에 세상에 존재하는 수치와 사악함의 개념에 대한 뒤죽박죽 뒤섞인 이론들을 점차 정리한다. 어떤 여자들은 남자들의 손길을 원한다는 직감. (그 여학생들은 특정한 책을 보고 한숨지으며 베개에 몸을 기대면서 말했다. 너무 낭만적이야. 하지만 그들은 이상한 애로 여기는 애너벨에겐 그런 말을 하지 않았다.) 그녀는 모두가 잠든 시각이면 이제 양배추가 아니라 자신의 그곳이라고 생각하는, 시퍼렇게 얼어 있지 않고 동물적으로 살아 있는 것을 만졌다. 감각이 더 날카로워졌고, 신경이 찌릿해지는 낚싯바늘에 걸려 마치 그물처럼 찢어지며 끌어당겨지는 기분이었다. 그녀는 빛의 명멸과 소리의 진동을, 섬광과 고동을 발견했다.

일주일에 한 번씩 젊은 남자가 학생들에게 피아노를 가르치러 학교에 왔다. 그는 피아노 의자에 앉은 애너벨 위로 몸을 기울이고 긴 손가락으로 종을 울리듯 낮은 음들을 쳤다. 그는 거의 그녀와 비슷한 금발이었고, 눈썹은 놀란 듯한 인상을 주는 활모양이었으며, 머리에 빗질 자국이 있었다. 어느 날 애너벨은 그의 손을 잡고 자신의 원피스 위 그 부위에 끌어다놓았다. 그의 공포에 질린 얼굴이 그녀를 당황하게 만들었다.

애너벨은 불명예를 안고 좀더 급이 낮은 다른 학교로 보내졌으나 그로부터 한 달도 안 되어 어머니가 죽는 바람에 집으로 불려왔다. 아버지는 한때 그녀와 함께 따뜻해지고 싶어했던 걸 잊기라도 한 양 당혹감어린 정중한 태도로 소원하게 대했다. 유모도 떠나고 없었는데, 애너벨이 그 이유를 묻자 아버지는 넌 이제 유모를 두기엔 너무 크지 않았느냐고 대답했다. 애너벨은 너무 뜨거운 물에 목욕을 해서 마치 물에 익은 듯한 모습으로 나왔다.

(나중에 장례식장에서 사람들이 수군거리는 소리를 듣고서야 어머니가 수면제 한 병을 다 마셨다는 걸 알게 되었다.)

세번째 학교, 단풍나무들과 얼음폭풍이 있던 곳. 역사 선생님은 피아노 강사보다 나이가 많았고 그녀를 두려워하지 않았다. 그는 핑곗거리를 만들어 그녀를 자기 방으로 불렀다. "물 만난 고기로구나." 그가 푹 꺼진 소파에서 애너벨의 처녀 딱지를 떼어준 후 말했다. "너한테서 그게 보였지. 네가 이렇다는 걸 알 수 있었어."

"그게 무슨 뜻인가요?"

"네 눈빛이 그랬어. 나를 유혹하려는 의도 아니었니?"

"그런 것 같아요." 애너벨은 자신의 의도를 확실히 알진 못했지만 그렇게 대답했다. 그녀는 단지 그의 은밀한 시선에 답했고, 그가 이끄는 대로 따랐으며, 둘 다 거의 옷을 벗지 않은 상태에서 톱질하듯 압박해오는 둔중한 힘을 느꼈다. 나중에 그 방에서 나와 학교 잔디밭을 가로지르며 모든 인간과의 접촉이 그녀에게 남기는 후유증인 듯한 슬픔을 느꼈지만, 그 경험은 나쁘지 않았기에 역사 선생님이 다시 불렀을 때 기꺼이 그의 방으로 찾아갔다. 그는 시작하기 전에 돌아서서 더듬거리며 무언가를 했는데, 임신을 방지하기 위해 그렇게 해야 한다고 했다. 그녀는 경험이 쌓이면서 그의 도움을 통해 빛의 명멸과 소리의 진동을 끌어낼 수 있었고 간간이 고동과 섬광까지 얻을 수 있었다. 그후의 슬픔은 여전히 남아 있었지만 말이다.

"우리 도망가자." 그가 말했고, 그녀는 소파에서 그를 빤히 바라보고만 있었다. 그들이 갈 데가 있다고 생각하는 것이 혼란스러웠다.

애너벨은 그 학교에서는 쫓겨나지 않고 열여섯 살에 졸업해서 뉴욕으로 돌아갔다. 그리고 홀몸이 된 아버지의 미혼 딸로서 외견상 어엿한 배우자 역할을 하면서 만찬이나 파티, 여행에 동행했다. 그녀는 착해지려고, 사악한 욕구를 물리치려고 애썼다. 하지만 그 욕구를 물리치는 건 머리를 잘라내고 사는 것보다 어려웠다. 그녀는 남자들을 만났다. 그들의 분별력은 다양했다.

"결혼을 고려해봐야겠다." 그녀의 아버지가 말했다.

아버지의 재력에도 불구하고 뉴욕에는 애너벨과의 결혼을 꿈꾸는 남자가 없으리라는 것을 둘 다 알았다.

성관계가 해방감을 주는 건 사실이었으나 수치와 루머, 조롱도 함께 따라왔다. 그녀는 달라지고 싶었다. 남자들과 어울리지도 않고, 어두운 욕망에 사로잡히지도 않으며 살고 싶었다. 하지만 뜻대로 되지 않았다. 뉴욕에서도 실패했고, 런던에서도("어쩌면 영국인 남편을 만날 수도 있지," 그녀의 아버지가 말했다), 코펜하겐에서도("어쩌면 덴마크인 남편을 만날 수도 있지"), 파리에서도("어쩌면?"), 그리고 로마에서도(이탈리아인 남편 얘기는 없었다) 실패했다. 조세피나호에서도 실패했다. 그녀는 자신의 자궁이 사악함으로 물들어 아이를 가질 수 없을 거라고 생각했다.

"애디슨 그레이브스요." 임신이 확실해지자 그녀는 아버지에게 말했다.

"누구?"

"선장요. 배의 선장."

애너벨이 애디슨을 만난 그 밤, 저녁식사가 끝난 후 그녀의 아버지는 딸을 숙녀휴게실에 맡겨놓고 담배를 피우러 갔고, 그곳에서 빠져나오긴 쉬웠다. 그녀는 조세피나호 선미에 서서 검은 물과 프로펠러에서 솟아나는 은빛 물거품 덩어리를 바라보았다. 온몸을 타고 흐르는 두려움 때문에 두 손으로 난간을 꽉 잡고 있었다. 그녀는 세찬 바람, 지독한 추위, 물살을 저미는 거대한 프로펠러 날, 멀어져가는 배의 불빛을 상상했다.

수평선 너머로 사라져가는 배를 지켜볼 시간이 있을까? 별이 총총한 검은 구체의 중심에 홀로 남겨져 무수히 많은 고요한 빛의 점들을 마지막으로 보게 될까? 그보다 외로운 순간은 없을 터였다. 아니, 진실한 거지, 하고 그녀는 생각했다. 그녀가 체험한 삶에서는, 다른 인간들과 가까워져봐야 고독이 줄어들지 않았다. 그녀는 자꾸만 자꾸만 아래로 내려가 바다 밑바닥에 가라앉는 자신을 상상했다. 그녀의 불길을 완전히 꺼버릴 최후의 찬물 목욕.

바람이 드레스 속으로 스몄다. 자신의 의지력이 언제 무너질지 알 수 없었지만, 그날 밤은 사악함이 그녀를 구원했다. 사악함은 그녀가 바다에 뛰어드는 대신 애디슨의 선실로 가도록 이끌었다. 아까 저녁식사 자리에서 그는 그녀의 실체를 보았다. 그에게 간파당한 것이 그녀에겐 뺨을 맞은 듯한 충격으로 다가왔다.

품에 안아보면 아기들이 얼마나 예쁜지 새삼 느끼게 될 거라고 주간 유모가 말했다. 출산하면서 아기를 잃는 불쌍한 산모들도 있는데 건강한 아이를 둘이나 얻었으니 큰 행운이라고도 했다.

"하느님께서는 여자들을 어머니로 만드셨죠."

"당신이 생각이란 게 있다면, 그리고 당신의 하느님을 사랑한다면, 아기들을 내 가까이에 두지 않을 거예요." 애너벨이 말했고, 유모는 깜짝 놀라 아기들을 안고 나가면서 등뒤로 침실 문을 닫았다.

애너벨은 의사의 조언을 무시하고 쌍둥이가 태어나기 전에 신문에 아기 젖을 먹일 유모를 구하는 광고를 실어 제일 처음 지원한 두 사람을 뽑았다. 그들 둘 다 기혼자라고 주장했다. 하지만 둘 다 어쩌다 젖이 남아돌게 되었는지는 설명하지 않았고, 애너벨도 군이 묻지 않았다. "내가 보기엔 그런 행위는 매춘에 가까워요. 그런 사람들은 젖을 팔기 위해 자기 아기를 처참한 지경으로 몰아넣으니까요. 선한 여자들일 것 같지 않아요." 의사의 의견이었다. 하지만 애너벨은 선함에 관심이 없었다.

그녀가 새벽에 애디슨의 선실에서 자기 선실로 돌아갔을 때, 아버지는 자신의 방에서 연미복 차림 그대로 넥타이도 풀지 않고 빈 술잔과 가득찬 재떨이 옆에 앉아 딸의 방으로 통하는 문을 열어둔 채 기다리고 있었다. "애너벨." 그가 말했다. 늙고 지치고 체념한 모습이었다. "내가 네게 달리 어떻게 했어야 했냐?"

"잠을 잘 수 있게 해줬어야죠." 애너벨은 그렇게 대답하고 문을 닫았다.

뉴욕

1914년 10월

1개월 후

　상중인 로이드 파이퍼는 행복이 넘치는 로이드 파이퍼와 겉보기엔 다르지 않았다. 그의 코트와 모자는 완벽했다. 셔츠 칼라는 더할 수 없이 희고 빳빳했으며, 넥타이 매듭도 나무랄 데가 없었다. 걸음도 빨랐다.

　하지만 한 달 동안, 로이드 파이퍼의 삶과 습관을 실행하는 로이드 파이퍼는 살아 있는 껍데기, 속 빈 허수아비에 지나지 않았다. 그가 화물 목록을 검토하고, 석탄 가격을 협상하고, 점심으로 뉴버그식 게 요리를 먹고, 내연녀와 관계를 갖는 동안 내부에선 하나의 그림자, 뒤틀린 연기, 어둠의 영이 밖을 내다보고 있었다. 전에 거기 있던, 경멸어린 지성과 지칠 줄 모르는 에너지로 가득하던 쾌활하지만 무자비한 남자는 아들 리앤더의 마지막 숨결과 함께 사라져버린 듯했다.

　디프테리아. 여섯 살.

마틸다는 그녀의 침실(각자의 드레스룸과 공용 거실을 사이에 두고 로이드의 침실과 분리된)에서 아직도 나오지 않았고, 음식도 거의 입에 대지 않았다. 살아남은 아들들―헨리, 클리퍼드, 로버트―은 방해가 되지 않도록 유모가 따로 돌보았고, 로이드는 그들이 침울하게 훌쩍거리고 있는지, 아니면 소리를 질러대며 싸우고 있는지 몰랐다. 그는 원래 아들들의 일상에 관심을 가져본 적이 없었기에, 한 아이를 잃은 후 자신의 부성애라는 암반에서 석유처럼 검고 원초적인 고통이 솟아나리라곤 예상치 못했다.

열두 살이 된 헨리가 어느 날 밤 그의 서재로 찾아와 기숙학교에 보내줄 수 있는지 정중하게 물었다. 로이드는 엄마에겐 네가 가까이 있어야 한다며 허락해주지 않았다.

"엄마는 나를 보고 싶어하지도 않는데요." 헨리가 말했다. "방문을 두드려도 대답도 안 해요."

"여자들은 자기들의 감정이 심오하고 우월하다는 걸 증명해 보이고 싶을 때 연극에 의존하지. 슬픔에 탐닉해봐야 비극만 길어질 뿐이야. 계속 그러는 게 도움이 안 된다는 걸 깨달으면 방에서 나올 거다." 로이드가 말했다.

아들은 상처받고 풀이 죽어서 나갔다. 한밤중에 잠들지 못하고 뒤척이던 로이드는 마틸다의 무기력함을 질책하고 어서 기운 차리고 일어나라고 채근하기 위해 이불을 박차고 일어나서는 중간에 있는 방들을 성큼성큼 지나 마틸다의 침실로 들어갔다. 하지만 그가 뭐라고 말할 사이도 없이 틸다가 침대에 누운 채로 말없이 두 팔을 들었고, 그는 아내의 품에 몸을 던지고 울기 시작했다. 아들이 죽은 날 욕조에 앉아 고개를 숙여 얼굴을 물에 처박고 울부짖은 걸 제외하면 리앤더를 위해 운 건 그게 처음이었다. 틸디를 품에 안은 지 얼마나 오래됐는지…… 기억도 나지 않았다. 그녀는 울고 있는 그의 머리칼을 매만졌고, 그는 울다가 지쳐 잠이 들었다.

아침에 그는 말없이 그녀의 방을 나왔다. 하지만 밤에 다시 그녀를 찾아갔고, 그녀의 온기가 그의 마음을 녹여주었다. 그는 아내의 나이트가운을 밀어올려 그녀와 사랑을 나눴다.

그후 일주일이 지났고, 그의 낮과 밤은 상반된 성격을 띠었다. 낮에는 어둠의 영이 그를 지배했지만, 밤이면 아내의 몸이 그 영을 몰아냈다. 그는 틸디가 밤에 자신이 찾아가는 것을 어떻게 생각하는지 몰랐지만, 오늘 아침 집을 나서면서 보니 그녀가 아침 식사 자리에 아들들과 함께 있었다. 창백하고 조용한 모습이었지만, 살아 있는 사람들 사이에 꼿꼿하게 앉아 있었다.

운전기사가 그를 태우고 맨해튼이 바다에 발끝을 담그고 있는 지점에서 멀지 않은, 브로드웨이의 거의 끝자락까지 달려갔다. 로이드와 마틸다는 셋째 아들 로버트가 태어난 후 그래머시파크에 있는 집을 팔고 북쪽으로 이동하는 부유층의 행렬에 합류해 52번가에 새집을 마련했고, 로이드의 출퇴근 시간은 더 길어졌다. 그는 L&O 사무실을 조금 업타운 쪽으로 옮겨볼까 고려했지만—일부 사업이 이미 첼시 부두에서 이루어지고 있었다—다운타운에 깊이 뿌리박고 유착관계를 유지하고 있는 운송회사와 매표소 무리에서 멀어지는 게 아무래도 불안했다.

그러다가 자신이 부친처럼 외골수가 되어가는 것 같다는 걱정이 들기 시작했다. 언스트는 부가 쌓여가도 펄 스트리트의 좁은 아파트에서 이사하길 거부했다. 그리고 하나뿐인 아들의 대격변을 겪게 된 후 아이를 하나 더 낳는 것도 거부했다. 그는 상상력이 없었고, 돛에서 증기력으로 너무 천천히 옮겨갔다. 집에서는 독일어만 쓰고 독일어 신문만 읽었으며, 자신이 새로 정착한 나라에 대해서는 그저 돈 찍어내는 거대한 기계로만 여길 뿐 그 이상의 관심이 없는 듯했다.

여덟시 정각 운전기사가 웅장한 석회암 건물 앞에 차를 세웠고, 로이드는 차에서 내렸다. 수위의 과장된 인사를 본체만체하고 기둥이 늘어선 로비를 신속하게 지나 엘리베이터로 갔다. 이른 시각이라 9층은 한산했다. 벽에 걸린 거대한 지도들에 여러 항로가 표시되어 있었고, 하루하루 배들의 위치를 나타내는 압침이 여기저기 박혀 있었다. 그리고 얼마 안 남은 공간은 L&O 선단의 그림이 든 액자들이 점령하고 있었는데, 그중에서 가장 눈에 띄는 건 조세피나이터나호와 그 동생뻘인 자매 배 마리아포투나호(진수식 당시 로이드가 홀딱 빠져 있던 나이든 소프라노 가수 이름을 딴)였다.

로이드의 사무실에는 놀라울 정도로 눈에 띄지 않게 움직이는 젊은 비서가 책상 위에 조간신문들을 이미 정리해놓은 상태였다. 로이드는 평소 같았으면 차 한 잔을 내오라고 한 다음 효율적으로 신문을 훑어봤겠지만, 이날은 미동도 없이 앉아서 전쟁 관련 머리기사들을 바라보고 있었다. 독일군의 벨기에 습격. 산 사람들의 무덤처럼 파놓은 참호들. 유럽대륙에 뿌리내리는 전쟁.

석탄불을 들쑤신 것처럼 갑자기 시뻘건 분노의 불길이 일었다. 그는 독일이 전쟁에 져서 굴욕을 당하기를, 아버지가 무덤에서 나와 그 꼴을 보기를 바랐다. 세상 모든 사람이 아들을 잃은 심정을 알게 되기를 바랐다. 슬픔의 검은 기름막이 지구를 뒤덮기를 바랐다.

수천 명에 이르는 사람들이 조국으로 돌아가 이 유혈 참극에 동참하기 위해 뉴욕을 떠났다. 역이민. 그러나 열정의 파도는 잦아들고, L&O의 배들은 반도 차지 않은 채 동쪽으로 항해중이었다. 로이드는 언스트가 살아 있었더라면 그 뼈만 앙상한 늙은 손에 소총을 들고 독일로 돌아갔을지 궁금했다. 그랬을지도 모른다. 그게 아니더라도 어떻게든 은밀히 조국을 도울 방법을 찾았으리라. 스파이 노릇을 하거나 아니면 몰래 보급품과 군수물자를 보내거나. 아니면 완고하고 행동이 굼떴으니까 아무것도 못하고, 심지어 전쟁의 이득조차 보지 못했을 수도 있고.

그는 의자를 빙그르 돌려 창밖을 내다보았다. 서쪽으로 허드슨 강이 건물 사이로 살짝 보였다. 나중에 조세피나호가 첼시 부두를 향해 가는 모습을 얼핏이라도 보고 싶었다. 그는 애디슨 그레이브스와 술 한잔 했으면 좋겠다는 생각이 들었다.

로이드는 자신의 독일 정체성이 성가셨다. 그의 중간이름 빌헬름은 이제 유죄를 입증하는 증거, 부친이 벌인 비밀 공작행위로 느껴졌다. 하지만 이 전쟁은 새로운 기회를 제공할 수도 있었다. 그도 한몫 낄 수 있었다. 그는 부친과 달랐다.

서재 문을 조용히 닫고 나가던 헨리의 모습이 문득 떠올랐으나 얼른 밀어냈다.

"부인은 좀 어떤가?" 로이드가 애디슨에게 물었다. 그는 리앤더가 죽기 몇 주 전에 태어난 신생아들, 인생이 가져다준 그 부당한 횡재에 대해선 도저히 물을 수가 없었다.

애디슨은 자신의 위스키잔을 응시하며 말했다. "솔직히 말해서, 아무도 모른다네. 침대에 누워만 있나봐. 유모 말로는 아기들에게 아무 관심도 없고, 씻지도 않고, 아기들 젖도 안 준다는군. 유모도 출산 후 힘든 시기를 보내는 산모를 가끔 보긴 했지만 애너벨처럼 자기를 놀라게 한 경우는 없었대. 유모는 그걸 '지독한 우울'이라고 했네."

"우울은 우리집에도 있지. 전염병처럼 문에 표식이라도 달아야겠어."

"유감이네. 조문편지 보냈는데 받았나?"

"아마도. 모르겠어." 로이드는 위스키보다 진을 선호했다. 그가 진을 한 모금 마셨다. "그런 건 중요하지 않아, 조문편지니 뭐니, 그래도 아무튼 고맙네. 애너벨은 왜 그렇게 무너진 건가? 쌍둥이에게 무슨 문제라도 있어?"

"아니, 쌍둥이는 아주 건강해."

"그럼 병이라도 난 건가?"

"의사를 안 만나려고 해. 의사를 싫어하거든. 내가 보기에 병에 걸려서 그러는 것 같진 않네. 적어도 육체적으로는. 마치 출산을 애도하는 것 같다고나 할까…… 글쎄. 나로선 이해가 안 돼."

"억지로라도 의사에게 보여야지."

"그래, 어쩌면 그래야 할 것 같네."

"자네가 바다에 너무 오래 있었어."

"배에서는 내가 무얼 해야 하는지 아는데."

애디슨의 얼굴뼈가 그 어느 때보다 심하게 돌출되어 보였고, 살가죽이 두 광대뼈와 턱 사이에 헐렁하게 걸린 듯했으며, 눈썹이 눈에 그늘을 드리우고 있었다. 로이드의 안에서 어둠의 영이 깨어나 애너벨에 대한 악의를 드러냈다. 침대에 늘어져 누워 남편에게 부담을 주고 신생아들을 방치하는 여자라니, 그 자신과 마틸다가 견뎌야 하는 고통은 상상조차 못 할 터였다. 그는 문득 어서 집으로 돌아가 마틸다의 손길에 머리를 맡기고픈 갈망에 젖어들었다. 애디슨에게는 말하지 않았지만, 로이드는 애디슨과 애너벨이 결혼하기 전에 사교계 만찬에서 애너벨을 몇 번 만난 적이 있었고, 그녀에 관한 믿기 어려울 정도로 추잡한 소문들을 들었다.

"자넨 너무 인내심이 강해." 그가 애디슨에게 말했다. "부인에게 그만 일어나라고, 쓸모 있는 존재가 되라고 말하게. 여자들은 쓸모 있는 존재가 되는 걸 좋아하지. 애너벨이 얼마나 운이 좋은지 말해주게. 뭔가 변화를 줘봐. 부인이 살아 있다는 걸 상기시켜주라고." 로이드는 자신의 얼굴이 붉어지는 걸 느꼈다. 목소리도 거칠어져갔다. "필요하다면 삽으로 침대에서 떠내."

애디슨이 알 수 없는 표정으로 시선을 들었다. 나무라는 건가? 걱정해주는 건가? 그가 조용히 말했다. "어쩌면 자네 말이 맞을지도 몰라."

북대서양

1914년 12월

6주 후

조세피나이터나호가 불타고 있었다. 물에 뜬 화장火葬 장작더
미, 화염의 뗏목. 배가 스스로 바닷물에 처박히려는 듯 우현 쪽으
로―서서히, 서서히―기울었다.

매끄러운 검은 물. 불빛을 산란시키는 짙고 푸른 새벽안개. 수
면 아래로는 주름장식처럼 너덜너덜한 강철과 부서진 리벳들이
보였고, 보일러실에 물이 들어와 보일러 불이 꺼지고 화부들이
익사했으며, 앞쪽 선창도 침수되고, 물이 배관 사이로 솟구치고
싱크대와 욕조, 변기에서 쏟아지고 복도를 따라 흘러내리고 엘
리베이터 통로를 따라 올라가면서―서서히, 서서히―배를 옆으
로 끌어당기고 뱃머리를 아래로 잡아당겼다. 엔진이 꺼지고 프로
펠러가 멈췄다. 계단통으로 연기가 소용돌이치며 피어오르고, 흰
잠옷 차림의 승객들이 이미 유령이 되어 연기와 함께 굽이쳤다.

애디슨은 익사할 작정이었다. 갑판 위에 의연히 서서 물이 코

트 단추 위로 차오르고 금빛 견장을 삼키고 그를 휩쓸어갈 때까지 기다리려 했다. 그런 순간을 상상할 때면 늘 자신이 명예로운 길을 택할 것임을 알았으나, 배에 아내가 타고 있을 가능성은 염두에 둔 적이 없었고 갓난아기 둘이 같이 타는 건 더더욱 그랬다. 애너벨을 억지로 배에 태운 건 자신이었다. 로이드의 말처럼 그는 그녀를 침대에서 삽으로 떠내야 할 지경이었고, 무언가 대책을 세워야 했다. "당신도 평생 이렇게 비참하게 지낼 순 없잖아." 그가 아내에게 말했다.

"그러면 안 되는 이유를 모르겠군요." 그녀가 대꾸했다.

신선한 바다 공기가 그녀에게 도움이 될 거라고, 그는 확신이 없으면서도 자신 있게 말했다. 그가 명령을 내렸다—배, 공기. 그녀는 명령에 따랐다. 유모는 데려가지 말라고 그가 말했다. 그녀가 직접 아이들을 돌봐야 한다고. 그녀는 그 말에도 따랐다. 애너벨은 조용하고 수동적이면서도 다루기 힘든 짐짝처럼 배에 올랐다.

그 실험은 어느 정도는 성공한 듯했다. 항해 전까지는 단 하루도 아기들을 돌본 적이 없는 애너벨이 어쩔 수 없이 육아를 떠맡자 아기들을 강보에 싸고, 기저귀를 갈고, 야간 유모가 써준 비율에 따라 우유, 설탕, 대구간유를 섞어 배 주방에서 언제든 만들어 대령하는 따뜻한 혼합물이 든 젖병을 그들의 작은 입에 물리는 일을 그럭저럭 해냈던 것이다. 애디슨이 그 결과를 보면서도 자신의 결정이 옳았다고 확신할 수 없었던 건, 어머니의 여러 임무를 수행하는 애너벨의 태도에 어딘가 석연치 않은 구석이 있었기 때문이었다. 그녀는 무표정한 얼굴을 한 채 공장 노동자처럼 기계적으로 움직였다. 어느 날 밤 선미에 서서 검은 물을 내려다보고 있는 모습이 그의 눈에 목격되기도 했다.

배에 폭발 사고가 난 건 항해 닷새째였다. 리버풀에 도착하려면 아직 꼬박 하루를 더 가야 했고, 안개 때문에 속도를 늦춘 배는 잠망경들이 튀어나오고 기뢰들이 점점이 박힌 해역으로 들어선 참이었다.

배에 탄 승객은 겨우 오백이십삼 명으로, 배의 정원은 그 세 배였다. 승무원이 승객보다 더 많았다.

동트기 전 폭발이 일어났을 때 애디슨은 깨어 있었다. 애너벨이 한 아기에게 우유를 먹이는 동안 다른 쌍둥이가 울부짖는 소리에 울화통이 터진 그는 젖병과 아기를 낚아채어 자신의 침대로 갔다.

아기는 고무 젖꼭지를 물리자 울음을 그치고 옅은 빛깔 눈으로 그의 얼굴을 빤히 보았다. 애디슨이 강보를 느슨하게 풀자 얼룩덜룩한 반점이 있는 분홍빛 두 손이 나왔다. "애가 누구지?" 그가 물었다.

애너벨이 앉아 있는 곳에서는 그녀의 얼굴에 그늘이 드리웠다. "몰라요." 그녀가 말했다. "상관없어요."

아기의 몸이 그의 무릎 위에서 고동치고 있었다. 그 조그만 손가락들이 활짝 펼쳐졌다가 오므려졌다.

애디슨은 폭음을 듣기 전에 귓속의 압력 변화를 느꼈다. 소리가 사방에서 날아와 공중에 퍼졌다. 배가 몸부림을 치며 뒤틀리는 듯했다. 쉭 소리가 난 후 잠시 시간이 정지된 듯 정적이 흐르더니 물이 쏟아져들어왔다. 삐걱거리는 진동 후에 다시 고요해졌다.

"무슨 일이죠?" 애너벨이 물었다. 날카롭지만 두려움에 찬 목소리는 아니었다.

그는 서둘러 옷을 입었다.

우현 난간 일부가 망가지고 뒤틀려 있었고, 자세히 살펴보려고 다가간 그를 연기와 증기가 밀어냈다. 화재경보기가 높고 날카롭게, 미친듯이 울려댔다. 그는 선교에서 기관실에 정지 신호를 보내라고 명령했지만, 엔진은 이미 꺼진 뒤였다. 삼등항해사에게 아래로 내려가 살펴보라고 지시했다. 이미 우현이 기우는 게 눈에 보였다. 그는 꼼짝 않고 서서 자신의 장화를 내려다보며 계산을 했다. 선교 창문에 밀착된 안개가 눈가리개 같았다. "구명보트 준비해." 그가 말했다. "총비상경보 울려."

무전실에서 교환수들이 조난 구조요청을 보냈다. 점과 대시 부호로 이루어진 신호였다. 제일 가까이 있는 배는 상선으로 30해리 떨어진 지점에 있었는데 전속력으로 달려간다는 신호를 보내왔다. 하지만 두 시간은 있어야 도착할 터였다.

그는 불길, 기울어가는 우현, 푸른 안개, 검은 물을 고려했다. "배를 포기한다." 그가 일등항해사에게 말했고, 일등항해사가 다른 항해사들에게 큰 소리로 외쳤으며, 항해사들이 차례로 따라 외쳤다. 갈수록 희미해지기는커녕 오히려 커지는 이상한 메아리였다.

구명보트 갑판은 아수라장이었다. 승객들의 소란, 대빗* 크랭크 돌리는 소리, 증기의 쉭쉭거리는 소음 너머로 메가폰을 든 승

---

* 구명보트를 올리고 내릴 때 사용하는 장치.

무원들이 고래고래 소리를 질러대고 있었다. 애디슨은 배 전체를 활보하며 질서를 잡으려 애썼다. 그는 잠깐만 자리를 떠 애너벨이 아기들을 데리고 구명보트로 가고 있는지 확인한 다음 가족에게 짧고 의연한 작별인사를 하자고 자신에게 말했다.

그는 연기와 아우성을 헤치고 나아갔다.

애너벨이 선실에 없다는 단순한 사실은 마치 꿈속에서처럼 서서히 분명해졌다. 강보에 싸인 갓난아기들이 각자의 바구니에서 울부짖고 있었다. 애너벨은 안락의자에도 침대에도 없었다. 설비를 통해 바닷물이 쏟아져들어오는 욕실에도 없었다. 아기들은 성이 나서 보랏빛으로 물든 얼굴을 잔뜩 일그러뜨렸고, 스펀지 같은 분홍빛 혀가 빽빽 울어대는 입안에서 동그랗게 말려 있었다. 그는 옷장 문을 열어보았지만, 물론 애너벨은 거기에도 없었다. 그는 복도로 나가서 그녀의 이름을 불렀고 그다음엔 소리쳐 불렀다.

애디슨은 망설이지 않는 법을 오래전부터 몸에 익혔다. 로이드에게 밧줄을 던져주기 전에 망설였다면 그의 친구는 물에 빠져 죽었을 것이고, 자신은 그의 친구가 되지 못했을 터였다. 하지만 지금 그는 망설이고 있었다. 선실 한가운데 서서 상황이 바뀌기를, 어떤 해결책이 나타나기를 기다리고 있었다. 이윽고 그는 여전히 망설이면서 옷장으로 가서 권총을 케이스에서 꺼내 장전한 다음 방한용 외투 주머니에 넣었다. 그리고 바구니에서 아기들을 꺼내 한 팔에 하나씩 안았다.

기울어지고 있는 계단을 내려가, 심하게 기운 철문을 한쪽 팔꿈치로 걸쇠를 누르고 어깨로 밀어 열었다. 목을 가누지 못하는 쌍둥이의 머리가 마구 흔들려서, 그 애벌레 같은 몸뚱이들을 다루기가 여간 어렵지 않았다. 그는 구명보트 갑판에서 겁에 질린 군중을 헤치고 선미 쪽으로 가면서 목을 길게 빼고 몸을 돌리며 애너벨을 찾아보았다. 그녀는 어디 있는 걸까? 그 질문이 그의 마음속에서 귀가 먹먹해질 정도로 무자비하게 울렸다. 마음 한구석 조용한 곳에서 작은 목소리가 대답했다. 애너벨은 못 찾을 거야. 돌아올 계획이었다면 애초에 떠나지도 않았을 테니까.

아직 물에 띄우지 않았거나 불이 붙었거나 경사진 좌현 선체에 얹힌 구명보트들이 빽빽하게 모여든 군중에게 에워싸여 있었다. 우현의 구명보트들과 배 가장자리 사이로 위험한 틈이 벌어지고 있었다.

애디슨이 지나갈 때 구명보트 한 대가 밧줄에 매달린 채로 흔들거리며 내려지다가 기울어지며 뒤집히는 바람에 이미 사람들이 바글거리는 바다에 사람들을 쏟아냈다. 딱히 동정심이 들진 않았다. 사람들이 죽어가고 있었지만 그도 곧 죽게 될 터였다.

그는 12번 구명보트 앞에서 멈췄다. 틈이 벌어져갔다. 이 구명보트가 마지막으로 물에 띄워지는 구명보트 가운데 하나가 될 터였다. 그는 한 팔로 두 아기를 단단히 감아 안았다. 그리고 남은 손으로 권총을 꺼내 허공에 대고 쏘았다.

승객들이 비명을 지르며 쓰러져서 마치 돌풍을 맞은 키 큰 풀처럼 바닥에 엎드렸다.

그는 권총을 휘두르며 갑판 가장자리로 나아갔다. "물러서." 그가 사람들에게 말했다. "뒤로 물러서!" 그는 구명보트에 탈 사람들이 저 아래 검은 물 위로 벌어지고 있는 틈새를 건너뛰기 전에 몇 발짝 도움닫기를 할 수 있도록 반달 모양의 공간을 마련했다. 대빗을 맡은 승무원들은 필시 죽음을 맞이할 처지임에도 갈고리 달린 장대로 구명보트의 균형을 잡기 위해 애쓰고 있었다. 아기들이 울어댔으나 애디슨의 귀에는 울음소리가 거의 들리지 않았다.

그는 구명보트에 탈 사람들을 한 명씩 골라 군중 틈에서 끌어낸 다음 권총을 휙 움직여 그들에게 건너뛸 차례가 되었다는 신호를 보냈다. 여자들과 아이들. 여자들은 치마를 모아 안고 건너뛰었다. 아무도 바다에 빠지지 않았다. 그는 어떤 여자에게 자신의 아이들을 맡길지, 누가 끝까지 살아남을 것 같은지 찾기 시작했다.

구명보트가 다 찰 때까지 마음에 드는 얼굴을 찾지 못했다. 모두 낯선 사람이었고, 공포에 찬 눈과 알아들을 수 없는 말을 웅얼거리거나 덜덜 떨리는 입을 가진 여자들뿐이었다. 그의 품에는 고아가 될 아기들이 안겨 있었다. 그는 배 가장자리로 가까이 가서 한 아기를 넘겨주려고 강보를 잡았다. 쌍둥이 중 누구인지 알 수 없었다. 어서 짐을 벗고 물에 잠기고 싶었다.

아기의 얼굴을 본 게 실수였다. 그 무력한 분노 덩어리. 얼핏 본 그 모습에 턱에 어퍼컷을 맞은 듯 현기증이 일었다. 물이 물러나며 그를 뱉어냈다. 어떻게 이 아이들을 뒤집히기 쉬운 작은 보트에 탄 낯모르는 여자들에게 맡긴단 말인가? 물속으로 가라앉으며 심해의 괴물처럼 구명보트의 노나 뱃전을 붙잡으려고 팔을 뻗는 사람들이 우글거리는 바다로 어떻게 내보낸단 말인가? 구명보트가 뒤집히고 아기들의 흰 강보가 배에서 죽은 사람을 수장할 때 시신을 감싸는 캔버스 수의처럼 바닷속 깊이 멀어져가는 광경이 눈에 선했다. 아니, 아기들이 살아남는지 알아야만 했다. 그들이 무사히 육지에 닿는지 아니면 죽는지 두 눈으로 직접 확인해야만 했다.

그는 쌍둥이들을 품에 안고 큰 보폭으로 두 걸음을 걸어 구명보트를 향해 몸을 날렸다. 빽빽하게 몰려 있던 여자들이 뒤로 물러났고, 그는 아기들을 보호하기 위해 몸을 웅크린 채 반쯤 넘어지듯 착지했다. 몸의 균형을 되찾자 우뚝 서서 승무원들의 놀란 얼굴에 대고 소리쳤다. "보트 내려!"

복종이 몸에 밴데다 그가 권총을 지니고 있다는 걸 기억하는 승무원들은 삐걱삐걱 도르래를 움직였다. 여자들과 아이들, 그리고 남자 한 명을 태운 12번 구명보트가 군중과 연기에서 떨어져 나가, 덫에 갇힌 악마의 손가락처럼 현창들을 뚫고 나온 화염을 지나서 아래로 내려갔다. 물을 향해 덜컹거리며 천천히 내려간 구명보트는 부드러운 첨벙 소리와 함께 내려앉았다.

뉴욕

1915년 7월

7개월 후

파이퍼가의 새 아들이 밤에 짧은 진통 끝에 태어났다. 탯줄이
끊기고 어머니에게서 분리된 아기는 온전한 자신이 되어 목욕을
하고, 강보에 싸이고, 젖을 먹었다. 왕의 이름을 따서 조지로 불
리게 된 그 아이는 다섯째 아들이었지만, 파이퍼가의 다섯 아들
이 이 세상에 모두 함께 존재하는 건 영원히 불가능한 일이었다.

로이드는 옷을 다 입은 채 셔츠 칼라만 풀고 마틸다 옆에, 조그
만 조지를 가운데 두고 쓰러지듯 누웠다. "좀 어때?" 그가 물었다.

"피곤해." 마틸다가 믿기지 않는 듯한 어조로 말했다. "그래도
행복해. 행복해서 다행스럽고. 그 벅찬 감정—다른 아이들을 낳
을 때 느꼈던 그 감정을 아직도 느낄 수 있을 줄은 몰랐거든."

그는 갓난아기의 뺨에 손가락을 댔다. 마틸다가 임신 사실을
알게 된 건 조세피나호를 잃기 얼마 전이었는데, 로이드는 그때
부터 속죄하는 마음과 미신에 대한 믿음으로 아내에게 충실했다.

그 팔 개월 동안 그는 오직 한 여자 곁에서 수도자 같은 평온함을 맛보았다. (그가 전쟁 덕에 얻은 새로운 부가 기존에 지니고 있던 부 위로 신나게 쏟아진 데서는 수도자 같은 면모를 찾을 수 없었지만 말이다.)

로이드는 조세피나호에 대해 지나치게 감상적이었다. 열성만 앞섰지 아마추어 같았고 부친에 대한 분노와 리앤더를 잃은 슬픔에 휘둘린 탓에 결국 혹독한 대가를 치르고 말았다. 물론 불에 타 죽거나 물에 빠져 죽은 수백 명의 승객이 치른 대가는 더 혹독했지만. 그리고 애디슨 그레이브스는 싱싱 교도소에 수감되었다.

로이드는 어떤 식으로든 반反독일 활동에 기여하고 싶다는 생각을 하던 차에, 그의 배에 병기를 실어 영국으로 밀반입해달라는 친구 제럴드 드 레드버스 경의 제안에 반색했다. 그는 마음이 급한 나머지 충분한 조언을 구하지 않았고 충분한 예방조치도 취하지 않았다. 애디슨에게 일부 화물의 정체를 알려주지도 않고 그저 그것들이 화물 목록에서 빠진 걸 눈감아달라는 부탁—아니, 사실은 지시—만 했을 뿐이다.

하지만 이제 그는 군수품을 면포처럼 별생각 없이 배에 실어선 안 된다는 걸 이해하고 있었다. 그래도 폭발의 원인은 여전히 알 수 없었다. 병기가 든 상자들은 충분히 안전했을 터였다. 그는 그 화물이 제대로 포장되었다는 확신이 있었고 선적도 제대로 이루어졌으리라 생각했다. 뭔가 다른 문제가 있었던 것 같은데 그게 뭔지 알 방도가 없었다. 기이한 일이 있었으리라. 적어도 직접적으로는 그의 잘못이 아닌 일.

"내가 병을 못 깨서 그런 일이 생겼어." 사고 며칠 후 마틸다가 한 말이었다. "나 때문에 그 배에 저주가 걸린 거야."

"당신과는 아무 상관도 없는 일이야."

"배에 그 여자 이름을 붙이지 말았어야 했어."

"당신 말이 맞아." 그가 수긍했다. "내가 미안해."

로이드는 아내에게 사과라는 걸 해본 기억이 없었다. 그녀의
임신은 조세피나호 사태로 인한 충격의 시기에—꼭두새벽에 걸
려온 전화벨소리가 가져온 공포, 전보로 전해진 생존자와 실종자
수, 명단, 실종자 수와 명단을 수정하는 괴로움, 생존자들을 구
조한 화물선들의 혼잡한 갑판 사진들, 그리고 그 사진들 중 하나
에 들어 있던, 두 아기와 함께 살아남은 애디슨 그레이브스의 모
습—그들이 매달려온 부표였다.

로이드는 애디슨이 대중의 분노를 대부분 흡수할 것임을(언론
에서는 그에게 '겁쟁이 선장'이라는 별명을 붙였다), 그리고 자신
의 요청으로 화물 목록에서 빠진 수수께끼의 화물에 대해 누구에
게도 결코 발설하지 않을 것임을 즉시 알아차렸다. 다시금 애디
슨이 그를 구해줄 터였다. 그는 친구에게 미안했지만—너무 미
안했지만—그렇다고 뭘 어쩐단 말인가? 분명 애디슨도 L&O가
망하는 걸 원하진 않을 것이고, 로이드가 교도소에 가선 안 된다
는 사실도 이해할 터였다. 물론 마틸다는 제럴드 드 레드버스에게
로 가는 화물에 대해 몰랐다. 그녀는 이미 로이드를 너무 많이 용
서해주었다. 그러니 이 일까지 용서해주기를 기대할 순 없었다.

조세피나호가 침몰하고 오 개월 뒤 루시타니아호가 침몰했을
때, 그건 분명 끔찍한 비극이었으나 로이드는 그 사건이 자신의
상황에 도움이 되었음을 부인할 수 없었다. 조세피나호 역시 독

일군의 어뢰 공격을 받았을 가능성을 배제할 수 없었고, 어쩌면 독일군이 안개 때문에 실수로 공격해놓고 시인하지 않았을 수도 있었다. (로이드는 몇몇 기자에게 그런 의견을 흘리고 그 내용을 기사로 쓰고자 하는 기자들이 솔깃해할 유인책을 제시했다.) 루시타니아호 역시 모종의 군수품을 운송중이었다는 소문이 돌았다. 사람들은 음모론을 좋아했고, 배의 선창이 비밀을 숨기기에 좋은 장소임은 틀림이 없었다.

로이드는 침몰 사고 후로 무기 운송을 피했다. 어차피 그럴 필요도 없었다. L&O 선단은 강철, 목재, 고무, 밀, 소고기, 의약품, 양모, 말 등 온갖 상품을 운송하게 되었던 것이다. 그는 유조선 몇 척을 사들였고, 결국 석유산업에 관심을 갖게 되어 텍사스에 작은 자회사를 조용히 열었다. 지질학자 두어 명, 석유를 찾아 닥치는 대로 시굴하는 업자 몇 명, 황무지 임대 흥정을 담당하는 대리인 한 명으로 이루어진 소규모의 실험적 전초기지였다. 리버티오일, 로이드가 그 벤처에 붙인 이름이었다.

그가 영국 정부에 이례적으로 후한 할인을 제안하면서 마리아포투나호는 캐나다 원정군의 수송선 역할을 하게 되었다. (순전히 이타심에서 비롯된 결정은 아니었던 것이, 선창 관리권은 그가 갖기로 했다.) 깔끔하게 페인트칠이 되어 있던 마리아포투나호 선체에 적군의 거리측정기를 교란시키기 위한 요란한 줄무늬, 체크무늬, 가짜 선수파가 어지럽게 뒤덮였다. 어느 시점이 되면 미국이 참전할 가능성이 매우 컸고, 그러면 배가 더 많이 필요할 터였다. 로이드는 그런 상황에 대비할 계획이었다.

배 몇 척을 잃게 될 수도 있지만, 이미 예방주사를 맞은 터라 그에 대한 두려움이 덜했다. 어두운 영은 그를 떠났다. 아니, 어쩌면 자신도 모르는 사이에 그 영을 흡수해버렸을 수도 있었다. 슬픔이 아직도 그를 무겁게 짓누르고 있었지만 여전히 심장은 뛰고 폐는 부풀었다 오그라들었다. 그의 셔츠 칼라는 티끌 하나 없이 희고, 걸음은 빨랐다. 그는 내연녀를 만나 사랑놀음을 하면서 편안한 오후를 즐길 시간이 없었다. 최대한 품위를 지켜야 했다. (이렇듯 취지는 훌륭했지만, 그의 바람기는 전쟁중에만 멎었다가 결국 되살아났다.) 그는 다양성에 대한 욕구를 사업에 집중시켰다. 그는 거물이 될 작정이었다. 그리고 지금은 시작 단계였다. 세상에 태어나 처음 맞이한 밤의 산들바람을 느끼며 잠든 아기는 새로운 로이드 파이퍼의 아들이었다.

몬태나, 미줄라 인근

1923년 5월

조세피나호 침몰 8년 5개월 후

　메리언과 제이미 그레이브스는 샛강 위 길을 따라 걷고 있었다. 메리언이 앞장서고 제이미가 뒤따라갔는데, 둘 다 나이에 비해 키가 컸고, 여자아이가 머리를 땋은 걸 제외하면 둘이 거의 똑같았다. 금발의 말라깽이 아이들이 먼지와 꽃가루가 자욱한 햇살이 비스듬히 비치는 나무들 사이로 한들한들 걸었다. 둘 다 삼촌의 집 노르웨이인 가정부 베리트가 사다준 플란넬 셔츠와 오버올 작업복, 고무장화 차림이었고, 바짓가랑이를 장화 속에 집어넣은 채였다. 장화가 정강이 부분에서 특이한 소리를 냈다. 퍼덕 퍼덕 퍼덕.

　샛강 하류에서는 삼촌 월리스가 수채화물감으로 두껍고 빳빳한 스케치북에 개울과 나무들과 산을 옮기고 있었다. 햇살이 물과 바위에 반사되어 반짝이는 부분은 흰 공백으로 남겨두었다. 그는 오직 자신의 눈과 붓의 움직임만 의식하고 있었다. 그림을 그릴 때는 자신이 어린아이 둘을 맡아 키우고 있다는 것도, 결국은 돌아오리라 믿고 그 아이들을 야생에 개처럼 풀어놓은 것도 기억하지 못했다. 아이들 걱정을 하면 그림을 그릴 수 없었기에 아예 신경쓰지 않았다.

그보다 더 아래로 내려가면 미줄라가 자리잡은 태고의 빙하호 바닥이 나오며, 래틀스네이크*라 불리는 이 샛강 하류 근처에 방충망을 쳐놓은 포치와 작은 원형 탑이 있는 앤여왕시대 양식의 박공지붕 집이 있었다. 그 집에 윌리스와 쌍둥이들이 살았고, 베리트가 거의 날마다 바지런히 불결과 맞서 싸우고 있었다. 집 외관은 페인트칠도 벗겨지고 지붕널도 떨어져 허름한 모양새였고 집안의 가구들도 오래되어 낡아빠졌지만, 베리트는 모든 살림살이를 먼지 한 톨 없이 쓸고 닦아 반들반들하게 만들어놓았다. 집 뒤편에는 피들러라는 이름의 회색 거세마가 차지하고 있는 단칸 마구간과 작은 방목장이 있었고, 오두막도 한 채 있었는데 윌리스는 그 공간을 아내와 싸우고 집을 나왔거나 돈이 부족한 친구들에게 제공했다.

래틀스네이크는 그 집을 지나 철교 아래로 흘러 클라크포크강과 합쳐진 다음 미줄라를 도도히 통과하여 북서쪽으로 사라졌다. 클라크포크는 폰더레이호수에서 끝나고 블랙풋, 비터루트, 톰프슨 이 세 강도 모두 호수에서 합쳐져 컬럼비아강이 되었으며, 컬럼비아강은 태평양으로 흘렀다.

윌리스의 말에 따르면 물은 늘 더 큰 곳을 향해 흘렀다.

---

* Rattlesnake. '방울뱀'이라는 뜻.

"그래도 바다보다 큰 건 없잖아요." 메리언이 그에게 말했다.

"하늘이 있잖아." 월리스가 대답했다.

쌍둥이들은 상류를 향해 계속 올라가면 낡은 판잣집 한 채가 나오고, 그다음엔 흰 물이 이어지다가 그들이 제일 좋아하는, 망가지고 녹슬고 지붕 없는 포드 모델 T 자동차가 샛강 수위에 따라 때로는 물가에, 때로는 물에 반쯤 잠긴 채 모습을 드러낸다는 걸 알고 있었다.

그 차가 어떻게 샛강까지 들어올 수 있었는지는 수수께끼였다. 아이들이 가고 있는 그 길은 좁고 바큇자국이 깊이 패어, 걷거나 말을 타고 지나갈 수밖에 없었다. 월리스도 그 수수께끼의 답을 몰랐다. 베리트도 마찬가지였다. 월리스의 자유분방한 대학 친구들도 상상의 나래를 펼치긴 했지만 결국 답을 찾지 못했다.

메리언과 제이미는 판잣집을 지난 후, 둘 다 아닌 척하면서도 서두르기 시작했다. 그들은 주머니에 두 손을 넣고 한가로이 거니는 자세를 취했지만 다리는 더 빨리 움직였다. 포드의 깨진 운전대 앞에 앉아 운전하는 시늉을 하고 싶었던 것이다. 운전대를 잡지 않은 사람은 정비공이나 노상강도, 하인 역할을 맡았고 그 역들도 다 좋았지만 운전자만은 못했다. 가끔은 변화를 시도해서 차를 배라고 상상하고 둘이 번갈아 그들의 아버지 역할을 하며 키를 잡았다. 때로는 배가 침몰해 그들도 함께 바다에 가라앉았다.

그들은 사람들이 아버지에 대해 뭐라고 말하는지 알았고, 자신들을 유명한 겁쟁이의 자식으로 힘겹게 살아가도록 만든 아버지에게 화가 났다. 어머니는 그들의 놀이에 등장한 적이 없었다.

마지막 굽이를 돌자 그들은 앙상한 팔을 휘두르며 서로를 움푹

팬 바큇자국이나 바위를 향해 밀치면서 달리기 시작했다(퍼덕 퍼덕 퍼덕). 하지만 나무들 틈에서 뛰쳐나온 후에는 곧장 마지막 전력질주에 들어가지 않고 일단 멈췄다.

눈이 녹아 샛강이 불어난 탓에 물속으로 더 깊이 빨려들어간 자동차는 바퀴와 아직 성한 바닥이 물에 잠겨 있었다. 남은 앞바퀴들이 바위틈에 걸려 있었지만 단단히 고정된 건 아니라서 차체가 물살과 함께 흔들렸다.

"움직이니까 더 진짜로 운전하는 것 같을 거야." 메리언이 말했다.

"차가 저 틈에서 빠질 수도 있다는 생각 안 들어?" 제이미가 말했다.

"겁나?"

"그건 아니지만, 물에 빠져 죽고 싶진 않아."

"빠져 죽을 수가 없지. 여긴 그냥 샛강인데."

제이미는 미심쩍게 물을 살펴보았다. 매끈한 갈색 샛강의 가운데 부분은 울퉁불퉁하게 일렁였고, 물에 잠긴 바위들과 밑에서 솟구치는 차가운 채찍 끝 같은 물결이 흰 파도를 만들었다.

"그냥 판잣집에 가서 놀아도 되잖아." 제이미가 말했다.

"너 겁나는구나." 메리언이 말했다.

그는 대답하는 대신 물속으로 첨벙거리며 들어갔다. 장화에 물이 찼지만 커다란 바위를 끌고 가듯 안간힘을 다해 앞으로 나아갔다. 그들은 평소에 벌거숭이로 헤엄쳤지만, 삐죽삐죽한 금속과 벗겨지는 녹, 갈가리 찢긴 뻣뻣한 가죽, 녹슨 스프링에 붙어 있는 축축한 모직 조각들로 이루어진 그 차는 피부에 우호적이지 않았다. 그래서 제이미는 물이 찬 장화와 젖은 바지 차림으로, 무거운 한쪽 다리를 발판에 올리고 운전석으로 기어들어갔다. 브레이크 레버가 물 위로 갈대처럼 튀어나와 있었다.

메리언은 차가 제이미의 가벼운 체중도 이기지 못해 움직이는 게 마음에 걸렸다. 윌리스가 진흙탕에 박힌 캐딜락을 꺼내기 위해 그랬던 것처럼 흰 물이 범퍼를 어깨로 밀고 있었다.

"넌 안 들어와도 돼." 제이미가 외쳤다. "그래도 겁보라고 부르진 않을 테니까."

하지만 메리언은 물로 들어갔다. 물살이 빠른데다 바닥이 고르지 않아서 두 팔을 벌려 몸의 균형을 잡아야 했다. 얼음장처럼 차가운 물이 장화 속으로 쏟아져들어왔다.

"저리 비켜." 그녀는 차에 닿자 제이미에게 말했다.

"네가 항상 운전하잖아. 저쪽으로 돌아와."

"거긴 너무 깊어."

"그럼 내 위로 타고 넘어가."

메리언이 부서진 뒷좌석 가장자리를 잡는 순간 차체가 기울면서 오른쪽 앞바퀴가 바위틈에서 빠졌다. 그녀는 차를 놓치고 물에 빠졌다. 차체가 빙그르 돌자 물살이 차의 측면을 때리면서 차 안으로 쏟아져들어갔다. 제이미는 차가 흔들리다가 물살이 더 거친 깊은 물을 향해 미끄러지는 동안 입을 벌린 채 메리언을 바라보고 있었다. 이제 물에 뜬 포드는 힘없이 회전한 뒤 앞으로 나아갔고, 라디에이터가 조금씩 물속으로 사라져갔다.

차는 멀리 가진 않았다. 다시 바퀴들이 바위틈에 걸리자 제이미에게 물이 쏟아졌다. 메리언은 둑을 따라 빠르게 걸으며 그를 불렀다. 그의 옅은 빛깔 머리가 사라졌다가 다시 작고 매끈한 모습으로 떠오르더니 물살을 따라 떠내려갔다. 메리언은 바위투성이 물가를 비틀거리며 달리느라 그를 따라잡을 수 없었고, 잠시 그가 시야에서 완전히 사라졌다. 그녀는 헐떡거리며 나뭇가지들 아래로 몸을 숙이고 굽이를 돌았다. 그가 모래톱에 앉아 있었다. 제이미는 물에 흠뻑 젖은 채 거친 숨을 몰아쉬며 일어섰다. 오버올 바지는 물을 먹어 검고 무거워졌고 장화는 보이지 않았다. 그가 돌연 거칠고 의기양양한 환호성을 내질렀는데, 메리언이 남자어른들에게서만 들을 수 있었던 소리였다. 제이미는 발을 구르더니 바위 하나를 들어 물에 던지고 울퉁불퉁한 두 팔을 치켜들었다. 메리언은 끔찍한 질투심에 휩싸였다. 자신이 생존자가 되고 싶었던 것이다.

뉴욕, 오시닝
1924년 8월
1년 3개월 후

애디슨이 싱싱 교도소 문을 나섰을 때 그의 변호사 체스터 파인이 기다리고 있었는데, 평소처럼 구겨진 스리피스 정장을 입고 손에 든 책에 몰입해 있었다. 뉴욕에서 기차를 타고 온 체스터는 애디슨과 함께 기차를 타고 돌아갔고, 두 사람은 침묵 속에서 차창 밖으로 지나가는 허드슨강을 바라보았다. 수년간 체스터는 애디슨의 유일한 면회객이었다. 수감 초기의 어느 일요일 로이드 파이퍼가 나타났으나, 애디슨은 면회를 거부했다. 나중에 매점 직원이 로이드가 영치금으로 40달러를 넣어줬다고 알려줬지만, 애디슨은 그 돈을 쓰지 않도록 조심했다. 로이드는 편지도 몇 통 보냈지만 애디슨은 뜯지도 않고 버렸다. 그리고 어느 일요일 체스터가 전하기를, 로이드가 애디슨의 집을 비싼 가격에 사겠다는 제안을 해왔다고 했다.

"그게 자기가 보여줄 수 있는 최소한의 성의라고 파이퍼 씨가 전해달라더군요." 체스터가 혼잡한 면회실에서 그렇게 말했다. 두 사람은 허리 높이의 칸막이를 사이에 두고 나무의자에 앉아 있었고, 체스터는 구겨진 정장, 애디슨은 회색 죄수복 차림이었다. "쌍둥이들에게도 뭔가 해주고 싶다고 했고요."

"쌍둥이들은 그 사람 돈 필요 없습니다."

"언젠가는 필요할 수도 있겠죠. 파이퍼는 당신을 비난하거나 희생양으로 삼은 적이 없어요. 적어도 공개적으로는요. 침묵함으로써 의사를 밝힌 거죠."

"젊었을 때 내가 그를 바다에서 구해준 적이 있어요. 그는 그 일을 가슴에 깊이 새겼지요." 애디슨은 손목과 연결된 손바닥 끝부분으로 눈을 비볐다. "아니, 집은 파이퍼 말고 다른 사람에게 파세요. 집에 있는 물건들도 팔 수 있는 건 다 팔고 나머진 버리고요."

"전부 다요? 특별한 의미가 있는 물건은 없나요? 쌍둥이 어머니의 물건 중에 아이들을 위해 간직할 만한 건 없어요?"

"없습니다."

애디슨은 석방될 때(체스터 파인의 끈질긴 노력 덕분에 형기를 육 개월 줄일 수 있었다), 그의 영치금 계좌에 남아 있던 43달러 66센트가 든 봉투를 받아 안주머니에 넣었다. 다른 소지품은 끈으로 묶은 얇은 판지 서류첩 하나뿐이었다.

그랜드센트럴역에서 체스터 파인은 애디슨과 악수하고 행운을 빌어주며 작별인사를 한 다음 기차표를 건네고 모자를 살짝 들어 보인 후 가버렸다. 애디슨은 주위를 둘러보았다. 높은 창문에서 흐릿한 빛이 우아한 각도로 떨어지고 있었다. 더 높은 곳에서는 고귀한 금빛 황도대와 작은 별들이 고요한 청록색 하늘을 점령하고 있었다. 진짜 별들 아래 서본 지 구 년이 넘었다.

사람들이 드넓은 대리석 바닥에서 사방으로 흩어져 여러 터널로 우르르 사라지는 모습이 마치 볼베어링을 떨어뜨린 것 같았다. 그들은 그의 혼을 빼놓았고, 그 엄청난 수와 서두르는 태도, 풍족한 모습, 그리고 그들이 지닌 자유로움은 가히 공포스러울 지경이었다. 늘 사람들의 시선을 받는 데 익숙해진 그는 세상으로 돌아가도 여전히 조세피나이터나호의 비겁한 선장으로 악명이 자자하리라고 부지불식간에 믿고 있었다. 싱싱 교도소 문 앞에 야유하는 군중이 모여들고, 가는 곳마다 사람들이 자신을 알아보고 욕설을 퍼부으리라 예상했다. 하지만 그가 발견한 건 북적거리는 무심한 행인들뿐이었다. 그는 천장에 그려진 별들 아래서 자신이 잊혔음을 깨닫고 음울한 기쁨이 폭발하는 걸 느꼈다.

그는 햄샌드위치를 사고 나서 로이드 파이퍼가 보낸 40달러를 걸인의 모자에 던져주고는 터널로 내려가 시카고행 트웬티스센추리리미티드 열차에 올랐다. 시카고에 도착해서는 기차역 밖으로 나갈 엄두가 나지 않는 바람에 역 안에서 거의 종일을 기다렸다가 미줄라행 기차를 탔다.

보름달에 가까운 밝은 달이 뜬 맑고 포근한 밤이었다. 윌리스 그레이브스는 역에서 기다리고 있었다. 그는 집에서 키우는 개들 중에서 다리가 길고 검은색과 흰색 털이 섞인 개 한 마리를 데려왔고, 기차가 다가오면서 점차 전조등 불빛이 커지고 칙칙폭폭

소리가 요란해지는 가운데 둘이 함께 선로를 내려다보았다. 기관차가 열기를 내뿜으며 들어와 끼이이익 소리와 함께 정차했다. 속도를 늦추며 미끄러져들어오는 직사각형 빛 속에 든 사람들이 일어서서 모자를 쓰고 소지품을 챙겼다. 문이 열리고 사람들이 내렸다. 짐꾼들이 화물칸에서 여행가방을 끌어냈다. 윌리스는 승강장에서 애디슨의 구부정하고 거대한 실루엣을 찾아냈다. 그가 한 손을 들자 애디슨은 형제가 아니라 아는 사람을 대하듯, 거의 이십 년 만에 재회한 게 아닌 것처럼 고개를 끄덕였다. 윌리스는 그와 포옹하면서 거대한 해골을 품에 안은 기분이었다.

"짐은 어디 있어?" 윌리스가 물었다.

애디슨이 몸을 숙여 개와 인사했다. "짐 없어."

"거기 있네." 윌리스는 애디슨이 겨드랑이에 끼고 있는 얇은 판지 서류첩을 가리켰다. "안에 뭐가 들었어?"

애디슨은 목청을 가다듬었다. "네가 보낸 편지랑 사진. 그리고 네가 그린 아이들 그림."

윌리스는 교도소로 초상화 수십 점을 보냈지만 애디슨이 받았다는 연락을 해온 적이 없었기에 그림들이 교도소 쓰레기장으로 사라지는 상상을 하며 살아왔다. 초상화라고 해봐야 펜과 수채물감으로 가볍게 스케치한 소품에 불과했지만, 자신의 작품이 파괴될 거라는 생각은 무력하고 섬뜩한 느낌을 줬다. 그런데 이제 끈으로 세심하게 묶은 얇은 판지 서류첩을 보니 목이 메어왔다.

애디슨이 집을 떠나 바다로 갔을 때 윌리스는 어린 나이였고, 형과 떨어져 지낸 십 년 동안 호두나무 아래 이름 없는 묘비들이 잇따라 세워졌다. 사산아들이었다. 십일 년 후, 윌리스는 말없는 부모님과 죽도록 일해야 겨우 굶주림을 면할 수 있는 척박한 가족 농장에서 도망쳐 애디슨이 해마다 보내오는 편지의 봉투 왼쪽 상단 귀퉁이에 휘갈겨진 주소로 찾아갔다.

허드슨 강변의 붉은 벽돌집. 애디슨은 청년 시절에도 이미 과묵하고 수수께끼 같은 성격이었지만 소박한 세간과 먼 곳에서 사온 괴상한 기념품들이 있는 그 집에 월리스를 들였다. 그리고 미술학교 학비까지 대주었다.

월리스가 차 있는 쪽을 가리키며 말했다. "가자. 이쪽이야."

그의 특별한 기쁨인 기다란 회색 캐딜락 투어링카가 역 입구 쪽에 세워져 있었다. 그가 1913년 맞이한 대대적인 연승행진 기간에 카드놀이로 손에 넣은 차였다. 그 한 달 동안 광산촌을 돌며 도박을 해서 그 차를 땄을 뿐 아니라 발길 닿는 매춘굴마다 들르고 그다음엔 집까지 한 채 살 수 있을 정도로 많은 돈을 벌었다. (1915년 대대적인 연패행진이 시작되기 전 집에 재산을 쏟아부은 건 결과적으로 현명한 결정이었다.) 월리스는 애디슨이 그 차를 더 잘 감상할 수 있도록 일부러 신경써서 가로등 아래 주차했다. 아직도 번쩍거리는 검은 외장, 접히는 지붕, 야외에 나갈 때 편리한 두껍고 트레드가 깊은 타이어, 개들이 발톱으로 심하게 긁어놓은 검은 가죽 좌석.

"메리언이 이 차를 얼마나 애지중지하는지 몰라." 그가 애디슨에게 말했다. "재밌는 애야. 틈만 나면 밖에 나가서 차에 광을 내거나 엔진을 만지고 있다니까. 정비소에 맡길 때는 아예 그애도 거기 같이 떨어뜨려놔. 실컷 구경하라고."

"편지에 썼잖아."

"형이 답장을 안 해서 그렇지." 윌리스가 과장된 동작으로 조수석 문을 열어주며 형에게 타라는 몸짓을 했다. 개가 먼저 꿈틀거리며 올라타서 뒷좌석으로 뛰어넘어갔다. "쌍둥이들 많이 보고 싶지? 아이들도 같이 오고 싶어했는데, 내가 떼 지어 몰려가면 안 된다고 했어. 밤늦은 시간이기도 하고. 도착하면 아이들은 자고 있겠지만, 그래도 살짝 볼 수는 있으니까. 아이들은 날씨가 춥지 않을 때는 포치에서 자. 아니, 위험할 정도로 춥지 않을 때는."

"알아." 애디슨이 차문을 닫으며 말했다. "편지에서 읽었어."

"답장을 안 했잖아." 윌리스는 반대쪽으로 돌아가서 운전석에 탔다. "그래도 그 뭐냐, 재정적 지원은 고마워. 아주 반가웠어." 그는 시동을 걸었다. "집은 안 멀어." 그가 연석에서 차를 빼며 말을 이었다. "제이미랑 메리언에게 아침에 형을 깨우면 안 된다고 단단히 일러났어. 꼭두새벽에 일어나거든. 아침이 될 때까지 저희들끼리 노는 게 습관이 됐어. 샛강에도 가고, 산에도 가고. 어디 가는지는 나도 몰라. 무관심한 소리로 들리진 않았으면 좋겠어. 어차피 그애들은 못 말리니까. 대개는 말을 타. 운전은 할 줄 알아?"

"아니."

"바다에선 별 필요가 없으니까."

"교도소에서도 그렇고."

"그렇지, 맞아. 금방 배울 거야. 내가 가르쳐줄게. 메리언은 벌써 거의 다 할 줄 알고 페달을 밟으면서 동시에 운전대 너머로 앞을 보는 것만 못해. 아직은 한 번에 하나씩만 할 수 있더라고. 제이미는 메리언보다 관심이 덜해—아니, 배우려는 집착이 덜하다고 해야겠지. 보통은 메리언이 열정을 보이는 일들과 거리를 두는 편이야. 제이미는 경쟁을 좋아하는 아이가 아니니까. 그앤……음, 아주 온화해. 형도 곧 알게 될 거야. 어쨌든 운전은─일단 배워두면 혼자 어디든 돌아다닐 수 있으니까. 형 차를 따로 사야겠다 싶어질지도 몰라. 내 생각엔 형이─"

"월리스." 애디슨이 말허리를 잘랐다. "어디 수영하러 갈 데 없니?"

"수영?"

"응."

"생각해볼게." 월리스는 형을 기쁘게 해주고 싶은 마음에 속도를 늦췄다. 클라크포크나 비터루트는 안 된다, 밤에는 아니었다. 떠오르는 곳이 있었다. "어디 있을 거야." 그는 서쪽으로 방향을 돌려 자갈길로 들어섰고, 그다음엔 흙길이 나왔다. 길가에 숲이 우거지진 않았지만 나무들이 자라고 있었고, 공기가 상쾌했다. 전조등에 비친 사슴 한 마리가 바큇자국이 깊게 패어 울퉁불퉁한 길을 둥실 떠가듯 건너 사라졌다. 차가 덜컹거리며 흔들리자 애디슨이 움찔했고, 월리스는 형에게 사과하고픈 충동과 싸워야 했다. 마치 이 여정이 그의 생각이었던 것처럼, 이 모든 게 그의 생각이었던 것처럼.

월리스는 아이들을 원한 적이 없었고 독신으로 사는 것 외에 다른 어떤 삶도 원하지 않았지만, 체스터 파인이 전보로 보내온 문의에 주저 없이 긍정적인 답장을 보냈다. 자신의 집과 시간, 그리고 관심의 일부를 차지하게 될 두 아기를 맡기로 한 것이다. 그는 더러운 욕구들을 삶의 가장자리로, 대부분 눈에 보이지 않는 곳으로 쓸어냈다. 기꺼이 그 모든 일을 했다. 그는 어렸을 적부터 도무지 알 수 없던 형의 수수께끼 같은 성격에 대한 실마리를 얻기 위해 제이미와 메리언을 자세히 관찰하곤 했다. 메리언의 고집은 아버지를 닮은 건지 아니면 상상 속 인물이나 다름없는 애너벨이 물려준 건지, 제이미가 동물의 고통을 보면 심신이 쇠약해질 만큼 공포에 질리는 건 누구의 영향인지 궁금했다. 제이미는 둥지에서 떨어진 새, 다친 토끼, 길 잃은 개, 채찍에 맞은 말을 보면 불쌍해서 어쩔 줄 몰랐다. 잔인함은 삶과 불가분의 관계에 있는 거라고 월리스가 설명해줬지만 제이미는 쉽게 설복당하거나 위안을 받지 못했다. 집에 개가 다섯 마리 미만일 때가 드문 것도 놀라운 일은 아니었다.

물론 월리스는 애디슨이 부디 아이들에 대한 책임을 분담해줬으면 했다. 그러면서도 석방 후 오두막에 와서 지내라는 자신의 제안을 형이 (간단명료하게) 받아들였을 때 기뻤던 것, 그리고 애디슨이 즉시 제이미와 메리언을 데리고 떠날 계획이 없다는 사실에 안도했던 것이 놀라웠다. 그는 자신이 아이들을 잃는 걸 두려워하고 있음을 깨닫지 못했던 것이다.

길은 풀이 우거진 얕은 오르막에서 끝났고 오르막 끝에서 위를 향하는 전조등 불빛에는 아무것도 비치지 않았다. "저 아래 작은 연못이 있어." 월리스가 시동을 끄며 말했다. 곤충의 불협화음이 샘물처럼 솟았다.

애디슨은 차에서 내려 좌석에 재킷을 개어놓고 그 위에 모자를 올려놓은 다음 물을 향해 걸어갔다. 월리스도 따라갔다. 강의 만곡부에 침적토가 쌓이면서 생겨난 초승달 모양의 작은 연못이었다. 연못의 볼록한 중심부에 달이 떠 있었다. 애디슨은 넥타이 매듭을 잡아당겨 느슨하게 푼 다음 그게 교수형 올가미라도 되는 듯 머리 위로 휙 벗어던졌다. 셔츠 역시 그렇게 열띤 동작으로 벗었다. 월리스는 달빛 속에서 형의 척추의 둥근 마디들과 쇄골 아래 그림자를 볼 수 있었다. 애디슨은 신발을 힘겹게 벗고 양말을 훌렁 벗어던진 후 허리춤의 벨트와 단추를 풀었고, 바지와 속바지가 발목으로 떨어지면서 희끄무레한 엉덩이가 드러났다. 그는 울퉁불퉁 옹이진 황새다리로 물에 들어갔다. 물이 종아리까지 차오르자 마음속에서 무언가 폭발한 듯 광분한 짐승처럼 첨벙거리며 달려가더니 물속으로 다이빙했다. 개가 요란하게 짖어대며 쫓아갔다.

월리스도 옷을 벗고 찬찬히 따라갔다. 연못 바닥이 발을 빨아들였다. 그는 심호흡을 하고 수면 아래로 내려갔다. 물 위로 떠오르자 발끝으로 겨우 설 수 있었다. 애디슨은 두 팔을 펼치고 물에 떠서 가슴으로 수면을 가르며 하늘을 바라보았다. 개가 지나가면서 만든 V자 모양 물결에 달이 흔들렸다.

"괜찮아? 형이 원하던 거야?" 월리스가 물었다.

"난 몇 년 동안 원하는 게 아무것도 없었어." 애디슨이 말했다. "하지만 그러다가 수영이 하고 싶어졌지."

애디슨은 싱싱 교도소에서 보낸 구 년이 넘는 세월 동안 거의 잠을 잘 수 없었다. 오래전 죽은 죄수들이 채석한 석회석으로 지은 그 교도소에서 그의 감방은 가로 7피트 세로 3피트 크기의 무덤이나 마찬가지였고, 그는 소등 후에는 꼼짝 않고 누워 정신이 말똥말똥한 채로 똑같이 생긴 여섯 개 층의 감방에서 팔백 명의 수감자가 내는 코고는 소리, 웅얼거리는 소리, 자위행위의 리듬을 들었다. 배에서는 바다가 아무리 거칠고 침대가 아무리 불편해도 늘 잠을 이룰 수 있었다. 교도소에서는 지속적인 양심의 가책에 시달리는 것이 무엇보다 가혹한 형벌이었고, 그건 법정이 아닌 그의 영혼이 내린 벌이었다.

애디슨은 오두막에서도 잠을 이루지 못해서, 저 유명한 가정부 베리트가 좁은 침대 위에 깔아놓은 흰 시트나 푸른색과 흰색이 섞인 퀼트이불에 구김살 하나 만들지 않았다. 그는 오두막 안에 쌓여 있는 크고 작은 상자들을 발견했다. 월리스 말로는 그가 싱싱에 들어가고서 일이 년 후 그의 앞으로 온 화물이라고 했다. 운송장에 체스터 파인의 이름이 있었다. 애디슨은 커튼을 친 후 상자 하나를 열어보았다. 책이 가득했는데 뉴욕 집에 있던 그의 책들이었다. 다른 몇몇 상자에는 그가 여행중 수집한 가면, 조각품, 동물 뿔, 직조품, 거북 등껍질, 유리 속에 나비 날개가 무지갯빛 바퀴 모양으로 배열된 브라질 서빙쟁반 같은 물건이 들어 있었다. 또다른 상자에는 월리스가 뉴욕에서 그에게 집세 대신 준 그림들이 완충재를 넣어 세심하게 포장된 상태로 들어 있었다. 정박한 배들. 혼잡한 거리들. 허드슨강. 붉은 벽돌 타운하우스.

검사측은 엄밀히 말하면 그레이브스 선장이 살아남은 일이 불법은 아니지만, 국제해상인명안전협약에 따르면 선장은 모든 승객이 안전해질 때까지 배에 남아 있어야 하며 그 요건을 어기는 행위는 중대과실죄에 해당한다고 주장했다. 더욱이 그레이브스는 치명적인 무기를 휘둘러 승객들이―심지어 여자들까지도―구명보트에 타는 걸 막았는데, 그건 2급 살인죄로 해석될 수 있다고 했다. 승객과 승무원 오백팔 명이 불에 타 죽거나 익사하거나 구명조끼를 입은 채 차디찬 시신으로 바다를 떠돌게 되었다. 사고경위에 대한 유력한 의견은, 석탄창고에서 시작된 불이 석탄가루에 옮겨붙었고 하갑판 전체로 번지면서 보일러 하나가 맹렬한 폭발을 일으켜 우현 선체가 파열된 듯 보인다는 것이었다.

변론에 나선 체스터 파인은, 그레이브스 선장은 구명보트에서 기껏해야 한 사람 자리를 차지했으며, 게다가 태어난 지 얼마 안 된 쌍둥이 아들딸을 품에 안고 있었다고 말했다. 우리 중 그 누가 자기 자식을 구한 사람을 심판할 수 있겠는가?

그러자 검사측에서, 그럼 결국 폭발의 책임은 누가 져야 하는지 물었다. 또 승무원들의 역량에 대한 책임은 누구에게 있는가? 배의 안전과 견고성을 책임지는 사람은 누구인가? 누구?

오로지 자신의 책임이라고 애디슨은 체스터 파인에게 말했다. 그러면서 모든 것에 대한 유죄를 인정하고 자신의 속죄에 반하는 합의를 보지 말아달라고 부탁했다. 하지만 체스터는 그다운 조용하고 단호한 태도로 애디슨의 부탁을 무시했다. 대중의 분노는 시간이 지나면 잦아들 테니 신경쓸 것 없다고. 그는 애디슨에게 스스로를 희생한 걸 언젠가는 후회할 거라고 했다. 쌍둥이들을 책임지지 못할 거면 애초에 왜 구했느냐고 따지기도 했다. 결국 과실치사죄로 의견이 모아졌다. 허드슨강 위쪽 교도소에서 십년 복역.

그리하여 애디슨은 안도감 비슷한 걸 느끼며 싱싱 교도소로 사라졌다.

월리스가 사진관에서 찍은 쌍둥이의 첫돌 사진을 보내왔다. 두 아기가 숱이 적은 옅은 금발을 곱게 빗고 흰 드레스 차림으로 날개 모양 등받이가 달린 안락의자에 점잖게 앉아 있었다. 수채물감으로 배경을 칠한 초상화 스케치들도 왔다. 애디슨은 도무지 쌍둥이들을 분간할 수 없었지만 너무 어리석은 질문 같아서 차마 물을 수도 없었다. 해마다 생일에 쌍둥이들 사진이 왔고 아기들은 긴 팔다리와 아주 밝은 빛깔 금발을 가진 아이들로 서서히 변해갔다. 메리언은 회의적인 눈빛과 엷은 억지 미소가 애너벨을 닮은데다 월리스가 전하기로 고집이 보통이 아닌 듯해 애디슨을 심란하게 만들었다. 제이미는 진지하고 온화한 인상이었다.

그의 마음 깊은 곳에는 만일 애너벨과 쌍둥이들을 조세피나호에 태우지 않았더라면 폭발 사고가 일어나지 않았을 거라는 주술적인 믿음이 숨겨져 있었다. 물론 로이드의 화물에 문제가 있었을지 모른다는 의심도 없진 않았다. 그렇더라도, 로이드가 손을 내저으며 그 화물은 세관에 신고하기 복잡하니 목록에서 빼자고 했을 때 무슨 화물인지 알려달라고 요구하지 않은 자신에게 책임이 있었다.

밤의 어둠이 백랍빛으로 옅어지자 그는 커튼을 살짝 열었다. 별들이 하나하나 우아하게, 심지어 기품 있게 퇴장하자 하나의 기억이 그를 집어삼켰다. 조세피나호에서의 새벽, 야회복 차림의 낙오자 몇 명이 갑판에서 서성이거나 쓰러질 듯 비틀거리며, 반짝거리며 복도를 따라 멀어져갔다. 그의 발아래로 갑판의 진동이 느껴졌다. 바다 냄새도 났다.

아니, 그건 연못 물 냄새였다. 머리카락과 몸에 남은. 소금물이 아니라 진흙 냄새.

하늘이 연보랏빛으로 바뀌자 작은 형상 둘이 방충망이 둘러진 포치에서 나왔고, 개 세 마리가 어수선하게 따라 나왔다. 아이들은 똑같은 푸른색 잠옷 차림이었고, 메리언이 머리가 길다는 것만 빼면 금발과 마른 몸은 거의 구분이 되지 않았다. 그들은 조심성 많은 사슴처럼 오두막을 바라보았다. 애디슨은 숨을 죽였다. 잠시 후 제이미가 옆으로 돌아서서 잠옷을 만지는가 싶더니 오줌 줄기로 호를 그렸다. 메리언은 그 반대쪽으로 돌아 바지를 내리고 풀밭에 쪼그려앉았다. 개들도 킁킁거리며 합류해 다리를 들고 오줌을 갈겼다. 그들은 볼일을 마치자 말이 있는 곳을 향해 우르르 몰려갔다.

애디슨의 가슴속 엔진이 사지에 펌프질을 했다. 간밤에 윌리스의 강요에 못 이겨 포치 방충망 너머로 베개 위에 놓인 쌍둥이들의 옅은 빛깔 머리를 들여다보았다. 그는 감탄을 기대하고 귀중품을 보여준 상대에게 그저 당혹감만 내비치는 사람이 보일 법한 태도로 눈썹을 찌푸리며 고개를 끄덕였다.

그는 다른 창문으로 천천히 옮겨갔다. 메리언이 안장도 없지 않은 말 등에 잠옷 바람으로 앉아서, 제이미가 방목장 울타리로 기어올라가 그 뒤에 살그머니 올라타고는 맨발을 대롱거릴 때까지 고삐를 잡아주었다. 아이들은 샛강 쪽으로 갔다. 말의 엉덩이가 나무들 사이로 사라졌고, 개들이 그 뒤를 달렸다.

애디슨은 쌍둥이들이 자기 핏줄이라는 확신이 없었지만 애너벨을 그런 식으로 모욕하고 싶진 않았다. 하지만 이제는 믿을 수 있었다. 쌍둥이들의 팔과 다리, 발 모양, 그리고 좀 덜 가시적인 것—아침 공기가 그들 주위로 배열되는 방식—을 통해 그 사실을 알 수 있었다. 또한 자신이 그들에게 아무것도 해줄 게 없다는 확신은 있었다. 그들에게 무슨 말을 할지, 어떻게 아버지답고 따뜻한 모습을 보일지 자신은 결코 알 수 없을 터였다. 아이들을 실망시키고 상처만 줄 터였다.

바깥은 고요했다. 그는 대야에 담긴 물로 세수를 한 다음 오두막을 몰래 빠져나왔고, 빠르게 도로로 내려가서 월리스가 차로 데려다준 길을 되짚어 걸었다. 그의 주머니엔 3달러도 남아 있지 않았지만 뉴욕의 은행에 돈이 더 있었다. 큰돈은 아니었지만 지금은 그 정도로도 충분했다.

해가 뜨고 얼마 지나지 않아 그는 서쪽으로 가는 기차에 올랐다.

로스앤젤레스, 2014년

⌣

1

존스 코언과 그런 일이 없었더라면 나는 메리언 그레이브스 역을 맡게 되지 않았을 것이다. 그때 그걸 예견할 수 있었던 건 아니지만 말이다. 그때 내가 알고 있던 건, 가슴이 답답해서 누군가의 모래성을 발로 차 무너뜨리고 싶은 심정이었다는 것뿐이다. 나는 어렸을 때 그런 기분을 많이 느꼈다. 세트장에 가면 완전히 꼭지가 돌아 플라스틱 조랑말이 있는 플라스틱 마구간을 마구 짓밟아 플라스틱 쪼가리로 만들어버리고 싶었지만, 그런 충동을 어떤 행동으로 표출한 건 더 나이가 들어서 케이티 맥기가 되었을 때였다. 그나마도 고작 누군가의 레인지로버 뒷좌석에 앉아 405번 도로를 시속 110마일로 누비면서 그저 깔깔대고 소리만 질러댔을 뿐이고, 그것만으로도 무언가를 가루가 되도록 박살내는 기분이 들었다.

어쨌든, 그때 왜 존스와 집에 갔는지는 모르겠다. 그때 누가 물었더라면 그러고 싶어서 그랬다고 대답했겠지만, 사실 별로 그러고 싶진 않았다. 나는 따분하고 불안하고 열받은 상태였지만, 그런 기분은 새삼스러울 것도 없었으니 그것 때문에 존스의 손을 잡고 조명을 향해 걸어나간 건 아니었다. 조명이 지긋지긋했지만 내가 무슨 짓을 해도 조명은 더 집중되기만 했다.

다 기억나진 않는다. 존스와 클럽에서 일반인의 출입이 차단된 작은 VIP 전용공간에 놓인 괴상한 2인용 안락의자에 앉아 있었는데, 그 의자가 딱정벌레 날개처럼 생긴 높고 굴곡진 검은 등받이가 있고 장례식 느낌이 나는 빅토리아시대풍이었다는 건 기억에 남아 있다. 그의 팔뚝에 새겨진 조니 캐시* 문신, 그의 가죽 팔찌, 터키석 반지들도 기억난다. 소식통에 의하면 우리는 오붓한 분위기에서 서로에게 추파를 던졌고, 내가 유혹적이었으며, 그 악명 높은 바람둥이에게 홀딱 빠져 있었다지만, 같이 나가자고 한 게 나였는지 아니면 그였는지 기억이 나지 않는다. 그에게 정확히 뭐라고 말했는지는 기억에 없지만, 분명 그를 놀려대며 그와 잠자리를 가진 유명한 여자들에 대해 꼬치꼬치 물었으리라. 나는 열성적이었다가, 그다음엔 거칠어졌다가, 그다음엔 부드럽고 상처받기 쉬운 모습을 보였을 것이다. 그가 다음 앨범은 존나 단순하게, 자신과 기타만 가지고 만들 거라고 말한 기억이 희미하게 남아 있다. 나는 그에게 멋지다고, 딱 어울린다고 말해줬는데, 인간 존스는 경멸스럽지만 그가 위대한 기타리스트임은 의심할 바 없는 사실이기에 그건 맞는 말이었다. 클럽 바닥이 미끄러워서 나가다

---

* 미국 컨트리음악계의 전설이라 불리는 가수.

가 미끄러진 기억이 난다. L.A.에서는 불필요한 물건인 코트를 붉은 조명이 켜진 동굴 같은 휴대품보관소에서 관리하고 있는 그림자 같은 코트 담당자 앞을 지날 때 나의 위태로운 구두 한쪽이 옆으로 쭉 미끄러진 것이다. 아마 그때 존스의 손을 잡았겠지. 클럽 주인—예쁜 여자였고, 굶주린 느낌이었으며, 강탈자 같은 눈으로 나를 바라보았다—이 우리에게 즐거운 밤 보내시라고 말했고, 문이 열렸고, 밤이 폭발했다.

술에 취해 세상이 빙글빙글 돌고 흐릿하게 보였지만, 나는 그들이 기다리고 있으리란 걸 알았다. 검은 가죽옷과 멍청한 캉골 모자 차림으로 나를 쫓아다니는 까마귀떼, 그들이 주위에 오토바이나 베스파 스쿠터를 세워놓고서 개소리를 지껄여대고 담배를 피워대면서도 잠시도 경계를 풀지 않고 기다리고 있을 터였다. 문이 열리자 카메라들이 길고 검은 주둥이처럼 튀어나왔다. 셔터들이 찰칵거리고, 플래시들이 밀려들었다. 그들은 내가 조명에 질식하기 직전까지 접근했다. 존스의 수행원들이 그들을 저지하며 우리가 차까지 갈 수 있도록 터널을 만들어주었다. 해들리! 존스! 해들리! 둘이 사귀어요? 해들리, 올리버는 어딨죠? 둘이 헤어졌어요? 사진에 찍힌 내 원피스는 너무 짧다. 나는 게슴츠레하니 반쯤 미소 짓고 있으며, 교활하게 존스의 손에 매달려 있다. 그래도 차에 탈 때는 다리를 오므렸다.

그들은 축제 분위기로 떼 지어 존스의 집까지 따라왔다. 우리가 탄 차 옆으로 질주하며 내가 앉은 쪽 창—광택나는 불투명 검정 일본제 에나멜로 코팅된—에 대고 흰 조명을 터뜨려댔다. 차 안에서 존스가 혀로 내 귀걸이를 푼 기억이 난다. 그는 후크를 내

귓불에서 밀어내 얇은 탱글 패턴 다이아몬드 귀걸이를 입에 물고는 미소를 보냈다—혀로 체리 줄기를 꼬아 매듭을 만드는 것 같은 파티용 묘기였다. 존스의 동굴 같은 집도 기억나는데, 흔히 볼 수 있는 대형 추상화 캔버스들이 걸려 있고 그 외의 것들은 농담에 등장하는 천국처럼 온통 흰색이었다. 그의 허벅지 안쪽 높은 곳에 아주 작고 진지한 대문자로 나를 사랑해라는 문신이 새겨져 있던 것도 기억난다.

올리버는 우리가 〈대천사〉 1편 오디션에서 처음 만났을 때 이미 결혼한 상태였다. 그는 스무 살, 그의 아내는 마흔두 살이었는데, 그녀는 런던 출신 연극 연출가로 징 장식이 박힌 부츠와 일본 디자이너들이 만든 아방가르드풍의 비대칭 재킷 차림으로 활보하는 모습이 로마시대 원로원 의원처럼 귀족적으로 보였다. 올리버는 나 때문에 아내를 떠난 게 아니다. 그가 그녀를 떠난 게 아니었다. 올리버의 말에 따르면 그들의 두번째 결혼기념일 후에 그녀가 선언하기를, 그를 향한 자신의 열정이 공기를 너무 많이 넣은 풍선처럼 터지며 스스로 파괴되고 있다고 했다는 것이다.

나는 올리버와 공개석상에서 처음 손을 잡을 때까지 조명을 받는다는 게 어떤 일인지 잘 몰랐다. 2편 시사회에서였다. 우리는 이미 석 달 전부터 은밀히 잠자리를 갖고 있었고, 스파이작전과 루머 가라앉히기에 신물이 난 상태였다. 그가 먼저 차에서 내렸고, 수천 명에 달하는 미친년들이 바리케이드 뒤에서 산 채로 불타는 것처럼 비명을 질러댔다. 그가 손을 내밀어 나를 차에서 끌어당겨 내려준 후 내 손을 놓지 않자 소음과 조명이 나를 뜨겁게 태웠다. 그대로 증발되어 레드카펫에 눌어붙은 내 그림자만 남을 것 같았다. 사진 속의 나는 법정에 선 전범처럼 앞을 노려보고 있다. 올리버는 미소 지으며 손을 흔든다. 조명은 그의 아름다움을 전하는 매체다. 올리버는 실물도 과도하게 잘생겼지만 영화에서는 사람을 얼어붙게 만든다. 영사기와 스크린 사이에서 그는 눈이 부셔서 바라볼 수조차 없는 존재로 변신한다.

하지만 사실 레드카펫의 소리와 조명은 우리를 위한 것이 아니었다. 우리는 사귀는 사이가 되면서 그 이야기를 실감나게 만들었지만, 그 미친년들은 그 이야기가 진짜이기를 너무 간절히 바란 나머지 이성을 상실했다. 극단적인 과격파 일당이 수위 높은 에로틱 팬픽션을 썼다. 그들은 인터넷에 굴을 파고 들어가 미로를 만들어서 그곳에 자신들의 욕망을 쌓아놓고 유충처럼 키웠다.

그들은 스스로 이야기를 망쳐놓으면서도 그 사실조차 알지 못했다. 그들이 원하는 이야기를 제공하는 책이 있다 한들 결국 본인들도 그 책을 좋아하지 않게 될 것임을 깨닫지 못했다. 사람들은 약간의 좌절감을 주고 감질나게 하는 이야기를 좋아한다. 그년들은 〈대천사〉가 자신들의 가장 은밀한 변태적 취향을 모두 만족시켜주기를 원하면서도 원작을 훼손하는 건 못 참았다. 우리가 영화에서 사소한 거라도 바꾸면 득달같이 항의해댔다. 리즈베스의 집은 청록색이 아니라 하늘색이란 말이야, 이 머저리들아. 혹은, 가브리엘은 카테리나와 처음 키스할 때 북극곰 모자를 쓰고 있는데, 그건 **회색**이 아니라 **흰색**이어야 해, **책에 그렇게** 나와 있단 말이야, 당신들도 그걸 **알아야** 한다고.

올리버와 나도 욕심이 생기지 않았던 건 아니다. 영화 캐릭터들이 우리 안에 남아 있었다. 우리는 영화에서 연기하고 있는 모든 갈망과 열정을 상승기류처럼 타고 올라갈 수 있으리라 생각했다. 실제로 사귀면서 그 이야기에 대한 의무를 다하는 듯 호방한 기분도 느꼈다. 그런데 그 미친년들이 우리에 대해서도 쓴 것이다. 궨덜린의 상상의 산물로서 세상에 존재하지 않는 대천사의 제국에 사는 카테리나와 가브리엘이 아닌 우리, 실제 인물들, 해들리 백스터와 올리버 트래프먼, L.A.에 사는 배우들을 가지고.

올리버와 나는 우리에 관한 팬픽션을 호기심에 한 번 읽어본 적이 있었다. 처음엔 오자들을 보고 웃다가 둘 다 조용해졌다. 우리의 첫 섹스에 대한 손에 땀을 쥐게 하는 판타지를 읽는 동안 나는 그의 무릎에 앉아 있었다. "난 오직 너만을 원해." 이야기 속에서 올리버가 내게 말했다. 가브리엘이 카테리나에게 천 번쯤 한 말이다. "영원히." 하지만 그다음엔 우리의 예의바른 가브리엘을 아연실색케 할 장면이 펼쳐졌다. 팬픽션의 올리버가 나의 "비싼 유명 디자이너 드레스"를 들어올리고 그의 "벌떡거리는 남근"으로 나를 흥분시켰던 것이다. 그거 나 줘, 해들리가 신음하듯 말했다. 아, 좋아. 넌 너무 멋진 영화배우고 난 너를 너무너무 살아해*.

올리버가 컴퓨터를 덮었다. 창밖으로, 우리집 담장 위에 피어난 나팔꽃에 이끌린 벌새 한 마리가 보였다. 벌새는 허공을 떠돌며 의아한 듯 우리를 들여다보았는데, 무지갯빛 가슴이 공중에 떠 있고 두 날개는 너무 빨라서 거의 보이지 않았다. 우리는 현실들이 복잡하게 교차한 곳에 앉아 천상의 바람을 느낄 수 있었다.

"너를 너무 살아해." 우리는 서로에게 그렇게 말하기 시작했다.

---

* 사랑(love)을 살아(live)로 잘못 쓴 오자.

우리란 그 안에 있을 때는 나보다 안전하지만, 사실은 불안정하고 믿을 수 없는 것이다. 언제라도 당신을 내던져 결국 나의 상태로 노출되게 만든다. 일단 우리가 되면 그들, 즉 포착되고 카메라에 담기는 대상이 된다. 목표물. 사냥감—스토킹만 당하는 게 아니라 일종의 광산이 될 수도 있다. 우리는 함께 있는 모습이 포착되고 카메라에 담겼다. 뉴욕에서, 파리에서, 상트페테르부르크에서, 카보에서, 카우아이에서, 이비사 앞바다 요트에서, 크슈타트스키 뒤풀이 행사에서, 식료품점에서, 주유소에서, 우마미 버거에서 숙취에 시달리는 상태로. 그들은 우리라는 광산에서 이야기를, 토막뉴스를, 진실과 거짓을, 거짓과 진실을, 패션 팁을, 피트니스 팁을, 다이어트 팁을, 헤어 팁을, 교제 팁을, 또 뭐가 더 있나, 그냥 팁을 캐냈다. 그들은 우리의 옷값을 매기고, 해변에서 포착된 몸매를 평가하고, 내가 쌍둥이를 임신했다고 알리고, 아니, 미안하지만 착오가 있었고 바로잡자면 내가 쌍둥이 임신을 원했다고 알리고, 내가 재활 치료에 들어갈 거라고 알리고, 우리가 약혼했다고 알리고, 우리의 약혼이 깨졌다고 알렸다. 그들은 내 핸드백에, 옷장에, 미용 필수품 목록에 뭐가 들어 있는지 알고 싶어했다. 광산을 샅샅이 뒤져 텅텅 빌 때까지 싹싹 긁어냈다.

존스와 함께 클럽을 나설 때 나는 그 미친년들에게 상처를 주고 싶다고 생각했다. 술에 취한 상태였기에, 그들의 세계를 박살낼 수 있다는 과대망상에 빠졌던 것이다. 하지만 그년들이 그 트라우마를 멋지게 극복하리란 건 바보 명청이라도 예상할 수 있는 일이었다. 내가 발로 차서 무너뜨리는 것도 모자라 꾹꾹 짓밟아 아무것도 남지 않은 평평하게 다져진 모래밭으로 만들어버린 건,

바로 내 모래성이었다.

1편의 슬로건은 한 번 사랑은 영원한 사랑이었다. 그리고 내가 마지막으로 출연한 4편은 한 번 추락은 영원한 추락이었다. 포스터에서는, 아름답지만 불길한 느낌의 디지털 도시 배경에 포토샵 처리된 음울한 올리버와 역시 포토샵 처리된 뾰로통한 내가 들어가 있고, 스카이라인을 이룬 양파 모양 금빛 돔지붕들에 눈이 흩뿌려져 있었다. 6편 슬로건은 뭐가 될까? 10편은? 이미 죽은 건, 빌어먹을, 영원히 죽은 것?

궨덜린은 계속 책을 쓰고 있다. 7편까지 나왔다. 하지만 내가 잘리기 전에도 이미 올리버와 나는 영화 속 캐릭터들보다 빨리 나이를 먹고 있었다. 우리는 영원히 그들이 될 수 없었다. 아니, 나는 계속해서 카테리나가 될 수 없었다. 남자들이 나이를 먹지 않는다는 건―적어도 문제가 될 정도로는―누구나 아는 사실이다. 그들은 지금 5편을 찍고 있다. 내 자리를 꿰찬 여자애는 십대다.

소름끼치는 건, 올리버와 내가 실제로 첫 섹스를 차 안에서 했다는 사실이다. 다만 시사회가 아니라 키즈 초이스 어워드가 끝난 뒤였다. 〈대천사〉 1편은 어린이들이 뽑았다는 여러 상을 휩쓸었다. 난 오직 너만을 원해나 영원히보다 더 큰 거짓말이 있을까? 영원한 것은 없다는 말을 처음 한 사람은 누굴까? 그걸 처음 깨달은 사람은 누굴까?

2

내가 존스의 집에 간 다음날 아침 우리집에 있던 올리버의 물건이 모두 사라졌다. 내 보디가드와 비서 말로는 인터넷에 처음 사진들이 올라온 후 한밤중에 그의 보디가드와 비서가 와서 물건들을 다 챙겨갔다. 내가 집에 들어온 지 오 분 만에 매니저 쇼반이 확인 전화를 걸어와 도대체 무슨 생각으로 그랬던 건지 정중히 물었다. 오후에 다시 전화를 걸어온 그녀는 나 때문에 열받은 사람들의 명단 일부를 전달했다. 본인도 그 명단에 있었다―그녀는 내가 전자레인지용 피자만두 광고라도 하나 따내면 둘 다 좋아서 어쩔 줄 모르던 무명 시절처럼 내게 소리를 지르진 않았지만, 그 점을 분명히 암시했다. 지난해 내가 벌어들인 돈은 3,200만 달러였고 그중 10퍼센트가 그녀 몫이었다. 나 같은 유명 스타는 자체 생태계를 거느리고 유유히 바다를 헤엄치는 거대한 생물이라고 할 수 있으며, 잔고기떼가 내 잇새에 낀 걸 먹고 산다.

올리버의 매니저 알렉세이 영―나와 은밀히 성관계를 두 번 했으며 어쩌면 내가 여전히 사랑하고 있을 수도 있는―이 쇼반에게 올리버가 상심하고 망연자실한 상태라고 말했고, 쇼반이 내게 그대로 전했다. 더 스튜디오 영화사 전체가 발칵 뒤집혔고, 특히 영화사 대표 개빈 듀프레이―내가 어쩔 수 없이 오럴섹스를 해준 적이 있는―의 충격이 컸다. 투자자들, 〈대천사〉 원작자 퀜덜린, 현재 촬영이 끝나고 편집에 들어간 4편의 감독, 5편을 맡기로 되어 있는 감독 등 모두가 동요하고 있었다.

쇼반이 말했다. "영화사에서는 사람들―팬들―이 지나치게 개인적 감정으로 이 뉴스를 받아들이는 걸 우려하고 있어. 네가 로맨틱한 환상을 깨버렸을까봐 걱정하는 거지. 알다시피 이 프랜차이즈 전체가 완전한 사랑이라는 관념에 의존하고 있어서―"

내가 말허리를 잘랐다. "사람들이 너무 멍청해서 현실과 지어낸 이야기를 구분 못하는 게 내 탓은 아니잖아요."

"그래, 맞아, 이론상으론 그렇지. 하지만 난 우리 모두에게 브랜드를 보호할 책임이 있다는 주장도 성립할 수 있다고 생각해. 네가 영화에 대한 집중력이 떨어지지 않았다고 장담할 수도 없고."

나는 아무 말도 하지 않았다.

그녀가 물었다. "아직 올리버랑 얘기 안 해봤어?"

"예. 그렇지만 올리버도 바람피웠어요. 내가 얘기했잖아요."

"하지만 그건 안 들켰잖아. 숲속에서 나무가 바람을 피워도 사진만 안 찍히면…… 잘 들어, 지금 너를 심판하겠다는 건 아니지만, 넌 더 신중하게 행동할 수도 있었어. 바꾸어 말하면, 너무 신중하지 못했단 얘기야. 이건 PR에선 자살폭탄이나 다름없어." 그녀는 잠시 말을 끊었다가 다시 이었다. "그냥 잠깐 못된 변덕이라도 부린 거야?"

"다 그러지 않나요?"

그녀는 아무 말도 하지 않았다.

"이유를 알고 싶다는 거죠. 근데 나도 몰라요. 존스는 재수탱이예요." 내가 말했다.

"언론에 대고는 그런 말 하지 마. 좋아. 이미 벌어진 일은 어쩔 수 없고, 모두 새로운 소식을 기다리고 있어. 너희가 어떤 쪽으로 기울고 있는지 힌트라도 줘야 우리가 그럴듯하게 이야기를 만들어내지."

"올리버와 내가 다시 만난다고요?"

"그래."

누가 내게 하임리히법을 실시하기라도 한 것처럼 내 입에서 폭소가 터져나왔다.

"좋아, 그럼. 마지막으로 하나 더. 궨덜린이 화가 많이 나서 영화사가 그 사람 때문에 더 난리야."

"지랄하네, 궨덜린. 진짜."

"그 사람은 자기 창작물을 열성적으로 보호하고―"

"난 그 여자 창작물이 아네요. 그 여자는 신이 아니라고요."

"그래, 하지만 궨덜린의 프랜차이즈가 너와 나, 그리고 다른 많은 사람들에게 큰돈을 벌게 해줬지. 그 여자가 너랑 만나게만 해달래. 개빈 듀프레이가 직접 요청했어. 궨덜린을 만나서 마음을 풀어주라고."

"나 이번주에 바빠요."

"아니, 안 바빠."

나는 쇼반의 전화를 끊어버렸다. 스마트폰은 버튼을 누르는 거라 위엄 있게 전화를 끊을 수가 없다. 나는 침대에 누워 대마초를 피우며 TV 리얼리티쇼를 봤는데, 얼굴 주름살 제거 수술을 받은 에르베레제 밴디지원피스* 차림의 여자들이 마티니를 흘리며 서로 욕을 해대고 있었다. 그런 여자들 중 일부는 얼굴을 너무 심하게 당겨놓은 탓에 입술이 움직여지지 않아서 말이 곤죽이 되어 나온다. 그리고 으스스한 느낌을 주는 동그란 눈과 작고 뭉툭한 코를 하고 있어서 엉터리 마법사가 인간으로 변신시킨 고양이처럼 보인다.

나는 남은 평생 TV나 보면서 이 집에서 빈둥거리며 살 수 있을까 생각했다. 나팔꽃 덩굴이 창문을 뒤덮어 나를 가두려면 얼마나 걸릴까도 생각했다.

〈대천사〉에 캐스팅되기 직전 개빈 듀프레이와 만난 조찬 자리에서 그가 커피잔을 내려놓더니 나에게 일어나서 옷을 벗어달라고 아주 조용하고 정중하게 말했다.

나는 순간적으로 놀랐다가 곧 바보같이 놀란 내 모습에 당황했다. 우리는 베벌리힐스에 있는 호텔 스위트룸에서 단둘이 만나 테이블을 사이에 두고 마주앉아 있었고, 흰 천이 깔린 테이블 위에는 은제 커피잔 세트와 작은 키슈, 타르트, 크루아상이 담긴 여러 개의 단으로 이루어진 접시가 놓여 있었다. 개빈은 옷을 다 벗어달라고 부탁하기 전에 계속해서 음식을 권했다. "장담하는데,

---

* 붕대를 감은 것처럼 몸에 달라붙어서 몸매를 강조하는 짧은 원피스.

작은 크루아상 하나 먹었다고 살이 찌진 않아요." 그가 말했다. "봐, 얼마나 작아. 그냥 맛만 봐요. 맛본다고 해될 건 없으니까."

내가 그런 변태를 처음 만났다는 얘기는 아니다. 그런 인간들은 지역 변태조합 같은 데서 심어놓기라도 한 것처럼 촬영장마다, 임원진마다 존재했다. 하지만 그렇게 엄청난 이해관계가 걸려 있던 적은 결단코 없었다. 이건 게임체인저가 될 거야, 쇼반과 나는 그와 조찬 약속이 잡힌 후 서로에게 그렇게 말했다. 쇼반이 그게 어떤 자리인지 알고서 나를 거기로 보냈는지는 끝내 알 수 없었다. 그녀는 개빈이 유부남이고 당시 열여덟 살이었던 나와 비슷한 또래의 딸들이 있다는 사실을 굳이 말해줬다.

개빈은 거슬리는 데가 없는 베이지색 느낌의 오십대 남자로 연한색 입술은 두툼했고, 금속테 안경을 끼고 있었으며, 행커치프가 넥타이와 예술적으로 어우러졌다. "내가 몸을 좀 봐야겠어요." 그가 말했고, 나는 그걸 개인적인 요구가 아닌 직업적인 것으로 받아들이기로 했다.

그런 짓을 한 걸 쇼반이 알게 하고 싶지 않아서 그녀에겐 그 이야기를 하지 않았다. 삼촌 미치가 죽은 지 두 달쯤 됐을 때였는데, 설령 그가 살아 있었다 해도 절대 관여하거나 보호자 노릇을 하진 않았겠지만, 그때 나는 외로움이라는 새롭고 힘든 감정을 느꼈다. 나는 망설이지도 않았다. 옷을 다 벗고 개빈 앞에 섰고, 그의 요구에 따라 작게 원을 그리며 돌았다. 그리고 그가 자신의 성기를 꺼내 빨아달라고 했을 때, 그렇게 했다.

존스 코언 사건 다음다음날, 나는 집에 있는 수영장 옆에 누워 하늘에서 빙빙 도는 독수리를 바라보고 있었다. L.A.의 하늘에는 독수리가 가득하고, 가끔은 선회하는 독수리의 거대한 회오리가 구름까지 높이 솟기도 한다. 사람들이 하늘을 잘 안 봐서 모를 뿐이다. 나는 하늘에 나를 감시하는 헬리콥터가 없는 게 좀 놀라웠고 모욕감 비슷한 감정까지 들었다. 파파라치들은 조그만 취미용 드론을 사용할 수 있도록 허가를 받았을까? 아마 아니겠지. 허가를 받았다면 드론을 띄웠을 테니까. 그 인간들은 가문의 문장에 이런 글귀를 새겨야만 한다. 우리는 할 수 있으면 한다.

초인종소리에 흠칫 놀랐다. 파파라치들이 집을 습격하기로 작정하고 대문을 넘어온 게 분명하다는 생각이 들었다. 다시 초인종이 울렸다. 나는 비서 오거스티나가 처리하기를 기다리다가, 대마초를 좋아하지도 않는 그녀 손에 급히 식용 대마 한 봉지를 쥐여주고 집에 보낸 일을 기억해냈다. 보디가드 M.G.는 근처를 순찰하고 있었다. 나는 몸을 일으켜 비디오폰을 확인하러 갔다. 나의 이웃인 덕망 있는—본인 표현에 따르면 덕망 있고 venerable 부패하고 venal 성병에 걸린 venereal—휴고 울지 경이 카메라 가까이 몸을 기울여 스카치병을 흔들면서 인터폰에 대고, 그 기계가 자신의 목소리를 전달하거나 증폭시켜주리라 믿지 않는 듯 큰 소리로 외쳤다. "바람둥이의 영혼을 위한 닭고기 수프!" 휴고는 힙스터 네부카드네자르왕 같은 복장을 하고 다니며, 젊고 아름다운 남자친구와 함께 산다. 그래서 나는 그가 테크놀로지에 대해 노인네 같은 행동을 보이면 놀라곤 한다.

"안녕하세요," 내가 문을 열어주며 말했다. "대문은 어떻게 통과했어요?"

"오래전에 루디에게 비번 알려줬잖아. 기억 안 나? 루디가 배달 일 할 때." 그가 대마초 빠는 시늉을 했다. 휴고의 남자친구 루디에게 인생의 중요한 책무는 외모를 가꾸고, 의료용이든 아니든 시내에서 입수 가능한 최상품 대마초 관련 최신 동향을 파악하는 것이었다. "저 아래는 아수라장이야." 그가 주방으로 당당하게 걸어들어가며 말했다. "M.G.가 소몰이 채찍이라도 휘둘러야 할 지경이라니까."

그는 가죽끈 샌들과 푸른색과 흰색이 섞인 홀치기염색 고무줄 바지, 무성한 흰 가슴털에 자리한 곰 발톱 목걸이가 보이도록 단추를 풀어헤친 오렌지색 리넨 셔츠 차림이었다. 휴고는 키가 크고 일흔 살이 넘은 사람치고는 아주 건장했으며, 낭랑한 상류층의 목소리와 세상에서 가장 화려한 무대 혈통을 지니고 있었다.

그가 스카치 두 잔을 따랐다. "짠." 우리는 잔을 부딪쳤다. "루디 말로는 인터넷에서 난리가 났다던데. 자네가 불을 붙였다며."

"그럴 만했어요." 나는 그를 따라 집에서 제일 큰 거실로 들어가며 말했다.

그는 소파에 앉더니 고압적인 몸짓으로 집주인인 내게 의자를 권했다. "아. 나도 동의하는 바야."

나는 잔을 들어 보이며 말했다. "이 술 고마워요. 진짜 좋네요."

"맛이 아주 특별하다는 뜻이겠지. 고맙다니, 천만에. 이건 루디와 마실 생각은 없었거든. 그 미각으로는 이 술의 가치를 모를 테니까. 차라리 어린애에게 주는 게 낫지. 자네가 세련되게 고통을 달래고 있는지 확인하고 싶었어."

"아편에 더 집중하고 있죠."

"제발 무너지지는 마. 그건 우둔하기 짝이 없는 짓이니까. 그리고 물론 끔찍한 재능 낭비가 될 테고."

"농담이었어요." 내가 말했다. "하지만 확실히 이미 무너져가고는 있네요."

"아니, 아니, 아냐. 존스로 바닥을 찍었지. 이제 자넨 반등하고 있어."

"이제 겨우"―나는 시간을 계산했다―"서른아홉 시간밖에 안된걸요."

"이건 자네가―난 이 말을 싫어하지만 이 경우에 딱 맞는 표현이지―새로 태어날 절호의 기회야. 자네가 이 특별한 기회를 붙잡지 못한다면 그건 상상력이 전혀 없다는 뜻이고, 난 자네에게 몹시 실망하게 될 거야."

"모두가 나를 미워하는 상황이 어떻게 기회가 될 수 있다는 건지 진짜로 모르겠네요."

미친년들이 내게 트위터로 헤픈 년, 창녀, 쌍년이라고 했다. 나 같은 건 죽어 마땅하다고, 영원히 혼자 지옥에서 썩어야 한다고. 올리버가 나에게서 벗어나 천만다행이라고도 했다. 남자들도 불쑥 끼어들어 나에게 못생겨서 도저히 떡칠 맛이 안 나지만 강간은 당해도 싸다고, 숨막혀 죽을 때까지 자기네 물건을 삼키게 할 거라고 했다. 그들은 〈대천사〉에는 관심조차 없었다. 그저 한 여자에게 (1) 너랑은 절대 떡을 안 치겠지만 (2) 네가 죽을 때까지 떡을 치겠다고 말할 기회를 놓칠 수 없었던 것이다. 나는 스크롤을 내려가며 읽었다. 나는 형틀에 묶여 있었고 마을 사람들이 와서 야유를 퍼부었다. 미친년들의 관점에서 나는 테러를 저질렀다. 그들의 생활방식을 공격했으니까. 그년들은 내가 고통받고 꺼져버려야 한다고 **전부 대문자로** 써놓았다. 하지만 그들이 진짜 원하는 건 내가 잘못을 바로잡는 것, 내가 저지른 짓을 없던 일로 만들어 그들에게 예전의 삶을 돌려주는 것이었다.

어쩌다 한 번씩, 저기요, 힘내요, 같은 글이 올라오면 그 말 한마디만으로도 눈물이 핑 돌았다. 하지만 그다음엔 미치 삼촌이 약물 과다복용으로 죽은 게 내 탓이라느니, 우리 부모님이 일찍 죽어서 딸을 수치스러워하지 않아도 되는 게 다행이라느니 하는 글이 올라왔다.

"모두가 자네를 미워하는 건 아냐." 휴고가 말했다. "그―누구라고 했지? 미친년들? 그 미친년들만 그렇지. 대부분의 사람들은 〈대천사〉에 전혀 관심 없고 자네에게도 마찬가지거든. 그런 눈으로 보지 마―이건 좋은 일이니까. 가치 있는 사람들은 자네를 더 흥미롭게 생각할 거야. 약간의 기개를 보여줬으니까. 올리버가 좋은 청년이 아니라는 말은 아니고, 아주 매력적인 청년이긴 한데, 자네에겐 너무 단순해. 물론 난 아름답고 단순한 청년의 매력을 잘 알지. 루디도 복잡하다고는 할 수 없지만 알다시피 난 늙었잖아. 젊고 경박한 상대를 원하지. 가장 심오하고 복잡한 욕망이 쾌락, 특히 돈으로 살 수 있는 쾌락인 그런 사람. 그것도 중요한 장점이야. 돈으로 진정한 행복을 얻을 수 있는 사람이 얼마나 적은지 알아? 정말로 아주 드물다니까. 지금의 내게는 루디가 맞지만, 내가 자네 나이였을 때는 위험이 가득한 웅대한 것"―그는 이를 드러내고 무언가를 반으로 찢는 시늉을 했다―"나를 찢을 수 있는 것을 원했다네." 그의 유명한 목소리가 천장에 닿아 울렸다.

나는 그에게 알렉세이 얘기를 하고 싶었지만, 휴고는 가십을 즐긴다.

내가 말했다. "올리버한테 아무 연락도 못 받았어요. 나한테 전화해서 소리를 지르거나 하지도 않았고요. 그냥 침묵이죠. 내 매니저가 올리버의 매니저에게 듣기로는 망연자실해 있대요. 하지만 그 인간도 나랑 사귀면서 적어도 배우 한 명, 모델 한 명하고 바람을 피웠어요. 얼마나 더 있는지 알 게 뭐예요. 그래도 난 극복해냈는데요. 상심한 연기나 하고, 좀 너무해요."

그는 손을 획획 내젓고는 나를 뚫어져라 응시하며 물었다. "애초에 뭐 때문에 올리버에게 끌린 거지?"

"올리버 보신 적 있어요?" 휴고가 더 날카롭게 응시했다. 내가 말했다. "올리버는 〈대천사〉란 작품을 하면서 산다는 게 어떤 건지 아는 유일한 사람이었거든요. 참호에 함께 들어가고 싶은 사람을 고르라는 말도 있잖아요. 하지만 이 경우는, 이미 참호에 들어가 있는데 마침 다른 사람이 거기 있었던 거죠. 그러니까 둘이 참호를 공유한 거고, 그건 아무것도 아닌 게 아니죠." 나는 잔을 비웠다. 휴고가 주방으로 가서 술병을 들고 나왔다.

"그랬는데?" 그가 술을 따르며 물었다. "그 참호가 빛을 잃은 건가?"

"그 사람도 폐소공포증의 일부가 되어버린 거죠."

휴고는 소파 등받이에 한 팔을 우아하게 걸쳤고, 술잔이 그의 손끝에서 대롱거렸다. "사랑은 잊어요, 아가씨. 나는 자기도취적인 늙은 나르시시스트일 뿐 자네 유모는 아니니, 자네가 뭘 하든 그렇게 대단히 신경쓰지도 않아. 사실 내가 여기 온 건 그냥 간섭하고 싶어서야. 내 입으로 이런 말 하기는 좀 그렇지만, 지난 세월 요란한 말썽을 꽤나 많이 피운 사람으로서 난 조언을 할 특별한 자격이 있다고 믿거든."

"이건 달라요."

"무슨 소린지 모르겠군. 어떻게?"

"우선 휴고는 남자고, 휴고가 방황하던 시절엔 인터넷이 없었잖아요."

"그래, 맞아. 나로 사는 건 아주 쉽고 간단했지." 그가 노려보며 말했다. "여자랑 결혼할 뻔한 적도 한 번 있었으니까. 여자랑."

"구역질나네요."

"하나 묻지, 이 일로 생길 수 있는 최악의 결과가 뭘까?"

"끝없는 조리돌림. 〈대천사〉에서 잘리고 다시는 일을 못하는 거."

"끝이 없진 않을 거야. 사람들의 관심은 생각보다 빨리 다른 데로 옮겨가거든. 사실 그 사람들이 진짜로 관심이 있는 것도 아니고. 그리고 자넨 다시 일할 필요도 없어. 돈이 아주 많으니까. 은퇴하고 어디 가서 와이너리를 하나 사도 되지. 염소 농장이나. 섬을 하나 사도 되고. 단순하게 사는 거지. 평화로운 삶. 원하는 게 뭐야?"

머릿속이 하얘졌고, 겁에 질린 동물처럼 마음이 허둥대며 마구 날뛰었다. 그 순간 드는 생각이라곤 그런 기분이 지속되는 건 원치 않는다는 것뿐이었다. 나는 기분이 좋아지기를 원했다. 오스카상을 높이 쳐든 내게 관객들이 기립박수를 보내는 이미지가 떠올랐다. "난 더 높이 올라가기를 원해요." 내가 말했다. "내려가는 게 아니라. 일을 하고 싶어요."

휴고는 눈을 가늘게 뜨며 낮게 으르렁거리는 소리로 말했다. "마음에 들어. 자네가 더 높이 올라가지 못할 이유가 없지."

"글쎄요." 내가 대답했다. "사실 몇 가지 있어요. 할리우드에선 내가 올리버에게 불성실한 건 아무도 신경 안 쓰지만 브랜드에 불성실한 건 신경쓸 거예요."

그가 지나칠 정도로 불만에 찬 끙 소리를 냈다. "그 브랜드라는 관념에서 벗어나야 해. 정말 지겨운 거니까. 이런 일이 일어나지 않았어도 난 자네에게 그만두라고 말했을 거야. 대안이 뭐지? 〈대천사〉에 남아 있다가 너무 나이가 들어서 더 어린 배우에게 조용히 밀려나는 거? 적어도 지금 자넨 흥미롭고 예측 불가능한 인물이라는 이미지를 구축했어. 어리고 얼굴만 반반한 자동인형이 아니라. 모두가 자네의 다음 행보를 지켜볼 거야. 자넨 더이상 그 사람들의 노리개가 아냐. 그리고 사람들은 재기를 좋아하지."

3

내가 엉망으로 살던 십대 시절, 미치 삼촌이 우리 둘이만 여행을 떠나자며 어디든 내가 원하는 곳으로 가겠다고 했다. 그는 잠시 휴가를 떠나는 게 나에게 도움이 되리라 생각했고, 마침 자신도 일을 쉬고 있었던 것이다. 나는 부모님이 실종된 슈피리어호를 택했다.

"좀 섬뜩하지 않니?" 미치가 말했다.

나는 그저 그 호수가 보고 싶다고 대답했다. 그건 사실이었지만─늘 그런 바람이 있었다─한편으론 우리가 평소에 하던 일들을 하지 않을 곳으로 가고 싶은 마음도 있었다. 근사한 열대 휴양지에서는 진정한 휴가를 보낼 수 없는 것이, 우리 둘 다 술에 취해 어울려 놀 사람들을 찾아낼 게 뻔했기 때문이다. 나는 바로 그런 퇴폐적인 삶에서 탈출해야 했다.

우리는 지붕을 접을 수 있는 지프 랭글러를 빌려, 수세인트마리에서 출발해 호수 전체를 시계 방향으로 돌았다. 1300마일에 이르는 그 여정에서 지프의 소음과 불편함은 멋을 부리느라 실용적인 이코노미 세단을 거부한 우리가 감수해야 할 형벌이었다. 호수 물은 숨이 멎을 정도로 차가웠지만 나는 매일 수영을 했다. 호수에 가라앉은 세스나 경비행기가 어딘가에 있을지도 모른다는 생각이 머릿속에서 떠나지 않았고, 미립자로 분해된 부모님이 반딧불이처럼 내 주위를 떠다니는 건 아닐까 하는 생각도 들었다.

"부모님은 이제 뼈만 남았을까요?" 내가 미치 삼촌에게 물었다. 지프 지붕이 요란하게 펄럭거리는데다 캐나다 라디오 방송에서 펄 잼의 노래까지 흘러나오고 있어서 큰 소리로 외쳐야 했다.

"아마도." 삼촌도 큰 소리로 대답했다. "그렇게 되는 데 시간이 얼마나 걸리는지는 잘 몰라."

"비행기 조종은 왜 배웠대요?"

"뭐?"

"아빠 말예요. 비행기 조종을 왜 배운 거냐고요?"

"몰라. 안 물어봤어."

"왜 안 물어봤어요?"

"나도 몰라!" 삼촌은 짜증이 치미는 것 같더니 이내 누그러졌다. "네 아빠는 자신에 대해 누가 묻는 걸 좋아하는 사람이 아니었어. 집안 내력이지."

게다가 미치는 다른 사람들에게 관심을 가질 만큼 기억력이 좋지도 않았다. 그 무엇에 대해서도 미치 삼촌을 탓하는 건 공정하지 않지만, 다른 부모들이 자식에게 노상 "너희가 대접받고 싶은 대로 다른 사람을 대하라"나 "행동이 말보다 중요하다" 같은 주문을 외우듯, 미치는 "한 번 사는 인생"이란 말을 입에 달고 살았다. 석 달간 술을 끊었다가 맥주병을 딸 때도 그랬고, 샌타애니타 경마장에서 거의 승산이 없는 말에 거금을 걸 때도 그랬다. 그는 원조 욜로족이었다. 어렸을 적 나는 캐스팅 담당자들이 최대한 활짝 웃어줄 수 있는지, 혹은 워터파크 광고에 출연하고 싶은지 물을 때마다 엄숙한 얼굴로 삼촌 말을 앵무새처럼 흉내내서 웃음을 자아냈다. 케이티 맥기 시절 어울려 다니던 쓰레기 같은 친구들에게는 아예 그런 말을 할 필요도 없었다. 그들은 이미 다 알고 있었으니까.

어쨌거나, 미치는 자신이 내 부모라고 여긴 적도 없을 것이다.

호수의 북쪽 기슭에서, 나는 안내 플래카드를 읽고 원래 그곳에 히말라야만한, 아니, 어쩌면 그보다 큰 산이 있었고 세상에서 제일 높은 산이었을 수도 있는 그 산이 침식되어 사라졌다는 사실을 알게 되었다. 세월이 그 모래성을 차서 쓰러뜨리고, 빙하가 휩쓸어가버린 것이다. 나는 미치 삼촌에게 부모님에 대해 다른 것도 물어보았지만, 삼촌은 대부분 모르거나 흥미로운 답변을 내놓지 못했다.

어느 날 밤, 길가의 식당에 들렀을 때 내가 물었다. "만약 우리 부모님이 죽지 않은 거라면?"

미치는 케첩병 옆구리를 때리고 있었다. "그게 무슨 소리야?"

"만약 어딘가로 사라져서 다시는 돌아오지 않은 거면?"

그는 케첩병을 내려놓고 심각한 표정으로 나를 응시했는데, 당시 그가 하고 있던 데이비드 베컴 머리 아래에서는 소화하기 힘든 표정이었다. "해들리, 그 사람들이 너에게 그런 짓을 했을 리

없어."

"삼촌에게도 그렇고요?"

"네 부모님은 죽었어. 그건 진짜 일어난 일이야. 넌 그 사실을
믿어야 해."

"그렇죠." 내가 말했다. 나도 내가 뭘 믿어야 하는지는 알았으
나, 아는 것과 실제로 믿는 건 달랐다.

내가 앉아 있는 곳에, 한때는 에베레스트보다 높은 산이 있었
다. 그러니 무슨 일이든 가능했다.

몬태나주 미줄라의
간추린 역사

～

기원전 13000년~1927년 2월

만오천 년 전.

북쪽에서 빙하가 내려온다. 기다란 얼음 손가락이 클라크포크 강에 연결되며 나중에 이 강 서쪽에 미줄라가 자리잡게 된다. 호수가 생성되어 거대한 거미줄처럼 뻗어나가면서 면적이 3천 제곱마일, 깊이가 2천 피트에 이르고, 수면에 그림자 진 구름의 밑면이 비친다. 산꼭대기들이 섬이 된다.

빙산들이 호수로 갈라져 들어와 둥둥 떠다닌다. 가끔 바위들이 빙산에 갇혀 먼 곳에서 남쪽으로 이동한다. 수백 년, 어쩌면 천년에 이르는 여정이다. 빙산이 녹으면 바위들은 호숫바닥으로 가라앉는다.

너무 크고 깊어진 호수가 얼음 댐을 긁어대고 파들어가서 결국 얼음 댐이 물에 뜨면서 갈라져 물을 방류한다. 호수에서 쏟아져 나온 물이 나중에 아이다호, 오리건, 워싱턴이 될 땅 위로 소용돌이쳐 흐른다. 사흘 만에 호숫바닥이 드러난다. 어떤 통계수치도 그 사나운 맹위, 그 대홍수에 미칠 순 없지만, 세상의 모든 강물의 힘을 합친 것보다 열 배쯤 큰 위력으로 물이 빠진 것이다. 거친 물살이 마치 신바람난 천하장사처럼 거대한 바위와 얼음덩어리들을 공중에 내던진다. 협곡이 패고, 짐승떼가 쓸려내려간다. 마스토돈, 매머드가 물살에 휩쓸려 빠져 죽고, 괸 물로 떠내려온다. 검치호, 덩치가 회색곰만한 비버, 다이어울프, 땅나무늘보, 그리고 멸종된 거대한 야생동물 모두가 그들과 같은 신세가 된다.

북쪽에서 또다시 빙하가 산을 타고 내려오고, 강이 다시 막힌다. 호수에 다시 물이 찬다. 그리고 다시 댐이 무너진다. 모종의 변화가 일어나 빙하가 물러날 때까지 이삼천 년 동안 그런 일이 주기적으로 반복된다. 빈 호숫바닥, 다섯 개의 산골짜기가 불가사리의 뒤틀린 다리 모양으로 합쳐지는 곳, 훗날 월리스 그레이브스 소유의 뾰족지붕과 포치와 첨탑이 있는 앤여왕시대 양식 집이 자리할 그곳에 풀이 자란다. 어린나무들이 바람에 몸을 구부린다.

어느 시점에 사람들이 등장한다. 시베리아에서 걸어온, 석기를 사용하는 사냥꾼들이 바위에 글자와 그림을 새겨놓고 떠난다. (그들은 이 끝없이 펼쳐진 땅에 대해 어떻게 생각할까? 무한한 검은 공간에 매달린 푸른 구체를 그 누가 상상할 수 있었겠는가?) 나뭇잎이 살랑거리고, 강이 계곡을 굽이굽이 흐른다. 더 나은 도구와 더 정교한 언어, 대홍수에 대한 여러 신화를 지닌 더 많은 사냥꾼이 지나간다. 티피*와 철갑상어 코 모양 카누들. 개들과 말들.

1805년, 백인들이 요란하게 등장한다. 루이스와 클라크가 서쪽을 향해 떠났다가 태평양을 보고 나서 십 개월 후 다른 길로 돌아온다.

숲이 우거져 매복에 유리한 좁은 협곡 하나가 동쪽으로 뻗어 들소들이 누비는 평원으로 이어져 있다. 서쪽에서 온 사냥꾼들이 가끔 평원인디언들의 공격을 받는다. 들소떼에 대한 소유욕이 강한 블랙풋족, 그리고 죽은 자들의 유골이 남겨진다.

백인들이 다시 슬그머니 들어온다. 덫을 놓아 사냥하는 프랑스 사냥꾼들이 유골을 보고 그 협곡을 지옥의 문, 헬게이트라고 부른다.

1855년, 워싱턴준주 지사 아이작 스티븐스와 원주민 부족들(비터루트 살리시, 폰더레이, 쿠트나이) 사이에 조약이 체결된다. 이 조약서는 속임수와 상호 간의 이해 부족, 죽음과 상실의 묵약으로 가득한 파괴적 장르의 대표적인 사례다. 밤이면 스티븐스는 삽질과 망치질, 그리고 목재와 쇠로 이루어진 솔기 모양의 철도 꿈을 꾼다.

인구 스무 명의 대도시 헬게이트는 워싱턴준주의 새 카운티, 미줄라(미줄라는 살리시족 말로 시리도록 차가운 물을 뜻한다)가 된다. 오래지 않아 천막과 뗏장지붕을 얹은 오두막, 구식 농장, 술집, 우체국, 자경단에 잡혀 교수형에 처해진 도둑 들이 보인다. 1864년 미줄라 카운티는 새로 생긴 몬태나준주에 편입된다. 상류에 제재소와 제분소가 하나씩 들어서고, 모두 그곳 미줄라밀스

---

* 북미 원주민의 원뿔형 천막집.

로 가면서 헬게이트는 순식간에 유령도시로 변한다.

더 많은 집, 상점, 거리. 은행. 신문사. 아직 쓸어내지 못한 인디언으로부터 선량한 미줄라 주민을 지키기 위한 요새. 1877년 8월, 칠백 명이 넘는 네즈페르세족이 말을 타고 가축과 개를 데리고 아이다호에서 산을 넘어온다. 미 육군에게서 도망친 그들은 아무도 그들을 건드리지 않을 곳, 더이상 존재하지 않는 곳을 찾고 있다.

그들은 강둑에서 야영을 하다가 군인들이 티피에 총을 쏘는 바람에 잠에서 깼다. 티피를 다 불태우려는 군인들이 널리 불을 지르려다 실패하지만 포기하지 않는다. 인디언 무리 대부분이 흩어지지만, 몇몇 아이가 티피 안 모포 밑에 숨어 있다가 산 채로 불타 죽는다. 인디언 용사들이 다시 뭉쳐 공격한다. 군인들이 후퇴한다. 인디언 무리는 밤에 그곳을 떠나 나중에 옐로스톤이 될 곳으로 향한다. 그들은 시팅 불*의 캠프가 있는 캐나다를 목적지로 삼지만 대부분이 그곳에 이르지 못한다. 대부분이 리븐워스 요새로 보내진다.

1883년, 북태평양철도 서쪽 첨단이 미줄라에 도달하는데, 오대호에서 오는 선로와 만나기 위해서는 서로 밀고 당기며 60마일을 더 가야 한다.** 이 철도는 최초의 대륙횡단 노선은 아니지만 그래도 꽤 훌륭하고, 꽤 웅대하며, 황무지 이주에 꽤 도움이 된다.

---

* Sitting Bull. '앉은 황소'라는 뜻으로, 1860년대부터 미국에 맞서 저항한 수족의 추장.

** 1870년 착공, 1883년 완공된 북태평양철도는 북미 지역을 가로질러 미네소타와 태평양 연안을 연결한다. 동쪽 끝과 서쪽 끝에서 동시에 깔리기 시작한 선로가 미줄라 남동쪽 60마일 지점에서 만나면서 대륙횡단 철도가 완성되었다.

율리시스 S. 그랜트*가 황금 못을 박아 대륙을 연결한다.

더 많은 남자가 미줄라에 도착한다. 거친 남자들, 외로운 남자들, 목마른 남자들. 한잔하고 싶어요? 여자 필요해요? 웨스트프런트 스트리트로 와요. 홍등을 따라와요. 마담 메리 글림, 뚱뚱하고 무시무시한 여자, 그 동네 반이 그녀 소유다. 더 될 수도 있고. 그녀가 여자를 대줄 것이다. 시카고에서 온 여자, 중국에서 온 여자, 프랑스에서 온 여자(프랑스인 에마를 찾으면 된다). 일꾼을 원하면 중국 남자들도 구해준다. 일꾼들이 아편을 원하면, 그것도 그녀가 구해준다.

미줄라에 전화교환소와 전기가 들어오고, 새로 생긴 공식적인 주(1889년 탄생한 몬태나주)의 새로 생긴 공식적인 도시가 된다. 한 농부가 들에서 일하다가 하늘에서 뚝 떨어진 듯한 바윗덩어리를 보고 머리를 긁적인다.

기차가 평원을 지난다. 한 번도 본 적 없는 산을 갈망하는 월리스 그레이브스가 뉴욕에서 서부로 향하고 있다. 그는 뷰트에 내려 잠시 그곳에서 살아본다. 야생마 같은 도시, 바벨을 닮은 도시, 머나먼 타지에서 온 사람들이 구리광산에 함께 들어갔다 나오고, 임금을 받아 술집이나 비너스 앨리** 여자들에게 간다. 날이면 날마다 밤낮없이 길거리에서 싸움판이 벌어진다. 광부와 광부가 싸우고, 취객과 취객이 싸우고, 아일랜드인, 이탈리아인, 중동부유럽인, 스웨덴인이 싸우고, 노조원이 비노조원과 싸운다.

---

* 미국의 18대 대통령. 북태평양철도 완공 기념식에서 선로에 황금 못을 박았다.

** 뷰트의 유명한 홍등가.

월리스는 광산의 어수선한 구조, 양철 양동이를 들고 걸어가는 잿빛 형상들, 네버스웨트 광산의 권양탑과 기계가 있는 건물들과 땅에 박힌 엽궐련처럼 생긴 일곱 개의 가느다란 굴뚝을 화폭에 담는다. 하지만 이 도시는 그에게 잘 맞지 않는다. 그는 서쪽으로 가는 기차를 타고 미줄라에 내려 그곳에 머문다.

1911년, 월리스는 유진 일리라는 조종사의 비행을 구경하기 위해 요새 근처 들판으로 몰려나온 주민들 틈에 서 있다. 유진 일리가 커티스 복엽기를 타고 산속의 주발 모양 분지에서 그 잊힌 태고의 호수, 유령 같은 수면을 가르며 힘차게 떠오른다. 구경꾼들 위로 저공비행하며 날개를 살짝 내렸다가 올린다. 인근에 크리족 무리의 티피가 있다. 크리족이 말등에 앉아 그 기계를 구경한다.

"세상 참 좋아졌어." 월리스 그레이브스가 머리에 쓴 모자가 벗겨지지 않게 손으로 잡고 하늘을 올려다보며 옆에 있는 여자친구에게 말한다.

기차가 평원을 지난다. 애디슨 그레이브스가 다시 한번 자식들의 초상화를 들여다본다. 그림에 얼룩이 묻지 않도록 귀퉁이 부분을 조심스럽게 잡고 있다.

월리스는 아침식사를 하자고 형을 부르러 갔다가 빈 오두막을 발견한다. 오두막 안은 상자들이 열려 있는 걸 제외하곤 아무 변화도 없다. 월리스는 자신이 옛날에 그린 그림을 보고 그것들이 기억하는 것만큼 훌륭하지 않다는 사실을 깨닫는다. 그는 젊은 시절의 화려한 붓놀림과 진부한 구도를 비판의 눈으로 바라본다. 아이들은 새벽 승마에서 돌아와 본채에 있다—사실 그는 아이들이 어떻게 시간을 보내는지 신경쓰지 않기에 그들이 말을 탄 것도 모른다. 아이들은 씻고 머리를 빗고(머리를 빗었다! 그것도 스스로!) 베리트가 차려놓은 아침 식탁에 반듯하게 앉아 아버지와의 만남을 기다리고 있다.

"떠났어." 윌리스가 들어오면서 다짜고짜 그렇게 말한다. "쪽지나 뭐 그런 것도 안 남기고."

베리트가 스토브 앞에서 말한다. "떠났다니, 그게 무슨 소리예요? 어디로 떠나요?"

"그냥 떠났어."

"짐은요. 짐도 다 갖고요?"

"애초에 짐도 없었어." 윌리스는 판지 서류첩을 떠올린다. 애디슨이 적어도 그건 가져갔다.

제이미가 자리를 박차고 일어나 쿵쾅거리며 계단을 올라간다.

"돌아올까요?" 메리언이 심각하게 굳은 얼굴로 묻는다.

"모르지."

"산책 나간 건지도 모르잖아요."

"솔직히 말하면 그건 아닐 거야. 화났니?"

메리언은 잠시 생각해본다. "난 아버지가 우리를 만나고 싶어 할 거라고 생각했어요. 하지만 아버지가 우리를 만나고 나서 떠난 것보단 나을 것 같아요."

"나을 게 뭐가 있어?"

"아버지가 돌아올 수도 있잖아요."

"돌아올 수도 있지."

"아버지가 여기서 사는 걸 원하지 않았다면 나도 여기 남아달라고 하지 않았을 거예요."

"그렇겠지." 월리스가 말한다. 그러더니 좀 악의적으로 덧붙인다. "형은 하늘이 두 쪽 나도 자기가 원하지 않는 일은 안 할 사람이야."

"그럼 이대로 사는 거네요?"

"그런 것 같다."

"괜찮아요."

"슬퍼해도 돼. 그래도 섭섭하게 여기지 않을 테니까."

메리언은 창밖을 내다보며 말한다. "아버지는 어디로 갔을까요?"

"모르겠네."

"아버지가 어디로 갔는지 안다면 더 슬플 것 같아요."

월리스는 고개를 끄덕인다. 아버지가 자식 대신 무얼 선택했는지는 그저 궁금거리로 남겨놓는 편이 낫다. "무슨 말인지 알겠다."

얼마 동안은, 몇 주간은, 애디슨이 돌아올 수도 있을 것 같다. 하지만 나뭇잎이 주홍빛으로 물들고 밤이 추워져도 그는 돌아오지 않는다.

"삼촌은 아버지가 왜 떠난 것 같아요?" 제이미는 집 꼭대기 첨탑 안 월리스의 작업실 발판에 앉아 있다. 소년은 파지에 목탄으로 바위투성이 강바닥에서 헤엄치는 송사리들을 그리고 있다. "여긴 왜 왔을까요?"

"모르지." 월리스는 이젤 앞에 앉아 있다. 팔레트 위 유화물감 냄새가 코를 찌르고, 스케치들이 그의 주변에 핀으로 고정되어 있다. "난 형을 잘 몰라. 우린 너랑 메리언처럼 그렇게 가까운 사이가 아니었거든. 여기서 지낼 작정이었는데 겁을 먹은 것 같구나."
그는 몸을 기울여 제이미의 그림을 들여다본다. "잘 그렸네. 물고
기들 주위로 물이 흐르는 게 느껴져—솜씨 좋게 잘 표현했어."

"뭐에 겁을 먹어요?"

월리스의 붓이 캔버스 위에서 깐닥거린다. 너희지. 너희 그 자
체. "이건 짐작일 뿐이지만, 우리에게 빚을 지고 싶지 않았던 것
같아."

"왜 우리에게 빚을 진다고 생각한 거죠?"

월리스는 붓을 내려놓는다. "넌 정말 착한 아이야."

"왜요?"

"그건 용서하려는 마음이 담긴 질문이니까."

제이미가 목탄으로 그린 물고기를 보면서 조용히 말한다. "그
렇지만 아버지를 용서한 건 아녜요."

삶은 변함없이 흐른다. 베리트는 질서를 유지하려고 안간힘을
다한다. 그녀는 메리언에게 원피스를 입히려고 애쓰지만 결국 실
패한다. 그들은 돈이 풍족했던 적이 없다. 월리스는 대학에서 돈
을 꽤 받지만 카드 도박을 즐긴다. 그리고 개들이 집안 여기저기
에 흩어져 자고 있다.

쌍둥이들은 포치에서 자는 걸 좋아해서 침실에서는 거의 자지
않기에, 거기에 수사슴 뿔, 무스 뿔, 동물 뼈와 이빨 같은 달가닥
거리는 잡동사니를 수집해놓는다. 무너져가는 새둥지들이 솔방
울, 흥미롭게 생긴 돌과 함께 창턱에 줄지어 놓여 있다. 깃털들은
벽에 핀으로 고정시켜놓았다. 쌍둥이들은 인간이 만든 물건도 주
워온다. 화살촉, 토기 쪼가리, 총알, 못. 제이미는 주워온 것들을

그림에 담는다. 정물을 배치하고 스케치한 후, 월리스가 대학에서 훔쳐다준 파스텔이나 수채물감으로 색을 입힌다. "박물학자들 납셨네." 쌍둥이들이 저녁때 꼬질꼬질한 몰골에 주머니가 불룩해져서 집에 돌아오면 월리스는 그렇게 말한다. "고고학자들이 발굴현장에서 돌아오셨구먼."

쌍둥이들은 매일 학교에 가진 않는다. 날씨가 눈부시게 화창하거나 마음을 홀리는 눈이 내리면 다른 곳으로 샌다. 그들과 함께 학교를 빼먹는 친구가 하나 있다. 케일럽이라는 그 친구는 쌍둥이보다 더 야생적이고 두 살 위이며, 래틀스네이크 샛강 바로 아래에 있는 쓰러져가는 낡은 통나무집에 사는 매춘부의 아들이다. (케일럽의 어머니 길다는 남쪽에서 흘러와 미줄라 저편에서 클라크포크강과 합류하는 강 이름을 자신과 아들의 성으로 선택했다—비터루트.)

케일럽은 고양이같이 우아한 아이로 검은 머리가 등까지 내려오는데, 머리칼이 곧고 윤기가 흘러서 사람들은 그의 아버지가 인디언이나 중국인일 거라고 말한다. 그는 도둑질을 한다. 어머니의 밀주를 훔치고, 시내 상점에서 사탕과 낚싯바늘을 훔친다. 그는 자신의 통나무집에 찾아오는 남자들을, 어머니가 그 남자들과 하는 짓을 싫어하지만, 다른 사람이 어머니를 모욕하는 건 용납하지 않는다. 그는 제이미에게 하듯 메리언의 배나 팔을 때리고, 여름이면 셋이 발가벗고 샛강이나 강에서 헤엄을 친다.

메리언과 제이미는 서로 다른 시간에 커튼 틈으로 길다의 매춘행위를 훔쳐보았지만, 둘이 그것에 대해 이야기하진 않았다. 제이미는 남자가 길다에 비해 덩치가 너무 큰 것, 그 큰 몸을 길다의 작은 몸 위로 마치 말뚝 박는 기계처럼 무신경하게 던지는 것을 보며 무척 걱정했다. 더러운 스타킹을 신은 길다의 작은 발이 통통 튀었다. 제이미는 무력한 존재들을 보면 연민을 주체하지 못한다. 그는 샛강에 빠져 죽어가는 벌들을 구해주고, 떠돌이 개들을 집에 데려오고, 버려진 아기 새들에게 점안기로 물을 먹인 후 메리언에게 벌레를 잘게 다져달라고 해서 먹인다. 목에 주름이 잔뜩 잡힌 채 입을 벌리고 있는 새들의 모습이 마치 성난 노인처럼 보인다. 그의 손에서 살아나는 새들도 있고 죽는 새들도 있다. 월리스도 개나 다른 생물에게 모질지 못하다. "불쌍한 것." 그는 힘이 없어서 머리도 못 드는 새끼 까마귀를 내려다보며 그렇게 말한다.

"더이상은 안 돼." 베리트는 개 식구가 늘 때마다 그렇게 말하지만, 개들에게 주려고 음식찌꺼기를 모아둔다. 제이미가 반복해서 꾸는 악몽이 하나 있는데, 그 꿈에서 그는 총으로 메리언을 쏠지 개를 쏠지 선택해야 한다. 그는 고기를 먹지 않을 것이다. "고기를 안 먹으면 죽어." 베리트가 그렇게 말하지만, 제이미는 살아남는다.

제이미는 그 난리 중에도 길다가 차분히 손을 올려 머리칼을 매만질 때면 안심이 되곤 했다.

한편, 메리언은 길다의 창문을 들여다볼 때 남자(제이미가 본 남자가 아닌)가 야수로 돌변하는 것, 얼굴이 일그러지고 등이 활처럼 휘는 것, 길다를 침대 위로 밀어올리고 그녀의 가랑이 사이를 게걸스럽게 먹어대는 데 놀라 몸이 얼어붙었다. 그러다가 마침내 개나 엘크가 하는 것처럼 길다의 몸에 올라탄 남자는 이내

잠잠해졌다. 야수는 사라지고 다시 인간으로 돌아온 그는 친절해 보이는 남자가 되어 옷매무새를 가다듬었다. 그후로 메리언은 남자들—상점 주인, 이웃, 월리스의 친구, 월리스, 우유배달부, 우체부—을 만날 때마다 야수를 찾기 위해 얼굴을 지나칠 정도로 뚫어지게 보기 시작했다.

월리스는 메리언과 제이미가 몰래 모험을 즐긴다는 걸 안다. 그는 그저 막연히 짐작만 하기로 한다. 그들이 돌아오지 않을지도 모른다는 걱정은 하지 않기로 한다. 그 자신도 모험을 즐기니까. 가끔 밤에 포커게임을 하거나, 주류밀매점이나 도로변 술집에서 술을 마시거나, 여자를 만나러 나간다. 그는 조용하지만 열정적인 술꾼이다.

시애틀에 있는 은행에서 상당한 액수의 수표가 온다. 동봉한 편지에, 애디슨 그레이브스 씨가 정기적으로 자녀 양육비를 보내기를 원한다는 설명이 들어 있다. 월리스는 즉시 그 돈을 들고 나가 술집 카드 도박장에서 거의 다 잃는다. (아이들이 아주 어렸을 때 더 큰 액수의 수표가 온 적이 있었다—아이들 외조부의 유산이었다. 그 돈은 빚 갚는 데 썼다.) 그는 새벽에 집에 돌아오는 길에 애디슨을 데려갔던 초승달 모양 연못에 들어가지만, 물이 차가운데다 갈색이라 깨끗해지기는커녕 더럽고 흠뻑 젖은 기분만 든다. 그는 침울하게 물에 떠서 애디슨이 보낸 돈이 새로 번 것인지 아니면 저축한 돈이 남아 있던 것인지 궁금해한다. 그런 거금을 한꺼번에 보낸 형의 경솔함을 원망하지만, 다시 생각해보면 애디슨은 그가 도박에 빠진 걸 전혀 모른다.

애디슨이 살기로 했던 오두막은 밤이면 든든한 이웃 같은 달처럼 환히 빛난다. 메리언이 그곳을 자기 공간으로 삼은 것이다. 아버지가 홀연히 사라진 후, 그녀는 거기 있던 상자들을 모두 열었다. 경이로운 물건이 너무도 많았다. 월리스의 그림들, 온갖 크기와 두께의 책들, 그리고 놀랍도록 다양하고 화려한 외국의 기념품들. 그 가운데 일부는(양탄자, 화병 같은 것) 따로 설명이 필요치 않지만, 나머지는(이를테면 삼베로 싸서 긴 통에 따로 넣은, 족히 2미터는 되는 길이에 나선형으로 꼬여 있으며 끝이 뾰족한 동물 뿔) 신비롭기만 하다. 그녀는 그 뿔을 오두막 한쪽 구석의 난로 뒤에, 마치 마법사의 방치된 지팡이처럼 세워둔다. 아버지가 붉은색과 검은색으로 이루어진 나무그릇을 사는 광경을 상상해보고 싶지만, 도무지 그려지지 않는다. 번잡한 도시였을까? 쓸쓸한 어촌이었을까? 더운 곳이었을까? 추운 곳이었을까? 왜 세상의 하고많은 그릇 중에 이 그릇을 선택했을까?

메리언은 책을 한쪽 벽가에 건들거리는 몇 개의 무더기로 쌓아놓는다. 그 책들을 쌓여 있는 순서대로 한 권 한 권 다 읽겠다는 결심을 하고, 열번째 생일 직후 그 결심을 실행에 옮긴다. 월리스의 차를 손보거나 다른 아이들 자전거를 고쳐준 후에 책을 읽어서 책장 여기저기 기름 얼룩이 남지만, 그녀는 아버지가 그런 것에 신경쓰는 사람이 아닐 거라고 단정짓는다. 낮 동안은 책을 들고 학교에 가거나 산속으로 들어간다. 밤이면 오두막으로 가서 난로 옆 안락의자에 앉아 읽는다. 아버지는 이 의자에 한 번이라도 앉아봤을까? 메리언은 뜻밖의 책 벼락을 맞기 전에는 책 읽기를 즐긴 적이 없었기에, 오랫동안 움직이지 않고 앉아 있는 훈련이 되어 있지 않다.

첫 무더기의 맨 위에 있는 책은『드라큘라』인데 완전히 우연이 라고만은 할 수 없다. 메리언은 어머니가 그랬던 것처럼 그 소설 에 등장하는 렌필드, 파리를 길러 거미에게 먹이고 거미를 길러 새에게 먹였으며 새들을 잡아먹을 고양이를 구하지 못하자 그 새 들을 산 채로 먹어치운 미치광이에 대한 악몽에 시달린다. 그녀 는 길다와 함께 있는 야수 꿈을 꾸고, 꿈속에서 게걸스럽게 먹어 치우는 야수가 렌필드라는 사실을 알고 있다. 물론, 메리언의 어 머니 역시 그런 무시무시한 식욕에 공포를 느꼈다는 걸 그녀에게 말해줄 수 있는 사람은 아무도 없다. 애초에 그걸 아는 사람도 없 었으니까.

그 책들 중에는 소설도 있고 시집도 좀 있다. 라틴어 학명이 붙 은 식물과 새, 동물 화보집도 몇 권 있는데 그녀는 제이미에게 와 서 봐도 되지만 다른 데로 가지고 나가선 안 된다고 말한다. 셰익 스피어 전집도 있고, 뚱뚱한 사전도 한 권 있어서 곁에 두고 모르 는 단어를 찾아본다. 하지만 대부분이 여행에 관련된 책이다. 메 리언은 폭풍우와 난파, 해적과 함대, 동료의 시체를 먹을 수밖에 없게 된 선원들에 대해 읽는다. (또다시 렌필드가 꿈에 나온다.) 따뜻한 바다 위로 솟은 타히티의 산들, 구름 화관을 쓴 그 산들의 에메랄드빛 정상, 험악한 히말라야와 소 방울소리가 울리는 알프 스 고지의 목초지에 대해 읽는다. 제임스 쿡, 찰스 다윈, 메리 킹 즐리, 리처드 헨리 데이나, 그리고 자신이 사는 바로 그 골짜기 를 걷는 루이스와 클라크에 대해 읽는다. 물보라가 일 정도로 거 세게 배를 뒤로 밀어내는 마젤란해협의 바람에 대해, 아라비아사 막의 모래를 수백 마일 떨어진 바다까지 실어와 숨막히는 주홍빛 모래구름을 만드는 바람에 대해 읽는다. 콩고강과 나일강, 양쯔강, 아마존강에 대해서도 읽는다. 열대지방에서 야생의 벌거숭이 아이들이 하는 서로 찾고 만지는 놀이에 대해서도 읽는데, 제이미가 같이 있지 않을 때 가끔 케일럽이 고안하는 이런저런 놀이와 다르지 않다. 그녀는 산더미 같은 파도, 사람을 미치게 만드는 고요, 배 주위를 빙빙 도는 상어, 수면을 뚫고 뛰어오르는 고래, 불길을 뿜어내는 화산에 대해 읽는다. 자신 같은 어린 소녀에 대한 책은 없지만, 메리언은 그걸 깨닫지 못한다.

그러니까 그녀의 아버지는 몸소 여행을 했을 뿐만 아니라 다른 사람들의 여행기를 읽는 것도 즐겼다는 말이다. 아마도 그는 모험에 나선 사람들을 높이 평가했을 것이다. 메리언은 굴 채취용 소형 돛단배 스프레이호를 타고 홀로 세계일주 항해를 한 조슈아 슬로컴의 이야기에 마음이 끌린다. 그 배가 그에겐 하나의 행성과도 같았다. 그녀도 그런 기분을 느끼고 싶다.

하지만 메리언이 제일 좋아한 건 북극과 남극 이야기들이다. 그 바다들에서는 배의 삭구가 서리의 무게를 못 이겨 기울어지고, 얼어붙은 대성당처럼 첨탑과 아치를 지닌 푸른 빙산이 자유로이 떠다닌다. 그녀는 프리드쇼프 난센과 로알 아문센에 대해, 실종된 존 프랭클린 경에 대해 읽는다. 오두막에 있는 책으로는 성에 차지 않아 도서관에 가서 책을 더 빌려와 어니스트 섀클턴과 앱슬리 체리개러드가 겪은 모진 고난을 게걸스럽게 탐독한다. 극지에서의 용맹이 매력적일 정도로 단순하게 느껴진다. 거기에 가면, 아니, 그곳에 가려고 나서면 용감해진다. 그녀는 북극 해빙에 있는 개빙구역에 일각고래들이 우글거리는 동판화를 우연히 발견한다. 일각고래의 뿔들이 공중에서 전장의 검처럼 부딪친다. 그녀는 난로 뒤에 세워둔 긴 뿔을 꺼내들고 눈밭을 가로질러 본 채로 간다.

월리스는 아직 잠자리에 들지 않고 작업실에서 축음기로 베토벤을 듣고 있다. 그는 메리언에게서 책을 받아 무릎 위에 올려놓고 그림을 자세히 들여다본다. "그래, 알겠다." 그가 말한다. "네 말이 맞는 것 같구나."

"일각고래 뿔이 여기 몬태나 미줄라에 있다니." 메리언이 말한다.

월리스는 다시 동판화를 들여다본다. "고래들이 싸우는 건가?"

"숨쉬는 거래요. 아버지가 일각고래를 죽여서 이 뿔을 얻은 건 아니겠죠, 그렇죠?"

"아마 돈 주고 샀을 거야."

"어째서 북극과 남극은 다 그렇게 추울까요? 어째서 거긴 계절이 급변하고, 가끔은 밤낮없이 어둡고 또 가끔은 밤낮없이 환할까요?" 메리언이 나선형으로 꼬인 뿔 위로 몸을 기울이며 월리스에게 묻는다. 한 가닥으로 길게 땋아내린 옅은 금발이 어깨를 지나 앞쪽으로 늘어진다.

"나도 모르겠다." 월리스가 대답한다. 그는 책장을 획획 넘기며 에스키모와 개썰매, 빙하 그림을 보고 꼬리를 펄럭이는 고래들에게 얼굴을 찡그린다. 형이 이 모든 것을 실제로 봤을지 궁금하다. 그에겐 메리언이 아이 같지가 않고, 그렇다고 어른 같지도 않게 느껴진다. 메리언은 그를 불안하게 만드는 갈망을 지니고 있다.

메리언은 다시 눈밭을 가로질러, 어둠 속에 뱃머리의 등불처럼 걸려 있는 오두막을 향해 간다. 아버지가 그곳에서 잠시 머문 후 이 년이 넘게 지났다. 그녀는 책들이 아버지의 물건에 대해 더 많이 설명해주기를, 그 책을 다 읽으면 아버지가 알았던 걸 자신도 알게 되기를 바란다. 그럼 어떤 면에서는 아버지를 알게 되는 것이니까. 그리고 나중에 어른이 되면 책에서 읽은 곳들에 가서 직접 그 광경을 보리라 결심한다.

수많은 밤과 낮, 여름과 겨울이 지나간다.

곡예비행사

미줄라
1927년 5월
3개월 후

그날 아침은 쌀쌀했지만 피들러의 몸통이 메리언의 다리에 온기를 전했다. 그녀는 안장도 얹지 않은 말을 타고 고삐를 느슨하게 잡고서 새벽 어스름 속에 뻗은 소나무 가지들 아래로 몸을 숙였다. 피들러가 풀을 뜯으려고 걸음을 멈추면 맨발 뒤꿈치를 녀석의 옆구리에 박았다.

메리언은 지난 9월 열두 살이 된 이후로 거의 매일 아침 동트기 전에 일어나서 말에 고삐를 씌웠다. 제이미는 이제 함께 나서는 날이 드물었는데, 그녀가 혼자 있고 싶어하는 걸 눈치챘을지도 모른다. 그녀는 기분에 따라 피들러를 타고 클라크포크나 비터루트 강둑을 달리기도 하고, 마을로 들어가서 느릿느릿 돌아다니는 우유배달 마차나 외로이 집으로 돌아가는 야간작업자들, 배회하는 술꾼들을 구경하기도 했다. 눈이 많이 내리지 않을 때는 산이나 골짜기로 가기도 했다.

이날은 래틀스네이크를 벗어나, 하늘이 푸른빛으로 밝아오고 마지막 별들이 사라져가는 가운데 점보산을 올라갔다. 피들러는 정상까지 이어진 가파른 오르막을 속보로 올라갔고, 정상에 이르자 즉시 멈추어 풀을 뜯기 시작했다. 골짜기 바닥에 은빛 안개가 낮게 깔려 있었고, 지붕들과 나무꼭대기들이 안개를 뚫고 튀어나와 있었다. 그녀의 뒤에서 해가 떠오르면서 햇살이 골짜기를 가로질러 늘어선 산들 위에서 노닐다가 미줄라 쪽으로 서서히 기울어져 내려가 강에서 일상적인 맑은 햇빛이 반짝거릴 때까지 안개를 흩어놓았다.

메리언은 두 발을 앞으로 내밀어 고삐에 걸고 뒤로 벌렁 누워 피들러의 엉덩이에 놓인 머리를 양손으로 받쳤다. 그런 자세로 잠들기 직전에, 멀리서 엔진소리가 들려왔다. 전쟁이 끝난 후 시장에 헐값에 풀린 고물 군용기인 제니나 스탠더드를 사서 취미로 몰고 다니는 사람들이 있었는데, 메리언은 그중 하나이리라 생각했다. 그 소리는 동쪽에서 들려오고 있었다. 소리가 요란해졌다. 더 요란해졌다. 메리언은 몸을 일으켰고, 고지告知를 내리는 천사처럼 갑작스럽게 위용을 드러낸 빨강과 검정으로 이루어진 복엽기가 굉음을 내며 그녀가 손을 뻗으면 바퀴에 닿을 수 있을 만큼 아주 낮게 날아갔다.

하늘을 나는 브레이포글 부부. 커티스 제니 꼬리에 흰색 글씨로 그렇게 휘갈겨 있었다. 펠릭스와 트릭시, 그들은 월턴울프 곡예비행단 출신이었는데, 이 곡예비행단은 전후 미 전역에 우후죽

순으로 생겨난 지역 에어쇼 때문에 흥에 겨워 스스로 죽음에 뛰어드는 사람이 너무 많아졌다고 판단한 정부에서 규제를 강화하면서 해체의 운명을 맞이했다. 브레이포글 부부는 영화 스턴트 일을 구하기 위해 서부 할리우드로 가는 중이었다.

전에도 곡예비행사들이 미줄라에 와서 돈을 받고 사람들을 비행기에 태우고 곡예비행과 낙하산 점프를 보여주었지만, 메리언은 실제로 그들을 눈여겨본 적이 없고 비행기가 어떻게 산을 넘고 지평선을 넘어 사람들을 다른 곳으로 실어나를 수 있는지 생각해본 적도 없었다. 어쩌면 그녀에겐 비행기가 위험하리만큼 가까이 접근해 그 굉음과 번쩍이는 붉은 날개로 무자각의 상태에서 거칠게 흔들어 깨우는 과정이 필요했는지도 모른다. 아니면 그저 때가 왔는지도 모르고. 그녀는 미래의 어른이 쇠창살 같은 어린아이의 뼈를 흔들어대는 나이에 도달했으니까.

그날 늦은 시간 월리스가 메리언을 센티널산 기슭의 활주로에 차로 데려다주었다. 활주로라고 해봐야 석회로 선을 표시하고 오소리 굴이 여기저기 뚫려 있는 적당히 평평한 땅에 불과했다. 메리언은 월리스가 차를 세울 사이도 없이 고삐 풀린 망아지처럼 뛰어내려 비행기들이 서 있는 곳을 향해 풀밭을 가로질러 달려갔다.

더 가까운 쪽에 있는 비행기의 엔진덮개가 열려 있었고, 정비사 작업복을 입은 사람이 발판사다리에 올라서서 밸브와 실린더를 만지는 중이었다. 다른 사람은 멀리 있는 비행기 날개 아래 그늘진 풀밭에서 반바지와 장화 차림으로 누워 있었는데, 챙이 넓은 소몰이꾼 모자로 얼굴을 덮은 것으로 보아 자고 있는 듯했다. 발판사다리에 선 사람이 구부렸던 몸을 펴면서 돌아보았고, 메리언은 그 사람이 여자인 걸 깨닫고 깜짝 놀랐다. 그 여자는 머리에 푸른색 반다나를 둘렀고, 얼굴은 기름때로 시커멓게 얼룩져 있었다. 그리고 한 손에 스패너를 들었다.

"안녕." 여자가 말했다. 그러고는 소녀를 내려다본 후 풀밭 저편 월리스에게 시선을 던졌다. "누구지?"

"메리언 그레이브스예요."

"비행기 보러 왔니? 우리의 웅장한 2인 비행대를?" 여자는 단조로운 어조로 품격 있게 말했다. 주머니에서 반다나 한 장을 더 꺼내 얼굴을 닦았는데 오히려 기름때가 더 심하게 번졌다.

"이미 봤어요. 오늘 아침 말을 타는데 한 대가 내 머리 위로 낮게 날아갔거든요." 그때 피들러가 겁을 먹는 바람에 메리언은 말에서 떨어질 뻔했다. 그녀가 겨우 말을 진정시켰을 때 또 한 대가 날아갔고, 그 비행기는 더 높게 날았지만 다시 피들러를 날뛰게 만들기에 충분할 만큼 요란했다.

"가끔 보면 비행기가 아주 낮게 나는 것 같지, 그렇지? 하지만 사실 우린 네가 생각하는 것보다 훨씬 높게 난단다. 안전제일, 난 항상—" 그녀가 말을 멈췄다. "아, 산에서 말이니? 그게 너였어? 딱해라, 몹시 겁먹었겠구나. 펠릭스는 그렇게 실없는 짓을 할 때가 있어."

"겁 안 났어요."

"펠릭스가 직접 사과할 수 있도록 찾아와주다니 기쁘구나. 내가 확실하게 장담할 수 있는데, 그건 사고였어. 어리석은 실수였지. 네가 괜찮은 걸 보니 마음이 놓인다."

메리언은 용기를 내어 아침 내내 마음을 사로잡았던 생각을 꺼냈다. "비행기를 타보고 싶어요."

여자는 고개를 갸웃하며 얼굴을 찡그렸는데, 메리언에게는 공감을 나타내는 표정으로 보였다. "유감이지만 우린 내일까지는 사람을 태울 생각이 없고, 사실 비행기를 타려면 돈을 내야 해. 5달러. 연료비도 들고 다른 비용도 발생하니까. 우리 생계수단이거든. 펠릭스가 널 놀라게 한 건 미안한데, 그래도 처음부터 그냥 태워줄 순 없어. 그러고 싶은 마음이야 간절하지만. 호의의 표시로 조금 할인해줄 수는 있는데, 저기 계신 네 아버지께 돈을 지불해주실지 여쭤봐야겠지. 아니면 모아둔 돈이 좀 있니?" 이 마지막 말에는 희망이 가득 담겨 있었다.

"삼촌이에요."

"그럼 삼촌께 여쭤보렴."

월리스가 다가와서 한 손을 눈 위에 대고 햇빛을 가리며 여자를 향해 미소를 보냈다. "나한테 뭘 물어보라는 건가요?"

"이 용감한 젊은 여성이 비행기를 타보고 싶다네요." 여자는 다시 반다나로 얼굴을 닦았는데, 이번엔 제법 효과가 있어서 그레이하운드 같은 길고 조붓한 얼굴이 드러났다.

"돼요?" 메리언은 허락을 구해야 하는 것이 민망해서 일부러 거칠게 물었다. 그녀와 제이미는 정기적으로 용돈을 받아본 적이 없었다. 월리스는 쌍둥이들이 사고 싶은 물건이 있을 거란 생각을 하지 못했던 것이다. 그래서 그들은 케일럽의 지도하에 좀도둑질을 시작해 시내 상점들에서 사탕이나 낚시도구, 그 밖의 이런저런 잡동사니를 훔쳤다. 케일럽은 복잡한 길거리에서 행인들을 상대로 소매치기를 해, 세 사람이 영화를 보고 싸구려 식당에서 점심을 먹을 수 있을 정도의 동전을 한 시간 내로 손에 넣을 수 있었다. 그들은 돈이 생기면 아무 생각 없이 써버렸기에, 지금 메리언에겐 모아둔 돈이 없다는 것이 끔찍한 실수처럼 여겨졌다.

"얼마입니까?" 월리스가 여자에게 물었다.

"십오 분에 5달러요―4달러 50센트만 내세요. 이제 우리 모두 친구가 됐으니까. 싸게 해드릴게요."

월리스는 메리언에게 미소를 보였는데, 맑고 푸른 하늘과 기름 때 묻은 낯선 여자에게 보낸 것과 같은 감식력 있는, 그러나 확답을 주지 않는 미소였다. 그가 여자에게 말했다. "우리가 성가시게 한 건 아닌지 모르겠네요. 메리언이 오늘 아침 당신네 비행기 중한 대를 가까이에서 봤거든요. 강한 인상을 받은 모양이에요."

"딱해라. 무척 놀랐을 거예요."

"안 놀랐어요." 메리언이 우겼다. "좋았어요. 엔진에 문제가 생겼나요?"

"평소보다 심한 건 아냐."

"난 엔진에 대해 잘 알아요. 월리스 삼촌 차도 내가 관리해요―그렇죠, 삼촌?"

"맞아요." 월리스가 여자에게 말했다. "메리언은 타고난 정비공이죠."

"정말 멋지구나."

다른 비행기 아래에서 자고 있던 사람이 움직였다. 구릿빛으로 탄 팔이 올라와 얼굴 위 모자를 치웠고, 남자가 비행기 날개 아래에서 나와 등을 쭉 폈다. 그는 날렵하고 다부진 몸에 콧수염이 무성했고, 안짱다리로 어슬렁어슬렁 풀밭을 가로질러 걸어오면서

한 손으로 뒤통수에 모자를 올리고 남은 손으로 엉덩이에 붙은 풀을 털어내는 모습이 태평한 인상을 줬다.

"펠릭스." 여자가 말했다. "당신이 아까 말에서 떨어뜨릴 뻔한 가엾은 어린 소녀야."

"너구나!" 그가 걸음을 멈추고 엉덩이에 손을 붙인 채 말했다. "눈에 안 띄었던 장애물이."

"죄송해요."

"괜찮아. 과시하면 안 된다는 걸 명심하는 계기로 삼을 수 있었지. 보는 사람도 없었는데 그걸 과시라고 부를 수 있다면 말이지만. 그렇게 이른 시각에 거기서 뭘 하고 있었던 거니?"

윌리스가 그걸 물어볼 생각을 미처 못했다는 듯 관심 있게 메리언을 바라보았다.

"가끔 그냥 주위를 둘러보러 올라가요."

"좋아." 남자는 윌리스와 악수를 나눴다. "펠릭스 브레이포글입니다." 그러고는 엄지손가락으로 사다리를 가리켰다. "아내 트릭시고요. 하늘을 나는 브레이포글 부부." 그다음엔 메리언과 악수했지만 메리언이 예상한 때 손을 놓아주지 않았다. 그가 준엄한 눈길로 내려다보며 말했다. "죽은 물고기 같은 악수는 안 돼. 자, 손 꽉 잡아봐. 그래도 내 손 안 부러져."

메리언은 있는 힘껏 그의 손을 꽉 잡고 그의 손목을 흔들었다.

"나아졌어. 뼈 한두 개는 금이 갔겠는데. 너, 엔진 좋아한다고? 이 엔진 보고 싶니?"

"여보." 트릭시가 끼어들었다. "미안하지만 나 지금 바빠. 사다리도 하나밖에 없고."

"문제가 있는 곳에 답도 있다." 펠릭스가 말했다. 그가 메리언을 비행기 날개 쪽으로 데려가더니 바니시를 칠한 캔버스천 위로 들어올렸다. "내 어깨에 올라타봐."

"펠릭스, 당신 진짜." 트릭시의 목소리가 흔들렸다.

"어서." 그가 메리언에게 말했다. 메리언은 날개 끝에 앉아서 재빨리 펠릭스의 어깨에 올라탔다. 두 손을 어디다 둬야 할지 알 수 없어 그의 정수리를 움켜쥐었다.

"나 너무 크지 않아요?"

"콩알만한 녀석이." 그는 비행기 코를 향해 몇 발짝 걸었다. "자, 자세히 봐. 내 머리 좀 살살 잡고. 머리칼 뽑히고 싶진 않으니까."

메리언이 본 건 자동차 엔진과 비슷하면서도 훨씬 더 경이로웠다. 그녀는 복잡하게 뒤엉킨 금속 너머로 노려보는 트릭시의 시선을 애써 피하며 연료와 물이 지나가는 길을 확인하고 밸브와 봉과 볼트를 주의깊게 살펴보았다. 반들거리는 나무 프로펠러 날들이 공기를 움켜쥐고 인도할 수 있도록 우아한 각도를 이루고 있었다.

"OX-5 엔진이야." 펠릭스가 메리언의 무릎 사이로 말했다. "멋지긴 한데 기름을 엄청 잡아먹지. 줄줄 샌다니까. 충분히 봤니?"

"예, 고맙습니다." 메리언은 만족할 만큼 보지는 못했지만 그렇게 대답했다.

펠릭스가 그녀를 다시 날개에 앉히더니 돌아서서 허리를 잡고 땅에 내려주었다. 그리고는 윌리스에게 물었다. "저기, 혹시 이 근방에 우리에게 휘발유를 속여서 팔지 않을 만한 주유소가 있을까요?"

메리언은 슬그머니 엔진덮개로 다가가 그 쇳덩이가 말이라도 되는 양 손으로 쓰다듬었고, 윌리스는 그녀를 지켜보며 펠릭스에게 원한다면 좋은 주유소에 가서 기름을 사올 수 있도록 차에 태워주겠다고 말했다. 시내에 간 김에 에어쇼와 비행체험 광고지를 붙일 만한 데도 몇 군데 알려주겠다고 제안했다. "그리고 이건 그냥 제 제안이니까 얼마든지 거절하셔도 되는데, 숙소를 찾고 있다면 우리집에서 하룻밤 묵으셔도 됩니다."

"아, 그거 좋죠." 펠릭스가 말했다.

"그럼 내일 메리언 남매를 비행기에 태워주시는 거죠?"

"그럼요."

"그럼 윌리스 삼촌은요?" 트릭시가 위에서 큰 소리로 말했다. "비행기 타보고 싶으세요?"

메리언에겐 곡예비행사들의 존재가 집을 바꿔놓은 듯 느껴졌다. 한편으로는, 비행사들은 최고급만 누리고 살 것 같았기에 새삼스럽게 그 집의 누추함이 창피스러웠다. 다른 한편으로는, 펠릭스가 와 있으니 집에 눈부신 가능성이 가득찬 듯했다. 그의 안에도 야수가 있을까? 그도 트릭시를 붙잡고 무섭게 노려보며 으르렁거릴까? 아까 펠릭스가 목마를 태워줬을 때 메리언은 그의 머리칼을 움켜쥐고 허벅지 아래로 그의 어깨를 느꼈다. 콩알. 자신은 그것에 불과할까? 펠릭스 생각만 하면 가슴이 뛰고 안달이 났다. 이미 메리언은 그를 끌고 밖으로 나가서 윌리스의 자동차

덮개를 열고 자신이 때우고 수리한 곳들을 보여주었다. 그는 눈을 반짝이며 다정하게 대해주었고 그녀가 자동차에 대해 잘 아는 것에 진심으로 감동한 듯 보였다. 그의 콧수염과 반바지에 벨트를 맨 말쑥한 허리가 좋았다. 그가 목욕하는 동안 그녀는 공연히 욕실 근처에서 맴돌았고, 그러다 문에 귀를 대고 간간이 짤막하게 이어지는 물 튀기는 소리를 엿들었다.

당연히, 바로 그때 트릭시가 우연히 지나갔다. 분명 하나뿐인 짐인 작은 여행가방에서 꺼냈을 자루 모양의 후줄근한 푸른색 원피스를 입고 있었다. 그녀는 메리언을 발견하고 멈춰 서서 움찔 놀란 표정으로 굳은 미소를 지었다. 씻느라 이제 반다나를 벗은 머리는 젖어 있었고, 세련된 단발이었지만 그녀의 긴 얼굴에는 어울리지 않았다. 그녀는 자줏빛에 가까운 검붉은 립스틱을 바르고, 아이라인도 그리고, 눈썹도 그린 상태였다. 하지만 전부 어울리지 않았다. 정비사복을 벗어서 외모가 망가진 것처럼 보였다.

"누가 보면 네가 염탐하고 있는 줄 알겠다." 트릭시가 말했다.

"안에 사람이 있는지 없는지 몰라서요."

트릭시의 눈썹이 치켜올라가고 자줏빛 입술이 오므라들었다. "호기심이 고양이를 죽인단다."

그들 사이의 적의는 둘 다 설명할 수 없는 것이었다. 메리언은 트릭시가 단발머리를 홱 젖히고 가던 길을 갈 때까지 욕실 문을 등지고 서서(희미한 첨벙거림, 낮은 기침소리) 그 따가운 적의를 조금도 움츠러들지 않고 견뎌냈다.

저녁식사로는, 구운 감자를 택한 제이미를 제외하고 모두 베리트가 만든 사슴고기 스튜를 먹었다.

"넌 스튜 안 좋아해?" 트릭시가 제이미에게 물었다.

"걔는 고기 안 먹어요." 메리언이 말했다.

"이가 없어요." 평소에 자주 그러듯 부르지도 않았는데 불쑥 나타난 케일럽이 끼어들었다. "입에 잇몸만 있다니까요. 그래서 감자만 먹는 거예요. 잇몸으로 먹어요." 케일럽의 엄마는 술에 돈을 다 써버릴 때가 많았고, 케일럽은 스스로 끼니를 해결할 기분이 아닐 때면 그레이브스가의 식탁에 나타났다. 베리트는 혀를 끌끌 차며 그에게 각설탕이나 껍질을 깐 과일, 잼을 줬다. 그녀는 아무도 보지 않는다고 생각될 때면 케일럽의 긴 머리를 쓰다듬었는데, 그 흑요석 같은 광택이 질서를 중요하게 여기는 스칸디나비아인의 영혼에 뜻밖의 감정을 불러일으키는 듯했다.

"이가 없다고 해야지." 월리스가 바로잡았다. 그는 의외로 엄격한 데가 하나 있었는데 그건 바른 어법이었다.

"이가 없나요?" 트릭시가 물었다.

"제이미 치아는 완벽해요." 월리스가 대답했다. "케일럽이 이상한 유머감각을 갖고 있어서요."

트릭시는 케일럽을 째려본 후 제이미에게 시선을 돌렸다. "고기를 안 먹어? 왜?"

제이미가 말했다. "저한테 안 맞아서요."

"정신적으로 안 맞는다는 뜻이죠." 월리스가 말했다. "먹기 위해 동물을 죽이는 게요."

"왜 다들 저 아이를 대신해서 말하는 거죠? 치아뿐 아니라 혀도 있는 것 같은데." 그러고 나서 트릭시는 제이미에게 말했다. "너 정말 착하구나. 순한 아기 양 같아."

제이미는 당황해서 감자에 시선을 박았다. 케일럽이 웃었다.

월리스가 라디오에서 들었다며, 찰스 린드버그라는 젊은 조종사가 최초의 대서양 횡단에 도전하여 아침에 뉴욕을 출발했는데 오후에 뉴펀들랜드 상공을 지나는 모습이 포착되었다고 말했다. "지금 바다 위 어딘가에 있을 거라고 하더군요."

"운이 좋으면 바다 위에 있겠죠." 트릭시가 말했다. "아니면 바닷속에 있을 거고요." 그러더니 무슨 재치 있는 말이라도 한 것처럼 히죽거렸다.

"나이가 더 많은 사람이었다면 자살행위라고 했을 텐데, 아직 어린애니까 그냥 멍청한 짓이었다고 해두죠. 성공할 확률이 천분의 일도 안 돼요." 펠릭스가 말했다.

메리언은 바다를 상상해보려 했지만 잘되지 않았다. 지도에 있던 푸른 색깔, 아버지의 책들 속 이야기를 생각해보았지만 그 광대함은 도무지 헤아릴 수 없었다.

솜털무늬 벽지를 바른 식당에는 직사각형 식탁과 짝이 맞지 않는 의자들이 놓여 있었다. 대개 은이나 크리스털 그릇이 진열되는 유리문 달린 캐비닛에는 메리언과 제이미가 수집한 돌과 뼈가 넘쳐났다. 월리스가 아무 장식 없는 1파인트들이 병에 든 호박색 액체를 펠릭스와 트릭시에게 따라주었다(위스키라고 생각하고 싶다면 얼마든지 그래도 좋지만 실은 흑설탕으로 색깔을 낸 밀주였다).

"비행기 조종은 어떻게 배웠어요?" 메리언이 펠릭스에게 물었다. 그는 목욕할 때 젖은 머리가 아직도 마르지 않은 상태였다. 그리고 베리트가 그의 옷을 빨아 트릭시의 옷과 함께 빨랫줄에 널어놓은 탓에 그에게 너무 큰 윌리스의 옷을 입고 있었다.

"프랑스에서, 전쟁중에. 나는 하늘을 날고 싶었고, 프랑스는 기꺼이 미국인 지원자들을 받아 훈련시켰지." 그가 말했다.

"나도 전쟁 구경하고 싶어요." 케일럽이 말했다.

펠릭스가 케일럽을 바라봤고, 마치 그가 식탁에서 슬그머니 물러나 다른 곳으로 가고 있기라도 하듯 멀게 느껴졌다.

"펠릭스는 전쟁 이야기 하는 거 안 좋아해." 트릭시가 말했다.

펠릭스가 정신이 번쩍 든 것처럼 말했다. "고맙지만, 내가 할 말은 내가 정해." 그는 프랑스 남부에 있는 도시인 포 인근에서 훈련을 받았다. 훈련이 끝나자 뤽세이에 있는 미국인 비행중대로 보내졌고, 온천 근처의 한 저택에서 생활했다. 그들은 날씨가 안 좋을 때는 온천물에 몸을 담그거나 카드놀이를 하며 술을 마셨다. 하늘이 맑아지면 정찰비행을 나가거나, 수소를 가득 채운 거대한 회색 몸체로 깐닥거리며 전선을 떠다니는 관측기구들을 추적했다. "관측기구를 해치우려면 가까이 접근해서 권총으로 소이탄을 쏘는 방법이 최고였지만, 그럼 관측기구들이 폭발하면서 우리 비행기에 불이 붙기 십상이었지." 그가 말했다.

그는 폭탄에 갈가리 찢기거나, 총에 맞아 만신창이가 되거나, 철조망에 매달려 쥐들에게 먹히는 병사들을 보았다. 부상당한 병사들이 기어다녔다. 어디로 갈 생각이었을까? 고통에서 벗어나려는 몸부림이었겠지. 사람들은 그가 알고 있었던 것보다 더 많은 방식으로 죽었다.

한번은 사람이 타지 않은 말 한 마리가 비행장 격납고에 난데 없이 뛰어들었다. 끔찍한 화상을 입은 상태였는데, 격납고를 마구간으로 착각한 모양이었다. 그들은 그 불쌍한 짐승의 고통을 끝내주려고 총으로 쏘아죽였다.

펠릭스가 계속했다. "한번은 내가 적군 비행기를 쏴서 엔진에 불이 붙었는데, 그 독일군이 날개로 기어나와 뛰어내린 거야. 커다란 갈색 털코트를 입고 있어서 곰이 하늘에서 떨어지는 것 같더라. 낙하산도 없었어. 불에 타느니 떨어져 죽겠다고 결심한 거지. 아마 나였어도 그랬을 거야. 빈 비행기는 불타며 조금 더 날아가다가 폭발했고." 월리스가 조용히 펠릭스의 잔을 다시 채웠다. 펠릭스가 그 잔을 들며 말했다. "그래도, 난 린드버그가 선택한 모험보다는 차라리 전쟁을 택하겠어."

브레이포글 부부는 포치 대신 오두막에 있는 싱글침대에서 자는 걸 택했다. 저녁을 먹은 후 케일럽은 밤의 어둠 속으로 사라지고, 제이미와 메리언은 위층으로 올려보내졌다. 적갈색 쿤하운드가 메리언의 침대 발치에서 자고 있었고, 두 사람은 침대에 무릎을 꿇고 앉아 창밖 황혼 속에서 펠릭스가 피들러의 울타리에 앉아 담배를 피우는 모습을 지켜보았다. 펠릭스는 피들러가 가까이 다가오자 손을 뻗어 그 늙은 거세마의 뺨을 어루만졌다.

"비행기가 있어서 가고 싶은 데는 어디든 다 갈 수 있다고 상상해봐." 메리언이 말했다.

"그런데 펠릭스는 그 화상 입은 말 이야기를 왜 한 거지?" 제이미가 물었다.

평소에 제이미의 존재는 메리언에게 대칭감과 올바름을, 적절한 균형이 이루어진 기분을 느끼게 해주었다. 제이미 없는 그녀는 물결에 흔들리는 가벼운 카누와도 같았다. 둘 중 제이미가 더 침착하고 덜 충동적이었다. 배의 바닥짐이라고나 할까. 제이미가 그녀의 일부라고는 할 수 없었지만 윌리스나 케일럽, 베리트 같은 사람들처럼 완전한 타인도 아니었다.

하지만 이 순간에는 제이미가 옆에 없었으면 하는 조바심이 들었다. 메리언은 화상 입은 말 생각은 하고 싶지 않았다. 오로지 펠릭스 생각만 하고 싶었다.

"지금 네가 그 말을 위해 해줄 수 있는 건 아무것도 없어. 그러니까 그 생각은 하지 마."

"난 말이야, 가끔 사람들이 이 세상에 없었으면 좋겠어. 정말이야." 제이미가 격하게 말했다.

"사람들도 죽었어." 메리언이 말했다. 그녀가 자고 있는 개를 쓰다듬자 개는 웅크린 몸을 펴며 모로 누워 한 발을 들고 배를 보였다. "수백만 명이. 안 그래?"

"하지만 말들은 영문도 모르고 죽은 거잖아."

제이미에겐 자신의 말 피들러가 쾌적한 저녁시간에 밖에 서서 편안한 삶을 이어가는 모습을 지켜보는 것이 별 위안이 되지 않았다. 만일 피들러의 몸에 불이 붙는다면, 그래서 고통에서 벗어나려고 내달려도 아무 소용이 없다면 그 말이 얼마나 놀라고 허둥거릴지 눈에 선했기 때문이다.

메리언이 여전히 펠릭스를 응시하며 말했다. "왜 그 여자랑 결혼했는지 모르겠어. 그렇게 좋은 여자도 아닌데."

"난 관심 없어." 제이미가 말했다. "어차피 다시 만날 사람들도 아니잖아."

제이미에겐 창밖 세상―깔끔한 헛간과 오두막, 오팔색 하늘―이 하나의 환상, 요동치는 고통과 죽음을 가려주는 믿을 수 없는 베일처럼 보였다. 그런데 메리언은 자신이 보는 걸 보지 않고 창턱에 올려놓은 주먹에 턱을 괸 채 낯선 남자를 멍하니 내려다보며 함께 안전한 삶을 누리고 있는 집을 떠나 훨훨 날아갈 꿈을 꾸고 있다는 사실이 제이미를 지독히도 외롭게 만들었다.

그는 메리언에게 잘 자라고 인사한 후 자신의 방으로 갔고, 쿤하운드가 따라왔다. 개는 침대로 뛰어올라 빙빙 돌다가 자리를 잡았다. 그 동물은 어디 하나 사랑스럽지 않은 데가 없었다. 길고 부드러운 귀, 검은색과 붉은색이 섞인 옆구리 털, 꼬리 끝을 코 위로 편안하게 던지는 모습. 제이미는 세상에 만연한 고통을 받아들일 수가 없었다. 그 고통에 열이 오르고, 몸이 따끔거리고, 심장이 두근거리고, 현기증이 일었다. 자신이 너무도 하찮게 느껴져서 견딜 수가 없었다. 그가 살 수 있는 길은 그 고통에 대한 생각을 차단하는 것뿐이었지만, 애써 외면할 때조차, 마치 강둑에 사는 사람이 홍수를 걱정하듯 늘 고통의 존재를 의식했다.

그는 마음을 달래기 위해 베개 밑에서 스케치북을 꺼내 책상다리를 하고 앉아 개를 그리기 시작했다.

메리언은 침대에 누웠지만 잠이 오지 않았다. 그녀는 펠릭스를 생각하며 그날의 기억들을 하나하나 떠올렸다. 그의 구릿빛 팔뚝과 굳은살 박인 손, 목욕을 끝내고 나온 후의 비누향, 허벅지 아래로 느껴지던 그의 어깨. 사타구니가 뻐근했다. 그녀는 손바닥 위쪽을 거기 대고 비벼댔고, 몸에서 불꽃덩어리가 마치 민들레 홀씨처럼 터지는 기분을 느끼며 화들짝 놀랐다.

아래층에서 사람들 목소리가 희미하게 들려왔다. 메리언은 이불에서 빠져나와 살그머니 문밖으로 나갔고, 계단에 삐걱거리는 소리가 나는 곳이 몇 군데 있다는 것을 알기에 원숭이처럼 난간을 타고 내려갔다. 월리스와 트릭시가 포치에 앉아 있었고 그들 앞에는 부엌에서 흘러나온 노란 불빛이 웅덩이를 이루고 있었다. 메리언은 열린 창문 가까이에 웅크리고 앉았다.

"오두막에 있는 물건들은 전부 어디서 난 거예요?" 트릭시가 물었다. "펠릭스가 아주 흥미로워하던데요."

"형님 물건이에요." 월리스가 대답했다.

"형님이 탐험가나 뭐 그런 거였나봐요?"

"그렇다고 볼 수 있죠."

"돌아가셨나요?"

"모르겠어요. 아닐 겁니다. 메리언이 거기 가서 책 읽는 걸 좋아해요."

"그애가 펠릭스에게 반했어요." 트릭시가 말했다. "귀여워요. 정말 깜찍하다니까요. 그애는 우리가 라이벌이라고 생각하는 것 같지만요."

"엄마 없이 자라서 그래요. 여자들과 어울리는 법을 모르지요."

"펠릭스에겐 여자들이 따라요. 그애만 예외적인 게 아니고요.

그 여자들을 떼어내느라 애쓰는 것도 지치는 일이죠."

"충분히 헌신적인 남편 같던데요. 나야 잘 모르지만."

"맞아요, 그럴 거예요. 충분히." 성냥불 긋는 소리. 연기 내뿜는 소리. "있잖아요, 느닷없이 아이들을 떠맡게 되었을 때 기분이 이상하셨겠네요. 아이들을 얼마나 오래 키우셨어요?"

"아기 때부터요."

"아이들을 맡아 키우다니 착한 분이세요."

"아닙니다. 의무감으로 한 일이죠. 내가 착한 사람이었다면, 그랬다면―모르겠네요. 그랬다면 어떻게 했을까요. 더 관심을 기울였겠죠. 더 잘해주고."

"나라면 교회 계단에 버렸을 거예요. 모세처럼 갈대 바구니에 담아서."

"아." 월리스가 말했다. "모세는 바구니에 담겨 갈대밭에 버려진 걸로 알고 있는데요."

"어쨌든, 나라면 갈대를 좀 만났을 거예요."

피부가 햇볕에 탄 것처럼 따끔거렸다. 메리언은 몰래 계단을 다시 올라가며, 아버지가 월리스 삼촌에게 얼마나 무거운 짐을 지웠는지 전혀 생각해본 적이 없는 자신을 나무라고 또 나무랐다. 어쩌면 그렇게 멍청할 수 있었을까? 삼촌이 자신과 제이미를 원하지 않았다는 걸 어떻게 깨닫지 못했을까? 그건 삼촌이 너무 좋은 사람이라 그런 말을 하지 않았기 때문이다. 메리언은 침대에 누워 오두막의 불 켜진 창문을 바라보았다. 눈물이 고였으나 눈을 깜짝여 도로 삼켰다. 그녀는 나중에 크면 미줄라를 떠나겠다는 계획을 아주 오래전부터 세워왔으나, 이제 그 결심의 끈을 단단히 조여 돛처럼 팽팽해지게 만들었다.

아침에 윌리스가 모두를 차에 태워 활주로로 갔고, 브레이포글 부부가 비행기 바퀴에 바람을 넣고 라디에이터에 물을 가득 채운 후, 그레이브스가의 세 사람은 펠릭스의 제니가 오소리 굴이 뻥뻥 뚫린 울퉁불퉁한 풀밭을 가로질러 달리는 광경을 지켜보았다. 펠릭스가 뒤쪽 조종석에서 비행기를 몰고 트릭시는 앞에 타고 있었다. 비행기가 시내를 낮게 나는 동안 트릭시가 아래쪽 날개 위로 기어올라가 와이어를 잡은 다음 몸을 밖으로 내밀고 메가폰을 들고서 축제 호객꾼 목소리를 최대한 흉내내어 외쳤다. 하늘을 나는 브레이포글 부부! 오늘 하루만! 린드버그 기념가 4달러에 태워드립니다! 올라오세요! 곡예비행은 두시! 낙하산 점프는 두시 반!

그들은 활주로로 돌아와서 착륙했고, 트릭시가 메리언에게 자신의 비행기 앞쪽 조종석에 타라고 말했다. "하늘 위의 두 여자." 그녀가 메리언에게라기보다 윌리스를 향해 말했고, 메리언은 펠릭스와 함께 타지 못하게 된 실망감을 감추지 못했다. 트릭시는 가죽 모자와 고글을 착용했지만, 메리언은 본인 뜻대로 아무것도 쓰지 않고 맨머리로 탔다.

린드버그는 착륙하기 전 하늘에서 삼십 시간 삼십 분을 머물렀고, 오십오 시간을 깨어 있었다. 그는 잠들지 않으려고 바닷물의 짠 물보라를 맞을 수 있을 정도로 낮게 날았다. 어둠 속에서 파도가 검은 들판의 이랑처럼 일었다.

린드버그는 르부르제공항 상공에서 혼란스러워하며 선회했다. 파리라는 노란 호수에서 환한 빛의 지류들이 굽이치며 흘러나와, 야간에는 폐쇄되어 아무도 없어야 하는 풀밭을 에워싸고 있었던 것이다. 물론, 그건 자동차의 물결이었다. 수많은 인파가 그의 착륙을 지켜보기 위해 르부르제로 모여들었다.

펠릭스와 트릭시가 펠릭스의 대담한 낙하산 점프로 에어쇼를 마친 직후, 린드버그의 무사 귀환 소식이 미줄라에도 전해졌다. 펠릭스가 땅에 내려와 낙하산을 걷고 있는데 교회 종이 울리고 사이렌소리가 들려왔다. 비행장에 모인 구경꾼들은 동요하며 린드버그에 대해 웅얼거렸지만, 소형차를 타고 나타난 남자가 경적을 울리며 큰 소리로 외쳐댈 때까지 확실한 소식을 알지는 못했다. "린드버그가 착륙했다! 파리에 착륙했다!"

사람들은 서로 부둥켜안고 모자와 손수건을 던졌다. 프랑스에서는 비행장에 모여든 군중이 광적인 찬양의 열기 속에서 린드버그와 그의 비행기를 갈가리 찢어놓기 직전까지 갔다. 수천 명이 그 키 큰 남자와 소금으로 뒤덮인 날개를 만져보고 싶어했던 것이다.

미줄라에서는, 비행장으로 가는 도로에 자동차와 자전거, 걸어가는 사람이 가득했다. 브레이포글 부부의 제니 비행기에 타고 싶어하는 손님이 너무 많아서 주유소 사람이 드럭을 몰고 와 해질 때까지 연료를 채웠다. 모두가 비행기에, 하늘에 더 가까워지고 싶어했다. 하늘에서 도시를 내려다보며 린드버그 흉내를 내고 싶어했다(린드버그 자신은 마침내 파리에 있는 대사관저에서 잠자리에 들 수 있었고, 이상한 미래가 벌써 그를 끌어당기고 있었다).

하지만 그날 아침, 메리언이 트릭시의 비행기를 타고 하늘로 올라갈 준비를 하고 있을 때만 해도 린드버그는 아직 영국 어딘가에 있었다.

"스위치 오프." 펠릭스가 비행기 앞에 서서 외쳤다.

"스위치 오프." 트릭시가 뒤쪽 조종석에서 응답했다.

펠릭스가 프로펠러를 잡고 두어 번 당겨서 돌렸다. 그런 다음 프로펠러를 단단히 잡고 두 발로 버티고 서서 외쳤다. "준비 완료!"

"준비 완료!"

펠릭스가 프로펠러 날을 돌렸다. 마치 카드를 섞듯 탁탁 소리가 단속적으로 이어지며 엔진이 스스로를 깨웠다. 몇 차례 연기가 뿜어져나오고 매캐한 냄새가 코를 찔렀다. 그다음엔 크랭크축이 돌아가며 작은북이 울리듯 프로펠러가 리드미컬하게 두두두두 소리를 냈다. 메리언은 방풍유리 너머로 프로펠러 날들이 빠르게 돌아가며 형체가 흐릿해져가는 걸 지켜보았다. 바람이 조종석으로 올라왔다. 비행기는 날고 싶어서 제자리에서 거칠게 흔들렸다. 메리언은 허벅지 위 넓은 좌석벨트를 잡아당겨 단단히 조였다.

바퀴가 앞으로 구르기 시작했고, 속도가 붙으면서 울퉁불퉁한 풀밭에서 연신 덜컹거리며 달리다가 이윽고 비행기 코가 아래로 내려가자 더이상 덜컹거리지 않고 미끄러지듯 질주했다. 풀밭이 희미해졌다. 날개 아래에서 상승 압력이 올라왔다. 그들은 하늘로 떠올랐다. 메리언의 조종석에 있는 스틱과 스로틀, 방향타 페달이 유령이 조종하듯 움직였다(트릭시는 그것들을 건드리지 말라고 메리언에게 미리 경고해두었다). 땅이 멀어져갔다.

미줄라의 여러 거리에서 사람들과 차들이 신기한 게임 속 존재처럼 움직였다. 강 위에서는 발톱으로 물고기를 움켜쥔 물수리 한 마리가 잠시 그들과 나란히 날았다. 트릭시는 골짜기로 내려가면서 예고도 없이 급정지해 횡전과 공중회전을 선보였다. 산 위로 높이 날아가 회전낙하도 했다. 골짜기가 빙글빙글 돌고, 엔진이 음색을 바꾸고, 와이어들이 웅웅거리고, 라디에이터에서 뜨거운 물방울이 떨어져 메리언의 얼굴을 얼얼하게 만들었다. 트릭시가 수평비행을 하다가 다시 높이 올라가 다이빙을 시도했다. 메리언은 자신이 겁을 먹어야 마땅하다는 걸, 트릭시가 자신의 날고 싶은 욕망을 꺾어놓으려 한다는 걸 알았지만, 땅이 저 밑에서 달려올라오고 내장이 갈비뼈를 짓누르고 몸이 좌석에서 튕겨나갈 것 같아도 그저 아찔한 기분만 들 뿐이었다.

미줄라

1927년 10월

브레이포글 부부의 방문 5개월 후

"제이미." 메리언이 말했다. "내 머리 좀 잘라줘."

제이미는 메리언이 오두막에서 가지고 나오는 걸 금지한 오듀본 화집 한 권을 들고 침대에 누워 있었다. 메리언은 문가에서 그 책을 보았지만 아무 말도 하지 않았다. 그녀는 한 손에 베리트의 긴 가위를 들고 있었다. 그녀가 가윗날을 들이대며 말했다. "제발, 응?"

"어떻게 잘라?"

메리언은 땋은 머리를 어깨 너머로 잡아당겨 밑동 부분을 두 손가락으로 자르는 동작을 해 보였다. "이렇게."

제이미가 질겁한 표정을 지었다. "그럼 우리 베리트한테 죽어."

"그래도 자른 머리를 도로 붙일 순 없지. 네가 안 도와주면 내가 직접 자를 거야."

"그럼 그렇게 해."

"네가 더 잘 자를 수 있잖아." 게다가 메리언에겐 자신의 결심에 동조해줄 사람, 자신을 안심시켜줄 공모자가 필요했다.

"난 누구 머리 잘라준 적 없어."

"넌 보는 눈이 있잖아."

"머리는 안 그래."

"제발, 응?"

"싫어."

그녀는 한 손으로 땋은 머리를 잡아당기고 가위 든 손을 머리 뒤로 올렸다.

"너 설마!" 제이미가 말했다.

메리언의 손목 힘줄이 불거지면서 가윗날이 삐걱거리는 소리와 함께 머리칼을 파먹어 들어갔다. 엷은 빛깔의 땋은 머리채가 그녀의 손에 시든 꽃다발처럼 툭 떨어졌다. 메리언은 난도질된 뒷덜미를 만져보았다. 짧게 잘린 뒷머리와 그 주위로 잡초처럼 튀어나온 긴 머리칼이 느껴졌다. 나머지는 귀 주위로 뭉텅이씩 쏟아졌다. 그녀가 원한 건 매끈함과 가벼움이었지 이런 게 아니었다. 제이미의 얼굴에서 흥미가 공포와 싸우고 있었다. "기어코 저질렀구나." 그가 말했다.

메리언은 화가 치밀었다. "안 도와준다며! 그러게 도와줬어야지!"

그녀는 분노를 주체 못해 씩씩거리며 아래층으로 날려내려가 오두막으로 향했다. 메리언은 제이미에겐 자신의 변덕에 맞추어줄 의무가 있다고 여겼다. 제이미는 그녀의 결심이 요지부동임을 깨닫고 부탁을 들어줬어야 했다. 그녀가 가윗날을 오므린 건 자

신이 그 일을 실행하리란 걸 의심한 제이미를 벌하기 위해서이기
도 했다.

메리언은 오두막 안락의자에 앉아 부드러운 손길로 자신의 뒷
머리를 쓰다듬었다. 그녀는 여간해선 울지 않았고 아무도 보는
사람이 없을 때만 스스로 눈물을 허락했는데(아버지가 떠난 날
아침에는 피들러를 타고 래틀스네이크 샛강을 따라 멀리 달려가
서야 울음을 터뜨렸다), 지금 뜻하지 않게 눈물이 몇 방울 떨어졌
다. 그녀는 손으로 코밑을 훔친 다음 장작난로에 불을 피우기 위
해 일어섰다. 제이미가 곧 자신을 위로하러 올 것임을 알았고 그
럼 다시 다 괜찮아질 터였다.

오두막 천장에 판지와 티슈, 종이로 만든 비행중대가 매달려
있었다. 메리언은 브레이포글 부부가 떠난 후, 멋진 벽돌 건물인
미줄라의 카네기도서관에서 조종사들과 비행에 대한 자료를 모
조리 찾아 읽었다. 린드버그 이후 온 나라에 비행 열풍이 불어 날
마다 온 신문에 항공 관련 칼럼이 실렸을 뿐 아니라 새 정기간행
물도 속속 생겨났다. '비행기와 비행에 관한 용감한 이야기들'을
약속하는 한 잡지 뒷면에 스탠더드 복엽기 모형을 만들 수 있는
설명서와 스텐실이 들어 있었다. 그 첫 모형은 성공작이 되지 못
했다―날개는 비뚤어지고, 풀 묻은 지문이 점점이 찍혔으며, 버
팀대도 찌그러졌다. 하지만 진짜 비행기를 향한 열망을 담아 정
성을 다해 만들고 또 만들다보니 결국 완벽한 모형이 탄생했다.

브레이포글 부부의 방문 후 몇 주 동안 오두막 안에서 지상에
묶인 슬픔에 잠겨 비행기 아래에서 빙글빙글 돌던 골짜기, 와이
어들이 내는 고음의 하모니에 대한 아찔한 기억에 취해 있던 메

리언은 자신이 당장은 조종사가 될 수 없다는 분명한 사실을 깨달았다. 더 나이를 먹어야 했다. 나이를 많이 먹어야 하는 건 아니고 열세 살만 아니면 된다는 생각이 들었다. 어쩌면 열네 살이나 열다섯 살이면 될 것이다. 그때쯤 되면 자신이 품은 의도가 우스꽝스럽게 여겨지지 않을 수 있으리라 생각했다. 조종을 가르쳐줄 사람과 비행기도 필요하겠지만 그 문제들도 다 해결되리라 믿어 의심치 않았다.

메리언이 깨달은 또하나의 부정할 수 없는 진실이 있었다. 트릭시에게 비행 체험비를 낼 수 없었다는 건 앞으로 제대로 교습을 받을 돈도 마련할 수 없다는 뜻이었다. 그래서 그녀는 좀도둑질보다 믿을 만한 수입원을 찾기 시작했다. 열여섯 살이 되어야 진짜 일을 할 수 있었다. 학교 졸업장이 있으면 열네 살부터 되는데 그녀에겐 그게 없었다. 도서관에서 수레에 담긴 책을 서가에 꽂는 일을 하면 사서들이 수레당 10센트를 줬지만, 일거리가 충분하지 않았다. 농부들은 남자아이들에겐 사과를 따거나 소 젖 짜는 일을 시켜도 여자아이는 써주지 않았다. 그녀에겐 돈 벌 기회가 제한되어 있었지만, 방법을 찾아야만 했다. 반드시 조종사가 되어야 했으니까. 그녀는 자신이 나중에 무엇이 될지 다른 사람들이 모른다는 걸, 자신이 미래에 대한 사실을 사람들의 시선을 끄는 옷처럼 입고 있지 않다는 걸 이해하지 못했다. 하늘을 날게 될 거라는 믿음이 그녀의 세계를 가득 채워 그녀에겐 절대적 진실의 형태를 갖게 된 것이다.

오두막에 온 건 제이미가 아니라 케일럽이었다. 안락의자에서 잠들었던 메리언은 사람의 기척에 눈을 떴다. 제이미가 몰래 가

저간 오듀본의 책을 옆구리에 낀 케일럽이 앞에 서 있었다. 메리언이 잘라낸 머리채보다 더 굵게 땋은 머리를 등뒤로 늘어뜨린 채, 케일럽이 그녀의 뒷머리를 들여다보며 거의 말 울음소리에 가까운 높고 씨근덕거리는 소리로 웃었다. "무슨 짓을 한 거야?"

"짧게 자르고 싶었어."

메리언은 그가 이유를 물을까봐 두려웠다. 그건 설명이 불가능하니까. 최근 부드러운 멍울이 생기면서 가슴이 기형적으로 변하기 시작해서? 아버지의 책에서 수녀들이 머리를 밀고 수련원에 들어갔다는 이야기를 읽고 조종사가 되고자 하는 자신의 의지가 얼마나 진지한지 나타내기 위해? 군더더기를 모두 제거해 간결하고, 깨끗하고, 신속해지기 위해?

케일럽은 이유를 묻지 않았다. 대신 책을 내려놓고 이렇게 물었다. "머리가 없어져서 운 거야, 아니면 엉망으로 잘라서 운 거야?"

"나 안 울었어."

그는 잘난 체하는 미소를 지었다.

그녀가 드러난 목덜미를 어루만지며 말했다. "엉망으로 잘라서 그랬어." 그게 진실임을 깨닫자 안도감이 들었다. "혹시, 나 도와줄 수 있어?"

"더 망쳐놓기는 힘들지. 제이미는 너무 겁먹어서 여기 와 시도해볼 엄두도 못 내더라."

그들은 바닥에 신문지를 깔았고, 메리언이 그 한가운데 앉았다. 케일럽이 천천히, 조심스럽게 빗과 가위 끝만 써서 싹둑싹둑 머리를 잘랐다. "가끔 엄마 머리를 잘라주지."

"그래?"

"끝만 다듬는 거야. 엄마는 나한테 이렇게 엉망이 된 머리는 맡긴 적 없어. 얼마나 짧게 잘라?"

"남자애처럼."

"나 남잔데 너보다 항상 머리가 길었어."

"내 말뜻 알잖아. 진짜 짧게."

"알았어." 싹둑싹둑. "넌 그러잖아도 남자애처럼 입고 다니니까 머리까지 짧게 자르면 사람들이 남자로 보겠다."

"괜찮아."

"여자인 게 싫어?"

"넌 여자라면 좋겠니?"

"물론 아니지."

"그럼 됐어."

"하지만 가끔 완벽한 백인이었으면 좋겠다는 생각은 해."

메리언은 목덜미에서 차가운 금속의 감촉, 빗에 긁히는 느낌, 서두르지 않는 손끝의 움직임을 느꼈다. "그럼 너도 머리를 짧게 자르지 그래?"

"머리가 짧다고 백인이 되는 건 아니잖아."

"그야 그렇지만, 머리가 길면 더 특이하게 보이잖아."

"절대 안 잘라―난 완벽한 백인이 될 수 없으니까, 소용없는 짓이야. 난 사람들이 어떻게 생각하든 신경 안 쓰거든, 사람들도 그걸 알아야지."

"그럼 사람들 생각에 신경쓰는 거네."

"아냐."

"사람들이 어떻게 생각하든 네가 신경쓰지 않는다는 걸 사람들이 알았으면 하는 거잖아."

"그래, 어쩌면 조금은."

잠시 후 메리언이 말했다. "어쩌면 나도 네가 머리를 안 자르는 거랑 같은 이유로 머리를 자르는 건지 몰라."

"그럴지도."

가위질소리만 들릴 뿐 정적이 흘렀다.

케일럽이 말했다. "진짜 남자로 변한 여자 이야기를 들은 적 있어."

"진짜 남자로 변했다는 게 무슨 뜻이야?"

"쿠트나이족이었어. 색타운에서 어떤 할아버지한테 들은 이야기야. 백 년 전 한 여자가 모피거래상으로 온 백인 남자랑 결혼했는데, 너무 거칠게 구는 바람에 쫓겨난 거야. 그 여자는 부족 사람들에게 돌아와서 백인들이 자기를 남자로 만들었다고 말했대. 그뒤로 남자로 살았고."

"그냥 남자가 될 수는 없어."

"아내까지 뒀대. 이름도 여러 개 지었고. 내가 지금 기억하는 이름은 '물속에 앉은 회색곰'뿐이지만."

"그래서 어떻게 됐는데?"

"그 여자는 부족 사람들에게 자기가 예언자라고 말했대. 그런데 모든 사람을 화나게 만들었고, 결국 어떤 사람이 죽여서 심장을 도려냈다던데." 케일럽은 가위를 내려놓고 말했다. "미인대회에서 우승할 정도는 아니지만 아까보다는 낫다."

메리언은 한 손으로 뒷머리를 만져보았다. 아까보다 매끈했다. "여긴 거울이 없어."

"나 못 믿냐?"

"거울을 더 믿는 거지." 메리언은 일어나서 창문에 비친 자신의 모습을 보았다. 하지만 엷은 빛깔의 작고 동그란 머리만 보였다. "그래도 아까보다는 낫겠지."

케일럽이 갑자기 동요한 기색을 보이며 신문지를 똘똘 뭉쳐서 난로에 던져넣었다. "내가 머리 잘라준 대가로 뭘 요구할지 알고 싶지 않아?"

메리언의 마음 깊은 곳에서 초조감이 고개를 들었다. 케일럽의 게임을 하지 않은 지 이 년쯤 되었는데, 그가 게임을 제안하기 전에 보이곤 했던 그 신경 거슬리게 안달하는 태도가 다시 나타난 것이다. 포로 게임, 옷을 벗거나 몸을 만지는 것과 관련된 규칙이 있는 게임들. "넌 친구한테 그냥 호의를 베푼 적 없어?"

"물론 있지." 그가 대답했다. "가끔. 너한테도 호의를 많이 베풀었잖아."

난로에서 매캐한 냄새가 흘러나왔다.

"케일럽!" 메리언이 말했다. "머리칼이 든 걸 왜 저기 넣은 거야? 냄새가 고약하잖아."

"야, 대가는 키스야."

게임에 키스가 포함되었던 적은 없었다. 메리언은 옷을 다 벗으라는 요구를 받은 것보다 더 큰 충격을 받고 웃음을 터뜨렸다.

"너한테 반해서 이러는 거 아냐." 그가 말했다. "진짜 여자가 생길 경우를 대비해서 연습 좀 해두려고."

"참 고맙네."

"천만에. 얼른 갚아." 메리언이 움직이지 않자 그는 과장된 한

숨을 지으며 다가와서는, 두려움 없이 냉소적인 표정을 짓고 있는 그녀의 얼굴을 들여다보았다. 두 사람이 입을 맞춘다는 건 불가능해 보였지만, 다음 순간 그들은 입을 맞췄다. 아니, 그의 입술이 그녀의 입술을 세게 눌렀다. 그녀는 입술을 꼭 오므리고 물러났다. 그가 히죽거렸다. "다음에 또 머리를 자르고 싶다면 그땐 지금보다 키스를 잘해야 할 거야."

"다음에 머리를 자르고 싶으면 이발사한테 갈 거야."

"누가 너한테 키스 좀 가르쳐줘야겠다."

"아니, 그럴 필요 없거든."

"겁먹을 거 없어."

"겁 안 먹었어."

"그러시겠지. 지금 떨고 있잖아. 다 보여."

메리언은 의지력을 발휘해 떨리는 몸을 진정시켰다. "너하고 키스하기 싫어서 그런 거겠지."

케일럽이 다시 히죽거렸다. "그게 아닌데."

케일럽이 떠난 후, 메리언은 머리를 매만지며 앉아 있었다. 사타구니가 뻐근해져왔다. 그녀는 거기 주먹을 갖다댔다. 민들레 홀씨 같은 불꽃. 아까 겁을 먹었던 걸까? 그녀는 그때 느낀 게 두려움인지 당혹감인지 알 수 없었다. 만일 케일럽의 키스에 응해 그의 혀를 입에 들였다면 자신이 키스를 원한다는 걸, 대체로 원한다는 걸 인정하는 셈이 되었을 터였다. 정말 원했나? 다시 뻐근함이 느껴졌다. 그녀는 실행하는 것보다 인정하는 걸 더 두려워한다는 사실을 직관적으로 느꼈다.

짧게 자른 머리를 다시 손으로 만져보자 자부심이 솟았고, 그

자부심은 볼트를 조이듯 팽팽해지는 뻐근함과 뒤섞였다. 그녀의 머리는 인정이 아니라 선언이었다. 모든 것이 인정이 아닌 선언이어야 한다. 메리언은 말을 타고 언덕을 오르듯 사타구니의 주먹 위로 몸을 숙이고 천천히 흔들었다. 그 자세로는 충분한 힘이 전해지지 않아 곧 의자 팔걸이에 걸터앉았고, 그녀는 길다의 사타구니에 게걸스럽게 얼굴을 박은 남자, 그녀의 종아리를 잡은 펠릭스 브레이포글, 케일럽의 입을 생각하며 그 모든 생각이 사라질 때까지 자신을 몰아댔다.

'물속에 앉은 회색곰'에 얽힌
간추린 역사

1790년~1837년

그녀는 18세기 말, 나중에 아이다호가 될 쿠트나이족 겨울 야영지 근처에서 태어난다. 밤새 걷다가 쭈그려앉고 걷다가 쭈그려앉기를 반복하던 어머니 몸에서 떨어진 그녀는 쌀쌀한 새벽 공기를 맞고 울음을 터뜨린다. 생긴 건 정상적인 여자아이다.

백인과 원주민 양쪽에 떠돌던 온갖 소문이 합쳐진 그 이야기는 뒤죽박죽에 모순투성이며, 발효를 거쳐 거의 신화의 경지에 이른다.

열세 살 결혼 적령기에 이른 그녀는 뼈대가 굵고 다혈질이다. 그녀는 식량을 거두어 음식을 마련하는 법도 알고 골풀로 돗자리도 짤 줄 알고 다른 것들도 다 잘한다. 하지만 그녀를 아내로 맞이하고 싶어하는 남자가 없다. 좋아하는 남자에게 퇴짜를 맞은 그녀는 분풀이로 앞코가 철갑상어 모양으로 생긴 그의 카누에 구멍을 낸다.

마침 백인 한 무리가 인근을 지나게 되었는데, 모피거래상이자 지도제작자이기도 한 데이비드 톰프슨이 거느린 무리다. 그녀는 밤에 야영지를 떠나 숲을 통과한다.

아침에 톰프슨의 하인 부아베르가 텐트에서 나오다가 자신을 바라보는 원주민 여자를 발견한다. 그는 처음엔 유령인 줄 알고 두려워하지만, 그 여자가 무릎을 꿇더니 돌과 흙 위로 기어온다. 부아베르는 바로 그렇게 할 여자를 평생 기다려왔다.

숲에서 나온 부아베르의 새 아내는 처음엔 아무 말썽도 일으키지 않는다. 그녀는 야영지 생활을 열성적으로 돕고, 부아베르의 침대에서도 지칠 줄 모르는 열정을 보인다. 남자들이 힘겹게 무거운 발걸음을 옮길 때도 그녀는 나무 사이로 비호같이 달린다. 그녀는 금세 영어를 배우고 프랑스어도 조금 할 줄 알게 된다. 남자들이 총으로 짐승을 쏴서 못 맞히면 웃음을 터뜨린다. 강을 건너게 되자 부끄러운 기색도 없이 옷을 훌러덩 벗고 남자들과 뻔뻔하게 시선을 맞추며 물에 들어간다.

톰프슨의 무리에는 아내 없는 남자가 많고, 마담 부아베르는 인심 좋고 친절하며 강하고 지칠 줄 모르는 면모를 보인다. 밤마다 다른 천막에서 그녀의 거친 웃음소리가 흘러나오고, 부아베르는 그녀를 매로 다스리려 하지만 그녀도 지지 않고 덤벼드는 탓에 둘 다 눈가에 멍이 들고 입술이 부풀어오른다.

데이비드 톰프슨이 그녀를 내보내야 한다고 말한다. 그는 부아베르가 그녀를 죽일까봐 걱정하고, 곤란한 일이 생기는 걸 원치 않는다. 그래서 그녀는 부족으로 돌아가게 된다.

그녀는 다시 숲을 지난다. 자신의 부족이 정확히 어디 있는지 몰라서 좀 찾아다녀야 한다. 그녀는 백인들에게서 가져온 총으로 먹을 걸 사냥한다. 먹이를 찾아 숲속을 돌아다니며 자신이 전사라고 상상하던 그녀에게 한 가지 생각이 떠오른다. 그건 생각이라기보다는 하나의 진실이다. 예전엔 미처 깨닫지 못했던.

그녀는 쿠트나이족에 복귀하면서, 백인들이 초자연적인 힘을 갖고 있으며 그 힘으로 자신을 남자로 바꿔주었다고 선언한다.

그녀는 남자처럼 옷을 입기 시작한다. 그리고 스스로 새 이름을 짓는다. '혼령들에게 간 자.' 그는 여자들 일을 거부하고 사냥을 하거나 물고기를 잡는다. 총을 들고 말을 타고 다니면서 습격에 나선 전사 무리에 자진해서 합류한다. 전사들이 끼워주지 않아도 막무가내로 따라가고 밤에는 그들 가까이에서 야영을 한다. 그는 싸움에서 말 세 필과 두 사람의 머리 가죽을 얻는다. 나쁜 성과는 결코 아니다.

남자는 아내를 원한다. '혼령들에게 간 자'는 먹을 걸 마련하고 돗자리를 짤 수 있는 여자들에게 접근하지만 그를 원하는 여자는 없다. 그는 분을 이기지 못해 날뛴다. 백인들의 초자연적인 힘이 자신에게 옮겨왔으니 화를 당하기 싫으면 자신의 뜻을 거스르지 말라고 엄포를 놓는다.

'버다시'라는 말이 있다. 결코 온전한 단어라고 할 순 없다. 원단어는 늙은 남자가 데리고 사는 미동美童을 뜻하는 프랑스어*로,

---

* 바다시(bardache).

노예를 의미하는 고대 페르시아어 단어*에서 파생되어 부정확한 스페인어와 이탈리아어를 거쳐 전해졌다. 백인 사냥꾼과 모피거래상, 탐험가 들은 처음 원주민을 약탈하기 시작할 때부터 완전한 남자도 완전한 여자도 아닌 사람들과 마주쳤다. 저들을 뭐라고 부르지? 역사에 이름이 남지 않은 한 인물이 어깨를 으쓱하며 어릴 때 몬트리올에서 어머니가 형에게 내뱉은 어렴풋이 기억나는 단어를 말했다. 그 단어가 널리 퍼지며 자리를 잡았다.

'혼령들에게 간 자'는 모피거래상과 탐험가들의 일지에 오르내린다. 그는 부족민에게 예언을 해준다. 예언은 단순한 과시로 시작된다. 그는 부족민에게 자신이 여자에서 남자로 바뀌었을 뿐 아니라 다른 초자연적인 힘도 갖게 되었다고 말한다. 이를테면 예언의 힘 같은.

그럼 예언 하나 해보시지.

그래, 한 가지 예언을 하자면, 거인들이 오고 있어. 그들이 땅을 뒤엎고 모든 부족을 파묻을 거야. 천연두도 오고 있어. 또다시. 백인들이 옮길 거야. 또다시. 하지만 나 '혼령들에게 간 자'가 천연두를 막아주는 의식을 행할 수 있으니 너희는 운이 좋지. 값만 제대로 내면 돼.

부족민들은 조심스럽게 그에게 선물을 주고 의식을 치르지만, 그의 예언이 마음에 들지 않기에 그도 좋아하지 않는다.

그는 위대한 백인 추장에 대해 예언하기 시작하면서 더 인기를 얻는다. 그 백인 추장은 원주민과 만난 백인 부하들에게 화가 나

---

* bandaka.

있는데, 그가 원주민에게 공짜로 주라고 명령한 보물을 백인들이 대가를 받고 교환했기 때문이다. 그 백인 추장은 조만간 원주민들에게 사과의 뜻으로 많은 재물과 선물을 보내줄 것이고 탐욕을 부린 백인들을 벌할 것이다. 곧.

그가 아내를 처음 본 날, 그녀는 호수 옆에 앉아 있다. 여자가 바빠 일하지 않고 한가로이 앉아 있는 이상한 광경을 보고 그녀에게 남자가 없으리라 생각한다. 그는 호수에 돌을 던져 물수제비를 뜨며 그녀에게 말을 건다. 여자는 남편에게 버림받고 앞으로 어떻게 할지 생각중이었다.

그가 묻는다, 새 남편을 원해?

그는 이미 들소가죽으로 만든 음경을 갖고 있었기에 아내를 속일 수 있다고 생각하지만, 그의 아내는 바보가 아니다. 그녀도 그처럼 웃음소리가 호탕하고 싸움꾼이다. 첫날밤 그녀는 그가 쥐고 있는 가짜 음경을 붙잡고 그 희망적인 크기를 비웃는다. 그리고 막을 사이도 없이 그의 상의를 걷어올리고는 가슴을 보면서 웃는다. 그는 그녀를 제압한 다음 누르고 비벼대며 둘 다 쾌감을 느낄 수 있는 방법을 찾는다.

그는 아내와 함께 돌아다니며 예언을 한다. 아내가 누군가에게 들소가죽으로 만든 음경에 대해 이야기하고, 곧 모두에게 소문이 퍼진다. '혼령들에게 간 자'는 아내가 다른 남자들과 잔다고 의심하면서 때리지만 그녀는 바람피운 걸 부인한다. 그녀는 음경 같은 건 원하지 않는다고 주장한다. 이미 그 점을 분명히 하지 않았는가?

그들은 오리건 연안의 애스토리아까지 간다.

애스토리아 모피거래상들은 평원인디언처럼 가죽옷에 각반을 차고 모카신을 신은 부부의 도착을 일지에 기록한다. 남편은 영어와 프랑스어를 구사하고 크리족과 알곤킨족 말도 조금 알지만 연안지방의 방언들은 모른다. 그는 동쪽의 강과 산의 지도를 정확하게 그려서 애스토리아 사람들을 놀라게 한다. 아내에게 남자가 접근하면 위협적으로 변하고 칼까지 빼든다. 그는 도박을 한다. 술은 약하다. 그리고 연안지방 방언들을 배운다.

그러던 어느 날 데이비드 톰프슨이 나타난다. 이럴 수가, 저건 마담 부아베르가 분명해, 하고 그가 말한다.

애스토리아 사람들은 그걸 전혀 눈치채지 못했던 게 당황스러워 머리를 긁적인다. '혼령들에게 간 자'는 재빨리 칼에 손을 가져가지만, 이 백인을 다시 만난 게 진심으로 기쁘다. 자신이 더이상 그의 지배하에 있지 않다는 사실을 보여줄 기회가 생겼으니까.

1811년 7월. 그들 모두가 컬럼비아강을 따라 올라가기로 결정한다. 톰프슨은 캐나다로 돌아가는 길이고, 애스토리아 사람들은 내륙에 교역소를 세울 계획이며, '혼령들에게 간 자'는 그들의 길 안내를 자청한다.

어느 날, 강을 따라 올라가던 그들은 거대한 연어 일곱 마리를 교환하려고 그들을 기다리고 있는 남자 넷을 발견한다. 그 남자들은 막대기에 연어의 아래턱을 꿰어 어깨에 둘러멨는데 연어 꼬리가 땅에 끌린다. 그들이 '혼령들에게 간 자'에게 험악한 시선을 던지며 데이비드 톰프슨에게 묻는다. 당신들이 천연두를 옮긴다는 말이 정말이오? 거인들이 우리 야영지와 마을을 전부 파묻어 버린다는 말도 맞소?

아니요, 톰프슨이 말한다. 아니, 아니, 아니요. 절대 그렇지 않소.

톰프슨은 일지에 이렇게 적는다. 나는 그들에게 두려워하지 말라고 했다. 백인들이 천연두를 옮기지도 않거니와 원주민들은 강해서 살아남을 거라고…… 당신네 할아버지 시대에 그랬던 것처럼 지금도, 손자 시대에도 똑같을 거라고.

하지만 그들의 손자 시대에는 똑같은 게 아무것도 없을 것이다.

어느 지점에서 무리가 갈라진다. 톰프슨은 북쪽으로 가면서 사람들에게 '버다시'에 대한 이야기를 들려주고, 그 일화는 늘 인기를 끈다. 애스토리아 사람들은 계속해서 동쪽으로 가고, '혼령들에게 간 자'와 아내는 그들과 동행한다. '혼령들에게 간 자'는 낙관적인 예언들 덕에 물건을 잔뜩 실은 스물여섯 마리의 말을 거느리게 된다. 그러던 어느 저녁 그 가족은 작별인사 한마디 없이 떠나버리고, 한동안 백인들 눈에 띄지 않는다.

다시 등장한 '혼령들에게 간 자'는 새 아내를 얻었지만 말 스물여섯 마리를 잃었고, 미줄라 인근 플랫헤드 교역소 주위에 출몰하기 시작한다. 그는 그곳 백인들 일지에 '분도시' 혹은 '보다시'라는 호칭으로 등장한다. 쿠트나이족 무리와 함께 교역소에 와서 모피를 술로 바꿔가고 술을 마시면 시끄러워진다. 그는 플랫헤드와 블랙풋 언어를 통역하고 대가를 받는다.

일화가 하나 있다. '혼령들에게 간 자'가 전사 무리와 여행하고 있을 때였다. 그는 강을 건널 때마다 항상 뒤에서 꾸물거렸고, 그런 그에게 의심을 품은 한 전사가 나무 뒤에 숨어 지켜보았다. 드디어 옷을 벗은 '혼령들에게 간 자'는 남자로 완전히 바뀌었다는 자신의 주장과는 달리 가슴이 있고 음경은 없었다. 벌거벗고 물속으로 들어간 '혼령들에게 간 자'는 자신을 몰래 지켜보는 사람을 발견하고는 여자의 몸을 숨기기 위해 물속에 쭈그려앉았다. 나중에 폰더레이호수에 도착했을 때, 추장이 전사들에게 연이어 습격에 실패하고 있으니 부진을 떨쳐낼 계기가 필요하다며 원한다면 새 이름을 지어도 좋다고 말했다.

나는 '물속에 앉은 회색곰'으로 바꾸겠소, '혼령들에게 간 자'가 난관을 수습하기 위해 그렇게 말했다.

당신은 물속에 앉긴 했지만 회색곰은 아냐, 그를 훔쳐본 전사가 말했다. '물속에 앉은 회색곰'은 칼을 빼들었지만 피를 보기 전에 쫓겨났다.

그는 뜻밖에도 평화의 사자가 되어 부족들 사이에서 통역을 한다. '버다시'는 타고나기를 어느 한쪽으로 치우치지 않는 중재자다. (이제 '버다시'들은 '두 영혼'이라고 불리기도 한다.)

1837년 플랫헤드 전사 무리가 블랙풋족에게 포위된다. '물속에 앉은 회색곰'은 블랙풋족에게 잘못된 정보를 전달해 플랫헤드가 도망치도록 시간을 끌어준다.

자신들이 속은 걸 알게 된 블랙풋 전사들은 그의 배를 찌른다.

또하나의 일화는 이렇다. '물속에 앉은 회색곰'을 칼로 찌르고 또 찔러도 상처가 계속 아물어서 한 전사가 그의 가슴을 깊이 찔러 뛰고 있는 심장의 일부를 도려낸다. 그러자 온전한 심장을 갖지 못하게 된 '물속에 앉은 회색곰'은 상처가 더이상 아물지 않아 죽음을 맞이한다.

그럼 초자연적인 힘이 없었던 거네, 그 소식을 들은 몇몇 사람이 말한다. 그도 다른 사람들처럼 죽었으니까. 그가 한 예언들을 무시해도 되겠네. 우리보다 더 많이 알지도 못했으니까.

하지만 다른 이들은 이렇게 말한다. 그의 시체가 숲에서 오랫동안 썩지 않고 그대로 있었고, 짐승들이나 새들도 건드리지 않았대. 신기한 일 아냐? 필시 무슨 의미가 있을 거야.

어쩌면, 사람들이 말한다. 그럴 수도 있지.

그레이스 켈리

～

4

올리버와 나는 결별하기 얼마 전에 모자와 선글라스를 쓰고 대낮에 슈퍼히어로 영화를 보러 갔다. 시리즈물의 아홉번째 작품이었다. 그는 전편을 다 보았지만 나는 한 편도 보지 않은 상태였다. 나는 어둠 속에 앉아서 가죽처럼 질긴 레드바인스 젤리를 앞니에 무지근한 통증이 느껴질 때까지 물어뜯으며 마치 열에 들뜬 채로 꾸는 격렬한 악몽 같은 장면들을 봤다. 빛을 발하는 거대한 얼굴들, 빗맞은 당구공처럼 튀는 몸들, 흔들리는 건물들, 부서지는 기계들, 솟구치는 화염. 어슴푸레한 빛이 비치는 어두운 방 어딘가에 잠긴 서류가방이 있었고, 그 서류가방 속에 신비한 흰빛이 담긴 유리병이 있었으며, 그 유리병을 손에 넣은 자가 세상을 구하거나 파괴할 수 있었다.

나중에 나는 올리버에게 말했다. 판타지는 평범한 영화 팬들에게 어쩌면 당신도 초능력이 있는데 그 사실을 모르고 있을 수도 있다고, 혹은 언제든 초능력자로 변신할 수도 있다고 말하는 이야기야. 하지만 판타지는 억제에 대한 이야기이기도 해. 통제할 수 없는 힘이 영웅의 몸에 들어가 자리를 잡거나, 압축되어 유리병이나 서류가방 같은 데 들어가서 이동하지. 모든 것의 종말이 조그만 빛덩어리에 갇혀 있는 거야.

"그래, 그런 것 같아." 올리버가 말했다. "하지만 난 이야기가 계속 확장되는 게 좋아. 그래서 우주까지도 넘어서는 거지. 확장된 우주. 얼마나 더 많은 가능성이 있는지 알 수 없잖아."

나는 확장된 우주 같은 건 없다고 말했다. 하나의 우주는 존재하거나 존재하지 않아. 무한대 이상의 것은 있을 수 없어.

"말이 그렇다는 거지." 올리버가 말했다.

나는 영화사 경영진과의 굴욕적인 회의에 끌려가서 〈대천사〉의 원작자 궨덜린과의 점심식사라는 형벌을 선고받았다. 나의 임무는 그녀의 마음을 풀어주는 것이었다. 그다음엔 상황을 지켜보겠다고 그들이 말했다. 그들은 앞으로 내려질 여러 결정에 대한 온갖 불길한 암시를 해댔고, 쇼반이 나에게도 사생활을 가질 권리가 있다고 열심히 두둔했지만 아무도 수긍하지 않았다. 나는 시무룩한 얼굴로 말없이 앉아 있다가 그들의 추궁에 못 이겨, 아니, 그때 무슨 생각으로 존스와 함께 있었는지 모르겠다고, 아니, 올리버와 재결합하게 될 거라고 생각하진 않는다고, 그때 클럽 앞문으로 나간 건 훌륭한 생각이 아니었다고 말했다.

할리우드에서는 점심식사 자리에서 꿈이 이루어지고 깨진다. 점심식사 자리에서 무슨 일이든 일어날 수 있다. 점심이 시작이자 끝이다. 모든 영화 뒤에는 매운 참치가 산더미를 이루고 산펠레그리노 탄산수의 바다가 넘실댄다. 디저트는 됐어요, 콜드브루 커피 있어요? 아몬드밀크 넣어서. 그걸로 주세요.

약속 장소에 가보니 궨덜린이 이미 자리에 앉아 있었다. 궨덜린의 흰 복슬강아지가 그녀의 의자 아래에서 지나가는 사람들의 발을 감시하고 있었다. 궨덜린은 항상 개를 데리고 다녀서 늘 테라스가 있는 레스토랑을 선택했는데, 이 테라스는 해적선 돛처럼 보이는 각진 밤색 차양을 인 정글 느낌의 호텔 안뜰에 자리하고 있었다. 그녀는 내가 다가오는 걸 미소 없는 얼굴로 지켜보았다. 두 손을 무릎 위에 포개놓았고, 신발 통굽이 바닥에 겨우 닿았다. 그녀의 키는 기껏해야 150센티미터 정도라, 나는 악의에 찬 어린 여왕을 알현하는 시녀가 된 기분이었다.

궨덜린은 테라스를 가로질러 나를 따라오는 흥분의 물결에 기분이 몹시 상한 게 분명했다. 다들 내가 얼마나 난잡한 년인지에 대한 이야기뿐이고 몰래 내 사진을 찍을 궁리만 하고 있었지만 말이다. "안녕하세요오오, 궨덜린." 내가 마리화나중독자의 느리고 갈라진 목소리로 말했다. "안녕, 멍멍아." 개에게도 인사했다. 녀석의 검은 단추 같은 눈이 불안에 찬 분노로 이글거리고 있었다.

다른 때 같았으면 궨덜린은 법석을 떨며 일어나 어색하게 구부정한 자세를 취한 내 어깨를 그 깜찍한 팔로 감싸안고 엉덩이를 뒤로 쭉 빼면서, "우리 예쁜이 왔네" 같은 말을 했을 터였다. 그녀는 겨우 사십대 후반밖에 되지 않았는데 무슨 이유에선지 우리 할머니라도 되는 것처럼 말하곤 했다. 하지만 이번에는 그냥 앉아서 나를 돌로 만들어버리기라도 할 기세로 노려봤다. 아니, 어쩌면 얼굴 근육을 움직일 수 없는 건지도 몰랐다. 그녀도 얼굴을 뜯어고치기 시작한 것이다. 이십 년 내로 눈구멍을 낸 살가죽 풍선으로 변할 터였다.

"알아요!" 나는 의자에 털썩 앉으며 그녀의 침묵에 답했다. "다 안다고요." 웨이터가 와서 내 무릎에 냅킨을 깔아주고, 와인 목록을 건네고, 물 종류를 모두 안내하며 정성을 쏟았다.

궨덜린의 개가 요란하게 짖어대자 그녀는 그 작고 멍청한 개를 무릎 위로 안아올리며 말했다. "자기가 큰 개인 줄 안다니까." 실제로 소형견을 키우는 사람들 모두가 사실상 매일 이런 농담을 한다.

"그렇게 멍청해서 힘들겠네요." 내가 말했다. 나는 보드카소다를 주문했다.

"누구는 참 바빴겠네." 웨이터가 물러가자 궨덜린이 말했다.

"나요?" 나는 이맛살을 모으고, 그동안 나한테 무슨 일이 있었더라, 하고 생각하는 표정을 지었다. "별로요. 가택연금 상태나 마찬가지죠. 올리버가 지하실에 볼링장을 설치해야 한다고 항상 말했는데, 이제야 그럴 걸 그랬다는 생각이 드네요."

"내가 안타까워해주기를 기대하진 않았으면 좋겠어."

궨덜린에 관한 중요한 사실 하나를 밝히자면, 그녀가 〈대천사〉 원작을 쓴 건 가브리엘이라는 괴상한 성적 판타지의 대상을 만들어내고 그를 사랑하게 되었기 때문이다. 궨덜린은 의료기기나 회계 소프트웨어 같은 것에 대한 컨퍼런스가 열리는 어느 리조트에서 야간근무자로 일했고, 주로 책상에 앉아 용과 섹시한 마법사에 관한 두꺼운 문고판 책을 잔뜩 읽으며 시간을 보내다가 이 마법적인 러시아풍의 디스토피아 세계를 구상하고는 십대들의 금지된 사랑 이야기를 여러 편 스스로에게 들려주었다. 그러다가 어느 날, 에라 모르겠다, 하고 그 이야기들을 모두 글로 쓰기 시작했다. 좋은 결정이었다. 경제적으로.

또 한 가지 중요한 사실, 궨덜린도 다른 미친년들처럼 현실과 영화를 구분하지 못하고 영화배우 올리버를 영화 속 등장인물 가브리엘로 착각해 사랑에 빠졌다. 그녀는 올리버가 곁에 있을 때면 폭죽처럼 불타올랐다. 잔뜩 흥분해 괴상하고 무섭게 굴면서 엄마 같은 소름끼치는 태도로 끊임없이 꼬리를 쳐댔다. 올리버가 나이 많은 여자와 결혼한 적이 있어서 자기한테도 기회가 있는 줄 아는 모양이지만, 올리버의 전처는 데이비드 보위나 샤를로트 갱스부르처럼 은하계적 차원으로 멋진 인물이라 나이의 지배를 받지 않았다. 게다가 올리버도 전처를 만났을 때는 낭만적이고 감수성이 예민한 십대였지만 이제는 스타 배우로서 다른 스타 배우들과 어울리고 스타 배우들과 사귀며 모델, 가수, 그리고 아마도 일반인 들과도 바람을 피워대고 있었다.

"솔직하게 말할게." 궨덜린이 말했다. "난 해들리의 이미지가 〈대천사〉에 미치는 영향에 대해 깊이 우려하고 있어."

"무슨 말씀인지 잘 모르겠네요."

"이러지 마, 해들리." 그녀는 괴물로 변신하기 시작하기라도 한 것처럼 내가 들어본 적 없는 굵고 거친 목소리를 냈다.

"난 그저—" 갑자기 나는 너무 지쳐서 계속 궨덜린을 상대할 수 없겠다는 생각이 들었다. "난 이 작품을 계약했을 때 겨우 열여덟 살이었어요." 내가 말했다. "어떤 미래가 기다리고 있을지 몰랐죠."

"맞아, 날개 돋친 듯 팔려나가는 베스트셀러를 원작으로 한 시리즈 영화 오디션을 보면서 이렇게 부자에 유명해질지 어떻게 예상할 수 있었겠어? 전례가 어디 있기나 했겠어?"

"알아요, 하지만 이건 정상적인 인기가 아니잖아요. 쓰나미 같은 유명세죠."

"쓰나미를 가볍게 여기면 안 되지." 그녀가 말했다.

웨이터가 내 보드카소다를 들고 나타났다. 그는 우리 사이에 얼마나 긴장된 분위기가 감돌고 있는지 모르는 것처럼, 가장 어색한 순간 기다렸다는 듯이 끼어든 걸 모르는 것처럼 무척이나 쾌활하고 직업정신이 투철한 모습이었다. "이제 주문을 받아도 되겠습니까?"

"치즈버거요. 빵은 빼고." 내가 말했다.

"감자튀김으로 하시겠습니까, 아니면 샐러드?"

"감자튀김을 먹을 거면 빵도 먹겠죠."

웨이터는 입을 오므리고 주문서를 휘갈겨썼다.

"참치 샐러드, 만두튀김은 빼고, 드레싱은 옆에 따로." 궨덜린이 메뉴판을 웨이터에게 내밀며 말했다. 웨이터가 떠나자 그녀가 말했다. "유명세가 얼마나 골치 아픈 건지 내가 모를 거라고 생각해? 나는 집에 상근 경비원을 두고 있어. 사람들이 난데없이 나타나 돈을 요구하거든. 나도 글을 쓰면서 스트레스를 심하게 받고 있다고."

"작가님은 나와 올리버의 경우와는 다르죠. 표지에 작가님이 실렸다고 사람들이 그 잡지를 사진 않잖아요. 작가님이 차에 기름을 넣을 때 몰래 사진 찍는 사람은 없죠. 작가님 알몸을 보고 싶어서 휴대전화를 해킹하는 사람도 없고요. 아무튼, 작가님은 글을 쓰면서 그 정도로 스트레스를 받진 않아요. 그냥 관두세요. 그만 쓰시라고요."

"내 독자들이 더 많은 이야기를 원해. 난 독자들을 위해 쓰는 거야."

"아, 제발."

"내가 없었으면 넌 아무것도 아니었어." 궨딜린이 너무 거칠게 쓰다듬는 바람에 눈의 흰자가 드러난 개가 낑낑거렸다. "중고로 팔아도 아무도 안 사는 도시락통에 박힌 얼굴. CSI에서 죽는 역할로 나오는 애. 배역을 따내려고 오럴섹스를 해주는 실패자. 난 하나의 우주를 창조했어. 수십억 달러 가치의 이야기를 만들어냈다고. 넌 뭘 했는데? 뭘 만들었느냐고?"

그전까지만 해도 일을 잘 수습할지 아니면 다 망쳐버릴지 결정을 못했는데 이제 확실한 판단이 섰다. 나는 앞으로 몸을 기울였다. "사람들이 당신 책을 읽을 때마다, 하다못해 당신 책에 대해 말할 때조차, 그들이 누구를 떠올릴지 알아요? 나예요."

나는 그렇게 작은 사람이 그런 엄청난 분노를 발산할 수 있을 줄은 몰랐다. 궨딜린의 분노가 분명하게 느껴졌다. 그 열기와 떨림. 그녀는 대기로 재진입한 우주 캡슐 같았다.

"자." 웨이터가 우아하게 등장했다. "참치 샐러드와 치즈버거나왔습니다. 만두튀김 빼고, 드레싱은 따로, 빵과 감자튀김 빼고요." 그가 음식 접시를 내려놓았다. "식사를 즐기시기 전에 더 갖다드릴 건 없습니까?"

"됐어요, 고마워요." 나는 최선을 다해 스타다운 우아한 미소를 지어 보였다. 그리고 웨이터가 물러가자 자리에서 일어섰다. "유쾌하고 프로다운 소통이었어요." 내가 궨덜린에게 말했다. "하지만 아무래도 난 이만 가봐야겠네요." 그녀는 자신의 증오를 가장 효과적으로 전달할 방법을 몰라 나를 올려다보고만 있었다. 나는 주머니에서 USB를 꺼내 테이블에 탁 소리가 나게 내려놓으며 말했다. "기념품이에요."

5

당신이 생각하는 그런 내용이다. 올리버의 휴대전화로 찍어서 흐릿하게 흔들린 부분이 많고 콧구멍과 겨드랑이, 이중턱이 잡혔으며 한 번은 전화기가 침대에서 떨어지기도 했다. 우리의 확장된 우주에서 최고로 인정받을 만큼 잘 찍은 작품은 아니다. 올리버가 연신 컷을 외쳐댔고, 그가 마치 자신은 히치콕 감독이고 자기 성기는 그레이스 켈리라도 된다는 양 성기를 단독으로 클로즈업해 찍는 동안 나는 멀뚱히 앉아 있었다. 섹스가 끝난 뒤 나는 곧바로 그 영상을 지우고 싶어했지만, 올리버가 거부했다. "난 감상적이야." 그래서 우리 둘 다 해킹을 당하지 않도록 USB에 영상을 저장해두었다.

"상호확증파괴." 내가 그렇게 말했지만, 물론 그렇진 않았다.

궨덜린과 점심을 먹기 전날 밤, 나는 그 영상을 복사하면서 다시 봤다. 좀 취한 상태였는지도 모르겠다. 나중에 올리버에게 전화를 걸었는데 받지 않았다. 어딘가로 가고 싶었지만, 아무데도 생각나지 않았다. 누군가와 섹스를 해야겠다고 생각했으나 내가 원하는 상대는 알렉세이뿐이었고, 그건 어려웠다. "이건 나다운 일이 아니야." 그가 우리의 짧은 관계를 끝내며 한 말이었다. "난 이런 짓 안 해."

"글쎄." 내가 말했다. "내 눈에는 당신이 하고 있는 게 보이는데."

나는 알렉세이가 무자비하리만큼 유능한 매니저고 오직 돈만 좇는 상어지만 가정적인 남자이기도 하다는 걸 알았다. 그는 아내와 아들, 그리고 두 딸을 선택했다. 사실 대단히 놀라운 일도 아니다. 우리는 딱 두 번 관계를 가졌으니까. 뉴질랜드로 촬영 갔을 때 한 번, 그리고 L.A.에 돌아와서 한 번. 내가 뭘 기대했을까? 그가 나 때문에 가족을 버릴 거라고? 큰 스캔들을 자초할 거라고? 대학도 마치지 않은 어린 여자애한테 매일 거라고? 나 자신은 그걸 원했을까?

"넌 이해 못해." 알렉세이가 말했다. "아무도 내 말을 안 믿어 줄 테니까. 절대로. 이 일이 알려지면 내가 어떤 진흙탕을 구르게 될지 넌 상상도 못 할 거야. 내가 백인이었다면 그 정도는 아니겠지만."

"다른 사람들이 어떻게 생각할지 걱정하는 거예요?" 내가 물었다.

그는 내가 무슨 방언이라도 터뜨린 것처럼 나를 바라보며 대답했다. "응."

우리의 관계가 시작된 건 뉴질랜드에서 〈대천사〉 2편을 찍고 있을 때였다. 뉴질랜드는 대천사의 식민지 중 조금 덜 추운 무르

잔스크의 촬영지였다. 알렉세이는 올리버를 챙겨주러 왔는데, 올리버가 그에게 세트장에서 기다리지 말고 나가서 즐거운 시간을 보내라고 말했다. 올리버는 마침 그날 촬영이 없는 나에게도 함께 가라고 했다. 그 기회를 최대한 활용하라면서. 알렉세이가 잠수복을 입고 고무튜브를 타고 캄캄한 동굴을 지나며 반딧불이를 구경하는 동굴투어를 제안했다. 알에서 부화한 반딧불이는 동굴 천장과 벽에 붙어살면서 별처럼 반짝이는 꼬리로 날벌레와 모기를 유인한다. 불쌍한 날벌레들은 밤하늘인 줄 알고 펄럭이며 날아올랐다가 반딧불이의 먹이가 되는 것이다.

어둠 속에서 내 튜브가 알렉세이의 튜브에 부딪혔고, 나는 튜브와 튜브를 연결하듯 그의 네오프렌 잠수복 팔을 붙잡았다. 들리는 소리라고는 물방울 똑똑 떨어지는 소리, 거친 물살이 찰싹거리는 소리, 거울처럼 잔잔한 물이 살랑거리는 소리, 우리의 숨소리뿐이었고, 그 모두가 조용히 메아리쳤다. 검은 물에 반딧불이의 불빛이 무수히 비쳤다. 우리는 천천히 맴돌았다. 눈을 감았다가 다시 뜨자 마치 우주의 중심을 들여다보는 기분이 들었다. 너무 열심히 들여다봐서 눈이 아프고 얼굴 피부가 팽팽해졌다.

"아까 말이야." 나중에 호텔로 돌아가려고 차에 탔을 때 알렉세이가 말했다. "그 동굴 안에 있는 것과 우주 밖에 있는 게 똑같을 수도 있다는 느낌 안 들었어? 그 차이 같은 건 전혀 안 중요하고."

나는 흥분해서 그를 돌아보면서도 그렇게 흥분하는 모습이 어린애 같아 보이진 않을까 걱정했다. 하지만 그의 얼굴에서도 나와 똑같은 열의를, 그리고 관광지의 미끼에 현혹되었다는 사실에 대한 겸연쩍음을 발견할 수 있었다. (우리의 잠수복과 고무튜브,

그리고 직원들의 폴로셔츠에는 '반딧불이 동굴 탐험!'이라는 글씨가 선명히 새겨져 있었다.) 우리가 반딧불이처럼 내는 불빛이 차 안을 가득 채웠다. "맞아요!" 내가 말했다. "내가 느낀 게 바로 그거예요. 그곳은 물인데도 하늘이었어요."

나는 어렸을 때 별들이 하늘에 있는 구멍, 온통 빛으로만 이루어진 주위의 다른 우주로 통하는 작은 구멍들이라고 생각했다고 그에게 말했다.

그는 자기 아버지가 별들은 길 잃은 사람이 길을 찾을 수 있도록 과거가 내민 등불이라는 말을 즐겨 했다고 말했다. "아버지는 당신이 아주 심오하다고 생각했지." 알렉세이가 덧붙였다.

그날 밤 우리는 침대에 있다가 올리버와의 저녁식사 약속에 늦었다. 하지만 시간 가는 줄도 모르고 섹스를 한 건 아니다. 뭐, 섹스도 하긴 했지만, 침대에 누워 이야기를 나눴다. 상대의 모든 것이 새롭고 신비롭기만 할 때 이루어지는 시작 단계의 부주의하고 신바람난 대대적 발굴, 작은 곡괭이와 붓을 꺼내들고 땅에 묻힌 손상되기 쉬운 물건을 파내는 지리한 작업에 선행되는 그 일을 했던 것이다. 나는 모든 걸 알고 싶었다. 그리고 모든 걸 이야기하고 싶었다. 우리 둘 사이의 빛이 너무도 환해서 방이 어두워져가는 것도 깨닫지 못했다.

"둘이 잘 맞는 모양이네." 나중에 같은 호텔 다른 방에서 올리버가 말했다. 그는 나를 섹스로 유도하기 위해 내 배를 쓰다듬었고 아직 흥분 상태였던 내겐 그 방법이 효과가 있었다.

"좋은 사람이야." 내가 대답했다. "오늘 즐거웠어."

L.A.로 돌아왔을 때 알렉세이가 점심 먹을 걸 가지고 우리집에

와도 되는지 물었다. 나는 제모까지 하면서 법석을 떨고, 뭘 입을지(짧게 자른 반바지와 낡은 버튼다운 셔츠) 고민하고, 침대 시트를 갈고, 오거스티나에게 오후에 자유시간을 줘서 집밖으로 내보냈다. 그리고 알렉세이와 수영장 옆에 앉아 그가 고급 샐러드 전문점에서 사온 곡물 샐러드를 먹고 있는데, 그가 끝내자고 말했다. 이건 나다운 일이 아니야. 난 이런 짓 안 해. 가족이 있어.

그럼 애초에 왜 시작했느냐고 내가 물었다.

"내가 나약해서지." 그가 대답했다.

나는 샐러드 그릇 안의 아보카도와 아마란스, 수영장 물위에 작은 마젠타색 배처럼 떠다니는 종잇장 같은 부겐빌레아 꽃잎들을 바라보았다. 지금 생각해보니, 그때 알렉세이에겐 반딧불이보다는 자신의 나약함을 탓하는 게 더 간단했던 듯했다. 어쩌면 아내가 알게 되면 어떤 핑계가 가장 용서받기 쉬울지 미리 궁리하고 있었는지도 모른다. 순간적으로 판단력을 잃은 것? 아니면 열정에 휘말린 것? 어쩌면 자신이 마음에 품고 살기에 어떤 게 더 나을지 생각하고 있었는지도 모르고. 아니면 사실을 있는 그대로 말한 것일 수도 있었다. 그동안 나는 가짜 별들을 향해 날아가려 애쓰고 있었고.

나는 무력하다는 몸짓을 해 보이며 말했다. "당신이 그렇게 느낀다면 어쩔 수 없지."

"그렇게 느끼는 게 아니라 사실이 그래."

그 순간 나는 기분을 바꾸기 위해 무슨 짓이든 해야만 했기에 알렉세이 앞으로 가서 그의 가랑이 사이에 섰다. "해들리." 그가 체념한 듯한 목소리를 내며 내 허벅지 뒤를 붙잡고 이마를 내 배에 댔다. 그는 양복 재킷을 벗고 단정하게 묶은 레게머리를 빳빳한 흰 셔츠 등뒤로 늘어뜨리고 있었다. "솔직히 말하면, 금지된 일이기 때문인 것 같아." 그가 거의 혼잣말처럼 웅얼거렸다. "넌 금단의 열매라 더 달콤한 거지. 그게 아니라면—"

내가 말을 이었다. "그게 아니라면 난 싱싱하고 달콤한 대신 따분하고 역겹겠지." 나는 마당 저쪽 구석을 바라보았다. 그곳엔 가뭄에 강한 식물 전문인 조경가가 줄 맞춰 심어놓은 잎이 뾰족하거나 톱니처럼 생긴 유카, 용설란, 야자수 들이 무기를 흔들며 행진하는 병사들처럼 도열해 있었다.

"내 말은, 이 일에 스릴이 얼마나 많은 부분을 차지하고 있을까?" 그의 두 손이 내 다리 위에서 움직이고 있었다.

"그건 절대 알 수 없을 것 같은데."

그래, 그게 두번째였다. 내가 존스와 요란한 구경거리를 연출한 건 아마도 알렉세이에게 벌을 주기 위해서였을 것이다.

미덕의 집

미줄라

1929년 3월

메리언이 머리를 자르고 1년 6개월 후

그날은 포근했고, 쌓인 눈 밑에서 얼음이 녹아 졸졸 흐르는 해빙의 느낌(소리까지는 아니고)이 만연했다. 강 가운데는 얼음이 녹아서 넓게 펼쳐진 흰 둑 사이로 검은 물이 가느다란 줄기를 이루며 흘렀다.

하지만 저녁이 되자 도시는 다시 단단하게 움츠러들었다. 더 많은 눈을 약속하는 구름이 산을 넘어왔다.

도심에서 멀리 떨어진 곳에서 배달 트럭 한 대가 덜컹거리며 철길을 건너갔다. 트럭 옆구리에는 스탠리 제과점 광고가 붙어 있었다. 운전대를 잡은 메리언은 미끄러지면 저속기어로 침착하게 대응하며 앞서 지나간 차들이 만들어놓은 얼어붙은 바큇자국을 따라갔다. 트럭이 눈밭이나 진창에 빠져서도 안 되고, 배달 트럭을 몰기엔 특이한 그녀의 모습이 사람들의 시선을 끄는 것도 피해야 했다. 이제 열네 살이 된 메리언은 성인 남자 못지않게 키가 컸지만 말라깽이였으며, 오버올 작업복에 양가죽 재킷을 걸치고 베리트가 떠준 갈색 목도리를 두르고 짧은 머리에 모자를 깊이 눌러쓰고 있었다. 경찰들에게는 뇌물을 먹여서 단속을 면했으나, 경솔하게 굴어서 득 될 게 없었다. 그녀는 빵과 케이크도 배달하지만, 배달 바구니들에는 스탠리 씨의 시그니처라고 할 수 있는 옥양목 덮개가 덮여 있고 그 아래에 술병이 숨겨져 있었다.

술병이 답이었다.

메리언은 머리를 짧게 자르고 남자아이 행세를 하면서(목소리를 깔아 웅얼거리고 얼굴을 들지 않은 채 신발만 내려다보았다) 가끔 농장에서 허드렛일을 했지만, 사과나 호박을 따는 일로는 푼돈밖에 벌 수 없었다. 도서관 책 정리로 얻는 수입은 더 적었다. 그녀 생각에 자신에게 필요한 돈을 벌 수 있는 방법은(이를테면, 자동차 정비소를 여는 것) 아무리 대담해도 열네 살짜리 소녀가 할 수 있는 일들이 아니었다.

하루는 농장 일을 끝낸 후 햇볕에 타고 팔은 욱신거리는 상태로 포치에 누워 잠을 청하는데 한 가지 기억이 떠올랐다. 케일럽이 한때 골짜기 위에 사는 밀주업자에게 빈병을 판 적이 있었다. 케일럽은 그렇게 해서 몇 주 동안 사탕을 실컷 먹을 수 있을 정도로 돈을 벌었지만 그 일을 고역스러워했다. 그 멍청한 늙은이를 위해 쓰레기를 뒤지고 다니는 짓은 안 할 거야, 하고 케일럽이 말했다. 하지만 메리언은 쓰레기 뒤지는 일이 싫지 않았다.

팟샷* 노먼, 그 밀주업자는 그렇게 불렸다. 메리언은 그의 오두

---

* '무차별사격'을 뜻하는 속어. '닥치는 대로 하는 사람'이라는 뜻도 있다.

막과 증류기를 숨겨둔 헛간을 알았다. 숲속을 걷다보면 뜨거운 맥아즙냄새가 나곤 했다. 그녀는 용기를 내어 그의 오두막 문을 두드렸고, 삐걱거리는 소리와 함께 문이 열리자 놀라서 이리저리 살피는 눈을 둘러싼 턱수룩한 백발과 턱수염이 보였다.

"응?" 메리언이 이미 뭐라고 말했는데 자신이 알아듣지 못하기라도 한 것처럼 그가 말했다.

"아저씨, 빈병 필요해요? 필요하면 가져올 수 있어요."

그는 입술을 잘근잘근 씹으며 고개를 끄덕였다. "빈병이야 항상 필요하지, 암."

갤런들이 병은 10센트, 쿼트들이는 5센트, 파인트들이는 2센트 반. 메리언은 주류밀매점이나 탄산수 가게, 약국 뒤 골목, 도시 쓰레기장, 술꾼들의 집 뒤뜰을 뒤지고 다녔다. 초록색, 호박색, 투명한 색깔 빈병을 자루에 채웠다. 일부는 상표가 붙어 있었다. 캐나다산 고급 위스키. 영국산 고급 진. 아마도 대부분 밀주업자들이 만든 가짜 상표겠지만, 일부는 술에 물이나 에틸알코올을 탔을지라도 진짜 같았다. 용의주도한 팻샷은 병을 물에 끓여 상표를 제거한 후에 자신이 만든 위스키를 부었다. 메리언은 빈병이 든 자루를 지폐와 동전으로 바꿨다. 그러다 마침내 팻샷이 당분간은 빈병이 필요 없다며 그녀를 빵집 주인 스탠리 씨에게 보냈고, 스탠리 씨는 흥미로워하며 그녀의 물건을 사줬다.

어느 날, 메리언이 윌리스의 차에서 달가닥거리는 자루들을 끌어내는 동안 스탠리 씨가 빵집 뒷문가에 서서 담배를 피우고 있었다. (빵 굽는 냄새와 맥아즙냄새는 혼동하기 쉬웠다. 그래도 스탠리는 다른 증류기들을 골짜기 여기저기 숨겨뒀다.) "이봐, 소년, 사업을 좀 확장해보는 게 어때?" 스탠리가 물었다.

"전 항상 사업거리를 찾고 있죠." 메리언이 대답했다. 그러고는 약간 양심에 걸려서 덧붙였다. "제가 소년이 아닌 거 아시잖아요."

"그 아래 있는 게 소녀였나?" 스탠리는 몸을 굽혀 메리언의 모자챙 아래를 들여다보았다. 가늘게 뜬 눈, 담배 연기, 털북숭이 팔뚝에 묻은 밀가루. 메리언은 그가 남자처럼 꾸민 자신을 놀리고 있다고 확신했다. "좋아, 그럼, 소녀, 사업을 좀 확장해보는 게 어때?"

메리언은 철길을 건널 때쯤엔 이미 가정집 여섯 군데, 재향군인 클럽 한 군데, 병원 두 군데, 식당 네 군데를 돈 후였다. 황혼녘의 하늘이 눈을 가득 품고 무겁게 내려앉아 있었다. 들르는 곳마다 바구니를 배달했는데, 빵만 든 바구니도, 술만 든 바구니도, 둘 다 든 바구니도 있었다. 그녀는 문을 두드렸고, 지하실로 내려가기도 했다. 미리 이야기된 새집이나 나무 구멍에서 돈을 챙기고 술병을 놓아두기도 했다. 스탠리는 주류밀매점이나 도로변 술집으로 가는 대량 주문 배달은 메리언에게 맡기지 않았는데, 그런 배달은 야심한 시각에 더욱 은밀하게 이루어져야 하고 도중에 탈취당할 위험도 있어서였다. 메리언에겐 소량 주문만 맡겼다. 그녀는 배달을 돌 때 목에 돈주머니를 걸고 다니며 거기 지폐와 동전을 천천히 채웠고, 배달이 끝난 후 스탠리에게 돈을 건네면 그가 그 자리에서 지폐 몇 장을 떼어줬다. 그녀는 그 돈을 집으로 가져와 오두막 여기저기에(속을 파낸 책, 안락의자 밑에 단추로 고정시킨 주머니) 숨겼다. 스탠리는 메리언이 여자라고 꺼려하지 않았다. 남자 배달꾼들은 술을 훔치고 사업도 훔치려 들었지만 그녀는 그러지 않았던 것이다.

지난여름 메리언은 열네 살 생일이 지나면 학교를 그만두겠다고 월리스에게 말했다.

월리스는 작업실에 있었다. 그는 붓을 내려놓고 걸레로 손을 닦았다. "하지만 왜, 메리언?" 그가 물었다. "배울 게 얼마나 많은데."

"일하고 싶어요. 벌써 스탠리 씨 배달 트럭을 몰기 시작했어요."

월리스는 안락의자에 앉으며 그녀에게 다른 의자를 가리켰다. "나도 들었어."

그는 메리언이 무엇을 배달하는지 심문할 생각은 없었다. 알고 싶지 않았다. 아니, 이미 알고 있었다. 메리언이 말했다. "법적으로도 8학년까지만 마치면 되고, 삼촌이라고 우리를 원하지도 않았는데 아직까지 돌보고 있는 건 불공평한 일이고요. 생활비 많이 낼게요."

월리스는 최면 상태에 빠져 있다가 메리언이 그의 얼굴에 대고 손뼉을 쳐서 퍼뜩 깨어난 것처럼 눈을 깜짝였다. "내가 너희를 원하지 않았다는 게 무슨 말이야?"

"삼촌은 선행을 베풀고 있잖아요. 이런 삶을 스스로 선택한 게 아니고요."

"그건 사실이 아냐. 메리언, 난 너희를 원했어."

"책임지는 건 원하지 않았잖아요."

월리스는 미완성인 그림들과 엉망으로 늘어놓은 붓, 그림물감을 둘러보았다. 그러고는 잊은 약속이 기억나기를 바라듯 무의식적으로 손목시계를 확인했다. "교육도 못 받고 무슨 일을 할 생각인데? 평생 스탠리네 트럭을 몰 거야?"

"조종사가 될 거예요." 이미 삼촌에게 천 번쯤 한 말이었다.

월리스가 힘없이 말했다. "아직도 그 얘기야?"

"비행 교습비를 모아야 하지만, 생활비로 매주 5달러씩 낼게요. 만약 그렇게 못하면, 단 한 번이라도 기대에 미치지 못하면, 다시 학교 다닐게요." 메리언은 미줄라에 있는 모든 조종사에게 비행 교습을 해줄 수 있는지 물어봤지만 아무도 긍정적인 답변을 해주지 않은 일에 대해선 월리스에게 말하지 않았다. 이제 박람회장 근처에는 진짜 비행장이 생겼고 작은 격납고 몇 개와 사무실 몇 개, 그리고 연료펌프까지 한 대 있었다.

그녀의 스승은 아직 나타나지 않았으나 결국 올 터였다. 그녀는 그 사실을 알았다.

메리언이 보기엔 매주 5달러씩 내겠다는 약속에 월리스의 관심이 동한 것 같았지만, 그는 "조종사"라는 말만 되풀이했다. 그는 페인트로 얼룩진 두 손을 무릎에 놓고 잠시 생각했다. "네가 비행기를 좋아하는 건 아는데, 메리언—나도 몰인정한 소리는 하고 싶지 않지만, 설사 조종을 배운다 해도…… 결국 뭐가 되려고? 그 브레이포글 여자처럼 그렇게 하루살이 신세로 살고 싶어? 집도 자식도 아무 대책도 없이 늙어가고 싶은 거냐? 그 멋쟁이 남편도—내가 보기엔 정식으로 결혼한 사이도 아닌 것 같지만—언젠가는 도망쳐버릴 거고, 그럼 그 여자는 어떻게 될까? 그런 여자가 되는 게 어떨 거라고 생각하니?"

"난 꼭 조종사가 되어야 해요. 학교에 다니든 안 다니든 조종사가 될 거예요."

"그럼 학교 다녀."

"삼촌도 화가가 되려고 가출했잖아요. 실용적인 직업도 아닌데."

"나는 다르지."

"왜 달라요?"

"모르는 척하지 마, 메리언. 난 남자니까."

"내 걱정 마세요. 원래 신경 안 썼잖아요. 이제 와서 왜 그래요?"

월리스는 자신이 그린 그림 가운데 하나를 바라보고 있었다. 아맛빛 풀이 우거진 비탈, 하늘의 뭉게구름. "만일 너와 제이미가 오지 않았다면……" 그는 말끝을 흐렸다가 다시 말을 이었다. "어쩌면 가끔은 어디 얽매인 데 없이 살고 싶었는지도 모르지만, 그랬다면 더 엉망으로 살았을 거야. 지금 나는 너희가 내게 와서 내가 누군가를 책임져야 했던 것이 좋은 일이었다는 말을 하고 있는 거야. 비록 너희에게…… 항상 신경써주진 못했지만." 그는 한숨을 짓고는 코를 쥐며 눈을 감았다. "메리언, 사실은, 부끄러운 노릇이지만, 네가 싫다면 나도 너를 내년에 억지로 학교에 보낼 수는 없겠구나."

"정말요?"

"그래."

메리언은 펄쩍 뛰어 일어나서 몸을 구부려 그를 껴안으며 볼에 키스했다. "고마워요, 삼촌. 정말 고마워요."

"고마워하지 마라. 너를 방치하는 거니까."

메리언은 스탠리의 트럭을 몰고 미스 돌리의 고급 매춘업소로 가고 있었다. 전조등 불빛으로 눈발이 서서히 날아들기 시작했다.

　녹은 초 같은 침울한 여자 미스 돌리는 1916년의 정화사업으로 거의 모든 업소가 문을 닫은 후에도 계속 웨스트프런트 스트리트에서 사창굴을 운영했고, 그녀의 때 묻은 비둘기*들은 어둡고 조용해진 동네에서 몇 년 동안 조심스럽게 구구구 울어댔다. 폐업한 다른 여러 업소에서 온 아가씨들은 불빛도 없는 검댕투성이 좁은 지하방에서 발정난 땅다람쥐처럼 뒷골목을 향해 머리를 내밀고 손님을 끌어야 했다. 원래 미스 돌리 밑에 있던 아가씨들은 돌리가 숙식비는 물론 세탁비, 목욕비, 스토브에 고데기 달구는 비용 등 온갖 요금을 다 물려 빚더미에서 벗어나지 못하게 하는 데 분노하면서도 지하방의 고역을 면하기 위해서라면 무슨 짓이든 할 수 있었다.

　미스 돌리는 중국인들이 떠나면서 국숫집과 세탁소, 아가씨들의 임신을 막아주던 약초상까지 사라진 뒤에도 도심을 지켰다. 정비공과 실내장식업자, 구세군이 아랫동네로 옮겨가고 한때 잘나가던 이웃의 고급 매춘업소가 소시지 제조업자에게 팔린 후에도 그곳을 지켰다. 그녀는 아가씨들을 쇼윈도에 앉히고 뜨개질바늘이나 골무로 유리창을 두드려 손님을 끄는 행위는 중단했다. (지나간 호시절에는 급여가 나오는 날 밤이면 광부의 망치 소리보다 요란하고 그보다 수익이 높은 유리창 두드리는 소리가 얼마나 멋지게 울려퍼졌던가. 미스 돌리는 유리 짤랑거리는 소리나 컵에 주사위를 넣어 흔드는 소리만 들어도 눈가가 촉촉이 젖었다.) 그러

다 화재가 일어나는 바람에 결국 철길 북쪽에 있는 눈에 잘 띄지 않는 벽돌집으로 업소를 옮기게 되었다(미스 돌리는 그 화재를 어떤 때는 경찰 탓으로, 어떤 때는 파산한 경쟁 업소 탓으로, 어떤 때는 술과 악덕에 반대하는 여자들 탓으로 돌리며 원망했다). 이 벽돌집 앞쪽에는 여성 만남 팻말은커녕 여성 하숙 광고판도 달지 않았다. 고객들은 뒷문으로 들어가야 한다는 걸 알았다.

메리언은 미스 돌리의 업소에 트럭을 최대한 가까이 대고 화물 칸에서 썰매를 꺼낸 다음 거기 일주일 치 주문이 담긴 바구니 두 개를 포개어 실었다. 그러고는 썰매를 끌고 어두워져가는 거리를 터벅터벅 걸어내려갔다.

아가씨 중 하나인 벨이 부엌문을 열어주었다. "너구나!" 그녀가 메리언에게 말했다. "들어와!" 벨은 손님을 맞기 위한 단장을 하지 않은 상태라 소박한 청색 드롭웨이스트 원피스에 모직 스타킹을 신고 회색 숄을 두르고, 머리는 뒤로 넘겨 목덜미 부분에서 둥글게 말아 묶은 모습이었다. 짙은 볼연지와 검은 눈화장만이 그녀의 직업을 암시했다.

메리언은 바구니 하나를 품에 안고 있었다. "썰매에 바구니 하나가 더 있어요." 벨은 슬리퍼 바람으로 급히 밖으로 달려나가 두 번째 바구니를 들고 부리나케 돌아오더니 메리언을 부엌 안으로 몰아댔다.

"잘 왔어. 마침 거의 떨어졌는데." 벨이 말했다. 그녀는 미스 돌리가 매주 정확한 양을 주문한다는 걸 모르는 것처럼 매번 그렇게 말했다. 미스 돌리는 씀씀이가 큰 손님들을 위해 진짜 밀매 업자에게 고급 스카치와 진 같은 수입 술도 샀지만, 대부분의 고객들은 스탠리 씨의 싸구려 밀주로도 충분히 만족했다. "앉아서 좀 놀다 가. 지금 돌리 없어."

메리언은 바로 가야 했지만 미스 돌리의 아가씨들이 관심을 보일 때면 늘 기분이 우쭐해졌다. 그녀는 코트와 모자를 벗고 식탁에 앉았다. "돌리가 물건값 두고 나갔어요?"

"난 모르지." 벨은 바구니 하나를 살짝 들여다보더니 꺅 소리를 지르며 옥양목 덮개를 홱 젖혔다. 술병들 위에 커스터드 타르트가 놓여 있었다. 다른 바구니에는 더 기쁘게도 슈크림 여섯 개가 왁스를 입힌 종이에 낱개로 포장되어 있었다. 이곳에 가끔 들르는 스탠리 씨가 아가씨들에게 보낸 선물이었다. "하나 먹자." 벨이 말했다. "딱 하나만, 반으로 나누면 돼." 그녀는 벌써 일어나서 칼을 가지러 갔다. 슈크림을 반으로 나눈 다음 자기 몫을 매니큐어 칠한 손으로 탐욕스럽게 입에 밀어넣었다. 메리언도 자기 몫을 한입 베어먹었다. 페이스트리와 크림 모두 트럭에서 차가워져서 단단하고 맛있었다.

벨이 슈크림을 씹으며 눈을 가늘게 뜨고 메리언을 보았다. 미스 돌리의 아가씨들은 화장한 얼굴과 고불고불하게 만 머리에 익숙해서 메리언의 소년 같은 모습을 부적절하게 여기며 걱정스러워했다. 벨이 손을 뻗어 메리언의 머리칼을 빗어주면서 손끝으로 가르마를 타려고 애썼다. "내가 말했잖아, 머리를 이렇게 짧게 자르면 안 된다고." 그녀가 말했다. "머리가 이상하잖아."

"난 좋아요."

"머리를 이렇게 잘라도 삼촌이 뭐라 안 해?" 월리스도 미스 돌리의 업소에서 알려진 인물이었다.

"삼촌은 그냥 내버려둬요. 가정부가 방해하지. 가정부가 가위를 감춰요."

"네가 자르는 거야?"

"아뇨, 친구 케일럽이 잘라줘요."

벨이 교태스럽게 한쪽 어깨를 살짝 올렸다. "머리를 자르라고 맡기는 걸 보니 좋은 친구인 모양이네. 난 코라 말고는 아무도 내 머리 못 만지게 해. 코라는 솜씨가 좋거든. 이 일 그만두고 미용사 하라고 내가 계속 말한다니까."

메리언은 가장 최근에 머리를 잘랐을 때, 다 자르고 나서 목과 어깨에 머리칼이 달라붙어 간질간질한 상태로 벗은 상체를 드러낸 자신을 케일럽이 바라보던 기억을 떠올렸다.

메리언은 미스 돌리의 아가씨들과 함께 있을 때면 날카로운 호기심에 휩싸였다. 그래서 그들이 짜깁기해서 만든 주름장식 달린 손바닥만한 의상을 가지고 법석을 떠는 모습이나 요염한 자세로 남자들을 호리다가도 눈 깜짝할 사이 따분한 태도로 늘어지는 걸 지켜보았다. 그녀는 남자처럼 꾸미고 다니는 걸 좋아하면서도 그들의 매력에, 그 농도 짙은 여성성에 마음이 끌렸다. 돌리의 아가씨들은 말 많고 게으르고 드셌지만 어떤 중요한 걸 갖고 있는 듯했다. 그들은 메리언이 아직 확실히 알지 못하는 수수께끼를 푸는 단서였다.

한동안 케일럽은 그녀의 머리를 잘라주는 대가로 키스만 요구했다. 메리언은 그의 혀를, 그 기묘한 젖은 근육을 입안에 받아들였다. 그런데 지난번에 그는 차분히 그녀의 셔츠 단추를 풀더니 셔츠를 어깨 너머로 젖히고 드러난 가슴을 바라보았다. 메리언은 그림 속 예수님처럼 옷이 벗겨진 채 노출된 심장으로 빛을 발하는 기분이었다. 하지만 케일럽이 손을 뻗어 엄지손가락으로 젖꼭지를 스치듯 만지자 그를 밀어냈고, 그는 소매치기를 한 후처럼 웃었다.

벨이 벌떡 일어나 싱크대로 가더니 손에 물을 묻히고 와서 더 힘을 주어 메리언의 머리를 매만지고 가르마를 탔다. "소용없네." 그녀가 말했다. "빗하고 포마드가 필요하겠어. 잠깐 기다려."

부엌에 혼자 남은 메리언은 계단 위로 멀어져가는 벨의 발소리를 듣고 있었다. 멀리서 웅얼거리는 목소리들이 들렸다. 스토브 위 냄비에서 양파 냄새 나는 김이 올라왔다. 스토브 옆에 있는, 지하실 계단으로 통하는 문이 열렸다. 우 부인이 들어왔다. 그녀는 몹시 마른 몸에 얼굴이 작고 동그랬으며 흰머리가 수북했다. 그녀는 놀라는 기색 없이 메리언을 흘끗 보고는 스토브로 가서 나무 스푼으로 스튜를 저었다. 그러더니 다시 지하실로 사라지기 전에 앞치마 주머니에서 지폐 몇 장을 꺼내 메리언에게 건네며 말했다. "미스 돌리가 주는 거야."

위에서 어지러운 발소리가 들렸다. 벨이 부엌으로 뛰어들어왔다. "위층으로 가자. 아가씨 두 명밖에 없어. 우리가 너 예쁘게 꾸며줄게. 드레스도 입혀주고. 그냥 재미로. 어쩔래? 그러겠다고 해."

"그럴게요." 메리언이 말했다. 스탠리의 트럭은 그녀를 기다려줄 수 있었다. 앞으로 배달할 곳은 몇 군데 남지 않았다.

"좋아!" 벨이 커스터드 타르트 밑에서 술병 하나를 꺼냈다. 그리고 밀주를 컵에 5센티미터쯤 따랐다. 그녀는 그만큼 물을 채우고 코르크마개를 끼운 다음 도로 제자리에 두었다.

위층 어두운 복도에서 벨이 메리언의 손을 잡아끌었다. 그녀가 문을 열자 비좁은 장밋빛 상자 같은 공간이 나왔다. 등불 위에 분홍 스카프가 둘러져 있고, 분홍 벽지에 장미와 백합 무늬가 어지럽게 펼쳐져 있었다. 코라는 가운 차림으로 정리되지 않은 침대에 배를 깔고 엎드려 위로 든 두 발을 발목에서 엇갈린 자세로 책을 읽고 있었다. 자신을 데지레라고 부른 아가씨는 속옷 바람으로 화장대에 앉아 등까지 풀어헤친 검은 머리를 빗고 있었는데, 몸집이 작으면서도 통통했고 꽃봉오리처럼 잔뜩 오므라든 얼굴을 하고 있었다. 그들 모두 함께 있기엔 방이 너무 작았다. 레이스와 실크 자투리가 작은 서랍장 서랍들에 덩굴처럼 걸려 있었다.

"우리, 이 아이를 어떻게 꾸미지?" 벨이 메리언을 두고 말했다.

그들은 메리언에게 달려들어 순식간에 옷을 벗겼다. 그들은 벗은 몸에 익숙해서 신경쓰지 않았고 메리언도 마찬가지였지만, 메리언이 남자 속바지를 입은 걸 보고 그들이 웃어댔다. 벨이 밀주를 한 모금 마시고 데지레에게 잔을 건넸고, 데지레도 밀주를 마신 후 코라에게 건넸으며, 코라는 찌꺼기만 남은 잔을 메리언에게 줬고, 메리언은 그걸 마셨다. 메리언은 지금보다 어렸을 때, 케일럽이 머리를 잘라주기 전에 그와 제이미와 함께 벌거벗고 수영을 자주 했지만, 그땐 인류의 타락 이전의 순수성이 있었던 데비해 이번엔 비움을 전제로 한 의식儀式적인 탈의처럼 느껴졌다. 그녀는 벗은 가슴 위 돈주머니를 꽉 움켜쥐었다. "우리가 네 돈을 노릴 것 같니?" 데지레가 말했다. "미안하지만 좀 웃자."

"잃어버리면 안 돼서 그러는 거예요."

"우리도 돈을 번단다."

"얼마나요?"

"사정에 따라 다르지. 너보다 많이 번다는 건 내가 장담해."

메리언은 그런 식의 돈벌이에 대해선 단 한 번도 고려해본 적이 없었다. 케일럽의 어머니 길다는 늘 찢어지게 가난한 것처럼 보였지만 술만 안 마셨다면 어떻게 되었을지 모를 일이었다.

"찌찌가 생겼네, 마침내, 응?" 코라가 아일랜드 억양으로 말했다.

"어디?" 데지레가 말했다. "내 눈에는 안 보이는데."

"저기 있잖아." 코라가 말했다. "돋보기 가져와." 그리고 메리언에게 물었다. "아직 월경 안 하니?"

그렇게 책을 많이 읽었지만 메리언은 그 말이 무슨 뜻인지 몰랐고, 그래서 장미수정처럼 분홍빛이 도는 방에서 매달 찾아오는 저주에 대해 매춘부에게 배우게 되었다. 코라의 설명에는 그 기간 동안 돈을 벌지 못하는 것에 대한 공포가 어려 있었기에 진짜 저주처럼 들렸다. 데지레의 검정 속치마 위에 아이보리색 가운을 걸치고 스타킹과 가터벨트, 끈과 높은 굽이 달린 구두로 치장한 메리언은 아가씨들이 머리에 포마드를 바르고 얼굴에 분을 칠하고 먹으로 눈가를 검게 그리고 엄지손가락으로 볼연지를 발라주는 동안 화장대 거울에 비친 자신을 바라보았다.

"그거 아파요?"

"아프진 않아." 벨이 말했다. "월경통이 심한 여자들도 있긴 하지만. 일단 월경이 시작되면 임신이 될 수 있으니까 조심해야 해. 그게 무슨 뜻인지 알지, 응?" 메리언은 알았다. "만일 그런 일이 생기면 여기로 찾아와. 우 부인이 해결해줄 테니까."

"어떻게 해결해줘요?"

"천남성을 태워 연기를 좀 많이 마시면 돼." 데지레가 말했다. "테레빈유도 조금 마시고." 그녀는 화장대에 걸터앉아 메리언의 턱을 잡았다. "우 부인도 미스 돌리 밑에서 일하던 아가씨였어. 그러다 아가씨들을 곤경에서 벗어나게 해주는 부업을 시작한 거지."

"하지만 부인이면 결혼한 거네요?" 메리언이 우 씨에 대해 궁금해하며 물었다. 아가씨들이 웃었다.

데지레가 말했다. "입 살짝 벌려." 빨강 립스틱이 메리언의 입술을 한 바퀴 돌았다. 데지레가 상체를 뒤로 젖히고 메리언의 얼굴을 점검했다. "이만하면 됐어."

거울에 비친 메리언은 낯선 사람의 모습을 하고 있었다. 검은 먹을 해자처럼 두른 눈의 흰자가 부자연스러울 정도로 밝게 보였다. 주근깨는 분과 볼연지에 가려져 보이지 않았다. 얼굴이 부드러우면서도 단단해 보였고, 면들이 선명하면서도 아직 완전히 자리가 잡혀 있진 않았다. "이제 나 뭐해요?"

"이제 우리가 널 제일 비싼 값을 부른 사람에게 팔 거야." 코라가 향수병의 전구 모양 분무기를 눌러서 메리언의 가슴을 향해 향기로운 물안개를 뿌리며 말했다. "저 밖에서 많은 신사가 너 같은 여자를 찾고 있지. 그런데 너 몇 살이야?"

"열네 살 반요."

"내가 처음 이 일 시작했을 때보다 나이가 많네. 아직 처녀지?"

"나는 얼마 받을 수 있어요?"

"넌 안 돼." 벨이 말했다. "넌 아니야."

"돈이 되는 일이지." 코라가 말했다.

"영감을 주는 존재가 된다고나 할까?" 데지레가 말했다.

코라가 짜증난 얼굴로 말했다. "난 이제 여덟 명이나 되는 형제자매와 한방을 쓰진 않아, 안 그래? 악취나는 가축우리 옆에서 살진 않는다고."

"자." 벨이 메리언에게 말했다. "이렇게 엉덩이에 손 붙이고 말해봐. '안뇽, 아저씨, 데이트할래요?'"

"안뇽, 아저씨." 메리언이 엄숙하게 말했다. "데이트할래요?" 아가씨들이 배를 잡고 웃어댔다.

"장례식장으로 데이트하러 가야겠다, 그렇게 물으면." 데지레가 말했다.

"이렇게 앉아봐." 코라가 등을 둥글게 구부리고 어깨 너머로 돌아보며 말했다. "그리고 말해, '이런 구멍 또 없어요.'" 메리언은 아가씨들의 웃음과 음란한 말, 그리고 거울에 비친 자신의 모습에 자극을 받아 얼굴을 붉히며 순순히 따랐다.

초인종이 울렸다. 요란하게 울려퍼지는 그 소리에 다들 화들짝 놀라 입을 다물었다.

"하필 재미있게 웃고 있는데." 코라가 말했다.

벨이 말했다. "오늘 아무도 예약 없는데."

"예약 같은 거 필요 없잖아." 코라가 말했다. 아래층에서 우 부인이 누군가를 안으로 들이는 소리가 희미하게 들려왔다.

"젠장." 데지레가 벌떡 일어나 서랍 안을 뒤지기 시작했다. "내 손님이야. 깜빡했어."

"코라가 가면 돼." 벨이 말했다.

"아냐, 바클리 매퀸이야. 까다로운 사람이라서."

"그래, 고맙구나." 코라가 말했다.

"그런 게 아니라, 그냥─매사에 자기 방식이 있어. 벨, 아래층에 내려가서 시간 좀 끌어주라. 코라, 나 머리 올리는 거 도와줘."

"바클리 매퀸이에요?" 메리언이 물었다.

코라가 벌써 데지레의 머리를 뒤로 넘겨 꼬면서 말했다. "그 사람 알아?"

"누군지는 알아요."

"얘 데려가." 데지레가 빨강 총알 같은 립스틱을 길게 빼면서 벨에게 말했다.

메리언이 바닥에 떨어져 있던 자신의 옷을 집었다. "가자." 벨이 그녀를 끌고 가려 했다. "아래층에 내려가야 해. 손님이 그냥 가면 돌리가 화낼 거야."

"이런 모습으로 내려가는 게 어색해서요."

벨이 그녀를 살펴보았다. "그 사람이 널 보고 어떻게 하나 보자."

"안 돼요." 메리언이 뒷걸음치며 말했다.

벨이 그녀의 팔을 잡아당겼다. "종달새처럼 굴어봐. 재밌을 거야─두고 봐. 남자들이 사족을 못 쓸걸. 네 구멍에 대해 살짝 얘기해. 한번 해봐. 그럼 내가 슈크림 통째로 하나 줄게."

아래층으로 내려가자 벨은 메리언의 손에서 옷을 빼앗아 어두운 앞쪽 응접실로 던진 후 뒤쪽 응접실 여닫이문을 활기차게 열고 안으로 들어갔다. 메리언은 뒤에 남아 복도의 징두리판벽에 기대섰다. 문틈으로, 앉아 있는 남자의 꼰 다리와 우아한 발목 끝의 반짝거리는 검정 구두가 보였다. 눈이 쌓였는데도 장화가 아닌 구두를 신고 있었다. 문이 닫혔다. 복도는 벽등 하나만 켜져 있어서 어두웠다. 벨이 당당하게 말했다. "기다리시게 해서 저어 어엉말 죄송합니다, 매퀸 씨. 데지레는 금방 올 거예요."

스코틀랜드 출신 광부들의 억양이 살짝 섞여 있으면서도 훨씬 분명하고 부드러운 저음의 목소리가 들려왔다. "인내심도 하나의 미덕이라고 들었어. 여긴 미덕의 집 아닌가?"

메리언은 스탠리의 트럭을 몰기 시작하면서 바클리 매퀸의 이름을 들었다. 그는 명목상 목장주였다. 북쪽 출신이었다. 스코틀랜드인인 그의 아버지는 울타리가 필요하지도 않던 시절 몬태나주 최초의 목축왕 가운데 하나로 우뚝 섰다. 그의 어머니는 플랫헤드 살리시족이었다. 지역 밀주업자들이 불시 단속, 폭발 사고, 배송중 압수 같은 불운으로 도산할 때마다 사람들은 바클리 매퀸의 이름을 쑥덕거렸다. 얼마 전 정부 단속반이 팟샷을 덮쳐 오두막에 있던 증류기와 미줄라 여기저기 숨겨둔 싸구려 증류기 여남은 개를 파괴했는데, 그들과 뒷거래를 하는 바클리 매퀸이 밀고했다는 소문이 돌았다. 스탠리 씨도 자신이 얼마나 오래 버틸 수 있을지 몰랐다. 사람들 말이, 바클리 매퀸은 사업 수완이 보통이 아니었다. 그는 자동차, 철도, 노새, 말, 등짐, 카누를 이용해 국경 너머에서 술을 들여오고, 몬태나의 모든 도시는 물론 워싱턴, 아이다호, 다코타에서까지 업소를 운영하고 있으며, 셀 수 없이 많은 주류밀매점과 코디얼* 판매점, 도로변 술집을 소유하고 있고, 경찰, 법조인, 연방 공무원, 철도 승무원, 지방의회 의원, 국

---

* 알코올이 함유된 과일 음료.

회의원, 판사, 그리고 그들 모두의 장부 관리자들을 고용하고 있으며, 광산 갱도에서부터 교회 지하실, 진짜 창고에 이르기까지 온갖 곳에 주류창고를 두고 있다는 것이다. 수천 마리에 이르는 소떼와 토지는 그저 취미에 불과하다고 했다. 바클리 매퀸을 위해 일하는 사람들 대부분이 자기가 바클리 매퀸을 위해 일한다는 사실을 알지도 못한다고 했고.

"원하시는 게 미덕이라면, 저희가 찾아드리죠." 벨이 지나치게 쾌활한 목소리로 말했다. "매퀸 씨를 위해서라면 뭐든 해드릴 수 있어요."

"글쎄, 다음에. 데지레는 바로 준비되나?"

"가서 확인해볼게요." 벨이 뒤쪽 응접실에서 뛰쳐나와 메리언 앞을 급히 지나며 과장된 몸짓으로 어깨를 으쓱해 보였다.

"벨." 메리언이 속삭였다. "난 뭐하면 돼요?"

벨이 계단을 반쯤 올라가다가 멈추어 난간 너머로 몸을 기울이고 속삭였다. "가서 인사해. 너도 매춘을 해볼 생각이라고 말해봐."

벨은 놀리느라 한 말이었지만, 약이 오른 메리언은 못할 것도 없다고 생각했다. 남자들의 욕정을 이용해 비행 자금을 마련 못할 이유가 무엇인가? 그녀는 다시 길다를 생각했고, 야수를 떠올렸다. 복도 끝 큰 괘종시계가 못마땅해서 쯧쯧 혀를 차는 듯한 소리로 초를 알렸다. 메리언은 앞쪽 응접실로 숨어들어 자신의 작업복을 찾아 입고 그곳을 떠날 수도 있었지만, 호기심이 발목을 잡았다. 조바심에 찬 바스락 소리에 이어 구두가 바닥을 치는 소리가 들렸다. 발소리가 이어지고 문이 열렸다.

바클리가 본 것은?

갑자기 쏟아진 빛에 갇힌 길쭉하고 마른 생명체. 검은 테를 두른 연푸른색 눈, 섬세한 목, 다리에 살이 없어서 약간 헐렁한 스타킹, 가느다란 발목 아래 발굽처럼 자리한 검정 에나멜 구두. 작은 머리통을 감싼 반짝이는 아이보리색 모자 같은 머리칼. 가녀린 손목과 긴 손가락들. 그는 그녀가 깜짝 놀라는 모습을 보았다. 그녀의 공포를, 그다음엔 이글거리는 불길을 보았다—그녀의 시선이 마치 이를 드러낸 듯한 느낌을 주었다. 도전. 그는 그녀를 아이로 보지 않았다. 어떻게 이런 곳에서 아이를 볼 거라 예상한단 말인가? 그는 데지레를 생각하고 있었고, 몸에 응어리와 열을 품고 있었다.

메리언이 본 것은?

검은 정장에 희고 빳빳한 커프스 소매를 달고 검은 조끼에 금 시곗줄을 드리우고 검은 머리는 단정하게 자르고 반들반들하게 기름을 바른 우아한 남자. 그는 살리시족의 펑퍼짐한 코와 두툼한 입술, 주근깨가 점점이 박힌 단단한 느낌의 둥근 뺨을 갖고 있었다. 얼굴은 올리브빛이었고 눈동자는 검푸른색이었다. 미남이라고 할 순 없었다. 얼굴에서 눈의 위치가 너무 낮았고, 턱은 투견처럼 육중했다. 메리언은 자신을 보는 그의 눈길에서 자신의 모습이 얼마나 그의 관심을 끌었는지 느낄 수 있었다.

"넌 누구지?" 그가 물었다.

벨이 데지레를 데리고 계단을 내려오고 있었다. 데지레는 속에 끈과 주름장식을 어떻게 배치했는지 몰라도 겉보기에는 수수한 크림색 드레스를 입고 있었다. 메리언이 벽을 따라 슬그머니 멀어지자 바클리가 따라왔다. 그녀는 어리석게도 벨과 다른 아가씨들이 하는 걸 자신도 할 수 있으리라 생각했던 것이다. 잔뜩 치장한 바보 같은 어린애.

"넌 누구야?" 그가 다시 물었다.

메리언은 무력하게 벨을 쳐다보았고, 벨은 웃음을 참느라 애쓰는 기색이 역력했다. 메리언은 그렇게 치장한 상태에서 그에게 그런 시선을 받으면서 자신이 메리언 그레이브스라고 밝힐 수는 없었다. 그래서 대답하지 않았다.

"아직 어린애예요." 데지레가 바클리의 팔을 잡으며 말했다. "우리집 아가씨 아니고요."

그는 데지레의 손을 뿌리치진 않았지만 그녀의 손길에 반응하지도 않았다. 그저 메리언에게서 시선을 떼지 않았다. 벨도 웃음을 참느라 입술을 깨물며 눈물이 글썽거리는 눈으로 메리언을 보고 있었다. 데지레는 화난 기색이었다. 그들의 얼굴이 여우 사냥개처럼 메리언을 구석으로 몰았다.

"가실까요?" 데지레가 목소리를 높여 말했다.

바클리는 잠자코 따라갔다. 메리언은 그가 지나가는 동안 벽에 찰싹 달라붙어 얼굴을 돌리고 있었는데 그의 머릿기름냄새와 약간 쌉쌀한 다른 향기가 났다. 그녀는 향수를 뿌리는 남자들에게 익숙하지 않았다. 그의 발걸음이 느려졌다. 메리언은 자신이 시선을 들어 그의 얼굴을 보기를 바클리가 원한다는 걸 알았지만 그렇게 하지 않았다. "아직 어린애예요." 데지레가 다시 말했다. "메리언, 집에 가."

"메리언." 그가 되뇌었다.

그래도 메리언은 시선을 들지 않았고, 바클리와 데지레가 마침내 계단을 올라가고 문 닫히는 소리가 들릴 때까지 그대로 있었다. 벨이 배를 잡고 웃었다. "너 이제 큰일났다." 그녀가 헐떡거리며 말했다. "아이고." 메리언은 앞쪽 응접실로 달려들어가 황급히 가운과 속치마, 스타킹과 구두를 벗었다. 무슨 큰일? 그녀는 셔츠와 작업복을 입고 장화를 신은 다음 장화 끈을 묶지도 않은 채로 쏜살같이 벨을 지나쳐 부엌으로 들어가 외투와 목도리, 빈 바구니를 챙겼다.

스토브 앞에 서 있던 우 부인이 메리언의 화장한 얼굴을 보고 처음엔 놀랐다가 당혹스러워하며 고개를 저었다. "아니, 안 돼."

메리언은 눈이 본격적으로 내리기 전에 집에 도착했다. 그녀는 세수를 하러 위층으로 올라갔다. 눈에 비누가 들어가서 따가웠지만 아무리 문질러 닦아도 마지막 남은 먹 자국이 깨끗이 사라지지 않았다.

베리트가 닭고기 파이를 만들어놔서 메리언은 조용히 동요한 채로 먹었다. 제이미는 삶은 당근과 양파를 먹고 있었다. 베리트가 그에게 고기를 먹이기 위해 아직까지도 벌을 주고 있었던 것이다. 월리스는 나가고 없었다. 제이미가 그날 오후 점보산에 올라간 이야기를 하고 있었다. "엘크는 한 마리도 못 봤어. 내가 한 건 이게 다야." 그는 스케치북을 펼쳐 나무에 오르는 다람쥐 그림을 보여줬다. 목탄으로 그린 선들이 절제되어 있으면서도 선명했으며, 메리언은 나무껍질의 투박함, 다람쥐의 작은 발톱이 벌어진 모습. 어깨와 엉덩이를 흔들며 춤추는 듯한 몸의 동작을 느낄 수 있었다.

그녀가 파이를 입에 가득 넣고 씹으며 말했다. "너 바클리 매퀸에 대해 아는 거 있어?"

"네가 나보다 많이 알겠지." 제이미가 말했다. 그는 이제 맛있는 것도 사먹고 영화도 볼 수 있는 돈이 있다는 데 기뻐하면서도 그녀가 하는 일에 대해 걱정했고, 메리언도 그걸 알았다. 그녀는 제이미에게 크리스마스 선물로 망원경과 수채화물감 세트를 사줬다. "왜?"

"그 사람을 만났거든. 만났다기보다는 우연히 마주쳤어." 메리언은 그와의 사이에 난기류 같은 것이 흘렀다는 걸, 그에게서 나온 이상한 기류가 자신에게 와서 부딪혔다는 걸 설명하고 싶었지만 그런 이야기를 하다보면 그 만남을 아무것도 아니거나 지나치게 중요한 것으로 만들게 되리라는 사실을 알았다.

"어디서?"

"미스 돌리네."

제이미의 얼굴이 붉어졌다. "그런 데 드나드는 건 옳지 않아."

"아무도 나 못 봤어. 이미 거기 있는 사람들 빼고. 그런 사람들은 나한테 뭐라고 할 처지가 못 되지."

"사람들이 수군거려."

메리언이 시선을 들었다. "뭐라고 수군거리는데?"

"네가 밀주업자 밑에서 일한다고."

"사실인데 뭐."

"눈가에 그게 뭐야? 꼭 너구리 같다."

메리언은 마지막 남은 닭고기 파이를 난폭하게 긁어모았다. 설명해줬어도 제이미는 이해하지 못했을 터였다. 그녀가 말했다. "사람들이 뭐라고 수군대든 상관 안 해."

메리언이 오두막으로 가려고 나왔을 때 나방만큼 큰 흰 함박눈이 펑펑 쏟아져내리고 있었다. 그녀는 책을 읽으려고 했지만 정신이 자꾸 몸에서 빠져나가 미스 돌리네로 돌아갔다. 안락의자에 미동도 없이 앉아 있는데도, 바클리 매퀸에 대한 기억이 뱀처럼 그녀를 휘감았다. 그녀는 외투를 입고 밖으로 나가 밤 속으로, 눈 속으로 들어갔다. 눈길을 헤치고 케일럽의 오두막으로 향하는데 심장이 얼마나 세차게 뛰는지 목에서 박동이 느껴질 정도였다. 보이지 않는 벌새의 날갯짓 같은 흐릿한 두드림이 그녀를 에워쌌다. 하지만 그의 방은 불이 꺼져 있었고, 그녀가 유리창을 두드렸지만 그는 나오지 않았다.

미줄라

1929년 5월~7월

메리언과 바클리 매퀸의 만남 2개월 후

어느 일요일 아침, 제이미가 포치의 간이침대에서 선잠을 자며 머리칼을 어루만지는 시원한 바람과 담요로 감싼 다리에 비스듬히 비치는 햇살을 즐기고 있을 때, 개들이 벌떡 일어나 짖어대며 망사문을 밀어젖히고 뛰쳐나가 진입로를 걸어올라오는 월리스를 맞이했다. 제이미는 개들의 소용돌이에 휘말려 비틀거리는 월리스를 지켜보았다. 월리스는 개들이 눈에 들어오지도 않는 듯했는데, 그 모습은 마치 물에 빠져 죽으려는 사람이 아무렇게나 물살을 헤치고 나아가는 것처럼 보였다. 셔츠 칼라 단추를 풀어헤쳤고 모자는 뒤로 기울어져 있었다. 지난밤 차를 몰고 나갔으니 어딘가에서 연료가 떨어졌거나 차를 도랑에 처박은 게 분명했다. 그런 날 아침의 월리스는 예측 불가였다. 말없이 자기 방 침대로 가서 저녁 먹을 때까지 나타나지 않을 수도, 제이미에게 길고 유쾌하고 두서없는 이야기들을 늘어놓을 수도, 도박판에서 겪은 사소한 불의에 대해 심하게 불평할 수도, 모호한 잘못에 대해 용서를 구할 수도, 그런 것들을 조합해서 보여줄 수도 있었다. 그가 어떻게 나올지는 알 수 없는 노릇이었다.

월리스가 망사문을 벌컥 열고 들어와 땀냄새와 술냄새가 섞인 퀴퀴한 악취를 풍기며 메리언의 침대에 몸을 던졌다. 개 한 마리가 그와 함께 들어왔지만 나머지는 닫힌 망사문 밖에서 배회하며 낑낑거렸고, 제이미가 일어나서 그 개들을 안으로 들였다. "메리언은 어디 갔어?" 월리스가 물었다.

보기보단 그리 많이 취한 것 같지 않은 목소리였다. "스탠리네 트럭 몰러 갔어요." 제이미가 다시 담요 속으로 들어가며 대답했다.

"스탠리네 트럭을 몰겠지." 월리스가 침울하게 말했다. "내 차는 몰 수 없으니까."

"어디 고장났어요?"

월리스는 손을 저어 그 질문을 물리쳤다. "너 리나 알던가? 덫을 놓아서 사냥하는."

"리나?"

"몸집이 남자처럼 건장하고 남자 옷을 입고 다니지. 시가를 피우고."

이름은 몰랐지만 제이미도 월리스가 누구 이야기를 하는지는 알았다. "본 적 있어요."

"지독하게 못생겼어."

제이미는 그녀의 얼굴을 기억하고 있었다. 커다란 얼굴에 아래턱이 발달했고 눈썹이 무성했으며 코는 분홍 화강암처럼 얼룩덜

룩했다. 못생긴 건 사실이지만 그런 말을 하는 건 잔인하게 여겨졌다. 월리스가 계속해서 말했다. "못생긴 여자는 심한 불쾌감을 주지. 못생긴 남자는―애석하긴 해도, 그래도 미학적 관심이 생길 수 있거든. 하지만 못생긴 여자는 마음을 불편하게만 해." 늦게 온 개 한 마리가 아직도 망사문 밖에서 꼬리를 흔들고 있었다. "나 원 참." 월리스가 벌떡 일어나 개를 안으로 들였다. "자, 됐냐?" 그는 도로 누웠다. "어젯밤 리나가 하는 말이, 이제 덫을 안 쓰고 총을 들고 나간다더라. 스포캔 프레드가 그 테이블에 있었지―유개화차를 개조해서 만든 데, 거기, 롤로 근처에 있는. 너도 알지?" 월리스가 말하는 곳이 유개화차 두 칸으로 엉성하게 만든, 남쪽에 있는 도로변 술집이라는 걸 아는 제이미는 고개를 끄덕였다. "너 스포캔 프레드 알지?" 제이미는 다시 고개를 끄덕였다. 제이미는 미줄라 인근의 방탕한 도박꾼들 대부분과 조금씩이나마 안면이 있었다. 그와 메리언이 어렸을 때 집에 놀러와서 언쟁도 벌이곤 하던 월리스의 대학 친구들이 언제부터인지 모르게 발길을 끊은 후, 월리스가 도박꾼들과 어울렸던 것이다.

"프레드가 그 이유를 물으니까 리나가 봄에 새끼 젖을 물리는 어미를 실수로 잡고 싶지 않다고 대답했거든. 그 말을 듣고 같이 카드를 치던 외지인이 그러더라고. '인정을 갖는다는 건 돈이 많이 드는 일이죠.' 그러자 리나는, 지금 새끼들이 죽으면 나중에 덫을 놓아 잡을 수 없다고 대꾸했지."

제이미는 그 대화의 전개가 너무 혼란스러워서 덫을 놓는 사냥에 대한 평소의 강한 혐오감을 느낄 틈도 없었다. "다른 대부분의 사람들보다 선견지명이 있는 것 같네요. 차는 거기 있어요? 롤로?"

월리스는 두 손으로 뒤통수를 받치고 포치 천장을 올려다보았다. "메리언도 조종사가 되면 결국 리나처럼 될까?"

"못생긴 거 말예요?"

"그렇지. 드센 여자로 외롭게 사는 거. 입에 시가를 물고. 천성은 메리언보다 리나가 더 거친 것 같지만 메리언도…… 난 벌써 그애가 드레스 입은 모습을 상상하기가 어려워. 신부가 된 메리언이라니 상상이 돼?" 그의 웃음이 제 발에 걸려 넘어져 기침이 되었다.

"우린 열네 살밖에 안 됐어요." 제이미가 지적했다.

"알아." 월리스가 말했다. "나도 알아. 아직 너무 늦진 않았지." 그는 한쪽 팔꿈치로 몸을 받치고 제이미를 바라보았다. "네가 메리언과 이야기 좀 해보는 게 어떨까?"

"걔한테 얻어맞을걸요."

"흐음." 월리스는 침대에 등을 대고 누웠다. "네 말이 맞다. 베리트가 아직 여기 있었다면 좋았을 텐데."

걸핏하면 급료가 밀리다보니 베리트는 결국 클라크포크 남쪽에 있는 교수 부인의 넓은 집으로 일터를 옮기게 되었다. 쌍둥이들을 껴안고 작별인사를 하면서 여간해선 볼 수 없는 노르웨이인의 눈물을 몇 방울 흘리긴 했지만 말이다. 베리트는 떠나기 전 제이미에게 몇 가지 요리를 가르쳐주었다. 물론 고기 요리는 제이미가 거부했지만, 다른 사람이 잡아와 손질한 물고기를 튀기는 건 마다하지 않았다. 그래서 가끔 케일럽이나 메리언이 송어를 잡아왔다. 메리언은 스탠리의 가게에서 빵도 가져왔고, 제이미가 월리스에게 타낸 생활비가 부족할 때는 자기 돈으로 메꿔넣기도 했다. 제이미는 케일럽의 텃밭을 본떠 자신의 텃밭을 가꿨다. 그리고 가끔 시내 호텔 선물가게에 그림을 팔기도 했지만, 그 돈은 따로 모았다. 처음엔 그도 집을 깨끗이 유지하려고 애쓰다가 메리언이나 월리스나 집이 서서히 더러워지고 난장판이 되어가는 걸 의식하지도 못하고 신경쓰지도 않자 점차 포기했다.

"베리트는 늘 메리언에게 원피스를 입히려고 애썼죠." 제이미가 말했다. "불가능한 일이었지만."

월리스는 말없이 두 손으로 얼굴을 가렸다.

"삼촌?"

"네가 해줄 일이 있어." 월리스의 목소리가 그의 손바닥에 부딪혀 공허하게 울렸다. "메리언이 집에 돌아오면 네가 말해다오. 난 못하겠다."

"뭘요?"

"차를 잃었어."

"잃었다니, 그게 무슨 소리예요? 어디서요?"

"잃었어. 어젯밤 카드놀이에서 차를 걸었거든."

제이미가 자신도 모르게 외쳤다. "왜요? 다른 것도 아니고 하필 차를 걸다니!"

월리스는 침대에서 일어나 앉아 두 다리를 바닥으로 던졌다. 두 손이 무릎 사이에서 대롱거렸다. "내가 따고 있었어—아니, 처음엔 잃었지." 그러다가 바람을 맞은 풍향계가 돌아가듯 자신의 운이 바뀌는 걸 느꼈다. 그는 트리플로 작게 땄다. 그다음엔 킹 트리플로 더 크게 땄고, 또다시 플러시가 나왔다. 그 판에는 리나와 스포캔 프레드, 그리고 외지인이 한 사람 있었는데, 모피 칼라가 달린 사치스러운 코트를 입은 빨강 머리 남자였다. 외지인이 캐나다산 위스키—'진짜'였다고 월리스가 말했다—를 꺼내더니 건배를 하자며 한 잔씩 따라주었다. 월리스의 마음에 경솔함이 들어왔다. "다음 판까지도 이길 확률은 별로 없지만, 이길 거라는 걸 알겠더라. 그리고 이겼지. 형식적으로 두어 판 잃고 나서 그 판에서 빠져야 한다는 걸 알았는데 일부러 지려고 해도 질 수가 없었어." 도박판 위에서 새처럼 멋대로 몰려다니는 칩들이 그에게로 향했다. "그런데 그 외지인이 나보고 스탠리의 술을 배달하는 여자애 삼촌이 아니냐는 거야. 나는 무슨 소린지 못 알아듣겠다고 대답했지. 그랬더니 그 남자가, 당신이 월리스 그레이브스 맞지요, 안 그래요? 하더라고. 메리언 이름을 알고 있었어."

월리스는 잠시 멈췄다가 말을 이었다. "그 남자 때문에 심란해졌어. 메리언 생각이 자꾸 났지. 너희가 어렸을 때는 어디 가서 놀든 성한 몸으로 집에 돌아오기만 하면 됐지만 이제는 메리언의 평판을 걱정해야 하잖아. 그때 자리를 떴어야 했는데. 운발이 다 했다는 걸 알았거든."

그는 그 자리에 남아 있었고 잃고, 또 잃고, 또 잃었다. 독기를 품고, 시무룩하게, 결의에 차서. 자기 칩을 다 잃고 몇 번 빌려서 친 다음 결국 회색 캐딜락을 잃었다. 모피 칼라 코트를 입은 빨강 머리 외지인이 차를 땄다. 월리스가 1913년 도박판에서 대대적인 연승행진으로 얻은 것 중 집을 제외하고 유일하게 남은 물건인 그 자동차는 이제 고물이 되어 메리언의 헌신적인 관리 덕에 겨우 굴러가고 있었다. 그 차를 잃으면 가장 큰 상실감을 느낄 사람은 메리언일 테니, 윌리스가 그 차를 건 것은 어쩌면 복수심 때문이었는지도 몰랐다. 윌리스는 불운이란 마음의 샘에서 솟아나는 음울한 기분과 다를 바 없다고 믿었으며, 자신이 그런 기분에 휩싸여 연패의 늪에 빠진 건 메리언 탓이라고—리나를 보면서 메리언이 연상된 것도 그렇고 외지인이 던진 불길한 말도 그렇고—여겼던 것이다. "게다가 돈도 더 없었지." 그가 말했다. 그러고는 소매로 코를 닦았다. "네가 메리언한테 말해줄래? 난 이제 자러 가야겠다. 네가 말해줄 거지?"

메리언이 집에 돌아오자 제이미는 윌리스가 도박으로 차를 잃은 이야기를 충실히 전했고, 메리언의 불같은 분노를 받아냈으며, 불쌍한 삼촌을 깨워 비난을 퍼부으려는 메리언을 만류했다. 메리언이 너는 화가 안 나느냐고 따지자 우리 둘 다 화를 낼 순 없다고 대답했다. "그럼 내가 화를 안 냈으면 네가 냈겠네?" 메리언이 물었다.

"어쩌면." 제이미가 대답했다. "모르겠어."

그들은 운하의 인접한 두 수문처럼 서로 연결된 상태로 과도한 감정을 쏟아내고 균형을 추구했다. 대개는 메리언이 넘칠 위험이 있는 수문이고 제이미는 과도함을 흡수하는 쪽이라, 그녀의 수위가 내려가는 동안 그의 수위는 올라갔다. 사람들은 그들이 쌍둥이라 똑같다고 생각했지만, 메리언이 제이미에게 느끼는 건 동질감이 아니라 균형이었다.

그날 밤, 포치 간이침대에서 메리언이 물었다. "삼촌은 왜 도박을 하는 걸까? 삼촌이 도박만 안 하면 우린 돈 걱정 없이 살 수 있을 텐데."

"일부러 그러는 건 아닐 거야." 어둠 속에서 제이미의 목소리가 들려왔다. "삼촌 자신도 어쩔 수 없는 거겠지."

"돈을 내다버리는 짓을 그만두는 게 네 생각에도 그렇게 어려운 일은 아니잖아."

"내 생각에, 삼촌은 스릴을 즐기는 것 같아."

"무슨 스릴? 돈을 딴 적도 없는데."

"그만두면 영원히 기회가 없으니까. 삼촌은 희망을 갖는 게 좋은가봐."

"무슨 희망이 그렇게 비싸."

"삼촌이 미안해하는 거 너도 알잖아."

메리언이 침대 삐걱거리는 소리를 내며 돌아누웠다.

"그래." 그녀가 말했다. "삼촌은 나를 피하는 걸 포기한 다음에는 조금 울기까지 했지. 곤경에 빠졌다는 말만 되풀이하고. 그 말밖에 안 했다니까. 누가 차를 따갔는지 말도 안 해주고, 그냥 외지인이라고만 하고."

"누구든 상관없잖아, 안 그래? 차라리 모르는 게 낫지. 어쩌면 근방에서 보게 될 수도 있어."

"그건 힘들 거야. 그 차를 계속 굴리는 데 드는 수고를 아끼지 않을 사람은 나밖에 없으니까."

잠시 망설인 후 제이미가 말했다. "하지만 그 차는 삼촌 거였어. 삼촌이 주인이었다고. 그러니까 삼촌 마음대로 도박에 걸 수 있었던 거지."

"하지만 의미도 없이 건 거잖아. 그럴 만한 이유도 없이. 삼촌은 그냥 잃기 위해 잃고 있었던 거야."

다음날 메리언은 비행 교습을 위해 빈병을 모으고 술 바구니를 배달해서 한 푼 두 푼 벌어 오두막 여기저기에 숨겨두었던 돈 대부분을 꺼내들고 시내에 나가 아는 정비공에게 중고 포드를 샀다. 그 정비공은 스탠리의 고객이었다. 그의 아내가 술꾼이었던 것이다. 그는 메리언에게 싼값에 차를 넘겼다. 메리언에게 비밀을 들킨 사람들은 그녀를 전과 다르게 대했다.

메리언은 월리스에게 대학에 갈 때는 포드를 몰아도 되지만 도박을 하거나 술을 마시러 갈 때는 걸어가든지, 다른 사람 차를 얻어 타든지, 아니면 따로 차를 사라고 말했다. 월리스가 속여도 결국 그녀가 다 알아내리라는 걸 둘 다 알고 있었다. 메리언은 이제부터 일주일 치 하숙비를 3달러만 내겠다고 통보했다. 나머지는 그가 차를 빌려 쓰는 값으로 대신하겠다고.

오두막의 보물상자가 비어버린 슬픔은 멋진 검은색 포드, 자신의 소유가 된 운전대와 엔진 달린 물건이 주는 기쁨을 능가했다. 그래도 밝은 면을 보자면, 월리스에 대한 부채감이 조금은 가벼워져서 견딜 만해진 것이었다. 월리스가 그녀와 제이미를 억지로 떠맡았다 해도, 그에겐 스스로 짐을 만들어서 짊어지는 면이 있었다. 그는 쌍둥이들이 곁에 있지 않았더라면 오래전에 망가져버렸을지도 모른다. 어쩌면 쌍둥이들 덕에 벼랑 끝으로 몰리지 않았을 수도 있었다.

오두막에 걸린 모형 비행기들이 쓸쓸해 보였다. 어린아이가 품었던 환상의 덧없는 유물. 그녀는 써버린 돈을 다시 벌기 위해 일했지만, 그 모든 노동의 이유인 비행은 거의 잊었다. 돈이 돌아오는 속도는 느렸다. 스탠리 씨 사업은 정체 상태였다. 연방정부는 금주법이 참담한 실패로 끝나지 않도록 필사적으로 단속을 강화했다. 스탠리는 자신이 바클리 매퀸에게 밀려나고 있다는 사실을 넌지시 알려주었다.

바클리 매퀸을 만난 그 밤 이후로 메리언은 미스 돌리네 배달은 가능한 한 신속하게 끝냈고 절대 부엌 너머로는 들어가지 않았다.

"뭣 땜에 그렇게 화가 난 거니?" 다시 예쁘게 단장시켜주겠다는 제안을 메리언이 거절하자 벨이 물었다. "그냥 재미로 해본 건데. 네 순수함을 더럽힌 사람은 아무도 없어."

"화난 거 아녜요." 메리언이 말했다. "배달할 데가 많아서 그래요."

그녀 자신도 그 감정이 무엇인지 알지 못했지만 단순한 분노 이상이라는 건 분명했다. 그녀는 바클리 매퀸을 생각할 때마다 몸이 간지럽고, 맥박이 빨라지고, 내장이 이리저리 당겨지는 듯한 기분이었다. 전에는 밤에 포치에 누워 가끔 케일럽이 자신의 셔츠를 어깨 뒤로 젖히고 키스하는 생각을 했는데, 요즘은 마음이 멀리 매퀸에게로 날아가 그가 강렬한 시선으로 자신을 징두리 판벽에 꼼짝 못하게 밀어붙이고, 넌 누구지? 하고 묻던 기억을 떠올렸다.

메리언은 일을 하나 더 잡아서 포드로 식당 배달도 했다. 밀주

단속원이 된 베리트의 아들 시게가 그녀의 집으로 찾아와 스탠리 씨 가게가 불시 단속을 받게 될 거라고 경고해줬다. 메리언은 그에게 자신이 가진 얼마 안 되는 돈을 건넸지만 그는 뿌리치며 말했다. "나 그렇게 부정한 사람 아냐. 네 삶이 순탄치 못했다는 걸 아니까 도와주는 거지."

단속반은 스탠리의 가게에서 빵과 케이크밖에 찾아내지 못했다.

6월의 무더운 날이었다. 메리언이 밖에서 포드 엔진을 만지고 있는데 케일럽이 나타났다. "나 수영하러 갈 건데, 너도 가고 싶으면 같이 가도 돼." 그가 차에 기대며 말했다. 그러면서 한껏 매력적인 미소를 지었다. "정중히 부탁하면 이 몸이 네 차에 타줄 수도 있지."

"제이미가 한 시간 내로 집에 올 거야." 메리언이 말했다. "걔도 가고 싶어할걸."

케일럽은 메리언에게 머리 잘라주는 대가를 요구할 때와 같은 시선으로 그녀를 바라보고 있었다. "한 시간이나 기다리고 싶진 않은데."

메리언은 일해야 한다고 거짓말로 둘러댈까 생각하다가, 나중에 그가 떠난 후 할일 없이 시간을 보내며 용기가 없던 자신을 부끄러워하고 후회할 것임을 깨달았다. 케일럽은 그녀를 지켜보며 기다리고 있었다. 그가 손으로 만 담배가 가득 든 은 담뱃갑을 꺼내 둘이 한 개비씩 피울 수 있도록 불을 붙였다.

"근사한데." 메리언이 담뱃갑을 두고 말했다.

"어느 부자를 사냥에 데려갔지." 케일럽이 말했다. 그의 시선은 여전히 메리언에게 꽂혀 있었다. 그는 그녀가 두려워하고 있다는 걸 눈치챘다.

"좋아." 메리언이 말했다. "가자."

그녀는 차를 몰고 미줄라 서쪽으로 달려 비터루트강이 평지를 구불텅구불텅 흘러가는 남쪽으로 접어들었다. 차가 덜컹거리며 달리는 동안 케일럽은 휘파람을 불었다. 그가 주머니에서 휴대용 술병을 꺼내 메리언에게 권했다. 그 밀주를 마시자 목구멍이 타는 듯했다. 메리언은 움찔하며 술병을 도로 건넸다.

"너 머리 잘라야겠다." 그가 한 손가락으로 그녀의 목을 만지며 말했다.

"당분간은 됐어." 그녀가 고개를 반대쪽으로 기울이며 말했다.

그들은 레몬 빛깔 햇살이 비치는 나무들 사이에 차를 세웠다. 물을 향해 걸어가면서 케일럽이 말했다. "제이미는 내년에 계속 학교 다닌대?"

"왜 직접 물어보지 않고?"

"요새 못 만났거든. 내가 항상 나가 있어서." 케일럽은 집보다 산속에서 지낼 때가 더 많았는데, 가끔 혼자 가기도 했지만 대개는 사냥 안내인으로 손님을 데리고 가서 사냥감을 찾거나 손님이 사냥감을 맞히지 못하면 대신 맞혀준 다음 손님이 잡은 것처럼 꾸며주고 돈을 받았다. 메리언이 그에게 좋은 사냥총을 한 자루 사줬는데, 그는 약속한 기일보다 빨리 그 돈을 갚았다. 그는 사냥감이 어디 있는지 잘 아는 열일곱 살 소년으로 입소문을 탔다. 사냥감을 침착하게 명중시키는 솜씨도 사람들의 이야깃거리가 되었다. 본인도 인정했다시피, 월리스가 그에게 늘 바른 어법을 강요한 것도 사업에 도움이 되었다. 그는 말을 잘했던 것이다.

"그럼 기다릴 걸 그랬네." 메리언이 말했다. 케일럽이 아무 대꾸도 없자 그녀가 물었다. "너는 제이미가 사냥을 안 해서 나약하다고 생각해?"

케일럽은 잠시 생각한 후 대답했다. "지난번 제이미랑 낚시 갔을 때, 개를 담요로 덮어놓고 돌을 던지는 애들을 봤어. 한 놈이 빨리 못 달아나서 제이미한테 붙잡혔는데, 내가 안 말렸으면 제이미 손에 죽었을걸. 그러니까, 아니, 난 제이미가 나약하다고 생각하지 않아."

메리언도 그 일을 기억했다. 그 개는 지금 그들과 함께 살고 있는데, 신전의 노예처럼 제이미만 슬금슬금 따라다니고 테이블이나 침대 밑에서 제이미만 지켜보았다. 제이미에게 맞은 아이는 병원 신세까지 져야 했다. 다행히 그애 아버지가 어두운 과거 때문에 경찰과 엮이고 싶어하지 않았다. 안 그랬더라면 제이미는 마일스시티에 있는 감화원으로 보내졌을 수도 있었다.

제이미는 이렇게 말했다. 그때 난 공중에 뜬 기분이었어. 너무 화가 나서 그애를 죽일 수도 있었고 그랬어도 전혀 후회하지 않았을 거야. 난 그애를 죽이고 싶었어.

네가 그애한테 본때를 보여준 거지, 메리언이 말했다.

아니, 그렇지도 않아. 어떤 사람들은 속부터 썩었고 그건 절대 못 고쳐.

그들은 강가에 있는, 물의 흐름에서 벗어난 웅덩이로 갔다. 케일럽은 트인 데서 그냥 옷을 벗었지만 메리언은 나무들 뒤로 갔다. 프라이버시는 오직 속도에 달려 있었다. 그녀는 두 손으로 알몸을 가리고 물을 향해 달렸다. 첨벙거리며 물에 들어가는데 비명이 터져나왔다. 돌바닥이라 발이 아팠다. 그녀는 추위와 기대감으로 숨을 죽이고 쭈그려앉았다. 이가 딱딱 맞부딪쳤다. 케일럽은 가슴까지 차는 물속에 서서 침대 시트를 고르게 펴기라도 하는 것처럼 수면 아래서 두 팔로 넓은 호를 그렸다. 그가 그녀에게 다가왔다. 물속에서 술병을 들고 있다가 물이 뚝뚝 떨어지는 채로 그녀에게 건넸다. 메리언은 뚜껑을 열었고, 차가운 밀주를 마시며 기침을 했다.

케일럽이 고개를 뒤로 젖혀 긴 머리를 물에 담갔다. 쇄골이 도드라져 보였다. "내가 미스 돌리네 아가씨 한 명을 찾아간 거 너도 알지. 돈을 모았거든."

메리언은 뒷걸음치고 싶은 충동을 감추려 애쓰며 물었다. "내가 그걸 왜 알아야 하는데?"

"아가씨들이 너한테 얘기해줬을 줄 알았는데. 왜 화를 내?"

"화 안 났어. 어떤 아가씨?"

"벨."

메리언은 자신도 모르게 얼굴을 찌푸렸다.

"뭐야?" 케일럽이 말했다. "거기 아가씨들 중에 제일 예쁜데."

"그 여자는—" 메리언은 마치 소설 속 속물적인 인물이라도 된 양 상스럽다고 말하고 싶었다. 하지만 지금 자신에게 무슨 자격이 있겠는가? 강에서 벌거벗고 남자와 함께 있는 주제에.

"그 여자는 뭐?"

"아냐. 그 여자한테 나 안다고 말했어?"

"응. 나보고 네 머리를 잘라준 친구냐고 물어서 그렇다고 했지."

메리언은 화가 치밀었다. "그런 말은 왜 했어?"

"왜 하면 안 되는데?"

그건 메리언도 정확히 몰랐다. 그녀가 대답했다. "난 네가 창녀를 찾아가고 싶어하진 않을 거라고 생각했는데."

"왜?"

"너도 알잖아. 난 네가 술도 마시고 싶어하지 않을 거라고 생각했어."

"우리 엄마 얘기 하지 마."

그들은 턱을 물에 담그고 추워서 입술이 자줏빛이 된 채 서로를 노려보았다.

"미안해." 메리언이 말했다.

케일럽이 화를 내지 말자고 결심하는 것이 그녀 눈에도 보였다. 그의 표정이 음흉하게 바뀌었다. "벨한테 좀 배웠지."

"뭘 배웠는데?"

"벨이 그러는데, 여자를 행복하게 해주는 법을 알아두면 좋대. 하지만 내가 행복해지고 싶으면 자기를 찾아오는 게 낫고. 다른 여자들은 얌전만 빼서 아무 재미도 없을 거라나."

"난 얌전 안 빼." 메리언이 생각도 해보지 않고 말했다.

케일럽이 소매치기를 했을 때 같은 미소를 지었다. "나를 행복하게 해주고 싶어?"

"아니." 메리언은 지금 살아나서 관심을 끌고 있는 자신의 그 부분을 가리키는 진짜 단어를 몰랐다. 구멍, 미스 돌리의 아가씨들은 그렇게 불렀다. 사람들은 밑구멍, 복숭아, 거시기, 조개라고 했다. 그녀에겐 전부 맞는 답 같지 않았다. 그녀가 물었다. "뭘 배웠는데?"

"벨한테 뭘 배웠느냐고?"

메리언은 고개를 끄덕였다. 케일럽이 더 가까이 다가와서 그녀를 얕은 물로 몰았다. 그러고는 몸을 기울여 그녀의 한쪽 가슴을 입에 물었다. 그 느낌은 쾌감보다 강한, 회로의 완성 같은 것이었다. 그들은 반쯤 물 밖으로 나와 함께 서 있었고, 그는 구부린 자세로 자신의 일을 하고 있었다. 그가 발기한 것이 느껴졌다. 그녀는 자신의 살이 그의 입속으로 사라진 부분을 넋을 잃고 바라보았다. 케일럽은 길다와 함께 있었던 야수처럼 게걸스럽지 않았으며 훨씬 부드럽고 신중했다. 그가 먼저 물러났다.

"좋았어?"

"모르겠어." 그녀는 좋았다는 걸 시인할 수 없었다.

그가 계속 다가오고 그녀는 계속 물러나면서 둘이 물속에서 원을 그렸다. "벨한테 들었는데 바클리 매퀸이 너를 맘에 들어서 데지레가 질투했다며. 진짜야?"

"진짜면 뭐?"

"너, 그 사람이 누군지 알아?"

"당연히 알지."

"그 사람이랑 할 거야?"

"다시 만나지도 못할걸."

"만나면 하겠다는 거네."

메리언에게는 바클리 매퀸이 자신을 만진다는 생각 자체가 말도 안 되는 허황된 일로 여겨졌다. "그건 바보 같은 질문이야."

"그러니까 하겠다는 거잖아." 그들은 이제 가만히 서 있었다. 그는 심각하고 걱정스러운 표정으로 또다른 질문을 할 것 같았으나 질문하는 대신 이렇게 말했다. "난 너를 내 여자나 뭐 그런 걸로 만들고 싶진 않아."

그게 그의 진심이었을까? "잘됐네, 나도 네 여자가 되고 싶진 않으니까."

"그럼 그냥 즐기자." 그가 말했다. 그의 손이 물속에서 그녀를 향해 헤엄쳐왔으나 그녀는 뒤로 물러섰다.

"춥다." 메리언은 그렇게 말하고 물 밖으로 나갔다. 뒤에서 그의 시선이 느껴졌지만 신경쓰지 않았다. 그녀는 나무들 사이로 돌아가 물기도 말리지 않고서 옷을 입고 차를 몰고 떠났다. 케일럽을 미줄라에서 멀리 떨어진 곳에 혼자 버려두고 가는 것에 대해선 걱정하지 않았다. 케일럽에겐 어디든 다 똑같으니까.

그녀는 밤에 욕조에서 가슴을 자세히 살펴보았다. 이제 한쪽 가슴은 다른 쪽보다 더 많은 경험을 했고, 그의 입이 멍을 남긴 젖꼭지 주위에는 작고 붉은 반점들이 보였다.

7월의 오후가 이글거리며 타올랐다가 저녁으로 이울어가고 있었다. 메리언은 패티캐니언 근처, 숲 사이로 난 길고 좁은 길 끝에 있는 집 뒷문을 두드렸다. 그 집은 멋지긴 했지만 크진 않았고, 흰색 테두리에 초록색으로 새로 페인트칠을 한 상태였다. 가까이에 다른 집은 없었다. 메리언이 그 집에 배달하러 온 건 이번이 처음이었다.

바클리 매퀸이 문을 열었다. 그녀는 놀라서 입을 벌리고 쳐다보았다. 그는 흰 셔츠에 검은 조끼 차림이었다. 그의 한쪽 입꼬리가 올라갔다. 그가 말했다. "안녕. 넌 누구지?"

메리언은 그가 자신을 처음 만난 줄 알고 그렇게 묻는 건지 아니면 미스 돌리의 집 복도에서 있었던 일을 암시하는 건지 알 수 없었다. "메리언 그레이브스예요."

"이번엔 대답을 하는군."

그는 기억하고 있었다. 당연하게도.

"배달 왔어요."

"이리 줘." 바클리가 그녀의 바구니를 받아들었다. 밀주 네 병. 그는 그녀를 만나기 위해 그 술을 주문한 것이다. 그 정도는 분명히 알 수 있었다. 그녀가 배달한 건 그녀 자신이었다. "들어와. 돈 줄 테니."

"그냥 여기서 기다려도 돼요." 메리언은 열린 문 틈으로 식탁에 앉아 신문을 읽고 있는 빨강 머리 남자를 보았다. 그 남자는 흘끗 고개를 들었다가 다시 신문을 읽었다. 전에 미줄라에서 본 적이 있는 사람이었다.

"들어와." 바클리가 재미있어하며 다시 말했다. "안 그러면 배달부가 편파적이라고 스탠리한테 따질 거야. 돌리네는 들어가고 우리집은 안 들어왔다고."

메리언은 혼란스러워하며 그대로 서 있었다.

"이쪽은 새들러." 바클리가 빨강 머리 남자를 소개했다. "안 무니까 겁낼 것 없어. 정말 안 들어올 거야? 우리집 구경하고 싶지 않아?"

230

새들러가 침착하게 엷은 미소를 머금고 그녀를 지켜보고 있었다. 그녀가 말했다. "뭐 특별한 거라도 있어요?"

"내 소유니까."

"당신이 소유한 것들을 다 보려면 보통 일이 아닐 것 같은데요."

"소문 들었구나. 좋아, 여기서 기다려." 그는 잠시 사라졌다가 빈 바구니를 들고 나왔다. 그리고 신문을 읽고 있는 새들러를 뒤로하고 문을 닫으며 말했다. "미줄라에서 보내는 시간이 많아졌는데 호텔은 싫어서 집을 하나 장만해야겠다고 생각했지." 그는 주머니에서 금 담뱃갑과 라이터를 꺼낸 다음 포치 가장자리에 다리를 벌리고 앉아 검은 구두를 신은 발을 풀밭 위에 놓았다. 그러고는 자기 옆 포치 바닥 판자를 톡톡 쳤다. "잠깐 앉아. 담배 피우니?"

메리언은 앉았다. "가끔요." 그가 그녀에게 담뱃불을 붙여주고—손으로 만 담배가 아니라 기성품이었다—자기 담배에도 불을 붙였다. 메리언은 그의 손에 난 희미한 주근깨와 세심하게 다듬은 깨끗한 손톱을 보았다. 그녀는 케일럽의 담뱃갑과 자신의 가슴을 물고 있던 그의 모습을 떠올렸다. 케일럽은 이 남자와 아주 다르진 않았지만 덜 통제되고 덜 완성된 상태였다. 케일럽은 손톱을 생살이 드러나도록 물어뜯곤 했다.

"지금 막 시카고에서 돌아왔어." 바클리가 말했다. "너는 거기 가본 적 있어?"

"아기였을 때 기차 타고 지나온 게 다예요."

"미줄라 밖으로 나가본 적은 있나? 아기 때 말고."

"실리호수에 가봤고, 삼촌이 헬레나에도 한 번 데려가줬어요."

"몬태나 밖으로는 나가본 적 없군." 메리언이 고개를 저었다. 바클리가 말했다. "몬태나는 좋은 곳이지. 내가 가본 그 어느 곳 못지않아."

"다른 곳들도 가보고 싶어요."

"내가 경험한 바로는, 다른 곳은 과대평가되어 있지."

"어디어디 가봤어요?"

"많이."

"미국 밖에도요?"

"응."

"북극도 가봤어요?"

"다행히 거긴 안 가봤지. 듣기만 해도 끔찍해." 그는 메리언의 반응을 보고 물었다. "넌 가보고 싶니? 외로운 곳일 것 같지 않아?"

"상관없어요."

그는 입술 한쪽 끝이 올라간 비뚜름한 미소를 지었다. "난 외로움이라면 신물이 나도록 겪었지."

메리언은 뭐라고 대답해야 할지 몰라 고개를 끄덕였다.

"내가 왜 외로운지 안 물어볼 거니?"

"알았어요."

"그럼 물어봐."

"왜 외로워요?"

"고질병이야. 아버지는 내가 아주 어렸을 때 자기 고향인 스코틀랜드로 나를 보냈지. 차갑고 어둡고 음산한 사람들이 운영하는 차갑고 어둡고 음산한 학교로. 어둡다는 건 그 사람들 영혼을 말하는 거야. 피부색이 아니라. 피부색은 극도로 희지. 난 늘 호기심의 대상이었어. 스코틀랜드인치고는 너무 갈색이고, 살리시족치고는 유령처럼 흰. 우리 어머니가 살리시족이야. 알고 있었니?" 메리언은 그의 신중한 평온함 아래에서, 물고기가 미끼를 문 후 낚싯줄이 팽팽해지는 것처럼 거의 감지하기 힘든 신경의 떨림을 포착했다.

"예."

"나에 대해 알아보고 다녔어?"

"아녜요." 메리언이 지나칠 정도로 힘주어 말했다. "어디서 들었어요."

그는 재미있어하는 듯했다. "그건 내 이름을 안다는 뜻이네. 내가 무례하게도 아직 내 소개를 하지 않았는데."

"당신은 바클리 매퀸이잖아요."

"나에 대해 더 아는 건?"

"북쪽에 소 목장이 있죠."

"또다른 건?"

"사업가고요."

"무슨 사업?"

메리언은 그를 똑바로 쳐다보며 담배를 한 모금 빨았다. 그녀가 지금까지 피워본 그 어떤 담배보다 순하면서도 진했다. "목축업이죠. 방금 내가 말했다시피."

"그 외에 더 아는 건?"

"없어요."

"넌 분별을 아는구나. 네 사업에서는 그게 도움이 될 거야." 곁

눈길. "제과업 말이야." 메리언은 미소를 감추기 위해 그를 외면했다. 그가 말했다. "미스 돌리네 아가씨들은 나에 대해 뭐라고 말하지?"

메리언은 겁먹은 상태에서도 대담하게 말했다. "당신은 매사에 자기 방식이 있다고 하던데요."

그가 짖는 듯한 소리를 내며 거칠게 웃었다. "사실이야. 난 그래. 그래선 안 될 이유가 뭐지? 누구든 자기가 원하는 게 뭔지 알아야 해." 그의 시선이 그녀의 얼굴을 훑었다. "메리언 그레이브스. 네가 가장 원하는 게 뭐지?"

아무도 그녀에게 그런 질문을 한 적이 없었다. 조종사가 되는 것. 조종사가 되는 것. 조종사가 되는 것. 그 대답은 무척 간단할 터였다. 세 마디만 하면 되니까. 하지만 그녀는 "모르겠어요"라고 말했다.

"가끔은 지나친 분별이 방해가 되지." 그녀가 아무 대꾸도 하지 않자 그가 말을 이었다. "네가 무엇을 원하는지 말해주지 않으면 네가 그걸 가질 수 있도록 내가 도와줄 수가 없는데. 난 너를 돕고 싶어."

"왜요?"

"네 얼굴이 마음에 들어서." 그는 담배를 땅바닥에 던지고 반짝거리는 검은 구두로 비벼 껐다. "내가 너에 대해 무엇을 아는지 알고 싶니?"

속삭임에 가까운 대답. "예."

"네 아버지는 조세피나이터나호 선장이었고 교도소에 갔지. 어머니는 실종됐고. 너희 남매는 여기 사는 삼촌에게 맡겨졌고,

네 삼촌 윌리스 그레이브스는 내가 보기엔 뛰어난 화가이지만 술꾼에 심각한 도박꾼이기도 해. 감동받았니? 네가 아직 열다섯 살이 안 된 것도 알아. 네가 운전도 잘하고 정비도 잘하고 스탠리의 술 배달부라는 것도 알지. 소녀 배달부. 스탠리는 색다른 걸 즐기는 모양이야—넌 그에게 일종의 과시인 셈이지. 그는 삼류치고는 스타일이 있어. 게다가 넌 훔치지도 않고 떠벌리지도 않으니까. 그동안 네가 단속반을 용케 피할 수 있었던 건, 운이 좋았기 때문이기도 하고 법 집행관들이 게으르고 썩었기 때문이기도 하지. 지난 몇 달 동안은 내 덕도 좀 있고."

메리언은 놀라움을 감추려고 애썼다.

"그게 다 네 얼굴이 마음에 들어서야." 그가 말했다. "네가 어설프게 남자로 변장하고 있는 지금도 난 네 얼굴이 아주 마음에 들어. 너에겐 셰익스피어적인 매력이 있어. 내 말이 무슨 뜻인지 넌 모르겠지만."

"「십이야」 말인가요?"

"「뜻대로 하세요」도 그렇지. 「베니스의 상인」도. 학교는 안 다니는 줄 알았는데."

"다른 데서 배울 수도 있죠."

"그건 그렇구나."

메리언은 장화 바닥으로 담뱃불을 비벼 끈 다음 꽁초를 던졌다. 초조감이 침착하고 신중한 감정에 자리를 내준 상태였다. 그녀는 그가 자신에게 어떤 모습을 원하는지 직감으로 알 수 있었다. 유쾌하고 초연하면서도 강인한 모습. 그녀는 손가락에 닿는 포치의 날카로운 가장자리와 자신이 다리를 뻗을 때 그가 보내는 시선을 의식했다.

　그가 말을 이었다. "내가 처음에 납득할 수 없었던 건 네가 스탠리의 트럭을 몰게 된 이유였어. 돈, 그래, 돈 때문이겠지만, 네나이의 여자아이들 대부분은 학교를 그만두고 밀주업자 밑에서일할 정도로 돈에 쪼들리진 않거든. 네 형제는 아직 학교에 다니고 있으니 삼촌이 시킨 건 아닐 테고. 그랬다면 네 형제도 학교를그만두고 돈을 벌게 했을 테니까. 내 추리 어때?"

　"괜찮네요."

　"좋아. 그럼 됐어. 내가 몇 가지 가정을 해보고 결론을 말할 테니 틀린 데가 있으면 바로잡아줘도 돼." 그가 메리언을 응시하며말했다. "난 네가 삼촌 빚을 갚아주기로 결심했을 수도 있다고 생각했어. 네 삼촌은 빚이 많고 갈수록 늘고 있으니까. 하지만 네가누군가에게 돈을 줬다는 말은 못 들었지. 그래서 스릴을 즐기는건지도 모르겠다고 생각했어. 그게 아니면 왜 돌리네 아가씨들이그렇게 단장하도록 놔뒀겠어? 넌 변장하는 걸 좋아하잖아. 매춘부로, 남자로."

　"이건 변장이 아니에요. 실용적인 거지."

　바클리는 관대한 웃음을 보였다. "아니면 네가 도망치려고 돈을 모으는 것일 수도 있다고 생각했지. 그런데 넌 차를 사고도 아무데도 가지 않았어. 그래서 차 때문은 아니었다는 결론을 내렸지. 사고 싶은 게 따로 있는 거야. 그러다 네가 비행장에 자주 나타난다는 걸 알게 됐지. 나는 신중한 조사 끝에, 그래, 네가 린드버그의 대서양 횡단 이후 비행장에 드나들며 조종사들에게 교습을 시켜달라고 졸라왔다는 사실을 알게 됐어. 이 년 동안. 하지만 아무도 너에게 비행을 가르쳐주려 하지 않았고."

메리언은 그가 그렇게 체계적으로 자신의 마음속 가장 깊은 곳에 자리한 소망을 발견하게 되리라곤 생각 못 했다. 그것이 충분한 인내심과 끈기만 있으면 발굴해낼 수 있는 것인 줄은 몰랐다.

"좌절할 수밖에 없겠지." 그가 몹시도 부드럽게 말했다. "조종사가 되기를 그 무엇보다 간절히 원하는 사람이라면."

메리언은 두려웠다. 이 두려움은 지난번의 긴장된 초조감이나 케일럽과 강에 있을 때 느꼈던 과민함과는 다른, 일반적인 불안감이 아닌 말로 표현할 수 없는 공포, 그들 사이에서 요동치고 있는 것에 대한 원초적 저항이었다. "난 조종사가 되고 싶지 않아요." 그녀가 말했다. "잠깐 헛바람이 들었던 거예요. 비행을 배우면 종달새처럼 하늘을 날 수 있을 거라고 생각했죠."

"메리언, 나를 믿어줬으면 좋겠다."

"창녀집에서 만난 밀주업자를요?"

메리언은 재미삼아 농담으로 한 말이었지만 그건 실수였다. 그의 얼굴이 딱딱하게 굳었다. "난 목장주야." 그가 조용히 말했다. "반드시 기억해둬."

올빼미 한 마리가 머리 위로 날아갔다. 올빼미는 나무들 사이에서 날개를 퍼덕이며 사라졌다. 바클리는 얼굴을 찡그리고 지켜보았다.

메리언은 그의 기분이 바뀐 게 불편했다. 다시 그의 호감을 사고 싶었다. 그녀가 말했다. "학교 다니는 게 지겹기도 하고 돈도 벌고 싶었어요. 월리스 삼촌은 자식을 원한 적이 없는데도 선의로 우리를 맡아줬어요. 달리 맡아줄 사람이 없었거든요. 그래서 삼촌에게 은혜를 갚고 싶었던 것뿐이에요. 돕고 싶었어요."

"너 자신을 위해서 원하는 건 뭐지? 그 야심만만한 '돕는' 것 말고 말이야."

"모르겠어요. 없어요. 평범한 것들이죠."

그가 메리언에게 몸을 기울였다. "네 말 전혀 못 믿겠는데."

메리언은 그의 남성성을, 그 폭넓음을, 검정 구두로 땅을 딛고 선 그 확고함을, 돌리네에서 맡았던 그 향, 머릿기름인지 향수인지 모를 쌉싸름한 사향을 의식했다. 그가 몇 살인지 궁금했지만 짐작이 되지 않았다. (스물여덟.)

바클리는 다시 한쪽 입꼬리를 올려 비뚜름한 미소를 지었다. "나에 대해 조사하면서, 아버지가 돌아가셨을 때 내 나이가 열아홉 살밖에 안 됐다는 것도 알아냈나? 나는 스코틀랜드에서 대학을 일 년 다니고 집에 돌아왔지. 아버지는 나에게 모든 걸 남기셨어. 목장뿐 아니라 어머니와 누이를 돌볼 책임과, 전혀 예상치 못했던 거액의 빚까지. 나는 뭔가 착오가 있을 거라고 생각했어. 아버지는 몬태나주에서 내로라하는 지주였고, 사치와는 거리가 먼 경건하고 절제된 삶을 통해 성공을 일궈낸 분이었으니까. 서류들을 꼼꼼히 확인하기 전까지는 아버지가 어떻게 빚을 질 수 있었는지 납득이 안 됐지. 결국, 관리 부실이었어. 세상에서 제일 간단한 것. 믿어서는 안 될 사람들을 믿은 거지. 실패할 투자를 했고. 아버지는 구덩이를 깊이 더 깊이 파다가 종내는 아주 깊고 크고 캄캄한 구덩이까지 파고들어간 거야. 그러다 다행히 우리까지 더 깊은 구덩이에 파묻히기 전에 진짜 구덩이로 들어가셨지. 어머니에게는 그 사실을 알릴 수 없었어. 결국 그럴 필요가 없게 됐지. 나에겐 기회를 알아보는 재주가 있었거든. 팔구 년 전 얘기야―위대한 기회의 시대."

금주법 초기. 그는 메리언이 이야기를 잘 따라오고 있는지 확인하려고 그녀를 바라보았다.

"나는 빚더미에서 벗어난 다음에도 계속 일했어. 다시는 빚더미에 올라앉지 않으리란 확신을 갖고 싶었으니까. 우리 아버지를 파멸시킨 사람들을 찾아내 파멸시켰고." 비뚜름한 미소. "그들은 그게 나인 줄 몰랐지. 나는 간접적인 접근방식을 선호하니까." 그는 별안간 음울해졌다. "내가 이런 말을 하는 건, 어렸을 때 다른 사람의 실수로 무거운 짐을 지는 게 어떤 건지 내가 잘 이해하고 있다는 걸 너에게 알려주고 싶어서야. 나는 과소평가를 받는 게 어떤 건지도 알아. 하지만 메리언, 과소평가를 받는 것도 하나의 기회가 될 수 있어. 그걸 이용하는 법만 알면. 무슨 뜻인지 알겠어?"

메리언의 경험상 과소평가를 받는 게 기회가 된 적은 없었고 비행기 조종석에 앉는 일과 관련해서는 특히 더 그랬지만, 그녀는 "그런 것 같아요"라고 대답했다.

"너를 처음 봤을 때―그걸 뭐라고 말해야 할지 모르겠군. 너를 알고 싶다는 생각이 들었어. 너에게 매료됐지. 그러지 않았다면 굳이―" 그는 말을 끊고 침울하게 한쪽 발꿈치로 풀을 짓이겼다. "난 여자들을 숱하게 만나지. 그리고 보통은 금방 잊어. 너도 그런 여자들 중 하나였다면 이미 잊었겠지. 그럴 거라고 생각했고. 난 네가 사라지기를 기다렸지. 그런데 늘 여기 있는 거야." 그가 손가락으로 자신의 관자놀이를 톡톡 쳤다. "처음 얼핏 본 순간부터. 너는 내 생각을 하니?"

메리언은 그를 생각하던 때를, 어떤 식으로 생각했는지를 떠올리고 얼굴을 붉혔다. "그만 가야겠어요." 그녀가 바구니를 들고 일어섰다.

그가 손을 뻗어 그녀의 바지 입은 다리 무릎 바로 아래를 잡았다. 짐승의 턱처럼, 잡는 힘이 강했다. "메리언. 난 그저 너에 대해 알고 싶을 뿐이야. 너와 친구가 되고 싶어." 그는 이성을 되찾고 그녀를 놓아주며 얼굴을 올려다봤다. "이제 우린 친구니까 내가 충고 하나 해주지. 월리스에게 돈을 주느니 차라리 강물에 던지는 게 나을 거야. 그의 빚을 조사해봤지. 네 삼촌은 절대 그 빚을 다 갚을 수 없고 어느 시점이 되면 한꺼번에 만기가 돌아올 거야. 하지만 나는 도와줄 수 있어."

메리언은 월리스가 정확히 누구에게 얼마를 빚졌는지 묻고 싶은 마음이 간절했다. 월리스의 빚은 그녀가 늘 들여다보고 돌을 던진 뒤 풍덩 소리를 듣기 위해 귀기울이는 검은 우물과도 같았다. 그녀가 말했다. "내가 그때 창녀처럼 꾸미고 있었다고 지금 창녀인 건 아녜요."

그는 표정의 변화 없이 말했다. "언제든 나를 찾아와도 된다는 걸 기억해둬."

아까 도착했을 때는 집에 호기심을 가질 이유가 없었지만, 이제 그녀는 나가는 길에 잠시 걸음을 멈추고 집과 따로 떨어져 있는 초록색과 흰색으로 칠해진 차고를 눈여겨보았다. 그녀가 몰고 온 스탠리의 트럭이 차고 옆에 주차되어 있었다. 작은 헛간같이 생긴 차고는 차 두 대 정도가 들어갈 정도의 크기였고, 미닫이문이 자물쇠로 잠겨 있었다. 양쪽에 네모난 작은 창이 하나씩 나 있어서 딛고 올라설 것만 찾으면 안을 들여다볼 수 있을 듯했다. 그녀는 바클리가 무슨 차를 모는지 궁금했다. 여기저기서 봤던 밀주업자들의 차는 힘 좋은 패커드나 캐딜락, 스튜드베이커, 위스키식스였고 마력을 올린 엔진, 좌석을 제거하고 개조한 실내, 강화된 기름탱크, 철길이나 교각을 지날 수 있도록 테두리를 단 바퀴에 대한 이야기도 들은 적이 있었다.

차고 옆에 양동이와 나무궤짝이 있기에 쌓아놓고 그 위로 올라가 유리창에 두 손을 둥글게 모아 붙이고 안을 들여다봤다. 그녀가 잡지에서만 봤지 실물은 본 적 없는 반짝거리는 검정 피어스애로 브로엄이 있었고, 길고 낮은 차체에 넓은 발판, 위에서 덮치는 듯한 펜더, 측면이 흰 바퀴가 달려 있었다. 후드 위 은빛 궁수가 다가오는 세상을 향해 활을 겨누고 있었다. 그 순간 바클리로 인한 혼란스러움은 그 후드를 들어올리고 그 아래 8기통(8!) 엔진을 구경하고 싶은 갈망에 자리를 내줬다. 그녀는 다시 문을 두드리고 차를 구경해도 되는지 묻고 싶은 격렬한 충동에 사로잡혔다. 바클리는 그녀의 부탁을 들어줄 것이고 어쩌면 직접 몰아보게 해줄 수도 있었지만 그럼 그에게 빚을 지기 시작하는 꼴이 될 터였다.

그녀는 처음엔 피어스애로에 넋을 빼앗긴 나머지 반대쪽 어둠 속에 있는 다른 차를 보지 못했다. 그 차는 방수포로 덮여 있었는데, 앞쪽 방수포가 위로 치켜올라가서 그녀가 너무도 잘 아는 회색 차체와 범퍼가 살짝 보였다.

"그 집에는 더이상 배달 가기 싫어요." 메리언이 스탠리에게
말했다. "다른 사람 시키세요."

스탠리는 지친 모습이었다. 밀가루를 뒤집어써서 머리가 하얬
고, 큰 손을 앞치마 위로 맞잡고 있었다. 그는 금주법이 통과된
후로 큰돈을 벌어왔는데 그 돈을 어디에 썼는지 메리언은 알 수
없었다. 그는 예전부터 살던 집에서 계속 살았고 날마다 빵집에
나와서 일했다. 그의 아내도 소박한 옷을 입었다. 돈을 따로 챙겨
두는 게 분명했다. "네가 가야 해." 그가 말했다. "바클리가 특별
히 너를 원했으니까. 허튼 짓은 안 하는 사람이야, 안 그래? 그러
니까 네가 가야 해. 나를 위해 가줘, 알겠니? 난 너를 위해 많은
모험을 걸었고, 너에 대한 믿음도 아주 커. 바클리는 마음만 먹으
면 단숨에 나를 파멸시킬 수 있는 사람이고, 특별히 너를 원했어.
알았어?"

그녀가 뭐라고 말할 수 있겠는가?

메리언이 기억하기론 잠을 이룰 수 없었던 또다른 밤은 한 번
뿐이었다. 아버지가 집에 온 날 밤, 제이미가 포치의 옆 침대에
서 자고 있는 동안 그녀는 깨어 있었다. 제이미도 그녀처럼 불안
감에 시달렸고 어쩌면 그녀보다 더했을 수도 있었지만 용케 잠이
들었고, 그래서 그녀만이 아버지의 낮고 희미한 목소리를 들을

수 있었다. 오두막에서 창문 커튼을 치던 아버지의 형상도 그녀만이 볼 수 있었다. 집과 오두막 사이에 자란 키 큰 풀들의 끄트머리가 달빛 아래에서 마치 늑대털처럼 은빛으로 빛났다.

그후 오 년 가까이 그녀는 매일 밤 쉽게 잠들었는데—오죽하면 월리스가, 넌 잠자는 재주는 타고났어, 라고 말했을 정도였다—지금 또다시 잠을 이루지 못한 채 제이미의 숨소리를 들으며 바클리 매퀸 생각을 하고 있었다. 제이미를 향한 기이한 그리움이 느껴졌다. 손만 뻗으면 닿을 가까운 거리에 있는 침대에서 자고 있는 사람을 그리워하는 게 어떻게 가능할까? 제이미는 그녀 곁에 있는데도 달리는 기차에서 얼핏 본, 벌써 저만치 멀어져가는 존재처럼 닿을 수도, 돌이킬 수도 없을 것 같았다.

바클리 매퀸. 눈을 감자 자신이 길다의 창문으로 야수를 훔쳐보는 모습이 보였고, 바클리의 차고 창문으로 방수포 아래 살짝 드러난 그 회색 후드를 들여다보는 모습도 보였다. 왜 그가 그 차를 갖고 있을까? 나를 더 불운하게 만들려고? 나에게서 무언가를 빼앗기 위해? 아니면 장차 어떤 흥정을 벌일 때 차를 돌려주겠다는 조건을 제시하려고? 제이미는 그녀에게 바클리와 엮이지 말라고, 어쩐지 느낌이 안 좋다고 말할 터였다. 그녀는 자신도 느낌이 안 좋다고, 강물에서 폭포를 향해 끌려들어가는 기분이라고 말하고, 겁에 질린 상태에서도 한편으론 격렬하고 무모한 호기심에 휩싸인 자신의 마음을 설명하기 위해 애쓸 테고. 그녀는 침대에 누운 채로 바클리가 종아리를 움켜잡으며 멍을 남긴 부분을 발꿈치로 눌렀고, 무지근한 통증과 그보다 날카로운 쾌감을 느꼈다.

메리언은 담요를 홱 젖히고 일어나 장화를 신고 살그머니 포치를 빠져나갔다. 보름달에 가까운 달이 떠 있었다. 그녀는 어둠 속에서 단호한 걸음걸이로 길다의 오두막을 향해 갔다. 케일럽이 침실로 쓰는 작은 창고방 창문을 두드렸지만 창문에 비친 달만 일렁일 뿐 아무 응답이 없었다. 케일럽은 산에 간 모양이었다. 길다의 방 창문에도 불빛이 없었다. 하지만 집으로 돌아가려고 돌아서는데 풀밭 위에 그림자가 보였다. 케일럽이 침낭에서 자고 있었다.

그녀에게 두려움은 없었고 필요에 따른 대담함뿐이었다. 그녀는 군인이 참호에 들어가듯 절박하게 그의 옆에 누웠다. 그가 깜짝 놀라 잠에서 깼으나, 그녀는 그가 무슨 말을 할 사이도 없이 그의 입에 자신의 입을 댔다. 그가 긴장을 풀었다. 무슨 일인지 깨달은 것이다. 그녀가 잠옷을 벗었고, 그도 단 한 번의 동작으로 알몸이 되었다. 그는 늘 알몸이 되기 직전의 사람 같았다. 그가 그녀의 몸을 굴려 똑바로 눕혔다. 그녀는 그의 성기가 자신의 아랫도리를 멋대로 탐색하며 쑤셔대는 걸 느꼈고 그다음엔 강한 압력과 열기, 둔중한 톱질이 느껴졌다. 그녀는 초연하게 그 아픔과 기이함을 관찰했다. 그의 검은 머리칼이 어깨 위에서 출렁이고 그의 엉덩이가 자신의 무릎 사이로 오르내리는 걸 지켜보았다. 그녀는 바클리의 엉덩이, 바클리의 어깨, 자신의 목에 닿는 바클리의 숨결을 생각했다. 손을 어디 두어야 할지 몰라서 풀을 누르고 있었다.

금세 끝났다. 쾌감은 느끼지 못했지만 안도감은 느꼈다. 그녀는 일어나서 옷을 입었다. "난 그래도 네 여자가 되고 싶진 않아." 그녀는 일광욕하는 날씬한 고양이처럼 달빛 아래 늘어져 누위 있는 케일럽을 내려다보며 말했다. 메리언은 그 말이 진실임을 알았다. 바클리가 그걸 진실로 만들었다.

케일럽의 이가 달빛에 빛났다. "착각하지 마."

그녀가 발로 그의 옆구리를 찔렀다. "멍청이." 그녀는 그렇게 말하고 집을 향해 출발했다. 걸음을 옮길 때마다 졸음이 밀려들었다.

아침에, 초경이 시작되었다.

미줄라

1929년 9월

2개월 후

"비행장에서요?" 메리언은 스탠리 씨가 넘겨준 배달 목록을
보며 말했다.

"특별 주문이야. 마크스라는 남자야." 스탠리가 대답했다.

"비행장에 있는 사람들은 다 아는데 마크스라는 사람은 없어
요."

"보증을 받은 사람이야."

"누구한테요?"

"내가 믿을 수 있는 사람, 그러니까 너도 믿을 수 있는 사람."

메리언이 비행장에 도착했을 때, 조종사 두 명이 관리소 밖에
놓인 기름통에 앉아 굴곡진 벽에 기대어 햇볕을 받으며 졸고 있었
다. 오후의 하늘이 구름 한 점 없이 짙고 푸르렀다. 메리언은 자신
이 저 사람들이었다면 하늘을 날고 있을 거라고 생각했다. 그녀가
트럭에 탄 채 창문 너머로 외쳤다. "마크스를 찾고 있는데요?"

그들이 몸을 움직였다. "응, 새로 온 사람." 한 조종사가 말했다. "저 끝에 있는 격납고로 가봐."

다른 조종사가 말했다. "메리언, 오늘은 무료 샘플 없니?"

"날짜 지난 빵 있어요."

"병에 든 건 없어?"

"봐서요. 나 태워줄래요?"

"봐서."

메리언은 손가락으로 운전대를 두드렸다. "마크스 먼저 만나고 올게요."

조종사는 어깨를 으쓱했다. "그때쯤이면 난 집에 갔을걸."

메리언은 가장 최근에 지은 가장 큰 격납고를 향해 차를 몰았다. 내부는 바람이 잘 통하고 시원했으며, 스모크드글라스를 끼운 창들이 격자 모양으로 배치되어 있었다. 저쪽 끝에 커다란 미닫이문이 들판을 향해 열려 있고, 직사각형의 환한 빛이 비행기의 기다란 오렌지색 날개들에 가로로 잘렸다. 비행기 코가 뾰족하게 튀어나오고 검은 기체가 오렌지색 날개를 향해 경사를 이루며 내려갔다.

"어이." 한 남자가 좌측 날개 아래 놓인 캠프용 의자에 앉아 발을 사다리 맨 아랫단에 올려놓고 신문을 읽고 있었다. "저 유명한 스탠리의 배달 소녀 맞지."

"알아서 뭐하게요?"

그가 신문을 무릎에 내던지고 발은 여전히 사다리에 올린 채 더러운 손을 당당하게 내밀었다. 앙상한 팔에 비해 손이 너무 크고 개구리처럼 손가락 끝이 넓적했다. "터프가이네, 엉? 난 송어

마크스야."

"메리언이에요." 그녀는 바구니를 왼쪽 엉덩이 위에 대고 균형을 유지하며 몸을 기울여 그의 손을 잡았다. 펠릭스 브레이포글을 떠올리며 손에 힘을 주었다. 남자는 눈에 띄는 추남이었다. 송어라는 별명이 어디서 나왔는지 훤히 보였다. 입꼬리가 아래로 처진데다 입 자체가 믿기지 않을 정도로 큰 게 사실 송어보다 농어와 더 비슷했다. 그리고 말할 때마다 노란 톱날 같은 비뚤비뚤한 치아가 보였다. 얼굴의 나머지 부분도 못나기는 매한가지였다. 눈꺼풀은 축 늘어진데다 짝짝이였고, 귀는 짤막한 고리 같은게 크고 둥근 머리통 양쪽에 붙어 있는 형상이었으며, 완전히 대머리였다. 하지만 그는 침착하면서도 쾌활했고, 도깨비 같은 매력이 있었다. 메리언이 말했다. "멋진 비행기네요."

"비행기 좋아해?"

"예."

"타본 적 있어?"

"몇 번."

"조종은 해봤어?"

"아무도 안 시켜줬어요."

"그래? 왜?"

뻔한 걸 굳이 설명할 필요는 없다. 메리언은 바구니를 내려놓고 날개 밑으로 걸어가 매끄럽게 니스칠을 한 천을 올려다보았다. 그 비행기는 아직 바나나 냄새가 희미하게 남아 있을 정도로 새것이었다. 바나나 냄새는 니스에 들어가는 용제들 가운데 하나가 부리는 화학적 농간이었다. 메리언은 눈을 감고 그 냄새를 맡왔다.

"장미 꽃다발 향기라도 맡는 것 같네." 송어가 말했다.

"장미향보다 좋아요."

메리언은 비행기 주위를 돌며 은빛 프로펠러와 검은 기름때 묻은 해 모양 엔진실린더를 살펴보았다. 잘만 하면 비행기에 탈 수 있으리란 직감이 들었기에 그에게 그저 어린애로, 여자로 무시당할 만한 말을 하지 않으려 조심했다. "여기 이 엔진은 어떤 모델이에요?"

"업그레이드된 거야. 프랫앤드휘트니의 와스프. 450마력."

"최고 속도는요?"

"140쯤 된다는데, 나는 더 빨리 날지. 그래도 불도 안 나고 아무 문제 없어. 이 조명은 주문 제작이야. 야간착륙을 할 때 좋지."

"야간착륙 많이 해요?"

"가끔. 비행기에 대해 좀 아는 모양이네, 응?"

"비행기에 대해 많이 읽어요."

"그래? 뭘 읽는데?"

"비행 잡지는 다 읽어요. 신문에 나오는 것도요. 책들도." 그녀는 특히 여자 조종사에 대한 내용에 관심이 많았고, 찻잎을 들여다보며 점을 치듯 그들의 업적을 탐독했다. 그들을 남자 조종사들처럼 우상시하진 않았지만 날것 그대로의 부러움이 가끔 혐오로 응어리지기도 했다. 메리언은 조종석에서 얼굴에 분을 바르는 여자 조종사들의 의례적인 사진을 보면 반감이 들었고, 어밀리아 에어하트에 대해 사람들이 법석을 떠는 것도 당혹스럽고 화가 났다. 어밀리아 에어하트는 프렌드십호 동승자에 불과했는데도 비행기로 대서양을 건넌 최초의 여성으로 인정받고 있었다. 차라리 바닥짐 자루를 찬양하는 게 나을 터였다.

메리언은 엘리너 스미스를 더 높이 쳤다. 엘리너 스미스는 열여섯 살에 면허를 딴 뒤 열일곱 살에 와코 10을 몰고 뉴욕 퀸스버러, 윌리엄스버그, 맨해튼, 브루클린의 여러 다리 아래를 비행하는 도전에 나섰다. (그후 신문마다 그녀가 얼굴에 분을 바르는 빌어먹을 사진이 실렸다.) 그다음에 엘리너는 거의 열세 시간 삼십 분에 이르는 단독 체공비행 기록을 세웠고, 다른 사람이 그 기록을 깨자 다시 신기록을 세웠다. 대형 벨런카 페이스메이커를 타고 스물여섯 시간 삼십 분을 난 것이다. 그다음에는 시속 190.8마일로 여성 비행사로는 최고 속도 기록을 세웠다.

"무슨 종류의 책?" 송어가 물었다.

"아시잖아요. 조종사들이 쓴, 조종사들에 관한." 그리고 자랑스럽게 덧붙였다. "비행 이론에 대한 책도 읽었어요."

"그 책에 뭐라고 나와 있는데?"

"아이작 뉴턴, 양력, 베르누이의 정리, 뭐 그런 거죠."

"베르 누구 정리?" 송어가 말했다. "처음 들어보는데. 그게 뭔데?"

그냥 가볍게 아는 척만 할 셈이었던 메리언은 착륙장치 버팀대에 올라가서 옆쪽 창문으로 조종석을 들여다보았다. 긴 기체는 조종장치 앞 바닥에 나란히 고정된 고리버들 좌석 두 개를 빼곤 비어 있었다. "설명하기가 어려운데, 공기가 비행기를 위로 끌어당기는 방식과 관련된 거예요." 그녀는 그가 더이상 캐묻지 않기를 바랐다.

"흠, 비행을 오래 했지만 그런 얘긴 처음 듣는군." 메리언이 버팀대에서 뛰어내리는 동안 송어는 신문을 옆으로 치우고 일어섰다. 그는 키가 메리언의 어깨까지밖에 안 왔지만 강해 보였다. 다부진 체구였다. 송어가 말했다. "하늘에 올라가볼래, 아니면 여기서서 침이나 흘리고 있을래? 비행하기 좋은 날인데."

메리언은 잠시 강렬한 눈빛으로 비행기를 쳐다보았다. 그런 다음 말했다. "돈 있어요. 조종에 대해 몇 가지 가르쳐주면 교습비를 낼게요."

그는 두 손을 주머니에 찌른 채 끔찍한 누런 치아를 모두 드러내며 씨익 웃었다. "잘됐네. 돈은 유용한 거니까. 하지만 이건 무료야. 연료는 다 채워놨어. 넌 그저 내가 이 비행기를 밖으로 밀고 나가는 걸 도와주기만 하면 돼."

그 비행기는 그렇게 덩치가 큰 기계치고 쉽게 움직였다. 두 사람은 각자 한쪽씩 맡아 날개 버팀대를 쟁기 몰듯 밀어서 환한 햇살 아래로 나갔다. 메리언은 몸에 아드레날린이 마구 솟구쳐 거의 투명해진 기분이었다. 그녀에게 비행을 가르쳐줄 사람이 여기 있었다. 언젠가 나타나리라 믿고 있었던 그 사람이 나타난 것이다.

"사전점검 하는 법 알아?" 그가 손으로 눈부신 햇빛을 가리며 그녀를 올려다보았다.

"이론으로만요."

"베르 어쩌구 이론처럼? 아주 간단해. 비행기를 자세히 살펴보면서 구멍은 없는지, 기름이 새는 데는 없는지 확인하는 거야. 바퀴도 점검하고. 그러면 돼."

그 트래블에어기에는 눈에 띄는 구멍이나 새는 곳이 없었고, 송어는 기체 꼬리 가까이에 있는 선실 문을 연 다음 메리언에게 오른쪽 좌석에 앉으라고 말했다. "우현." 메리언이 말했다.

"어이쿠! 베르 머시기 납셨네!"

메리언은 선실의 경사진 바닥으로 걸어올라갈 때 몸을 숙여야 했다. 안에서 휘발유 냄새가 났다. 바닥의 볼트 구멍이 좌석이 더 배치되었어야 할 자리를 나타냈지만, 거기에는 캔버스 끈과 금속 갈고리밖에 없었다. "화물이 많아요?"

"좀 있지." 그가 그녀를 따라 오르며 대답했다.

일단 둘이 좌석에 앉고 나서—작은 남자와 말라깽이 소녀인데도 서로 팔꿈치가 닿을 정도로 비좁았다—그가 계기반의 장치들을 가리키며 말했다. "연료계, 나침반, 고도계, 회전계, 유압계, 시계—"

"시계는 알아요."

"이런 천재가 있나. 대기속도계, 승강계……" 그리고 레버, 페달, 하나로 연결된 쌍둥이 조향핸들, 그들의 머리 위 수평안정판을 조절하는 크랭크, 그가 앉은 쪽에서만 작동되는 브레이크를 보여주었다. "지금 다 기억해둘 필요는 없어." 그가 말했다.

하지만 메리언은 다 기억해두었다.

밖에서 프로펠러를 돌릴 필요가 없는 비행기는 처음 타보는 것이었다. 전기모터가 플라이휠을 돌리고 엔진에 시동이 걸리면서 연기가 자욱하게 피어올랐다가 흩어졌다. 몇 차례 칙칙 소리가 나더니 깡통에 든 돌멩이들이 불규칙하게 흔들리는 소리로 바뀌었고 그다음엔 달리는 말의 조급한 왈츠 리듬, 꾸준한 금속성 헐떡임이 이어졌다. 프로펠러의 형체가 흐릿해졌다.

"기초는 복엽기에 타고 배우는 게 좋아." 송어가 소음 너머로 소리쳤다. "하지만 지금은 복엽기가 없으니 어쩔 수 없지. 어쨌든 원리는 같으니까."

비행기가 천천히 달리기 시작하자 그는 메리언에게 방향타를 맡기고 땅에서 어색한 빗놀이*를 시도해보게 했다.

송어는 들판 끝에서 계기반을 확인한 후 입에 궐련을 물고 스로틀을 앞으로 밀었다. 비행기가 요동치며 좌우로 기울다가 속도를 냈다. 메리언은 비행기 안에서 바퀴가 풀밭에 점점 덜 깊숙이 박히는 것으로 부력을 느꼈다. 꼬리 쪽 바퀴가 땅에서 떨어지면서 기체가 평평하게 기울었다. 송어가 조종간을 당기자 비행기가 이륙했다.

"좋아, 이제 천천히 올라갈 거야." 그가 핸들을 천천히 앞으로 밀었다. "더 급경사로 이륙할 수도 있지만 여기선 그럴 필요가 없지. 산속에서는 더 급격하게 올라가야 하지만 여긴 남는 게 공간이니까." 아래쪽 골짜기 바닥의 격납고들과 풀밭에 세워진 십자가 모양의 복엽기 몇 대, 박람회장의 긴 축사들, 그리고 타원형 경주트랙이 보였다.

송어가 스로틀을 조절하고 안정판을 작동시켰다.

메리언은 새로운 공포에 휩싸였다. 만일 내가 조종사로서 소질이 없다면? 그녀는 조종사가 되는 미래에 대한 확신이 너무도 강했기에, 자신이 아직 조종법을 모르며 배워야 한다는 사실을 잊

---

* 항공기가 수직축을 기준으로 좌우로 움직이는 것.

고 있었던 것이다. 조종사가 되겠다는 결심으로 학교까지 그만둔 것이 처음으로 걱정되었다.

"좋아." 송어가 말했다. "네가 맡아서 해봐."

"뭘 하면 되는데요?"

"그냥 수평을 유지하면서 똑바로 날면 돼."

그건 생각보다 어려운 일이었고, 메리언은 송어의 지시에 따라 계속해서 조종장치를 만져야 했다. 공중에서 보이지 않는 힘들의 영향을 받으며 늘 수평을 유지하려 애쓰는 일은 낯설고 기이했다. 비행기는 살아 있었고, 공기도 살아 있었다. 아래에 있는 그녀의 도시도 살아 있었으나 개미탑처럼 불가해한 방식으로, 미세하고 무의미한 활동으로 가득한 상태로 살아 있었다.

"선회를 시도해볼래?" 송어가 말했다. "네가 핸들을 잡아, 그러면 내가 방향타를 맡을 테니."

"둘 다 할 수 있어요."

"어려운데."

"정상선회가 뭔지 알아요."

"아는 것과 하는 건 별개지만, 정 그렇다면 어디 한번 해봐."

메리언은 두려움이 사라졌다. 두려움을 느낄 여유가 없었다. 그녀는 오른쪽 발로 방향타를 밟고 균형을 유지하며 핸들을 천천히 오른쪽으로 돌렸다. 비행기가 기울어지며 선회했다. 당연한 결과였다—비행기는 날도록, 조종장치는 조종이 되도록 만들어졌으니까. 그럼에도 그녀가 비행기에게 지시를 내리고 비행기가 그 지시에 따랐다는 사실이 무척이나 중요하게 느껴졌다. 그녀의 옆쪽 창문에 검은 똬리를 튼 비터루트강과 나무 꼭대기들이 가득 담겨 있었다. 땅에서는 볼 수 없는 모습이었다. 강은 낚싯줄을 던진 듯 자연스럽게 구불구불 골짜기를 흘러갔고, 물길은 모래톱 탓에 갈라졌다가도 어김없이 다시 합쳐졌다. 하지만 높은 위치는 모호함을 가져다주기도 했다. 세부가 사라지고 세상은 조각보처럼 보였다. 나무들이 모두 똑같았다. 들판도 하나같이 평평하고 초록색이었다.

"방향타를 조금 더 밟아." 송어가 말했다. "미끄러지는 게 느껴져?" 그는 커피 깡통에 담배 침을 뱉었다.

비행기가 똑바로 날기 시작하자마자 산이 불쑥 나타났고, 메리언은 다시 선회하여 그릇 안에서 구르는 구슬처럼 골짜기를 돌아 날아야 했다.

다시 땅으로 돌아와 엔진을 끄고 프로펠러가 격납고를 간신히 피해 멈춘 후, 송어가 말했다. "너 타고났구나."

기쁨. 순수한 기쁨. 그는 그것이 메리언이 가장 듣고 싶어한 말이었음을 알지 못했을 터였다.

"내가요?" 메리언은 그가 더 자세히 말해주기를 기대하며 물었다.

"너보다 못한 사람들도 가르쳤는데." 송어는 그녀에게 비행기에서 내리라는 신호를 보냈다.

이제 트래블에어를 몰아본 후라 비행기가 아까와는 다르게 보였다. 그녀는 핸들과 페달의 느낌, 시동이 걸릴 때 엔진에서 나는 리드미컬한 소리, 강을 중심으로 회전할 때 아래를 향한 오렌지색 날개 끝의 모습을 알았다. 하늘에 있을 때는 조종에 너무 집중한 나머지 자신, 메리언 그레이브스가 비행기를 몰고 있다는 기적적인 사실을 완전히 실감하지 못했는데 이제 그걸 상기하자 현기증이 일었다.

송어가 말했다. "그렇지만 조종 실력은 타고나는 게 아니야. 타고난 본능을 따르면 안 되고, 새로운 본능을 키우는 훈련이 필요해. 예를 들어—가장 간단한 예로—만일 비행기가 멈춰서 고도가 떨어지기 시작한다면, 넌 어떻게 할 거지?"

"기어를 앞으로 밀고 급강하해서 속도를 되찾을 거예요."

그는 고개를 끄덕였다. "책에서 읽었구나. 하지만 하늘에선 달라. 그런 상황이 발생하면 아래로 내려가고 싶은 생각이 절대 안 들거든. 그래도 내려가야만 해. 가고 싶지 않은 데로 방향을 돌리고 가야만 하지. 조종사의 정신을 갖추기 위해선 오랜 시간이 걸려. 끈기가 있어야 해. 배짱도 필요하고. 하늘에 올라가면 당황해서 비행을 중단하는 게 용납되지 않으니까."

"알아요."

"아니, 넌 몰라. 알 수가 없지. 진짜로는."

그는 지금 포기하라는 말을 하려는 걸까? 그녀에게 타고났다는 칭찬을 해놓고도? 그녀에게서 근본적인 부적합성을 발견하기라도 한 걸까? 골짜기 전체가 정적에 싸인 듯했다. 바람도 없었다. 새소리도 없었다.

이윽고 그가 말했다. "그래, 어때?"

메리언은 입이 바짝 말랐다. "뭐가요?"

"조종을 해보고 싶어?"

순간 그녀는 말문이 막혀 아무 대답도 할 수 없을 것만 같았다. "교습비는 원하는 금액을 말씀하시면 어떻게든 마련해볼게요."

송어가 그녀를 올려다보며 환하게 웃었는데 처진 눈이 감기면서 위로 말려올라간 긴 입의 꼬리 부분에 거의 닿았다. "너에게 기쁜 소식이 있어. 아주 기쁜 소식이지. 너무 좋은 일이라 믿기지 않을걸." 그가 극적으로 말을 끊었다.

"뭔데요?"

"네 교습비를 내주겠다는 사람이 있어. 넌 한푼도 낼 필요가 없는 거지."

메리언은 잠시 어리둥절했지만 금세 혼란은 가시고 확신이 그 자리를 대신했다. "아뇨." 그녀가 말했다.

커다란 물고기 입이 아래쪽으로 호를 그렸다. "아니라니, 그게 무슨 뜻이지?"

"싫어요."

"메리언!" 그가 메리언의 어깨를 잡고 살짝 흔들었다. "이건 기쁜 소식이야. 너에게 후원자가 생긴 거라고."

"누군데요?"

"사실 그 사람은 익명으로 남아 있기를 원해."

"바클리 매퀸이죠."

송어의 얼굴이 단단히 문을 걸어 잠갔다. "난 그런 이름 모르는데."

"그럴 사람은 그 사람뿐이죠. 아뇨. 내 힘으로 해내야 해요."

"그건 가능할 것 같지가 않은데." 송어는 진심으로 안타까운 표정이었다.

"내 돈이 바클리의 돈보다 못한가요?" 물론 그렇지 않았다.

"네가 누구를 말하는 건지 모르겠구나."

"그 사람도 내가 짐작 못할 거라고는 생각 안 할걸요. 그동안 사람들이 나를 도와주겠다고 떼로 몰려들진 않았으니까요. 최근에 도와주겠다고 나선 사람은 한 명뿐이었죠."

"그럼 선물이라고 생각하고 받으면 되지."

메리언은 돌아섰다. "만나서 반가웠어요. 비행 교습도 고마웠고요."

송어가 두 손을 들었다. "좋아. 그 사람도 네가 처음엔 거절할 수도 있다고 하더라. 하지만 결국 네가 다시 올 거라고도 했지."

메리언은 잠시 생각했다. "그 사람 비행기군요, 그렇죠?"

"엄밀히 따지자면 새들러 씨 소유지. 그래서 나는 네가 주는 교습비를 받을 수가 없어. 내 비행기라면 받겠지만. 나한테 이런 비행기가 있다면 많은 것을 할 수 있을 거야." 그가 말을 이으면서 점점 몸을 웅크려, 더 작아지는 것처럼 보였다. 그러다 갑자기 짧은 다리를 맹렬히 놀려 격납고로 향했다.

메리언은 따라가지 않았다. 비행기 곁에 혼자 있고 싶었다. 엔진이 아직도 열기를 발산했고 기름냄새도 났다. 그녀는 고개를 숙이고 프로펠러가 관뚜껑이라도 되듯 그 위에 손을 얹었다. 바클리가 진심으로 선행을 베풀고 싶었다면 자신의 비행기를 그녀의 앞길에 놓아주고 그녀가 송어에게 합당한 교습비를 치르고 스스로의 힘으로 목표를 이뤘다는 행복한 환상 속에서 조종사가 되게 했을 터였다. 하지만 그러지 않았다. 그는 그녀가 자신의 신세를 진다는 걸 알게 했다. 메리언은 그 이유를 정확히 알 수 없지만, 조심해야 한다는 건 알았다.

"차갑진 않아." 송어가 뒤에서 말했다. 그는 메리언이 배달한 바구니에서 꺼낸 맥주 두 병을 들고 있었다. "하지만 첫 비행을 마쳤으니 축하를 해야지."

메리언은 병 하나를 건네받았다. "고마워요."

"여기 앉아." 그가 풀밭에 앉으며 말했다. 메리언은 그의 옆에 책상다리를 하고 앉았다. 맥주는 미지근하고 맥아향이 났다. "조종사가 되고 싶은 마음이 어떤 건지 나도 알아." 그가 말했다.

낮게 걸린 햇빛이 비행기에 반사되었다. 메리언이 말했다. "그동안 아무도 나에게 교습을 해주려 하지 않았지만, 난 선생님이 되어줄 분이 아직 안 나타나서 그런 것뿐이라고 믿었어요. 나의 선생님이 어느 날 갑자기 나타날 거라고, 내가 난생처음 본 그 조종사처럼 미줄라로 날아 들어올 거라고 생각했죠. 그래서 아저씨가 나를 비행기에 태워주겠다고 했을 때……" 그녀는 침울하게 맥주를 들이켰다.

"그냥 그 사람이 원하는 대로 해주지 그래? 그럼 나는 돈을 받고, 너는 조종을 배우고, 그 사람은 네 후원자가 되고. 다 행복한 거잖아."

"그 사람은 선행을 베푸는 게 아녜요."

비행기에 반사된 띠 모양 햇살이 가늘어지다가 사라졌다. 공기가 서늘해지기 시작했다.

"어쩌면 아까 내가 조종에 대해 말한 거랑 같은 이야기가 될 수도 있겠는데." 송어가 풀을 뜯으며 조용히 말했다. "어쩌면 넌 본능과 반대로 움직여야 할지도 몰라. 본능적으로 멀어지고 싶겠지만, 그 반대로 해야만 뜻을 이룰 수도 있어."

"바클리를 멀리하지 말고 반대로 해야 한다고요?" 메리언은 그를 노려보았다.

그는 메리언의 시선을 감당하지 못하고 또다시 손을 들었다. "내가 끼어들 문제는 아니지만, 나는 그 사람이 선의로 하는 일이라고 생각해." 그는 메리언을 흘끗 보았다. "안 그래?"

"모르겠어요."

"메리언, 솔직하게 말해도 될까?"

"그럼요."

송어는 목청을 가다듬고 입술을 쭉 늘리며 얼굴을 찌푸렸다. "넌 나에게 큰 호의를 베풀게 되는 거야. 그 사람은 내가 너에게 조종을 가르쳐야 한다고 생각해. 나는 훌륭한 선생이지. 그건 장담해. 그리고 나는 그를 위해 다른 일도 하고 있어. 운송 비행. 북쪽에서. 무슨 말인지 알겠어?"

물론. 비행기에 승객용 좌석이 없는 것도 놀라운 일이 아니었다. 그 비행기는 캐나다에서 술을 들여오고 있었다. 메리언은 그걸 미처 깨닫지 못했던 자신의 우둔함에 고개를 저었다.

"이해했어?" 그가 물었다.

"예, 알아요. 그저…… 내가 멍청하게 느껴져서요."

그는 자신의 술병 밑부분으로 비행기를 가리켰다. "바퀴에 스키를 달 수 있어. 겨울에 편리하지. 플로트를 달고 물위에 내려앉을 수도 있고. 내가 가지고 오는 건 양동이의 물 한 방울 정도에 불과한데, 똑똑한 네 친구는 충분한 양을 확보하는 법을 알아내서 금세 양동이 가득 거두더라고."

스키라니! 너무도 스릴 넘치는 아이디어라 메리언은 잠시 위기감을 잊었다. "스키를 타고 착륙한다고요?"

260

"나에게 조종을 배우면 너도 그렇게 될 거야."

두고두고 깊이 생각하고 반들반들 윤을 낼 새 이미지가 생겼다. 트래블에어를 몰고 매끄러운 흰 평원으로 급강하하여 눈보라를 일으키며 착륙하는 자신의 모습.

"난 처자식이 있는 몸이야. 너에게 큰 신세를 지게 되는 거지." 그는 긴 입술을 일그러뜨리며 슬픈 표정을 지어 보였다. 그러고는 재킷 주머니에서 공책과 연필을 꺼내 그녀에게 건넸다. "자. 여기에 비행 기록을 남겨."

그 비행일지에는 줄이 그어져 있었고 날짜, 항공기, 항공기 번호, 엔진 타입, 기상, 비행 시간, 메모 같은 제목이 붙어 있었다. 송어가 말했다. "어서 첫 줄을 채워봐." 그녀가 비행 시간에서 멈칫하자 그가 말했다. "삼십칠 분. 그리고 메모란에는 '교육'이라고 적고. 이런, 악필이로군."

메리언이 비행일지를 도로 건네자 그가 말했다. "아니, 네 거야. 갖고 있어. 참, 깜빡 잊을 뻔했다. 생일 축하한다고 말하려 했는데."

"어제였어요." 메리언이 말했다.

그녀와 제이미는 이제 열다섯 살이었다.

메리언은 비행장에서 차를 몰고 초록색과 흰색 칠을 한 집으로 갔다. 그녀는 현관문을 두드렸고, 새들러가 문을 열어줄 때까지 계속 두드렸다. "그는 여기 없어." 새들러가 말했다.

"그 사람한테 전해줘요." 메리언이 말했다. "조건이 한 가지 있다고."

"응?"

"면허를 따면 그 사람을 위해 국경을 넘는 일을 할 거예요. 자선은 필요 없어요."

"동의 안 할걸."

"그럼 그만두고요." 메리언이 말했다. "그에게도 말했다시피, 어차피 난 비행을 원하지도 않았으니까."

그들은 서로를 응시했고, 메리언은 새들러가 자신의 임무를 복잡하게 만드는 그녀를 얼마나 싫어하는지 직감적으로 알 수 있었다. 그녀는 그 모든 게 자신의 탓이 아니라고 말해주고 싶었다. 바클리가 그녀를 가만히 놔두면 될 일이었다. "그 사람한테 말할 거죠?"

새들러는 면도가 잘되었는지 확인하듯 자신의 뺨을 문질렀다. "내가 충고 하나 해줄까?"

메리언은 그 질문에 신물이 났다. "내가 그 충고를 듣지 않아도 되는지 내가 어떻게 아는데요?"

그는 그녀를 한참 동안 뚫어지게 바라보았다. "그에게 전하지." 그리고 문을 닫았다.

메리언은 트럭을 몰고 스탠리의 빵집으로 돌아가며 액셀을 밟았다. 모퉁이를 돌 때마다 상자 모양의 구닥다리 배달 트럭이 마구 흔들렸다. 그녀는 비행기 핸들을 당길 때 바퀴가 도로에서 떨어지는 느낌을 떠올리며 아찔한 상상에 젖었다. 바클리는 동의해 줄 터였다. 그녀는 직감했다. 진심은 아닐 테고 나중에 말을 바꿀 계획을 세우겠지만, 그가 그렇게 하도록 허용하지 않을 작정이었다. 그녀는 비행하는 법을 배우고, 조종사로서 일하기로 결심했다. 어떤 힘이 그녀를 위로 밀어올렸다. 양력. 양력이었다.

구현해요, 구현

6

예전에, 〈케이티 맥기〉 역할을 마치고 공백기를 갖던 열다섯 살 때, 나는 개차반 친구 웨슬리와 사막에 가서 환각제를 먹고 일출을 보기 위해 한밤중에 미치의 포르셰를 훔쳤다. 바위에 누워 하늘의 별들을 바라보겠다는 환상을 품고 갔지만 바깥 날씨가 몹시 추운데다 바람까지 거세어 결국 히터를 켠 차 안에 앉아 있을 수밖에 없었다. 약효가 나타나기 시작하자 나는 웨슬리의 얼굴이 싫어졌다. 그래서 웨슬리 말고 다른 것에 집중해보려 애썼지만, 그의 끔찍한 얼굴이 자꾸자꾸 가까이 다가왔다. 누가 내 눈앞에 말벌 둥지를 들이댄 듯, 속이 빈 회색 종이뭉치 같은 것이 시야를 가렸다. 새벽은 밤을 메스로 그어 벌어진 붉은 틈새였고, 그 틈새로 곤봉 모양 팔을 힘차게 뻗은 조슈아나무들의 거친 실루엣이 보였다.

집에 돌아와보니 금주기중인 미치가 수영장 옆에 누워 신문을 읽고 있었다. "내 차는 어디 갔다 온 거야?" 내가 옆의 데크의자에 털썩 앉자 삼촌이 물었다.

"사막에요." 내가 대답했다. "웨슬리랑 일출 구경하고 싶어서. 별거 없던데요."

"웨슬리는 몇 살이야?"

나는 대답하지 않았다. 사실 나도 몰랐다. 미치가 신문을 넘겼다. 한참 후 그가 조용히 말했다. "너 좀 통제력을 잃어가는 것 같니?"

평소 같았으면 그의 위선에 발끈했겠지만 미치가 이미 답을 알면서 그러는 게 아니라 진짜로 궁금해서 묻는 것 같아서, 그가 그런 질문을 하리라곤 전혀 예상치 못했기에, 사막에 경이를 보러 갔다가 공포만 안고 돌아왔기에, 나는 이렇게 대답했다. "모르겠어요. 어쩌면."

그는 또 신문을 넘겼다. "광란의 시기를 꼭 겪고 넘어가야 하는 건 아니야. 그냥 건너뛰어도 돼."

하지만 난 그 시기를 겪어야만 했다. 다른 길이 보이지 않았으니까. 나는 잭나이프처럼 툭 튀어나와서 내 삶 속으로 들어가야만 했다. "한 번 사는 인생이잖아요." 내가 말했다.

궨덜린은 그것, 그 섹스 동영상을 풀지 않았다. 그래도 나는 잘렸다. 얼마나 빨리 잘렸는지 그녀의 신속한 복수에 감탄하지 않을 수 없었다.

개빈 듀프레이가 몸소 전화를 걸어왔다.

"나 누군지 알겠어요?" 그가 물었다.

"예." 내가 대답했다.

"내가 왜 전화했는지 알아요?" 그의 목소리는 조용했다. 톱니바퀴처럼 단단히 맞물린 그의 입에서 소리가 새어나오는 것 자체가 기적 같았다.

"짐작 가는 건 있어요."

"궨덜린이 해들리를 자르지 않으면 섹스 동영상을 풀겠다고 협박하더군. 그 여자가 그걸 어디서 구했다고 말했는지 알아요?"

"나한테서요."

"맞아. 바로 너한테 받았다던데. 해들리, 내 입장이 아주 곤란하게 됐다는 걸 알겠군. 해들리가 내 입장이라면 어떻게 할까? 한 배우에게 일생일대의 기회를 줬는데 그 배우가 그 은혜를 놀라 자빠질 정도로 배은망덕하고 무례한 방식으로 갚았다면?"

"내가 당신이라면, 사실 당신에 대해 별로 아는 건 없지만 그래도 내가 아는 걸 토대로 말하자면, 아마도 다시 성기를 빨아주는 것과 관련된 모종의 거래를 하겠죠."

그는 침묵했다. 공포영화에서 누가 어두운 데서 튀어나와 칼로 찔러 죽이기 직전의 순간과도 같은 정적이 흘렀다.

이윽고 그가 말했다. "무슨 소린지 모르겠군. 그런 명예훼손적인 암시를 공개적으로 했다간 손해 막심한 소송에 장기간 시달릴 테고 네가 해온 모든 짓이—그리고 모든 대상이—드러날 거야. 그래, 넌 잘렸고, 내가 네 배우 인생도 확실히 마감해주겠어. 넌 끝났어."

나는 전화기를 끄고 아래층의 창문 없는 방으로 들어가 모로코

테마로 꾸민 홈시어터룸에서 술 장식 달린 커다란 쿠션에 누워 한 여자가 낡은 집들을 수리하는 프로그램을 봤다. 그 여자는 체구는 작아도 강인하고 네일건을 많이 사용했다. 집들이 늘 갈퀴발 욕조와 징두리판벽, 서브웨이 타일로 마감되었다. 나의 아기 때 사진들을 보면, 시카고 외곽에 있던 우리 부모님 집은 그 여자의 수리 작업이 반쯤 진행되다 만 것 같은 모습이었다. 어머니가 갈퀴발 욕조에서 나를 목욕시키는 사진에서는 리놀륨 바닥이 너덜너덜하고 변색되어 있었다. 다른 사진에서는 멋진 마룻바닥이 보이는데 구겨진 시트를 끼운 애처로운 매트가 눈에 띄었다. 부모님이 왜 집을 더 멋지게 꾸미지 않았는지 모르겠다. 돈이 없지도 않았던 것이, 그들을 죽음으로 몰아넣은 세스나 경비행기까지 사지 않았던가. 부모님이 그런 식으로 사는 걸 원했는지, 아니면 수리를 할 정도로 변화를 간절히 원하지는 않은 건지 나로서는 알 수가 없다.

결국 나는 잠이 들었다.

이튿날 그 소식은 남의 불행이 주는 기쁨이 휘핑크림처럼 뒤덮인 채로 〈할리우드 리포터〉에서부터 연예계 가십 사이트, CNN에 이르기까지 온 매체에 실렸다. 나는 삼천 개에 이르는 트위터 알림을 받았다. 나는 트윗을 날렸다. "긴급 뉴스. 영원한 건 없다. 이겨내라." 그리고 내 계정을 삭제한 후 전화기를 껐다.

물론 나는 퀜덜린을 열받게 만들고 그녀가 원하는 걸 내가 가졌을 뿐 아니라 버리기까지 했다고 과시하기 위해 그런 일을 벌였다. 이런 결과가 나올 수도 있다는 걸 알았지만, 용이 내뿜은 불을 맞고 시커멓게 그을린 채 비틀대는 만화 속 기사처럼 타격이 컸다.

나는 소파에 누워 다른 부동산 프로그램을 봤는데, 비합리적인 사람들이 따분한 곳에서 싸구려 집을 사러 다니는 내용이었고, 알지도 못하는 사람들이 내리는 결정에 엔도르핀이 샘솟진 않았다. 그때 오거스티나가 트레이너와의 약속을 상기시켜줬다. 나는 5편을 찍기 위해 몸 관리에 들어가 생선과 케일만 먹고 삼두박근 생각만 하며 살아야 했는데, 이제 그럴 필요가 없어졌다.

"취소해도 돼요." 오거스티나가 말했다. "그 사람도 이해해줄 거예요."

하지만 나는 밖으로 나가야 했다. 나는 직접 차를 몰겠다고 말했다. M.G.는 조수석에 탔다. 진입로 끝에서 나는 소송당하지 않도록 조심하며 기자들을 헤치고 천천히 나아갔다. 창문들이 온통 카메라 렌즈로 뒤덮였다. 기자들의 손이 불가사리처럼 유리창에 달라붙었다. "저 사람들, 뒤로 물러나게 할까요?" M.G.가 물었다. 그는 꼭 필요한 말만 했고, 대개는 무표정한 얼굴로 내 주위를 맴돌았다. 나는 아니라고, 괜찮다고 대답했다. 사진기자 하나가 자동차 후드에 엎드려 내 얼굴을 찍었다. 나는 그를 옆으로 거칠게 쓸어내는 동작을 해 보이며 외쳤다. "씨발, 꺼져버려!" 창문이 모두 닫혀 있는데도 카메라 셔터의 소음이 요란했다. 곤충 로봇들이 우글거리는 소리. 자전거 바큇살에 달린 카드들이 내는 소리. 낡은 영사기 백 대가 동시에 돌아가는 소리.

구현해요, 트레이너가 말했다. 구현. 거울을 보면서 마음속으로 내가 원하는 몸을 구현하라는 말이다. 나는 역기를 들고 몸을 앞으로 기울인 다음 무릎을 구부리고 팔을 벌리며 위로 올렸다. 트레이너는 그걸 나비 자세라고 불렀다. 나는 내가 원하는 몸을 상상해보려 애썼지만 떠오르는 건 늪처럼 무거운 공기를 헤치고 사력을 다해 천천히 나아가는 나비 한 마리였다. "몸의 코어에 집중해요." 트레이너가 말했다.

얼마 전 잠깐 정신과에 다녔는데, 의사가 조언하기를 자기회의가 생길 때마다 빛나는 호랑이를 상상하라고, 그 호랑이가 내 힘의 근원이자 본질이라 생각하라고 했다. 호랑이가 점점 더 밝게 빛나서 다른 모든 것 위에 두꺼운 먼지가 앉고 그래서 내 호랑이를 제외한 세상 전체가 회색으로 변하게 하라는 것이다. 그 호랑이는 슈퍼히어로 영화에 나오는 흰빛이 든 유리병과도 같았다. 그 호랑이는 터무니없는 것이었다. 그 호랑이는 나였다. 그 호랑이는 나를 제외한 모든 것이었다.

모두가 알다시피 로스앤젤레스는 부정하는 자들의 도시다. 실리콘과 레스틸렌*의 도시, 카리스마 넘치는 실내자전거 전도사들과 케틀벨 지도자들의 도시, 치유의 수정과 싱잉볼**의 도시, 살아 있는 유산균과 해독주스, 장 청소, 질에 삽입하는 옥 달걀, 코코넛 치아시드 푸딩에 뿌리는 터무니없이 비싼 엉터리 분말의 도시다. 우리는 자신이 무덤이라도 되는 양 필사적으로 스스로를 정화한다. 이 도시는 다른 어느 도시보다 죽음을 두려워한다. 올리버에게 그런 말을 했더니 그는 내가 좀 부정적이라고 말했다. 쇼반에게 말했더니 정신과의사를 소개해주었다. 정신과의사에게

---

* 주름을 없애는 데 사용하는 필러 주사제.

** 요가나 명상을 할 때 사용하는 그릇 모양의 청동 종.

말했더니 사람들이 죽음을 두려워하는 게 잘못이라고 생각하는지 내게 되물었다. 나는 두려움 자체보다 필사적인 노력이 더 문제라고 말했다. 죽음을 받아들이기 위해 노력을 기울여야지 거부하려고 애써선 안 된다고.

"흠." 그가 말했다. "호랑이를 상상해봐요."

7

나는 수영장에서 튜브를 타고 떠다니고 있었다. 맹금에게 잡혔다가 땅에 떨어진 동물처럼 넋이 나간 상태였고, 무기력하게 널브러진 몸에서 심장만 뛰었다. 눈꺼풀 안쪽이 핏빛과 주황빛으로 타올랐다.

그러다 깜빡 잠이 든 모양인지, 매우 영국적인 목소리가 외쳤다. "수영장에서 잠들면 안 돼." 나는 화들짝 놀라 튜브에서 흐릿한 푸른 물로 떨어졌다. 코에 물이 들어와서 얼얼하고 싸한 느낌이 들었다.

"진짜 잠든 줄은 몰랐어." 내가 수면 위로 올라가자 휴고 경이 말했다. 그는 반쯤 빈 스카치병과 유리잔 두 개를 손에 들고 어깨에는 캔버스 가방을 둘러메고 있었다. "오거스티나가 들여보내주더구먼."

나는 수영장 가장자리에서 위로 올라갔다. "사람들 아직도 있어요?"

"사진기자들? 오, 그럼."

나는 몸에 수건을 둘렀고, 우리는 내가 알렉세이와 고대 곡물 샐러드를 먹었던 테이블에 앉았다.

휴고가 스카치를 따랐다. 그리고 잔을 들며 말했다. "끝을 위하여."

우리는 잔을 부딪쳤다.

"자, 우리 아가씨." 그가 부드럽게 으르렁거리는 소리로 말했다. "이제 뭘 하고 싶나? 좀 쉴 생각인가?"

나는 쉬면서 뭘 하게 될지 생각했다. 수영장에서 둥둥 떠다니고, 대마초를 피우고, 내가 원하는 몸을 구현하고, 나의 호랑이를 상상하고, 집수리 프로그램을 보고, 무슨 일이 일어나기를 기다릴 것이다. 그것도 매력이 없진 않았다. 하지만 반박이라도 하듯 오스카 상패를 든 내 모습이 다시 나타나, 마치 만화 속에서 금고가 고양이를 깔아뭉개듯 그 단편적인 생각들을 지워버렸다. 나는 무대에서 오스카 조각상을 머리 위로 높이 들어올리며 할리우드 사람들 모두가 기본값으로 지닌 꿈을 실현하고 있었다. 나의 팔과 어깨의 선은 완벽했다. 관객들이 모두 기립박수를 보냈고 개빈 듀프레이도 예외는 아니었다. 알렉세이도 아쉬운 표정으로 거기 서 있었다.

"앞으로 나아가는 게 낫겠어요." 내가 말했다.

"좋아." 그는 잠시 말을 끊고 콧구멍이 납작해질 정도로 힘껏 숨을 들이쉬었다. 명언을 인용하겠다는 신호였다. "'인간은 어느 순간 자기 운명의 주인이 되지. 브루투스여, 잘못은 우리 별에 있는 게 아니라 우리 자신 안에, 우리가 졸개라는 사실에 있다네.'"*

"남자는 자기 운명의 주인이 되겠죠."**

"여자라고 쓰면 운율이 안 맞잖나."

"어련하시겠어요, 남자분."

"자네에게 줄 게 있어. 절판된 책이니까 함부로 다루면 안 돼."
그는 캔버스 가방에서 책 한 권을 꺼내 나에게 건넸다. 해묵은 얇
은 하드커버 책이었고, 겨자색 겉표지는 귀퉁이가 닳아 너덜너덜
했다. 앞표지에는 바다 위를 나는 비행기와 그 뒤의 태양, 그리고
새들을 나타내는 길게 늘인 M자 몇 개가 흩어져 있었다. 제목은
우아한 이탤릭체로 쓰여 있었다. *바다, 하늘, 그 사이의 새들: 메
리언 그레이브스의 잃어버린 비행일지.* 밴나이즈 공공도서관 냄
새가 떠올랐고, 어린이 열람실에 놓인 빈백 의자의 땀에 젖은 비
닐의 감촉까지 느껴질 정도였다.

"이 책 읽었어요."

휴고의 회양목 울타리 같은 눈썹이 위로 날아올라갔다. "그래?"

"그렇게 놀란 얼굴 하지 마세요. 나도 책 읽어요."

"그래?"

"하하. 어렸을 때 큰 감동을 준 책이에요. 같은 고아로서의 연
대감. 삼촌 손에 자란 아이들. 이 책에 숨겨진 메시지가 가득할
거라고 생각했어요. 타로카드나 뭐 그런 것처럼."

---

* 셰익스피어의 「줄리어스 시저」 1막 2장.
** '인간은 자기 운명의 주인이 된다(Men are masters of their own fates)'라는
문장에서 주어인 'men'이 남자를 뜻하는 단어이기도 하다는 점이 성차별적임을
비꼬는 것.

"아." 휴고가 고개를 끄덕였다. "상상이 되는군. 책점 치는 꼬마 해들리, 책에서 신호와 징조를 찾다. 그런 용도로는 완벽한 책이지, 안 그래? 대부분 수수께끼 같은 아리송한 내용으로 이루어져 있으니까. 책이 뭐라고 말해주던가?"

"아무것도 말해주지 않던데요."

"그래, 뭐, 놀랍지 않군. 사실 난 메리언이 이 글을 사람들에게 읽히려고 쓴 건지 아닌지가 무엇보다도 궁금하거든. 이 글을 남겼다는 것 자체가 최소한 파괴하는 건 견딜 수 없었다는 사실을 암시한다고 볼 수 있겠지만. 자네 생각은 어때?"

나는 허세를 부릴까 하다가 솔직하게 시인했다. "내용이 잘 기억 안 나요. 열 살인가 열한 살 때 읽어서요."

"다시 읽어. 그다음엔 이것도 읽고." 휴고는 가방에서 책 한 권을 더 꺼냈는데 이번에는 페이퍼백이었다. 표지에는 광활한 흰 평원에 자리한 은빛 비행기를 바라보는 여자의 뒤통수를 소프트 포커스로 찍은 사진이 실려 있었다. 위로 세운 모피 칼라가 그녀의 목을 감싸고 있었다. 〈피플〉 잡지라면 그 사진에 압도적인……눈부신…… 대담한 같은 단어들을 붙였을 터였다.

나는 소리 내어 읽었다. "『페리그린의 날개』, 캐럴 파이퍼 장편소설."

"솔직히 말해서"―휴고가 손을 까딱거리며 말했다―"최고는 아냐. 사람들이 원하는 깊이도 없고, 문체도 가끔은 아주 끔찍하지. 그래도 이것의 토대가 됐어." 그는 가방에서 바인더 클립을 끼운 종이뭉치를 꺼내 테이블에 던졌다. 대본이었다. 속표지에 휴고의 제작사 스탬프가 대각선으로 찍혀 있었다. "데이 형제가 이미 바르트 올로프손 감독이 내정된 상태에서 내게 가져왔지."그가 말했다. "그 친구들이 전혀 예상치 못한 작품을 썼더라고. 코언 형제 분위기를 시도했다고도 볼 수 있는데, 좀 익살스럽긴 하지만 코언 형제만큼 어둡진 않아. 약간 과장된 면은 있어도 꽤 감동적이야."

"형제가 많기도 하네요. 가방에 다른 건 또 없죠? 숙제 더 없어요?"

그는 빈 가방을 거꾸로 들고 흔들었다. "그게 다야."

나는 대본을 가까이 끌어당겼다.

페리그린
데이 형제 각본

원작소설
『페리그린의 날개』, 캐럴 파이퍼

나도 데이 형제는 알고 있다. 카일과 트래비스, 나치 헤어스타일을 한 금발 쌍둥이로 레드카펫에서 전자담배를 피웠다. 그들은 아직 서른 살도 안 되었는데 HBO에서 리노를 배경으로 한 기발하고 폭력적인 미니시리즈를 만들었다. 잘나가는 사람들이다. 바르트 올로프손으로 말할 것 같으면, 대사가 많은 독립영화를 만들어 선댄스 영화제에서 사랑을 독차지한 다음 슈퍼히어로로 영화 세 편을 찍었으니 다시 전향해 제자리로 돌아올 준비가 되어 있을 터였다. 그들 모두 멋진 사람으로 여겨지고 있고, 그들과 함께 일하면 나도 멋지게 보일 수 있었다. "누구 아이디어였어요?"

휴고는 얼굴을 찡그렸다. "이야기가 좀 복잡한데, 소설을 쓴 여자의 아들이 데이 형제에게 대본을 의뢰했다는군."

"싸진 않았을 텐데요."

"그렇지. 하지만 데이 형제는 작품이 마음에 들지 않았다면 맡지 않았을 거야. 작품이 마음에 들었던 거지. 그 사람 이름은 레드우드 파이퍼야. 제작자가 되고 싶어하지. 젊고 유행에 밝고 어마어마한 부자인데, 이미 데이 형제를 알고 있었다더군. 그는 파이퍼 파이퍼야."

"파이퍼 파이퍼가 뭐예요?"

"파이퍼 재단. 파이퍼 미술관. 아버지가 죽고—레드우드의 아버지. 그 친구 부모는 오래전에 이혼했지—어쨌든 아버지가 죽고 레드우드는 집안의 재산 가운데 큰 몫을 물려받았어. 아마 석유로 모은 재산일걸? 화학인가? 아무튼 무시무시한 거였어. 그의 어머니 캐럴이 이 소설을 썼고, 친가 쪽 할머니는—이 부분이 진짜 흥미로워—1950년대에 메리언의 책을 출간했을 뿐 아니라 비행도 후원했지. 그 가문 전체가 이 이야기에 얽혀 있는 거야. 그리고 레드우드는 공상적 박애주의자에 창의적인 타입이지. 대단히 열성적이고."

그제야 나는 이게 무슨 소란인지 알 것 같았다. "그러니까 그 사람은 부자로 한가하게 빈둥거리며 살 마음은 없고 할리우드를 재창조하겠다고 생각하는 거군요."

"아마 그게 그 사람 기본 계획일 거야, 그래."

휴고가 억양 없는 목소리로 말했다. 공습을 계획하는 장군이 민간인 사상자의 발생을 예견하는 듯한 어조였다. 연민을 차단하는 사무적인 냉정함. L.A.에는 늘 이런 부잣집 자제들이 자기 손으로 벌지 않은 재산에 편승해, 마치 조상의 유령이 들어주는 가마에 탄 듯 활개치고 돌아다닌다. 그들은 하나같이 좋은 영화를 만들고 싶다고 말한다. 우수한 대본, 강렬한 비전, 독창적인 목소리 등등을 두루 갖춘, 아시아 시장에 내다 팔기 위한 목적이 아닌 작품. 그들은 재창조되기를 원하지 않는 걸 재창조하고 싶어한다. 그들이 생각하는 것보다 훨씬 복잡하고 약탈적이며 공고한 규모를 지닌 시스템의 붕괴. 그게 그들의 계획이다. 한편 할리우드의 계획은 그들이 처음엔 눈치채지 못할 정도로 서서히 그들의 살을 발라먹는 것이다. 조금씩 야금야금 살을 뜯어먹다가 결국 무자비하게 집어삼킨다.

하지만, 공정을 기하자면, 휴고 역시 좋은 영화를 만들고 싶어했다. 다만 그러기 위해 다른 사람들의 돈이 필요했을 뿐이다.

"그 사람이 돈을 다 대는 건가요?" 내가 물었다.

"아, 아니. 거금을 대긴 하지. 솔직히 야외촬영이며 비행기며 CG며, 우리 수준에는 좀 버겁거든. 그래서 선갓에 가져갔어." 선갓 연예기획사는 헤지펀드의 투자를 받고 있었고, 독립영화라고 하기엔 너무 비싸고 영화사들이 나설 정도로 비싸지는 않은 영화에 주력했다. "계약이 성사됐고, 지금은 어쩌면 사공이 지나치게 많다고 볼 수도 있지만, 난 잘될 거라고 생각해. 물론 적당한 스타가 있어야지." 그는 내게 눈을 찡긋했다. "많이는 못 줘."

"얼마나요?"

"등급표대로. 러닝개런티도 좀 있고."

"쇼팽이 퍽이나 좋아하겠네요."

"쇼팽 따윈 꺼지라고 해. 자넨 돈 필요 없잖아. 회의론자들에게 자네 능력을 보여줄 절호의 기회야." 휴고가 유난히 낭랑한 목소리로 우렁차게 말했는데, 마치 내가 중세의 군대이고 그는 대장으로서 황야를 넘어 진군해오는 적군을 쓸어내기 위해 나의 사기를 높이려는 것 같았다.

내 능력? 나는 사실 내 능력을 알지 못했다. 오스카상을 받는 내 모습을 다시 떠올렸다. 내가 오스카상을 받을 자격이 있을까? 아니다, 하지만 사실 누가 그만한 자격을 갖추고 있을까? 구현해.

휴고가 두 손바닥으로 허벅지를 탁 치고 일어섰다. "생각해봐."

나는 그를 배웅하기 위해 집안으로 함께 들어갔다. 그가 현관문 밖으로 나설 때 내가 말했다. "할말이 있어요. 개빈 듀프레이가 나한테 원한을 품었거든요. 곤란한 상황이 생길 수도 있어요."

"그 사람하고는 상관없는 일이잖나."

"그래도요. 영향력 있는 인물이니까."

"그 사람이 자네에게 원한을 품은 걸 어떻게 알지?"

"어제 그런 느낌을 받았어요. 내 배우 인생을 끝장내겠다고 했거든요. 그의 말을 그대로 전하자면"—나는 만화책에 등장하는 악당처럼 쇳소리로 으르렁거리며 한 손을 부르쥐었다—"'넌 끝났어.'"

놀랍게도 휴고는 그냥 웃어넘겼다. "선갓 대표가 누군지 알아?"

"테드 래저러스 아닌가요?"

"테드 래저러스와 개빈 듀프레이가 서로 앙숙인 건 아나?"

"그렇다고 들은 것 같아요."

"그 이유도 알아?"

"아뇨."

"개빈이 테드 마누라와 잤거든. 그러니까 괜찮아. 아무 문제 없어. 어차피 다들 서로를 파멸시키고 싶어하니까." 그는 내 손을 잡았다. "자네에게 아주 좋은 역할이 될 거야. 자네를 격상시켜줄 걸." 그는 요란하게 쪽 소리를 내며 내 손에 입맞춘 뒤 성큼성큼 걸어갔다. 그리고 우리집 대문이 열리길 기다리며 어깨를 쫙 펴더니 대문 밖 파파라치들을 향해 허리를 깊이 숙여 인사했고, 대문 문살 틈으로 그 모습을 본 파파라치들이 환호를 보냈다.

8

휴고가 돌아간 후, 나는 욕조에 들어앉아 메리언의 책을 펼쳤다.

편집자의 말
　이 책에 실린 기록은 독자들의 손에 닿기 전에 도무지 있
을 법하지 않은 여정을 거쳤다.

정말 그래, 하고 나는 생각했다.

　1950년, 뛰어난 조종사이자 이 짧은 책의 저자이기도 한
메리언 그레이브스는 항법사 에디 블룸과 함께 남극과 북극
을 모두 경유하는 지구 종단 비행에 나섰다가 실종되었다.
그들은 남극대륙 동부에 위치한 퀸모드랜드에서 마지막으
로 목격되었는데, 노르웨이-영국-스웨덴 남극 탐험기지인

모드하임에서 연료를 채운 것이다. 그들은 모드하임에서 대륙을 건너 남극을 지나 로스빙붕으로 날아갔어야 했다. 로스빙붕에는 리처드 E. 버드 제독의 남극대륙 탐험 기간에 세워져 사용된 여러 기지의 잔해가 남아 있었으며 그 전체가 '리틀아메리카'라고 불렸다. 그 기지들은 버려진 상태였지만, 메리언과 에디는 지구 종단 여정의 마지막 구간인 뉴질랜드를 향해 출발하기 전에 그곳에 저장된 휘발유로 그들의 비행기 페리그린호에 연료를 넉넉히 채울 수 있었으리라. 안타깝게도, 모드하임을 떠난 후 조종사도 항법사도 비행기도 다시는 목격되지 않았다. 그리고 십 년 가까이 그들의 운명은 베일에 싸여 있었다. 페리그린호가 혹한의 남극대륙 내륙 어딘가에 추락했으리란 의견이 지배적이었다.

이제 우리는 놀랍고도 우연한 발견 덕에 메리언과 에디가 실제로 로스빙붕에 도착했다는 사실을 알게 되었다. 지난해, 국제지구물리관측년 연구조사 과정에서 리틀아메리카 III 기지의 매장된 잔해를 발굴하던 과학자들이 예기된 버드 제독의 1939년에서 1941년까지의 탐사 유물뿐만 아니라 기이한 노란색 고무뭉치까지 발견한 것이다. 대단히 놀랍게도 그건 메이 웨스트*라 불리는 항공 구명기구였으며, 그 안에 메리언의 자필 일기가 고이 보관되어 있었다. 생략된 부분도 많고 단편적이기도 한 그 비행 사색록이 바로 이 책의 원고다.

---

* 미국 배우 메이 웨스트의 이름을 따서 붙인 항공 구명조끼의 별칭.

유감스럽게도 나는 메리언이 일기를 남긴 이유를 설명할 수 없다(그들이 지니고 있었을 두 개의 구명조끼 중 하나에 보관되어 있었다는 사실도 불길한 느낌을 준다). 어쩌면 그녀는 뉴질랜드에 도착하는 것과 장차 리틀아메리카를 찾아온 방문객이 그 일기를 발견하는 것 중에 어느 쪽이 더 가능성이 높은지 가늠해보고, 생각만 해도 괴로운 일이지만, 후자를 택했으리라. 그 기지가 아직 존재한다는 것 자체가 요행이라고 할 수 있다. 로스빙붕에서는 빙산이 지속적으로 분리되고 있으며, 보다 최근인 1946년부터 1947년까지 사용된 리틀아메리카 IV 기지의 절반이 이미 바다에 휩쓸려갔다.

메리언의 비행기가 당초 알려진 기록을 훨씬 넘어선, 완전한 종단에서 겨우 2600해리 부족한 지점까지 이르렀다는 소식은 우리에게 흥분된 기쁨을 안겨주지만, 이 발견에는 슬픈 진실도 담겨 있다. 메리언 그레이브스와 에디 블룸은 남극대륙을 떠나 실종된 것이다. 혹자는 공상적인 이론을 내놓기도 했지만, 우리는 그 두 사람이 차갑고 거친 바닷속 깊은 곳에, 벽 없는 무덤에, 무수한 이들이 그곳에서 영면을 취하고 있음에도 여전히 상상할 수조차 없이 쓸쓸한 곳에 함께 누워 있으리라 확신한다.

최근 D. 웬체슬라스&선스 출판사 사무실은 과연 메리언이 이 원고가 편집과 검토의 기회를 갖지도 못한 채 출간되는 걸 원했을지 토론하는 열띤 논쟁의 장이 되었다. 이 원고는 병 속에 담긴 사후의 메시지로 의도된 것이었을까? 아니면, 그녀가 자신의 말들을 저버린 것일까? 메리언이 비행 전의 대화에서나 일기에서나 독자에 대한 양가감정을 드러낸 건 사실이지만, 내가 동료들과 논쟁하면서 주장했다시피, 만일 메리언이 자신의 글이 읽히는 걸 진심으로 원하지 않았다면 왜 그냥 파괴해버리지 않았겠는가? 마음만 먹으면 쉽게 그럴 수 있었을 텐데 말이다. 우리는 의견 일치에 이르지 못했고, 메리언은 얼어붙은 적대적인 땅에 버려진 일기 외엔 아무런 지시도 남기지 않았다. 그녀가 남긴 원고는 온전한 책이라기보다는 장차 책으로 만들어질 발판에 가깝지만, 나는 그 원고를 예쁘게 다듬기보다 그대로 출간하는 쪽을 그녀도 더 바랄 거라 생각한다. 그래서 그녀의 글을 편집하지 않고 오자와 문법적인 부분만 바로잡았다. 그녀의 생각과 의도를 왜곡할 위험이 글을 다듬고 싶어하는 나의 충동보다 중요했던 듯하다.

나는 메리언을 알게 되어 기쁘다. 메리언이 여전히 우리 곁에 있어주기를 바라지만, 그녀가 지금으로부터 오래전 그 황량한 장소에서 내린 결정, 마지막 비행의 기록을 남기고 떠나기로 한 그 결정에 감사한다. 그 기록은 비행 자체와 마찬가지로 미완성으로 남았지만, 최소한 우리를 끝에 더 가까이 데려다주었다.

비록, 메리언이 이 글에서 지적했듯이, 원에는 끝이 없지
만 말이다.

성공을 기원하며.

발행인
마틸다 파이퍼

1959년

메리언의 15세와 16세 시절의
간추린 역사

1929년 9월~1931년 8월

메리언이 열다섯 살이 되고 송어와 첫 비행을 한 그달 뉴욕 가든시티에 있는 비행장에서 시험비행 조종사 한 명이 비행기를 이륙시킨다. 그는 이미 최고 속도 기록과 곡예 및 장거리 비행으로 잘 알려져 있고, 십삼 년 내로 백주대낮에 폭격기 열여섯 대를 이끌고 일본을 공습하면서 훨씬 더 유명해질 것이다.

지미 둘리틀은 한 바퀴 돈 후 착륙한다. 십오 분밖에 걸리지 않은 짧은 비행이고, 조종석 위로 불투명한 덮개를 씌워 조종사가 계기들 외의 모든 것과 차단되었다는 점을 제외하면 평소와 다를 바 없다. 계기비행, 그것의 명칭이다. 일부 계기들은 실험적인 것이며 그중엔 스페리 자이로스코프 인공수평계도 있다. 나중에 이 계기는 수평유지장치가 달린 구에 고정된 비행기(조종사)가 붙어 있는 형태가 된다. 구는 아래쪽은 검은색, 위쪽은 푸른색으로 이루어져 있으며(땅과 하늘) 비행기를 지구로 향하게 한다.

이 물체는 미래를 열어준다. 전에는 악천후시 비행을 할 수 없어서 정기운항이라는 것이 있을 수 없었다. 전혀 없진 않았지만, 신뢰할 만한 정기항공은 확실히 없었다. 우편수송기 조종사들은 모험을 걸었고 다수가 목숨을 잃었다. 전에는 오랫동안 땅을 볼 수 없으면 끝장나기 십상이었다. 구름 속으로 들어가 결국 나선비행에 휘말리기 쉬웠으며, 너무 늦어버릴 때까지 무슨 일이 벌어지고 있는지조차 깨닫지 못할 수도 있었다. 위로, 아래로, 왼쪽으로, 오른쪽으로, 북으로, 남으로—모든 게 끔찍하게 뒤엉키면서 비행기를 하늘에서 끌어냈다. 생존자들은 그걸 극도의 혼란 상태라고 표현했다.

둘리틀이 스페리사의 발명품을 달고 하늘에 오를 때, 그동안 많은 동료가 죽음을 향한 나선비행을 했음에도 다수의 조종사는 그런 장치가 필요하다고 믿지 않고 그에 대한 암시조차 모욕으로 받아들인다. 신중한 조종사들은 무의식적인 회전을 하지 않도록 계기반의 지침을 주의깊게 지켜보지만, 일단 통제력을 잃고 나선비행을 시작하면 그 지침들은 큰 도움이 되지 않는다. 행운의 생존자들은(송어도 그중 한 사람이다) 그런 경우 조종사들이 죽음을 맞이하는 건 뭐라고 정의할 수 없는 마법적인 '그것'이 없기 때문이라고 자기들끼리 말한다.

비행은 육감으로 하는 거라고 그들은 말한다. 진정한 조종사는 비행기의 모든 움직임을 육감으로 안다는 뜻이다.

하지만 사실은 육감이 아니라 내이內耳로 아는 것이고, 그게 문제다. 인간의 내이는 거짓말쟁이다.

눈을 가린 사람을 회전의자에 앉히고 의자를 천천히 돌리다가 회전 속도를 더 늦추면 그는 회전이 멈췄다고 생각한다. 회전이 멈추면 반대 방향으로 돌기 시작했다고 생각한다. 그것은 인간의 귓속 깊은 곳, 뼈로 이루어진 미로인 반고리관 내부의 아주 작은 유모세포들과 유동체들 사이에서 일어나는 착각이다. 이 미세하고 몹시도 취약한 인체 내부의 장치는 머리의 빗놀이와 키놀이, 옆놀이를 감지한다—경이로운 장치인 건 분명하지만 비행을 위해 진화되었다고 하기는 어렵다.

복엽기를 상상해보자. 저절로 움직이도록 내버려두면, 비행기는 자연스럽게 기울어지기 시작하면서 서서히 안정된 선회에 들어갈 것이며, 조종사는 진짜 지평선이 어둠이나 구름에 가려져 보이지 않을 경우 기체의 은밀한 움직임을 감지하지 못할 수도 있다. 그 상태가 충분히 오래 지속되면 육감이든 내이든 조종사에게 안정된 선회에 대해 굳이 알려주지 않을 것이고, 따라서 조종사는 적절한 장치의 도움 없이는 자신이 똑바로 날아가고 있다고 생각할 것이다. 하지만 기수는 땅을 향할 것이고 비행기는 깔때기 모양으로 점점 더 좁은 원을 그리며 선회하게 될 것이다. 조종사는 이내 대기속도가 높아지고 고도는 낮아졌으며 엔진이 끼익거리고 당김줄이 휘파람소리를 내고 눈금판 바늘들이 움직이고 자신의 몸이 좌석 쪽으로 눌린다는 걸 인지하게 될 것이고, 이때 인공수평계가 없으면 비행기가 선회하는 게 아니라 추락하고 있다는(속도는 올라가고 고도는 떨어지고 있으니까) 결론을 내릴 것이다. 그 순간 비행기는 수직으로 혹은 위로 기울거나 거꾸로 뒤집힐 수도 있으며, 조종사가 기수를 올리기 위해 스틱을 당기면 선회의 폭은 더 좁아지기만 할 것이다.

그걸 묘지행 나선비행이라고 부른다.

이제 다음 세 가지 중 하나가 일어난다. 땅의 위치를 파악하고 수평비행으로 돌아갈 수 있는 시간이 충분히 남은 상태에서 구름 아래로 튀어나온다. 아니면, 비행기가 견디지 못하고 공중에서 분해된다. 아니면, 아래에 있는 땅이나 바다로 나선을 그리며 추락한다.

적절한 장치가 있다면, 설령 구름이 끝도 없이 펼쳐져 신이 입은 얇고 흰 로브의 대머리황새 깃털로 이루어진 밑단처럼 땅에 스친다 해도, 수평비행으로 탈출할 기회를 잡을 수 있다. 하지만 지평선을 보면서 바로잡기는 쉽지 않다. 하늘에는 함정과 유혹이 득실거린다. 조종사들은 구름 속에서 계기들이 멋대로 움직였다고 보고하지만 물론 그건 사실이 아니다—눈금판 바늘이 아니라 조종사 자신의 몸이 거짓말을 한 것이다. 조종사의 내이가 나선에 적응한다. 조종사가 곤경에서 벗어나고 비행기가 직선으로 수평비행을 하고 있다고 계기들이 사실 그대로 말해줄 때조차 내이는 다른 의견을 낸다. 이때 조종사는 눈이 가려진 채 회전의자에 앉은 것과 같다. 내이의 미로 속 유동체가 아직 소용돌이치고 미세한 감각모들이 몸 전체가 소용돌이친다고 주장한다. 계기를 믿지 말라고, 비행기의 회전을 멈추라고 애원한다. 가끔 조종사는 그 애원을 듣고 도로 나선비행의 늪에 빠진다. 안개와도 같은 인사불성의 상태가 땅을, 진실을 가린다.

지금 자신이 깔때기 모양으로 좁아져가는 나선을 그리며 죽음을 향해 떨어지고 있다고 굳게 믿는 몸의 주장을 거스르고 계기반의 영혼 없는 작은 유리 덮개 속 바늘들을 믿기란 어려운 노릇이다.

하지만 실상은 그렇지 않다. 구름 속에서 현기증을 일으킨 것
이다. 그뿐이다.

메리언의 열다섯 살 생일 한 달 후인 10월 주식시장이 붕괴된
다. 검은 목요일. 검은 화요일. 주식시장 전체가 나선을 그리며
급락한다. 박살이 난다.

하지만 메리언은 이를 거의 알지 못한다. 월 스트리트는 너무
멀게 느껴지고, 아무튼 그녀는 날고 있다.

하늘 높이 올라가면 울긋불긋 단풍 든 산들이 이끼 덮인 밝고
울퉁불퉁한 바위처럼 보이고, 그녀는 진짜로 산들이 바위에 불과
하고 자신이 각다귀만큼 조그맣게 줄어들었다고 상상한다. 그녀
와 각다귀가 무슨 차이가 있겠는가? 행성 사이의 거리에 비한다
면. 태양의 크기에 비한다면.

아니, 매일 비행할 수는 없어, 메리언이 묻자 송어가 대답한다.
너무 짧은 기간에 너무 많이 올라가면 안 돼. 소화할 시간을 가져
야 하거든.

송어는 그녀에게 매일 조종을 가르쳐줄 수도 없다. 캐나다로
날아가 어느 작은 마을에서 술을 싣고 국경을 넘어 돌아와 산속
에 숨겨진 짤막한 활주로에 내려야 하니까. 그곳에서 빠른 차를
탄 채 기다리고 있던 사람들이 그의 화물을 미지의 지점들로 유
통시킨다. 나라 전체가 갈증에 시달리고 있다. 사람들은 술로 시
름을 달래고 싶어한다. 그가 날이 저문 후 도착하면, 밀주업자들

이 자동차 전조등으로 활주로를 비추어 거대한 어둠에 묻힌 산속에 빛나는 초록의 작은 직사각형을 만든다.

메리언은 스탠리의 배달 일을 계속한다. 모퉁이를 돌다가 브레이크를 방향타로 착각하고 너무 세게 밟는 바람에 사고가 날 뻔한다.

실력을 키우려면 연습밖에 없다고 송어는 말한다. 훌륭한 조종사가 되기 위해선 더 많은 연습이 필요하고, 재능도 어느 정도 타고나야 하며, 끈기도 있어야 한다. 위대한 조종사가 되기 위해선? 송어는 어깨를 으쓱한다. 아무나 그런 소질이 있는 건 아니다.

메리언은 자신이 최고가 될 결심이라는 걸 그에게 말하지 않는다. 아마도 그는 그런 건 없다고, 차라리 진짜 새가 되기로 결심하는 게 낫다고, 심지어 새들도 길을 잃거나 악천후에 갇힌다고, 판단 착오로 어딘가에 부딪혀 최후를 맞이하기도 한다고 말할 것이다.

한 시간씩 여섯 번 교습을 받은 후, 메리언은 단독비행에 나선다. 지식을 머릿속에 너무 많이 쌓아두기 전에 얼른 단독비행을 해보는 게 낫다는 송어의 판단에 따른 것이다. "평소와 똑같이 날면 돼." 그가 말한다. 그녀는 홀로 하늘을 날아보지만, 조종에 너무 집중하다보니 희열을 느낄 겨를도 없다. 귓속에 박혀 있는 송어의 목소리가 실수를 지적해주고 동반자가 되어준다. 메리언이 반동을 일으키며 착륙하자 송어는 다시 올라가라는 수신호를 보낸다. 그녀는 한 바퀴 돌고 비행기를 활주로와 일직선으로 맞춘 후 조금 긴 거리로 착륙한다. 그녀가 발을 딛고 서 있을 때는 단단히 고정되어 미덥기만 하던 땅이 착륙하면서 가까이 접근하다보면 자꾸만 흔들리고 기울어진다. 송어가 손을 흔든다. 다시. 또 올라가.

"진짜 산악비행을 하려면, 손바닥만한 땅에 착륙할 수 있어야 해. 안 그러면 벼랑으로 굴러떨어지거나 나무들 사이에 처박히 지." 송어가 말한다.

"난 언제 진짜 산악비행을 하는데요?" 아직은 넓게 트인 평지 의 활주로가 아닌 곳에선 착륙할 준비가 전혀 되어 있지 않은데 도 메리언은 짐짓 조바심을 내며 묻는다.

"금방은 아니야." 그가 말한다.

그는 미줄라 활주로에 흰 선을 하나 긋는다. 메리언은 그 선에 맞춰 짧게 착륙해야 한다. 산악비행가는 짧게 착륙하는 법을 알 아야 한다고 송어가 말한다. 그는 메리언이 열 번 중 아홉 번은 그 선에서 50피트 거리 이내로 착륙하기를 원한다. 그녀 자신도 정확성, 엄격함, 강철 같은 신경, 육감을 모두 갖추겠다는 야심을 품고 있다.

그리고 바클리 매퀸이 있다.

"송어가 그러는데, 내가 갖고 있는 본능을 없애고 새 본능을 만들어야 한대요." 메리언이 그의 집 포치에서 말한다. 발치에 내 려놓은 배달 바구니는 잊힌 지 오래다. "타고난 본능으로 움직이 면 죽음을 자초하게 된다고요."

"무슨 소린지 모르겠군."

"그러니까, 착륙할 때 접근을 잘하려면 기수를 땅으로 향해선 안 돼요. 그러면 속도가 높아지면서 기체가 위로 솟아 땅에서 멀어지거든요. 또 비행기를 활주로와 일직선으로 맞출 수 있을 정도로 좁게 선회하지 못했을 때 방향타를 밟으면 안 돼요. 그럼 비행기가 도니까요. 송어 말이 그런 경우엔 차라리 묘지로 날아가 사람들의 수고를 덜어주는 편이 낫대요."

"위험한 것 같군."

"물론 위험하죠."

송어에게 두번째 교습을 받으러 가면서 메리언은 자신이 바클리의 후원을 받아들이며 그의 존재와 그가 결국 요구하게 될 대가에 대한 풀리지 않은 의문까지 함께 받아들였음을 깨닫게 되었다. 그때 그녀는 설령 자신이 교습을 받으러 가지 않는다 해도 바클리는 다른 방법을 통해 자신의 삶에 교묘히 끼어들 거라고 스스로에게 말했다.

"무섭지 않아?" 바클리가 말한다.

"안 무서워요." 그런 다음. "가끔은 좀 무섭다고 할 수도 있지만 그만한 가치가 있어요."

"솔직히 난 네가 땅에 있는 게 더 좋아."

메리언은 그가 다음 말을 덧붙일까봐 두렵다. 그래서 너를 땅에 묶어둘 거야. 하지만 그는 잠자코 스탠리가 보낸 슈크림을 먹는다. 그의 검은 조끼에 가루설탕이 우수수 떨어진다.

그들은 그가 교습비를 내주고 있는 일에 대해 침묵해왔다. 메리언이 새들러를 통해 그에게 전한 뜻, 그러니까 나중에 빚을 갚겠다는 계획에 대해서도 바클리는 아무 언급이 없었고, 그녀는 그걸 암묵적 동의로 받아들이기로 했다. 메리언은 그의 차고에 월리스의 차가 있다는 걸 안다는 사실도 그에게 말한 적이 없다. 그들은 미스 돌리의 업소 이야기도 다시는 하지 않았다. 그들은 그저 배달 소녀와 돈 많은 목장주로서 친구가 된 것처럼 군다. 이처럼 서로 의기투합해 현실을 부정하는 상태는 오래가지 못할 것이다. 그런 불안감이 메리언을 짓누른다.

메리언은 더 기다려보지만, 바클리는 페이스트리만 먹고 있다. 그의 턱에 설탕이 달라붙고, 그녀는 그가 교습을 중단시키지 않을 것임을 깨닫자 그를 향한 애정에 현기증이 인다. 그녀가 그의 턱에 묻은 설탕을 털어주려고 손을 뻗지만 그가 그녀의 손목을 잡아 막는다.

하늘로 올라가면, 삶은 땅에서보다 더 무자비하게 삼차원적이 된다. 메리언은 비행기의 세 축, 공간에 있는 축과 일 초 후, 일 분 후의 축을 모두 의식해야 한다. 송어는 지평선의 주기적인 오르내림이, 엔진의 급등과 완화가 자기 몸의 기능처럼 느껴지기 시작할 때까지 이륙과 착륙을 반복시킨다. 그녀는 통제가 느슨해질 때까지, 그러나 부력을 잃지는 않을 정도로 활공 속도를 늦춰 실속*을 가까스로 피하면서 기우뚱거리며 나아가는 법을 배운다. 옆바람 속에서 옆으로 미끄러지는 사이드슬립도 배운다. (짧은 착륙에 도움이 된다. 아직은 대개 분필 선에 충분히 가까워지지 못하고 있지만 말이다.)

---

* 비행기가 양력을 잃고 급격히 아래로 떨어지는 일.

메리언은 더이상 미줄라의 미니어처 거리와 건물에 경이감을 느끼지 않는다. 이 도시는 익숙한 양탄자 무늬만큼 식상해졌다.

"선회비행은 이 정도로 충분해." 어느 날 송어가 말한다. "어디 다른 데로 가보자."

그들은 플랫헤드호수까지 갔다가 돌아온다. 멀진 않지만 어딘가에 다녀온 것이다. 메리언은 비행일지 메모란에 처음으로 '크로스컨트리'라고 적는다.

그리고 비행일지에 '크로스컨트리'가 주기적으로 등장한다. 송어는 철도, 도로, 강, 그리고 나침반과 시계를 이용해 길을 찾는 법을 알려준다. 메리언은 한쪽 무릎에 지도를 핀으로 고정시키고 다른 무릎에는 메모장을 끈으로 묶어놓은 채 계산한 걸 적는다. 그녀는 동틀 무렵과 해질녘에 공기가 가장 부드럽다는 걸 알게 된다. 엔진이 멎을 시 착륙할 지점을 늘 찾아보는 법도 배운다.

그녀는 그전에는 몬태나가 비어 있다는 사실을 이해하지 못했고 하늘 높이 올라가면 나머지 세계의 장관을 보게 되리란 꿈같은 생각을 버린 적이 없었다. 아직까지 그녀가 발견한 건 골짜기와 산, 나무와 나무와 나무, 태양의 희미해져가는 얼룩뿐이다. 그녀는 뭔가 다른 걸 갈망한다.

당일 비행으로 바다에 갈 수 있을 거라고 메리언이 송어에게 말한다.

때가 되면, 하고 그가 말한다.

어느 날, 캘러스펠과 화이트피시 사이의 골짜기에서 송어가 지붕 하나를 가리킨다. "저게 배넉번이야."

"배넉번이 뭔데요?"

"알고 있을 줄 알았는데. 매퀸의 목장이야."

굴뚝이 여러 개 있는 커다란 집. 숲과 산, 풀이 무성한 골짜기가 그 집을 에워싸고 있다. "땅이 얼마나 넓어요?" 그녀가 묻는다. "나도 모르겠는데. 여기 전부에다 조금 더 되지."

배넉번, 나중에 제이미가 말해주기를, 그건 스코틀랜드가 잉글랜드와 싸워 이긴 전투에 관한 시 제목이라고 한다. 학교에서 그 시를 읽었다는 것이다. 그가 책에서 그 시를 찾아 메리언에게 보여준다. 로버트 번스.

> 배넉번에서 잉글랜드인들 자고 있었네,
>
> 스코틀랜드인들 거기서 멀리 있지 않았지만
>
> 동이 트기를 기다리고 있었지……

그 전투 후에 무슨 일이 있었는데? 그녀가 제이미에게 묻는다. 독립했지, 제이미가 말한다. 한동안.

그날이 왔다네, 때가 되었네. 이 구절이 그녀의 마음에 박힌다.

어느 날 저녁 단독비행을 나간 메리언은 계획보다 오래 하늘에 머물며 석양을 향해 서쪽으로 날아간다. 그녀의 뒤에서 밀려든 어둠이 둥근 하늘을 덮어 그녀 앞에는 짙은 적갈색 띠만 남는다. 돌아오는 길에는 별들이 뒤에서 몰려든다. 송어는 그녀가 착륙할 수 있도록 비행장 사람들에게 전조등으로 활주로를 비춰달라고 부탁한다. 그는 안도감이 너무 커서 화도 못 내다가 갑자기 분노가 치밀어오르며 안도감을 잊는다. "네가 죽으면 그 사람이 누구 탓을 할 것 같아?" 그가 메리언에게 묻는다.

10월이 11월로 이운다. 나무들은 황금빛 관을 쓰고, 미루나무들이 살구색으로 환해진다. 풍경이 너울거리며 타오르다가 아른아른 빛난다.

메리언이 오두막 구석구석 숨겨둔 돈 일부가 사라진다. 물론 월리스 짓이다. 그녀는 남은 돈을 은행에 맡긴다. 불법적으로 번 돈을 법을 철저히 준수하는 곳에 맡기자니 기분이 좀 묘하지만 어쩔 수 없다. 아버지의 책 중 오래되고 그림이 많은 몇 권이 사라지고, 값어치가 많이 나갈 것 같은 장식품들도 자취를 감춘다. 옥으로 만든 말. 선세공 장식이 들어간 상아구슬 끈.

"그것들 어디 있어요?" 메리언은 작업실에 있는 월리스에게 따져 묻는다. "누구한테 팔아넘겼느냐고요?" 그녀는 바클리 매퀸이라는 이름을 듣게 될 거라고 확신한다. 작업실의 이젤 위에는 캔버스가 놓여 있지 않다. 월리스는 그림을 그리지 않는다. 메리언이 알기로는 대학에도 나가지 않는데, 해고된 건지 본인이 안 나가는 건지 알 수 없다. 팔레트 여기저기 말라붙은 울퉁불퉁한 물감덩어리 위로 먼지가 뽀얗게 앉았다. 월리스는 목이 드러난 칼라 없는 셔츠 위에 목욕가운을 걸치고 맨발에 숙취에 시달리는 상태로 안락의자에 처량하게 늘어져 앉아 한쪽 손 엄지와 검지 사이에 머리를 받치고 있다. 메리언은 그의 앞에 버티고 서있다. 제이미가 살며시 들어와 문가에 머문다. "뉴욕에 있는 골동품 상인에게 보냈어." 월리스가 말한다. "거기 살 때 알던 사람이지. 말은 아주 귀한 물건이더군."

"내가 도로 사올 거예요. 얼마 받고 팔았어요?"

월리스가 천문학적인 액수를 말한다. 메리언이 도로 사올 수 있는 금액이 아니다.

"삼촌 것도 아닌데 팔아넘겨요?"

"메리언." 제이미가 말한다. "사실 우리 것도 아니잖아."

메리언이 월리스 앞에 우뚝 서서 말한다. "왜 그림을 그려서 팔지 않는 거죠? 삼촌은 화가잖아요."

월리스가 의자에서 쭈그러든다. "능력을 잃었어."

"아니에요." 제이미가 말한다. "예전처럼 산속으로 들어가기만 하면 돼요."

월리스는 고개를 젓는다. "해봤어. 해봐도 안 돼. 그림 그리는 팔이 절단된 것 같아."

"그럴 리가 없어요." 제이미가 말한다. "정신적인 문제예요."

"물론 정신적인 거지." 월리스가 말한다. "그게 그렇게 간단하면 네가 해. 네 알량한 스케치들 봤어. 어서 사람들이 사고 싶어하는 그림이나 그려봐."

"이미 사람들이 제이미의 수채화를 사고 있어요." 메리언이 말한다. "시내에 내다팔고 있다고요."

월리스는 수치심에 차고 흐트러진 상태에서도 무시하듯 얼굴을 찌푸린다. 적어도 메리언의 눈에 이제 제이미의 그림은 아주 훌륭해졌는데, 월리스는 그 그림들을 무시한다.

"적어도 난 노력하고 있어요." 제이미가 말한다. "적어도 메리언은 노력하고 있다고요."

"나도 노력하고 있어." 월리스가 말한다. "내 노력이 너희에게 아무런 감명도 주지 못했다니 유감이구나. 그 옥 말을 쓸 데가 있었어? 어디 쓰려고 했는지 말해봐."

"그만해요." 메리언이 말한다. "다 끝난 일이니까. 그 돈은 어따 썼어요?"

"빚을 좀 정리했어. 급하게." 월리스의 머리가 점점 더 무거워지는 듯 뺨이 손바닥에 뭉개진다.

"좀이라면 전부는 아니네요." 메리언이 말한다.

"그래. 전부는 아냐."

메리언은 오두막 문에 자물쇠를 단다.

11월이 12월로 이운다.

1926년 조종사 플로이드 베넷과 함께 북극 위를 날아서 유명해진 항법사 리처드 E. 버드 장군이 남극 위를 난다. 버드의 사망 후 그와 베넷은 아마도 실제로 북극에 이르지는 못했을 거라는 여론이 등장하게 될 것이다(버드의 일기에서 육분의 측량 기록이 지워졌고, 비행기의 최고 속도와 경과 시간이 의문으로 남아 있다). 하지만 버드는 승무원과 함께 고인이 된 베넷의 이름을 딴 비행기를 몰고 반짝이는 흰 원반 모양의 남극 고원을 가로질러 진짜로 남극을 지난다.

미줄라에서는 땅이 칙칙한 갈색으로 변해가며 침울하게 눈을 기다린다. 눈이 먼지처럼 가볍게 휘날리더니, 탐스럽고 매끄러운 흰 속살을 지닌 함박눈이 내린다. 쌓인 눈 위로 드러난 나무들과 바위들이 찰과상처럼 보인다.

구름의 천장이 너무 낮으면 송어는 고개를 저으며 메리언을 돌려보낸다. 이따금 그들이 이미 하늘에 떠 있을 때 구름이 몰려들면서 구름층이 벽처럼 솟아 길을 막는다.

"구름 속은 아무것도 없는 잿빛이야." 메리언이 제이미에게 말한다. "가끔은 심지어 내가 존재하지도 않는 것 같은 기분이 들어. 세상도 그렇고."

"듣기만 해도 끔찍하군." 제이미가 말한다.

"하지만 구름을 뚫고 나오면 모든 게 더 밝아져. 눈가리개를 벗은 것처럼."

가끔 구름에서 벗어날 때 그녀가 수평을 유지하기 위해 전력을 다해도 날개가 당혹스러울 정도로 기울어진다.

"비행기가 문제가 될 정도로 기울면 난 알 수 있지." 송어가 말한다. "너도 그 느낌을 배워야 해. 육감."

하지만 그가 조종할 때도 날개가 기운다. 메리언은 구름 속에 사는 심술궂은 존재가 자신의 힘을 뽐내기 위해 날개를 비스듬히 기울이는 것 같다는 느낌을 받는다. 그리고 또, 송어가 자신의 육감을 그토록 확신한다면 구름이 예사롭지 않을 때 어째서 그렇게 황급히 기수를 돌려 착륙하는지도 궁금하다.

가끔—불규칙적이고 자주 있는 일도 아니다—메리언은 포치에서 자다가 시커먼 형상이 그녀 앞에 서서 어깨를 만지는 바람에 잠이 깬다. 그녀는 결코 놀라지 않으며, 잠이 덜 깬 상태에서도 그게 케일럽임을 안다. 그녀가 일어나 케일럽과 함께 오두막으로 갈 때 제이미도 잠이 깰까? 그렇다 해도 제이미는 아무 말 하지 않는다.

"너, 바클리 매퀸하고도 해?" 오두막의 좁은 침대에서 케일럽이 묻는다. 그들은 침대에 등을 대고 서로 어깨를 붙인 채 나란히 누워 있다. 그녀가 만든 모형 비행기들 날개가 천장 가까이에서 달빛을 받아 하얗게 빛난다.

"그 사람하고는 아무것도 안 해."

"만나러 가잖아."

"네가 그걸 어떻게 알아?"

"사람들이 아니까."

"그 사람이 스탠리에게 주문한 걸 배달해주는 거야."

"그 남자가 스탠리한테 살 게 뭐가 있는데? 세상 술은 다 가진 사람이."

"그 사람은 술도 안 마셔."

"술을 안 마시는 밀주업자라고?"

"바클리는 자기를 밀주업자라고 부르는 게 무례한 짓인 것처럼 굴어. 우린 그가 밀주업자가 아닌 양 지내지. 그 사람이 내 교습비를 내주는 사이가 아닌 척하면서."

케일럽이 그녀의 가랑이 사이로 손을 가져간다. "바클리가 이걸 알면 뭐라고 말할까?"

그녀의 상상력이 요동치고, 지평선 너머에서 타오르는 산불과도 같은 불길한 붉은 감정이 너울거린다. "그 사람한테는 절대로 말 안 할 거야. 무슨 일이 있어도."

"그 사람 좋아해?"

"네가 무슨 상관이야?" 메리언이 대꾸한다. 그가 더 의도를 담아 그녀를 만진다. 그러고는 창턱에 놓아둔 콘돔이 든 봉투로 손을 뻗는다. 콘돔이 있으면 사용하고, 없을 때는 질외사정을 한다. 그들은 아기가 생긴다는 상상을 하기만 해도 공포에 찬 웃음을 터뜨린다.

"당연히 넌 바클리를 좋아하겠지. 너를 날 수 있게 해준 사람이니까."

"그 이상이야."

"그러니까 좋아한다는 거네."

"쉿."

"그렇지만 이것도 좋아하지."

"쉿."

겨울에 메리언은 스키를 달고 착륙하는 법을 배운다. 그리 어렵진 않지만, 눈밭은 100피트 상공에서나 10피트 상공에서나 똑같아 보여서 고도를 판단하기가 녹록지 않다. 가끔 접지하는 순간이 기습적으로 찾아오기도 한다. 그런 경우엔 엔진을 역회전시켜 멈춰야 하는 어려움이 있는 게, 스키에는 브레이크가 없기 때문이다.

"들어와서 앉아." 바클리가 말한다. 그들은 추운 계절에는 부엌 식탁에 앉는다. 메리언은 새들러가 집에 있는지 없는지 도통 알 수 없지만, 이따금 마룻바닥 삐걱이는 소리가 그의 존재를 알려주기도 한다. 바클리는 그녀와 몸이 닿지 않도록 조심하지만,

그와 가까이 있으면 그녀의 몸 전체가 하나의 수용체가 된다. 그의 존재가 그녀를 가득 채운다. 그녀는 구름에서 벗어나 생동하는 계시적 세계로 들어선 기분을 느낀다.

"비행 이야기 해줘." 그가 말한다.

그녀는 그 기회를 놓치지 않고 자세한 이야기를 들려준다. 제이미는 위험에 대해, 바클리에 대해 걱정하며 안달한다. 케일럽은 기술적인 세부 내용까지 들어줄 인내심이 없다. 윌리스와 이야기하는 건 술에 푹 담근 대걸레와 대화하는 거나 마찬가지다. 하지만 바클리는 매우 복잡한 기술적 전문지식까지도 귀담아듣는다.

그는 비행기를 타본 적이 없다. 비행기를 타는 일 자체를 좋아하지 않는다.

메리언은 그에게 언젠가는 비행기에 태워주겠다고 말해왔다. 타보면 좋을 거예요, 하고 그녀가 말한다. 그렇게 많은 것을 볼 수 있다는 게 도무지 믿기지 않을걸요.

그는 차에서 보는 풍경으로 족하다고 말한다.

바클리는 그녀의 삶에 대한 폭넓은 질문들을 한다. 신문기자처럼 정중하면서도 집요하다.

"그러니까, 그 곡예비행사 말이야." 그가 말한다. "이름이 우스꽝스럽던—"

"펠릭스 브레이포글. 우스꽝스러운 이름 아닌데요."

"그러니까 그 프레더릭 보어스노글이 네 머리 위로 날아가는 바람에 말에서 떨어질 뻔했고, 넌 그 일이 있은 후로 비행기 조종사가 되어야만 한다는 걸 알게 되었다는 거지."

"예. 마음 깊이, 의심 없이."

"이런. 아니, 왜?"

"모르겠어요."

"그래도 무슨 생각이 있겠지."

그녀가 말한다. "당신도 나를 처음 본 순간 나에 대해 알아야겠다는 느낌을 받았다고 하지 않았어요? 나에 대해 전혀 모르면서요." 그는 고개를 끄덕인다. "같은 거예요." 사랑이라는 뜻이다. 느닷없이 시작된 사랑.

"같을 순 없지."

"그럴지도 모르죠. 어쨌든 난 다른 곳들도 보고 싶었고 비행기가 다른 곳으로 데려다주리란 걸 깨달았어요."

"계속 말했지만, 너도 몬태나가 다른 어느 곳 못지않게 좋다는 걸 알게 될 거야."

메리언은 그에게 자신의 입장을 납득시킬 방법을 궁리한다. "그리고 월리스 삼촌 때문에 걱정하는 것도 지겨워요. 그동안 우리가 삼촌에게 짐이 된 것에 대한 죄책감이 너무 컸는데, 최근엔 삼촌이 자기 몸도 건사하지 못할 것 같아 걱정이에요."

"제이미는 어쩌고?"

"제이미에게 모든 짐을 떠맡기는 건 마음에 걸리겠죠."

"내 말은—제이미가 그립지 않겠어?"

"몹시도."

바클리가 엄숙하게 말한다. "나에게도 누이가 있다고 말했지? 케이트. 나는 누이의 인생을 내 손에 알처럼 감싸쥐고 좋은 일만 생기게 해주고 싶어. 그건 부담이지—그런 바람 자체가. 사실 불가능하기도 하고."

"내 말이 그 말이에요. 걱정할 사람이 없다면 신세가 편할 텐데요."

그가 팔짱 낀 두 팔을 식탁 위에서 미끄러뜨리며 앞으로 몸을 기울인다. "그렇지 않아. 그럼 끔찍하게 외로워질 거야."

봄에 메리언은 야간착륙을 배운다. 비행장에 조명이 설치되었다.

송어는 돌진하는 장애물을 피하기 위해 방향타를 세게 밟아 땅 위에서 한 바퀴 도는 이상선회를 가르쳐준다. 이제 그녀는 대개 분필 선에 가까이 착륙하고 가끔 선에 맞추기도 한다.

1930년 5월, 요크셔 생선장수의 딸인 스물여섯 살의 에이미 존슨이 드해빌런드 집시모스 비행기로 런던 남쪽 크로이던 비행장에서 오스트레일리아의 다윈까지 단독비행을 한다. 덮개 없는 복엽기를 몰고 시속 80마일로 1만 마일을 날게 되는데, 날씨는 늘 너무 덥지 않으면 너무 춥고, 햇볕에 심하게 타고, 연료가 새기도 한다. 이륙 당시 그녀는 비행 경험이 팔십오 시간밖에 되지 않았고 착륙 요령도 잘 몰랐다. 하지만 지상 엔지니어 자격증이 있었고 엔진에 대해 잘 알았다. 바그다드 근처에서 모래폭풍을 만나 착륙할 수밖에 없게 된 그녀는 고글에 모래가 잔뜩 말라붙은 채 권총을 들고 비행기 꼬리에 앉아 늑대 울음소리일 수도, 그저 바람의 울부짖음일 수도 있는 소리에 귀기울인다. 그녀는 카라치까지 최고 속도 신기록을 세우지만, 날개가 부서진다. 수리에 시간이 걸린다. 랑군에서는 다른 날개와 착륙장치, 프로펠러가 부서진다. 다시 수리. 총 소요 시간은 십구 일하고도 한나절, 마지막날에는 티모르해를 건너며 500마일을 맞바람과 싸우고 연료 걱정까지 한다. 마침내 다윈에 도착해 명성을 얻지만, 그녀가 원한 속도 기록은 아니다.

메리언의 열여섯번째 생일이 다가올 때, 송어는 진짜 산악비행을 할 때가 왔다고 말한다. 드디어. 그들은 협곡을 따라가고, 상승기류를 타고 산등성이를 넘는다. 나무 꼭대기가 바퀴 바로 아래로 스쳐지나간다. 그녀는 바위와 나무 위에는 다른 풍경이, 바람이 만든 보이지 않는 지형이 있음을 알게 된다. 산등성이의 바람이 불어가는 쪽에서 똑바로 날다가 제때 벗어나지 못하면 공기가 모래수렁으로 변하면서 비행기를 빨아들인다는 것도 알게 된다.

그들은 착륙 연습을 위해 송어가 밀주업자들에게 화물을 전달하는 몇몇 황무지 활주로로 간다. 그녀는 짧게 착륙해야 한다. 진짜 짧게.

송어는 그녀에게 더 난이도 높은 곡예비행을 가르쳐줄 수 없는 것을 한탄한다. "이렇게 덩치 큰 녀석으로는 안 되지." 그가 트래블에어를 두고 말한다. "그래도 연습이 필요해. 위기가 닥쳤을 때 사방팔방으로 도는 일에 익숙하면 차분히 대처할 수 있거든."

"송어가 그러는데, 나선식 강하법을 연습해야 거기서 벗어날 수 있대요." 그녀가 바클리에게 말한다. "조종사는 위기 상황에서 공황 상태에 빠지지 않기 위해 그런 상황을 미리 연습해야 한다고 했어요. 그럼 반응이 더 빨라진다고요."

메리언은 자신이 무엇을 하고 있는지, 바클리에게 무엇을 요구하고 있는지, 무슨 일이 일어날지 안다. 그로부터 몇 주 지나지 않아 비행장에 도착해보니 트래블에어 옆에 완전히 신품인 밝은 노란색 스티어맨 복엽기가 세워져 있다. 송어의 미소가 너덜너덜한 해먹처럼 귀에 걸렸다. 그는 메리언과 함께 새 비행기를 둘러보며 반짝이는 매끈한 기체와 늠름한 날개에 감탄하면서 그녀에게 조용히 말한다. "이미 알고 있었지, 응?"

메리언은 윌리스의 빚이 어떤 식으로 쌓이게 되었는지 이해하기 시작한다. 이게 마지막이야, 하고 스스로에게 다짐한다. 이다음엔 비행기를 몰고 국경을 넘을 준비가 될 것이고 조금씩 빚을 갚아나가면 된다. "그래도 이렇게 하면 곡예를 좀 배울 수 있잖아요." 그녀가 송어에게 말한다.

송어는 앞쪽 조종석에, 메리언은 뒤에 앉고 둘 다 헬멧과 고글, 낙하산, 안전장비를 착용했다. 스티어맨은 핸들 대신 스틱이 달려 있어서 메리언은 처음엔 그걸 다루는 게 어색하다. ("어깨가 아니라 팔꿈치에서 당겨, 안 그러면 비스듬히 당기게 돼." 송어가 땅에서 한 말이다. "그 느낌을 배워야 해." 그의 가르침이 지닌 일관된 주제.) 메리언은 자신의 몸에 편안하게 맞는 조종석에 앉아 방향타 페달을 향해 두 다리를 뻗고 있는 게 좋다. 조종석 덮개가 없어서 바람이 얼굴을 어루만지는 것도 좋다.

세번째 올라갔을 때, 그녀의 손에서 스틱이 갑자기 움직인다―송어가 자신이 조종을 맡겠다는 신호를 보낸 것이다. 그는 높이 올라가 급강하를 시작한다. 트릭시 브레이포글이 그랬던 것처럼 공중회전을 하지만 메리언은 이번엔 텀블링하는 하늘과 땅을 바라보지 않는다. 계기들을 본다. 비행기가 수평을 되찾는다.

송어는 그녀 쪽을 보지도 않고 두 손을 들어 그녀가 다시 조종을 맡으라는 신호를 보낸다. 그는 이미 그녀에게 모든 걸 설명해주었다. 필요 고도와 대기속도, RPM, 이 모든 것의 한계. 그녀가 최고 높이에서 느낄 가벼움과 느림, 다시 땅으로의 급강하. "공중회전도 선회의 하나야." 송어가 말한다. "다만 옆으로 돌 뿐이지."

그녀는 위로 올라가 급강하를 시작한다.

"공중회전을 했어." 메리언이 밤에 포치에서 제이미에게 말한다. "세 번." 비밀을 털어놓듯 가슴이 콩닥거린다. 하지만 비행이 끝난 후 바클리에게 달려가 그가 문을 열자마자 목을 끌어안고 키스한 이야기는 하지 않을 작정이다.

무거운 침묵이 흐른 후 제이미가 마지못해 묻는다. "어땠어?"

"웃지 않겠다고 약속―"

"웃을 수도 있어."

"마치 내가 하나의 고정점이고, 조종장치를 이용해서 세상이 내 주위를 돌게 하는 것 같은 기분이었어. 그러니까 문자 그대로 우주의 중심이 된 거지."

제이미가 웃는다. "넌 항상 그런 기분으로 살잖아."

메리언도 웃는다. "어쩌면 진짜로 내가 우주의 중심일 수도 있지. 넌 그런 생각 안 해봤어?"

"그 사람이 뭘 원하는지 걱정 안 돼?"

"걱정되지. 하지만 그게 정확히 뭔지 몰라서 걱정되는 거야."

"뻔한 거 아닌가?"

"그 사람이 원하는 게 나를 침대로 데려가는 것뿐이라면 나로 선 다행이지. 그게 더 간단하니까." 하지만 그녀는 바클리가 무엇을 원하는지 안다. 안다고 생각한다.

그 느낌을 배워야 해. 급강하할 때 무거워졌던 몸이 회전 원의 정점에서는 안전장비를 찬 상태로 자유로이 둥둥 뜬다.

바클리는 메리언을 꽉 끌어안았고 그녀의 장화가 땅에서 들렸다. 바클리의 입이 그녀의 입을 틀어막고 몸은 죄어오는데다 발까지 안정적인 포치에서 떨어지자, 메리언이 바클리에게 키스하도록 만든 단호한 충동은 불안과 폐소공포증으로 무너졌다. 그는 본능에 이끌려 팔딱거리며 상류로 거슬러올라가는 연어처럼 눈과 귀가 먼 듯했다. 그녀는 벗어나려고 몸부림쳤고, 짧은 순간 그는 그녀를 놓아주지 않으려고 한 것 같았다. 메리언이 몸을 뒤틀고 허리를 뒤로 젖히자 그제야 비로소 정신이 든 듯했다. 그가 너무 갑작스럽게 놓는 바람에 그녀는 비틀거렸다.

"미안해." 바클리가 숨찬 목소리로 말하며 자신에게 무기가 없음을 보여주기라도 하듯 두 손을 들었다. "네가 갑자기 달려들어서. 난 무방비 상태였어."

메리언은 몸의 중심을 잡으려고 애썼다. "괜찮아요."

그들은 서로 눈을 마주치지 못했다. 메리언이 포치 가장자리로 가서 앉자 그도 따라와 옆에 앉았다.

메리언이 말했다. "오늘 공중회전을 했다고 말하러 왔어요."

"송어가 새 비행기를 갖게 됐다고 들었어. 곡예비행에 적당한 걸로." 왕 같은 미소.

"송어 말로는, 새들러 씨가 한 대 더 수집하고 싶어했대요." 메리언에겐 그것이 바클리의 후원에 대한 가장 근접한 암시, 진실을 향한 가장 대담한 기습이었다.

"새들러는 비행기에 대한 열정이 대단하지." 바클리가 말했다.

"복엽기에 대한 감각이 뛰어나던걸요."

"전도유망한 조종사를 확보했다고 하더군."

메리언은 타인이 자신의 운명을 확인해주는 말을 해주자 황홀경에 가까운 기쁨을 느꼈다. 바클리는 그녀에게 송어를 주고, 비행기를 주고, 이제 그녀를 믿어주었다.

메리언이 물었다. "이제 무방비 상태 아니죠?"

"그렇다고 할 수 있지. 왜?"

이 키스는 아까 같은 구속이 아니라 거두어들이는 행위였다. 그녀는 그의 느린 호흡을, 그가 살짝 뒤로 몸을 빼자 자신이 무의식적으로 따라가는 걸 의식했다. 무언가가 그녀를 그에게 묶었다. 밧줄처럼 튼튼하고 거친 끌어당김.

그가 물러섰다. "메리언, 난 이건 못하겠어." 그가 말했다. "우리는 이 길로 들어설 수 없어. 넌 이만 가는 게 좋겠다. 다음에 오면 예전으로 돌아가 있을 거야."

나에게 원하는 게 뭐냐고 물을 기회였지만, 메리언은 그럴 필요가 없었다.

"그 사람은 나와 결혼하기를 원해." 메리언이 제이미에게 말한다.

"바클리가 그렇게 말했어?"

"그냥 알아. 그럼 좀 안심이 돼?"

"아니."

"나도 그래."

"왜 너와 결혼하고 싶어하지?"

"참 나, 고마워라!"

"그러지 말고. 왜 그런대? 넌 아직 어린애잖아."

"아니거든."

"어린애 맞아."

너를 알고 싶다는 생각이 들었어.

메리언이 말한다. "우연히 내가 그의 관심을 끌게 됐고, 그 사람은 일단 어떤 생각을 머릿속에 품으면 버리지 않거든."

"그럼 둘이 적어도 한 가지 공통점은 있네. 넌 바클리랑 결혼할 거야?"

공중회전의 희열은 사라지고 급강하의 추락하는 기분만 남는다. 메리언은 제이미가 그와 결혼하지 말라고, 그럴 필요 없다고 말해주기를 바란다. 바클리가 돈으로 너를 사는 거라고 암시해주기를 바란다. 그녀가 화를 내며 그 생각을 떨쳐버릴 수 있도록. 혹은 제이미가 자신에게 바클리를 사랑하느냐고 물어주기를, 그리고 자신이 그럴지도 모른다고 대답할 수 있기를 바란다. 어쩌면 그녀는 바클리를 사랑하는지도 모르고, 적어도 그를 몹시 갈망하는 것은 사실이다. 그렇지만 자신이 덫에 걸렸다는 느낌 또한 뿌리칠 수 없다. 크기와 구조를 알 수 없는 덫.

하지만 제이미는 그런 말을 할 만큼 지각이 없진 않다. 메리언은 달빛 속에서 제이미가 자신을 마치 야생동물을 돌보던 사람이 제 갈 길을 찾아가라고 풀어주듯 우울한 시선으로 바라보는 걸 볼 수 있다.

"아마 그게 낫겠지." 그녀는 그렇게만 말한다.

다시 9월. 열여섯 살의 메리언은 이제 매일 비행한다. 악천후 때문에 날지 못할 때는 정비사들을 따라다니며 수리하는 법을 배운다.

"물 만난 고기로군." 그녀의 곡예비행 실력에 송어가 말한다. 그녀 역시 곡예비행을 할 때 그런 느낌을 받는다. 천연적인 환경에서 가혹하게 분리되었다가 다시 돌아온 듯하다. 바클리나 케일럽, 월리스, 제이미에 대한 생각은 끼어들 틈이 없다. 복엽기에서 그녀는 늘 우주의 고정된 중심이고, 스틱과 방향타를 가지고 우주가 그녀 주위로 돌게 만든다.

회전급강하―높이 올라간 다음 거의 실속점에 이를 때까지 속도를 낮춘다. 오른쪽 방향타를 밟고 스틱을 뒤로, 그리고 오른쪽으로 민다. 비행기가 돌면서 떨어지고, 엔진이 아우성치고, 꼬리가 올라가고, 맹렬하게 추락하고, 밑에서 땅이 빙글빙글 도는 우산처럼 회전한다.

완횡전―기수를 하나의 고정점으로 향하고 스틱을 오른쪽으로 민다. 날개가 수직이 되면 왼쪽 방향타로 교차조종을 시작한다. 왼쪽 방향타에서 발을 떼고 스틱을 앞으로 민다. 비행기가 뒤집히면서 조종사는 안전띠에 거꾸로 매달리고 이때 두 발이 방향타 페달에서 떨어지려 하는데 발을 떼어선 안 된다. 비행기가 뒤집힌 상태에서 엔진을 믿을 수 없게 되고 모든 것이 거울상으로 빠르게 변한다. 한쪽에서 손으로 자전거를 타면서 반대쪽에서 발로 다른 자전거를 타는 것과도 같다.

실속선회─송어가 이건 가르쳐주지 않아서, 그녀는 이론으로 익힌 후 단독비행에서 시도한다. 대기속도가 완전히 떨어질 때까지 수직으로 올라간 다음 중력의 영향을 받기 직전에 왼쪽 방향타를 끝까지 밟아 날개 끝을 기준으로 옆돌기를 하고 나서, 스틱을 오른쪽으로 움직였다가 앞으로 밀고, 기수를 돌려 땅을 향해 돌진하다가 수평비행을 한다.

송어는 화를 내며 훌륭한 조종사들이 그런 식으로 추락하는 걸 봐왔다고 말한다. 그는 메리언에게 일주일 동안 비행을 금지시키고, 그녀가 밀주 몇 병을 들고 가서 다시는 안 그러겠다고 약속한 후에야 다시 날게 해준다. 둘 다 그녀의 말이 거짓이라는 걸 알지만, 휴전이 이루어진다.

물론 곡예비행은 더 있다. 이멜만선회, 번트, 연속횡전, 샹델, 이 모든 것이 연속적으로 이어지고, 메리언은 미줄라, 그 사라진 빙하호로 뛰어들었다가 솟아오르며 하늘에서 거대하고 정교한 매듭을 만든다.

직업 조종사나 아마추어나, 자신들이 메리언의 교습을 거절했다는 사실을 잊는다. 그들은 메리언을 '붉은 남작부인'[*]이나 '소녀 린디'[**]라고 부른다. 다들 메리언이 스포캔 에어쇼에 참가하기를 원하지만, 메리언은 아직 면허를 따지 못했고 바클리도 그녀가 사람들의 주목을 받는 걸 원하지 않을 것이다.

---

[*] 1차대전 참전 군인이자 전설적인 전투기 조종사 리히트호펜 남작의 별명 '붉은 남작'에 빗댄 별명이다.
[**] 찰스 린드버그의 애칭.

날씨가 쌀쌀해지자 그녀가 덮개 없는 스티어맨을 계속 몰 수 있도록 털을 짧게 깎은 양가죽 코트와 묵직한 부츠가 등장한다.

또다시 겨울. 다시 스키 착륙. 진짜 산악비행. 구름 속에서 몇 번 접촉 사고를 간신히 면한다. 스키가 나무 꼭대기를 스치기도 하고, 암벽을 아슬아슬하게 피하기도 한다.

3월, 뉴욕 이스트강의 다리들 아래를 날았던 엘리너 스미스가 고도 기록을 깨기 위해 과급기를 단 벨런카를 타고 뉴욕시 상공 2만 5천 피트까지 올라간다. 그녀의 호흡관에 성에가 낀다. 문제가 생긴다. 뭔가 분리되었거나 산소통에 금이 간 것이다. 어둠이 덮개처럼 그녀를 덮친다. 비행기는 의식을 잃은 조종사를 싣고 4마일 이상을 하강한다. 다행히 2천 피트 상공에서 의식을 되찾은 엘리너는 용케 사이드슬립으로 좁은 노지에 기수를 처박으며 착륙한 다음, 비행기에서 걸어나온다.

"그게 배짱이지." 송어가 말한다.

일주일 후 엘리너는 다시 하늘로 올라가 3만 2천 피트 기록을 세운다.

질투심에 찬 메리언은 트래블에어를 타고 1만 5천 피트까지 올라간다. 조금 더 높이 올라간다. 이 비행기의 상승 한도는 1만 6천 피트지만, 그녀는 아마도 그건 보수적으로 정한 수치이리라 생각한다. 엔진이 털털거리다가 덜컥대더니 펑 소리가 난다. 그녀는 연료 혼합비 조정장치를 조작해보지만 문제가 해결되지 않는다. 비행기가 다리 세 개 달린 말처럼 움직인다. 그녀는 질겁해 고도를 낮춘다.

"운이 좋았어." 그녀가 사실대로 고백하자 송어가 말한다. "너

무 높이 올라가면 취해. 미친 상태가 되지. 헛것이 막 보이기 시
작하고. 누가 비행기에 같이 타고 있는 것 같아. 곁눈질을 하면
다른 비행기가 보이기도 한다니까. 날개 바로 옆에. 사실 아무것
도 없는데."

그녀는 할일이 필요하다. 그 말을 송어에게, 케일럽에게, 제이
미에게 하고, 바클리에게도 조심스럽게 넌지시 흘린다. 이제 그
녀는 진짜 날 수 있다. 송어가 연습에 연습을 거듭하게 해서 이제
손바닥만한 덤불이나 산속 자갈땅에도 착륙할 수 있다. 아마 울
타리 기둥에도 매처럼 착륙했다가 이륙할 수 있을 것이다.

"난 국경을 넘을 수 있어요." 메리언이 송어에게 주장한다.
"나도 쓸모 있는 사람이 되고 싶다고요."

"난 훈련을 모두 마쳤어." 그녀가 케일럽에게 말한다. "하지만
뭘 위해서 한 거지? 나한테는 술 배달 일을 안 시켜줘. 면허가 없
어서 곡예비행 시합도 못 나가고. 난 아무데도 못 간다고. 그게
무슨 의미가 있어?"

"그리고 우린 아직도 연극을 하고 있지." 그녀가 제이미에게
말한다. "내가 조종을 배우는 일과 바클리가 아무 관련이 없는 것
처럼. 그 사람은 친절한 목장주, 나는 배달 가서 잠깐 이야기나
나누는 배달 소녀. 그게 무슨 의미가 있어?"

"네가 그랬잖아, 바클리는 자기 방식대로 하는 걸 좋아한다고."
제이미가 대답한다. "너랑 그 연극을 계속하기를 원하지 않게 되
면 안 하겠지."

2월, 어밀리아 에어하트가 그녀의 책을 낸 출판업자이자 홍보
담당자, 그리고 일각에서는 스벵갈리*라고도 불리는 조지 파머

314

퍼트넘과 결혼했다. 그가 여섯 번이나 청혼했다. 결혼식 날, 그녀는 그에게 서로 정절을 기대해서는 안 되며 가끔 둘이 떨어져 지내면서 결혼생활의 구속에서 벗어날 수 있어야 한다는 내용의 편지를 보냈다. 그리고 결혼생활이 행복하지 않으면 일 년 뒤 자신을 보내주겠다고 약속해달라고 요구했다.

물론 그 일을 전혀 모르는 메리언은 그런 흥정은 꿈도 꾸지 못했다.

메리언이 열일곱 살 생일을 맞이하기 전, 세 번의 중요한 비행이 있다.

첫번째 비행.

악천후가 온다. 트래블에어를 몰던 송어가 구름에서 나선을 그리며 벗어나지만 통제력을 되찾지 못한다. 적어도 그게 가장 그럴듯한 설명이다. 그의 잔해는 별로 남은 게 없다.

메리언은 오두막에서 진짜 스카치를 마시며 긴 밤을 보내면서 마음을 모질게 먹으려고 애쓴다. 조종사들은 누구나 죽은 친구가 있다고 송어가 말하지 않았던가? 장례식에서 그녀는 송어의 아내와 자식들을 애써 외면한다. 그들 모두 키가 작고, 개구리처럼 생겼으며, 비참하다. (바클리는 그들에게 제대로 보상해주겠다고 약속한다.) 메리언은 송어가 자신이 원하던 방식으로 떠났다고

---

* 영국 작가 조지 듀 모리에의 소설 『트릴비』의 등장인물. 최면술을 써서 자기 지시를 거역하지 못하도록 남을 조종하고 착취하는 악역이다.

스스로에게 말한다. 최후의 추락. 어쩌면 그는 잘못을 바로잡는 데 골몰한 나머지 두려움조차 느끼지 않았으리라. 눈 깜짝할 사이에 벌어진 일이라 고통을 느낄 틈도 없었으리라.

그의 몸은 불에 심하게 탔다. 그리고 앞니가 계기반에 너무 깊숙이 박히는 바람에 시신을 끌어낸 후에도 앞니는 거기 그대로 남아 있었다.

바클리는 그녀에게 장례식에 입을 검은 드레스를 보냈는데, 검은 그로그랭 리본과 작고 반짝이는 검은 단추들이 달린 곱고 부드러운 모직 옷이었다. 메리언은 그 드레스 대신 비행복을 입는다. 제이미가 그녀 옆에 앉는다. 바로 앞줄에 앉은 바클리는 식이 거의 끝날 때까지 그들을 아는 체하지 않다가 마침내 몸을 돌려 제이미에게 악수를 청하며 말한다. "평화를 빕니다."

제이미는 결투자의 엄숙한 결의를 보이며 말한다. "평화를 빕니다."

나중에 메리언은 상자에 그대로 든 드레스를 갖고 초록색과 흰색 집으로 간다.

"돌려주러 왔어요." 그녀가 바클리에게 말한다. "안 입었어요."

"봤어." 그가 그녀를 부엌으로 들이며 대답한다. "마음에 안 들었어?"

"내가 이걸 입고 있는 걸 송어가 천국에서 봤다면 웃었을 거예요." 그녀는 상자를 식탁에 내려놓는다.

"천국을 믿나?"

"아뇨."

"그럼? 죽으면 어떻게 될 거라고 생각해?"

"그냥 끝이죠. 새들러 있어요?"

"새들러는 일이 있어서 스포캔에 갔어."

"이제 내가 비행기를 몰고 국경을 넘을 때가 됐어요. 착륙장들이 어딘지도 알아요. 거기서 연습했으니까. 송어가 없으니, 그 일을 할 수 있는 사람은 나뿐이에요."

그는 싱크대에 기대어 담뱃불을 붙인다. "그렇지 않아. 이 나라엔 조종사들이 득실거리니까."

"그게 처음부터 내 조건이었어요. 당신도 알잖아요."

"메리언, 나는 그 조건에 동의한 적 없어."

그녀는 입이 딱 벌어진다. "동의했어요. 계속 교습을 받게 해 줬잖아요."

"일방적으로 선포만 한다고 협상이 이루어진다고 생각해선 안되지."

"난 돈을 벌어 당신한테 진 빚을 갚을 방법이 있다는 걸 알기 전에는 교습을 받고 싶지 않다고 말했어요. 그건 공정하지 못하니까요."

재미있어한다. "네가 가장 원하는 걸 갖는 게 공정하지 못하다고?"

"빚을 갚을 방법이 없다면 공정하지 못하죠."

"송어의 장례식 날 그의 죽음을 비행 기회로 이용하는 건 좀 부적절하지 않나?"

"송어 차례가 온 거예요." 그녀가 반항적으로 말한다. "그는 이렇게 될 수도 있다고 늘 말했어요."

그는 담배를 피우며 그녀를 응시한다. "진짜로 이렇게 모질게

굴 거야?"

"송어가 살아 있었다면 내가 준비되었다고 말해줬을 거예요. 난 산을 알아요. 당신은 나를 믿어도 된다는 걸 알고요. 이 일이 아니면, 당신을 위해 차라도 몰게 해줘요. 뭐라도 할 수 있게 해달라고요. 다시 빈병이라도 모을게요. 무슨 일이든 하겠어요. 부잣집 딸이라도 된 기분이 든다고요. 아님, 여자애가 비행기를 모는 게 마치 뒷다리로 걷는 개처럼 재미난 구경거리라 조종을 배우게 된 것 같거나요."

긴 침묵. 바클리는 눈빛으로 도전해오고 메리언은 그 시선을 받는다. 이윽고 그가 말한다. "난 너를 딸로도, 개로도 생각하지 않아." 그는 몸을 들썩이더니, 재떨이에 담배를 눌러 끈다. "어쨌든 복엽기에는 화물을 많이 실을 수 없어. 그런 모험을 걸 필요는 없지."

그런 식으로, 팡파르도 없이 연극은 끝난다. "서른 상자는 들어가요." 그녀가 말한다. "어쩌면 더 실을 수도 있고요. 송어가 그랬어요. 고급 브랜드면 의미 없는 양이 아니죠. 그리고 다시 큰 비행기를 이용하려면 항공로를 계속 열어둬야 하잖아요."

"그건 네가 불법을 저지르게 할 만한 충분한 이유가 못 돼."

"난 이미 불법을 저질러온 지 오래됐어요." 그녀는 어리석은 허세를 부리는 기분을 느끼며 그렇게 말한다.

"나 때문은 아니었지." 메리언이 끼어들려고 하자 그가 먼저 말을 막는다. "메리언, 이번만은 네가 원하는 걸 해줄 수 없어. 지금 당장은."

"하지만 곧 해줄 거죠?"

바클리는 주저하며 그녀의 어깨에 손을 얹고 과일이 익었는지 확인하듯 조심스럽게 누른다. "송어처럼 경험 많은 조종사도 죽었는데 네가 그런 일을 안 당한다는 걸 어떻게 장담할 수 있지?"

"장담은 못하지만, 그래도 난 그 일을 해야 해요."

"만일 너에게 무슨 일이 생긴다면, 난 결코 자신을 용서할 수 없을 거야."

"당신 탓이 아니에요." 메리언이 너무 가까이 다가가는 바람에 왼발이 그의 두 발 사이로 들어간다. "국경을 넘게 해줘요. 제발."

바클리는 거의 동의할 듯하다가 이성을 되찾고 뒤로 물러선다. "그러지 마."

"뭘요?"

"자신을 팔려고 하지 마."

"나를 사려고 하는 건 당신이잖아요."

"나는 너를 사려고 하는 게 아니야. 너를 도우려는 거지."

"나를 도와주려면 쓸모 있는 사람으로 만들어줘요." 그녀는 문밖으로 뛰쳐나간다. 그는 따라오지 않는다.

그날 밤 오두막에서 케일럽과 함께 있게 된 그녀는 전에는 하지 않았던 걸 한다. 그와 섹스를 한다. 이제껏 그들이 하는 행위를 그 단어와 연관시켜본 적이 없었던 그녀였지만, 이제 그 단어가 그녀의 머릿속을 가득 채우고 있다. 그녀는 그의 몸에 올라타서 격렬히 엉덩이를 박아댄다.

처음엔 똑같이 반응하던 케일럽이 수동적으로 변하며 메리언을 지켜본다. 결국 그는 그녀를 밀어내고 낡은 플란넬 수건에 사정한다. 벽으로 나동그라진 그녀는 세게 부딪히진 않았지만 그에게 소리를 지른다. 그가 손으로 입을 막자 그의 손을 깨문다. 어렸을 때처럼 그가 자신을 때리기를 바라는 마음도 있지만, 그가 손을 뒤로 빼고 아파서 얼굴을 찡그리면서도 때리지는 않으리란 걸 안다. 대신 그는 그녀를 거칠게 끌어안고 그녀가 저항을 멈출 때까지 놓아주지 않는다. 메리언은 자신이 울기를 그가 기다리고 있다고 생각한다. 하지만 그녀는 울지 않을 것이다. 울 수가 없다. 마침내 그들은 잠이 든다.

새벽에 그가 옷을 입고 머리는 등뒤로 풀어헤친 채 침대 가장자리에 앉아서 말한다. "우리 이제 그만하자. 네가 그 사람하고 무슨 문제가 있는지 모르겠는데, 알아서 해결해. 난 못 도와줘."

"그래." 그녀가 말한다. "아무도 못 도와주지."

두번째 비행.

송어의 죽음 이후 세운 계획은 아니다. 몇 개월 전부터 궁리하고 있었는데 송어가 얼마나 걱정할지 알기에, 그리고 바클리가 송어의 탓으로 돌릴까봐 망설여왔던 것이다. 이제 송어가 죽었으니 이 일에 대한 책임은 오직 그녀 몫이다.

6월의 어느 맑은 아침, 메리언은 복엽기를 타고 이륙한다. 연료는 반밖에 채우지 않았고, 평소와 다르거나 사람들의 주목을 끌 만한 건 전혀 없다. 그녀는 하늘에서 느긋하게 공중회전을 한다. 그리고 수평을 되찾은 후 철길을 따라 북서쪽으로 날아간다.

제이미는 여름방학 동안 사라졌다. 몇 주 전인 5월 말 월리스가 식탁에서 제이미의 쪽지를 발견했는데, 집을 떠나지만 개학

전에 돌아오겠다는 내용이었다. 그러니까 걱정하지 말라면서. 메리언은 제이미가 말도 없이 떠난 데 마음의 상처를 받았다가 그다음엔 질투심에 사로잡혔다. 미리 알았더라면 함께 떠났을지도 모르는데. 바로 그런 이유로 제이미가 자신에게 미리 말하지 않았으리란 생각이 다시 상처를 들쑤셨다.

그녀의 무릎에 지도가 핀으로 고정되어 있다. 미리 경로를 정한 것이다. 그녀는 격납고에 쪽지를 남겼다. 크로스컨트리 나감, 내일 돌아옴. 자신이 제시간에 돌아오지 않으면 바클리의 스파이들이 격납고에 와서 그 쪽지를 발견할 것임을 안다. 바클리는 쪽지를 읽는 즉시 사람들을 시켜 몬태나를 둘러싼 세 개 주의 모든 비행장에 연락해서, 스티어맨 복엽기를 탄 소녀 조종사에 대해 제보하면 막대한 보상금을 주겠다는 약속을 할 것이다. 그녀가 쪽지를 남긴 건 말없이 떠나면 그가 하늘 가득 수색대와 구조대를 띄울 것이기 때문이다.

메리언은 북쪽으로 방향을 돌려 클라크포크강을 따라 폰더레이호수까지 간다. 전에 가본 적이 있는 이름 모를 도시 외곽, 미리 봐둔 주유소에서 멀지 않은 곳에 내린다. 주유소 주인이 연료 트럭을 몰고 와서 그녀의 비행기에 휘발유를 채워준다. 위험이 따르지만 불가피한 일이다. 그녀는 다시 하늘에 오른다. 폰더레이강을 따라 서쪽으로, 그다음엔 북쪽으로 간다. 폰더레이강이 굽이져 컬럼비아강과 만날 때 그녀는 자신이 캐나다로 넘어왔음을 알게 된다.

그녀는 산들 사이로 낮게 떠서 날개로 산비탈의 공기를 깎아 서쪽으로 길을 낸다. 기상 조건은 좋은 편이다. 한동안 짙은 구름이 낮게 드리우지만 그녀는 계속해서 구름을 타고 날아간다. 비행기의 배 부분이 썰매처럼 구름 위에서 미끄러지고, 프로펠러는 절반이 안개에 파묻힌다. 지도 위의 한 지점을 선택해 그곳을 향해서 날아가는 것, 그녀가 늘 원했던 일이다. 그녀는 제이미도 아마 바다를 향해 서쪽으로 갔으리라 생각한다.

제이미가 떠나기 전, 밤에 그가 메리언을 살며시 흔들어 깨웠다.

"너 악몽 꿨지." 그가 말했다.

그녀는 송어 꿈을 꾸고 있었다. 송어와 함께 트래블에어를 타고 나선을 그리며 추락하고 있었는데, 송어가 그녀에게 도와달라고 애원했지만 그녀의 조종장치는 어디에도 연결되지 않은 것 같았다.

"송어 꿈을 꿨어."

"그럴 줄 알았어. 잠꼬대를 했거든."

바람에 나뭇잎이 살랑거리는 쌀쌀한 봄밤이었고, 메리언은 제이미가 침대로 들어올 수 있도록 자리를 만들어주었다. 제이미가 그녀의 머리 쪽에 발을 두고 누웠다.

그녀가 물었다. "송어가 두려워했을 거라고 생각해?"

"너라면 안 그랬겠어?"

"난 그가 두려워하지 않았을 거라고 생각하고 싶어. 하지만 그럴 것 같진 않아."

"그래도 금방 지나가긴 했을 거야."

"송어는 자신이 무슨 일을 당할지 분명하게 알고 있었다 해도 비행을 중단하지 않았을 거야."

"자식들을 위해서도?"

그녀는 고개를 저었다. "바클리가 자기 가족을 책임져줄 거라는 걸 송어가 알고 있었기를 바랄 뿐이야." 그들은 침묵에 빠져들었다. 그녀가 덧붙였다. "그가 뭘 느꼈든 이제 끝난 일이지."

하지만 제이미는 잠들어 있었다.

갈수록 눈 덮인 산봉우리가 더 많이 보인다. 그 나라가 비어 있는 것이 그녀에겐 다행스럽다―사람들 눈에 띌 가능성이 적기 때문이다. 몇 시간 후, 그녀는 농지가 바둑판 모양으로 자리한 길고 넓은 골짜기를 향해 내려간다. 북쪽으로는 산들이 있다. 밴쿠버시는 서쪽에 있다. 골짜기 너머에는 파란 수평선이 펼쳐져 있다. 조지아해협. 그녀는 그곳으로 날아가고 싶다. 밴쿠버섬을 지나 망망대해로 가고 싶지만 연료도 부족하고 머지않아 해가 질 것이다.

그녀는 도시에서 항구를 가로질러 북쪽에 있는 비행장에 운을 맡긴다. 그곳에서 얼쩡거리던 조종사들이 그녀에게 어디서 왔는지 묻자, 오리건이라고 대답한다. 그녀는 밤 동안 비행기를 어디에 세워두면 되는지, 싸구려 호텔은 어디 있는지 묻는다. 조종사들이 재미있어하는 눈길로 바라보지만 그녀는 마주 쏘아본다. 이제 소년 행세는 안 통할 테니, 특이하고 키가 크며 먼지투성이에다 주근깨가 많고 고글을 써서 얼굴이 너구리처럼 햇볕에 탄 짧은 머리 소녀가 될 수밖에 없다. 한 남자가 작업복 주머니에서 유성연필과 수첩을 꺼내 2마일쯤 떨어진 하숙집으로 가는 길을 적어준다. "제럴딘에게 소여가 보내서 왔다고 해요." 그가 수첩에서 그 페이지를 뜯으며 말한다. "좋은 여자예요. 비행기는 내가 지켜봐주지. 이름이 뭐예요?"

"재밌네요, 내 이름도 제럴딘인데." 메리언이 말한다. 그녀는 북쪽의 높은 산들을 가리키며 묻는다. "저 위로 비행해요?"

그는 고개를 젓는다. "나는 잘 안 가요."

제럴딘의 하숙집은 가파른 언덕 중간쯤에 있다. 자정까지 들어와야 하고, 손님이 찾아오면 안 되고, 집에서 술을 마셔도 안 된다고 제럴딘이 말한다. 메리언의 방에 난 창문에 약해져가는 황혼빛과 집들 사이의 틈을 가로질러 검푸른 선을 그린 바다가 담겨 있다. 메리언은 가만히 있지 못하고 침대에 앉았다가 창가에 가서 섰다가 다시 침대에 앉는다. 문 두드리는 소리가 들린다. 문을 여니 제럴딘이 개킨 나이트가운을 내민다. "아까 보니까 짐이 없더라고요. 잠옷이 필요할 것 같아서 가져왔어요."

작은 친절이지만 메리언은 보살핌을 받는 데 익숙하지 않다. "고마워요." 그녀는 잠옷을 품에 꼭 안으며 말한다. 목소리가 떨리는 바람에 속마음이 드러난다.

"아무것도 아닌걸요." 제럴딘은 메리언이 예상했던 것보다 젊고, 거의 메리언만큼 금발에 주근깨가 많지만, 부드러운 느낌을 주고 가슴이 크다. "괜찮아요?"

순간 메리언은 그녀에게 모든 걸 말하고 싶은 충동을 느낀다. 부모님, 삼촌, 바클리 매퀸, 송어 이야기까지 다 털어놓고 싶다. 자신이 겨우 열여섯 살이고, 몬태나에서 혼자 여기까지 날아왔으며, 내일은 바다 위를 날며 둘러보고 싶다고, 무언가를 보고 싶다고 말하는 것이다. 그러면 제럴딘은 자신도 그녀의 절반만큼만 용감했으면 좋겠다고 하겠지.

하지만 메리언은 괜찮다고, 여기서 밤을 보내게 될 걸 예상하지 못했다고 말한다. 엔진에 문제가 생겨서 그런 거라고.

아침에 그녀는 연료를 채우고 이륙한 뒤, 용기를 내기 위해 들판을 빙빙 돈다. 그다음엔 항구로 나가 해협을 건너고 밴쿠버섬을 지나 마침내, 마침내 망망대해로 나간다. 바람이 수면에 리넨의 짜임 같은 섬세한 무늬를 그리고, 구름의 그림자가 그 위에 겹쳐진다. 해안에서 꽤 벗어난 그녀는 계속 날아가고 싶다. 수평선은 끝없이 뒤로 물러나겠지만 말이다. 하지만 그녀는 기수를 돌려야 한다는 걸, 집에 돌아가 현실을 직면해야 한다는 걸 안다. 그래도 바다는 보지 않았느냐며 자신을 달랜다. 돌아오다가 산으로 이어지는 해협 쪽으로 방향을 틀면서 그저 일시적 기분에 따르는 거라고 스스로에게 말하지만, 그보단 모험에 더 가깝다.

해협 끝은 빙하가 녹은 물이 강에서 흘러들어 물색이 밝은 우윳빛이고 옅은 빛깔의 모래밭이 군데군데 보인다. 그녀는 물길을 따라 북쪽으로 간다. 그보다 험준한 산악지대는 본 적이 없다. 그녀의 비행일지에 기록된 다른 모든 '크로스컨트리'는 지구의 광대함을 생각하면 작고 보잘것없는 시늉에 불과하지만 이것—이것—은 진짜 산악비행이다. 방향을 돌려 몬태나로 돌아가야 하지만 그녀는 엔진 회전속도를 높여 스카프로 입과 코를 막고서 위로 올라간다. 1만 2천 피트. 눈 덮인 안장 위를 지나 깊은 주발 안으로 들어간다. 암벽과 푸른 얼음이 불쑥 나타나 그녀를 에워싼다. 아래로는 얼음 평원이 쩍쩍 갈라진 크레바스들이 보인다. 제일 넓게 갈라진 크레바스는 비행기를 통째로 삼켜버릴 만큼 크다. 크레바스 속 곳곳에 눈이 덮여 있고, 그 밑은 검다.

엔진이 불만스러운 털털 소리를 내며 돌아간다.

메리언은 선회를 시도하지만 기체는 느리고 무겁게 움직인다. 연료 혼합비를 조정해보지만 엔진은 여전히 저항하면서 부조 현상을 보이기 시작한다. 그녀의 심장도 고장난 듯하다. 사지가 마비되어온다. 겨드랑이가 따끔거린다.

메리언은 돌고 또 돈다. 얼굴을 때리는 찬바람이 유리 파편처럼 날카롭고 거칠다. 팔이 너무 무겁고, 발도 방향타를 겨우 조종하고 있다. 아무도 그녀를 발견하지 못할 것이다. 어디를 수색해야 할지도 모를 것이다. 검은 크레바스가 그녀를 삼켜버릴 것이다. 그리고 눈이 수의처럼 그녀를 덮을 것이다. 하지만 다른 면에서 보자면, 어리석게도 이 산속으로 들어온 걸 아무에게도 들키지 않을 것이다. 사람들에게 망가진 몸을 보이지도, 비행기 계기반에 박힌 이를 남기지도 않을 것이다. 바클리는 그저 궁금증을 안고 살 수밖에 없을 것이다. 그의 마음속에서 그녀의 허깨비가 무수한 장소에서 무수한 가상의 삶을 살아가게 될 것이다. 그는 그녀를 과거에, 죽은 자들의 대열에 둘 수 없을 것이다. 엔진 부조가 심해지고, 기체가 어지러울 정도로 기운다.

제이미는 그녀가 얼마나 외롭고 불필요한 죽음을 자초했는지 결코 알지 못할 것이다.

제이미에 대한 생각이 그녀를 매섭게 후려친다. 머릿속의 웅웅거림이 가신다. 아니, 안 돼. 제이미를 혼자 두고 떠날 순 없어. 제이미가 여름 동안 도피한 것에 대한 벌로 영원히 사라질 순 없어. 메리언은 무거운 짐을 옮기듯 자신의 몸에 힘을 가해 납덩이 같은 팔다리를 억지로 움직인다. 스틱을 앞으로 밀어 주발의 굴곡을 따라 급강하한다. 거의 얼음 바닥에 스치기 직전에 강하를 멈춘다. 그리고 간신히, 덜컹거리고 털털거리며 맞은편 산등성이를 넘는다.

고도를 낮추자 얼굴과 손이 풀린다. 공포가 활개를 친다. 와들와들 떨면서 조종하다보니 기체가 깐닥거린다. 남쪽으로 방향을 돌린다.

미줄라의 조종사들은 그녀를 보고 안도하며 어디 갔었는지 묻는다. "밴쿠버에 갔다 왔어요." 그녀가 무표정하게 대답한다. 그녀는 하룻밤을 더 보내야 했고, 들판에 내려 비행기에서 잤다.

"괜찮았어?" 그녀의 단호한 태도에 당황한 조종사 하나가 묻는다.

"괜찮았어요." 어째서 송어는 얼음 깊은 곳의 검은 구덩이 이야기를 해주지 않았을까?

"매퀸이 화가 아주 많이 났어." 다른 조종사가 말한다. "오전 내내 여기 와서 하늘을 올려다보고 있었어. 하늘로 올라가서 다 부숴버릴 것처럼."

그녀가 집에 도착해서 한 시간밖에 지나지 않았을 때, 새들러가 모는 긴 검은색 피어스애로를 탄 바클리가 나타난다. 문간에서 월리스가 무기력하게 무슨 일로 왔는지 묻는다.

"메리언과 얘기 좀 하고 싶습니다."

메리언은 계단에서 듣고 있다. "괜찮아요, 삼촌." 그녀가 계단을 내려가며 말한다. 그녀의 삼촌은 아무 반대 없이 집으로 뒷걸음쳐 들어간다. 메리언은 바클리를 오두막으로 안내한다.

메리언을 따라 오두막 안으로 들어선 바클리는 문을 닫는다. 그는 화가 나서 주근깨가 두드러지고 눈동자가 거의 검게 보인다. 그가 조용한 목소리로, 어떻게 자신을 그렇게 독하게 배신할 수 있었는지 묻는다. 너는 어리석고 멍청하고 이기적이라고, 너를 믿지 말았어야 했다고 말한다. 너에게 비행기를 몰게 한 건 당연히 실수였다고. "내가 주는 걸 다 받고 결국 내 뒤통수를 칠 줄은 몰랐어."

메리언은 전혀 움츠러들지 않고 서서 듣고 있다가 이윽고 그의 말이 끝나자 그저 울기만 한다. 자신의 슬픔에 겨워 세찬 바람을 맞은 버드나무처럼 휜다. 그는 그녀가 죄책감에 괴로워한다고 생각할 것이며 슬픔 때문이라곤 짐작도 못할 것이다—송어에 대한 슬픔. 그리고 자신이 하늘에서 두려움을 느끼지 않으리라 믿으며 하늘을 통제 불가능한 힘으로 가득한 무심한 광대함이라기보다 동지로 여겼던 것에 대한 슬픔.

그의 분노가 스르르 녹는다. "울지 마." 그가 말한다. "제발, 메리언. 너를 잃을까봐 두려워서 화가 났던 것뿐이야." 그는 그녀를 품에 안는다. "왜 그랬어?" 그가 열띤 목소리로 웅얼거린다. "왜 그런 식으로 도망치려 한 거야?"

"도망친 게 아니에요. 어딘가로 가고 싶었어요. 당신한테 말해왔던 것처럼." 바클리가 몸을 빼려 하자 그녀는 그의 품에 매달리며 말한다. "바다를 보고 싶었어요."

"그래서, 봤어?"

"가장자리만."

"다 똑같지."

메리언은 크레바스에 대해, 그 속으로 추락하진 않았지만 거기 삼켜진 것에 대해 이야기하고 싶지만 이렇게만 말한다. "산악지 대에서 위기가 있었어요." 그래놓고 황급히 덧붙인다. "조금 너무 높이 올라갔거든요. 그게 다예요. 교훈을 얻었죠."

그의 두 팔이 그녀를 더 꽉 껴안는다. "넌 굉장히 현명한 것 같으면서도 가끔 아주 어리석을 때가 있어." 그의 몸의 온기가 그녀와 얼음, 검은 크레바스 사이로 끼어든다. 제이미가 집에 있었더라면 그에게 크레바스 이야기를 털어놓고 바클리를 상대할 마음의 준비를 할 수 있었을 것이다. 하지만 제이미는 그녀를 남겨두고 떠났다. 그리고 케일럽은 그녀를 멀리하고 있다.

그녀는 바클리의 목에 얼굴을 파묻는다. 그는 미동도 하지 않는다. 그녀가 말한다. "그동안 송어에 대한 악몽을 꾸곤 했어요."

그녀는 다시 그가 조종을 그만두라고 할 거라고, 심지어 금지시킬 수도 있다고 생각하지만 그는 이렇게 말한다. "메리언, 송어의 죽음을 아무렇지도 않게 받아들일 수 있을 거라는 기대 자체를 품지 마. 아무렇지 않다면 그게 더 이상한 거니까."

메리언은 제럴딘의 친절에 그랬던 것처럼, 그의 친절에 울고만다. 하지만 눈꺼풀 아래로 눈물이 천천히 스미고 복부가 들썩이는 정도의 차분한 울음이다. 그가 그녀의 귀 밑에 입을 맞춘다.

그 비행을 후회하는가? 그녀는 아니라고 결론짓는다. 그때 그녀는 조종실 밖으로 고개를 내밀고 그 바닥 모를 심원한 곳을 들여다볼 수도 있었다. 어느 시점에 가까스로 용기를 낼 수도 있었다. 그저 잘못을 바로잡고 겸손해지면 될 일이다. 그녀는 자신이 생각했던 그런 사람은 못 된다. 그래서 뭐 어쩌라고. 앞으로 다른 사람으로 거듭날 것이다.

바클리가 한 손으로 그녀의 어깨를 감싸안고 다른 손으로 엉덩이 아래를 들어 자신의 몸에 기대게 한다. 그러고는 댄스 파트너처럼 그녀가 뒷걸음질로 좁은 침대를 향해 가도록 인도한다. 그들은 침대에 눕는다. 그는 그녀의 바지 단추를 풀고 손을 집어넣는다. 그녀는 그에게 몸을 밀착시키고 엉덩이를 살며시 움직인다. 그의 눈빛이 흐려지고 표정이 느슨해진다. 그녀는 그와 시선을 맞추고 계속 움직인다.

밖에서 새들러가 기침소리를 낸다.

마치 그가 오두막 안의 안락의자에 앉아 있는 것처럼 기침소리가 또렷하게 들린다. 바클리가 환상에서 퍼뜩 깨어 손을 거둔다. 그 순간, 그들이 몇 초 전에 하던 걸 계속한다는 게 불가능하게 여겨진다.

바클리가 급히 일어선다. "미안해."

메리언은 바지를 여민다. "시작한 게요, 아니면 하다 만 게요?"

"시작한 거지." 그가 당연하다는 듯 대답한다.

"안 좋았어요?"

"너무 좋았지."

"근데 왜 하다 말았어요?"

"나는 그런 식으로 너와 타협할 권리가 없어." 그녀는 고개를 벽 쪽으로 돌리고 그가 떠나기를 기다리지만, 그는 침대 가장자리에 앉는다. "화났구나."

메리언은 분노가 치민다. 그래요, 라고 그에게 말한다. 화났어요. 내가 그걸 좋아하는지 안 좋아하는지는 왜 고려하지 않는 거죠? 내가 그만하기를 원하는지는? 나는 왜 늘 보호받아야 하죠? 당신은 검은 구덩이나 추락의 가능성 같은 진짜 위험으로부터 나를 안전하게 지켜줄 수 없어요. 당신의 시도들은 모욕적이에요. 나와 타협할 수 없다는 말도 터무니없어요. 내 후원자가 되어주고 비행기를 마련해준 건 나와 타협한 게 아니고 뭐죠? 내 꿈을 나에게 불리하게 이용한 게 아니면 뭐냐고요? 그리고 우리 둘 다 같은 걸 원하는데도—

그녀는 그를 원한다는 걸, 그의 몸을 보고 싶고 그가 자신의 몸을 만져주기를 원한다는 걸, 자신이 처녀가 아니라는 걸 시인하는 게 갑자기 부끄러워져서 말을 끊는다. (처녀가 아니라는 말은 절대 해선 안 된다.) 적어도 섹스는 더 진실할 것이다.

"네가 원하는 게⋯⋯" 그가 주저한다.

"국경 너머로 비행하고 싶어요."

"그게 다야?" 실망한 기색이 역력하다.

"그리고 당신과 자고 싶어요."

명민함과 전율, 완고함과 욕정, 걱정과 우쭐함이 그의 얼굴에 감돈다. "좋아." 그는 모자를 쓰고 문을 열며 말한다. "그래, 좋아. 둘 다. 오늘은 아니고 곧."

세번째 비행.

바클리가 비행기를 타기로 동의한다. 그의 첫 비행이다.

7월의 어느 무더운 날, 비행장에 도착한 그는 비행기들을 노려보며 초조하게 걸어다닌다. 그와 메리언은 아직 잠자리를 하지 않았지만, 이제 섹스는 그들의 발밑에서 언제 열릴지 모르는 뚜껑문과도 같다. 그녀는 국경을 넘는 비행을 시작했다.

새들러가 물건을 수거할 때 사용하는 암호를 알려주고, 깨알 같은 숫자가 매겨진 점들이 인쇄된 특수 지도를 읽는 법도 가르쳐주었다. 그 점들은 대부분 유인용 미끼지만 진짜 은닉처들과 활주로들도 있다.

"못마땅하시군요." 메리언이 새들러에게 말했다.

그는 지도에 시선을 두고 약간 흥미를 끄는 신문기사에 대해 이야기하듯 말했다. "내가 나설 일은 아니지."

그녀의 첫 임무는 브리티시컬럼비아에 있는 이름 모를 농부의 들판에 다녀오는 것이었다. 그 농부는 위스키 상자들이 실린 수레를 뒤에 매단 트랙터를 몰고 메리언을 만나러 왔다.

그녀는 해가 하늘에 낮게 걸려 있을 때 이륙했다. 화물의 무게 때문에 연료가 빨리 닳고 기체의 균형이 흔들려 평형 상태를 예의 주시해야 했다. 다시 몸이 납덩이처럼 무거워지면서 정신이 멍해지고 머리가 윙윙 울리는 증세가 시작되었으나 다행히 뿌리를 내리진 않고 금세 사라졌다. 물량이 적어서 차 두 대만 그녀를 기다리고 있었고, 어스름 속에서 자동차 전조등 불빛이 작은 핀 구멍처럼 보였다. 그녀가 착륙하자 그들이 비행기 뒤로 접근해 자동차 트렁크와 뒷좌석 밑에 숨겨진 칸을 열었다. 그들은 사무적으로 활기차게 위스키 상자들을 꺼냈다. 그리고 며칠 후, 그녀에게 다음 배달 지시가 내려왔다.

메리언이 이륙해 선회비행을 하는 동안, 바클리는 그녀가 준 헬멧 꼭대기가 간신히 보일 정도로 앞쪽 조종석 깊이 몸을 파묻는다. 그녀는 도시를 한 바퀴 돌면서 비행기를 심하게 기울여 그가 아래를 보게 하려고 노력하지만, 황소개구리 등처럼 반들거리는 작은 가죽 돔을 이룬 그의 헬멧은 움직임이 없다. 그가 눈을 뜨고 있는지조차 확신할 수 없다. 그녀의 계획은 그를 살살 다루며 공중에서 골짜기 여행을 즐기게 해주는 것이었지만, 그가 비행 내내 두려움을 떨쳐내지 못하고 고집스럽게 웅크리고 있을지도 모른다는 생각에 짜증이 난다. 그녀는 스틱을 당긴 다음 옆으로 밀고 방향타를 밟는다. 비행기가 깔끔하게 뒤집힌다. 바클리의 머리가 조종석에서 거꾸로 매달리고, 그는 안전장치가 끊어질 경우 조종석에 게처럼 매달릴 수 있으리라 생각하는 듯 가장자리를 움켜쥔다. 다시 방향타를 밟자 미줄라가 빙그르 돌아 아래로 내려간다.

그가 고개를 돌려 그녀를 보며 바람에 대고 뭐라고 외치면서 장갑 낀 손가락으로 땅을 가리킨다. 그녀는 미소 지으며 기수를 북동쪽으로 돌린다.

메리언이 미줄라를 벗어나려 한다는 걸 알아챈 그가 다시 고개를 돌려 소리를 지르지만, 그가 무얼 할 수 있겠는가? 그는 그녀의 손아귀 안에 있고, 그녀에겐 가득찬 연료탱크가 있다.

삼십 분쯤 지나자 화내고 두려워하는 데 신물이 난 바클리는 똑바로 앉아 밖을 내다본다. 한쪽 옆을 보다가 다른 쪽도 본다. 이윽고 글레이셔국립공원의 톱니 모양 성벽이 시야에 들어오고, 그 뒤로는 거리가 멀수록 희미해져가는 푸른 빛깔의 거친 산등성이들이 겹쳐져 있다. 산허리의 암석층들이 햇살을 받아 빛난다. 암석이 평평하게 쌓인 곳도, 태피 사탕이 혼합기 갈고리에 감긴 것처럼 주름진 곳도 있다. 산비탈에 달라붙은 빙하들은 캐나다에서 보았던 것보다 작다. 아래쪽에는 녹은 빙하가 이룬 에나멜처럼 불투명한 밝은 청록색 호수들이 보인다.

메리언은 그 공포가 다시 찾아올지도 모른다고 생각하지만 목구멍이 죄어드는 느낌만 들 뿐이고 그건 착륙한 후에 무슨 일이 일어날까 불안하기 때문이다. 비행기를 뒤집기 전에 그가 그 곡예를 또하나의 반항이나 배신, 심지어 조롱으로 여길 수도 있음을 고려하지 않았던 것이다. 빙하가 이룬 장관에 그의 화가 누그러지기를 바랄 뿐이다. 그가 비행을 금지하는 벌을 내린다면 어떻게 할까? 물론 미줄라를 떠날 것이다. 그녀는 처음으로, 그가 마음만 먹으면 자신이 떠나는 걸 막을 수 있을지 궁금해진다.

연료계 바늘이 더 떨어지자 그녀는 캘러스펠을 향해 기수를 돌린다. 바클리는 미줄라를 벗어난 후로는 주변을 돌아보지 않았고, 그녀가 보여준 경이로운 광경도 인정하지 않았다. 더 작은 산들이 이룬 평범한 웅대함 속으로 들어서자 그녀는 축제나 소풍을 너무 오래 즐긴 후처럼 짜증스럽고 고갈된 기분을 느낀다.

구름이 몰려들더니 점점 더 짙고 낮아진다. 그들이 땅에 내린 늦은 오후쯤엔 하늘이 잔뜩 흐려 있다.

"날씨가 좋아질 때까지 기다려야 해요." 그녀는 조종석에서 내려오는 바클리에게 말한다. 그를 납치하듯 비행기에 태워 거꾸로 뒤집은 일이 없었다는 양 아무렇지도 않게 군다.

그는 하늘을 바라본다. 그러더니 침착하게 말한다. "여기 집이 하나 있어. 사무실로 쓰는. 거기로 가지."

시내로 걸어들어가면서 바클리가 재킷 안주머니에서 열쇠꾸러미를 꺼낸다. "미줄라에서 이게 주머니에서 빠져서 누구 머리 위로 떨어지지 않아 다행이군." 그가 말한다.

그들 사이에 기대감이 팽배해 분위기가 어색해진다. 금세 비가 내릴 듯 공기가 습하다. 문가에서 담배를 피우고 있던 남자가 바클리를 맞이하고, 바클리에게 동행으로 인정받지 못한 메리언이 멀찌감치 떨어져 서 있는 동안 그들은 의례적인 인사를 나눈다. 남자가 호기심어린 눈길로 그녀를 흘낏거린다.

사무실은 골목에 있는 작은 집이다. 방이 두 개뿐이고, 좁지만 따듯하다. 첫번째 방에는 전화기와 타자기, 램프가 놓인 책상 두 개, 목제 서류 캐비닛, 스토브와 싱크대가 있다. 모두 완벽하게 정리된 상태다. 바클리가 침실인 옆방으로 들어가 빠르고 활기찬 동작으로 커튼을 친다. 그녀가 머뭇거리며 따라 들어간다.

"누가 여기 살아요?"

"아니." 그가 닫힌 문을 가리킨다. "저기 들어가서 씻어."

욕실 바닥에는 흰색 팔각형 타일이 깔려 있다. 갈퀴발 욕조, 세면대, 체인을 잡아당겨 물을 내리는 변기가 있다. 거울 속에 바람맞은 부랑아가 보인다. 얼굴은 고글을 썼던 부분을 제외하면 꼬질꼬질하고, 머리칼은 수영모자처럼 두피에 찰싹 붙어 있다. 씻어. 그녀는 욕조를 바라본다. 목욕을 해야 하는 건가? 그러면 이상할까? 안 하는 게 이상할까? 손에서 기름냄새가 난다. 물론 그와 잠자리를 하게 될 것이다. 피임은 어떻게 하지? 그도 그런 생각을 했을 것이다―아기를 원하진 않을 테니까.

그녀는 욕조의 온수를 틀어 소변보는 소리를 덮는다. 욕조에 물이 몇 인치쯤 차오르자 안에 들어가 물웅덩이 속 새처럼 철벅거리며 떨리는 가슴을 진정시킨다. 수도꼭지 아래 머리를 대고 세면대 옆에 남아 있는 작은 비누를 최대한 활용한다. 마치 의식을 치르기 위해, 제물로 바쳐지기 위해 준비를 하는 기분이다. 욕조에서 나온 그녀는 수건을 몸에 두르고 고민하다가 더러운 비행복을 도로 입고 양말과 장화는 들고 나온다.

그는 침대 가장자리에 앉아 있다가 그녀가 가까이 다가가자 일어나서 눈길조차 주지 않고 그녀를 스치고 지나가 욕실로 들어간다. 그녀는 어리둥절한 채 방 한가운데 서서 그가 오줌을 누는 소리를 듣는다. 그러다 창가로 가서 늙은 여자가 핸드백을 든 것처럼 장화를 앞에 들고 커튼 틈으로 밖을 내다본다. 창문을 열어 바깥공기를 들이고 싶지만 그럴 수 없을 것 같다. 밖은 잿빛으로 어둡고 거리는 조용하다. 이제 세면대 물소리와 철벅거리는 소리가 들린다. 검정 포드 한 대가 굴러간다. 그녀의 머리칼에서 물방울이 목깃으로 떨어진다.

뒤에서 바클리의 발소리가 들린다. 그의 가슴이 그녀의 등에 닿더니, 그가 팔을 뻗어 그녀의 손에서 장화를 빼앗아 아래로 떨어뜨리고, 그녀의 바지 단추를 풀어 바지를 끌어내린 다음 그녀의 몸을 돌린다. 그리고 떨리는 손으로 그녀의 셔츠 단추를 푼다. 너무 빠르게 베일이 벗겨진 메리언은 한 팔로 가슴을 가리지만, 그가 그 팔을 치운 다음 그녀의 속바지를 벗긴다. 그리고 뒤로 물러서서 그녀를 바라본다. 그의 관심이 너무도 맹렬해 거의 조롱하는 듯한 느낌을 준다. 넌 누구지? 그녀는 그가 미스 돌리네서 본 그 소녀가 아니다. 그녀는 알몸인 지금보다 매춘부들에게 빌린 그 얇은 옷을 입고 있을 때 더 벌거벗은 기분을 느꼈었다.

침대에서 바클리는 아직 옷을 다 입고 있는데 메리언만 벗고 있어서 기분이 이상하다. 그녀는 그의 모직 바지에 다리 안쪽이 쓸리고, 그의 허리띠 버클에 배가 긁히고, 그의 셔츠 단추가 흉골을 누르는 걸 느낀다. 메리언이 그의 셔츠 단추를 풀려고 하자 그가 그녀의 손을 밀어낸다. 그녀가 가만히 누워 있기를 바라는 듯하다. 그녀가 그의 목이나 등을 애무하면 움찔 놀라는 것 같아서 그냥 손을 내려놓는다. 이윽고 그가 그녀의 한쪽 손을 잡더니 바지 위로 그의 성기를 꽉 쥐게 한다. 전에 그랬듯이 그가 그녀 안으로 손가락을 넣지만 그녀가 엉덩이를 들썩이자 노려보며 한쪽 손으로 그녀의 배를 세게 눌러 움직이지 못하게 한다. 그녀는 피임을 어떻게 할 건지 묻고 싶지만 그의 험악한 표정에 입이 떨어지지 않는다.

마침내 그가 갑자기 허물을 벗듯 옷을 훌렁 벗어던진다. 그의 몸은 거의 털이 없고 사타구니와 겨드랑이에만 허술한 둥지 같은 검은 털이 보일 뿐이다. 그가 재킷 주머니에서 무언가를 꺼내기 위해 일어서자 성기가 그의 몸에서 수도꼭지처럼 곤두선다.

메리언은 그가 콘돔을 꺼내는 걸 보고 안도한다. 미스 돌리의 아가씨들에게 듣기론, 콘돔 피임법의 가장 힘든 점은 남자들이 끼기 싫어한다는 것이다. 아가씨들은 그래서 페서리를 선호했는데, 늘 쉽게 구할 수 있는 건 아니라는 게 문제였다. 바클리가 침대로 기어올라와 무릎으로 그녀의 가랑이를 벌린다. 그는 메리언과 눈을 맞추고 그녀가 마음을 바꿀 수 있는 마지막 기회를 준다. 첫 감각은 적응과 관련된 것이다. 그녀의 사타구니 근육이 케일럽보다 훨씬 무거운 그의 체중이 주는 부담을 흡수하고, 그녀의 내부 구조가 변화한다. 그의 느낌은 지하도시에서 온 메시지처럼 모호하고 멀지만, 그가 움직이자 마치 그들이 하고 있는 일이 긴급하고 필수적인 것이며 중요한 것이 걸려 있는 듯 그 느낌이 강하고 격렬해지기 시작한다.

어쩌면 그녀는 비행기를 뒤집으면서 이런 결과를 초래하게 될 걸 알고 있었는지도 모른다.

"괜찮아?" 그가 묻는다.

"예."

"아파?"

"조금."

"처음 해보는 거지, 그렇지?"

"예."

그가 그녀를 바라본다. 메리언은 그가 자신의 말을 믿는지 알 수 없다. 그가 갑자기 성기를 빼더니 그녀의 몸을 뒤집어 베개에 얼굴이 파묻히게 한 다음 뒤에서 인정사정없이 밀고 들어온다. 그러다 얼마 후 몸을 굴려 그녀를 자기 위로 끌어올린다. 그리고 다시 그녀를 똑바로 눕힌 다음 그녀의 무릎을 어깨까지 밀어올린다.

그는 그녀의 팔다리를 이렇게도 해보고 저렇게도 해보며 좀이 쑤시는 듯 불만을 발산하고, 그녀는 놀라서 조용히 지켜보는 방관자의 역할을 받아들인다. 그는 무엇을 원하는 걸까? 그 자신도 잘 모르는 듯하다. 그녀는 그의 모든 성관계가 이런 식인지, 그의 여자들은 모두 성급하고 독재적인 작은 소년의 손에 들린 인형 같은 기분을 느끼는지 궁금하다.

바클리는 초조하게 메리언의 몸을 뒤집어대며, 마치 그녀의 몸에 그가 원하는 무언가의 열쇠가 들어 있으나 그녀의 몸 자체가 그것은 아닌 것처럼 어찌할 바를 모른다. 놀랍게도 그녀는 그의 비인간적인 조작에 흥분을 느끼는 자신을 발견하지만, 정작 그는 그녀의 팔을 어디에 둘지 법석을 떨다가 발기를 유지하는 데 어려움을 겪기 시작한다. 그녀로선 전혀 고려하지 않았던 상황이다. 그가 그녀의 두 팔을 머리 위로 올리고 그대로 있으라는 듯 매트리스에 찍어누른 다음, 자신의 흐물흐물해져가는 물건을 손에 쥐더니 그녀 안으로 집어넣으려 시도한다.

"젠장." 그가 그녀의 몸에서 굴러떨어지며 말한다. 그는 침대 가장자리에 웅크리고 앉아 다시 발기하려고 성기를 비벼댄다.

"내가 뭐 잘못한 거 있어요?" 메리언이 묻는다.

그의 팔이 동작을 멈춘다. "너를 어떻게 믿어야 할지 모르겠어." 그가 말한다.

"내가 어떻게 해야 하죠?"

"다른 남자를 안 만난다고 약속해."

"약속했잖아요. 지금은 어떻게 해야 하죠?"

바클리는 고개를 돌리고 그녀를 바라보다가 이윽고 결단을 내린다. 코로 숨을 길게 들이쉰 후 몸을 돌려 그녀 옆에 눕는다. 그리고 그녀를 마주보며 손으로 조심스럽게 그녀의 목을 감싸쥔다. 그는 목을 조르지는 않지만 그녀의 맥박이 갇힌 나비처럼 팔딱댄다.

그다음에 이어진 일들은 전과 크게 다를 바 없지만 그는 더 단호하다. 그는 그녀의 머리, 엉덩이, 손목을 잡는다. 그녀의 입에 자신의 성기를 넣는다. 케일럽은 한 번도 하지 않은 행동이다. 그녀는 짜릿하다가 욕지기가 나다가, 두렵다가 무모해졌다가, 모독당하다가 숭배받는 부단한 변화의 흐름에 빠진다. 그는 너무도 절실히 원하는 듯하다. 그녀는 그가 자신을 파괴할 수도 있다고, 작은 동물처럼 부숴버릴 수도 있다고 생각한다. 그러면서 그걸 의식하지도 못할 것이다. 그가 원하는 건 그녀 안에 있지 않고, 그 너머에, 다른 어딘가에 있으니까. 어쩌면 아예 존재하지 않을 수도 있고.

이윽고 절정에 이른 그의 얼굴이 끔찍하게 일그러진다.

모르는 사이 비가 내리고 있었다. 그는 일어나서 창문을 열고 여름 폭풍우의 먼지 냄새를 안으로 들인다.

"괜찮아?" 그가 침대로 돌아오며 묻는다.

"예."

"부드럽게 하려고 했는데. 미안해."

괜찮다는 대답을 그가 원하는지 원하지 않는지 메리언으로서는 알 수가 없다.

"그래도 피는 안 났지." 그가 어색하게 말한다.

"말을 많이 타서 그런가봐요." 그녀가 말한다.

그는 잠자코 받아들이는 듯하다. 그가 묻는다. "콘돔이 어디에 쓰는 건지 알아?"

"임신이 안 되게 하는 거죠." 메리언이 말을 끊었다가 다시 잇는다. "그걸 가져올 생각을 했네요."

"늘 가지고 다녀. 혹시 몰라서. 콘돔은 어떻게 알았지?"

"돌리네 아가씨들한테 들었어요. 그게 당신 주머니에서 빠져 누군가의 머리에 떨어지지 않아 다행이네요."

그는 그녀 가까이에 모로 누워 있다. 그가 손끝으로 그녀의 쇄골을 만진다. "물론 언젠가는 우리도 아기를 원하겠지."

메리언은 깜짝 놀란다. "그런 생각은 해본 적 없어요." 그건 꾸밈없는 진실이다―그녀는 아기를 안고 있는 자신을 상상해본 적이 단 한 번도 없다.

"여자들은 다 아기를 원하지."

"아기가 있으면 어떻게 비행을 해요?"

그는 당황한 표정이다. "안 해야지."

그녀도 당황스럽긴 매한가지다. 지난 몇 달 동안 그는 그녀가 무엇을 원하는지 경청해왔다. 그녀는 아기 이야기는 해본 적도 없었다. "난 비행을 해야만 해요." 그녀가 말한다.

그들은 낙심해서 서로를 바라본다. 그가 그녀의 배에 손을 올린다. "아직은 아니지. 언젠가."

"난 중단하고 싶지 않아요. 절대로."

"넌 아직 어려." 그가 인내심어린 목소리로 말한다. "지금 너를 행복하게 하는 것이 나중에 너를 행복하게 하는 것과 다를 수 있지. 내가 너를 사랑한다는 걸 알아줘. 난 너를 보살필 거야. 너와 결혼할 거고." 이 마지막 말은 그녀의 의사를 물어보는 게 아니다.

그러니까 그는 그녀의 말을 믿지 않았던 것이다. 어린애의 환상을 응석처럼 받아주고 있었을 뿐이다. 분노의 긴 칼날이 메리언의 가슴에 파고들지만, 아까 비행기를 뒤집어 그를 두려워하게 만든 걸 상기하고 아무 반응도 보이지 않는다. 그는 그녀의 얼굴을 베개에 파묻고 그녀의 몸을 주머니 속 조약돌처럼 이리저리 뒤집으며 무언가를 되찾고 있다고 생각했겠지만, 사실 그는 그녀가 내준 걸 받아들였을 뿐이다. 그는 지배력을 되찾을 당위성을 갖고 싶어했고, 그녀는 그걸 주었다. 굴복에 힘이 있을 수 있을까? 그녀는 아마도 그와 결혼할 수밖에 없으리라는 것을, 둘 사이의 밀고 당기기 게임에서 그가 이기리라는 것을 안다. 하지만 지금 동의하면 잃을 게 너무 많다.

그녀가 말한다. "아직은 아니에요."

메리언은 캐나다의 여러 농장으로 날아가 고급 브랜드 술 상자를 들여오고, 그 사업에 대해서도 더 많은 걸 알게 된다. 바클리의 이해관계와 공급망은 널리 분산되어 있고 다각적이다. 그는 서스캐처원, 앨버타, 브리티시컬럼비아, 매니토바 등지에 흩어진 위스키 도매점에서 합법적으로 물건을 구매하는 중개인들과 거래한다. 그리고 스코틀랜드의 위스키 수출업자, 캐나다의 수입업자, 입법자, 법 집행자 들과 인맥을 유지하고 있다. 헬레나, 스포캔, 시애틀, 보이시에 변호사들을 두고서 범죄의 흔적을 없애고 경찰에 잡힌 잔챙이들을 돕게 한다.

어느 오후 둘이 초록색과 흰색으로 칠해진 집 침대에 누워 있는데 그가 말한다. "이건 아닌 것 같아."

"당신도 즐기는 것 같던데요."

"그게 문제가 아냐." 그가 심통을 부린다. "네가 이제 동의해 줬으면 좋겠어. 결국 동의할 거라면 왜 시간을 끄는 거지?"

페서리가 그녀의 자궁경부 입구에 안착한다. 그녀는 이 도구를 작지만 든든한 동지로 여긴다. 미스 돌리네 코라가 구해줬는데, 코라가 수수료를 얼마나 많이 뗐는지 값이 터무니없이 비싸다. "이렇게." 코라가 두 손가락으로 페서리를 잡고 말했다. "그다음에 안으로 쑥 밀어넣으면 돼. 그럼 딱 들어맞을 거야."

메리언이 바클리에게 말한다. "영원히 비행을 할 수 있고 아기는 갖지 않아도 된다고 약속해주면요." 가볍게 말하지만 그는 웃지 않는다. 그녀가 다시 시도한다. "이렇게 계속 지내면 왜 안 되죠? 결국 당신은 내게 싫증이 날 거고 그렇게 되면 내가 당신의 조종사에 불과하다는 걸 다행스럽게 여길 텐데."

그는 진지하다못해 엄숙하기까지 하다. "나는 내가 하는 일을 거의 다 감춰야 해. 그래서 이것만은 정정당당하게 하고 싶어. 품격 있게, 공식적으로. 그리고 너도 품격 있게 보였으면 좋겠고."

"내가 품격이 없나요?" 그녀는 상처를 주는 그 말에 놀란다.

"난 네가 더 안정되고 세상에서 지위를 갖기를 원해." 그가 그녀의 뺨을 어루만진다. "내가 처음 너를 보았을 때처럼 다른 사람이 너를 보는 일은 없으면 좋겠어."

"내가 당신을 매료시켰다고 말했잖아요."

"그랬지. 지금도 그렇고. 하지만 그건 우리 사이의 사적인 문제야. 그날 미스 돌리네서 그런 모습을 하고 있는 너를 다른 사람이 봤다면 단순하고 더러운 오해를 했겠지만, 나는 네 옷차림 너머의 것을 간파했지." 그는 팔꿈치로 몸을 받친다. "너를 본 사람이 나였어야만 했어. 난 그걸 알아. 난 그곳에 어울리지 않는, 나를 필요로 하지만 아직 그걸 모르는 누군가를 본 거야. 처음엔 네가 매춘부라 다행이라고 생각했지. 너를 가질 수 있을 테니까. 하지만 네가 매춘부가 아닌 걸 알고 더 크게 안도했어. 다른 남자가 널 갖는 걸 원하지 않았거든." 그는 침대에 등을 대고 똑바로 누워 한 팔로 그녀를 자신의 가슴 위로 끌어당긴 다음 그녀의 다리를 자신의 허벅지 위로 걸쳐놓는다. "그때 넌 뭘 봤지? 처음 나를 봤을 때?"

"낯선 사람."

"그게 다야?"

"그런 건 아니고요." 메리언은 미스 돌리네 이야기는 더이상 하고 싶지 않다. 그 기억이 그에게 너무 크게 부각되지 않았으면 좋겠다. 그녀의 손이 그의 사타구니로 움직이고 그의 숨소리가 깊어진다.

"또 뭐?" 그가 묻는다.

"자기 복엽기를 내가 실컷 영원히 탈 수 있게 해줄 남자를 봤죠."

"좋아." 그가 말한다. 하지만 그녀 손의 움직임을 두고 한 말이다.

그녀는 일단 잠자리를 해서 자신이 더이상 환상 속 존재가 아니게 되면 그가 자신에 대한 흥미를 잃을지도 모른다고 생각했으나, 현실은 그렇지 않았다. 오히려 섹스에 대한 그녀의 열정이 그를 결혼에 더 집착하게 만들었다. 그는 그 행위 자체를 소중히 지키려고 애쓰는 듯하다. 캘러스펠에 있는 그 집에서 비와 구름에 갇혀 있던 두번째 날, 서로에 대해 감을 잡게 되면서 메리언이 맨 처음 오르가슴에 이르러 경련을 일으켰을 때, 그는 노골적으로 놀라며 그녀를 보았다. 그가 그녀에게 오르가슴을 느끼는 법을 어떻게 알았는지 물었고 그녀는 놀란 척하며 그냥 그렇게 된 거

344

라고 둘러댔다. 그는 모든 여자가 오르가슴을 느낄 수 있는 것은 아니며, 그보다 중요한 사실은 모든 남자가 여자를 오르가슴으로 인도할 수 있는 게 아니라고 했다. 그러니까 그녀는 두 가지 면에서 운이 좋았던 거라면서.

그는 그녀에게 다른 남자와 경험이 있었는지 다시 물으며 그래도 괜찮다고, 자신은 단지 진실을 알고 싶은 거라고 말했다. 아뇨, 그녀가 대답했다. 당신뿐이에요. 다른 대답은 있을 수 없었다.

그는 팔로 그녀의 몸을 감고 그녀의 엉덩이를 움켜쥐고 있다. "넌 결혼하게 될 남자를 본 거지." 그가 눈을 반쯤 감은 채 말한다.

"어쩌면요." 그녀가 말한다. "그리고 아주, 아주 긴 시간은 아닐지도."

거기서부터 협상은 말없이 이어지고 서로 다른 해석을 하게 된다.

가끔 메리언은 바클리를 받아들이고 그 문제를 매듭지어야겠다는 생각이 들기도 한다. 그녀의 몸을 흥분시키는 남편, 돈 많은 남편, 그녀가 비행기를 조종할 수 있는 이유가 되는 남편, 그 정도면 나쁘지 않다. 하지만 아이 문제가 그녀를 주저하게 만든다―게다가 더 막연한 불안도 있다.

그가 8월에 몇 주간 미줄라를 떠난다. 돌아와서는 메리언에게 결혼에 대한 생각은 어떻게 되어가는지 묻는다. 그녀는 잘되어가고 있다고 대답한다. 그가 얼마나 더 시간이 필요한지 묻는다. 그녀는 모르겠다고 대답한다.

이제 메리언은 제이미의 부재를 고마워하고 있다. 옆에서 걱정하며 못마땅해하는 제이미도 없고 케일럽도 한동안 모습을 보이지 않아서, 그녀는 걱정할 것도 부정적으로 생각할 것도 없다고 스스로를 쉽게 달랠 수 있다. 윌리스는 그녀가 밤에 집에서 빠져나가는 걸 모르는 듯하다. 그는 대부분의 시간을 작업실에 틀어박혀 술을 마시며 축음기를 듣는다.

그녀는 제이미가 돌아오기를 바라면서도 한편으론 그가 멀리 있기를 바란다.

그럴 수도 있고 아닐 수도 있고

9

메리언의 책, 캐릴 파이퍼의 책, 데이 형제의 시나리오, 그리고 메리언의 책을 다시 읽는 데 사흘밖에 안 걸렸다. 달리 할일도 없는데다 리얼리티 방송도 지겨웠던 것이다. 주로 침대에서 읽었지만 가뭄에 대한 죄책감은 무시하고 아침마다, 그리고 밤에는 이틀에 한 번 목욕을 하면서 욕조에서도 읽었다. 무언가—메리언의 생각들, 캐릴의 숨가쁜 산문, 목욕물—에 삼켜지는 기분은 양수 속에 있는 듯 유쾌하고 원초적이었다. 어떤 식으로든 이 비정상적인 상황에서 벗어나야 했지만, 문제는 어디로 벗어나야 하는가였다. 불확실한 상태는 그 상태가 영원히 끝날 필요가 없다고 확신할 수 있는 한, 메리언 역을 맡을 수도 있고 맡지 않을 수도 있는 이른바 슈뢰딩거의 고양이* 같은 미지의 상태에 숨을 수 있

---

* 죽음과 생존이라는 두 가지 상호배타적인 상태가 공존하는 것.

는 한, 편안했다.

이틀째 되는 날 오후에 휴고가 책들과 시나리오에 대해 '토론하고' 싶다는 핑계로 찾아왔는데, 나는 그가 설득하러 왔음을 알았고 내가 안다는 걸 그도 알았으며, 그의 방문에 내가 얼마나 기분이 으쓱해지고 또 그런 기분에 얼마나 굶주려 있는지도 아마알 터였다. "배우들에겐 꿈의 캐릭터지." 그는 우리와는 아무 상관도 없는 의견인 양 메리언에 대한 평을 슬쩍 던졌다. "사실을 토대로 하고 있지만 자유가 넘치거든." 날카로운 직관력의 소유자인 휴고는 자신이 너무 심하게 직접적인 압력을 가하면 내가 주저하리란 걸 분명히 알고 있었다. 하지만 내 마음속 깊은 곳에는 누군가 앞길을 제시해주기를 바라는 간절함이 있다는 것도 알았다. 그가 왜 굳이 나를 설득하려 하는지는 알 수 없었다. 나보다 나은 배우들, 나보다 믿을 만하고 나보다 메리언 그레이브스를 더 많이 닮은 배우들도 있는데. 그는 자신이 원하는 일을 자신이 원하는 방식대로—이를테면 최근 추락한 배우를 써서 작은 전복을 꾀하는 것 같은—성사시키는 데서 짜릿한 쾌감을 얻는 듯했다.

사흘째 되는 날 오후 쇼반에게 전화가 왔다. 내가 무슨 짓을 꾸미고 있는지 냄새를 맡고 반기를 들기로 결심한 것이다. "나는 우리가 성급한 결정을 내리지는 말았으면 좋겠어." 그녀가 말했다. "사태가 좀더 진정될 때까지 기다려야 할 것 같아."

"그렇지만, 좋은 작품 같던데요, 안 그래요? 역할도 좋고?" 나는 그녀를 구슬렸다. 그만큼 좋은 작품이라는 확신이 들어서가 아니라 쇼반의 주장과 휴고의 주장을 비교 검토하고 싶은 마음이 없어서였다. 나는 일치된 의견을 원했다. 하늘 높은 곳에서 내려오는 목소리를 원했다.

"내가 망설이는 건 타이밍 문제가 더 커." 그녀가 말했다. "나는 우리가 첫 기회를 덥석 잡아서 사람들의 이목을 끌기 위한 캐스팅의 희생자가 되는 건 원하지 않아. 네가 구경거리가 되는 건 원하지 않는다고."

"휴고 말로는 우린 언제나 구경거리라는데요. 중요한 건 구경거리가 되는 거래요. 출연료가 적어서 반대하는 거예요?"

"아냐." 그 말이 너무 빨리 튀어나왔다. 잠시 침묵이 흘렀고, 나는 그녀가 다시 중심을 잡는 걸 감지했다. "그냥 느낌이—내가 알기론—어쩌면 이미 너무 많은 사람이 그 작품에서 너무 많은 걸 원하고 있는 것 같아서. 작품에 대한 비전이 분산된 느낌이라."

"그러니까 쇼반은 내가 그 작품을 하면 안 된다고 생각하는 거네요."

"네가 그 작품에서 무얼 원하는지 스스로에게 물어봐야 한다는 거지. 왜 그 작품이어야 해?"

나는 비행기를 몰고 바다 위를 나는 내 모습을 보았다. 얼음 벌판을 내려다보는 내 모습을 보았다. 내가 상상으로 그려낸 〈페리그린〉은 멋지고 심지어 위대하기까지 했으나, 막상 떠오르는 건 단편적인 장면들뿐이었다. 겉만 번지르르한 쓰레기 같은 작품도 거창하고 중요하게 보이도록 편집해놓는 영화 예고편 클립처럼, 웅장한 음악을 배경으로 스치듯 지나가는 내 모습뿐이었다. 나는 오스카 트로피를 든 내 모습을 보았다. 하지만 만일 실제로 그렇게 된다면 내가 원하는 건 뭐가 남을까? 아니면, 만일 쇼반의 판단이 옳고 내가 곤궁한 처지에서 자발적으로 사람들에게 이용당하면서 하나뿐인 구원의 기회를 내팽개치는 거라면? 마치 미래가 내 눈을 가린 것만 같았다.

정신과의사에게 그 빛나는 호랑이가 무서운 것인지 물었을 때, 의사는 자아가 위험하게 느껴질 때도 가끔 있다고 대답했다. 내가 말했다. "그럼 내가 호랑이네요."

그가 말했다. "그럴 수도 있죠." 그런 다음 이렇게 덧붙였다. "아닐 수도 있고."

결국 나는 메리언 역을 맡겠다고 했는데, '예'가 '아니요'보다 쉬웠기 때문이다. '예'는 촉진제이고, 돌진이다. 어차피 한 번 사는 인생이다. 나는 휴고에게 직접 전화했고, 그는 아주 멋진 소식이라고, 감격했다고 말한 다음 당장 연락해서 오디션 일정을 정해야겠다고 했다. 그리고 나는 오디션이 필요 없을 줄 알았던 걸 들키지 않으려고 애썼다.

나는 케이티 맥기 오디션을 받기 전 며칠 동안 그 캐릭터에 몰입해 살았다. 트레이닝브라 차림의 대니얼 데이 루이스라도 된 것처럼. 케이티 맥기가 조숙함과 건방짐을 섞어 만든 시장성 높은 가상의 캐릭터가 아니라 진짜 인물인 것처럼. 워낙 중요한 작품이라 미치 삼촌이 몸소 나를 데리고 영화사로 갔다. 당시엔 내게 무언가를 구현하라고 말해준 사람이 아직 없었지만 나는 케이티 맥기를 끝내주게 구현해냈다. 막상 영화를 촬영할 때는 다시는 보여주지 않은 케이티 맥기다움을 한껏 발산하며 오디션장에 걸어들어갔다. 나는 순수한, 아무것도 섞이지 않은 당돌한 매력을 보였고, 내가 대사를 하는 동안 영화사 사람들이 환한 얼굴로 눈짓을 교환하는 걸 보자 내 중심부에서 태양의 핵융합이라도 일어난 듯 백열 상태의 환희가 외부로 발산되어 심사 테이블에 앉은 어른들의 얼굴을 따뜻하게 해주는 걸 느낄 수 있었다. 난생처음 어딘가에 완벽하게 속한 기분, 어떤 일을 제대로 하는 기분이 들었고, 내가 원하는 걸 얻게 되리란 확신이 생겼다.

다시 그런 기분을 느끼게 되리란 희망은 이미 접었지만, 메리언 역할이 아직 내게 주어진 게 아님을 깨닫는 순간 그녀를 원하는 마음이 갑자기 천배쯤 간절해졌다. 나는 메리언에게 몰입했다. 그녀의 걸음걸이를 상상하며 집안을 돌아다녔다. 그녀가 히영을 경멸할 거라고 여겼기에 거울은 거의 보지 않았다. 의자에 웅크리거나 널브러져 앉았다. 말을 할 때도 신경써서 남부캘리포니아 멍청이 말투를 피했는데, 그 결과 본의 아니게 자기에게 내가 화가 난 건지 오거스티나를 걱정하게 만들기도 했다. 나는 매사에 메리언처럼 자신만만하고 과묵한 태도를 보이려 노력했다. 골 빠지게 인터넷을 뒤져 메리언의 사진을 모조리 찾아서 보고 유일하게 남아 있는 듯한 영상 한 토막도 보았다. 메리언과 항법사 에디 블룸이 뉴질랜드에서 시험비행을 마친 후 비행기에서 내린다. 그가 빙긋 웃고, 그녀는 주머니에 양손을 넣는다. 둘이 마주본다. 그녀가 비행기를 본다. 그녀가 클로즈업된다. 그녀의 시선이 카메라를 슬며시 피한다. 그가 클로즈업된다. 건장하고 유쾌해 보인다. 캐럴 파이퍼의 소설에서 에디는 메리언이 어릴 적 친구 케일럽에게 집착하는 동안 그녀를 짝사랑한다. 나는 그들 사이에 어색한 기류가 흐르는지 확인하려고 영상을 자세히 들여다보았다. 메리언의 미소는 에디의 미소보다 부자연스러웠지만, 둘이 흘끗 마주볼 때 나는 그들 사이에 불가해한 무언의 소통이 존재한다는 기본적인 사실만 확인할 수 있었을 뿐 그 소통의 특징은 파악할 수 없었다. 그들은 서로에게 무언가를 말하고 있었는데 그 말은 암호처럼 그 두 사람만 이해할 수 있는 것이었다.

한 가지 더 있었다. 휴고가 나에게 비행 교습을 받아보라고 제안했는데(나의 가족사를 고려해 조심스럽게), 나는 싫다고 했다가 좋다고 했다가 다시 싫다고 했다. 그다음엔 글쎄요, 라고 대답했다. 그는 내게 잘 생각해보라면서 혹시 모르니 일단 교습을 잡아놓고 기밀유지합의서에 교관의 서명도 받겠다고 말했다. 그런 식으로 선택권이 주어졌다. 나는 메리언처럼 교습을 받아들이려고, 진짜로 비행기를 몰고 싶어하는 사람 속으로 들어가려고 애썼다. 비행 자체는, 하늘 높이 떠 있는 건 두렵지 않았다. 평소 비행기를 탈 때도 불안해하지 않았다. 나는 그 체험을, 그 백색소음을, 살을 에는 듯 차갑고 광대한 호수에 추락한 부모님과 연결시키지 않았다. 통계수치를 떠올리거나 마음을 진정시키는 명상을 하거나 그 산업의 신뢰할 만한 물리학을 상기할 필요가 없었다. 하지만 내가 직접 비행기를 모는 상상을 하자 추락 생각밖에 나지 않았다.

휴고의 스태프들이 언론과 대중을 피하기 위해 이른 새벽으로 교습시간을 잡아놓았고, 나는 아직 동도 트지 않은 어두운 시각에 옷을 입고 나갈 준비를 하고서 휴대전화를 손에 쥔 채 주방을 서성이며 간절하게 교습을 취소하고 싶어하면서도 전화는 걸지 못했다. 잠도 거의 못 잔 상태였다. 그러다 M.G.가 차를 갖고 와서 전조등을 켰고, 나는 차에 타서 내가 실제로 입 밖에 낸 적은 없는 '예'의 걷잡을 수 없는 전방추진력 속에서 얼어붙은 듯 앉아 있었다.

머리가 오소리털처럼 무성하고 희끗희끗한 조종교관은 금으로 된 두툼한 결혼반지를 끼고 있었고, 해가 뜰 때를 대비해 셔츠 앞주머니에 조종사용 선글라스를 꽂아놓았다. 그는 나를 보고도 허둥대지 않았다. 나를 데리고 비행기 주위를 한 바퀴 돌며 각 부분의 기능을 설명해주었다. 그 세스나 경비행기는 땅딸막하고 진지해 보였으며, 크림색 바탕에 갈색 줄무늬 두 개가 있고, 프로펠러가 하나 달려 있었다. 흐린 아침이었다. 공항 활주로들 사이의 긴 띠 모양 풀밭이 이슬에 젖어 회색으로 보였다.

"이런 입문비행은 어떻게 이루어지는가 하면, 일단 이륙해서 해양층 위로 올라간 다음 주위를 좀 날면서 조종에 대해 설명해줄 거예요. 그다음에 본인이 직접 조종을 해볼 수 있고요. 괜찮겠어요?" 조종사가 말했다.

"그럼요." 내가 대답했다.

하지만 내 목소리에 확신이 없었는지 그가 물었다. "불안해요?"

"조금요." 그가 군이 인터넷에서 나에 대한 정보를 찾아보지 않아서 우리 부모님 일을 모른다는 걸 짐작할 수 있었다. 그는 나의 불안감을 말로 달래줄 수 있으리라 생각하는 듯했다.

"불안해하지 마요. 나는 이 일을 매일 하니까. 모든 단계마다 내가 자세히 설명해줄 거고, 내키지 않는 건 안 해도 돼요. 됐어요?"

평소 같았으면 선생 겸 코치처럼 구는 그에게 짜증이 났겠지만 지금은 안심이 되었다. "됐어요." 내가 대답하자, 그가 입을 꽉 다물고 환하게 미소 지었다.

조종석 좌석은 버번위스키색 가죽이었고 오래 사용해서 갈라져 있었다. 레버로 잠긴 문들은 하늘을 막아주기엔 너무 엉성해 보였고, 안전벨트도 신축성이 없는 헐렁한 나일론 띠였다. 우리는 초록색 플라스틱 헤드폰을 썼는데, 귀마개가 곤충의 눈처럼 볼록했고, 조종사의 목소리가 예열중인 엔진의 소음 너머로 금속성의 가느다란 소리로 들려왔다. 그가 계기반을 가리키며 계기들에 대해 설명하고 있었지만 나는 조종사가 될 계획은 없었기에 귀담아듣지 않았다. 나의 주목을 끈 건 프로펠러가 돌아가면서 비행기가 옆으로 살짝 움직인 일이었다. 비행기가 마음이나 감정 같은 걸 갖고 있지 않으니 열의를 지닐 수 없다는 건 알고 있었으나, 출발문에 선 경주마나 공이 울리기 직전의 권투 선수처럼 속박 상태에서 이제 자유로워질 것임을 알고 보이는 움직임이, 준비된 열의가 느껴졌다.

비행기는 천천히 달리다가 속도를 높여 활주로에서 벗어나 고동치는 회색 구름 속으로 올라갔다. 프로펠러가 웅웅거렸고, 나는 겨드랑이가 따끔거렸다. 나는 비행기가 겁에 질린 동물이라도 되는 것처럼 비행기를 놀라게 하지 않으려고 미동도 하지 않았다. 조종사가 뭐라고 말을 하고 있었지만 귀에 들어오지 않았다. 비행기가 구름에서 벗어나 번쩍거리며 해에 다가갈 때 그가 말했다. "저기 있네요!"

회색 플러시 매트 같은 구름이 바다와 해안을 덮고 있었고, 그 위로 산꼭대기들이 섬처럼 떠 있었다. "카탈리나섬이에요." 조종사가 손가락으로 가리키며 말했다. 그러니까 그중 일부는 진짜 섬이었다.

그는 비행기를 천천히 위아래로 움직인 다음 오른쪽, 왼쪽으로 돌면서 정상선회에 대해 설명했고, 손으로만 조종하는 게 아니라 발로 방향타를 움직여야 한다고 말해주었다. 이윽고 그가 나에게 한번 해보겠느냐고 물었다. "조종간에 두 손을 올려요." 그가 말했다. "회전은 하지 말고 그냥 똑바로 가요."

나는 조종간에 손을 올렸다. 그 순간 위태로운 기분에 휩싸였다.

"좋아요." 조종사가 말했다. "자, 해들리, 원한다면 조종간을 천천히 당겨도 돼요. 그럼 비행기가 위로 올라갈 거예요."

처음엔 너무 조심스럽게 당기다보니 조종간이 움직이지 않아 아무 일도 일어나지 않았다. 나는 더 힘을 주어 당겼다. 앞유리가 점증적으로 하늘을 향해 기울었고 땅이 뒤로 떨어지며 나를 아래로 빨아들이는 기분이 들었다.

나는 다급히 조종간에서 손을 뗐다. "하고 싶지 않아요."

"좋아요." 조종사가 다시 조종간을 잡으며 침착하게 말했다. 그는 겁에 질린 사람이 낯설지 않은 게 분명했다. "좋아요, 하지만 잘했어요. 해들리는 비행기에게 위로 올라가라고 지시했고 비행기는 위로 올라갔어요."

내가 말했다. "기분이 별로예요."

그는 고개를 저었다. "세상에서 최고로 좋은 기분인데."

10

오디션장으로 들어가니 휴고 경이 개빈 듀프레이와 잔 아내를 둔 선갓 연예기획사 대표 테드 래저러스, 바르트 올로프손 감독, 이름 없는 존재로 남겠지만 무척이나 두려운 대상이며 분홍색 케즈 신발을 신고 뾰족뾰족한 빨강 머리를 한 괴짜 이모 같은 모습의 캐스팅 감독과 함께 심사위원석에 앉아 있었다. "좀 어때요, 해들리?" 캐스팅 감독이 물었고, 진지한 억양 때문에 〈대천사〉에 대해, 올리버에 대해 묻고 있다는 걸 알 수 있었다.

"아주 좋아요." 내가 대답했다. "이 자리에 서게 되어 무척 가슴이 설레요."

조수가 삼각대 위 카메라를 살폈다. 심사위원석이 모자라 옆에 따로 마련한 자리에(바퀴 달린 책상용 의자였다) 열정적인 인상의 멋쟁이가 앉아 있었다. 검은 턱수염을 기르고 복고풍 금테 안경을 꼈으며 머리는 딱 귀 뒤로 넘길 수 있을 만큼 길었다. "이쪽은 레드우드 파이퍼." 휴고가 말했다. "제작자로 참여할 거라고 내가 말했지?"

"만나서 대단히 기쁩니다." 레드우드가 벌떡 일어나 나와 악수하며 말했다. "엄청난 팬이에요."

휴고 경은 어느 시점에 쇼반을 설득하는 작업에 나섰고, 사람의 마음을 사는 게 그의 특기라 결국 쇼반도 넘어왔다. 젊고 돈 많은 얼간이가 프로젝트에 참여했다는 정보를 접한 쇼반은 작품에 호감을 갖게 되었다. "잘 알려지지 않은 역사적 인물이 좋은 콘텐츠가 되긴 하지." 쇼반이 결국 나에게 인정했다. "데이 형제도 한창 잘나가고 있고." 그러면서 레드우드, 그의 소설가 어머니, 발행인 할머니, 이렇게 가족이 관계된 것도 흥미로운 홍보 요소가 될 수 있다고 했다. 그녀는 휴고 경이 그랬던 것처럼 그들을 파이퍼 파이퍼라고 불렀다. "그리고 네 사연도—" 그러다 아차 싶었는지 얼른 입을 다물었다.

"맞아요." 내가 말했다.

"부모님을 잃은 것. 그건 기막힌 우연의 일치지. 본의 아니게 인정머리없는 말을 해버렸네."

"사실 그건 우연의 일치가 아니에요." 내가 말했다. "이유지."

"이유?"

"내가 이 영화를 해야 하는 이유요. 휴고는 운명이라던데요."

"그랬겠지." 쇼반이 말했다.

비행기 조종에 완전히 실패한 후 메리언이 되겠다는 나의 결심은 오히려 더 굳어졌다. 두려움을 모르는 사람이 되는 것에서 위안을 얻어야 했던 것이다. 메리언이 나와 완전히 다른 인간이 아니라 우리 둘 다 사라진 부모, 고아의 삶, 방치, 비행기, 삼촌의 산물이라는 점이 도움이 되었다. 그녀는 나와 처지가 비슷했지만 내가 아니었다. 그녀는 나 자신의 운명으로 점칠 수 있는 몇 가지를 제외하면 불가사의하고 도무지 알 수가 없는 인물이었다.

나는 부자에게 보내는 미소로 레드우드 파이퍼에게 응답했다. 노골적인 아부는 아니지만 그것을 향해 가는 그런 미소. "그러세요?" 내가 그에게 물었다. "〈대천사〉에 빠지셨나요?"

"백 퍼센트요." 나는 그 말이 농담이리라 생각했지만, 그는 회전의자에 앉은 채 상체를 앞으로 내밀며 열성적으로 말했다. "아름다운 영화들이고 진짜 로맨틱해요. 게다가 난 늘 어떤 현상을 일으키는 것들에 매료되지요. 왜 그럴까? 무엇이 그 많은 사람의 심금을 울리는 걸까? 그런 일이 일어날 때는 회고적 직관의 느낌이 강해요. 이미 채워진 공백을 분명히 볼 수 있는 그런 것 말이에요. 하지만 진짜 비결은 아직 공백일 때 공백을 발견하는 거지요."

"10억 달러짜리 공백, 실종된 여성 비행사의 공백을 기대해봅시다." 휴고가 말했다.

"좋아요." 테드 래저러스가 말했다. "이제 시작해볼까요?"

영화배우는 근본적으로 얼굴 사진이나 찍고 돌아다니는 잘생긴 멍청이지만 사람들은 그 멍청함을 보지 않는다. 그 배우가 연기한 인물들의 총합을 본다. 시간여행을 한 인물, 인류를 구한 인물, 멋지고 힘센 남자에게 영원한 헌신의 대상으로 선정된 인물, 아버지인 러셀 크로가 테러리스트들 손에서 구해준 인물. 배우는 그 무게와 결과를 떠안는다. 그건 천 개의 베일을 두르고 추는 춤과도 같으며, 새로 배역을 맡을 때마다 또하나의 베일을 두르고 자신을 감춘다. 그럼에도 그 춤은 스트립쇼보다 더 고혹적이다.

"난 준비됐어요." 휴고가 말했다. 그가 상대역을 맡아주기로 되어 있었다.

"준비됐어요." 내가 말했다.

나는 획일적인 청회색 카펫이 깔린 바닥을 내려다봤다가 고개를 들었고, 오디션장이 조금 전보다 불분명하게 느껴졌다. 그 방의 구조들이 다른 삶의 구조들로 교체되고 있기라도 하듯 흐릿하게 보였다. 구현해, 구현. 세스나 경비행기에 대한 기억이 가물거리다 사라졌다. 나는 심사위원석의 사람들을 보지 않았지만 나의 열기가 그들의 얼굴에서 반사되는 게 느껴졌다. 나는 눈보라 휘몰아치는 남극대륙에서 텐트 안에 웅크리고 앉아 있었고 휴고는 에디 블룸이 되었으며, 우리는 집에 돌아가면 어떻게 될지, 무얼 먹을지에 대해 이야기하고 있었다. 나는 그를 사랑한다고 말했지만 진짜로, 그가 나를 사랑하듯이 사랑하진 않았다. 하지만 우리 둘 다 살아남을 수 있으리라고 생각하지 않았기에 상관없었다.

"우리는 영원히 발견되지 못할 거예요." 그가 말했다.

"우린 그냥 사라지지 않을 거예요." 내가 그에게 말했다. 나는 그게 거짓말이라는 걸 알았다. 거짓말이 아니길 바랐지만.

백만장자 거리

시애틀

1931년 5월

메리언이 바클리를 태우고 글레이셔국립공원 위를 날기 2개월 전

제이미는 터널 안에서 유개화차 옆구리에 매달려 있었다. 뜨거운 어둠이 철커덩거리는 소리와 유황냄새를 품고 밀려들었다. 멀리 보이는 전조등 불빛이 혜성의 꼬리와도 같은 기차를 이끌고 있었다. 스포캔의 부랑자들이 해준 말에 따르면, 기차 속도가 느려지는 것 같으면 한 발을 내려 선로에 깔린 석탄재를 짚으며 속도를 측정하기 시작해야 한다. 그리고 유니언역에 도착하기 전에 기차에서 뛰어내리는 게 좋다. 그곳 경찰들은 고약하니까. 그들에게 걸리면 감방에 가거나 매를 맞거나 그 둘 다 겪게 된다.

아이다호 어느 역 구내에서 자다가 경찰 야경봉에 정강이를 맞고 깬 경험이 있는 제이미는 두 번 다시 경찰을 만나고 싶지 않았다.

긴 터널에서는 질식할 수도 있다는 말을 들었지만, 스포캔의 부랑자들은 그에게 괜찮을 거라고 했다.

철커덩거리고 칙칙거리는 소리가 느려졌다. 제이미는 발끝이 석탄재에 스쳐 달각거리는 소리가 들릴 때까지 몸을 낮췄다. 아직 속도가 너무 빨랐다. 브레이크 밟는 소리가 분명한 날카로운 소음이 들려왔고, 그는 다시 시도했다. 이번엔 바닥이 그의 발을 잡아채더니 기차에 매달려 있던 그를 홱 비틀어 떼어냈다. 그는 나동그라져 철길 아래로 굴렀다. 다행히 배낭이 약간은 쿠션 역할을 해주었다.

터널을 따라 걸어, 부랑자들이 해준 말이었다. 그럼 결국 길이 나오니까.

한 손으로 벽을 짚고 어둠 속을 절룩거리며 비틀비틀 걷다보니 마침내 철문이 손가락에 닿았다. 철문 뒤에는 사다리가 하나 있었다. 뚜껑문과 또다른 터널을 지나자, 그가 지금까지 본 도시 중에 가장 큰 도시의 잿빛 하늘 밑 신선한 공기 속으로 들어설 수 있었다. 거대한 건물들이 부푼 가슴에 코벨*과 벽기둥을 훈장처럼 달고 어깨에는 코니스**를 견장처럼 두르고 있었다. 넓은 거리는 자동차와 전차로 혼잡했다. 식당, 양복점, 매트리스, 코카콜라, 담배, 게 통조림 등 팔 수 있는 모든 물건을 알리는 간판들이 요란했다. 정장 차림의 남자 행인이 제이미의 관자놀이를 가리키며 말했다. "피 나는데."

제이미는 손수건에 침을 뱉어 머리와 뺨을 꾹꾹 누르며 걸었다. 그러잖아도 꾀죄죄하던 면 손수건이 검댕과 피로 얼룩졌다.

---

* 지붕의 들보 등을 지탱하는 용도로 설치한, 벽에서 돌출된 장식.

** 처마 돌림띠.

아파트와 사무실, 주택, 교회의 행렬이 언덕 위로 행진해 올라가고 있었지만, 그는 해안가를 향해 내려갔다. 여름방학 동안 미줄라를 떠나기로 결심했을 때 태평양에 걷잡을 수 없이 이끌렸는데, 마침내 이곳에, 갈매기가 들끓고 기름이 둥둥 떠다니는 잿빛 바다에 오게 된 것이다. 부두는 크고 작은 배들로 혼잡했다. 제이미는 발밑에 깨진 조개껍데기가 바삭거리고 썩어가는 해초가 지천으로 널린 해변 비슷한 곳에서 손수건에 물을 적셔 얼굴을 닦다가 소금물이 따끔거려서 움찔했다. 그는 메리언과 바클리 매퀸 사이에서 벌어지고 있는 일에 끼어들고 싶지 않았을뿐더러 윌리스를 걱정하는 데도 신물이 났다. 삼촌이 술에 취한 걸 감추기 위해 일부러 어린애처럼 거만하게 말하고 행동하는 것도 지긋지긋했다.

케일럽과의 우정으로 도피할 수조차 없었다. 메리언이 그것도 변질시켰다. 메리언이나 케일럽이나 그들의 밀회에 대해 암시조차 한 적이 없었지만, 그래도 제이미는 그들의 밀회를 알았고 그것이 중단된 것도 알았다. 어찌 보면 그는 세 사람이 이룬 삼각형에서 늘 가장 필요성이 약한 꼭짓점을 이루고 있었지만, 적어도 한 가지 면에서는 필수적인 존재였다. 메리언과 케일럽에겐 자신들이 커플이 아님을 확신할 수 있게 해주는 완충재가 필요했던 것이다. 제이미도 그들이 바람직한 커플이라고—혹은 그렇게 되어야 한다고—생각한 적은 없었다. 절대로. 하지만 어렸을 때 그들 모두에게 뿌리내린 야성이 메리언과 케일럽 사이에서 무성한 덤불을 이루며 자라나버렸다. 블랙베리처럼 가시가 돋고 걷잡을 수 없이 뒤엉킨 덤불. 어떤 것들이 자연스럽고 부정할 수 없는 한 쌍을 이루듯 그들도 커플이었고, 일단 커플이 맺어지면 그 외의 모든 것(이를테면 제이미 자신)은 필연적이고 본질적으로 외부의 존재가 된다. 물론, 그와 메리언도 쌍둥이로서 한 쌍을 이루었지만 쌍둥이의 유대는 너무도 근본적인 것이라 간과되기 쉬웠다. 적어도 메리언에겐 그런 것 같았다.

그는 오르막길로 접어들어(모든 곳이 오르막길인 듯했다) 몇 시간 동안 걸어다니며 작업복 차림의 남자들에게 혹시 아는 하숙집이 있는지 물었고, 몇 집을 찾아가 문을 두드린 끝에 행색도 초라한데다 얼굴에 피까지 말라붙어 있는 자신을 받아줄 싼 하숙집을 구했다.

"어디 가면 일자리를 구할 수 있는지 아세요?" 하숙집 주인 여자에게 방을 안내받은 후 그가 물었다. 옷장만한 방이었고, 작은 창문이 하나 달려 있었지만 먼지가 잔뜩 끼어 밖이 잘 보이지도 않았다.

"일자리가 별로 없을 텐데."

그 말은 명백한 사실로 밝혀졌다. 일자리를 구하는 사람이 너무 많았다. 집과 농장을 잃은 암울한 사연을 지닌 암울한 사람들이 득실거렸고 대개 그들에겐 식구까지 딸려 있었다. 제이미는 부두나 고기잡이배에서 일자리를 얻을 수 있으리란 생각을 품고 이곳으로 왔으며, 그 생각의 밑바탕에는 아버지의 행방에 대한 실마리를 찾거나 어쩌면 기적이 일어나 아버지와 우연히 마주치게 될지도 모른다는 역겹고 인정하고 싶지 않은 희망이 깔려 있었다. 그는 나이에 비해 키도 크고 힘도 센 편이었지만 부두에서 어슬렁거리는 대부분의 사내들만큼 크거나 힘이 세진 못했으며 그들만큼 절실하지도 않았다. 누가 일손을 구하러 오면 군중을 헤치고 앞에 나설 정도로 적극적이지도 못했다.

제이미는 갑자기 아는 얼굴이 나타나기를 기다리며 배에서 내리는 남자들을 자세히 살펴보았다. (그를 서부로 끌어당긴 건 정말로 바다의 인력이었을까? 아니면 아버지의 조석력*이었을까?) 부둣가 카페에서 커피를 마시며 혹시 애디슨 그레이브스를 아는 사람이 있는지 조심스럽게 물었다. 아무도 그 이름을 몰랐고, 얼굴에 살이 두두룩한 남자가 아는 이름 같다며 기억을 더듬더니 손가락을 탁 튀기면서 말했다. "겁쟁이 선장!"

며칠 후 제이미는 부두에 나가는 걸 포기했다. 도시의 규모가 얼마나 크고 배가 얼마나 많은지 파악하자 아버지를 찾는다는 환상이 어리석게 여겨졌던 것이다. 아버지를 알아볼 수 있으리라 가정할 이유도, 심지어 아버지가 살아 있다는 근거도 없었다. 설령 살아 있다 해도 타이티나 케이프타운에서 지낼 수도 있지 않은가? 30마일밖에 떨어져 있지 않지만 달처럼 멀게 느껴지는 터코마에 있을 수도 있지 않은가?

어느 날 제이미는 연락선을 타고 포트앤젤레스로 갔다. 뱃전에서서 뱃머리가 물의 흰 속살로 파고드는 광경을 지켜보았다. 뱃사람이 되어 중국이나 오스트레일리아에서 메리언과 윌리스에게 편지를 쓴다면? 아버지도 그런 가능성을 생각했을까? 아니면 그저 충동일 뿐일까? 부재자가 되고 싶은 충동. 배 위에서는 메리언을 바클리에게서 떼어놓거나 윌리스가 빚더미에 파묻히는 걸

---

* 바다의 밀물과 썰물을 일으키는 힘.

막기 위해 그가 할 수 있는 일이 아무것도 없었다. 육지에서도 그가 할 수 있는 건 별로 없었지만 그래도 애는 써봐야 한다는 의무감에 시달렸다. 바다로 나가면 의무감이 가늘게 늘어나 툭 끊어질지도 몰랐다.

하지만 돌아오는 길에 바람이 차갑고 파도가 어둠 속에서 거칠게 일렁이자, 자신이 먼바다 어딘가에서 실종되고 메리언은 무슨 일이 일어난 건지 영영 알지 못하는 상황을 상상하게 되었다. 그는 메리언을 저버릴 수 없었다. 메리언이 그를 저버릴 날이 곧 올 것 같긴 했지만, 자신이 상실감을 견디는 게 낫지 메리언에게 그런 고통을 주고 싶진 않았다.

통조림공장 몇 군데에 일자리를 알아봤지만 헛수고였다. 제철소, 목재소, 농산물시장에도 알아봤다. 일자리는 없었다. 밤마다 줄어가는 돈을 셌다. 수채화를 그려서 판 돈을 모으고 메리언의 돈도 조금 훔쳐 마련한 자금이었다. 그는 밤마다 이곳에서 얼마나 더 버틸 수 있을지 계산했다.

잔뜩 흐린 날씨가 열흘이나 이어지다가 어느 토요일 맑고 화창한 날이 밝았다. 그의 방 작은 창문에 낀 먼지를 동그랗게 닦아낸 부분을 통해 푸른 하늘에 레이니어산의 눈 덮인 거대한 봉우리가 떠 있는 모습이 보였다.

일자리를 찾아다니는 헛수고를 하며 보내기엔 너무 소중한 날이라, 다른 때 같았으면 하루 식사비가 되었을 몇 센트를 놀이시설이 있는 우들런드파크행 전차요금으로 썼다. 그는 대관람차와 작은 동물원, 일렬로 늘어선 카니발 게임장 사이를 정처 없이 걸었다. 그러다 나무 밑 풀밭에 비스듬히 누워 행락객들을 구경했다. 모두가 모든 걸 잃은 건 아니었다. 모두가 깡통에 정어리를 쑤셔넣으며 하루하루를 보내고 싶어하는 것도 아니었다. 햇살 아래 빈둥거리며 웃고 있는 태평한 사람들도 있었고, 제이미는 그들에게 화가 나기보다 그런 삶도 가능하다는 걸 알게 되어 기뻤다.

한 남자가 동물원 입구 근처에 의자 두 개와 작은 이젤을 차려놓았다. 그는 지나가는 풍선장수에게 풍선 하나를 사서 캐리커처 25센트라고 쓴 표지판이 붙은 이젤에 묶었다. 몇 분 안에 젊은 아버지가 어린 딸을 데리고 다가갔고, 아이는 의자에 앉아 몸을 꿈틀거렸으며, 이윽고 화가가 과장된 동작으로 아이에게 그림을 건넸다. 아버지가 동전을 지불했다. 그 남자는 한 시간 남짓 초상화석 장을 더 팔았다. 1달러였다! 다음 손님이 오자 제이미는 그 화가의 이젤 뒤로 태연하게 걸어갔다. 대상의 얼굴을 알아볼 수는 있었지만 거대한 눈과 거친 미소가 과장된 느낌을 주었다.

제이미는 그날로 수중의 돈을 거의 몽땅 털어 두꺼운 스케치북한 권과 목탄연필 한 상자를 샀다. 불가피한 도박이었다. 의자는 쓰레깃더미를 뒤져 찾아낸 사과궤짝 두 개로 대신했다. 그날 밤같은 집에 사는 하숙생 몇 명을 모델로 삼아 견본을 마련하고, 이튿날 아침 다시 우들런드파크로 갔다. 다른 화가들의 영역을 침범하지 않도록 놀이시설에서 멀리 떨어진 그린호수 옆에 자리를 잡았다. 견본이 바람에 날아가지 않도록 돌멩이로 눌러놓은 다음, 큰 글씨로 **초상화**라고 쓰고 공원에 놀러 나온 형상들(유모차를 끌고 가는 어머니, 풍선 든 아이들, 산책하는 모자 쓴 남자, 잎이 우거진 나무들, 오리 가족) 스케치로 장식한 판지를 자신이 앉을 사과궤짝에 기대어 세웠다. 초상화는 많이 그려보지 않았지만 잘해내리라 생각했다.

얼마 안 되어 첫 손님이 왔고, 첫 25센트를 벌었다.

화창한 주말에는 4, 5달러씩 벌었다. 흐린 날에는 한푼도 못 벌었다. 다른 위치, 다른 공원에서도 시도해보았다. 워싱턴호수 유원지와 수영장, 해수 풀을 갖춘 퓨젓사운드의 알키 해변. 비가 부슬부슬 내리기 시작하면 파이크플레이스 마켓 근처에서 비를 피했다. 손님이 없을 때는 주위 풍경─쉬고 있는 수영객들, 회전목마를 탄 아이들, 시장의 과일행상들─을 그려 그것도 팔았다.

제이미는 사람들의 얼굴을 그려주면서 그들의 얼굴을 서두르지 않고 자세히 들여다볼 수 있는 게 좋았다. 사람들이 그림으로 그려질 때 취약한 존재가 되는 것, 거의 조정을 거치지 않은 있는 그대로의 모습을 스스로 의도한 것보다 더 많이 드러낸다는 것이 좋았다. 그들은 사과궤짝에 꼿꼿이 앉거나 구부정하게 앉았고, 그의 눈을 마주보거나 피했다. 그들은 그의 주시하에 더욱 자신다워지면서 가장 본질적인 특성을 내보이는 듯했다. 그는 자신의 특별한 재능이 대상을 정확하게 볼 뿐 아니라 그들이 어떻게 보이기를 원하는지 간파해 그 두 가지가 겹쳐지는 부분을 그려내는 능력에 있다는 사실을 발견했다. 그의 초상화는 얼굴보다 영혼을 더 돋보이게 했다.

사람들은 만족스러워 보였다.

7월의 어느 화창한 오후, 우들런드파크 그린호수 옆에서 손님을 기다리고 있는데 그의 또래로 보이는 소녀 셋이 느릿느릿 지나갔다. 모두 여름 원피스에 모자를 쓰고 발목 끈 구두를 신었으며 부티가 났다. 통통하고 가슴이 풍만한 금발 소녀가 앞장서서 걸었는데, 뒷사람들이 따라온다는 걸 아는 당당한 걸음걸이였다. 그녀 뒤에 있는 나머지 소녀는 둘 다 검은 머리였고, 하나는 키가 몹시 작은 데 반해 나머지 하나는 아주 컸다. 작은 소녀는 끊임없이 종알거리면서도 얼음사탕을 먹고 있었다. 큰 소녀는 긴 팔다리를 조심스럽게 움직이며 미덥지 못한 얼음 위를 지나듯 걸었다. 제이미는 그녀, 그 큰 소녀를 보고 심장이 멎을 뻔했다. 그녀는 사탕을 먹고 있는 작은 친구의 이야기를 들어주느라 그쪽으로 몸을 기울이고 있었다. 아래로 내리깐 긴 속눈썹이 평온하면서도 수수께끼 같은 인상을 줬다.

세 소녀는 우아한 작은 선단을 이루어 인파를, 공원을, 역경의 시기를 헤치고 미끄러지듯 나아갔다. 그 모든 것이 안중에도 없는 것처럼. 제이미는 키 큰 소녀가 멀어져가는 모습을 지켜보며 둘도 없이 귀한 물건을 깊은 호수에 빠뜨린 듯 상실감을 느꼈다.

"어이." 누군가 말했다. "내 여자 그려주는 데 얼마야?"

제이미는 흠칫 놀라 고개를 돌렸다. 건장한 젊은 남자가 젊은 여자를 엄지손가락으로 가리켰는데, 여자는 시큰둥한 얼굴로 가슴에 팔짱을 끼고 있었다.

"25센트요."

남자의 얼굴이 딱딱해지더니 이내 축 처졌다. "아니, 그렇게까지 주고 그릴 필요는 없는데."

"그럼, 연습 삼아 그려드리죠. 5센트만 내세요." 제이미가 말했다. 사실 그에게 필요한 건 연습이 아니라 5센트였다.

"좋아." 남자가 다시 거칠고 우쭐거리는 태도가 되어 말했다. 그는 주머니를 더듬어 동전을 꺼내 제이미에게 던졌다. "원래 부르는 대로 주면 안 되는 거야." 그가 여자친구에게 말했다.

"장사가 잘 안 되나 봐?" 여자가 앉으며 물었다.

제이미는 미소 지으며 대답했다. "그래도 날씨 좋을 때 이렇게 나와 있을 수 있잖아요."

"그렇지." 여자는 미덥지 않은 모양이었다. 그녀는 남자친구에 대해 이렇게 말했다. "플레이랜드에 데려갈 줄 알았는데, 너무 싸구려야."

제이미는 이 커플에 대한 본능적인 반감과 사라진 키 큰 소녀에 대한 슬픔이 그림에 스며들지 않도록 조심해야 했다. 이 불쾌한 여자가 지닌 최선의 모습을 종이에 담을 때까지 앞에 있는 얼굴에만 집중해 특별히 훌륭한 초상화를 그리겠다고 결심했다.

그는 목탄연필로 입꼬리를 아주 살짝 올리고 짝눈을 약간만 다른 크기로 그린 다음(누군가를 지나칠 정도로 완벽하게 만들 때는 유사성이 결정적인 요소가 된다), 뺨 위의 희미한 마맛자국은 뺐다. 그가 포착하고 싶었던 건 여자의 시큰둥한 모습에서 언뜻언뜻 비치는 뻔뻔함이었고, 어쩌면 그건 유머를 암시할 수도 있었다.

그림이 한창 진행되고 있을 때 세 소녀가 반대쪽에서 천천히 걸어왔다. 그가 자꾸 흘깃거리는 걸 본 초상화 모델이 그쪽을 돌아보았다.

"죄송하지만 가만히 계세요." 그가 말했다. 하지만 이미 여자의 움직임이 소녀들의 주목을 끈 후였다. 그들은 걸음을 멈추고 제이미를 보면서 속닥거렸다.

"아, 알겠네." 초상화 모델이 말했다. 그녀가 그에게 노골적으로 짓궂은 윙크를 보냈는데, 그는 그녀의 그런 몸짓에 숨겨진 상처와 냉소를 간파할 수 있었다. 그녀가 소녀들을 손짓해 부르며 외쳤다. "너희 때문에 우리 화가가 집중을 못하잖아. 이리 와."

무리를 이끄는 금발 소녀가 안 될 게 뭐냐는 듯 입술을 오므리더니 어슬렁어슬렁 다가왔고 다른 두 소녀도 뒤따라왔다. 거의 다 먹은 얼음사탕을 든 키 작은 소녀가 제이미를 빙 돌아 그의 뒤에서 어깨 너머로 그림을 보았다. 그러고는 모델에게 말했다. "잘 그렸네요. 마음에 들 거예요." 그녀는 얼음사탕을 입에 비스듬하게 물고 아작아작 씹었다.

"그럴 리가." 시큰둥한 여자가 말했다. "나는 내 그림이 마음에 든 적이 없는걸."

"얼마나 더 걸려?" 그녀의 남자친구가 물었다.

"일 분이면 돼요." 제이미가 대답했다.

금발 소녀도 제이미 뒤로 와서 그림을 구경했다. "우리도 그려야겠다." 그녀가 누구에게랄 것도 없이 말했다. 제이미가 마음에 둔 키 큰 소녀는 그 자리에 남아 있었다.

"거의 다 됐어요." 제이미가 말했다. 이윽고 그가 스케치북에서 그 장을 뜯어 모델에게 건넸다.

그녀의 얼굴이 환해졌다. "그런대로 괜찮네."

남자친구가 그녀의 어깨 너머로 들여다봤다. "어이, 멋지게 잘 그려줬는데."

"얼마예요?" 얼음사탕 소녀가 제이미에게 물었다.

"25센트." 여자친구가 일어나서 모자를 쓰는 동안 남자가 말했다.

"얘들아, 내가 내줄게." 금발 소녀가 말했다. 그리고 제이미에게 지시했다. "세라 먼저 시작해요." 그녀가 키 큰 소녀를 가리켰다.

그래서 세라를 먼저 그리기 시작했다.

그가 곧 알게 된 바에 따르면, 세라 페이히는 1남 4녀인 5남매 중 막내였고, 공원에 함께 온 소녀들은 자매가 아니라 친구들이었다. 그녀는 볼런티어파크 근처 밀리어네어스 로*에 있는 큰 집에서 살았는데, 제이미에겐 목재며 헤링본무늬 벽돌이며 많은 굴뚝까지 동화에 나오는 집 같았다. 넓게 펼쳐진 빛나는 초록 잔디밭은 베이즈**처럼 깔끔하게 다듬어져 있었다. 그 집은 심지어 이름까지 있었다. 헤리퍼드하우스. 그때까지 제이미는 집이 이름을 가질 수 있다는 걸 몰랐다. 그리고 처음엔 헤리퍼드가 소의 품종이라는 것도 몰랐다.

세라의 오빠는 하버드대학에 들어가면서 집을 떠나 졸업 후에도 여전히 보스턴에 살고 있었다. 모두들 그가 돌아와서 아버지 밑에서 일할 거라고 생각했지만, 세라는 오빠가 그걸 원하지 않을 수도 있다는 의심을 품고 있었다. 세라의 큰언니는 결혼해서 남편, 아기와 함께 근처에 살고 있었다. 둘째 언니는 워싱턴대학

---

* Millionaire's Row. '백만장자 거리'라는 뜻.
** 당구대에 까는 녹색 천.

에서 미술사를 공부하며 집에서 살았는데 여름방학 동안 유럽여행을 떠났고, 셋째 언니 앨리스는 가을에 워싱턴대학에 입학할 예정이었다. "어머니가 교육열이 높으셔." 세라가 말했다. 본인은 사립 여학교를 일 년 더 다녀야 했다.

세라의 어머니는 키가 크고 호리호리했으며 나른한 우아함을 지니고 있었다. 제이미는 언젠가는 세라의 흐느적거리는 볼품없음이 결국 그런 우아함으로 자리잡으리라 생각했다. 페이히 부인은 여성참정권론자로 활동했고, 그다음엔 기독교여성금주동맹에 헌신했다. 그러나 금주법이 통과된 후 남편이 지하 저장실에 줄어들긴 해도 고갈될 염려는 없을 정도로 와인과 다른 술들을 십년 넘게 잔뜩 비축해놓는 데는 이의를 제기하지 않았다. 페이히 부인이 반대했던 건 주로 다른 여자 남편들의 음주였던데다, 페이히 씨의 결정에 반기를 들어봐야 그 누구의 행복에도 유익하지 않은 헛된 도발에 그치기 쉬웠다.

아무튼 일단, 세라를 처음 만난 그 포근한 7월의 어느 날, 제이미는 그녀의 초상화를 그렸다. 작업이 끝나자 친구들이 노골적으로 치켜세웠다. "세라, 딱 너다." 이름이 헤이즐로 밝혀진 얼음사탕 소녀가 말했다. "너의 절대적 본질이야. 우들런드파크의 마돈나."

"섬뜩할 정도야." 금발 소녀 글로리아도 말했다. 그녀가 제이미에게 비난에 가까운 날카로운 시선을 던졌다. "어떻게 한 거예요?"

"모델이 훌륭하니까요." 제이미가 얼굴이 시뻘게지며 대답했다.

"오, 그랬어요?" 글로리아가 말했다.

제이미는 세라를 바라보는 게 너무 짜릿해서 그림을 마무리하고 싶지 않았다. 세라는 그의 앞에 앉아 이따금 친구들의 농담에 대꾸만 할 뿐 별로 말이 없었다. 그가 종이를 뜯어서 건네주자 그녀는 무릎 위에 놓고 관심을 솔직히 드러내며 들여다보았다. "솜씨가 좋네요." 그녀가 말했다. 그녀는 그를 똑바로 바라보았고, 목소리는 그의 예상보다 낮고 권위적이었다. 그녀의 조용함을 수줍음으로 여긴 건 어리석은 가정이었다. 그 자신도 조용하긴 하지만 수줍음은 없으니까. 그는 갑자기 그림이 감상적이고 이상화된 것 같아 고치고 싶어졌다. 방금 헤이즐이 한 말은 정확했다. 마돈나. 온순하고 추앙받는.

"그렇지도 않아요." 그가 말했다.

"좀 지나치게 친절한 그림이라고 볼 수도 있지만, 그래도 아주 훌륭해요."

그는 참담한 후회로 얼굴이 더 시뻘게졌다. 그가 원했던 건 소녀에게 초상화는 신비롭게 보이고 자신은 예리하다는 인상을 주는 것이었기 때문이다.

"세라 아버지가 미술품을 수집하거든요." 헤이즐이 끼어들었다. "그래서 세라도 그림을 잘 알아요. 언니들 중 하나가 워싱턴대에서 미술 공부를 하고—"

"미술사야." 세라가 정정했다.

"—그리고 또 우리 세라에 대해 알아야 할 점은, 마음에 없는 칭찬은 안 한다는 거죠. 그래서 가끔 무시당하는 기분까지 든다니까요. 하지만 그러다가도 세라가 좋은 말을 해주면 그건 솔직한 칭찬으로 받아들일 수가 있어서 좋은 거죠."

세라가 말했다. "왜 마음에도 없는 칭찬을 바라는 거지?"

"듣기 좋으니까!" 헤이즐이 말했다.

다른 두 소녀도 제이미의 마법 연필로 그려지기를 간절히 원했고, 둘 다 완성된 그림을 보고 기쁨과 감탄의 환성을 내질렀다. 하지만 세라의 초상화가 단연 으뜸이었다. "그림에 서명해줘요." 글로리아가 말했다. "그래야 그쪽이 유명해지면 우리가 초기작을 갖고 있다는 걸 증명할 수 있으니까. 또 세라가 그쪽 이름을 알 수 있고."

제이미는 다시 얼굴을 붉히며 시키는 대로 했다.

"제이미 그레이브스." 글로리아가 서명한 이름을 읽었다. "이 자리에 자주 와요? 다른 친구들이 샘나서 자기들도 초상화를 그리겠다고 할 수도 있으니까."

"가끔 와요." 그가 말했다. 그리고 작은 희망이 솟구치는 걸 느끼며, 사실 내일은 플레이랜드에 갈 예정이었으면서도 이렇게 덧붙였다. "내일도 올 거예요."

헤이즐이 그와 악수하며 말했다. "만나서 반가웠어요." 나머지 두 소녀도 그대로 따라 했다. 제이미는 세라의 차갑고 가느다란 손을 영원히 놓고 싶지 않았다.

그는 소녀들이 사라진 후에야 그들이 돈을 내지 않은 걸 깨달았다.

제이미는 칙칙한 방에서 울퉁불퉁한 매트리스에 누워 아래층에서 하숙생들이 시끌벅적 떠드는 소리를 들으며 뜬눈으로 절망적인 밤을 보냈다. 하숙생들은 갈수록 소란스러워졌고 결국 싸움이 벌어질 것임을 알 수 있었다. 그러면 하숙집 주인 여자가 나이트가운 차림으로 나타나 난로 부지깽이를 휘둘러 싸움을 말릴 테고 그후에야 해뜰 무렵이 다 되어서 고요가 찾아올 터였다. 그와 세라는 교차할 수 없는 삶을 살고 있으니 다시는 그녀를 만날 수 없을 것이며, 그게 75센트를 못 받은 것보다 훨씬 괴로웠지만 적은 돈이라도 있었더라면 위안은 되었을 터였다. 낮에 그는 공원에 아직 사람이 많은데도 수치스럽기도 하고 자신에게 화가 나기도 해서 일찍 자리를 접었다. 자신이 세라에게 함께 대관람차를 타거나 호숫가를 거닐자고 말할 수 있는 그런 소년이었다면 얼마나 좋았을까? 그 소녀들은 고의적으로 그림값을 떼어먹은 걸까? 그를 비웃으며 도망치다가 제일 가까운 쓰레기통에 초상화를 버렸을까? 그는 설령 돈을 받지 않은 걸 제때 상기했어도 그들에게 돈을 달라고 할 용기를 내거나 스스로 체면을 구길 의지가 있었을지 확신이 없었다.

아래층의 소란스러움이 무슨 소린지 알아들을 수도 없는 소음으로 고조되어가는 동안 제이미는 날이 밝는 대로 유니언역으로 가리라 결심했다. 집에 돌아갈 기차표를 살 돈은 충분했다. 또다시 화물열차에 몰래 올라탈 용기는 없었다. 모험심이 사라진 것이다. 그는 자신의 불운함만을 입증했을 뿐이었다.

하숙집 주인이 평소보다 일찍 싸움에 개입한 덕에 아직 어둠이 가시지 않은 시각에 집이 조용해졌다. 제이미는 졸음을 이기지 못하고 잠에 빠져들었다. 잠에서 깨보니 또다시 날씨가 화창하고 하늘이 푸르렀다. 레이니어산 정상이 지평선 위에서 빛나고 있었다. 그는 소녀들에게 말한 대로 오늘 다시 우들런드파크에 가야 하는지도 모른다는 생각이 들었다. 어쩌면 그들이 실수를 깨달았을 수도 있었다. 기차는 언제든 탈 수 있었고 심지어 그날 밤 기차를 타는 것도 가능했다.

전차를 타러 가는 길에 그는 노상 눈독만 들였지 들어가본 적은 없는 화려한 고급 빵집에 들러 반짝거리는 초콜릿 페이스트리를 샀다. 이곳에서의 마지막날이라면 즐겁게 보내리라. 공원에서 그의 첫 손님은 다섯 살짜리 아들과 딸 쌍둥이를 데려온 어머니였다. 아이들은 재계 거물의 축소판처럼 근엄한 모습으로 미동도 없이 앉아 있었다. 제이미는 그 어머니에게 자신도 쌍둥이라는 말을 하려다 그다음에 필연적으로 이어질 질문을 감당할 용기가 안 나서 그만두었다. 쌍둥이면 둘이 친구처럼 지내는가? 과거엔 그랬다. 그래도 둘이 유난히 가깝지 않은가? 그는 집에 편지한 통 보내지 않았다. 그래서 메리언이 어떻게 지내는지, 바클리 매퀸과 어떤 검은 거래를 했는지 전혀 모르고 있었다.

몇 시간 후, 그가 시애틀을 완전히 포기하고 자기연민에 찬 긴 기차여행에 대한 생각을 즐기기 시작하려는 순간, 세라 페이히가 호숫가 길을 황급히 걸어왔다. "돈도 안 내고 그냥 가서 너무, 너무, 너무 미안해요." 그녀가 숨찬 목소리로 말했다. "글로리아는 가끔 자기가 제안한 걸 잊을 때가 있거든요. 우리 셋 다 그림이 너무 마음에 들어서 아무 생각도 안 났지 뭐예요. 돈을 안 낸 걸 나중에야 깨닫고 우리 모두 완전히 경악했어요. 여기 있어요." 그녀는 접힌 1달러 지폐를 건넸다.

제이미는 주저했다. "받고 싶지 않아요."

"왜요? 당연히 받아야죠."

"나랑 함께 걷자고 말하고 싶은데, 방금 그쪽이 나한테 1달러를 췄다면 내 말이 이상하게 들릴 수도 있으니까요."

세라는 앞으로 내민 손을 조금 내렸다. "걷자고요?"

"그냥 여기 호숫가에서요. 걷다가 할말이 없으면 돌아가도 돼
요."

그들은 그린호수 기슭으로 올라가 편안한 걸음걸이로 걷기 시
작했다. 세라가 제이미에게 나이를 물었다. 그녀는 그보다 삼 개
월 먼저 태어나서 이미 열일곱 살이었다. 그가 그녀에게 글로리
아와 헤이즐은 어떻게 알게 되었는지 묻자 그녀는 평생 만난 사
이라고 대답했다. 이미 어머니들부터 친구 사이였다는 것이다.
"그런 친구들 없어?" 그녀가 물었다. "기저귀 차고 놀던?"

"내 친구 케일럽이 거기 해당될 수도 있겠네. 걔가 기저귀를
차본 적이 있는지 의심스럽긴 하지만. 우린 근처에 살아서 우연
히 만나게 됐어. 걔랑 우리 남매랑. 걔 어머니는 우리 어머니를
모르지만. 사실 나도 우리 어머니에 대해 아는 게 없고."

"무슨 뜻이야? 어머니가 어떻게 됐는데? 아." 그녀는 화들짝
놀라며 손으로 입을 막았다. "미안. 내가 너무 꼬치꼬치 캐물었
네. 말하기 싫으면 대답 안 해도 돼."

"아니, 괜찮아." 제이미는 최선을 다해 자신의 가족에 대해 설
명했다. 그는 자기 이야기를 하는 것이 익숙하지 않았지만, 이야
기를 건너뛰거나 자세한 내용을 얼버무리려 할 때마다 그녀가 끼
어들어 덧붙여 설명하게 만들었다. 이야기를 하다보니 자신이 미
줄라를 떠난 후 다른 사람과 얼마나 대화를 나누지 않았는지 새

삼 깨달을 수 있었다. 새로운 도시에서 익명성이 침묵을 키운 것이다.

세라는 그에게로 고개를 기울이고 열심히 들어주었고, 그가 처음 보았을 때처럼 속눈썹을 내리깔고 있었다. 그녀는 조세피나 이터나호에 대해 들은 적이 있다면서, 그의 아버지가 구명보트에 탄 건 잘한 일이지만 몬태나까지 왔다가 그냥 달아난 건 잔인한 행동이었다고 말했다. 그리고 쌍둥이 형제가 있다는 건 어떤지, 메리언은 어떤 사람인지 물었다(그는 메리언이 비행기 조종을 배운다는 이야기는 했지만 바클리 매퀸에 대해선 언급하지 않았다). 세라는 그에게 학교와 개들, 월리스에 대해서도 이야기해달라고 했다. 그러니까 월리스 삼촌이 그림을 가르쳐준 거라고? 아니, 그가 대답했다. 그건 아니야. 제이미가 어렸을 때 월리스가 제이미의 그림에 흥미를 보이며 칭찬해준 건 사실이지만 나중에는 기를 죽이고 경멸하기까지 했다.

"너를 라이벌로 여기기 시작한 걸 수도 있겠네." 세라가 말했고, 제이미는 오랫동안 억눌러온 의심을 속시원히 말해준 그녀에게 정당한 고마움을 느꼈다. 하지만 월리스의 음주와 도박에 대해 이야기하거나 월리스를 술에 절어 살도록 만든 분노를 인정하지 않으면서 할 수 있는 말은 이것뿐이었다. "삼촌이 왜 그래야 하는지 이해할 수가 없어. 삼촌 본인도 뛰어난 화가인데."

그는 집을 떠나기로 결심한 그 저녁에 대해 이야기했다. 부엌 바닥에 앉아 그에게 몰려든 개들에게 일일이 작별인사를 한 후 부엌문으로 몰래 빠져나가 어둠 속에서 철길까지 걸어갔다. 처음 온 서부행 기차와 나란히 달리다가 그 쇳덩이에 매달리자, 기차의 엄청난 무게와 그 저항할 수 없는 인력이 느껴졌다. 한동안 시커먼 석탄이 묻은 빈 무개화차 바닥에 누워 배낭을 베개 삼아 머리에 받치고 흥분과 공포로 떨며 별을 바라보았다. 주기적으로 터널이 쉬익 연기를 내뿜으며 그를 에워쌌고 그때마다 용에게 집어삼켜지는 기분을 느꼈다.

"무섭지 않았어?" 세라가 물었다.

"엄청 무서웠지."

새벽에 아이다호 어디쯤에선가 정강이에 날카로운 통증을 느끼며 잠이 깼다. 역내 근무 경찰의 야경봉에 맞은 것이다. "너 운 좋은 줄 알아." 경찰관이 말했다. "가끔 확인도 안 하고 석탄을 싣기도 하거든." 그는 제이미의 배낭을 뒤져 얼마 안 되는 지폐 다발에서 5달러를 뺏은 다음 철길을 따라 걸어서 마을을 벗어나라고 하면서 고마운 줄 알라고 말했고, 제이미는 고마워했다. 그는 밤이 될 때까지 덤불 속에 숨어 있다가 다시 몰래 기차를 타고 스포캔까지 갔다. 거기서 부랑자들이 시애틀행 기차를 알려주고 터널과 석탄재 깔린 선로에 발을 짚는 법에 대해 귀띔해주었다.

"여기 아는 사람이 있어?" 세라가 물었다. "그래서 여기로 온 거야?"

그들은 이미 호수를 한 바퀴 돌고 돌아와 그늘 아래 놓인 그의 사과궤짝에 앉아 있었다. 그는 멋쩍어하며 아버지를 찾아 부두를 뒤지고 다닐 막연한 계획을 세웠노라고 말했다.

"아버지를 찾으면 어떻게 할 건데?"

"좋은 질문이야. 사실은 나도 모르겠어."

"진짜로 아버지를 찾고 싶긴 한 거야?"

"그런 것 같아. 계속 그 생각만 나는 걸 보면 어떤 의미가 있는 건 분명해." 갑자기 얼굴을 알아본 후에는 어떻게 될지 상상해본 적도 없었지만 말이다.

"너희 아버지가 자신을 찾아주기를 원한다는 표시를 남기지 않았는데도?" 그녀의 목소리는 다정하고, 호기심에 차 있었으며, 확고하고, 조금은 선생님 같았다.

그가 말했다. "아버지는 나에게 빚진 게 있거든……" 어떻게 말을 마무리해야 할지 생각나지 않았다. "대화."

"만일 너희 아버지가 끔찍한 상태라면? 온전한 정신이 아니라면?"

"그럼 아버지를 도와주겠지."

"어쩌면 넌 아버지가 어디 있는지 알고 싶은 마음보다 그걸 알지 못하는 걸 원하지 않는 마음이 더 큰 건지도 몰라."

제이미가 고집스럽게 대꾸했다. "무슨 차이가 있는지 잘 모르겠는걸."

세라는 미소 지었고, 길쭉한 얼굴에 연민이 어렸다. 그는 그녀를 다시 그리고 싶었다. 이번엔 마돈나가 아니라 마돈나로 가장한 사람으로. "그럼 나도 네가 아버지를 찾길 바랄게. 난 우리 아버지가 없는 삶은 상상조차 할 수 없어. 우리 아버지는 존재감이 아주 크거든. 글로리아와 헤이즐, 나는 우리가 멋대로 시내를 쏘다니며 거칠게 살고 있다고 생각하지만, 사실 우리는 온실 속 화초들이지. 내가 이런 자유를 누릴 수 있는 건 막내이기 때문이야. 부모님이 좀 느긋해지셨거든. 지쳐서 그런 거긴 하지만."

"몇 남매 중의 막내인데?"

"다섯."

그는 세라의 관심이 너무 기쁘고 다시금 누군가와 조금이나마 친분이 생겨 너무 행복한 나머지 그녀에 대해 아무것도 알아내지 못했음을 깨달았다. "네 수법에 넘어가서 지금까지 내 이야기만 했네. 이제 네 차례야. 처음부터 이야기해줘, 부탁이야."

"내 수법?" 그녀가 되풀이했다. 그러더니 손목에 찬 우아한 은 시계를 보았다. "안타깝게도 난 이제 집에 가야 해. 여기서 너한 테 내 인생 이야기를 들려주고 있다간 큰일날 거야. 네 이야기에 비하면 따분하게 느껴지기도 할 거고." 그녀는 일어섰다. "우리 또 만날 수 있어?"

그는 환희를 감추려고 애쓰며 대답했다. "그래야지. 안 그럼 내 이야기만 주절주절 늘어놓은 나 자신을 용서할 수 없을 거야."

그녀는 다음날 다시 오기로 약속했다.

그는 열에 들뜬 상태로 밤을 보냈다. 세라에게 키스하고 그녀의 가녀린 몸을 끌어안고 싶은 갈망이 너무도 컸다. 그녀의 알몸을 볼 수만 있다면 목숨이라도 내놓을 수 있을 것 같았다. 수치심이 암류를 이루며 일렁이는 가운데서도, 오래전 몰래 훔쳐본 오두막 안에서 모르는 남자가 길다에게 했던 것처럼 그녀를 몸으로 찍어누르며 샅샅이 훑고 쑤셔대고 파헤치고 싶었다. 그리고 무엇보다도 그녀가 그걸 원하기를 원했다.

칙칙한 새벽빛이 창문을 비추자 그는 스케치북을 집어들고 미친듯 스케치를 시작했다. 가슴이 드러난 세라의 상반신. 두 팔로 머리 뒤를 받치고 다리는 새침하게 꼰 채로 누워 있는 알몸의 세라. 그리고 가랑이를 벌린 세라. 그에겐 불확실성의 영역인 가랑이 사이에는 음영을 넣었다.

세라를 다시 만나 호숫가를 거니는 내내 에로틱한 환상들을 물리치느라 애써야만 했다. 그녀가 가까이 있다는 사실, 맨살이 드러난 팔뚝, 라벤더향에 도무지 정신을 차릴 수가 없었지만, 지난번에 그녀가 자신에게 보여줬던 관심에 보답하기 위해 그녀의 이야기에 열심히 귀기울였다.

그녀는 언니들과 오빠, 부모님, 잉글리시시프도그 재스퍼에 대해 이야기했다. 어머니는 열정적이고 정치에도 관심이 많았지만 세라가 보기엔 남편에게 너무 순종적이었다. 사업가인 아버지는 아주 쾌활하거나 고압적인 태도를 번갈아 보였고, 아내가 하는 일에 대해서는 그 이야기로 그를 지루하게 만들지 않는 한 참아주었다. 세라는 자신도 언니들처럼 워싱턴대에 가게 될 거라면서 스스로 대학을 결정할 수 있다면 더 멀리 있는 웰즐리대학이나 래드클리프대학에 가고 싶다고 했다. ("네가 결정할 수 있는 거 아냐?" 제이미가 묻자 그녀는 웃으며 자신이 결정할 수 있는 건 아무것도 없다고 대답했다.) 그녀는 헤이즐이 말한 대로 미술품 수집가인 아버지에게 자신의 초상화를 보여줬다는 사실을 언급했다.

"아버지는 당신 출신을 의식하는 것 같아." 세라가 말했다. "아버지에게 미술은 본인이 얼마나 교양 있는 사람이 되었는지 보여주는 한 방법이지. 아버지가 천박하다는 뜻으로 하는 말은 아니야. 아버지는 미술을 진짜로 사랑하고 아는 것도 많거든. 아버지한테 너희 삼촌 이름을 들어봤는지 여쭤봤더니 들어봤대. 어쩌면 그림도 한 점 소장하고 있는 것 같기도 하고."

"그럴 것 같진 않은데." 제이미는 그렇게 말했지만 월리스의 그림들이 얼마나 멀리까지 퍼져나갔는지 알 수 없다는 생각이 들었다.

"아버지는 꽤 확신하고 계셔. 너를 집으로 초대해서 보여줘야 한다고까지 하셨는걸. 창고에서 꺼내놓겠대. 너를 만나고 싶다고 하시더라. 너를 '초상화가'라고 부르시지."

"좋아." 제이미가 말했다. 그는 갑자기 발작적으로 용기가 솟아서 그녀의 손을 꽉 잡았다.

그녀도 그의 손을 힘주어 맞잡으며 말했다. "우리 아버지는 스스로 삶을 개척하는 사람들을 좋아하셔."

그녀는 그의 스케치북에 헤리퍼드하우스로 가는 길을 적어주고 페이히 씨가 집에 있는 일요일 점심식사 후에 오라고 했다.

그 집은 미줄라에서 가장 웅장한 저택들보다도 컸고, 역시 위풍당당한 이웃집들과 담장과 드넓은 잔디밭으로 정중한 거리를 두고 있었다.

현관문 중앙의 놋쇠 황소 코에 놋쇠 고리가 매달려 있었다. 제이미는 잠시 망설이다가 그 고리를 들어 한 번 문을 두드렸다. 세라를 닮은(그러나 그녀는 아닌) 소녀가 즉시 문을 활짝 열어젖혔고, 털은 회색과 흰색이고 마치 짖는 건춧더미처럼 생긴 거대한 개가 그녀 뒤에서 쏜살같이 달려나왔다. "재스퍼!" 소녀가 그 개의 곰 같은 궁둥이를 찰싹 때리며 꾸짖었다. 제이미가 개에게 손바닥을 내밀었고, 개가 냄새를 맡으려고 멈추자 그녀는 개의 목걸이를 잡아 뒤로 끌어당겼다. 그녀는 세라만큼은 아니었지만 키가 컸고, 세라처럼 목이 길고 얼굴은 세라보다 더 길고 영리해 보였다. "제이미 맞지." 그녀가 말했다. "난 앨리스야, 바로 위 언니. 들어와. 세라는 집안 어딘가에 있을 거야. 키가 크네. 진짜 열여섯 살밖에 안 됐어? 세라가 좋아할 만하네. 세라만큼 큰 남자애들이 없으니까."

그녀는 꿀처럼 반투명한 금빛 장식판자를 댄 네모난 현관으로 제이미를 들였다. 바닥에는 술 장식 달린 페르시아 양탄자가 깔려 있었고, 재스퍼가 텁수룩한 흰 털에 가려진 눈으로 내다보면서 헐떡거리며 천천히 주변을 맴돌았다. 납틀 채광창이 달린 넓은 문을 지나자 더 큰 공간이 나왔고 거기에도 장식판자와 양탄자가 있었다. 그리고 난간 달린 회랑으로 올라가는 계단이 있었다. 제이미는 그 부유함에 정신이 아찔하면서도 앨리스가 한 말을 놓치지 않았다. 세라가 나를 좋아한다고. 그는 앨리스에게 세라가 자신을 좋아하는 걸 정확히 어떻게 아는지, 정확히 어떤 형태로 좋아하는지 캐묻고 싶었다.

높은 격자 천장 중앙에 프리즘들과 전구들이 폭포수처럼 매달려 있었다. 온갖 형태와 크기의 그림이 벽면을 가득 채웠고 정교한 액자에 든 작품도 있었다. 앨리스가 스위치를 누르자 샹들리에가 환히 밝혀졌다. "아빠는 그림을 좋아하시지."

"하느님 맙소사." 제이미가 벽을 둘러보며 말했다. "그런 것 같네요."

앨리스가 킥킥거렸다. "아빠는 하느님도 좋아하셔." 그녀가 말했다. "그러니까 말조심하는 게 좋을 거야."

제이미는 윌리스와 공립도서관 덕에 미술 지식이 꽤 있어서, 페이히 씨의 다양한 수집품 중에서 레밍턴의 기병대 그림과 오키프의 붓꽃 그림을 알아볼 수 있었다. "이 그림 보이지?" 앨리스가 검은 배경에 여자의 머리와 어깨까지만 그려진 초상화 액자를 톡톡 치면서 말했다. "우리 어머니야. 존 싱어 사전트가 그렸지. 그 화가 알아?"

"알아요." 제이미는 그림이 더 잘 보이도록 움직였다. 정교한 그림이었다. "고인이 되었죠. 이분이 어머니신가요?"

앨리스가 다시 킥킥거렸다. "응. 만나게 될 거야."

그림 속 여인은 세라와 똑같이 작은 턱과 긴 속눈썹을 갖고 있었다. 눈썹은 위로 올라가고 입술은 뭔가 반박이라도 하려는 것처럼 벌어져 있었다.

"창고에 더 많이 있는데, 솔직히 이 방을 구경하면 최고를 본 거야. 우리 아버지는 인내심이 강한 편이 아니거든. 문에서 들어오면 바로 보이는 곳에 좋은 작품을 두고 싶어서."

"저는 여기 있는 것들도 다 소화하기 힘든걸요."

"왔구나!" 위에서 목소리가 들렸다. 세라가 황급히 계단을 내려오고 있었다. "앨리스 언니, 왜 나 데리러 안 왔어?"

"내가 너 불렀는데." 앨리스가 거짓말을 했다. "못 들은 모양이구나. 온 지 얼마 안 됐어. 초상화들에 대해 이야기하고 있었지. 제이미가 내 것도 그려준다고 약속했어, 안 그래, 제이미?" 그러면서 제이미의 팔짱을 꼈다.

"앨리스 언니한테 휘둘리지 마." 세라가 제이미에게 말했다. "다른 사람을 쥐고 흔드는 데는 일등인 언니거든."

"그려드리고 싶어요." 제이미가 앨리스에게 말했다.

앨리스가 그를 놓아주었다. "좋아. 아버지와 이야기가 끝나면 바로 그려줘."

제이미는 고개를 끄덕이다가 멈칫했다. "아—연필을 안 갖고 왔어요."

"그럼 다시 와야겠네." 앨리스가 말했다. "재스퍼도 그려줘야 해." 그녀가 대걸레 같은 개의 얼굴을 붙잡으며 말했다. "안 그래, 재스퍼? 너도 늘 뮤즈가 되어보고 싶지 않았니?"

"아버지가 기다리셔." 세라가 제이미에게 손짓했다. "가자."

그녀는 집안 깊숙한 곳으로 그를 이끌었다. 곳곳마다 그림이 걸려 있었고, 그가 다 받아들일 수 없을 정도로 아주 많았다. 그 집은 창문이 부족해서 전반적으로 어둡고 어수선하고 폐쇄된 인상을 주는데다 빽빽한 미술품들이 숨막히는 분위기를 가중시켰다. 하지만 세라는 아주 편안한 듯했고, 걸어가면서 계속해서 집을 소개했다. "여긴 거실, 그리고 여긴 파티 때만 사용하는 방, 저긴 음악실, 저긴 식당. 이 시계는 아주 오래된 거야." 이윽고 어두운 색깔의 육중한 문에 이르자 그녀가 속삭였다. "자신 있게." 그녀는 손등으로 문을 두드렸다. 그리고 어둑한 복도에서 귀를 기울이며 다시 노크했는데, 제이미에겐 그녀의 옆얼굴 반의반 쪽만 보였지만 턱이 긴장된 걸 알 수 있었다.

"들어와." 우렁찬 목소리가 명령했다.

세라가 문을 밀어서 열고 말했다. "아빠, 제이미예요. 초상화가."

"초상화가!" 책상 뒤에 선 남자가 되풀이했다. 그는 제이미와 세라보다 키가 작고 아주 땅딸했으며, 연필 지우개 같은 분홍빛에 그보다 훨씬 더 반짝거렸고, 희끗희끗한 콧수염이 거대했다. 그 방도 다른 모든 방처럼 그림으로 가득했다. "어서 오게, 초상화가!" 세라의 아버지가 책상 너머로 손을 내밀어 악수를 청했다. 그러고는 책상 위에 어지럽게 널린 종이들을 가리키며 말했다. "안식일에는 일을 안 하려고 하는데도 늘 하게 된다니까. 하느님께서 용서해주시기를."

"분명 용서해주실 겁니다."

"그래? 안심이 되는군." 그는 날카롭게 제이미의 얼굴을 올려다보았다. "그림은 누구한테 배웠지?"

"사실, 가르쳐준 사람은 없습니다."

"세라 말로는 월리스 그레이브스가 삼촌이라던데. 삼촌이 가르쳐줬겠지."

제이미는 그 말에 동의하려고 입을 떼었다가 멈췄다. 월리스가 그림을 가르쳐줬나? 오래전의 산발적인 칭찬 말고는 실제로 가르침을 받은 기억이 없었다. 모든 고민과 실험, 비판과 절망, 도약과 희열의 순간들—그 모든 게 자신으로부터 나왔다. 하지만 물론 월리스를 지켜보면서 배운 것도 있었다. 어떻게 하면 가장 간단하게 대답할 수 있을까? "그런 것 같습니다."

"채색화도 그리나?"

"가끔 수채화를 그립니다. 유화는 그려본 적 없습니다."

"내 의견으로는, 유화가 진짜 실력을 입증하지." 페이히 씨가 말했다. "자네도 조만간 그 영역으로 들어가야 해. 그래야 자신의 실력을 알 수 있거든."

세라가 미약한 저항의 표시로 작은 한숨소리를 냈다.

"유화에 반감은 없습니다." 제이미가 말했다. "비싸서 못 그릴 뿐입니다."

"자네가 그린 세라 그림을 봤네." 페이히 씨가 말했다. "인상 적이었어. 스케치를 할 수 있다고 해서 채색화도 그릴 수 있는 건 아니지만." 그는 책상에서 일어나 벽을 향해 기대어 세워놓은, 액 자에 끼우지 않은 캔버스를 가리켰다. "저걸 보세. 자네 삼촌 그 림 같은데." 그는 그림을 들어서 뒤집었다.

제이미는 가슴을 찌르는 향수를 느꼈다. 래틀스네이크였다. 월 리스의 집에서 멀리 떨어진 상류의 모습이었지만, 여름 안개가 반짝이는 날의 래틀스네이크가 분명했다.

"예." 그가 말했다. 목청을 가다듬고 덧붙였다. "삼촌의 그림 입니다." 그림에 몸을 가까이 기울였다. 평생 월리스의 그림에 둘 러싸여 살다보니 그 그림들을 눈여겨보지 않게 되었던 것이다. 월리스가 더 흥미로운 구도를 선택할 수도 있었으리라는 아쉬움 이 들긴 했지만, 풍경의 느낌을, 그 거침과 부드러움의 균형을 잘 포착해낸 건 분명했다.

"멋진 작은 풍경이야." 페이히 씨가 그림을 다시 돌려 팔을 쭉 뻗어서 들고 들여다보았다. "삼촌은 요즘 뭐하시지?"

술을 마신다. 자영자득으로 고생하고 있다. 푼돈을 긁어모아 카드판에서 잃는다. "여전히 그림을 그리십니다." 거짓말이었다. "미줄라의 몬태나대학에서 그림을 가르치시고요." 역시 거짓말 이었다.

페이히 씨가 캔버스를 내려놓았다. "화가를 삼촌으로 두고 관심을 가져주는 사람까지 있다는 건 행운이지. 누구나 그런 도움을 받는 건 아냐."

제이미는 따지는 것처럼 보이거나 배은망덕한 인상을 주지 않고 진실을 설명할 방법을 알지 못했다. 그는 자신감 있는 모습을 보여야 한다는 걸 상기했다. "맞습니다." 그가 말했다. "누구나 도움을 받는 건 아니죠."

"제이미도 미줄라에 살아요." 세라가 말했다. "여름방학 동안만 여기 있는 거예요. 친척들과 함께 지내고 있어요."

"그래?"

제이미는 세라가 거짓말을 술술 하는 것에 놀라 그녀를 흘낏 보려다 참았다. "맞습니다. 사촌들과 함께 지냅니다."

페이히 씨는 제이미의 친척들에 대해서는 별 관심이 없는 듯했다. "그게 말이야, 내가 자네를 직접 만나보기 전에는 세라에게 아무 말도 하지 말라고 했는데, 자네한테 시킬 일이 하나 있네. 자네가 일을 더 하고 싶다면 말이야. 어떤가?"

바람처럼 그를 번쩍 들어올릴 만큼 강한 희망이 솟구쳤다. "좋습니다."

"좋아. 힘든 시기니까. 누구든 어딘가에서 시작해야만 하지. 나도 아무 가진 것 없이 시작했어." 그는 목청을 가다듬었다. "내가 시킬 일이 뭔가 하면, 이 모든 것의 목록을 만드는 거야." 그는 그림이 조각보를 이룬 벽들을 가리켰다. "벽에 걸린 것들, 다락에 있는 것들, 지하실에 있는 것들 모두. 아주 많지. 내 사무실 창고 하나도 꽉 차 있고. 솔직히 말하면, 대부분 정리가 되어 있지 않네. 영수증과 묵은 경매 카탈로그를 모아놓은 상자들이 있는데 목록을 만드는 데 도움이 될 거야. 미리 경고하는데, 아주 엉망이야." 그는 자신의 책상을 가리켰다. "보다시피 난 정리에는 소질이 없거든. 목록만 만들면 되지만, 그래도 헤라클레스의 과업만큼 힘든 일이지. 난 그저 내가 뭘 가졌는지 알고 싶을 뿐이네. 재고조사라고 할 수 있지. 자네가 어떤 식으로 정리하든 상관없지만, 워싱턴대학에서 나온 사람이 볼 수도 있으니 가치 있어 보이는 작품은 따로 빼놓게. 세라의 언니 노라가 미술사를 공부하고 있어서 내 수집품 정리에 관심이 있을 줄 알았는데, 유럽에서 여름방학을 보내는 데 더 관심을 두더군. 하루에 3달러씩 주겠네. 일주일에 오 일. 아홉시부터 다섯시까지. 요리사가 점심은 챙겨줄 거야. 어떤가?"

"아주 좋습니다. 감사합니다."

페이히 씨는 그들에게 그만 나가보라고 손을 저었다. "그럼, 해봐. 그렇게 행복한 표정 짓지 말고. 아주 힘든 작업이니까."

"내일 뵙겠습니다."

"아니, 못 볼 거야. 나는 출근할 테니. 자네를 여자들 손아귀에 맡겨놓겠네." 제이미가 세라를 위해 문을 열어주었을 때 페이히 씨가 불렀다. "초상화가!"

제이미가 돌아섰다.

그는 주머니에 두 손을 찌른 채 책상 앞에 서 있었다. "내 수집품에 대해 어떻게 생각하나? 대단하지, 안 그래?"

"굉장합니다." 제이미가 진실하게 대답했다.

"굉장하다라." 페이히 씨는 고개를 끄덕였다 "맞아. 얼마나 적은 소고기로 사들일 수 있는지 생각하면 놀랍지." 그는 씩 웃으며 다시 나가라는 손짓을 했다.

집안 깊숙한 곳에서 나오면서 세라가 도살장을 운영한다고 설명했다. 여섯 개. 소와 돼지. 가공공장과 무두질공장도 여럿 갖고 있고, 그런 사업체들의 지분도 있다고 했다. 비료와 아교, 양초, 기름, 화장품 공장도 갖고 있다고 했다. 대공황으로 타격을 입긴 했지만 생각보다 심각하진 않았다. 사람들이 허리띠를 졸라매기 시작했어도 세라의 아버지가 파는 물건들 다수가 생필품이었다.

세라는 현관문 앞에서 활짝 웃으며 제이미가 그 일을 맡아줘서 얼마나 기쁜지 모른다고 말했다. 앨리스도 아래층으로 달려내려와 그를 배웅하며 다음에 올 때 꼭 그림도구를 챙겨와야 한다고 신신당부했다. 제이미는 그러겠다고 약속하고 미소를 보내며 손을 흔든 다음, 잘 다듬어진 정원을 지나 거리로 나와서 하숙집으로 향했다. 언덕을 오르내리다보니 주위 동네들이 평범해졌다가 누추하게 변했다.

그는 세라와 함께 호숫가를 거닐 때 동물들에 대한 자신의 감정을, 동물 때문에 느끼는 괴로움의 무게를 분명 전달했으리라 생각했다. 설령 그러지 않았다 해도 그녀는 직감적으로 알아챘어야 한다고 여겼다. 아니, 그녀도 자신과 같은 감정을 느껴야 한다고 생각했다.

인정하고 싶진 않았지만, 이미 그는 워싱턴대학에 들어가 세라와 함께 공부하고, 시애틀에서 진짜 화가가 되고, 쾌적하고 햇살

가득한 집으로 돌아가 아내와 아기에게 키스하는 젊은 남편이 되는 상상을 즐기고 있었다. 자신의 가정을 꾸리는 건 그가 품어본 그 어떤 생각보다 신기하고 매혹적이었지만 이제는……? 더럽혀지고, 망가져버렸다.

그는 조세피나호의 침몰에 대한 원초적 기억이 자신의 마음속에 박힌 채 세월이 흐르면서 두려움과 무력감, 떼죽음에 대한 과도한 공포로 변질된 건 아닐까 생각했다. 하지만 그의 공포는 과도할 수가 없었다. 그건 아무리 커도 부족하지 않을까? 그렇다 처도 적절하다고는 할 수 없는 것이, 대부분의 사람들은 자신이 먹는 고기의 출처에 신경쓰지 않았다. 불경기에 주인에게 버려져 굶어죽거나 개 포획꾼에게 붙잡혀 도살될 야윈 개들이 거리마다 돌아다니는 걸 보며 괴로워하지도 않았다. 그는 왜 세상과 타협할 수 없을까? 어차피 세상은 바뀌지 않을 것이다. 그냥 잊고 넘어갈 수만 있다면 그의 삶은 더 행복해질 터였다.

저녁이 창문을 자줏빛으로 물들이는 동안 그는 저녁식사도 건너뛰고 하숙집 침대에 누워 있었다.

그는 케일럽을 사랑했고, 케일럽도 동물들을 죽였다. 하지만 그에겐 사냥이 도살보다 덜 고통스러웠다. 사냥은 두 생명의 교차이지 울타리에 몰아넣거나 몰살시키는 게 아니었다.

하지만 세라가 동물들 목을 따는 건 아니다. 그러니 그녀를 비난하는 건 부당했다. 제이미는 그녀의 아버지에게서 피 묻은 돈을 받는 게 싫었지만 그런 사람의 넘치는 부를 조금 덜어내는 건 좋은 일일 수도 있었다. (티끌만큼이긴 하지만.) 그리고 그 돈의 일부는 좋은 일에 쓰겠다고 스스로에게 약속했다. 떠돌이 개들에게 줄 먹이를 사는 것이다. 그래, 그렇게 할 작정이었다. 그리고 도살장 생각은 떨쳐버리기로 했다.

헤리퍼드하우스에서 보내는 시간을 즐겁게 느끼는 건 제이미에게 안도감을 주기도 했지만 자책의 원인이 되기도 했다. 무엇보다도, 그곳엔 세라가 있었다. 그녀는 아무때나 불쑥 나타나곤 했는데, 그가 첫 작업 장소로 정한 다락방으로 기어올라와 먼지 낀 서류철들을 샅샅이 뒤져 아무렇게나 휘갈겨쓴 영수증들과 잡다한 그림들의 짝을 맞추는 일을 도왔다. 그녀와 처음 호숫가를 걷고 나서 느꼈던 열병과도 같은 사랑은 그녀가 아버지의 사업에 아무런 문제의식이 없다는 증거가 쌓이면서 조금 식었지만, 그녀에 대한 끌림은 여전했다. 그렇다고 세라가 추파를 던진 건 아니었다. 그녀는 날카롭고, 주의깊고, 꼼꼼했다. 물건 정리를 즐기는 듯했다. 그는 그녀에게 감히 키스할 엄두도 내지 못했다.

첫 월요일 아침 앨리스는 자신의 초상화를 그려주기 전에는 아무것도 못하게 할 작정으로 그를 기다리고 있었다. "빛이 있는 바깥에서 그려야지." 그녀가 선언했다.

그는 집 뒤편 벚나무 아래에 앉아 있는 앨리스를 그렸다. 그녀는 양팔로 한쪽 무릎을 감싸안고서 미소를 억누르고 있었다. 그림을 그리고 있는데 또 한 명의 키 큰 여자가 치마와 카디건 차림으로 잔디밭을 가로질러 걸어왔고, 재스퍼가 그 뒤를 느릿느릿 따라왔다.

"초상화가가 작업중이시네!" 페이히 부인이 세라보다 낮고 풍부한 목소리로 말했다.

제이미는 허둥지둥 일어났다. 그녀가 손을 내밀었다. 비록 나이가 들긴 했지만 사전트의 초상화가 그녀를 얼마나 잘 담아냈는지 알 수 있었다. 머리는 자로 잰 듯 반듯하게 자른 단발이었고, 화장기 없는 얼굴에 즐거운 지성이 가득했다.

"그림 좀 볼까." 그녀는 제이미가 보호본능에 따라 가슴 가까이 집어든 스케치북을 향해 손을 내밀며 말했다. "오!" 그가 스케치북을 건네자 그녀가 말했다. "아주 멋진걸. 놀랄 일도 아니지. 세라 그림도 근사했지만, 이건…… 완전한 장면이야. 두 그림 다 액자에 넣어야겠어."

"재스퍼 것도 하나 그려줘야 하지 않을까요, 어머니?" 앨리스가 말했다.

"물론이지. 퍼넬러피와 아기도." 그녀는 제이미에게 스케치북을 돌려줬다. "퍼넬러피는 우리 맏딸이야. 갓난아기도 있고. 우리 아들과 다른 딸도 그려줬으면 좋겠어. 한 세트를 완성할 수 있게. 하지만 그 아이들은 멀리 있어서."

"그리고 어머니도요." 앨리스가 나무 아래 앉아서 말했다.

"내가 뭐?"

"어머니도 그려야 한다고요. 사전트에 견줄 만한지 봐야죠."

제이미가 말했다. "비교당했다간 우울해질 겁니다."

페이히 부인이 한쪽 눈썹을 치켜올렸다. "자네가? 아니면 내가?"

"저죠!" 그가 말했다. "당연히요. 제 말은, 원하신다면 기꺼이 그려보겠습니다."

"좋아, 그럼." 그녀가 재미있어하며 말했다. "그려봐요."

7월이 지나고 8월이 왔다.

그림 목록 만드는 작업에 진전이 있긴 했지만 여름의 절반 동안 다 하기엔 너무 큰일이었다. 그래도 최선을 다해 분류와 평가를 이어갔다. 많은 그림들을 보는 것도 배움이 되었다. 제이미는 작품들을 한 점 한 점 자세히 들여다보며 화가가 무엇을 의도하고 성취해냈는지 가늠했다. 많은 작품들이 기껏해야 평범한 수준이었다. ("내 남편의 가장 큰 기쁨은 자기 보물들을 쟁여두는 거지." 페이히 부인이 어느 날 한 말이었다. "그 개수와 자신의 소유라는 사실에서 기쁨을 얻거든.") 하지만 수집품 중에는 훌륭한 그림이 많고 비범한 작품도 꽤 되었다. 제이미는 지시받은 대로 심금을 울리는 그림은 따로 빼놓았는데, 끈으로 묶어 뚜껑을 고정시킨 얕은 상자에 든, 작자 미상의 수채화 소품 여남은 점도 거기 속했다. 그 작품들은 엷은 수채화로, 회색과 푸른색 소용돌이나 눈부신 주황색과 초록색 띠들로 이루어져 있었고, 분명한 형체를 지니진 않았지만 제이미는 바다 그림이리라 확신했다. 그림 뒤에 알아보기 힘든 글씨가 휘갈겨져 있었다―아마 서명일 터였다. 제이미는 워싱턴대학에서 나온 전문가가 그 그림들을 쓰레기라고 말해주기를 바랐는데, 그래야 자신이 가져도 되는지 물어볼 용기를 내볼 수 있을 것이기 때문이었다.

저녁에는 집으로 돌아오는 길에 혀나 다진고기 통조림, 하루 묵은 빵 등 값싼 음식을 사서 떠돌이 개들에게 먹였다. 이따금 간단한 선을 쓱쓱 그어 개들을 스케치하기도 했다. 개들이 저희끼리 으르렁거리며 물거나 그의 하숙집까지 따라오는 건 싫었다.

페이히 씨가 일찍 귀가하지 않는 날에는 목록 만드는 작업을 마친 후 세라와 함께 산책하러 나갈 수 있었다. 제이미는 마침내 그녀에게 키스할 용기를 냈다. 첫 키스는 예상 밖으로 간단했다. 세라가 그와 함께 떠돌이 개들에게 먹이를 주러 왔다. 개 한 마리가 발아래 수북이 쌓인 통조림 고기를 게걸스럽게 먹어대는 동안 그는 몸을 기울여 그녀에게 입을 맞췄다. 입술이 닿은 상태로 둘다 꼼짝도 않고 서 있다가 이윽고 세라가 조심스럽게 물러났다. 해안가에서의 두번째 키스는 간단하지 않았다. 그녀가 길고 유연한 몸을 그에게로 숙였다가 그가 흥분해서 우악스럽게 껴안자 화들짝 놀랐다. 하지만 약간의 연습으로 그다지 만족스럽진 않지만 지속 가능한 균형을 이룰 수 있었다. 그는 주위에 볼 사람이 없으면 그녀를 안을 수 있었지만 너무 꽉 껴안거나 벽에 밀어붙이거나 가슴을 더듬진 않았다. 그러나 가끔 그녀는 이성을 잃고 그를 더 가까이 끌어당기며 긴 허벅지 한쪽을 그의 가랑이 사이로 밀어넣었다. 그런 상태는 오래가지 않았다. 그녀는 퍼뜩 정신을 차리고 방금 꿈에서 깬 듯 어리둥절한 표정으로 황망히 몸을 빼며 얼굴을 붉혔다.

"네가 해본 모험들에 대해 더 이야기해줘." 가끔 세라는 그렇게 말했고, 그는 메리언, 케일럽과 함께 실리호수까지 차를 얻어타고 갔다가 산길로 50마일을 걸어 돌아온 일, 숲속에서 곰팡이 긴 해골에 손도끼가 박혀 있는 걸 발견한 일, 기차역에서 경찰에게 정강이를 얻어맞은 일에 대해 이야기했다. "그런 걸 진짜 모험이라고 할 수 있는지 모르겠지만."

"모험이지!" 세라가 외쳤다. "나는 신나는 일은 못해보고 살 거야. 메리언과 케일럽을 만나보고 싶어." 그녀가 말했다. "월리스 씨도."

"언젠가는 만나게 될 수도 있지."

우울한 마돈나의 미소. "난 그 사람들에게 좋은 인상을 못 줄 거야."

그들은 그녀를 이질적이고, 부담스럽고, 새침한 사람이라고 여길 터였다. 그녀와 어떻게 어울려야 할지도 모를 테고. 하지만 상관없었다. 이것은―그와 세라의 관계는―그의 문제니까. "걔들은 너 같은 사람은 만난 적이 없어."

"나도 그런 사람들을 만난 적이 없어. 나도 좀더 그 사람들 같았으면 좋겠다."

세라에게 감추었던 모든 것을 털어놓을 기회였다. 월리스의 음주. 바클리 매퀸. 밤에 케일럽이 메리언을 만나러 올 때 들리던 포치 망사문이 삐걱이는 소리. 하지만 그는 고백하는 대신 그녀에게 다시 키스했다.

제이미는 가능할 때마다 세라의 그림을 그렸는데, 실물을 보고 그리기도 하고 기억 속의 모습을 그림에 담기도 했다. 그중 일부는 그녀에게 주고, 나머지는 자신이 간직했다. "나를 보고 있는 너를 생각하는 게 좋아서 이 그림들이 좋아." 그녀가 말했다. "이건 아주 특별한 유형의 허영이지."

이따금 세라와 앨리스가 모두 외출한 날은 페이히 부인이 자신의 특별 구역인 작은 유리온실로 그를 초대해 둘이 함께 오후 커피를 마셨다. 제이미는 온실로 가는 길에 역시 페이히 부인의 구역인 듯한 응접실을 통과했다. 그 공간에는 그림이 없었다. 부인의 응접실 벽은 흰색이었고, 가족사진이 드문드문 걸린 걸 제외하면 깨끗이 비어 있었다. 온실에는 양치식물 화분, 개 쿠션, 그리고 그들이 앉은 고리버들 의자를 갖춘 원형 대리석 테이블이 있었다. 페이히 부인이 제이미에게 하는 질문은 세라가 했던 질문과 많이 겹쳤지만, 페이히 부인 앞에서는 로맨틱한 열망이나 육체적인 갈망에 사로잡히지 않은 상태라 편안하게 자신에 대해 설명할 수 있었으며, 자신이 갖고 있는 줄도 몰랐던 의견들을 발견하기도 했다.

"제 누이가 좀더 숙녀다웠으면 좋겠어요." 제이미는 어느 날 그런 말을 하면서 스스로도 놀랐다.

페이히 부인이 세라보다 깊은 우울이 담긴 미소를 지었다. "왜? 누이도 그걸 원해?"

"아뇨, 그건 아니에요." 그가 솔직하게 대답했다. "그애가 필요 이상으로 힘들게 살고 있는 것 같아서요. 여자답게 머리를 기르고 옷을 입는다면, 학교에 다시 나가고 비행기에 너무 빠져 있지 않으면, 모든 게 더 쉬워질 거예요." 송어의 장례식에서 바클리 매퀸은 제이미를 향해 몸을 돌리고 악수를 청하며 이미 이긴 라이벌을 대하듯 의기양양한 냉소를 보냈다. 평화를 빕니다.

"그래." 페이히 부인이 동조했다. "아마 그렇겠지."

"어머니가 계셨더라도 그애가 이렇게 되었을까요? 어떻게 생각하세요?"

"그럴 수도 있고 아닐 수도 있지. 어머니라고 해서 모든 걸 통제할 수는 없으니까. 가끔 그러고 싶긴 하지만 말이야. 나는 타인을 통제하려는 시도가 역풍을 맞을 수도 있다는 걸 배웠지. 너무 천천히 배우긴 했지만 배운 건 사실이야. 내가 금주법 통과를 위해 애쓴 건, 남편들이 밖에 나가 술로 봉급을 탕진하고 집에 돌아와서 난동을 부리지 못하도록 막는다면 아내들의 삶이 더 나아질 거라고—제이미 말대로, 더 쉬워질 거라고—진심으로 믿었기 때문이지. 하지만 내가 너무 순진했어. 사람들은 스스로 원하는 삶을 남들이 정한 기준보다 더 중요하게 여기는 경향이 있으니까." 그녀는 잠시 말을 멈췄다. "제이미, 가끔은 바람에 몸을 숙여야 해. 우리의 통제 밖에 있는 것이 너무 많거든."

제이미는 유리온실에 평온하게 앉아 있는 이 여자, 그를 애지중지하는 삼촌이 여름방학을 이용해 사촌들과 함께 지내라고 시애틀에 보내준 것으로 믿고 있는 이 여자에게 상황을 더 잘 설명할 수 없다는 조바심에 떨리는 몸을 진정시켰다. "메리언은 화를 자초하면서도 모를 때가 있어요."

"메리언이 좀더 숙녀다워지면 네가 그애를 걱정할 필요가 없어질 거라고 생각하는 거니?"

"모르겠어요."

그녀가 앞으로 몸을 기울였다. "나를 위해 그애를 그려주겠니? 네 누이. 어떻게 생겼는지 보고 싶구나."

그래서 그는 빈 종이에 메리언을 불러냈다. 있는 그대로의 모습을 나타내려고 애쓰며 짧게 깎은 머리와 거의 오만해 보일 정도로 날카로운 눈빛을 그렸다. 메리언을 그리다보니 낚싯바늘을 삼킨 듯, 그리고 몬태나에서 그 낚싯줄을 감고 있는 듯 뱃속 깊은 곳이 당겼다.

페이히 부인은 한참 그림을 들여다보았다. "그래, 알겠어. 만만치 않아 보이네." 그녀는 한숨지으며 제이미의 팔을 토닥였다. "다른 대부분의 아이들에 비해 둘이 유난히 더 서로를 보살피며 빨리 성장한 것 같구나. 가끔은 무척 힘들었을 테고."

제이미는 다락방에 혼자 있게 되자 바닥에 앉아 울기 시작했다. 그 말을 해줄 사람을 얼마나 간절히 원했는지 몰랐던 것이다.

이례적인 폭염이 기승을 부리던 8월 셋째 주 워싱턴대학에서 전문가가 나왔다. 나비넥타이를 맨 그 활발한 남자는 헤리퍼드하우스의 벽을 따라 빠르게 나아가며 마치 온몸이 특별히 고안된 미술품 감정도구라도 되는 양 몸을 구부렸다가 발돋움해 서기도 하고 안경 너머로 유심히 들여다보기도 했다. 그리고 간간이 노트에 메모도 했다. 제이미가 따라가면서 의견을 말했지만, 전문가는 그때마다 짜증스럽게 으흠 소리를 내거나 침묵으로 응수했다.

제이미는 주목할 만한 작품 몇 점을 따로 빼놓았다고 두 번이나 말했다. "그럴 필요가 있었는지 의문이군." 전문가가 벽에 걸린 작은 바다 그림을 떼어 뒤집어보며 말했다.

"페이히 씨가 부탁하셨어요. 전문가 의견을 들어보신다고."

"오, 그래?" 그는 그림을 도로 못에 걸었다. "자넨 정확히 어떤 자격을 갖고 있지?"

"작품들 목록 만드는 일을 하고 있습니다."

"으흠."

오후 중간쯤, 그들 두 사람이 음악실에 걸린 그림들을 살펴보고 있을 때 페이히 씨가 귀가했다. 그는 전문가와 악수하고 우렁찬 목소리로 의례적인 인사를 건넨 뒤 전문가의 생각을 물었다. "솔직한 의견을 듣고 싶소."

"아주, 아주 흥미로운 수집품입니다." 전문가가 말했다. "아시다시피, 일류 작품을 많이 갖고 계십니다. 예를 들면 사전트요. 정말 훌륭합니다." 전문가는 주머니에서 손수건을 꺼내 이마를 닦았다. 그 집의 어두운 분위기 때문에 특히 더 숨막히게 더웠다.

"모델이 내 아내요." 페이히 씨가 자랑스럽게 말했다.

"정말입니까?" 이미 제이미가 말해줬는데도 전문가는 몰랐던 척했다. "놀랍네요!"

"미술관 이야기가 나돌았지." 페이히 씨가 말했다. "페이히 미술관. 사실 난 그 소문이 듣기 좋았다오."

전문가가 다시 얼굴을 닦았다. "아주 흥미로운 아이디어네요. 어쩌면―이건 예비 단계에서 받은 인상이긴 합니다―이 수집품만으론 충분치 않을 수도 있지만, 그건 제가 지금까지 본 것만으로 내린 결론이고요, 아무튼 아주 훌륭한 기반을 만들어놓으신 건 확실합니다." 그러고는 조심스럽게 물었다. "볼런티어파크에 미술관을 짓고 있는 거 아시죠? 풀러의 수집품을 소장할 곳요."

페이히 씨 얼굴에 먹구름이 꼈다. "물론 알지." 그가 말했다.

"내 침실에서 다 보이니까."

전문가는 움찔했지만 계속 밀고 나갔다. "혹시 협력을 고려해 보셨을까요?"

페이히 씨가 미심쩍게 바라봤다. "그렇소."

전문가가 달래듯 말했다. "제 생각엔 우선 사람을 불러 수집품을 정리하고 목록 작업을 하는 것이 어떨까 합니다. 구매 기록은 갖고 계시죠? 저작권 표시나 내력에 대한 기록은요?"

"그게 바로 제이미가 하고 있는 일인데." 페이히 씨가 당황한 눈으로 제이미를 보았다. "말씀 안 드렸나?"

"이 청년이 최선을 다하고 있으리라 확신합니다." 전문가가 말했다. "하지만 그 일은 진짜 전문지식을 갖춘 사람이 해야 합니다."

페이히 씨는 당혹스러운 듯했다. "제이미는 재능 있는 화가요." 그가 말했다. "난 이 청년을 도와주고 싶소. 이 청년이 수집품을 뒤져본다고 해될 건 없으니까."

"저도 진심으로 바라는 바입니다." 전문가가 새침하게 말했다.

제이미의 얼굴이 불타올랐다. 그 전문가라는 남자는 그의 메모, 꼼꼼한 목록, 페이히 씨가 정확히 무엇을 보고 작품을 샀을지에 대해 자신이 모은 단서와 이론을 보지도 않았다. 물론 제이미도 모든 답을 찾진 못했지만—그건 불가능한 일이니까—자신이 유익한 일을 했노라 확신하고 있었다. 전문가는 제이미가 다락에서 갖고 내려와 한쪽에 모아둔 작품들도 봐주지 않았다. 그래도 눈길 한 번은 줄 가치가 있는 작품들인데.

"제이미." 페이히 씨가 말했다. "자네가 그린 초상화 한 점 가져와서 보여드리게."

어린애 취급을 당하며 칭찬을 구걸하듯 자기 작품을 보여줘야 한다는 건 그를 더 수치스럽게 만들 뿐이었다. 그가 뻣뻣하게 말했다. "강요하고 싶지는 않습니다."

"당장 가서 가져와." 페이히 씨가 저녁 식탁 가까이에서 얼쩡대는 개를 쫓아내듯 말했다.

제이미는 무거운 걸음으로 무덥고 어두운 실내를 지나 페이히 부인의 응접실로 갔다. 초상화 네 점—세라, 앨리스, 페이히 부인, 그리고 어느 날 오후 아기를 데리고 모델을 서러 온 만딸 퍼넬러피까지—이 액자에 든 채 일렬로 걸려 있었다. 그는 앨리스의 초상화를 떼어낸 다음 다시 무거운 걸음으로 돌아가서 고개를 숙인 채 그림을 건넸다.

전문가는 그림을 자세히 살펴보더니 제이미도 평가 대상 작품인 것처럼 안경 너머로 그를 응시했다. "그림은 누구한테 배웠나?"

"저 친구 삼촌." 페이히 씨가 그렇게 대답했지만 제이미도 동시에 단호히 말했다. "아무한테도 안 배웠습니다."

"자네 삼촌한테 배웠다고 했잖나." 페이히 씨가 제이미에게 말했다. 그리고 전문가에게 덧붙여 설명했다. "제이미의 삼촌이 화가 윌리스 그레이브스요. 사실 나도 그의 풍경화를 한 점 갖고 있지."

"독학했습니다." 제이미가 주머니에 두 손을 찔러넣으며 말했다.

"으흠." 전문가가 말했다. 그러고는 초상화를 다시 살펴본 다음 다시 제이미를 보았다. "특별히 마음에 드는 작품들을 골라냈다고 했지?"

축하만찬이 열릴 거라고, 제이미도 남아 있어야 한다고 했다. 페이히 씨가 그렇게 주장했고, 다들 그렇게 주장했다. 제이미가 끈으로 묶인 상자에서 발견한 수채스케치, 바다를 그린 듯한 엷은 수채화들은 J. M. W. 터너의 작품이었다. 전문가가 그럴 거라고 거의 확신했다. 그 작품들은 귀중하고 중요하며 뛰어나지만, 간과되기도 쉬웠다. 그 덕에 제이미는 명예를 회복했지만 한편으로 실망스러웠던 것이, 자신이 고른 작품들을 전문가가 봐주지 않으면 그 수채화들을 바로 그날 하숙집으로 옮겨놓았다가 조만간 미줄라로 가져갈 작정이었던 것이다. 처음 발견했을 때 아무에게도 말하지 말고 몰래 가져갈 걸 그랬다는 아쉬움이 아주 조금 남았다.

"잘했어." 페이히 씨가 제이미에게 족히 대여섯 번은 말했다. "난 자네의 재능을 진작 알아봤지."

창문을 열었는데도 식당 안은 무더웠다. 여자들의 관자놀이가 땀으로 촉촉이 젖어 있었다. 페이히 씨도 연신 냅킨으로 이마를 닦았다. 미술사를 공부하는 둘째 딸 노라도 유럽에서 막 돌아왔고, 퍼넬러피도 남편과 아기, 유모를 대동하고 왔다. 저녁식사가 끝난 후 제이미가 노라의 그림을 그려서 페이히 부인 응접실의 신전을 완성해야 한다는 이야기가 나왔다.

"아빠도 빠지면 안 되죠!" 앨리스가 말했다.

"미인들의 행렬 다음에 이 상판대기를 제이미에게 맡긴다는 건 꿈도 못 꿀 일이지." 페이히 씨가 말했다. 그는 기분이 좋아서 그 어느 때보다 더 분홍색으로 빛났다.

첫 코스는 굴, 그다음엔 차가운 콩소메, 그다음엔 연어찜이 나왔다.

노라는 유럽에 대해 이야기할 게 많았다. "배를 타고 바다를 건널 때면 늘 바람이 불지. 그래서 그 냉각 효과에 익숙해져."

"그러한가?" 앨리스가 자신의 코를 내려다보며 여왕의 말투를 흉내 냈다.

제이미는 굴을 먹었고, 의구심을 품고서 연어도 먹었다. 그는 저녁식사에 소고기가 나오지 않는 기적이 일어났으면 좋겠다는 헛된 희망을 품고 있었다. 드디어 피할 수 없는 스테이크가 앞에 놓이고 고기 주위로 선홍빛 액체가 고이기 시작하자 그는 몰래 재스퍼를 찾아보았지만, 그 개는 어딘가로 보내진 모양이었다.

"이 청년의 장래 계획이 궁금하군요." 미술 전문가가 제이미를 돌아보며 말했다.

제이미에게 모두의 시선이 집중되었다. "고등학교를 일 년 더 다녀야 합니다." 제이미가 말했다. "그다음엔 아마 몬태나대학에 가게 될 겁니다."

"미술 공부를 하러." 전문가가 말했다.

"확실하진 않습니다." 제이미가 대답했다.

페이히 씨는 의자 등받이에 기대어 음식을 씹었다. "몬태나 미대는 어떤가?"

"저는 그 정도면 훌륭하다고 생각합니다." 제이미가 말했다. "삼촌이 전에"—그는 얼른 말을 바꿨다—"지금 거기서 학생들을 가르치고 계시고요."

페이히 씨는 스테이크를 한 조각 더 입에 밀어넣고 와인을 한 모금 마신 후 말했다. "난 자네가 시애틀로 와야 한다고 생각해. 워싱턴대나 코니시 칼리지로. 자네 같은 인재가 벽지에 처박혀 있어선 안 되지."

제이미는 자신이 그럴 만한 경제적 여유가 있다고 페이히 씨가 생각하는 것에 웃음을 터뜨릴 뻔했다.

"게다가—" 페이히 씨가 말했다.

"시애틀을 낙후지 그 자체라고 말하는 사람들도 있죠." 노라가 주장했다. "유럽과 비교하면요."

"노라 언니." 앨리스가 말했다. "멍청하게 굴지 마."

세라도 나섰다. "멍청한 게 아니라 속물적인 거지."

"게다가, 난 자네를 돕고 싶네." 페이히 씨가 목소리를 높였다. 페이히가 여자들이 서로 눈길을 교환했다.

"무슨 말씀인지 모르겠습니다." 제이미가 말했다.

"자네 학비와 생활비를 대주겠다는 말이야! 물론 자넨 계속해서 나를 위해 어떤 형태로든 일을 하게 될 거야. 미술관 구상이 어떻게 전개되느냐에 따라 미술 관련 일을 할 수도 있고 내 사업을 도울 수도 있고." 그는 나이프로 제이미를 가리켰다. "나도 자수성가한 사람이지." 이미 여러 차례 한 말이 아닌 것처럼 가벼운 관심이 담긴 어조였다. "그래서 능력이 될 때 다른 사람들을 돕고 싶다네."

제이미는 너무 놀라고 당황한 나머지 할말을 잃었다. 그는 받아들이고 싶었다. 깃털침대에 눕듯 페이히 가족에게 기대고 싶은 마음이 간절했다. 그러면, 도무지 믿기지 않는 일이지만, 세라의 남편이 되고 아이들을 갖고 태평양에 면한 도시의 성공한 시민이 되고 싶다는 꿈이 이루어질 수도 있었다. 하지만 상반된 감정이 그를 저지했다. 도살장이 마음에 걸렸다. 물론 그림을 그리고 싶고, 여름 동안 자신의 재능에 허영심을 갖게 된 것도 사실이었다. 하지만 만일 그에게 윌리스가 잠재되어 있다면? 화가가 됨으로써 그의 마음에 붕괴와 무질서가 곰팡이처럼 퍼져가기에 알맞은 조건이 조성된다면?

더 생각할 시간이 필요했고, 이 무더운 식당에서, 페이히 가족과 피 흐르는 소고기가 담긴 접시들 사이에서 생각하고 싶진 않았다.

"제이미가 말문이 막혔네요, 아빠." 퍼넬러피가 말했다.

페이히 씨가 말했다. "스테이크 마저 다 먹게. 그다음에 샴페인으로 축배를 들자고." 그러더니 제이미의 접시를 자세히 들여다보았다. "아니, 거의 손도 안 댔잖아. 어디 아픈가?"

제이미가 세라를 흘끗 보았고, 세라가 당혹스러운 눈길을 보냈다. "배 안 고파?" 그녀가 물었다.

제이미는 자신이 화가가 되고 싶은지 여부는 중요하지 않다는 사실을 깨달았다. 그가 말했다. "저는 고기를 안 먹습니다."

"뭐?" 페이히 씨는 진짜로 어리둥절한 표정이었다.

"고기를 안 먹습니다."

"고기를 안 먹어?"

"예."

"종교적인 이유에선가?"

"아닙니다. 고기를 먹는다는 생각 자체를 견딜 수 없습니다."

"무슨 소린지 모르겠군."

"동물들이 불쌍해서 그러는 거네!" 노라가 외쳤다. "그런 거지, 안 그래?"

페이히 씨가 뒤로 기대앉았다. 그의 얼굴이 레드와인색으로 변해갔다. "내 사업을 견딜 수가 없다고? 이 집을 짓게 해준 내 사업을? 수집품을 사게 해준 내 사업을? 여름내 자네의 급료를 지불하게 해준 내 사업을 말인가?"

"아량을 베풀어주셔서 감사하지만, 제게 하신 제안은 받아들일 수 없습니다." 제이미가 말했다.

"받아들일 수 없다―" 페이히 씨는 침 튀기는 소리를 내며 말을 끊었다. "그 제안은 철회하겠어. 다른 사람들처럼 먹지 않는 인간은 신뢰할 수 없으니까." 그는 눈을 가늘게 떴다. "그리고 더 이상 내 딸과 어울려 다니지 마. 네가 내 딸 뒤를 졸졸 따라다니는 걸 내가 모를 줄 알아?"

제이미는 세라의 얼굴에서 간절히 이해를 구했지만 보이는 건 당혹감과 걱정뿐이었다. 세라가 어머니를 보았고, 어머니는 차분히 딸의 시선을 받으며 보일락 말락 고개를 끄덕였다. 세라가 마음을 다잡고 아버지에게 말했다. "제이미가 저를 따라다니는 게 아니에요."

"다시는 만나지 마!"

세라가 다시 어머니를 보았으나, 페이히 부인은 접시만 내려다보고 있었다. 세라의 뺨에 눈물이 흘렀지만, 제이미는 그녀가 아버지의 말을 거역하지 않을 것임을 알 수 있었다.

"야." 페이히 씨가 두툼한 손가락으로 제이미를 가리키며 말했다. "너, 하느님이 동물들을 지상에 있게 하신 건 먹이가 되게 하기 위해서야. 동물들은 서로 죽이고 잡아먹어. 우리도 동물이야. 고기를 얻기 위해 활과 화살을 들고 돌아다니는 것보다 나은 방법을 고안해낼 수 있을 정도로 똑똑할 뿐이지. 우리는 동물들을 먹으려고 키우는 거야. 소나 돼지, 닭 들은 먹거리가 못 된다면 존재하지도 않을 거라고." 그는 입을 벌리고 자신의 송곳니를 가리키며 말했다. "이거? 하느님께서 우리에게 이걸 주신 건 우리가 뭘 먹어야 하는지 알려주시기 위해서야. 그게 뭐냐 하면 네 접시에 있는 스테이크란 말이야!"

제이미는 식탁 위에 냅킨을 내려놓고 의자에서 일어서며 말했다. "안녕히 계십시오. 감사합니다."

복도를 따라 걸어가는데 페이히 씨가 그의 등뒤에 대고 변절자에 동성애자라고, 당장 꺼지라고, 당장 이 집에서 나가라고 고함치는 소리가 들렸다.

제이미는 그날 밤 개들에게 먹을 걸 주지 않았다. 유니언역으로 가서 스포캔행 야간열차 표를 산 다음 거기서 미줄라로 갔다.

쓸쓸하고 정의롭게 집으로 돌아간 제이미는 메리언이 바클리 매퀸과 약혼한 사실을 알게 되었다.

미줄라

1931년 8월

제이미가 집에 돌아오기 2주 전

어스름한 저녁 하늘이 펼쳐져 있었고, 산들 사이엔 그림자의 강이 깊이 흘렀다. 메리언은 배달 차량 운전자들이 전조등을 켤 때까지 하늘을 맴돌다가 전조등 불빛에 비친 길쭉한 평지에 착륙했다. 비행기에서 물건을 내리고 있을 때 케일럽이 소총을 등에 비스듬히 메고 숲에서 걸어나왔다. 배달기사들의 손이 총집으로 향했다.

"괜찮아요!" 메리언이 외쳤다. "내 친구예요!" 그녀는 케일럽에게 달려가 그를 두 팔로 안았다. 미줄라에서라면 그러지 않았을 텐데 이곳에서 만나니 특별한 느낌이 들었다. "나를 어떻게 찾았어?"

그는 햇볕에 타서 구릿빛이었다. 머리는 등뒤로 땋아내린 모습이었다. "작은 새가 가르쳐줬지. 집까지 태워줄래?" 케일럽은 윌리스의 집에서 래틀스네이크 상류 쪽으로 더 올라간 곳에 작은 오두막을 지어놓았다.

메리언은 노골적으로 바라보고 있는 남자들을 흘끗 보았다. "안 무섭겠어?"

"무서울 게 뭐 있어? 너 훌륭한 조종사 아냐?"

메리언은 늦게 도착했고, 이륙도 늦어졌다. 그들이 미줄라에 도착했을 때는 완전히 어두워진 후였고, 도시의 불빛이 산들 사이에서 금빛으로 반짝였다.

메리언은 비행기를 격납고에 넣은 후 케일럽을 차에 태우고 시내를 통과해서 샛강을 따라 길다의 집과 월리스의 집을 지나 달려갔다. 도로가 바큇자국이 팬 숲속의 길로 좁아졌고, 케일럽은 길이 나무들 사이로 갈라지는 곳에서 멈추라고 했다. "와서 한잔해." 그가 말했다. "이틀 걸어올 길을 태워다줬으니까."

오두막은 멀지 않았다. 둘이 어둠 속을 걷는 동안 메리언이 말했다. "차 한 대 마련하지 그래?"

"책임지고 싶지 않아서. 난 대체로 뭘 소유하는 걸 좋아하지 않아."

"그래도 모든 걸 감안하면 소유할 만한 가치가 있는 경우도 가끔 있지, 안 그래?" 메리언이 말했다. "나도 경험이 많은 건 아니지만."

"그래도 난 단순하게 사는 게 좋아."

둥근 빈터에 자리한 그의 오두막은 작지만 전문가의 솜씨로 지은 것이었다. 모서리의 홈이 단단히 맞물렸고, 통나무는 평평하게 쌓일 수 있게 잘라냈으며, 매끈하게 펴 바른 진흙띠가 틈새를 메우고 있었다. 그가 주머니에서 열쇠를 꺼냈다.

"문을 잠그고 다니네." 메리언이 말했다.

"그래서?"

"그렇다면 소유하고 싶은 물건들이 있다는 얘기잖아."

"당연하지. 하지만 걱정하는 게 싫어." 케일럽이 메리언을 안으로 들였고, 그녀는 어둠 속에 서서 그가 석유등을 하나씩 켤 때마다 웅크린 검은 난로, 흔들의자, 간이침대, 바닥에 깔린 곰가죽, 벽에 붙은 사슴뿔이 드러나는 걸 지켜보았다. "장화는 벗어줄래?"

오두막 안은 공들여 완벽하게 정리해놓은 상태였다. 간이침대 위 모포는 얇은 매트리스 가장자리를 따라 깔끔하게 여며놓았고, 발치에 또하나가 개켜져 있었다. 몇 개 안 되는 접시는 싱크대 위 선반에 쌓여 있었다. 그는 소총을 보관대에 걸었는데, 거기엔 소총 세 자루가 더 있었고 개머리판과 총열이 반짝반짝 빛났다.

"네가 직접 통나무를 벤 거야?" 메리언이 물었다.

케일럽은 양철 잔에 위스키를 따랐다. "그랬지. 지붕과 서까래에 쓸 건 가공된 목재를 샀고." 그는 메리언에게 잔을 건네며 흔들의자를 가리켰다. "저기 앉아." 그러고는 난로에 불을 지피느라 부산하게 움직였다. 그가 간이침대에 앉자 두 사람의 무릎이 거의 맞닿았다.

"집이 아주 깨끗하네."

"엄마랑 사는 동안 평생 겪을 난장판은 다 겪었으니까."

"너 어렸을 때는 엄청 야만적이었는데. 이젠 이렇게 깨끗이 청소하고 정리하고. 모든 물건이 제자리에 있잖아."

"이제 야만적인 건 다 밖에 뒀어. 거기가 제자리니까."

"케일럽, 너 여자 생겼어?"

"내가 여자 손길 없이는 오두막을 깨끗이 유지할 수 없다는 거야?"

"그런 말은 아니야. 그냥 궁금해서 그래. 우리가 안 만난 뒤로……" 더이상 구체적으로 말할 필요는 없었다. 어차피 그들은 그 단어를 입에 올린 적이 없었다. 그 단어는 늘 생략되었다.

그는 벽에 기대며 다리를 꼬았다. "여자들은 있지." 그가 말했다. "하지만 여자는 없어." 그는 메리언을 빤히 보았다. 메리언은 그의 옛 장난기가 슬그머니 동하는 걸 감지했다. 그래서 농담이나 제안을 해오려나 생각했는데, 그는 이렇게 말했다. "바클리 매퀸의 목장에 가본 적 있어."

"배넉번."

케일럽은 고개를 끄덕였다. "그 사람 동업자가 사냥할 때 나를 고용했거든. 허가를 받고 들어갔지. 멋진 곳이더라. 집도 그렇고."

"괜찮았어, 별로였어?"

그는 어깨를 으쓱했다. "그야 집에 대한 취향이 어떤지에 달렸지."

"난 하늘에서만 봤거든. 어쩌면—" 그녀가 말을 하려다 말았다.

그가 대신 말했다. "거기서 살게 될 수도 있겠네."

메리언은 고개를 끄덕였다. 가슴이 답답했다. 무엇 때문에 두려운 걸까? 케일럽이 일어나서 그녀의 잔에 위스키를 더 따랐다. 그러고는 그녀 옆에 서서 그녀의 목덜미에 손을 얹었다. 손이 차가웠다. 그녀는 그의 차가움을 잊고 있었다.

"이제 머리는 누가 잘라줘?"

"돈으로 대가를 받는 사람."

그는 그녀를 의자에서 바닥으로 끌어당겨 자신의 다리 사이 삼각형 공간에 비스듬히 앉히고 두 팔로 느슨하게 안았다. 그는 오랫동안 침묵 속에서 그녀를 안고 있었다. 그녀의 입에 키스했지만 순수한 키스였고 그 이상 진전되지도 않았다. 이제 바클리와 비교하면 케일럽과의 사이에서 일어난 모든 일은 순수하게 여겨졌다. "네 심장박동이 온몸으로 퍼지네." 그가 말했다.

"심장에게 멈추라고 말하고 있어."

"멈추면 안 되지."

"천천히 뛰라고. 그런데 말을 안 듣네."

"네가 도망칠 수 있게 도와줄 수 있어. 그가 찾아낼 수 없는 장소들을 알아."

메리언은 바클리에게 지독한 분노를 느끼는 한편으로 그가 한없이 고맙기도 했다. 몰래 사라져서 영영 돌아오고 싶지 않으면서도 그를 떠나는 걸 견딜 수 없었다. 넌 누구지?

"웃기는 건 내가 바클리를 사랑한다는 거야. 지금까지 인정한 적은 없지만."

케일럽은 메리언의 정수리에 뺨을 대고 있었다. "그걸 이상한 방식으로 보여주고 있구나."

메리언은 떠나야 한다는 걸 알았지만 둘이 그의 침대에 누울 수 있기를 바라는 마음도 있었다. "이상한 방식의……" 그녀는 말끝을 흐렸다. 다시 사랑이라는 단어를 말할 수가 없었다. "이상한 일이지."

바클리는 그녀가 산속 활주로에서 남자를 태우고 미줄라로 돌아왔으며, 그 남자가 케일럽이고, 그를 오두막까지 차로 태워다준 다음 그 안에서 세 시간을 머문 걸 알고 있었다. "세 시간." 그가 말했다. 그들은 초록색과 흰색 집 부엌에서 식탁을 사이에 두고 서 있었다. "말해봐, 세 시간 동안 뭘 하느라 바빴던 거지?"

"나한테 스파이를 붙인 거면, 그 스파이가 창문으로 훔쳐봤겠네. 그래, 내가 뭘 했다던가요?" 메리언이 격분해서 말했다.

"그놈하고 잤지."

그의 확신이 그녀를 멈칫하게 만들었다. "안 잤어요."

"거짓말 마." 검은 눈동자, 선명한 주근깨.

"거짓말 아네요. 거짓말은 당신이 하고 있잖아요. 나는 진실을 말하고 있으니까 안다고요."

서로 믿지 못하는 상태로 서먹한 침묵이 이어졌다.

"우린 친구예요." 메리언이 말했다. "늘 친구였다고요. 난 친구도 못 가져요?" 그녀의 목소리가 높아졌다. "내가 당신 말고는 아무도 안 만나고 혼자 살았으면 좋겠어요?"

바클리는 의자에 털썩 앉았다. 그에게서 분노가 빠져나가고 있었다. "그래." 그가 말했다. "솔직히 말하면."

"우리가 뭘 했는지 알고 싶다고 했죠―이야기했어요." 그녀는 마음을 다잡고 비난하듯 말했다. "케일럽에게 내가 당신을 사랑한다고 말했죠."

그가 올려다봤다. "그래?"

"언제부터 나한테 미행을 붙였어요?"

"다시 말해봐. 그에게 뭐라고 말했는지."

그는 짜릿한 기쁨을 발산하고 있었다. 그녀는 오직 절망만을 느꼈다. "지금은 싫어요."

"나를 사랑한다고 말해줘."

그녀가 더 크게 말했다. "언제부터 나한테 미행을 붙였느냐고요?"

"네가 밴쿠버로 날아간 뒤부터. 너를 잃어버릴까봐 두려워서 그랬을 뿐이야."

천만다행으로 케일럽과의 밀회가 끝난 뒤부터였다.

"네가 또 어리석은 짓을 해서 곤경에 빠질까봐 그런 거야." 바클리가 말했다. "너를 보호하기 위해서. 너에게 덫을 놓은 게 아니라 안전하게 지켜주기 위해서야."

"우린 서로를 신뢰하지 않죠. 그건 인정해야 해요."

"결혼하면 미행을 중단할 거야." 그가 열띠게 말했다. "우리가 결혼하게 되면, 너의 결혼 서약을 도망치지 않겠다는 약속으로 받아들일 거니까. 네가 고결한 사람이라는 걸 알거든." 그는 다시 일어나 식탁을 돌아 그녀 앞으로 가서 무릎을 꿇었다. "지금 말해줘, 제발. 그에게 한 말을 나에게 해줘. 그건 우리 사이의 문제잖아. 너와 그 남자애 사이의 문제가 아니라."

메리언은 그의 부탁을 들어주었다. 그 말이 그녀를 떠나는 순간, 뱃속에 박혀 있던 칼을 빼내는 안도감과 함께 새로운 상처를, 치명적인 구멍을 남긴 것 같은 이상한 느낌이 들었다. 그녀는 자신이 그를 사랑한다는 사실을 결국 인정해야 할 것임을 알고 있었으며, 이제는 인정하고 그걸 진실이 되게 할 수 있었다. 그는 그녀의 허벅지에 얼굴을 묻었다. 그녀는 그의 머리를 만졌다. 그가 올려다보며 말했다. "메리언, 널 너무도 사랑해. 너에게 할 말이 있어. 그 말을 하기 전에 내가 미안해하고 있다는 걸 알아줬으면 좋겠어. 진작 알았더라면 그러지 않았을 텐데─더 기다렸어야 했는데."

메리언은 그대로 얼어붙었다. 크레바스 위를 나는 기분이었다.

"사실은, 내가 화났을 때 시작한 일이 있는데, 이제는 되돌릴 수가 없어." 그의 두 눈에 눈물이 가득 고였다. "메리언, 내가 끔찍한 짓을 했어. 하지만 이해해줘야 해─네가 나를 너무 오래 기다리게 했으니까."

팽창하는 우주의 슈욱 소리

———

11

언젠가 의상 디자이너가 하는 말을 들었는데, 최고의 여자 배우들은 거울을 보지 않는다고 한다. 의상을 느낀다고 한다. 나는 메리언 의상 피팅 때 거울 속 내 모습을 보면 돌로 변해버리기라도 할 것처럼 거울을 외면했다. 낯선 땅에 고립된 우주비행사처럼 불편하고 거추장스러운 기분을 느끼며 상하의가 붙은 무거운 비행복과 양가죽 부츠 차림으로 걸어다녔다. 한쪽 벽에 여성 조종사들과 무작위로 선택된 그 시대 인물들, 의상 스케치, 현존하는 메리언의 사진 거의 전부가 조각보처럼 붙어 있었고, 나는 허우적거리며 천천히 다가가 그것들을 보았다.

전에 온라인으로 본 적 있는 결혼사진에서는 메리언과 깡패 바클리 매퀸이 멋진 법원 건물 앞에 서 있었고 그들의 발아래서 낙엽이 흩날렸다. 메리언은 머리에 쓴 모자를 잡고 재미없는 농담이라도 들은 것처럼 힘없이 미소 짓고 있었다. 새신랑은 마냥 행복한 얼굴이었다.

그 옆에는 처음 보는 목탄 초상화를 출력한 종이가 붙어 있었
다. 그림 속 메리언은 거의 어린아이에 가까울 정도로 어려 보였
고 머리가 아주 짧았다. 얼굴은 방금 들은 말에 막 반박하려는 것
같은 표정을 짓고 있었다. "이건 뭐예요?" 내가 물었다.

의상 디자이너는 방을 가로질러 걷는 나를 따라다니며 내 허리
띠를 갖고 법석을 떨고 있었다. "메리언의 형제가 그렸대요. 개
인 소장품이에요. 멋지지 않아요? 개성이 아주 잘 드러났어요."
그녀는 뒤에서 나를 잡아당겨 조수들을 향해 돌려세웠다. 그들이
나를 자세히 살펴보았다.

"날다람쥐 같네요." 남자 조수가 말했다. 그리고 한쪽 팔을 들
더니 겨드랑이를 가리켰다. "여기 물갈퀴가 달린 것 같아요."

"진짜와 똑같은 거야." 디자이너가 방어적으로 말했다. "진짜
배기 시드콧 비행복. 하지만 몸매가 너무 묻히지 않게 고칠 수는
있겠지."

나는 결심이 흔들렸다. 흘끗 거울을 보았다. 머리는 이미 픽시
컷으로 짧게 친 다음 탈색한 상태였다. 부풀어오른 버섯 같은 거
대한 갈색 몸 위에 옅은 빛깔의 작은 머리가 붙어 있었다.

"걱정 마요." 디자이너가 말했다. "더 돋보이게 만들어줄게요."

"난 그런 거 신경 안 써요." 거짓말이었다.

"약속해요." 그녀는 내 말을 듣지 못한 것처럼 덧붙였다. "아
주 근사해 보일 거예요."

쇼반이 전화를 걸어와서 레드우드 파이퍼가 나를 자신의 집으로 초대하여 점심을 대접하고 싶다는 뜻을 밝혔노라고 전했다. 언제나 빌어먹을 점심식사가 함께한다.

"둘이서만요?" 나는 그 남자에게 오럴섹스를 해주지 않겠다고 쇼반에게 말할까 생각했다. 이제 더는 오럴섹스 기반의 교환경제에 의존해 배우 경력을 이어가고 싶지 않았다.

"좀 이례적이긴 한데, 아마 그 사람은 모를 거야. 워낙 부자라 만나고 싶은 사람은 누구든 쉽게 만나며 살아왔을 테니까. 그냥 친목행위로 생각해. 괜찮은 사람 같아." 그녀의 어조는, 돈이 많잖아, 라고 말하고 있었다.

레드우드의 집은 우리집에서 일직선 거리로는 서쪽으로 2마일밖에 떨어져 있지 않았지만, 길들이 실리스트링*처럼 구불구불 엉켜 있는 언덕 지역에서 일직선 거리는 의미가 없다. 점심식사에 보디가드를 대동하는 건 무례해 보일 수도 있어서 M.G.는 집에 두고 내가 차를 몰고 갔다. 약속시간보다 이십 분 늦게 레드우드의 집 보안장치에 달린 버저를 누른 후 달팽이 모양 나선을 이룬 진입로를 지나 끝내주게 세련된 군사령관의 벙커처럼 보이는, 온통 날카로운 선과 생콘크리트로 이루어진 납작하게 웅크린 집으로 들어갔다. 레드우드가 브루탈리즘 스타일** 문간에서 기다리고 있었는데, 티셔츠 위에 구김 간 황갈색 리넨 정장을 입고 재킷 소매는 둘둘 걷어올린 모습이었으며 아디다스 운동화를 신고

---

* 실타래처럼 긴 줄을 뿜어내는 스프레이 장난감.

** 콘크리트 소재로 장식 없이 블록을 쌓아올린 것처럼 만드는 건축양식으로, 콘크리트를 그대로 노출시키는 경우가 많다.

있었다.

"부에노스 디아스!"* 내가 그를 향해 걸어가자 그가 말했다. "와아, 헤어스타일 마음에 드네요. 트레** 메리언." 그는 자신 있게 팔을 벌려 포옹하려고 했다. "좋은 말은요?"*** 한 박자 늦긴 했지만, 그는 내가 그의 주제넘은 행동에 살짝 모욕감을 느끼며 주저하는 걸 보고 자연스럽게 악수로 전환했다.

"그 질문에는 늘 어떻게 대답해야 할지 모르겠어요." 내가 악수하며 말했다. "좋아요, 라고 대답하나요? 좋은 말이 좋아요인 것처럼?"

"듣고 보니 그렇긴 하네요. 그냥 말하고 싶은 대로 하면 되지 않을까요." 그는 나를 거대한 방으로 안내했는데, 그 방은 한 면이 외부에 완전히 개방되어 있었다. 그런 집들을 본 적이 있었다. 한쪽은 가느다란 눈구멍만 낸 의심 많은 토치카처럼 생겼지만 다른 한쪽은 도시에 둘러싸인 골짜기 전체와 하늘 전체를 안으로 들인 개방성과 순수성 그 자체인 집들. 초대형 미닫이 유리문이 벽 속으로 쑥 들어가도록 설치되어 있어서 레드우드는 창문이라는 촌스럽고 성가신 걸 상대할 필요가 없었다.

"타트tart." 내가 말했다. "그게 내 좋은 말이 될 수 있겠네요." 그날 아침 오거스티나가 한 홍보 담당자의 목소리를 묘사하며 그 단어를 사용했고 나는 기쁨으로 살짝 떨리는 목소리를 연상했다.

"어떤 의미로요?"

---

* 스페인어 아침 인사.

** '매우'라는 뜻의 프랑스어.

*** What's the good word? 영어권에서 안부를 묻는 의미의 인사말.

"모든 의미에서요. 그래서 좋은 말인 거죠. 여러 의미가 서로 대화하니까."

"아! 그래요. 알겠어요. 맛있는 디저트, 유혹하는 여자, 톡 쏘는 신맛. 아주 좋네요."

"당신의 좋은 말은 뭐죠?"

그는 잠시 생각했다. "난 아마도로 하겠어요."

"왜죠?"

"재밌고, 또 양가감정을 나타내니까요. 그게 내 습관적 감정이죠. 그거나 어쩌면으로."

우리는 낮은 소파들과 대형 평면 스크린 TV가 놓인 방을 통과하고 반짝이는 검정 그랜드피아노를 지나 테라스로 나갔다. 수영장 옆에 야외용 긴 의자 네 개가 놓여 있고 그 너머로 거대한 회로판 같은 로스앤젤레스가 흐릿한 안개 속으로 녹아들고 있었다.

"멋진 집이네요." 내가 말했다.

"고마워요. 살아보고 결정하려고 빌린 거예요. 이것들 전부 내게 아녜요." 그는 흐릿한 지평선을 응시했다. "뻔한 소리라는 건 아는데, 그래도 해야겠네요. 이 도시가 무질서하게 뻗어나간 모습은 진짜 압도적이에요. 특히 비행기를 타고 들어올 때 보면요. 비행기 타면 창밖을 봐요?"

"가끔요."

"가장 경이로운 광경들을 볼 수 있죠. 예를 들면, 유럽으로 가는 비행기 안에서 있었던 일인데, 조종사가 나와서 왼쪽으로 북극광이 보일 거라고 말해줬어요. 그런데 정말이지 아무도 창문 가리개를 올리지 않더라고요! 사람들이 북극광을 내다보지 않는 게 심각한 문제 같았어요."

"난 본 적 없어요."

"하지만 당신이라면 내다보지 않았을까요? 북극광은 격렬했어요. 예상대로 초록 시트 같은 빛인데 그 규모가 압도적이었죠. 엄청난 속도로 움직이고 있는데 우리는 그 움직임을 제대로 볼 수가 없는 거예요. 언젠가 오로라를, 달이 실크를 빨래처럼 널어 말리는 데 비유한 시를 읽은 적이 있어요. 오로라를 반딧불이 빛이라고 부른 시도 있었고요. 맘에 들더라고요."

나는 그의 열띤 태도에 마음이 흔들렸다. 누가 시 이야기를 한단 말인가? 내가 말했다. "반딧불이 동굴에 들어가본 적이 있어요."

"반딧불이 동굴이 뭐죠?"

"말 그대로예요. 천장에 반딧불이가 살고 있는 동굴. 칠흑 같은 어둠 속이라 반딧불이가 별처럼 반짝거려요. 사실 아직 유충에 불과하지만요. 내가 가본 동굴에는 물이 있었고―어쩌면 물이 꼭 있어야 하는지도 모르겠네요―반딧불이가 물에 비쳐서 마치 흰빛들에 둘러싸인 기분이었죠."

이게 뭘까? 우리가 동굴 속 물위를 둥둥 떠갈 때 알렉세이가 말했다. 우리는 이미 죽었을 수도 있을까? 우리가 그걸 알 수 있기나 할까?

우리는 아는 게 없는 것 같아요. 내가 말했다. 대체적으로.

맞아. 그가 말했다. 삶과 죽음을 오간다는 건 그저 소망에 불과하겠지. 그래도 멋져. 아주 멋져.

물론 처음부터 모든 게 말도 안 되는 일이었지만, 그를 생각하면 아직도 어리석은 상실감이 밀려들었다. 다른 사람들은 상대에게 반했다가 진짜 사랑을 하고 그다음엔 실망과 권태에 이른다. 하지만 내겐 서로 얼굴을 들여다보며 그래, 바로 그거야, 당신 말이 무슨 뜻인지 정확히 알아, 하고 속삭이던, 외계의 차가운 빛을 발하던 오후와 저녁만이 있었을 뿐이다.

"나도 한번 가보고 싶네요." 레드우드가 반딧불이 동굴을 두고 말했다. "자—주방으로 들어가요. 두어 가지만 더 하면 먹을 수 있어요."

"직접 요리했어요?"

"샐러드예요. 모으기만 했죠."

주방의 커다란 미닫이문이 테라스로 통했고, 그는 등나무가 자라는 터널식 정자 밑 테이블에 두 사람 자리를 마련해놓았다. 그가 비네그레트소스를 휘저으며 말했다. "미안해요, 이 자리가 데이트처럼 느껴질 거라는 생각을 미처 못 한 걸 이제야 깨달았어요. 이 자리가 어색하지 않으면 좋겠네요. 주위에 시중드는 사람들 없이 둘이서만 이야기를 나눌 기회를 갖고 싶었거든요."

"와인 한 잔 마시면 더 데이트 같은 기분이 들까요?" 내가 말했다.

"무슨 상관이에요?" 그는 은행 금고 문만큼 크고 육중한 스테인리스 냉장고 문을 열어 와인병을 꺼낸 뒤 잔 두 개에 따랐다. 그의 손은 예상외로 우아했고, 손가락은 길고 능숙했다. 우리는 잔을 부딪쳤다. "건배. 메리언의 책 읽었죠? 대본만 읽었다는 말로 내 마음을 아프게 하지 마요."

"물론 읽었죠." 나는 그 책을 읽지 않는다는 건 생각할 수도 없는 일인 양, 『대천사』도 1권만 읽은 게 아니라—사실은 그랬지만—다 읽은 양, 그렇게 대답했다. "사실은 전에도 그 책을 읽은 적이 있어요. 어렸을 때. 완전히 우연이죠." 나는 부모님 이야기가 나올까봐 얼른 화제를 돌렸다. "어머님이 쓰신 책도 읽었고요."

"어땠어요?" 내가 애매한 찬사를 늘어놓기 전에 그가 말했다. "역사상 최고의 작품은 아니라는 거 나도 알아요. 그러잖아도 당신에게 그 말을 해야겠다고 생각하고 있었어요. 내가 그 소설을 걸작으로 여긴다고 당신이 오해하지 않도록."

"좋은 작품이에요." 내가 말했다.

"너무 애매하네요. 다만 아쉬운 점이 있다면?"

나는 술잔 너머로 그를 응시하며 말했다. "없어요."

"그러지 말고 말해봐요. 난 어머니가 쓴 책에 대해 방어적이지 않으니까. 미리 경고하는데, 어머니는 방어적이에요. 난 아니고."

나는 그가 덫을 놓는 건지도 모르겠다고 생각했지만 솔직하게 대답했다. 책의 목소리, 메리언의 목소리, 그의 어머니가 메리언에게 부여한 '나'가 메리언 자신이 진짜로 쓴 책 속의 목소리와 일치하지 않는 것 같다고 말했다.

캐럴 파이퍼는 메리언으로서 이렇게 썼다. 지금이나 과거에나 내가 아는 건, 내가 하늘에 속해 있다는 것이다.

그다음 장에는 이렇게 썼다. 지금이나 과거에나 내가 아는 건, 어떤 남자도 나를 소유할 수 없다는 것이다.

지금은 나미비아가 된 나라에서 메리언은 이렇게 썼다. 나는 이 밤에 이 발코니의 특별한 각도에서 본 이 특별한 달을 기억할 거라고 생각하고 싶다. 하지만 만일 잊는다면, 내가 무얼 잊었는지 결코 알 수 없을 것이다. 망각이란 원래 그런 거니까. 나는 그동안 너무 많은 것을 잊었다. 내가 본 거의 모든 것을 잊었다. 체험은 거대한 물결처럼 우리에게 밀려든다. 기억은 병에 담긴 물 한 방울이며, 그 짜고 농축된 물방울은 그것이 속해 있던 신선하고 풍성한 물결과는 다르다.

나는 레드우드에게 캐럴이 메리언의 본질을 조금 놓친 것 같다고 말했다. 그녀의 소설은 희망사항처럼 느껴진다고, 메리언을 실제보다 더 친근하고 위안을 주는 인물로 만들려고 한 것 같다고 말했다.

레드우드가 거의 슬픈 듯한 표정으로 고개를 끄덕이며, 그렇다고, 내 말이 무슨 뜻인지 알겠다고 했다. "메리언을 더 공감되는—난 이 말이 싫지만—인물로 만들려고 애쓰다보니 결국 왜곡시키고 만 거죠."

"바로 그거예요." 내가 말했다. 나는 캐럴의 소설을 읽으며 올리버와 함께 읽었던 우리에 관한 팬픽션을 몇 번이나 떠올렸다. 인형의 집에 갇힌 느낌, 저자가 우리를 너무 꽉 움켜쥐고 있어서 두 동강이 나버릴 것만 같은 느낌. 난 너를 너무너무 살아해 I live you so much.

레드우드는 긴 한숨을 토해냈다. "우리 어머니는 정리 욕구가 강해요. 종교적인 분은 아니지만 모든 일에 이유가 있다고 생각하죠. 핵전쟁이 터져도 다 잘될 거라고 말할 분이에요. 낙관주의자인 건 좋은데 좀더 현실주의자가 아닌 게 짜증스럽긴 해요. 소설에서 자신이 어떤 부분들을 지어냈는지 아직 기억하고 계실지나 모르겠네요. 어쨌든 난 어머니를 전적으로 지지하기로 결심했지만요. 와인 좀 들어줄래요?" 그는 샐러드를 들었다. 나는 그를 따라 밖으로 나갔다.

"어머니랑 가까운 것 같네요."

"어머니는 우리 부모님 중에서 착한 쪽이죠. 부모님은 내가 여섯 살 때 이혼했고, 어머니와 난 늘 한 팀 같았어요. 아버지는 돌아가셨고요."

"유감이에요." 우리는 앉았다. 그는 천 냅킨과 작은 스푼이 든 플레이크 소금 통, 얼음물이 든 유리 물병을 차려놓았다.

"괜찮아요. 난 아버지를 미워했으니까요. 자식이 부모를 미워할 수 있는 한도 내에서."

"그래도 유감이에요."

"고마워요. 이제 아버지를 상대할 필요가 없어서 미움도 덜해요."

"복잡한 것 같네요."

"모르겠어요. 간단할 때도 있고." 레드우드가 내게 말해주기를, 그의 아버지는 리버티오일의 자회사인 화학회사의 고문변호사로, 암 걸린 직공들과 오염된 지하수를 마시는 마을들, 자신이 발견해낸 걸 도둑맞은 화학자들, 공기와 물과 개구리와 새를 걱정하는 환경단체들이 그 회사를 상대로 낸 소송에서 회사를 위해 싸우며 살았다. 그러다 우주적 정의라는 환상을 만들어내는 무작위적이고 돌발적인 사망의 사례가 되었다. 예순네 살에 뇌동맥류로 쓰러져 죽은 것이다.

"우리 부모님은 내가 두 살 때 돌아가셨어요." 내가 말했다. "경비행기 추락 사고로."

"알아요. 구글 검색."

"맞아요."

"나도 유감이에요."

"괜찮아요. 부모님을 몰랐으니까."

"그래서 유감이라는 거예요."

"죽은 부모에 관한 대화로 돌입하고 있네요. 와아."

그는 음식을 씹으며 약간 눈을 가늘게 뜨고 미소 지었고, 나를 보는 그의 회의적이면서도 재미있어하는 시선에서 나는 그가 우리 모두의 생각처럼 속여먹기 쉬운 봉은 아닐 수도 있다는 느낌을 받았다. 그가 말했다. "디저트가 준비될 때까지 잡담을 나눌 시간이 좀 있을 거예요. 참, 머리를 짧게 잘랐는데, 힘들었어요?"

미용실에서 나는 불타는 집을 지켜보는 방화범처럼 거울을 들여다보았다. 나는 손으로 머리를 쓸어올리며 말했다. "시원했어요. 가벼워서 좋네요."

"나도 좀 잘라야 할까봐요."

나는 고개를 옆으로 기울이고 그를 자세히 보며 말했다. "아직은 아니에요." 그는 미소 지었다. 내가 말했다. "그런데, 만일 — 아마도 — 어머니의 책에 대해 양가감정을 갖고 있다면, 왜 데이 형제에게 메리언의 책을 각색해달라고 의뢰하지 않았어요?"

그는 얼굴을 찌푸렸다. "모든 조건이 같았다면 그렇게 했겠지만, 어머니의 마음을 상하게 하고 싶지 않았어요." 자신과 어머니는 늘 메리언에게 관심이 많았다고 그가 말했다. 캐럴은 그가 어렸을 때 메리언의 책을 읽어주었다. 그의 아버지가 데이트할 때 어머니에게 준 책이었고, 레드우드는 어머니가 얼마간은 그것 때문에 아버지와 결혼했는지도 모른다고 생각했다. 캐럴은 마틸다 파이퍼와 가문의 연관성, 가문의 전설을 사랑하게 되었던 것이다. "어머니는 그 이야기의 일부가 되고 싶었던 것 같아요." 그가 말했다. "조세피나이터나호와 메리언과 재계 거물들의 이야기요. 하지만 그 이야기는 끝나버렸고, 그래서 어머니는 완전히 다르고 멋지지도 않은 이야기의 일부가 되고 말았죠."

그는 예상외로 데이 형제가 어머니의 책에 열광해서 자신도 깜짝 놀랐다고 말했다. 그 무리한 억측이 그들에게 영화의 톤tone에 관련된 영감을 주었던 것이다. 레드우드는 실종의 모호성을 다룬 개념적인 영화, 어쩌면 정신적이고 형이상학적인 테런스 맬릭 감독의 방식(물론 그랬겠지)을 상상했지만, 데이 형제가 쓴 건 다른 방식의 멋진 하이콘셉트 영화*가 될 거라고 했다. 약간 캠프** 적인.

"백 퍼센트 딱이네요." 내가 말했다. 그의 설명은 내가 상상한 바와 달랐지만 나는 그를 믿어야 했다.

우리는 샐러드를 먹었다.

그가 말했다. "역할을 맡으면 어떻게 연기할지 어떤 방식으로 알게 돼요?"

나는 플라스틱 마구간에 플라스틱 조랑말을 집어넣고 사람들이 시키는 대로 웃는다고 말하고 싶었다. 하지만 대신 이렇게 말했다. "다른 사람이 되었다고 상상하는 거죠. 그게 거의 다예요."

"휴고 경에게 같은 질문을 했는데, 한 시간 동안 대답하더군요."

빌어먹을 휴고, 그는 사람들이 자신의 말을 듣고 싶어한다는

---

* 흥행을 위해 쉽고 간결한 내용과 강렬한 인상을 중심으로 만드는 영화.

** 화려하거나 촌스러운 느낌을 일부러 과장되게 살려서 매력 요소로 삼는 미학적 감성, 혹은 그런 표현 방식.

확신에 차 있다. 물론, 사람들이 그의 말을 듣고 싶어하는 건 사실이다. 그 목소리, 그 담배 연기와 위스키와 북풍. 휴고의 내레이션이 들어가지 않은 자연 다큐멘터리가 있는지 찾아보라. 그의 목소리로 연기하지 않은 애니메이션 악당이 있는지 찾아보라.

"내가 설명하면 우스꽝스럽게 들릴 거예요." 내가 말했다.

"내가 북극광 얘기를 한 것처럼."

"내가 지루한 반딧불이 얘기를 한 것처럼."

그는 나와 잔을 가볍게 부딪쳤다. "미스터리를 위하여. 우리가 그걸 망치지 않기를."

12

점심을 먹은 후, 레드우드와 나는 수영장 옆 의자로 자리를 옮겨 와인을 마시면서 할리우드 사람들에 대한 뒷얘기를 하고, 이 것저것 재미난 일화들을 꺼내놓고, 몇몇 작은 고백도 감행했다. 수영장 타일은 코발트블루색 작은 사각형이었고, 매끄럽고 짙게 보이는 물은 젤라틴 같았다.

나는 알렉세이 때 같은 감정을 느끼진 않았지만 레드우드에게서 어떤 열정이나 활력을 느낀 건 사실이었다. 반딧불이가 없다는 게 새로운 관계를 시작 못할 충분한 이유가 될 수 있을까? 앞으로 다시는 반딧불이를 볼 수 없다면? 그렇다고 유부남과 나눈 짧은 불륜의 추억과 결혼해 수녀로 살 수는 없었다. 돈과 자는 건 어리석은 짓일까? 아니면 안 자는 게 어리석을까?

어쩌면 내가 그의 키스를 원한 건 그가 키스를 원한다는 걸 확인하기 위해서였는지도 모른다. 그가 나를 사랑하게 되기를 원한 것 역시 내가 그를 사랑하고 싶은지 아닌지 확실히 결정하기 위해서였을 수도 있다. 우리는 사람들이 우리와 함께 있는 일 그 자체를 사랑하는 데 익숙해진다. 그래서 늘 그들의 감정을 계약금처럼 손에 쥐고 있어야 한다고 생각한다.

"올리버와는 어떻게 됐어요?" 그가 선글라스 너머로 물었다.

"아무 소식 없어요."

"전혀."

"전혀."

"그래서 기분이 어때요?"

"그 사람이 나한테 소리 한 번 안 지르고 떠날 수 있었다는 데 놀란 것 같아요. 대부분의 사람들이 자기가 얼마나 상처를 받았는지 보여주고 싶어하는데, 올리버는 아닌 모양이에요. 사실 내 일로 상처를 안 받아서 그런 건지 아니면 내 생각보다 그가 자존심이 강한 건지는 잘 모르겠지만요." 나는 중립의 표본이 될 만한 표정을 지었다. "당신은요? 특별한 사람 있어요?"

"전혀 없어요."

나는 구글에서 레드우드를 검색해보았고, 진지해 보이는 미인들과 찍힌 워터마크가 붙은 일련의 사교계 사진들을 클릭했다. "그 말을 믿어야 할지 모르겠네요."

"사실이에요."

잠시 침묵이 흐른 후 내가 말했다. "질문 있어요."

"해요."

"그랜드피아노가 왜 있어요?"

"이 집에 원래 있던 건데, 내가 치긴 해요. 이 집을 선택한 이유 중 하나가 피아노죠."

"나를 위해 연주해줄래요?"

"그래요."

"다른 사람들은 최소한 빼는 척이라도 하는데."

"과시하는 걸 좋아하거든요. 하지만 당신은 여기 그냥 있어요."

나는 그가 연주하는 곡이 뭔지 몰랐다. 느리고 슬픈 곡이었다. 멜로디가 벙커 모양 집의 열린 입을 통해 흘러나와서 내 피부에 닿았다. 나는 안개처럼 깔린 음악 사이로 골짜기를 내려다보았다. 연주가 멈추자 나는 평소의 상태로 돌아갔다.

"그만하면 괜찮았어요." 그렇게 말했지만, 그는 내가 진짜로 하고 싶은 말을 알아들었다.

"내가 파티에서 보이는 장기예요."

나는 혀로 내 귀걸이를 빼서 입에 다이아몬드 장식을 물었던 존스 코언이 떠올랐다.

저녁이 되자 도시가 분홍빛에 잠겼다. 나는 알몸 수영을 염두에 두고서 수영을 하고 싶다고 말했는데, 레드우드가 집에 들어가더니 염소 냄새가 약하게 풍기는 원피스 수영복을 갖고 나왔다. 그게 누구 수영복인지 묻지 않았다. 햇볕에 탄 피부에 차가운 물이 날카롭고 오싹하게 느껴졌다. 나는 인피니티에지*에 등을 기대고 섰고, 레드우드도 나를 향해 물속을 걸어왔다. 그의 턱수

---

* 수영장이 수평선이나 지평선을 향해 무한히 뻗어나간 듯한 느낌을 주는 가장자리.

염에 맺힌 물방울이 분홍빛으로 반짝였다. 나는 그가 키스하려나 싶었지만 그는 수영장 가장자리에 나와 반대 방향을 향해 기대어 밖을 내다보았다.

어둠이 내리고 도시가 양귀비 들판처럼 오렌지빛으로 환히 밝혀졌을 때 우리는 타월로 몸을 감싼 채 의자로 돌아왔고, 그가 환각버섯을 먹겠느냐고 물었다.

나는 좋다고 했다.

그는 안으로 들어가더니 은박지에 싼 초콜릿바를 들고 나왔다.

"휴고 경 남자친구가 줬어요. 얼마나 센지 모르겠네요."

"루디가 준 거면 진짜 셀 거예요."

우리는 각자 한 조각씩 먹었다.

레드우드가 일어섰다. "불 좀 꺼야겠어요."

그는 안으로 들어갔다. 수영장 불이, 그다음엔 실내 불이 꺼졌다. 다시 집에서 피아노 음악이 흘러나왔는데 불협화음의 망가진 소리였고 온통 구멍투성이였다. 원래 그런 곡인지 아니면 환각버섯의 효과인지 알 수 없었다. 도시의 연보랏빛이 하늘과 수영장 수면에서 고동쳤다. 음악이 구심점을 찾으면서 의미 있는 소리가 되었고 나는 그걸 끌어당겨 하나의 덩어리로 만들어서 폭풍처럼 골짜기에 던지고 싶었다.

메리언은 이렇게 썼다. 세상은 펼쳐지고 또 펼쳐지며, 언제나 끝이 없다. 하나의 선, 하나의 원으로는 부족하다. 나는 앞을 바라본다. 수평선이 있다. 뒤를 본다. 수평선. 지나간 것은 잃어버린 것이다. 지금의 나는 미래에 이미 잃어버린 것이다.

나는 레드우드의 연주를 들으며 음악의 매체는 시간이라고, 만일 시간이 멈춘다면 그림은 변함없이 존재하겠지만 음악은 마치 바다 없는 파도처럼 사라져버릴 거라고 생각했다. 그에게 이 말을 하고 싶었지만, 그가 돌아왔을 때 그를 에워싼 희미한 잿빛 연기처럼 보이는 아우라에 정신이 팔리고 말았다. "당신에게 아우라가 보여요." 내가 말했다.

"어떻게 생겼어요?"

"연기요."

도시가 은하계처럼 반짝이며 빙빙 돌았다.

사람들은 이곳을 '천사들의 도시'라고 부르지만 로스앤젤레스라는 이름의 진짜 뜻은 '천사들'이라고, 그가 말했다. 그런데 무슨 천사들이지?

모든 천사겠죠, 내가 말했다.

정말 흥분돼요, 그가 말했다. 우리는 무에서 무언가를 만들어내고 있으니까.

나는 그가 우리에 대해 이야기하고 있다고 생각했다. 그래서 관계가 다 그런 거라고 말하고 싶었는데, 그가 먼저 말했다. 하긴, 무는 아니네요. 메리언은 실제로 있었으니까. 하지만 사람들의 삶은 화석처럼 보존되는 게 아니죠. 우리가 바랄 수 있는 최선은 시간이 사람의 기억을 단단히 굳혀 형체 없는 상태로 보존하는 것이겠죠.

아니면 그 비슷한 말을 했고, 나는 그가 우리에 대해서가 아니라 영화에 대해 이야기하고 있다는 걸 깨달았다.

몇 가지 밝혀낼 수도 있겠지만, 그것으로 결코 충분할 수 없을 거라고, 절대로 완전한 진실이 될 수 없을 거라고, 그가 말했다.

그러니까 자신이 어떤 이야기를 하고 싶은지 결정하고 그 이야기를 하는 게 낫다고.

아마도 그가 그런 이야기를 한 것 같다.

내가 말했다. 하지만 어디서부터 시작하죠? 시작점이 어디인가요?

그가 대답하는 걸 잊었거나 아니면 내가 머릿속으로 물은 건지도 모른다. 우리는 헤아릴 수 없는 시간 동안 거기 앉아 도시의 풍경을 바라보며 무슨 생각이든 하고 있었고, 그러다 그가 이렇게 물은 것 같다. 이곳은 뭐지?

천사들, 이라고 내가 대답했다.

그건 아는데, 그게 뭐지?

나는 이웃집 풍경소리를 들었고, 그래서 풍경소리라고 말했다.

그리고 또?

헬리콥터 한 대가 깜빡거리며 지나갔다.

헬리콥터.

그리고 또?

풍경소리와 헬리콥터라고 내가 말했다. 그리고 머슬카,* 강풍 낙엽청소기, 쓰레기통을 번쩍 들어 테킬라처럼 마시는 쓰레기차. 그리고 방금 우편함에 불붙은 폭죽을 넣은 비행청소년들처럼 깽깽대는 코요테, 전선에 앉아 늘 똑같은 구슬픈 4음 반복악절을

---

* 고출력을 내는 고성능 자동차.

연습하는 우는비둘기. 벌새의 날갯짓소리, 독수리들의 조용한 선회, 강이라는 콘크리트 수로의 얕은 초록 물속을 걷는 백로의 긴다리 걸음. 아무데도 가지 않는 자전거 페달을 밟아대는 사람들이 가득한 어두운 실내에서 꽝꽝 울리는 댄스음악. 스파의 어둑하고 신성한 공간에서 마음을 진정시키는 종소리나 옴 소리나 고래의 노랫소리. 지나가는 엘 카미노 픽업트럭에서 흘러나오는 노르테뇨* 음악, 창문을 열어놓은 교실에서 〈오 아름다워라 광활한 하늘이여〉를 부르는 학생들, 보도에서 행인의 이어폰 밖으로 새어나오는 귀에 거슬리는 비트음. 철책 너머로 짖어대는 핏불, 망사문 안에서 깽깽대는 치와와, 테라코타 타일 위에서 자는 푸들. 믹서, 분쇄기, 주서기, 잠수함 크기의 쉭쉭대는 강철 에스프레소 기계, 말이 너무 많은 웨이터들—주말에 특별한 계획 있으신가요? 주말에 특별한 거 하세요?—분수대와 수영장과 욕조와 그늘진 테라스의 키 큰 유리잔 안으로 떨어지고 호스에서 졸졸 흘러나오고 망가진 파이프에서 간헐적으로 솟는 물, 너무도 소중한 물. 그리고 지하, 거기엔 늘 차들의 웅웅거림이 있다. 조개껍데기 안에서 사는 바다처럼, 팽창하는 우주의 슈욱 소리처럼.

적어도 나는 그에게 그렇게 말하려고 했다. 실제로 말했는지는 모르겠지만.

그다음엔 그가 말했는데 L.A.는 먼지, 배기가스, 뜨겁고 건조한 바람이라고 했다. 그 바람은 신경을 날카롭게 만든다. 우리를 지옥과 갈라놓는, 찢어진 종이처럼 들쑥날쑥한 선을 이룬 언덕지

---

* 멕시코 북부의 전통음악.

대로 불길을 밀어올린다. L.A.는 거대한 연기구름, 약해질 줄 모르는 햇살, 밤이면 희고 깨끗한 병원 시트처럼 분지 전체에서 걷혔다가 아침이면 다시 드리우는 시원한 바다안개다. 저녁놀에 두들겨맞은 후 시퍼렇게 멍든 하늘에 뜬 초승달이다. 전선 위로, 뼈대 같은 철탑들의 실루엣 위로, 텁수룩한 삼나무들 위로, 앙상한 줄기 끝의 검고 뾰족뾰족한 라이언피시 모양 야자수 꼭대기 위로 솟은 느긋한 해먹 달이다. 도시를 폐허로 만들고 그 폐허를 불바다로 만들, 오늘은, 부디 오늘은 닥치지 않기를 바라는 천재지변이다. 다이아몬드 팔찌와 나란히 뻗어나간 루비 팔찌, 혹은 샴페인 거품의 강과 반대로 흐르는 용암의 강처럼 보이는 고속도로가 분명하게 말해주는 것이다. 사람들은 이 도시가 무질서하게 뻗어나갔다고 하는데, 그렇다, 이 도시는 술에 취해 평지 위에 큰대자로 누워 웃어대는 반짝이 드레스를 입은 여자다. 협곡들을 발로 차면서 언덕들을 치맛자락으로 덮은 여자, 불빛에 희미하게 빛나며 진동하는 불안정한 여자. 별자리표는 사지 마. 차 몰고 돌아다니면서 멍청하게 구경할 것도 없어. 이 사람아, 당신은 이미 거기 있으니까. 당신은 그 안에 있다고. 도시 전체가 하나의 거대한 별자리표야.

적어도 내가 듣기론 그렇게 말했다.

그리고 나는 뭐라고 했느냐면, 그거 알아요? L.A.는 대부분 집들이에요. 집들에 대해 생각해보면, 진지하게 생각해보면요, 너무 괴상하지 않아요? 집은 우리가 물건을 보관하는 상자예요. 튜더왕조 영주의 저택 같은 상자, 이 집처럼 시멘트로 된 군사령관 벙커 같은 상자, 유리로 된 우주선 같은 상자, 측지 돔 같은 상자,

매끄러운 유리 진열장 같은 상자. L.A.는 언덕 꼭대기의 무너져가는 신비한 옛 저택, 부겐빌레아로 둘러싸인 대농장, 깔끔하게 지어진 크래프츠맨* 단층집, 창살이 있고 지붕이 평평한 작은 어도비** 주택, 서퍼들이 묵는 판잣집, 마약이 오가는 판잣집, 까다로운 노인이 사는 잡상인 출입금지 판잣집, 기도 깃발들이 걸려 있고 내부가 만물의 박동하는 심장이라도 되는 것처럼 인도산 사라사 커튼을 친 창이 붉게 타오르는 파출리 판잣집. 육교 밑에 빽빽하게 들어찬 노숙자들의 텐트, 육교 밑 높은 곳에 자리한 제비들의 둥근 진흙 둥지, 육교에 구슬발처럼 매달린 덩굴식물. 뜨겁고 건조한 바람에 날려 고속도로변 아이스플랜트에 자리잡는 쓰레기. 잔디밭 스프링클러들의 껑충거리며 호를 그리는 감질나는 부채춤. 전지가위의 싹둑거림, 열매가 가득 달린 가지에서 보도로 툭 떨어져 쪼개진 채 웅웅거리는 벌들 아래에서 썩어가는 레몬, 챙 넓은 밀짚모자를 쓴 정원사의 곤돌라 사공 같은 우아한 동작에 따라 물에서 미끄러지듯 움직이는 푸른색 수영장 뜰채.

갈증으로 죽어가는 풀, 고속도로 중앙에서 북행선과 남행선을 나누며 활짝 피어 있는 유독성의 존나 독한 협죽도 덤불, 샴페인에서 흘러나오는 용암, 선인장, 유카, 알로에, 용설란, 푸른 분필 손가락, 푸른 수평선, 밤의 여왕, 당나귀 꼬리, 자줏빛 황제, 불쏘시개, 거미줄 하우스리크, 얼룩말 하워시아, 캠프파이어 제이드, 유령 식물, 플라밍고 글로, 진주목걸이, 화장한 숙녀 따위의 이름

---

* 경사진 박공지붕, 서까래나 대들보가 드러나는 처마, 위쪽으로 가늘어지는 기둥 등이 특징인 주택양식.

** 점토질 벽돌과 건초를 주재료로 사용하는 집. 혹은 그런 건축양식.

을 가진 물을 비축한 다육식물. 나는 레드우드가 이 모든 걸 알기를 원한다. (진심으로, 하지만 그가 또 말했다, 모든 천사?) 나는 그가 L.A.는 파라다이스의 정원에 부는 사막 바람이라는 걸 알기를 원한다. 내가 자줏빛 황제이고 화장한 숙녀이며 그 모든 것이라고. 그래서, 즙이 많다는 걸 그가 알아야 한다.

내가 그에게 말했고, 그는 그렇다고 했다. 그래요, 바로 그거예요. 그리고 나는 차가운 빛의 점을 보았다고 생각했다. 별 같은, 그러나 별은 아닌, 그에게서 나오는, 어딘지 모를 곳에서 나오는.

결혼

북대서양

1931년 10월

제이미가 시애틀에서 돌아온 지 2개월 후

열일곱 살 새 신부 메리언 매퀸은 원양여객선 선미에 서 있었다. 흐린 하늘에서 빛이 사라져갔고, 난간의 한기가 장갑 속으로 스몄다. 바클리가 그녀를 데리고 스코틀랜드로 신혼여행을 가고 있었다. 그곳에서 바클리 부친의 친지들과 바클리의 학교 친구들을 만나고 여러 성과 산악지대를 구경하게 될 거라고 했다. 그들은 미줄라에서 기차를 타고 뉴욕으로 갔다. "뭘 보고 있는 건지 모르겠군." 기차를 타고 평원을 지날 때 메리언이 창밖을 뚫어지게 바라보자 바클리가 말했다. "아무것도 없는데."

기차가 일으킨 돌풍이 대초원의 황금빛 풀을 헤치며 내달렸고, 찌르레기들이 수풀에서 날아올랐다. "그래도 보고 싶어요." 그녀가 말했다.

뉴욕에서 일주일 머문 뒤 리버풀행 배(L&O가 아니라 큐나드)에 올랐고, 리버풀에서 북쪽으로 가는 기차를 탈 예정이었다. 항해가 시작된 후 첫 사흘은 폭풍우로 갑판이 폐쇄되면서 승객들은 유리로 둘러싸인 산책로만 이용할 수 있었고, 메리언은 초조하게 돌아다니며 빗줄기가 흐르는 창문으로 흰 거품을 문 일렁이는 파도를 내다보았다. 바클리는 뱃멀미를 했지만 그녀는 멀쩡했다. 그녀는 배의 움직임에 따라 몸을 기울이는 요령을 금세 익혀 좌우로 추처럼 움직이며 통로를 걸었다. 다른 승객들은 술에 취한 것처럼 비틀거리거나 난간에 매달렸지만 그녀는 손가락으로 벽을 쓸며 지나갔다.

"아주 훌륭하십니다, 부인!" 지나가던 승무원이 말했다. "뱃멀미도 안 하고 잘 다니시네요."

메리언은 자신이 이렇게 멀쩡한 걸 아버지가 봤다면 자랑스러워했으리라 생각했다. 아버지에게 자신이 한 곡예비행에 대해 설명하며 비행기가 몸의 연장선 같다고, 아니, 자신의 팔다리보다 더 민감하게 반응하고 협응도 잘된다고, 그래서 기체의 움직임에 익숙하다고 이야기하는 상상에 젖었다. 그녀는 회전낙하와 공중회전을 할 수 있고 늘 자신이 어디 있는지 정확히 알았다. 아버지는 그것도 자랑스러워하리라. 그녀의 의식 저변에 깔려 있던 자기연민이 고개를 들었다. 그녀를 자랑스러워하는 누군가가 있다면 좋을 것 같았다. 월리스는 그럴 수 없었다. 제이미와는 거의 대화가 없었고, 케일럽은 속으로 무슨 생각을 하는지 알 수가 없었다. 바클리는 그녀와 결혼한 걸 자랑스러워했지만 그녀의 비행을 경쟁자로 여겼다.

갑판 위의 습한 바람이 메리언을 에워싸고 두 뺨을 때렸다. 그녀가 알기로, 오늘밤 이 배는 조세피나호가 침몰한 지점에서 멀지 않은 곳을 지나게 되어 있었다. 그곳에서 새로운 인생이 시작된 그녀 메리언은 돌고 돌아 결국 돈 많은 남자의 신부로, 범죄자의 아내로 그 바다에 돌아온 것이다.

셔츠와 바지 차림으로 살았던 메리언은 약혼 후 미줄라 머컨틸 쇼핑센터 여자들이 골라준 옷으로 바꿔 입었고, 뉴욕에 와서는 헨리 벤델 백화점에서 일하는 여자들이 골라준 의상으로 다시 갈아입었다. 실크 드레스와 스타킹, T 스트랩 구두, 오닉스와 다이아몬드 장식이 달린 귀걸이, 목에 두 겹으로 감은 진주목걸이, 밍크코트와 종 모양의 남색 모자. 트렁크 세 개에 그런 옷과 장신구가 가득 들어 있었다. 바클리가 고집을 부려서 산 것들이었다. 쓸모는 없으면서도 잊어버리거나 잃어버리거나 망가뜨려선 안 되는 그런 고급스럽고 섬세한 소유물, 반짝거리는 잡동사니를 잔뜩 갖고 있으려니 무거운 짐을 짊어진 듯 행동이 굼떴다. 그녀는 물에 젖으면 안 되는 신발, 늘 조심스럽게 움직이지 않으면 어디 걸려서 찢어지거나 늘어질 수 있는 얇고 가벼운 천으로 만든 옷에 익숙하지 않았다. 트렁크 세 개가 다 불타버린다면 속이 시원하겠지만, 여자가 사람들에게 어떻게 보여야 하는지는 그녀보다 바클리가 훨씬 더 잘 알았기에 그의 결정에 맡겼다.

머리는 플라자호텔에 있는 미용실에서 잘랐는데, 미용사는 날카로운 각과 새를 방불케 하는 매끄러움이 이룬 기적이라고 할 만한 머큐리 신의 헬멧 같은 머리를 하고 있었다. "머리가 너무 짧아서 제가 할 수 있는 게 많진 않겠네요." 그녀는 메리언의 엷은 빛깔 짧은 머리를 만지며 그렇게 말했지만, 용케 과감하고 말괄량이 같은 느낌을 주는 스타일을 완성했다.

또다른 여자가 메리언에게 화장법을 가르쳐주고 거울 달린 콤팩트 여러 개와 한 주먹은 되는 브러시, 펜슬을 팔았다. 그 여자는 메리언의 얼굴에서 주근깨가 사라질 때까지 파우더와 볼연지를 바르고, 눈에는 검은 아이라인을 그리고, 입술은 빨갛게 칠했다. 거울을 본 메리언은 미스 돌리의 집에서 처음 화장을 하고 낯선 사람 같은 자신을 얼핏 마주했을 때의 섬뜩한 기분을 느꼈다.

처음 만났을 때 바클리가 그녀를 단순히 꾀어낼 생각만 했다면 어땠을까? 그녀는 기꺼이 따라갔을 터였다. 왜 그렇게 난리법석을 떨었을까? 그는 둘 사이의 야성적인 끌림을 길들이고 제압하려 했다. 하지만 결혼식을 올린 후, 그녀는 그가 인정할 수 없는 후회를 마음 깊이 묻어두고 있음을 감지했다. 그는 야성을 참아내는 일도 그것을 상실하는 일도 감수할 수 없었던 것이다.

미용실에서 메리언의 머리를 만져준 여자가 오빠와 그의 친구들과 함께 미드타운에서 열리는 파티에 갈 거라고 했다. "매일 밤 열리는 그런 파티예요." 어떤 골목으로 들어가면 '출입금지'라고 적힌 작은 명판을 제외하곤 아무것도 없는 철문이 나온다는 것이다. "사람들은 그 클럽을 그렇게 불러요, 이해되셨어요? 출입금지. 그러니까 결국 문에 간판이 있는 거죠. 내부는 아주 고급이에요. 들어갈 때 암호만 대면 돼요. 지금도 거긴 늘 즐거운 사람들이 북적거려요. 큰 밴드가 연주하고, 춤과 칵테일, 모든 게 있죠. 주소 알려줄게요. 이번주 암호는"─그녀는 목소리를 낮췄다─"'설치류'예요. 왜 그런지는 묻지 마세요. 거기 설치류는 없으니까 걱정 말고요. 솔직히 말하는데, 손님이 지금까지 가본 곳들 못지않게 멋질 거예요."

메리언은 그곳이 실제로 자신이 지금까지 가본 곳들보다 훨씬 더 멋질 게 분명하다고는 굳이 밝히지 않았다.

"드레스가 예쁘네요." 미용사가 말했다. "어디 출신이세요?"

"뉴욕에서 태어났어요." 메리언이 대답했다.

"그러세요?" 미용사의 동그랗고 상냥한 얼굴에 관심이 가득했다. 메리언은 미용사가 고향에 대해 질문 세례를 퍼부을까봐 더럭 겁이 났다. 그녀가 아는 건 윌리스에게 들은 자신이 태어난 집 주소뿐이었다. 바클리는 시간이 되면 택시를 타고 그곳에 함께 가겠다고 약속했다. 미용사는 다른 질문 없이 신뢰가 담긴 목소리로 이렇게 말했다. "운이 좋으시네요. 전 피츠버그 출신이에요. 알아보셨어요?"

"아뇨." 메리언이 대답했다.

저녁식사 자리에서 그녀는 바클리에게 '출입금지'가 어떤 곳인지 보러 가자고 제안했다.

"그런 데야 다 똑같지. 말 많고, 술 많이 마시고."

메리언은 생선을 깨작거렸다. "가서 음악 좀 듣는 것도 좋을 거예요."

"우리는 그런 데 가서 할 게 없어." 바클리가 말했다. "술을 안 마시니까."

결혼 후 메리언이 금주가가 된 건 그녀와 의논 한마디 없이 그가 일방적으로 내린 결정이었다. 어느 날 아침 일어나보니 그런 규칙이 정해져 있었다. 그녀는 재즈 클럽에 가서 칵테일 한잔 하고 싶었지만 그와 다투고 싶지 않았다. 결혼 후 자신의 행동이 남편과 다투고 싶지 않은 마음에 얼마나 많이 좌우될지는 미처 예상하지 못했다.

메리언이 케일럽의 오두막에 갔다가 초록색과 흰색 집에 갔던 그 밤 그녀가 바클리에게 사랑한다고 말한 후, 그는 그동안 조용하고 치밀하게 월리스의 빚을 사들여 합쳤노라고 고백했다. 그녀를 기다리는 게 신물나고 불확실한 상태가 길어지는 데 지쳐서 그랬다는 것이다. 그리고 그녀가 케일럽의 오두막에 간 걸 알고 질투심에 이성을 잃었다고 말했다. 그는 월리스에 대해, 빚쟁이들에 대해 혐오감밖에 없다고, 자신의 아버지도 낭비와 어리석음에 대해 누가 벌을 줬으면 좋았을 거라고 말했다. 월리스에게 사람들을 보내(깡패일 거라고 메리언은 생각했다) 만기가 돌아온 빚이 얼마인지 통보하면서 자신이 정의를 실현하고 있다고 믿었다고도 했다. 빚은 도저히 갚을 수 없는 거액이었다. 절망스러운 액수였다.

내가 끔찍한 짓을 했어. 바클리가 말했다. 하지만 네가 나를 너무 오래 기다리게 했으니까.

자신의 고백이 그녀 안에서 폭발하는 걸 본 바클리는 당황해서 어쩔 줄 모르며 그 일을 되돌릴 수 있다고 말했다. 자신이 다 해결할 테니, 앞으로 아무 문제도 없게 할 테니 자신을 용서해줘야 한다고, 그녀의 삼촌을 볼모로 삼으려 한 걸 잊어야 한다고 했다. 월리스의 빚에 대해선 잊은 거야! 용서한 거야! 없었던 일로 해줘! 제발!

메리언은 초록색과 흰색 집을 뛰쳐나갔다.

월리스의 집에서 그녀는 어두운 부엌을 조심스럽게 지나며 개들이 짖지 못하게 했다. 그녀에게 이 복잡한 문제를 떠맡기고 여름 모험 여행을 떠난 제이미에게 갑자가 화가 났다. 일이 이렇게 된 건 그녀에게도 적지 않은 책임이 있었지만 말이다. 집은 조용했지만, 어딘가에서 월리스의 존재를, 연기처럼 자욱한 고통을 감지할 수 있었다. 그녀는 거실을 지나 불을 켜면서 조용히 삼촌을 불렀고, 마침내 위층 어두운 작업실에서 그를 발견했다. 그는 안락의자에 앉아 있었고, 옆에 있는 작은 원탁에 권총이 놓여 있었다. 그녀가 문가에 나타나자 그는 총을 와락 움켜쥐더니 벌이라도 겨냥하듯 마구 휘둘렀다. "들어오지 마!" 그가 외쳤다.

복도에서 들어온 빛이 사마귀 같은 수척한 형상과 너덜너덜한 목욕가운, 광기로 번들거리는 눈을 비췄다. 의자 옆에 거의 빈 술병이 있었다. 총만 빼면 그녀가 예상한 장면이었다. 월리스가 총을 갖고 있는 줄도 모르고 있었다. "괜찮아요, 삼촌." 그녀가 말했다. "이제 다 해결됐어요. 그 사람들이 삼촌한테 한 말은 사실이 아니에요. 걱정할 필요 없어요."

"넌 몰라." 그가 갈라진 목소리로 말했다. "너무 많아. 해결할 수가 없어." 그는 관자놀이에 총부리를 대고 익사하는 사람처럼 헐떡거리기 시작했다.

"삼촌." 메리언이 말했다. "내 말 들어봐요. 삼촌 빚을 다 갚았어요. 이제 빚은 없다고요. 그러니까 더이상 걱정할 필요 없어요. 내가 해결했어요."

그는 듣고 있는 것 같지 않았다. 이제 헐떡거리진 않았는데 어쩌면 호흡 자체를 중단한 건지도 몰랐다. 눈은 감고 있었다. 입술은 소리 없이 움직였다.

"삼촌." 그녀가 말했다. "삼촌. 내가 갚는다고요. 내가 다 갚았다니까요."

그는 눈을 떴고 메리언과 시선을 맞추는 듯했다.

"이제 없어요." 그녀가 말했다. "깨끗이 청산했어요."

"전부 다?"

"그래요, 전부 다. 남김없이."

그의 팔이 무릎으로 힘없이 떨어졌다. 그는 아직 손에 있는 무기에 주의를 기울이지 않는 것 같았다. "어떻게?"

"누가 도와줬어요. 이제 그거 내려놔요."

그는 테이블에 총을 내려놓고 한 손으로 눈을 가리며 옆으로 돌아앉았다. "누가?"

그녀는 가까이 다가가서 총을 집었다. "바클리."

그는 고개를 끄덕였다. 눈물이 턱수염에 걸렸다. 메리언은 만일 삼촌이 자살했다면 자신은 자유로워질 수 있었을 거라고 생각했다.

그녀는 바클리가 애초에 빚을 회수한 장본인이기도 하다는 걸 깨달을 만큼 삼촌이 명료한 사고를 할 수 있는지 알지 못했다.

그날 밤 늦게 메리언을 찾아온 바클리는 오두막에서 그녀를 발견했다. 그녀는 그런 일을 벌이는 남자와는 결혼할 수 없다고 말했다. 그런 남자는 사랑할 수 없었다. 그녀는 자유의 몸으로 그에게 가려 했으나 이제 그럴 수 없게 되었고, 더이상 그에게 아무 감정도 느껴지지 않았다. 그녀가 요청한 건 그에게 빚을 갚을 시간뿐이었다. 남은 생이 다 걸린다 해도 상관없었다.

바클리는 메리언을 포옹하려 하고, 애원하고, 자기가 미쳤었다면서 그건 그녀 탓이라고 주장하기도 했다. 그래도 그녀가 끝까지 뜻을 굽히지 않자 마침내 차갑게 말했다. "네가 깨닫지 못한 사실이 하나 있는데, 난 네 삼촌을 샀고 그를 도로 팔 생각은 없어. 너에게도, 그 누구에게도. 끝난 일이야."

플라자호텔 식당에서 바클리가 말했다. "당신이 나이트클럽에 가서 즐기고 싶어할 줄은 몰랐는데. 당신은 내내 한산하고 훼손되지 않은 곳에 가보고 싶다고 말했잖아."

"내가 뭘 좋아하는지도 모르겠어요." 메리언이 말했다. "가본 데가 없으니까."

아침에 그들은 택시를 타고 메리언이 태어난 집으로 갔다. 조용하고 좀 지저분한 동네인 것 같았다. 납작한 벽돌로 이루어진 그 집의 전면을 봐도 메리언에게는 아무 감정이 일지 않았으며, 계시는 확실히 없었다. 모자와 코트 차림의 야윈 남자가 이웃집 현관 입구의 계단에 앉아 있었다. 메리언이 부르자 그가 모자를 벗어 손에 들고 황급히 다가왔고, 그의 마른 얼굴과 간절한 눈이 차창을 가득 채웠다. "이 집에 누가 사는지 아세요?" 메리언이 물었다.

"여긴 하숙집입니다, 부인. 형편이 되면 묵을 만한 곳이죠. 전 형편이 안 됩니다. 점심 사먹을 형편도 안 되고요, 그래 보이죠?"

메리언이 사과하려고 했으나 바클리가 이미 손을 내밀어 그 남자에게 동전을 줬다. "가지." 그가 택시기사에게 말했다. 메리언은 멀어져가는 벽돌집과 동전을 던져올리는 키 큰 형상을 뒷유리로 바라보았다.

애초에 탑승객이 정원을 채우지 못한데다 그들 대부분이 폭풍우가 지나갈 때까지 선실에 틀어박혀 있겠다는 결정을 내려서 (아니, 그럴 수밖에 없어서) 메리언은 멋진 고독을 즐길 수 있었다. 아침이면 한 휴게실의 호박색 천창 아래서 커피를 마시고, 나중엔 다른 휴게실의 중국풍 격자 장식 사이에서 책을 읽었다. 웨이터가 샴페인을 권하면—"서비스입니다, 부인"—받아 마셨고, 한 잔 더 마셨고, 바클리가 뱃멀미가 심해서 그녀가 금주 명령을 어긴 걸 알아채지 못할 것 같은 때는 한 잔 더 마시기도 했다. 파도가 배를 위로 들어올렸다가 갑작스럽게 내동댕이쳤다. 와지끈 소리가 무시로 들려왔고, 이따금 빨래판처럼 울퉁불퉁한 길을 지나듯 기다란 강철 선체가 나선을 그리며 움직이거나 격렬하게 요동쳤다. 밤에 메리언이 어려움 없이 망각 속으로 빠져드는 동안 바클리는 신음하며 욕지거리를 해댔다. 아침이면 바클리는 메리언이 평온히 자는 것이 이기적이고 의리 없는 짓으로 여겨진다는 속내를 분명하게 드러냈다.

"그럼 그냥 여기 남아서 쉬는 게 낫겠네요." 그녀는 그렇게 말하고 커피를 마시거나 책을 읽으러 나갔다.

나흘째 되는 날 아침엔 구름이 걷히진 않았으나 바다가 거의 잔잔해졌다. 메리언은 오후에 바클리를 피해 여자 휴게실에 있는 작은 테이블에 자리를 잡았다. 뱃멀미는 거의 가셨지만 바클리는 아직 상처 입은 자존심을 회복하지 못했다. 그녀는 펜과 배에 구비된 전용 편지지 몇 장을 가져다가 제이미에게 편지를 쓸 계획이었다. 제이미에게. 거기까지 쓰고 중단했다. 제이미에게 편지를 써본 적이 없었던 것이다. 그럴 필요가 없었으니까.

마침내 미줄라로 돌아온 제이미는 더 성숙해지고 무슨 일 때문인지는 몰라도 우울해 보였으나 더욱 확신에 차고 확고히 그 자신다워져 있었다. 그는 늦은 8월의 어느 날 기차에서 내려 곧장 비행장으로 찾아왔다. 메리언의 차를 타고 함께 집으로 돌아오는 길에 그는 시애틀에 갔고, 공원에서 초상화를 그렸으며, 부잣집에서 일자리를 구했다고 말했다. "여자를 만났어. 그 여자네 집이었지."

"오. 그런데?"

"우린 서로를 이해하지 못한다는 걸 알게 됐어."

"어떤 면에서?"

"그냥 둘이 너무 달랐어. 상관없어. 어쩌면 그냥 풋사랑이었는지도 모르지."

메리언은 굳은 미소를 지었다. 제이미는 그녀의 약혼을 모른다. "돌아와서 기뻐."

집에 도착하니 월리스가 몸에 담요를 두르고 포치에 앉아 있었다. 제이미는 처음엔 개들과 인사하는 데 정신이 팔려 있었지만, 월리스가 일어나 비틀거리며 다가오자 충격을 받은 게 메리언의 눈에 보였다.

"삼촌, 어디 아파요? 너무 말랐어요."

"아파." 월리스가 말했다. "내가 자초한 일이지. 술을 너무 오래 너무 많이 마셨으니까, 제이미. 내가 다 망친 거지. 그래도 메리언과 매퀸 씨가 나를 도와줄 의사를 구해줬어. 곧 덴버로 가서 그 의사와 함께 지낼 거야."

제이미의 표정이 굳어졌다. "바클리 매퀸이 이 일과 무슨 상관이 있는데요?”

월리스가 메리언에게 말했다. “말 안 했구나.”

“무슨 말?”

메리언은 말문이 막혔다.

“메리언이 결혼한다.” 월리스가 말했다.

제이미가 메리언을 보았다. “바클리 매퀸하고?”

메리언은 턱을 치켜들었다. “맞아.”

“왜? 그 사람이 너한테 뭘 사준 건데?”

메리언은 돌아서서 오두막으로 들어가 문을 쾅 닫았다.

얼마 후 제이미가 문을 두드렸다. “여기 마실 것 좀 있어?” 그가 물었다.

“위스키, 아니면 진?”

“위스키.”

메리언은 찬장에서 술병을 꺼내 잔 두 개에 따랐다.

“진짜네.” 그가 진짜 위스키라는 걸 알아보았다. “구하기 쉽지 않은데.”

“바클리를 위해 캐나다를 오가고 있지.”

“그 사람이 너에게 경찰에 체포될 수도 있는 일을 시키고 있다니 기쁘구나.”

“그 사람은 내가 비행기를 안 타기를 바라지.”

“그럼 너한테 비행기는 왜 사줬는데?”

“내가 갖고 싶어한다는 걸 알았으니까.”

제이미는 안락의자에, 메리언은 침대에 앉았다. 제이미가 말했다. “삼촌 말로는 바클리가 빚을 다 갚아줬다던데. 그것 때문에 그 사람하고 결혼하는 거야?"

메리언은 그 질문이 나올 줄 예상했지만 그래도 지친 기분이 들었다. 무슨 말을 한단 말인가? 바클리의 술수에 넘어가서 자포자기 상태가 되었다고? 그녀와 결혼하고자 하는 바클리의 결의가 결혼을 피하려는 그녀의 결의보다 강했다고? 이제 앞으로 나아가는 것밖엔 다른 방도가 없다고? "그게 다는 아냐." 그녀가 대답했다.

"메리언." 제이미가 팔꿈치를 무릎에 올리고 앞으로 몸을 기울여 탐색하는 시선으로 그녀를 바라보며 말했다. "아무리 큰돈이라 해도 그런 남자와 결혼할 만한 가치는 없어. 다른 방법을 찾아보자. 방법이 있을 거야."

메리언은 제이미를 바라보며, 상황을 바로잡을 수 있다는 확신과 늘 새로운 가능성이 나타나기 마련이라는 믿음으로 가득한 남자로서의 자신을 보는 듯한 기분을 느꼈다. "다른 방법은 없어." 그녀가 말했다. "내 말 믿어."

"있어. 있어야 해. 그렇게 쉽게 포기하는 널 보고 있을 수가 없어."

쉽게. 지친 기분이 더 무겁게 그녀를 짓눌렀다. "넌 아무것도 몰라."

"그럼 말해줘. 둘이 같이 해결책을 찾을 수 있게 다 말해보란 말이야."

그녀도 해결책이 있기를 얼마나 간절히 바랐던가. 그녀가 천천히 또박또박 말했다. "삼촌이 빚이 얼마인지 말해줬어? 집을 팔아도—가진 걸 다 팔아도—못 갚아. 절대 갚을 수가 없다고."

"그래서 너 자신을 파는 거구나."

너무 피곤했다. 잠에 빠져들기 직전처럼 목소리가 잠겼다. "이건 교환이야. 삼촌 대신 나. 너 대신 나. 만일 내가 삼촌에게 등을 돌렸다면 네가 다음 표적이 되었을 거야. 그 인간은 포기할 생각이 없으니까. 둘 중 하나는 나중에 나한테 고마워할걸."

"메리언, 너한테 희생양이 되어달라고 부탁하는 사람은 아무도 없어. 이건 미친 짓이야."

"바클리가 나한테 원하는 건 사랑뿐이야. 내가 자기를 사랑한다고 생각하면 만족할 거야."

"그걸 믿어?"

"믿어야지."

"그럼 넌 평생 그 남자를 사랑하는 척하며 살 수 있을 거라고 생각해?"

"그를 사랑했었어. 다시 사랑하게 될 수도 있지. 이런 일이 있었더라도."

"어떻게?"

"상관없어. 난 그 사람한테 사랑한다고 말할 거야. 그 사람은 내가 자기를 사랑한다고 믿고 싶어하니까."

"아니. 아냐. 그런 사람은 한도가 없어. 절대 만족 못 할 거야. 항상 너에게 더 많은 걸 원할 거라고." 제이미가 어떤 생각 혹은 결심을 굳히는 듯했다. "바클리는 교도소에 가야 할 사람이야. 그게 답이야. 그놈이 무슨 짓을 하는지 모두 알고 있잖아. 그에게 매수되지 않은 법 집행관이 어딘가 있을 거야."

"제발 그냥 내버려둬." 제이미가 그녀의 명예를 되찾기 위한 미약한 시도를 할 수도 있다는 생각에 메리언은 겁에 질렸다. "부탁이야. 공연히 일을 더 어렵게 만들기만 할 거야."

제이미의 뺨이 상기되고 두 눈이 번뜩였다. "너도 그 사람이 위험한 인물이라고 생각하잖아. 내 눈엔 다 보여. 넌 그를 두려워하고 있어. 이건 사랑이 아냐."

메리언은 납덩이처럼 무거운 기분을 느꼈고 더이상 입씨름을 벌이고 싶지 않았다. 그래서 더는 할말이 없다고 했다.

제이미는 결혼식에 참석하지 않았고, 월리스는 이미 알코올중독 치료를 위해 덴버로 떠난 뒤였다. 메리언과 바클리는 캘러스펠 법원에서 새들러와 바클리의 누이 케이트를 증인으로 세우고 판사 앞에서 식을 올렸다. 식이 끝난 후, 그들은 법원 밖 계단에서 돌풍에 낙엽이 발치에서 휘날리는 가운데 사진을 찍었다. 그런 다음 레스토랑에 가서 점심을 먹었고, 동부행 기차를 타기 위해 새들러가 모는 차에 올라 곧장 미줄라로 갔다.

항해 나흘째 되는 날 밤 바클리는 가까스로 저녁식사 자리에 나타날 수 있었다. 식사 후 그는 시가를 피우러 가지 않고 메리언과 함께 갑판 산책에 나섰다. 그는 마치 불안정한 사람이 그녀인 양 팔을 잡아주고 난간에서 멀리 떨어진 안쪽에서 걷게 했다. 배의 난간 너머에는 바람에 일렁이는 어둠이, 완전한 허공이 있었다. "바다에 빠지는 상상은 유쾌하지 않아." 바클리가 말했다.

"밤에 구름 속을 비행하는 기분이에요. 가끔은 내가 존재하지도 않는 것 같은 기분이 들죠."

"끔찍하군."

"해방감도 있고요. 자신이 얼마나 하잘것없는 존재인지 깨닫게 돼요."

그는 한 팔로 그녀를 껴안았다. "당신은 중요한 존재야."

"아니에요. 아무도 안 그래요." 그들은 대빗에 매달린 구명보트들이 이룬 긴 줄 아래를 걷고 있었고, 머리 위로 용골의 행렬이 지나갔다. 그녀가 말했다. "조세피나호가 가라앉은 곳이 여기서 가까울 거예요."

"그 생각은 하고 싶지 않아." 그가 말했다.

"가끔 부모님 밑에서 자랐다면 내 삶이 어땠을까 하는 생각이 들어요. 월리스 삼촌 말로는, 대놓고 그렇게 말한 건 아니지만, 부모님의 결혼생활이 행복하지는 않았대요. 서둘러 한 결혼이었다고요." 그녀가 말했다. 하지만 그녀가 누구라고 다른 사람의 결혼을 두고 그 이유를 심판하겠는가? 그녀의 부모님은 결혼생활이 불행할 걸 잘 알면서도 오래전에 잊힌 어떤 이유로 부부가 됐는지도 몰랐다. "제이미와 난 뉴욕의 그 집에서 자랐겠죠. 상상이 안 돼요. 하나가 바뀌면 모든 게 바뀌니까요."

"그랬다면 끔찍했겠는걸." 바클리가 그녀의 장갑 낀 손등에 입맞추며 말했다. "우리가 만나지 못했을 테니까."

쌍둥이를 맡아 키우지 않았다면 월리스의 삶은 어떻게 되었을까? 메리언은 뉴욕을 떠나기 전 덴버의 의사에게 장거리전화를 걸었다. 의사는 치료 과정이 쉽지 않고 초기엔 특히 더 그런데도 월리스가 매우 협조적인 것 같다고 전했다. 그다음엔 월리스와 통화했는데 목소리가 떨렸지만 명료했다. 그는 다시 그림을 그릴 수 있다는 희망을 갖기 시작했노라고 말했다.

"그랬다면 내가 비행을 배웠을지 궁금해요." 그녀가 바클리에게 말했다.

그들은 선미에 이르렀다. "분명 그랬을걸."

"왜요?"

"왜냐하면 비행은 당신 뼛속에 있으니까." 메리언은 놀라서 희미하게 빛나는 그의 흰 셔츠 위의 그림자 진 얼굴을 빤히 보았다. 자신도 그렇게 믿는다고 말하고 싶었지만 그녀가 입을 열 사이도 없이 그가 덧붙였다. "내가 당신을 처음 봤을 때 느낌이 그랬어. 당신은 내 뼛속에 있었지."

그는 늘 둥지를 짓는 새처럼, 감옥을 짓는 죄수처럼 그들 삶의 잡동사니들을 골라 두 사람을 에워쌀 이야기를 엮어내느라 바빴다. 하지만 그가 가까이 몸을 기울였을 때, 그녀의 몸은 늘 그랬던 것처럼 반응했다. 적어도 그건 있었다. 그녀는 그를 꼭 끌어안고서 배 주위로 밀려드는 허공을 막아줄 방패로 삼았다.

스코틀랜드 에든버러

1931년 11월

1개월 후

검댕이 묻은 옅은 빛깔 돌덩이들로 이루어진 교묘한 퍼즐과도 같은 도시. 걷기 위해 밖으로 나간 메리언은 가고 싶은 곳의 위나 아래에 있는 자신을 발견할 때가 많았다. 급격한 기복을 이루고 있어 터널과 좁은 통로, 다리, 숨겨진 가파른 계단 들을 통해서만 다닐 수 있는 기본적인 풍경 속에 자갈길들이 복잡한 격자무늬를 그리며 박혀 있기 때문이다. 걷다보면 바다가 언뜻 보였다가 사라졌다. 중심가 꼭대기에는 성이 잠든 용처럼 웅크리고 있었고, 거기서 도시 반대편으로는 거칠고 웅장한 솔즈베리크랙 바위산이 인간의 야망에 대한 원초적 비난처럼 그 어떤 첨탑이나 돔, 굴뚝보다 높이 솟아 있었다.

많은—대부분의—날이 타협의 여지 없이 흐렸지만, 가끔 오후에 차갑고 깨끗한 노란빛이 비스듬히 비치면 모든 돌과 슬레이트, 굴뚝 꼭대기 통풍관이 눈이 부시도록 선명하게 보였다. 메리언은 누군가—바클리의 지인 가운데 하나—가 에든버러를 허름한 턱시도 같다고 묘사하는 걸 들었다. 그녀는 그 비유가 잘 들어맞는다고 생각하지 않았다. 그래, 에든버러가 우아하고 낡은 건 맞지만 의복에 비유하기엔 너무 단단하고, 유서 깊고, 깎아놓은 돌이나 나무로 만들어졌으며, 육중했다. 에든버러에 비하면 미줄라는 둘둘 말아서 등에 지고 다닐 수 있는 인디언 천막 같았다.

바클리는 낮에 메리언 혼자 두고 일을 보러 나가는 날이 많았다. 그녀는 자신이 용감한 여행자일 줄 알았는데 부끄럽게도 그렇지 못했다. 실례를 범하거나, 스코틀랜드 영어를 못 알아듣거나, 사람들 이목을 끌까봐 걱정스러웠다. 그래서 아무와도 말하지 않고 거리를 걷거나 호텔 도서실에서 책을 읽었다. 바클리가 곁에 없으면 소심해졌고, *그가* 곁에 있으면 짓눌리고 복잡한 기분이 들었다. 무엇을 언제 할지는 그가 결정했다. 레스토랑에 가면 그녀가 뭘 먹고 싶은지 묻지도 않고 그녀 것까지 주문했다. 그들은 바클리의 친구들을 만나러 하일랜드 지방의 검은 호수 기슭에 있는 추운 산장에 갔다. 벽에 사슴뿔 장식이 가득한 동굴 같은 방에 놓인 촛불 밝혀진 긴 만찬 테이블에서 바클리는 딴사람이 된 듯 정장이 편안하게 어울리는 모습으로 사냥과 토지권에 대해 차분하게 담소했다. 이러한 유연성이 메리언의 마음을 불안하게 했다. 이 남자는 도대체 어떤 사람일까? 결혼 후 그녀는 그를 어떻게 대해야 할지 몰라 매의 그림자에 갇힌 토끼처럼 겁에 질린 채 얼어붙어 있었다. 월리스 일 때문에 바클리를 미워하는 마음과 그녀 자신의 이유로 그를 사랑하고 싶은 마음 사이에서 갈피를 잡을 수 없었다.

어느 날 아침, 웨이벌리역에서 홀로 반시간 가까이 기차시간표
를 살펴보던 메리언은 용기를 내어 글래스고행 기차를 탔다. 에
든버러가 허름한 턱시도라면, 글래스고는 굴뚝청소부가 입은 턱
시도였다. 그녀는 클라이드강을 따라 걸으며 조세피나호가 건조
된 조선소를 살짝이라도 보려 했지만, 쌀쌀한 날씨에 안개까지
껴 있었고 어디로 가야 할지도 몰랐다. 물가에 있는 가난한 동네
에서 그녀의 고급 코트와 반짝거리는 핸드백에 사람들의 시선이
머물자 더럭 겁이 났다. 예전 옷차림이었더라면 걱정하지 않았을
테지만, 코트와 핸드백과 또각거리는 구두가 그녀가 돈 많고 무
력한 여자임을 광고하는 듯했다.
　돌아오는 기차 안에서 메리언은 좌절의 눈물을 삼켰다. 마침내
미줄라를 떠나 진짜 여행을 왔는데 그 어느 때보다도 더 갇힌 기
분을 느꼈던 것이다. 남쪽에 넓은 영국 땅이 있었고, 그 아래로는
거대한 유럽대륙이 수평선 너머에 너무도 가까이 펼쳐져 있었다.
하지만 그녀는 아무데도 갈 수 없었다.

　　에든버러
　　1931년 11월 13일

　　제이미에게

　　배에서 너에게 편지를 쓰려고 했는데, 그럼 병에 넣어 바
다에 띄워 보내는 방법밖에 없었겠지. 그후 에든버러에 도

착해서 한 달 가까이 지났는데도 편지를 안 쓴 것에 대해선 핑곗거리도 없네. 내가 너한테 편지를 쓴 적이 없다는 거 알아? 그럴 필요가 없었던 거지.

　내가 하고 싶은 말은, 너와 사이가 나빠져서 괴롭다는 거야. 처음에 네가 바클리를 조심하라고 경고했는데 듣지 않았던 일 잊지 않고 있어. 그 경고를 새겨듣지 않았지. 감당할 수 있을 거라 생각했으니까. 네가 시애틀에서 돌아왔을 땐, 굴복밖에 달리 방법이 없었어. 제발 믿어줘. 그렇다고 전에 내가 보지 못했거나 무시한 다른 해결책이 없었다는 의미는 아냐. 나는 하늘을 날고 싶다는 욕망에 눈이 멀었고, 어쩌면 내가 처음부터 늘 바클리에게 끌렸다는 걸 시인하는 것도 이 일을 조금이나마 설명해주겠지. 그 끌림이 너무 많은 걸 정당화하는 것도 같다. 내 말이 무슨 뜻인지 너도 알지 모르겠네. 네가 시애틀의 그 여자 이야기를 해준 적은 없지만 말이야. 우리가 대화할 기회가 좀더 있었더라면 좋았을 텐데. 나는 사람들의 주목을 끄는 경향이 있다는 걸 알고 있고, 아무래도 또 그랬던 것 같아.

　아무튼 난 여기 있어. 아내로. 여자들은 아내가 되기를 꿈꾼다는데, 아내라는 신분은 승리의 옷을 입은 패배처럼 끔찍한 거더라. 여자들은 축하를 받으며 결혼하지만, 그다음엔 패전국처럼 모든 영토를 넘겨주고 새로운 권력에 따라야 하니까. 지금 심각한 위험은, 바클리가 또 자기 뜻대로 하려는 거야. 그는 아기를 원하고, 아기를 갖는 건 내가 제일 두려워하는 일이야. 그건 끔찍한 덫 같아. 아기를 갖는 건 상상하기 힘든 일이고 조만간은 절대 안 된다고 계속 말하고는 있는데, 난 그 사람도 이해했다고 생각했는데, 아니—이해는 했어. 신경 안 써서 그렇지. 그는 내가 덫에 걸리기를 원해.

네가 월리스 삼촌 집에 혼자 있다고 생각하니 기분이 이상하다. 포드는 몰고 다녀? 그랬으면 좋겠어. 케일럽은 만나? 그림은 그리고? 월리스 삼촌한테 소식은 들었어? 빵집 스탠리 씨를 만나면 안부 전해줄래?

그래도 다행히 이 호텔에는 도서실이 있어. 혼자 마음껏 책을 읽을 수 있는 시간을 갖게 되니까 다시 어린 시절로 돌아간 기분이야. 난 지금까지 살아오면서 혼자만의 시간을 많이 가졌지. 하지만 제이미, 너와 사이가 나빴던 적이 없었기에 외로움을 모르고 살았어. 부끄러운 말이지만, 내가 너한테 얼마나 의존하고 있었는지 깨닫지 못했어. 지금 난 날개를 잃고 쓸모없는 쓰레기뭉치가 되어 추락하는 기분이야. 네가 아직 거기서, 내 눈엔 안 보이지만 잘 지내고 있다는 내용이 담긴 답장을 보내줬으면 좋겠어.

바클리가 중간에서 가로챌 위험이 없도록 지금 나가서 내가 직접 편지를 부칠 거야. 아내는 사생활이란 건 기대할 수가 없더라. 누이로서 오직 사랑만을 보낸다.

너의 메리언

추신. 우리는 여기 삼 주쯤 더 머물 거니까, 이 편지가 지연되지 않고 도착하면 즉시 답장 보내줘. 내가 너한테 애원

이라는 걸 한다면 바로 이거야. 그럼 집으로 출발하기 전에
네 답장을 받아볼 수 있겠지.

미줄라

1931년 12월 1일

메리언에게

우선 네 질문들에 대답한다는 쉬운 방법을 택할게. 그동
안 네 차를 안 몰았는데 네 편지를 받고 몰기로 했어. 정말
고맙다. 삐걱거리는 늙은 말 피들러나 내 자전거를 타는 것
보다 훨씬 낫지. 케일럽에 대해 물었지. 케일럽과는 숲에서
늑대를 만나듯 어쩌다 한 번씩 마주치는데 그때마다 짜릿함
이 있어. 지난주에 케일럽이 집에 와서 둘이 술을 마시며 월
리스 삼촌 축음기를 들었어. 걘 여전해. 고객들이 개한테 기
대하는 산 사나이 역할을 지나치게 의식하는 면이 좀 있긴
하지만. 안타깝게도 길다가 몸이 안 좋아. 케일럽한테 덴버
에 있는 병원으로 모시고 갈 형편이 되는지 물었더니 자기
엄마는 절대 안 갈 거래. 내 생각에도 그럴 것 같아. 그래도
이제 케일럽이 술 사먹을 돈을 충분히 드리니까 남자들은 더
이상 안 받으셔.
　내가 아직 그림을 그리는지 물었지. 그래, 그리고 있어.
유화도 시도해보고 있기는 한데, 솔직히 주로 우울증에 빠져

서 시간을 보내지. 이 집에는 남자들을 우울하게 만드는 기운 같은 게 있나봐. 시애틀의 그 여자는—나도 그 사연을 다 적어 보낼 인내심이 없고 아마 너도 그걸 다 읽을 인내심이 없을 거야. 지금쯤이면 그 여자 생각을 덜 하게 되리란 희망을 품었는데 뜻대로 되지 않네. 내가 한 가지 배운 건, 한 사람을 사랑하게 되면 그 사람과 함께하고 싶은 삶까지 사랑한다는 거야. 그래서 그 둘을 다 애도하게 되지. 난 늘 대학을 나와서 산림청에 들어가겠다고 생각하며 살아왔는데, 이제 거기 있는 나를 상상하기가 힘들어. 세라와 함께하고 싶었던 삶이 내가 예전에 품었던 생각들을 초라하게 만든 거지.

그녀가 그리우면서도 그녀에게 보여주고 싶다는 복수심에 찬 이상한 충동도 느껴, 정확히 뭘 보여주고 싶은 건지도 모르면서. 그녀도 후회하고 나처럼 고통스러워하기를 원하는 마음도 있고, 그녀가 아무 고통도 받지 않게 해줄 수 있는 사람이 되고 싶기도 해. 말이 안 되지.

케일럽은 시간을 갖고 기다려보래. 어쨌거나 지금으로선 할 수 있는 게 그것밖에 없긴 해.

월리스 삼촌은 그런대로 잘 지내는 것 같아. 삼촌 편지들을 봐도 그렇고 의사 말로도 그렇고. 하지만 아직 불안정한 상태일 거야. 지난주에 삼촌한테 전화했거든. 버섯처럼 바짝 쥐어짜서 말린 다음 이제 새로운 삶을 시작하면서 자신을 개조중인가봐. 삼촌 말로는, 이제 술을 안 마시니까 세상이 너무 깨끗하고 빛이 난대. 눈 위에 비친 햇살처럼. 그림도 다시 시작했대. 삼촌이 무슨 돈으로 화구를 샀을까 궁금했는데,

의사 말이 삼촌 '후원자'가 바로 그런 용도로 쓸 추가 지원금을 마련해줬다더라. 바클리는 내가 보기에 절대 구원받지 못할 사람이지만, 이 친절 하나만은 인정해줄 수 있어. 그런데 삼촌이 죄책감이 심해. 전화로 울면서 너를 팔아먹은 기분이라고 하더라고. 그래서 내가 아니라고, 누가 누구를 팔아먹은 게 아니라고 안심시켜줬지.

내가 했던 말 미안해. 너와 바클리 사이에 끌림이 있다는 말을 들으니 이상하게 (조금이나마) 위안이 되네. 나도 내 작고 불행한 로맨스를 겪고 나니 끌림이 우리를 잘못된 길로 인도할 수 있다는 걸 이해하겠어.

하지만 네가 아기를 원하지 않는다면 무슨 수를 써서라도 피해야지. 나는 그런 문제에 대해선 잘 모르지만 네가 편지에 쓴 '덫'이란 말이 맞는 것 같아. 너는 바클리가 그의 방식으로 너를 사랑한다고 믿고 있지만, 그는 너를 파괴하려 하고 있기도 해. 그에겐 그 두 가지가 같은 것일지도 모르겠다. 지금까지 일어난 일들이야 피하거나 되돌릴 수 없겠지만, 만일 너에게 아기가 생긴다면 우리가 버림받았던 것처럼 네가 아기를 버릴 수 있을 것 같진 않아. 나는 네가 언젠가는 바클리 곁을 떠나 너 자신의 삶으로 돌아갈 길을 찾으면 좋겠어. 제발, 메리언. 포기하지 마.

내가 날개 노릇을 할 수 있을지는 모르겠지만, 너의 부탁이라면 무슨 일이든 힘닿는 데까지 도울 거야. 설령 네가 부탁하지 않는다 해도 난 최선을 다할 거고.

너의 제이미

　에든버러호텔의 프런트데스크 직원은 매퀸 부부가 떠난 지 얼마 안 되어 도착한 그 편지를 보고 한숨지었다. 회송 서비스 요청이 있었기에, 그 편지는 뒤늦게 도착한 몇 가지 우편물과 함께 바클리 매퀸 씨 앞으로 가는 행낭에 담겨 미국으로 보내졌다.

몬태나

1931년 12월~1932년 1월

새들러가 우아한 검정 피어스애로를 몰고 캘러스펠역으로 메리언과 바클리를 맞이하러 왔다. "긴 여행이었네요." 그가 메리언에게 차 뒷문을 열어주며 말했지만, 메리언은 맞장구쳐주지 않았다.

배넉번에서 일하는 살리시족 남자가 그들의 짐을 실은 트럭을 몰고 따라왔다. 메리언은 차를 타고 가는 내내 자면서 남자들의 대화나 새로 들어가 살게 될 집의 첫인상에 의도적으로 관심을 두지 않았다. 바클리가 그녀를 흔들어 깨워야 했다. 일순간 그녀는 스코틀랜드 하일랜드 지방으로 되돌아온 듯한 착각에 빠졌다. 눈, 산들, 회색 돌로 지어지고 슬레이트지붕을 인 네모지고 위풍당당하며 대칭적인 집이 보였던 것이다.

바클리의 어머니와 누이 케이트가 현관 계단을 장식한 두 개의 거대한 돌단지 사이에 서 있었다. 승마용 장화와 양가죽 재킷, 챙

넓은 모자 차림의 케이트가 메리언과 악수를 나눴다. 결혼식에서 케이트는 이렇게 말했다. "오빠는 설득이 안 통해요. 내가 해봤죠."

"나도 해봤어요." 메리언이 대답했다.

케이트가 얼굴을 찌푸리며 말했다. "어련하겠어요."

'어머니 매퀸'이라고 불리기를 원하는 바클리의 어머니는 갈색 원피스에 묵직한 숄을 두르고 있었다. 목에 건 은 십자가상이 거의 허리까지 내려왔다. 백발이 된 머리는 두 갈래로 두툼하게 땋아 각각 둥글게 감아서 묶었고, 얼굴에는 길고 고운 주름들이 패어 있었다. 그녀는 어린아이를 안심시키듯 메리언을 껴안고 등을 토닥여 놀라움을 안겨주었다. "진심으로 환영한다." 그녀가 낮은 웅얼거림으로 말했다. 살리시어와 프랑스어가 섞인 억양이었다.

메리언은 그런 따뜻한 환영, 아니, 따뜻함 자체에 대한 준비가 되어 있지 않았다. 바클리에게 어머니 이야기를 거의 듣지 못했던 것이다. 메리언은 어머니 매퀸이 새 신부가 되어 백인의 신분과 부에 둘러싸인 바클리 아버지의 보호 아래로 들어가던 때를 추억하고 있는 건 아닐지 궁금했다.

어머니 매퀸이 메리언의 두 손을 잡고 얼굴을 들여다보며 말했다. "너는 축복이란다."

바클리가 부드럽게 두 사람을 떼어놓았다. "안으로 들어가지, 메리언." 그가 말했다.

아내의 삶이 시작되었다.

메리언은 쓸모 있는 존재가 될 방법을 찾기가 힘들었다. 목장에 활주로가 있긴 했지만 그녀의 스티어맨 복엽기는 미줄라에 있었다. 그녀가 언제 가서 비행기를 가져올 수 있는지 묻자 바클리는 새 삶에 적응하고 메리언의 자리를 찾고 신혼을 즐겨야 한다는 모호한 훈계를 늘어놓으며 대답을 피했다. 그녀는 기다려야 한다고, 힘든 상황에서도 최선을 다해야 한다고, 그러면 결국 그가 경계를 풀 거라고 자신을 달랬다. 적어도 목장에서 실크 드레스를 입을 필요는 없었다.

살리시족 소녀가 집 청소와 빨래를 도맡아 했는데, 어머니 매퀸처럼 수녀학교 출신의 긴 계보를 이어온 인디언 소녀 가운데 하나였다. 그 수녀학교에서는 프랑스어를 하는 수녀들이 가정생활의 기술과 성경의 가장 무서운 내용을 강조하며 학생들이 지닌 원주민의 특성을 몰아내려 애썼다. 어머니 매퀸은 비교秘教적인 믿음을 갖고 졸업했는데 그 일부는 그녀 스스로 만들어낸 것이었고, 바클리의 말에 따르면 그것이 그의 아버지를 매혹시킨 한편 미치게 만들기도 했다. 그녀는 삶은 신의 분노와 자비로 이루어진 지속적인 폭풍이며, 돌풍을 타고 박쥐처럼 날아다니는 천사와 악마의 싸움 결과에 따라 인간들은 이리 날려갔다가 저리 날려갔다가 한다고 생각했다.

요리는 나이든 스코틀랜드 여자가 했다. 남자들 한 무리가 소떼와 말들을 돌보고 울타리를 고쳤다. 케이트는 그 남자들과 함께 일했다. 메리언은 돕겠다고 나설 때마다 거절당했는데, 아무도 그녀에게 일을 주지 못하도록 바클리가 금지시킨 것 같았다. 아무 할일 없이 목장 주변을 배회하며 지내다가 심심함을 견디지 못해 아기를 갖도록 만들려는 속셈 같았다.

"오늘은 뭐해요?" 어느 날 아침 말에 탄 케이트와 의도적으로 마주친 메리언이 물었다.

케이트는 추워서 볼이 빨개져 있었다. "울타리 고쳐요."

"나도 거들 수 있는데요."

"아뇨, 그냥 빨리 해치우려고요." 케이트가 말을 몰고 떠났고, 말발굽소리가 눈에 묻혀 희미하게 들려왔다.

새해가 지나고 곧바로, 에든버러의 호텔에서 그들이 떠난 후에 도착한 우편물이 왔다.

침실에서 바클리가 격분해 떨리는 목소리로 제이미의 편지를 읽었다. "'나는 네가 언젠가는 바클리 곁을 떠나 너 자신의 삶으로 돌아갈 길을 찾으면 좋겠어. 제발, 메리언. 포기하지 마.'" 그는 메리언의 얼굴에 대고 편지를 흔들었다. "헛소리. 남의 일에 참견하며 이런 헛소리를 늘어놓다니."

"난 아기를 원하지 않는다고 당신에게 말했잖아요." 메리언이 힘없이 말했다.

"진심으로 하는 말은 아니겠지."

"진심이에요. 내가 내 마음을 안다는 걸 어떻게 설명해야 믿겠어요?"

"내가 뭘 원하는지는 신경 안 써?"

"당신이 원하는 게 내가 비참해지는 건가요?"

"그렇게 되지 않을 거야. 두고 봐. 당신은 아기를 사랑하게 될 거라고. 그리고 나한테 자식을 낳아주는 건 당신 의무야. 당신은 내 아내니까. 의무를 다해야 당신도 행복해지지 않겠어?"

470

"아뇨." 그녀의 목소리가 커져갔다. "절대로."

바클리가 손으로 메리언의 입을 막았다. 그의 어머니와 케이트가 집에 있었다. 살리시족 소녀도 어딘가에 있었다. 요리사는 부엌에 있었다. "내가 그렇게 만들 수도 있어." 그가 말했다. 그들은 이글거리는 눈으로 서로를 노려봤다. 그녀가 그의 손목을 밀어냈다.

"당신은 그렇게 못 만들어요." 메리언이 조용히, 그러나 있는 힘을 다 끌어모아서 말했다.

"난 당신의 그걸 뺄 수도 있어." 그가 엄지와 검지를 붙여 페서리 모양을 만들었다. "그거. 난 그럴 권리가 있다고."

메리언은 우 부인과 돌리네 아가씨들이 한 말을 생각했다. 천남성 연기를 좀 많이 마시고, 테레빈유를 조금 마시고. 그녀는 필요하다면 산을 넘어 미줄라까지 걸어갈 수도 있다고 생각했다.

"당신은 그렇게 못 만들어요." 그녀가 재차 말했다. "내가 방법을 찾을 거니까."

바클리는 깜짝 놀라더니 혐오감을 드러냈다. "넌 누구지?" 처음에 그 말을 했을 때와는 완전히 다른 어조였다.

"늘 나였던 사람이죠."

그는 고개를 저었다. "아냐. 당신은 변했어."

"그렇다면 날 변하게 만든 사람은 당신이에요. 자신을 탓해요."

동트기 직전에 자동차 경적이 울렸다. 희미했지만 집요하고 점점 더 커져갔다. 그 소리가 메리언의 꿈속을 파고든 건 너무 시끄러워서가 아니라 뜬금없어서였다. 그녀는 나이트가운 차림으로 창가에 섰다. 피어스애로가 새벽의 어둠을 헤치고 목장 길을 누비며 올라오고 있었다. 가끔은 경적이 몇 초 동안 길게 울렸고 어떤 때는 반쯤 울리다 말기도 했다.

아래층에서는 케이트가 벌써 옷을 다 차려입고 포치에 나가 기다리고 있었다.

"무슨 일이에요?" 메리언이 모직 가운 허리띠를 매며 물었다. "그이가 왜 저러는 거죠?" 차가 가까이 다가오고 있었는데, 그녀는 바클리가 집 앞에서 차를 세울지 아니면 무섭게 질주해서 지나갈지 알 수 없었다.

"아마 술에 취했을 거예요." 케이트가 말했다.

"그이는 술을 안 마셔요."

"자주 마시진 않죠."

"전혀 안 마시는데요!" 케이트가 대꾸하지 않자 메리언은 자신 없이 덧붙였다. "나한테 절대 안 마신다고 말했어요."

차가 빙그르 돌아서 멈췄다. 바클리가 운전석 문을 열기도 전에 메리언은 누이 이름을 외쳐 부르는 그의 목소리를 들을 수 있었다. "케이트! 케이트!" 그가 비틀거리며 차에서 내렸다. "케이트!"

케이트가 그를 맞이하러 갔고 그가 휘청거리며 그녀를 안았다. 그 바람에 케이트가 비틀거렸다. 그는 모자도 쓰지 않았고 머리칼은 마구 헝클어져 있었다. "케이트!" 그가 목멘 소리로 다시 불렀다.

케이트가 그를 부축해 계단을 올라왔다. 그는 케이트에게 기댄 채 메리언 옆을 지나며 그녀를 쳐다봤다. 술냄새가 풍겼고, 무슨 말이라도 하려는 듯 입술이 벌어져 있었다. 일반적인 술꾼이라기보다는 지독한 시련에 정신이 나간 사람처럼 보였다. 안에서는 그의 어머니가 웅장한 석조 벽난로 옆에 앉아 뜨개질을 하고 있었다. 어머니 매퀸은 뜨개질 속도를 줄이지 않고 메리언을 노려보며 말했다. "내 아들이 악마의 덫에 걸렸어."

"자기가 놓은 덫에 걸린 거예요." 케이트가 말했다. 그러고는 바클리를 계단에서 멀리 떨어진 집 안쪽으로 이끌었다.

메리언이 따라갔다. "어디로 데려가는 거예요?"

"손님방으로요. 재우려고요."

"우리 방으로 가야죠."

"아뇨, 여기가 나아요. 오빠가 토할 거예요. 여기 아래층에 있는 게 나한테 더 편해요."

"내가 보살필게요."

바클리가 케이트의 어깨 너머로 고개를 길게 빼고 미심쩍은 눈길로 메리언을 보았다.

"지금 오빠를 보살피겠다고요?" 케이트가 말했다. "때를 잘 고르지 그래요."

"내 남편이에요."

"그럼 그러세요. 2층으로 데리고 올라가는 것 좀 도와줘요."

그들은 바클리를 양옆에서 부축하고 계단을 올라갔다. 층계참에서 케이트가 숨찬 목소리로 말했다. "오빠를 남편이라고 부르는 거 처음 듣네요."

"내 남편 맞잖아요." 메리언은 순간적으로 솟구친 소유욕을 벌써부터 후회하기 시작했다. 바클리는 지독한 술냄새를 풍겼다. 자기 발에 걸려 넘어지기도 했다. 아래층에서 누이의 보살핌을 받으며 괴로워하게 내버려뒀어야 했다. 하지만 그들은 바클리를 침실로 데려가 침대에 던졌고, 그는 침대에 얼굴을 박고 두 발은 침대 옆쪽으로 튀어나온 채 엎어졌다. 메리언이 물었다. "이 상태로 캘러스펠에서 차를 몰고 온 거예요?"

"어디선지는 모르죠."

"집에 돌아온 게 기적이네요."

"항상 집은 찾아와요." 케이트는 바클리의 진흙투성이 신발 한쪽의 끈을 풀었다.

메리언이 반대쪽 신발을 벗겼다. "전에도 그랬어요?"

"아마 일 년에 한 번은 그럴 거예요. 늘 똑같아요. 목장 길에 도착할 때까지 용케 술에 완전히 정신을 내주지 않고 버티는 것 같아요."

메리언은 케이트가 옷을 차려입고 밖에서 기다린 이유를 알 것 같았다. "그이가 술을 마시러 나간 걸 알고 있었군요."

"혹시 몰라서요. 잘못 짚은 적도 있죠. 밤새 잠도 못 자고 기다렸는데 아침에 멀쩡하게 걸어들어오더라고요." 그녀는 메리언의 눈을 똑바로 보며 덧붙였다. "창녀랑 잤대요."

"나에게 충격을 주고 싶은 거라면, 내가 그이를 매춘굴에서 만난 걸 잊지 마요."

"그걸 어떻게 잊을 수 있겠어요? 그러면, 혼자서 오빠 옷 좀 벗길 수 있겠어요? 금방 토할 거예요. 미리 대비를 해둬야 해요." 그녀는 벽난로 옆으로 가서 불쏘시개가 가득 든 양동이를 집어

벽난로 안에 내용물을 비웠다. "이거면 될 거예요." 그녀는 양동이를 침대 옆에 놓았다.

"부부싸움을 했어요."

"오빠를 돌려 눕혀야겠어요." 그들은 바클리의 발목을 잡고 끌어당겨 침대에 세로로 둔 다음 똑바로 돌려 눕혔다. "오, 시작했네요. 양동이 가져와요." 바클리가 구역질을 하기 시작했다. 케이트가 늦지 않게 옷깃을 잡고 일으켜 앉힌 덕에, 메리언은 그의 입에서 솟구쳐나온 아무것도 섞이지 않은 위스키처럼 보이는 토사물을 양동이에 받아낼 수 있었다. "오, 좋아, 자기 몸을 증류기로 만들었네." 케이트가 말했다.

케이트가 나간 후, 메리언은 양동이를 화장실에 가져가 비우고 나서 바클리의 옷을 벗기기 시작했다. 바지와 양말은 그런대로 쉽게 벗겼지만 그가 도로 인사불성이 되는 바람에 코트는 벗길 수가 없었다. 그게 천만다행이었던 것이, 잠시 후 그가 또 토하려고 해서 케이트가 했던 것처럼 옷깃을 잡고 끌어당겨 일으켜야 했던 것이다. 구토가 끝나자 코트와 조끼, 셔츠를 벗기고 속옷만 남겼다. 그녀는 그를 모로 눕히고 담요를 덮어준 다음 양동이를 비우고 그의 옆에 퀼트이불을 덮고서 웅크리고 누웠다.

그렇게 둘이 몇 시간 동안 잤다. 그는 몇 번 토하려고 깼지만 속에 남아 있는 건 연초록색 거품뿐인 듯했다. 그녀가 깨어보니 그가 자신을 바라보고 있었고, 시간이 얼마나 되었는지는 짐작조차 가지 않았다. 하늘은 무거운 잿빛이었다. "이건 예상 못했는데." 그가 쉰 목소리로 말했다.

"뭐를요?"

"당신이 나를 보살펴준 거."

"당신이 케이트를 부르는 게 싫었거든요."

"난 당신이 내 꼴을 보고 통쾌해할 줄 알았지."

"차에서 내리기도 전에 애절하게 케이트를 불러대던데요. 기억나요?"

"간절했으니까."

"케이트가요?"

"위안이. 가끔 난 어떤 끔찍한 게 나를 쫓아오고 그게 점점 더 가까이 다가오는 것 같은 기분을 느껴. 차를 몰고 돌아올 때도 그랬지. 당신이 나를 보살펴줄 걸 알았더라면 케이트가 아니라 당신을 불렀을 거야." 그는 조용해졌고, 메리언이 그가 잠든 건가 생각하는데 다시 말했다. "메리언, 당신이 나한테 고통을 주고 있어. 당신이."

메리언은 잠시 생각한 후 말했다. "어떻게 그럴 수 있는지 모르겠네요. 모든 권력을 가진 건 당신인데."

"아니, 그렇지 않아. 그랬던 적 없어."

메리언은 그가 어떤 수단을 동원해 자신을 지배하고 있는지, 자신이 어떤 식으로 이미 굴복했는지 시시콜콜 이야기하고 싶지 않았다. "당신이 술을 마시는 줄 몰랐어요."

"자주는 아냐." 그의 눈이 감겨 있었다. "당신을 처음 만난 날 술을 마셨지. 그때가 최악이었어. 데지레와 2층으로 올라갔지만 그녀는 당신이 아니었고, 그래서 그 여자를 갖고 싶지 않더군. 데지레가 애를 썼지만 아무것도 할 수 없었어. 나는 나가서 차로 갔어. 그날 밤 눈이 내렸던 거 기억해? 내가 직접 차를 몰았는데, 차

476

가 눈 속에 갇혀서 꼼짝을 안 하는 거야. 차에서 내려서 밀었지. 당연히 미끄러져 넘어졌고, 범퍼에 얼굴을 박았어. 그쯤 되자 시내로 나가서 술집을 찾을 수밖에 없었지. 술집에 도착했을 때는 무척 추웠고 옷도 젖어 있었어. 나는 술을 마시기 시작했고, 당신을 한 번 보았을 뿐인데 이렇게 신경 쓰이는 이유가 뭘까 생각했지. 숱한 여자를 봤는데 왜 당신일까? 그 많은 여자를 가질 수 있었는데." 그는 메리언을 흘끗 보고 다시 눈을 감았다. "당신을 보았을 때 당장 가질 수 있을 거라고 생각했지. 대가는 얼마라도 지불할 수 있었거든. 그런데 그럴 수 없다는 걸 알게 되니까…… 망연자실했어. 이성이 통하지 않았지. 내가 고집스럽다는 거 알아. 내 마음대로 하는 걸 너무 좋아한다는 거 나도 알지만, 안다고 도움이 되는 건 아냐. 그래서 난 당신이, 특히 당신이 문제여야 한다고 결정했지.

그전에는 대개 술에 취하면 케이트에게 갈 수 있었어. 새들러나. 아니면 누구든 주위에 도와줄 사람이 있었고. 하지만 그때는 혼자였고 당신을 갖지 못할 수도 있다는 생각밖에 안 들더라고. 그리고 이런 상태가 되면 나타나는 것들이 있지. 오랜 어둠. 당신만 문제였던 건 아니지만 당신이 그 어둠을 불러온 거야. 게다가 눈이 너무 많이 와서 꼼짝도 할 수 없었고. 목장에 가기는커녕 미줄라를 벗어날 수조차 없었지. 난 여기저기 돌아다녔어. 뭘 찾고 있는지도 몰랐고, 자꾸 눈더미에 발이 걸려 비틀거렸지. 얼어죽는 건 그냥 잠드는 것 같아서 그리 고통스럽지 않다는 사람들 말이 생각났어. 그래서 강둑으로 내려갔다가 높이 쌓인 눈더미를 발견하고, 스스로 작은 무덤을 판 다음 그 안에 누웠어. 술에 너무 취해서 추운 줄도 몰랐고, 몹시 피곤했던데다 조용한 곳에 있는 게 너무 편안해서 쉽게 잠들 수 있었지. 잠에 막 빠져들려는 순간, 이런 생각이 퍼뜩 드는 거야. 만약 당신을 가질 수 있다면? 돈으로 사지 않고 마음을 얻는 거야. 설득하는 거 말이야. 아주 불가능한 일은 아니잖아. 사실 간단한 일 같더라고. 왜 진작 그 생각을 못했는지 이해가 되지 않았어. 분명 당신은 너무 어리니까 좀 기다려야겠지만, 자살을 서둘러선 안 된다고 생각했지. 그건 나중에도 언제든 할 수 있으니까."

그가 말을 멈췄다. 메리언은 그의 마지막 말이 진심일까 궁금했다. 그녀는 그의 죽음을 생각해본 적 있었고 심지어 희망한 적도 있었다. 그가 죽으면 안도감이 들 것 같았다. 아니면 죄책감에 짓눌릴 수도 있고. 두 가지 다 따로따로는 견딜 만하겠지만 함께 온다면 그렇지 않을 듯했다.

"당신은 충분히 기다리지 않았어요. 난 아직 너무 어렸죠."

"내가 더 기다렸다면 상황이 달라졌을까?"

메리언은 과거가 바뀔 수 있기라도 한 양 희망이 담긴 그의 목소리에 연민을 느꼈다. "그래요. 하지만 상황이 더 나아졌을지는 모르겠어요."

그가 모로 돌아누워 그녀를 보았다. "잠자리를 갖도록 밀어붙인 건 당신이었어. 그때 당신은 자신이 너무 어리다고 생각하지 않았지."

"우리가 잤던 날을 말하는 게 아녜요. 나한테 송어와 비행기를 보내준 때를 말하는 거지. 그때 난 그 거래를 이해하기엔 너무 어렸어요."

메리언은 바클리가 화를 낼지도 모른다고 생각했지만 그는 이불 속에서 그녀의 손을 잡았다. "거래하려고 보낸 건 아니었어. 선물이었지."

그녀는 손을 비틀어 뺐다. "아뇨, 아니었잖아요."

"상황이 바뀔 수도 있다고 생각하지 않아? 아기가 생기면?"

"당신이 원하는 방향은 아닐 거예요."

"당신에겐 내가 꼭 필요하지도 않았어. 당신은 마음만 먹으면 얼마든지 나한테서 도망쳐 비행기를 조종할 다른 방법을 찾을 수 있었다고."

"그랬다면 당신이 나를 놔줬을까요?"

문 두드리는 소리가 들렸다. 어머니 매퀸이 실로 짠 덮개를 씌운 찻주전자와 잔과 잔받침이 놓인 쟁반을 들고 들어왔다. 그녀는 바클리 쪽 침대 테이블에 쟁반을 내려놓고 몸을 굽혀 차를 따랐다.

메리언과 바클리는 베개에 등을 받치고 앉았다. 어머니는 메리언은 무시하고 바클리에게 찻잔을 건넸다. 그런 다음 그의 다리가 이룬 작은 언덕에 손을 얹고 말했다. "악마한테 너를 바치지 마라."

"어머니. 악마는 없어요." 바클리의 목소리는 다정했다. "그 수녀들이 헛소리를 늘어놓는다는 걸 왜 모르셨어요?"

"난 저애가 널 도울 거라고 생각했다." 어머니는 고갯짓으로 메리언을 가리켰다. "그런데 아냐. 저애는 자기가 고통받는 척하지만 고통을 불러오고 있어."

"어머니. 그만하세요. 다시는 술 안 마실 거예요. 약속해요."

"악마가 너한테 거짓말을 시키고 있어."

"어머니, 저 좀 쉬어야겠어요. 그리고, 나가실 때 악마도 데려가주시겠어요?"

"오직 너만이 악마를 내보낼 수 있다." 그녀는 그렇게 말했지만, 밖으로 나가서 문을 닫았다.

바클리가 차를 더 따라서 메리언에게 건넸고, 메리언이 물었다. "어머니 말씀이 무슨 뜻이에요?"

"술이 죄를 짓게 만든다는 거지. 어머니는 내가 악마의 대리인인 밀주업자들 손에 놀아나고 있다고 생각하시거든."

"당신이 밀주업자인 걸 모르세요?" 차는 너무 달았다. 어머니가 찻주전자에 설탕을 넣은 것이다.

"당연히 모르시지."

그의 어머니는 새들러와 케이트가 교회에 모시고 가는 일요일을 제외하면 목장에서 세상과 단절되어 살았다. 교회 신도들이 그녀 앞에서 함부로 입을 놀리지 못하게 만드는 건 새들러의 등장만으로도 충분했으며, 어쨌거나 사람들이 그녀의 면전에 대고 감히 무슨 말을 하겠는가? 하지만 그럼에도 어머니 매퀸은 이상한 낌새를 챈 게 분명했다. 메리언은 그녀가 진실을 알면서도 모르는 척하는 것이리라 판단했다. 세 여자—메리언 자신과 케이트와 어머니—가 한집에서 세 명의 다른 남자와 살고 있었으며, 공교롭게도 그 세 남자는 모두 바클리 매퀸이었다.

"그런데 어머니가 나에 대해 한 말은 무슨 뜻이죠?"

"아." 그는 설명하기가 꺼려진다는 걸 강조하듯 입술을 오므렸다. "어머니는 좋은 여자라면 내가 술을 끊게 만들 거라고 생각하셨지. 그런데 당신은 그렇게 하지 못했고 아기도 안 생기니까 좋은 여자가 아닌 것 같다고 판단하신 거야. 어머니의 논리엔 구멍이 있긴 하지—어머니 본인도 아버지가 술을 끊게 만들지 못했으니까. 난 아버지와 달라. 술을 자주 안 마시지." 그러더니 좀 애처롭게 덧붙였다. "그래도 당신이 어머니의 희망을 저버린 거야."

"어머니는 정말로 당신을 목장주로 생각하시나요?"

"난 목장주야." 바클리가 말했다. "당신은 내가 술을 퍼마시도록 만든 불임 아내고."

몬태나

1932년 겨울~봄

바클리는 술을 마신 지 일주일 후 마치 전혀 특별할 게 없는 요청인 듯 메리언에게 국경 너머에서 화물을 좀 실어와줘야겠다고 말했다.

새들러가 스티어맨이 있는 미줄라까지 차로 태워다주었다. 메리언이 뒷좌석에서 물었다. "그동안 다른 사람이 내 비행기를 몰았나요?"

새들러가 룸미러로 그녀를 보며 물었다. "내 비행기 말인가요?"

"그럼, 그동안 다른 사람이 당신 비행기를 몰았나요?"

"내가 알기론 아닙니다."

메리언은 그의 말을 믿어야 할지 몰랐고 진실이 중요한지도 알 수 없었다. 그녀는 질투심에 차서 스티어맨을 자세히 살펴보며 다른 조종사의 흔적이 있는지 확인했다. 하지만 일단 하늘에 홀로 있게 되자 그런 건 더이상 신경 쓰이지 않았다. 그녀는 산들을 머리 위로 던지며 공중회전을 했다.

　다음주에 몇 차례 더 국경을 넘은 후, 그녀가 간청하자 어느 오후에 정해진 목적이나 목적지 없이 비행을 해도 된다는 허락이 떨어졌다. 바클리는 그녀에게 세 시간 안에 돌아온다는 약속을 받아냈고, 그녀는 바클리에게 코들레인을 향해 서쪽으로 간다고 말해놓고 북동쪽으로 날아갔다. 거짓말이 잉걸불처럼 그녀의 마음을 따뜻하게 해주었다.

　연료를 가득 채우면 600마일을 갈 수 있었다. 메리언은 그 거리, 그 반경에 대한 환상에 젖었다. 연료를 다시 채우고 더 날아갈 수도 있었다. 계속해서. 그보다 못한 비행기로 대륙과 대륙 사이를 오가는 사람들도 있었다. 하지만 도망치면 바클리가 오히려 더 악착같이 찾아내 곁에 붙잡아두려 할 터였다. 그 집에 남아 있으면 마침내 그도 둘이 안 맞는다는 걸 깨닫게 될 수도 있다. 길들인 매에게 두건을 씌우듯 메리언을 자신에게 묶어놓은 바클리는 그녀를 풀어놓을 수도 있었다. 그의 곁에 머문다면 그가 놓아줄 가능성이 있었다.

　하지만 겨울 추위가 풀리면서 그들의 휴전, 서로에 대한 조심스러운 친절은 무너지기 시작했다. 한데 뒤엉켜 있긴 하지만 결코 타협에 이를 수 없는 바람을 가진 두 사람 사이의 선의는 붕괴될 수밖에 없었다. 그가 비행을 허락하지 않는 날이면 그녀는 침대에서 그에게 등을 돌렸고 그의 애무를 뿌리쳤다. 하지만 그녀의 마음이 누그러지면 둘 사이에 여전히 불길이 타올랐다. 어쩌면 그녀는 그를 사랑한 적이 없고 반사된 어른거리는 불길에 속은 것뿐인지도 몰랐다. 바클리는 번뜩거리는 눈으로 노려보는 그녀의 두 팔을 꼼짝 못하게 찍어눌렀다.

3월에 바클리가 일주일 동안 출장을 떠나면서 메리언에게 자신이 없는 동안 비행기를 타지 말라고 지시했다. 사흘째 되던 날, 그녀는 목장 트럭을 몰고 캘러스펠까지 갔다. 구불구불한 진창길을 겁이 날 정도로 속도를 내어 달리다보니 바클리가 술에 취했을 때 그 길을 무사히 운전해서 돌아온 게 다시금 놀라웠다. 상점들을 둘러보았으나 사고 싶은 물건이 하나도 없었다. 한잔할 곳을 찾아내 석 잔을 마셨다. 그동안 술이 약해져서 금방 취한 그녀는 비행장 가장자리에 있는 나무 아래 차를 세우고 착륙하거나 이륙하는 사람을 기다렸지만 아무도 보이지 않았다.

"영영 떠난 건지도 모른다고 생각했어요." 어두워진 후에 돌아온 그녀에게 케이트가 말했다.

이튿날 아침, 메리언은 스티어맨의 덮개를 벗기고 밧줄을 푼 다음, 바퀴에 진흙이 묻은 채로 배넉번의 울퉁불퉁한 활주로에서 이륙했다. 하늘에서 날개를 비스듬히 기울여 이리저리 날아다니면서 눈 덮인 산꼭대기들을 구경하다가 문득 미줄라로 날아가 제이미를 놀라게 해줘야겠다는 생각이 들었다.

비행장의 청년 가운데 한 사람이 그녀를 래틀스네이크까지 태워다줬다. 집은 몹시 낡아 보였다. 거기서 혼자 살게 된 제이미가 집 단장을 좀 했을지도 모른다고 생각했는데 페인트칠은 벗겨지고 지붕널들은 흠뻑 젖은 채 뒤틀려 있었다. 집 주위에 겨울의 갈색 잡초가 무성하게 자랐다. 그녀는 옆문으로 들어가려다 엄습하는 불안감에 멈춰 섰다. 그녀의 기억으로는 난생처음 앞문으로 가서 문을 두드렸다.

그 소리에 개들이 짖기 시작했는데, 그 불협화음이 끝도 없이 이어지는 것으로 보아 문 안에 개들이 떼거리로 모여 있는 듯했다. 메리언은 나무 문짝에 귀를 대고 발소리가 들리는지 확인했다. 다시 문을 두드렸다. 개들이 미친듯 짖어대는 소리가 다시 최고조에 이르렀고, 마침내 계단 삐걱이는 소리와 제이미가 개들에게 조용히 하라고 이르는 소리가 들려왔다. 문이 홱 열렸고, 제이미가 그녀를 보며 눈을 껌벅거렸다. "안녕." 그가 낯선 사람을 대하듯 말했다.

그의 눈 밑에는 다크서클이 생기고 뺨에는 성긴 금빛 턱수염이 해초처럼 달려 있었다. 옷에는 물감이 묻어 있었다. "꼴이 말이 아니네." 그녀가 말했다. "무슨 일 있어?"

"아무 일 없어." 개 다섯 마리가 줄지어 밖으로 나가더니 죽은 풀과 파삭파삭한 눈 위에서 다리를 들고 오줌을 싸거나 쭈그려앉아 똥을 쌌다. 제이미가 생각에 잠긴 얼굴로 개들을 바라보았다. "시간 가는 줄도 모르고 있었네. 개들이 종일 갇혀 있었어. 내가 너무했지. 지금 몇시야?"

메리언은 손목시계를 보았다. "방금 정오가 지났어."

제이미는 지금까지 어떤 이상한 상태에 있었는지는 몰라도 갑자기 그 상태에서 벗어난 듯했다. "메리언!" 그가 비틀거리며 다가와 그녀를 껴안았다. 그녀는 씻지 않은 몸 냄새와 테레빈유 냄새와 술냄새가 섞인 악취를 들이마시며 격한 혐오감을 느꼈다. 이제 술 취한 남자라면 지긋지긋했다. 그가 물었다. "여기서 뭐하는 거야?"

"널 만나러 왔지."

"들어와." 그는 열린 문을 잡아주며 들어오라고 손짓했다.

실내는 춥고 어두웠으며 커튼이 내려와 있었다. 접시와 그릇이 바닥과 가구 위에 흩어져 있고 몇몇 그릇에는 개들이 먹을 물이, 접시에는 제이미가 개들에게 먹이는 음식의 흔적이 남아 있었다. 개 두 마리가 그런 꼴을 사과라도 하듯 메리언의 발 주위를 맴돌며 헐떡대면서 올려다보았다.

메리언은 그날이 수요일임을 퍼뜩 깨달았다. "학교 안 갔네."

"응, 학교 안 다녀." 제이미가 쾌활하게 말했다. 그는 추운데도 맨발로 터벅터벅 부엌으로 갔다. "한잔할래? 나는 마실 건데."

부엌은 다른 곳보다 더 엉망이었다. 설거짓거리가 산더미처럼 쌓여 있고 썩는 냄새가 났다. 식탁 위에 맑은 밀주가 반쯤 담긴 병이 놓여 있었다. 제이미는 지저분한 잔을 집어 셔츠자락으로 테두리를 닦고는 밀주를 2인치쯤 따라 메리언에게 건넸다. 그리고 닦지도 않은 잔에 자신이 마실 밀주를 3인치쯤 따랐다.

"엄청 독하다." 메리언이 한 모금 마신 후 기침을 하면서 말했다. "잊고 있었어."

"그리 나쁘지 않지." 제이미의 눈이 빛나고 있었다. "마음의 무장이 필요했어. 너한테 보여줄 게 있는데 그것 때문에 너무 불안해서. 보여줄까?"

"뭘 보여주려고?"

제이미는 메리언의 말을 못 들은 것처럼 계속 떠들어댔는데, 무슨 소린지 알아듣기 힘들 정도로 횡설수설했다. "그러잖아도 네가 도착하면 보여줘야겠다는 생각이 들기 시작했는데, 이건 무슨 징조 같다, 안 그래? 주로 보여주고 싶은 사람이 —" 그는 돌아서서 황급히 부엌을 빠져나갔다.

메리언이 따라가며 물었다. "뭘 보여준다고?"

"내가 하고 있는 일!" 제이미가 계단을 한 번에 두 단씩 달려 올라가며 어깨 너머로 외쳤다. 그 막대기 같은 몸, 헐렁한 옷, 흥분된 목소리가 영락없는 윌리스였다. 메리언은 이성을 잃고 그의 두 팔을 잡고 흔들면서 술 좀 그만 마시고 목욕도 하고 학교도 다니라고 다그치고 싶은 충동을 억누르며 일부러 천천히 계단을 올라갔다. 이 집이 사람을 이렇게 만드는 걸까? 이 집에 사람을 미친 주정뱅이로 만드는 저주라도 붙은 걸까?

계단을 다 오른 그녀는 윌리스의 옛 작업실에서 흘러나오는 쐐기 모양 빛이 있는 곳까지 어두운 복도를 걸어가기 전에 잠시 멈춰 서서 마음을 진정시켰다. 작업실 안을 들여다본 순간, 곡선을 이룬 창문에서 쏟아져들어오는 햇살에 눈이 부셨다. 쏜살같이 돌아다니는 제이미의 어두운 형상이 보였고, 마침내 눈이 빛에 적응하자 그림들이 보였다.

유화였고 대부분 풍경화였는데, 일부 그림에는 눈에 띄지 않는 새들과 동물들이 거의 숨겨져 있다시피 담겨 있었다. 얼핏 봐서는 분명한 붓자국과 단색을 그대로 사용한 부분이 거칠고 심지어 원시적인 느낌을 줬지만, 자세히 보니 표현이 정확했다. 윌리스의 섬세하고 그럴듯한 사실주의와는 다른 방식으로, 분위기를 표현하는 데 더 치중되어 있었다. 목탄과 연필 스케치가 여기저기 쌓여 있었다. 창턱에는 물과 테레빈유가 담긴 병들이 가득했다.

제이미가 초조하게 떠들어댔다. "유화물감은 지독하게 비싸긴 한데 삼촌이 좀 남겨놨고, 화구를 사느라 네 돈도 좀 썼는데 괜찮은 거면 좋겠다. 돈을 더 벌 수 있는 방법을 찾을 생각이지만 작업을 한다는 사실 자체가 중요한 것 같아. 지금 당장 내가 할 수 있는 일은 그것뿐이야."

월리스의 낡아빠진 안락의자에 얼굴이 길고 솔직한 시선을 지닌 소녀의 초상화가 기대어 세워져 있었다. 벽난로 선반에 가로로 놓인 캔버스에도 똑같은 소녀가 있었다. 벽난로 쇠살대 안에서는 아직 남은 불길이 서서히 타들어갔고, 재 속에 찢기고 검게 탄 종잇조각들이 보였다. 그 소녀의 그림 또 한 점이 바닥에 나동그라져 티끌과 물감 얼룩에 훼손되어가고 있었다. 메리언은 이젤에 놓인 산 풍경을 향해 다가갔다.

"여기 바람이 들어 있어." 그녀가 말했다. "어떻게 그림 속에 바람이 있을 수 있는지 모르겠네."

제이미는 그녀 뒤에서 얼쩡거렸다. "완성된 건 아냐. 뭔가 좀 아닌 것 같더라고. 너무 긴장해서 입이 마른다." 그는 아직 들고 있던 잔의 술을 마셨다. "아무한테도 안 보여줬어. 케일럽한테도."

메리언은 그를 진정시키려고 어깨를 어루만졌다. "넌 예술가야." 그녀가 말했다. "진짜 예술가."

그의 눈에 눈물이 가득 고였고, 그들은 서로 외면했다. 메리언이 말했다. "진짜 예술가도 가끔 목욕은 해야 해."

저녁에 케일럽이 나타났다. 제이미를 구슬려 씻고 낮잠을 자게

한 메리언은 곧장 집을 치우고 환기를 시켰다. 개들에게 먹을 걸 주고 불을 피웠다. 케일럽이 송어 두 마리가 담긴 바구니를 들고 부엌문으로 들어왔다. "매퀸 부인." 그가 말했다. "무슨 일로 귀한 발걸음을 하셨습니까?"

메리언은 제이미가 깰까봐 속삭이듯 말했다. "최근에 제이미 만난 적 있어? 알고 있었느냐고?"

"폐하께서 노하셔서─"

"케일럽."

그는 식탁에 바구니를 내려놓았다. "이미 우리 어머니에게 진절머리나게 겪었어. 이제 누구 술병을 숨기는 짓은 다시는 안 할 거야."

메리언은 생선 요리를 하려고 스토브에 프라이팬을 올렸다. "그래도 나한테 말해줬어야지. 저렇게 된 지 얼마나 오래된 거야?"

케일럽은 벽에 기대어 가슴에 팔짱을 꼈다. "나도 잘 몰라. 아마 한 달쯤? 그전에는 그 여자를 못 잊어서 우울하게 지내긴 했지만 학교도 다니고 술도 안 마셨거든. 적어도 이렇게는 안 마셨어. 제이미는 중요한 걸 하고 있다며 우기고 있어. 월리스 삼촌이나 우리 어머니와는 다른 것 같긴 해. 내 생각엔 그런 척하는 면도 좀 있는 것 같지만."

다른 방에서 시끄러운 댄스음악이 월리스의 축음기에서 흘러나왔다. 제이미가 술잔을 들고 문가에 나타났다. "낚시하기엔 춥지 않아?"

"다른 건 갖다줘도 네가 안 먹을 거 아냐."

"송어 구경하기 힘든 철인데 어디서 찾은 거야?"

"물속으로 깊이 들어갈 뿐이지 다른 데로 가는 건 아니니까."
케일럽이 배낭에서 빵 한 덩어리와 종이봉지를 꺼냈다. "스탠리
씨가 공짜로 준 거야."

제이미가 종이봉지 안을 들여다보며 말했다. "할렐루야, 슈크
림을 보내줬네."

식사가 끝난 후 그들은 축음기 옆에 자리를 잡았다. 제이미는
메리언의 의자 옆 바닥에 비스듬히 기대앉고 케일럽은 소파에 누
웠다.

"메리언." 케일럽이 사냥에 관한 잡담을 늘어놓고 있는데 제이
미가 말허리를 잘랐다. "세라 말로는, 내가 그림을 그리는 걸 월리
스 삼촌이 좋아하지 않았을지도 모른대. 그랬을 거라고 생각해?"

"세라?" 메리언이 물었다.

"시애틀의 그 여자." 케일럽이 말했다.

"난 삼촌이 늘 나를 격려해줬다고 생각했거든." 제이미가 말했
다. "그런데 지금 잘 생각해보니 그 반대였을 수도 있을 것 같아."

"모르겠어." 메리언이 대답했다. 그녀는 비행에 정신이 팔린
나머지 월리스와 제이미 사이의 역학관계에 관심이 없었다.

"세라의 아버지가 내게 일자리를 제안했어." 제이미가 말했다.
"난 시애틀에 가서 살 수도 있었지. 거기서 평생 살 수도 있었는
데, 거절한 거야. 그 이유가 뭔지 알아?"

"뭔데?" 메리언은 제이미가 그녀 혼자 미줄라에 남겨두고 떠
나고 싶지 않았다고 대답할까봐 두려웠다.

"정육업으로 돈을 번 사람이었으니까." 제이미는 한쪽 팔꿈치
로 바닥을 짚고 옆으로 늘어져 누우며 웃었다. "하필이면. 운도

없지!" 그는 심각해졌다. "난 바보인 게 분명해."

그는 잘 알아들을 수도 없는 말로 공원에서 세라를 만난 이야기, 그녀의 어머니와 언니들, 대저택, 미술품, 정원의 잘 다듬어진 나무들, 칭찬의 유혹에 대해 쏟아냈다. 그러고는 수치스러운 결말에 이르자 극적으로 술잔을 비웠다. 메리언이 생각을 정리해서 의견을 내놓기도 전에 그가 밝게 말했다. "나를 위해 춤 좀 춰줄래?" 그는 레코드음악에 맞춰 무릎을 탁탁 쳤다.

"뭐?" 메리언이 물었다.

"너랑 케일럽. 사람들이 춤추는 걸 스케치하고 싶어서 그래."

"제이미, 나 춤 못 춰."

하지만 케일럽은 일어나 메리언을 의자에서 끌어내더니 꽉 끌어안았다.

"제이미가 해달라는 걸 다 해줄 필요는 없어." 메리언이 속삭였다.

"춤 좀 춘다고 문제될 거 있어?" 케일럽이 그녀의 몸을 돌렸다.

메리언은 목을 길게 빼고 제이미의 스케치북에 낙서처럼 그어진 선들을 얼핏 보았다. 그림이라고 하긴 어려웠지만 그래도 춤추는 사람들 같았다. 그녀는 케일럽의 느낌과 그의 친숙한 냄새에 반응하는 자신을 발견했다. 바클리의 사향 향수 냄새와는 너무도 다른 흙과 침엽수 냄새였다. 그녀의 발은 어설프고 몸은 뻣뻣했지만, 제이미가 술잔에 밀주를 더 따르고 있었지만, 행복감에 눈물이 날 것만 같았다.

레코드판이 마침내 쉬익거리다가 조용해지자 그녀는 케일럽에게서 물러나 소매로 이마를 닦았다. 제이미는 머리를 뒤로 젖혀

의자에 기대고 스케치북은 무릎에 올려놓은 채 잠들어 있었다. 케일럽이 다른 레코드판을 틀고 그녀를 끌어당겨 소파 위 자기 옆에 앉혔다. "왜 더 일찍 오지 않았어?" 그가 물었다.

메리언은 핑계를 꾸며대려 했지만 너무 지쳐 있었다. "바클리가 아무데도 못 가게 했어. 한동안 비행도 못하게 했고. 내가 아기를 원하지 않는다고 벌을 준 거지."

"원하지 않는다고, 아니면 갖지 않는다고?"

"똑같은 거지. 적어도 지금으로선. 바클리가 놀랄 일은 아니었어. 나는 아기를 원하지 않는다고 계속 말했으니까. 하지만 그는 나에 대해 나 자신보다 더 잘 안다는 믿음을 갖고 있지. 사실은 진짜 나를 자신이 상상하는 나에 꿰맞추겠다는 생각에 사로잡혀 있으면서."

케일럽이 어금니를 악물었다. "그 인간은 개자식이야."

"메리언." 제이미가 깨어 있었다. 그는 바닥에서 움직이지 않고 초췌한 얼굴로 메리언을 바라보았다. "나 좀 어디로든 데려가 줄래?"

"무슨 말이야? 지금?"

"곧. 난 여기를 떠나야 해."

"어디로 가고 싶은데?"

"어디든 다른 데로." 그는 가슴 쪽으로 무릎을 당겼다. 너무 야위어 있었다. "너도 떠나고, 월리스 삼촌도 떠나고, 케일럽은 노상 사냥 나가고. 나에게 일어날 일은 시애틀로 가는 것밖에 없는 것 같아."

"고등학교를 마칠 순 없어?"

"너도 안 마쳤잖아."

메리언이 누구나 바클리 매퀸과 결혼할 수 있는 건 아니라고 냉소적으로 대답하려는데 입을 열기도 전에 제이미가 애처롭게 말했다. "제발. 메리언. 도저히 여기 못 있겠어."

그녀의 모형 비행기들은 먼지를 뒤집어쓰고 군데군데 노란 풀 자국이 보이는 상태로 여전히 오두막 천장에 매달려 있었다. 모든 게 그녀가 떠나던 때 그대로였다. 제이미가 아수라장을 집에 한정시켰던 것이다. 새벽이 가까운 시각이었지만, 메리언은 안락 의자에 앉아 책을 뒤적거렸다. 남태평양의 쿡 선장, 그린란드의 프리드쇼프 난센. 그녀는 그들이 자신의 마음에 새로운 모험에 대한 열망을 가득 채워주기를 기다렸지만 그들은 그녀의 손에 죽은 채로 누워 있었다. 전에는 일단 하늘을 날 수만 있다면 세상이 그녀 앞에 활짝 열리리라 확신했었다. 이제 그녀는 그런 곳에 가볼 수 없으리란 걸 알았다.

"넌 결국 바클리를 떠날 거야." 제이미가 자러 간 후 부엌에서 작별인사를 하며 케일럽이 말했다.

"그다음엔 뭘 하지?"

"뭐든 네가 원하는 거."

"그렇게 쉬운 일이 아냐."

"내가 도와줄 수 있어. 우리가 비행기를 한 대 사서 사냥꾼들을 태울 수도 있잖아."

"우리?"

"왜 안 돼?" 그가 그녀를 뚫어지게 보았다.

"우린 그런 사이가 아냐."

"그렇게 될 수 있어."

메리언은 고개를 저었다.

"이대로 살면 그자가 너를 집어삼킬 거야." 케일럽이 말했다.

"삼켜진다고 세상이 끝나는 건 아냐." 하지만 그녀는 크레바스를 생각했다.

"가끔 네 어깨를 잡고 정신 차릴 때까지 흔들고 싶어."

"그렇게 해."

그는 모자를 쓰고 밤을 향해 성큼성큼 걸어나갔다.

메리언은 바클리가 돌아오기로 한 날 배넉번으로 돌아갔다. 미줄라에서 세 밤을 잔 것이다.

그녀는 바클리가 차에서 내리고 새들러가 차 뒤로 가서 트렁크에서 여행가방을 꺼내는 걸 침실에서 지켜보았다. 창가에 선 그녀를 바클리가 올려다보았고, 그녀는 자신이 비행기를 본 걸 그가 이미 알아챘음을 직감했다.

늦은 오후였다. 그녀는 책을 들고 앉아 있었으나 페이지가 넘어가지 않았다. 그가 휘몰아치는 뜨거운 바람처럼 침실 문을 박차고 들어왔다. "여행 즐거웠어?" 그가 말했다.

그녀는 뻔뻔스럽게 받아칠 수 있으리라 생각했다. "그래요. 제 이미 보러 다녀왔어요. 당신은요?"

바클리가 돌아올 걸 예상하고 미리 페서리를 삽입해 적어도 한 가지 무장은 해놓았고, 그래서 메리언은 그가 팔을 잡고 자신을 창가 의자에서 홱 일으켜 침대에 던졌을 때 다행이라고 생각했다. 그는 그녀의 바지를 발목까지 끌어내린 후 몸을 뒤집었다. 그녀는 퀼트이불에 엎드려 기다렸고, 그는 무릎으로 그녀의 한쪽 허리를 받친 다음 한 손으로 그녀의 양쪽 손목을 잡았다. 그리고 다른 손 손가락을 그녀의 가랑이 사이로 넣어 쑤시고 긁어냈다. 막힌 하수구를 뚫듯 의도적인 동작이었다. 페서리를 빼려는 것이었다. "안 돼요." 메리언이 말했다. 무력한 말이었지만 달리 무슨 말을 한단 말인가? 그의 무릎이 그녀의 허리를 더 강하게 압박했다. 그는 짐승을 제압하듯 차분히 열중하고 있었다. 그의 손톱이 그녀의 속살을 할퀴었다. 마침내 무언가를 빨아들이는 느낌과 함께 그가 캡을 빼냈다. 그는 그녀의 몸에 걸터앉아 양 무릎으로 그녀의 팔을 몸에 고정시켰다. 그리고 그녀의 눈앞에서 페서리를 들고 검지로 고무를 밀어 발기한 성기 모양을 만들면서 찢어질 때까지 늘였다. 그러더니 망가진 페서리를 바닥에 던지고 자신의 허리띠를 풀었다.

메리언은 어릴 적 제이미나 케일럽과 레슬링을 할 때 온몸으로, 손가락과 발가락까지 사용해 팔다리 전체로 싸우곤 했다. 그들이 위에서 꼼짝 못하게 찍어눌러도 뱀처럼 몸부림쳤다.

하지만 바클리의 몸에 깔린 그녀는 시체처럼 누워 있었다. 벽난로에 쌓인 통나무 더미를 바라보다 나무껍질이 마치 피부가 까진 것처럼 동그랗게 말리고 쪼개진 속살이 은은한 광택을 지닌 걸 발견했다. 그녀는 두려움을 느꼈으나 그보다 강한 감정은 굴욕이었다. 엉덩이를 드러낸 채 꼼짝 못하는 것도 극도로 괴로웠지만, 가장 수치스러운 점은 이런 일을 예측하지 못한 것이었다.

고통이 있긴 했지만 그녀의 몸 너머 먼 곳에 있는 듯했다. 바클리는 오래 걸리지 않았다. 그가 간헐적으로 헐떡이는 소리를 냈고 그녀는 그가 울고 있다고, 아니, 거의 울기 직전인 듯하다고 무심히 생각했다. 그녀는 그저 기다리고만 있었다.

일을 끝낸 바클리가 그녀 위에 무겁게 늘어졌다. 마침내 그녀의 몸에서 내려갔고, 그녀는 그가 훌쩍이며 옷 입는 소리를 들었지만 벽난로의 통나무 더미만 바라보고 있었다. 그가 나가고 문 닫히는 소리가 들린 후에도 꼼짝하지 않았다. 씻어야겠다는 생각이 마음속에서 꿈틀거렸지만 그걸 행동으로 옮기기란 불가능한 듯했다. 그렇게 누워 있어도 폐에는 공기가 차고 심장은 뛰고 있었으니, 견딜 만한 상황임은 분명했다.

메리언은 밤에 침대에서 하늘을 나는 상상에 젖을 때가 많았다. 그런 때면 아래쪽에서 스쳐지나가는 풍경을 선택할 수 있었다. 호수와 강이 있는 산지, 좀더 모험적인 기분이 들면 굽이치는 모래언덕, 혹은 청록빛 바다 위 열대 섬들. 메리언은 바지를 발목에 걸친 채 거기 그대로 누워서 목장을 벗어나 산들을 넘어 서쪽으로 날아갔다. 바다에 이를 때까지 날아가 푸른 물결 위에서 잠이 들었다.

미줄라에서 보낸 둘째 날, 그녀는 낡은 포드에 제이미와 케일럽을 태워 비터루트강으로 가서 얼지 않은 넓고 완만한 물줄기 앞에 차를 세웠다. 케일럽이 제일 먼저 물에 뛰어들었다. 메리언이 그 뒤를 따랐고, 한기가 그녀의 갈비뼈를 감싸면서 무력감을 날숨처럼 짜냈다. 그녀와 제이미는 속옷 차림으로 강에 한 번 뛰어들었다가 곧바로 뛰쳐나왔으나, 케일럽은 알몸으로 첨벙거리며 환호성을 질렀다.

사흘째 되던 날 밤, 메리언이 오두막에서 자다가 깨보니 케일럽이 좁은 침대 옆에 웅크리고 앉아 있었다. 그가 얼굴을 가까이 대고 그녀의 손목에 손을 얹으며 나지막하게 말했다. "어떻게 생각해?"

"난 못해." 그녀가 속삭였고, 그는 침묵 속에서 잠시 기다리다가 떠나버렸다.

어둠이 가시기 시작할 때, 그녀는 일어나서 제이미에게 작별인사도 없이 비행장까지 걸어갔다.

지금 다시 케일럽이 그녀 곁에 있었지만 그녀에게 키스하진 않았다. 그가 그녀의 어깨를 흔들었다. 하지만 눈을 떠보니 케일럽이 아니라 케이트였다. 메리언이 몸을 가리려고 손을 뻗었지만 이미 그녀의 드러난 엉덩이에 담요가 덮여 있었다. 창밖에선 잿빛 구름 사이로 분홍색 빛줄기들이 타올랐다.

"오빠가 가보라고 했어요." 케이트가 말했다. "자기가 이성을 잃었다고요."

메리언은 고개를 돌리고 다시 통나무를 보았다. 케이트에게 알몸으로 누워 있는 모습을 보인 것을 부끄러워할 기력도 없었다.

"오빠가 그랬어요?" 케이트가 물었다.

"당연히 그 사람이 그랬죠."

"아니, 이거."

메리언은 그쪽을 쳐다보았다. 케이트가 망가진 페서리를 손수건에 감싸 들고 있었다.

메리언은 고개를 끄덕였다.

"나도 이게 뭔지 알아요."

"잘됐네요."

"나를 단순히 노처녀로 생각하겠죠."

메리언은 평소 같았으면 케이트의 말이 성경험이 있다는 뜻인지 아니면 지식만 있다는 것인지 궁금했겠지만, 지금은 아니었다. 그녀가 말했다. "아무 생각도 안 해요." 그러고는 시험삼아 옆으로 몸을 굴리며 무릎을 접어보았고, 사타구니의 아릿한 통증에 신음소리를 내지 않으려고 숨을 참았다. 몇 시간 동안 움직이지 않았던 것이다. 얇은 얼음을 깨고 나오는 기분이었다.

"아기를 안 갖고 싶어요?"

"그래요."

"앞으로 어떻게 할 건데요?"

메리언은 그 문제를 현실적으로 고려해보지 않았다. 지금까지 생각 자체를 피해왔다. 씻어야겠다는 생각이 다시 들었다. 그녀는 베리트가 스토브 불에 잼병을 팔팔 끓여 소독한 것처럼 자신도 롤로핫스프링스의 제일 뜨거운 온천장에 들어가서 몸을 소독하는 상상을 했다.

"아무것도요. 난 아무것도 못해요."

"혹시…… 세척제나 뭐 그런 거 없어요? 뭘 마실 순 없을까요?"

"여기 그런 게 있나요? 여기 없으면 내가 그런 걸 어떻게 구하겠어요." 케이트에게 신랄한 소리를 진흙덩이처럼 던졌다.

다시 긴 침묵이 흘렀다. "내가 다른 걸 구해줄 수 있을지도 몰라요." 케이트가 페서리를 들어올렸다. "당신이 원하는 게 그거라면."

메리언은 이미 다시 그 자리에 얼어붙어 있었으나 팔꿈치를 짚고 일어나며 몸을 움직였다. "구할 수 있어요?" 의심스럽긴 해도 그 작은 친절이 그녀를 무기력에서 벗어나 벼랑 끝으로 가도록 슬쩍 옆구리를 찔렀다. 그 벼랑 너머엔 가혹한 불행만이 기다리고 있을지 모르는데도. 메리언은 간신히 일어나 앉았다. 머리에 고통스러운 압박감이 밀려들었고, 사타구니엔 다른 통증이 자리해 쓰리고 화끈거렸다.

케이트는 찢어진 원반 모양의 고무를 손수건에 싸서 도로 주머니에 넣었다. "새로 구해다주면 오빠한테 들키지 말아야 해요."

"그 사람이 느낌으로 알 수도 있지만요."

케이트가 문 쪽을 바라보았다. "어쩌면 아예 시도하지 않는 게 나을 수도 있겠네요. 공연히 사태만 더 악화시킬지도 모르니까요."

"아뇨. 제발 구해줘요―부탁해요. 그런데, 어디서요?"

"영국에 친구들이 있어요. 거기선 불법이 아녜요. 하지만 시간이 좀 걸릴 거예요. 그러니까 그동안 오빠를 피해야 해요. 아니면 그거라도 막든가―" 그녀는 시선을 피하며 손가락을 살짝 튕겼다. "불 좀 피워야겠네요. 그다음에 목욕물 받아줄게요."

"나를 왜 도와주는 거죠?"

"당신이 오빠 아기를 가지면 우린 당신에게서 벗어날 수 없을 테니까." 케이트는 벽난로 옆에 쭈그려앉아 성냥을 그었다. 불길이 확 타오르면서 통나무에 불이 붙었다.

메리언은 욕조에 누워 자신이 임신을 원하지 않으면 임신이 안 될 거라고 생각했다. 몸은 의지를 담는 그릇에 불과한데 의지대로 안 될 게 뭔가? 다른 여자들은 정신적으로 충분히 엄격하고 강하지 못해서 원치 않는 임신을 한 거다. 자신은 그가 침범하지 못하도록 자궁을 밀봉할 수 있다. 메리언은 욕조 안으로 더 깊이 미끄러져들어가 물속에서 움직이지 않고 누워 있었다. 얇은 뗏목 같은 거품이 구름처럼 떠다니며 갈라졌다.

임신이 되지 않은 걸 확인한 메리언은 자신의 의지가 승리했다고 결론지었다. 그게 아니라는 것은 알았지만 아무튼 그렇게 믿었다.

그녀는 다시 집과 목장 주변을 정처 없이 돌아다니기 시작했다.

4월에 늦은 눈이 내렸고, 그녀는 숲에서 곰을 만났다. 겨울을 난 후라 야윈 곰은 등이 구부정하고 털이 텁수룩했으며 등에 흰 눈이 흩뿌려져 있었다. 곰이 머리를 들었다. 검은 코가 고동치고 그녀의 냄새를 맡느라 콧구멍이 쿵쿵거리며 가늘어졌다. 메리언은 등에 소총을 메고 있었지만 꺼내지 않고 가만히 있었다. 곰이 육중한 어깨로 땅을 밀어내며 뒷다리로 섰다. 작은 호박색 눈이 메리언을 재고 있었다. 곰의 자세에는 그 과도하게 큰 몸집과 지나칠 정도로 긴 옅은 색깔의 구부러진 발톱을 상쇄하는 겸허함이 있었다.

곰은 눈 먼지를 일으키며 쿵 하고 앞발을 내리더니 나무 사이로 느릿느릿 걸어갔다. 메리언을 공격할 가치를 못 느꼈던 것이다.

메리언은 곰이 사라지는 걸 지켜보았다. 그녀가 아직 살아 있음을 상기시키러 온 송어일 수도 있다는 생각이 들었다.

바클리는 미안해했다. 그날 목욕을 마친 메리언은 침대로 돌아가 거기서 밤새, 그리고 다음날까지 꼼짝하지 않았다. 방에 들어온 바클리가 그녀를 침대에서 끌어내더니 그녀 앞에 무릎을 꿇고 배에, 그가 들어오지 못하도록 잠가놓은 자궁에 이마를 댔다. 그녀는 두 팔을 아래로 늘어뜨린 채 마치 무심한 신처럼 그의 숙여진 머리와 위를 향한 신발 바닥을 내려다보았다.

"언제 다시 비행할 수 있어요?" 메리언이 물었다.

그가 그녀를 올려다보며 간청했다. "날 용서해주는 거야?"

그녀는 미줄라에서 다른 곳으로 데려가달라고 애원하던 제이미가 떠올랐다. 그래도, 고개를 저었다.

"나를 용서해주면 비행할 수 있어." 그가 말했다.

(2권으로 이어집니다.)

옮긴이 **민승남**

서울대학교 영어영문학과를 졸업하고 현재 전문 번역가로 활동중이다. 2021년 『켈리 갱의 진짜 이야기』로 제15회 유영번역상을 수상했다. 옮긴 책으로 『마지막 이야기들』 『북과 남』 『지복의 성자』 『시핑 뉴스』 『나 같은 기계들』 『넛셸』 『솔라』 『데어 데어』 『바퀴벌레』 『스위트 투스』 『사실들』 『빌리 린의 전쟁 같은 휴가』 『상승』 『사이더 하우스』 『그 부류의 마지막 존재』 『별의 시간』 『서쪽 바람』 『죽음이 물었다』 『한낮의 우울』 『천 개의 아침』 『밤으로의 긴 여로』 등이 있다.

문학동네 세계문학

그레이트 서클 1

초판 인쇄 2024년 8월 23일 | 초판 발행 2024년 9월 6일

지은이 매기 십스테드 | 옮긴이 민승남
기획 이현자 | 책임편집 윤정민 | 편집 박신양 황문정
디자인 백주영 이원경 | 저작권 박지영 형소진 최은진 오서영
마케팅 정민호 서지화 한민아 이민경 안남영 왕지경 정경주 김수인 김혜원 김하연 김예진
브랜딩 함유지 함근아 박민재 김희숙 이송이 박다솔 조다현 정승민 배진성
제작 강신은 김동욱 이순호 | 제작처 (주)상지사P&B

펴낸곳 (주)문학동네 | 펴낸이 김소영
출판등록 1993년 10월 22일 제2003-000045호
주소 10881 경기도 파주시 회동길 210
전자우편 editor@munhak.com | 대표전화 031) 955-8888 | 팩스 031) 955-8855
문의전화 031) 955-1927(마케팅) 031) 955-2634(편집)
문학동네카페 http://cafe.naver.com/mhdn
인스타그램 @munhakdongne | 트위터 @munhakdongne
북클럽문학동네 http://bookclubmunhak.com

ISBN 979-11-416-0719-7 04840
      979-11-416-0718-0 (세트)

www.munhak.com